ULLSTEIN

Das Buch

»Während ich das hier schreibe, sitze ich im Spülbecken. Das heißt, eigentlich befinden sich nur meine Füße drin – ich hocke nämlich auf der Geschirrablage, die ich mit unserer Hundedecke und dem Teewärmer gepolstert habe.« Cassandra Mortmain ist siebzehn und führt Tagebuch. Sie lebt in einer verfallenen Burg, irgendwo mitten in der schönsten englischen Landschaft in der Nähe von London. Dorthin hat ihr Vater, ein ehemals erfolgreicher Autor, sich geflüchtet, als er noch Geld hatte, das inzwischen ausgegangen ist. Sehr zum Unmut von Rose, Cassandras bildhübscher Schwester. Wie soll sie in dieser Einöde jemals einen Mann finden? Aber dann platzen eines regnerischen Abends zwei reiche amerikanische Brüder in Cassandras wöchentliches Bad in der Küche. Sie sind hingerissen von diesen wildromantisch-exzentrischen Engländern. Rose ist wie ausgewechselt. Aber auch für Cassandra wird sich einiges ändern ...
Der schönste Liebesroman seit *Ein Sommer in Lesmona.*

Die Autorin

Dorothy Gladys »Dodie« Smith wurde 1896 zwar in Lancashire, England, geboren und wuchs auch dort auf, lebte aber den größten Teil ihres Lebens bis zu ihrem Tod im Jahr 1990 in den USA. Sie gehörte zu den erfolgreichsten Autorinnen ihrer Generation. Der Weltbestseller *101 Dalmatiner* war inspiriert von Dodies eigenem Dalmatiner namens Pongo und wurde zur Grundlage von zwei Disney-Filmen. Ihr erster Roman war jedoch *Mein Sommerschloß.* Auch er war sofort ein Erfolg, wurde 1954 als Theaterstück aufgeführt und 1999 verfilmt.

Dodie Smith

Mein Sommerschloß

Roman

Aus dem Englischen
von Stefanie Mierswa

Ullstein

Ullstein Taschenbuchverlag 2002
Der Ullstein Taschenbuchverlag ist ein Unternehmen der Econ Ullstein List
Verlag GmbH & Co. KG, München

Titel des amerikanischen und englischen Originals: I Capture the Castle (Little Brown 1948; Wilhelm Heinemann 1949)
Übersetzung: Stefanie Mierswa
Redaktion: Gisela Klemt
Umschlaggestaltung: Jarzina Kommunikationsdesign, Köln
Titelabbildung: Premium, Düsseldorf
Druck und Bindearbeiten: Ebner & Spiegel, Ulm
Printed in Germany
3-548-25462-4

I
Das Sixpenny-Buch

März

I

Während ich das hier schreibe, sitze ich im Spülbecken. Das heißt, eigentlich befinden sich nur meine Füße darin – ich hocke nämlich auf der Geschirrablage, die ich mit unserer Hundedecke und dem Teewärmer gepolstert habe. Besonders bequem sitze ich trotzdem nicht, und es riecht unangenehm nach Karbolsäure. Aber dies ist der einzige Platz in der Küche, an dem es noch ein wenig Tageslicht gibt. Und ich habe festgestellt, daß es sehr inspirierend sein kann, irgendwo zu sitzen, wo man noch nie zuvor gesessen hat. Mein bestes Gedicht habe ich geschrieben, als ich auf dem Hühnerstall saß. Allerdings ist mir selbst das nicht besonders gut gelungen. Ich bin zu dem Schluß gekommen, daß meine Gedichte zu schlecht sind, so daß ich keine mehr schreibe.

An der Hintertür tropft es vom Dach in die Regentonne. Der Blick durch die Fenster über der Spüle ist furchtbar trübsinnig. Hinter dem nassen Garten im Hof sieht man die zerfallenen Mauern am Ufer des Burggrabens. Und hinter dem Burggraben erstrecken sich die gepflügten, sumpfigen Felder bis zum bleigrauen Himmel. Ich sage mir immer wieder, daß all der Regen gut ist für die Natur und daß der Frühling uns sicher ganz bald überraschen wird. Ich stelle mir Blätter an den Bäumen und Sonnenschein im Hof vor. Doch je mehr Grün und Gold ich in Gedanken vor mir sehe, um so farbloser und verwaschener wirkt das Dämmerlicht auf mich.

Es tröstet mich, den Blick von den Fenstern abzuwenden und zum Küchenherd zu schauen, neben dem meine Schwester Rose steht und bügelt – obwohl sie bei diesem Licht nicht mehr richtig sehen kann, und es wäre schade, wenn sie ihr einziges Nachthemd ansengen würde. (Ich besitze zwei, aber eins ist schon ganz durchlöchert.) Rose sieht im Schein des Feuers besonders bezaubernd aus, denn es unterstreicht ihren rosafarbenen Typ: Ihre Haut schimmert blaßrosa, und ihr helles, feines Haar hat eine rosagoldene Farbe. Obwohl ich an ihren Anblick gewöhnt bin, weiß ich, daß sie eine echte Schönheit ist. Sie ist fast einundzwanzig und sehr unzufrieden mit ihrem Leben. Ich bin siebzehn, sehe jünger aus und fühle mich älter. Ich bin keine Schönheit, habe aber ein hübsches Gesicht.

Gerade habe ich zu Rose gesagt, daß ich unsere Situation ganz romantisch finde – zwei junge Mädchen in diesem ungewöhnlichen, verlassenen Haus. Sie antwortete, daß sie absolut nichts Romantisches darin sehe, in einer zerfallenden, von einem Meer aus Schlamm umgebenen Ruine eingeschlossen zu sein. Ich muß zugeben, daß unser Zuhause zum Wohnen nicht besonders geeignet ist. Und doch liebe ich es. Das eigentliche Haus stammt aus der Zeit Karls des Zweiten, aber es wurde in eine Burg aus dem 14. Jahrhundert hineingebaut, die von Cromwell verwüstet worden war. Die ganze Ostmauer unseres Hauses gehörte zur Burg, samt ihrer zwei runden Türme. Das Pförtnerhaus ist noch vollständig erhalten und durch einen Teil der alten, hohen Mauern mit dem Haus verbunden. Und Belmotte Tower, der als einziges übriggebliebene Turm einer noch älteren Burg, steht noch immer auf einem Hügel in der Nähe. Aber ich werde unser ungewöhnliches Zuhause erst dann vollständig zu beschreiben versuchen, wenn ich mehr Zeit habe als jetzt.

Ich führe dieses Tagebuch zum einen, um mich im Schnellschreiben zu üben, das ich vor kurzem gelernt habe, und zum anderen, um mir selbst beizubringen, wie man einen Roman schreibt – ich werde also alle Charaktere darstellen und Dialoge einfügen. Sicher kann ich meinen Stil verbessern, wenn ich einfach drauflosschreibe, ohne groß nachzudenken. Denn bisher wirkten meine Geschichten immer sehr steif und hölzern. Vater las einmal mir zuliebe eine von ihnen, und danach meinte er, ich würde einen hochgestochenen Stil mit der verzweifelten Anstrengung, witzig sein zu wollen, verbinden. Er riet mir, das Schreiben ganz locker anzugehen und die Wörter einfach aus mir herausfließen zu lassen.

Ich wünschte, ich wüßte einen Weg, um Wörter aus Vater herausfließen zu lassen. Vor etlichen Jahren verfaßte er ein äußerst ungewöhnliches Buch mit dem Titel *Jakobs Kampf* – eine Mischung aus Roman, philosophischen Betrachtungen und Lyrik. Es war ein großer Erfolg, vor allem in Amerika, wo er mit Lesungen viel Geld verdiente. Er schien sich zu einem bedeutenden Autor zu entwickeln. Doch dann hörte er auf zu schreiben. Mutter sah den Grund dafür in einem Vorfall, der sich ereignete, als ich ungefähr fünf Jahre alt war.

Damals wohnten wir in einem kleinen Haus am Meer. Vater war gerade von seiner zweiten Lesereise durch Amerika zurückgekehrt. Als wir eines Nachmittags im Garten beim Tee saßen, brachte ihn Mutter leider genau in dem Moment in Wut, als er ein Stück Kuchen abschneiden wollte. Er brüllte so laut und fuchtelte mit dem Kuchenmesser derart drohend vor ihrem Gesicht herum, daß ein übertrieben hilfsbereiter Nachbar über den Gartenzaun sprang, um einzuschreiten, und von Vater niedergeschlagen wurde. Vater erklärte vor Gericht, es wäre doch wohl eine langwierige, mühselige Angelegenheit, eine Frau mit unserem silbernen Kuchenmesser umzubringen! Er wurde von jedem Verdacht, er habe Mutter umbringen wollen, freigesprochen. Der ganze Fall scheint ziemlich lächerlich gewesen zu sein, so daß alle Beteiligten die Sache eher als Spaß ansahen – bis auf den Nachbarn. Doch Vater beging den Fehler, noch witziger als der Richter sein zu wollen, und da es keinen Zweifel daran gab, daß er den Nachbarn ernsthaft verletzt hatte, wurde er für drei Monate ins Gefängnis geschickt.

Als er wieder herauskam, war er liebenswürdig wie eh und je – sogar noch liebenswürdiger, weil ausgeglichener. Ansonsten schien er sich kein bißchen verändert zu haben. Doch Rose meint, daß er schon damals anfing, sich zurückzuziehen. Zu jener Zeit pachtete er die Burg für vierzig Jahre – und sie eignet sich wirklich wunderbar dafür, zurückgezogen zu leben. Nachdem wir hier eingezogen waren, dachten wir, er würde ein neues Buch beginnen. Doch die Zeit verstrich, ohne daß etwas geschah. Schließlich mußten wir einsehen, daß er nicht einmal mehr zu schreiben versuchte. Seit Jahren weigert er sich, auch nur darüber zu reden. Die meiste Zeit verbringt er im Zimmer des Pförtnerhauses, das im Winter eiskalt ist, weil es dort keinen Kamin gibt. Aber Vater kauert sich vor den Ölofen. Soweit wir wissen, liest er den ganzen Tag Kriminalromane aus der Dorfbücherei. Miss Marcy, die Bibliothekarin und Lehrerin, bringt sie ihm. Sie ist voller Bewunderung für ihn und sagt immer, Pein und Trübsal hätten seine Seele beschlichen.

Ich selbst glaube ja nicht, daß Pein und Trübsal während eines nur dreimonatigen Gefängnisaufenthaltes weit in eine Seele vorstoßen können – schon gar nicht bei einem so lebensfrohen Mann wie Vater. Und als er wieder freigelassen wurde, schien er schließlich noch jede Menge Lebenskraft zu haben. Doch inzwischen ist sie verschwunden, und seine Ungeselligkeit ist fast krankhaft geworden. Manchmal glaube ich, am liebsten würde er sogar seiner Familie aus dem Weg gehen. Er hat seine gesamte natürliche Fröhlichkeit verloren. Gelegentlich täuscht er gute Laune vor, die mir unangenehm ist, aber meistens erlebt man ihn entweder griesgrämig oder gereizt. Ich glaube, da gefielen mir seine Wutausbrüche von früher doch besser. Oh, armer Vater, er kann einem wirklich leid tun. Aber er könnte wenigstens ein bißchen im Garten arbeiten. Ich stelle fest, daß meine Beschreibung ihm nicht gerecht wird. Ich werde später noch eine ausführlichere versuchen.

Mutter starb vor acht Jahren, und zwar eines völlig natürlichen Todes. Offenbar war sie kein Mensch, der sich einem besonders einprägt, denn ich kann mich nur schwach an sie erinnern, und normalerweise habe ich ein exzellentes Gedächtnis. (An den Vorfall mit dem Kuchenmesser erinnere ich mich ganz genau. Ich habe den Nachbar mit meiner kleinen Holzschaufel gehauen, als er am Boden lag. Vater hat immer behauptet, dafür habe er einen Monat zusätzlich bekommen.)

Vor drei Jahren (oder sind es schon vier? Seinen einzigen Anfall von vorübergehender Geselligkeit hatte er 1931) stellte Vater uns unsere Stiefmutter vor. Wir waren äußerst überrascht. Sie ist ein berühmtes Modell verschiedener Künstler und behauptet, auf den Namen Topaz getauft worden zu sein. Selbst wenn das stimmt, heißt das doch noch lange nicht, daß man bei so einem Namen bleiben muß. Sie ist sehr schön und hat langes, wallendes Haar, das so hell ist, daß es fast weiß aussieht. Ihr Gesicht ist von einer außergewöhnlichen Blässe.

Sie benutzt kein Make-up, nicht einmal Puder. In der Tate Gallery hängen zwei Bilder von ihr: eines von Macmorris mit dem Titel *Topaz in Jade*, auf dem sie eine prachtvolle Halskette aus Jade trägt, und eines von H. J. Allardy, das sie nackt auf einem alten, von einer Roßhaardecke verhüllten Sofa zeigt. Topaz sagt, die Decke habe sehr gepiekt. Das Bild heißt »Gestaltung«. »Verunstaltung« würde allerdings besser passen, denn Allardy hat sie noch blasser gemalt, als sie sowieso schon ist.

Topaz' Blässe sieht eigentlich nicht ungesund aus, eher, als würde sie einem unbekannten Menschenstamm angehören. Sie hat eine sehr tiefe Stimme – das heißt, sie spricht mit Absicht so, denn das gehört zu ihrem künstlerischen Auftreten, ebenso wie das Malen und das Spielen auf der Laute. Aber ihre Liebenswürdigkeit ist echt, und ihre Kochkünste sind es ebenfalls. Ich habe sie sehr, sehr gern. Lustig – gerade, als ich das schrieb, erschien sie auf der Küchentreppe. Sie trägt ihr altertümliches, orangefarbenes Nachmittagskleid. Ihr helles, glattes Haar bedeckt ihren Rücken bis zur Hüfte. Sie ist auf der obersten Stufe stehengeblieben und hat gesagt: »Ach, meine Lieben ...« – mit drei verschiedenen, samtweichen Klanghöhen bei jedem Wort.

Jetzt sitzt sie auf dem stählernen Dreifuß und schürt das Feuer. Im rosafarbenen Licht sieht sie gewöhnlicher aus, aber sehr hübsch. Sie ist neunundzwanzig und hatte vor Vater schon zwei andere Ehemänner, über die sie uns nie viel erzählen möchte, aber sie sieht noch immer unglaublich jung aus. Vielleicht deshalb, weil ihr Gesicht so ausdruckslos wirkt.

In der Küche ist es jetzt sehr gemütlich. Das Feuer scheint gleichmäßig durch das Gitter und durch das runde Loch oben im Herd, das normalerweise durch einen Deckel verschlossen wird. Die weißen Wände haben jetzt eine rosa Farbe, und selbst die dunklen Dachbalken sind von einem satten Gold. Der höchste Balken ist mehr als neun Meter vom Fußboden entfernt. Rose und Topaz sehen aus wie zwei winzige Gestalten in einer riesigen, glühenden Höhle.

Jetzt sitzt Rose auf dem niedrigen Schutzgitter vor dem Herd und wartet darauf, daß das Bügeleisen heiß wird. Sie schaut Topaz unzufrieden an. Ich kann oft Roses Gedanken lesen, und ich könnte wetten, daß sie Topaz um ihr orangefarbenes Kleid beneidet und ihre eigene enge, alte Bluse und ihren Rock verabscheut. Die arme Rose verabscheut fast alles, was sie besitzt, und beneidet andere um das, was sie besitzen. Ich bin genauso unzufrieden wie sie, aber mir macht es anscheinend nicht soviel aus. Im Moment bin ich sogar ohne einen besonderen Grund glücklich – derweil ich den beiden so zuschaue und weiß, daß ich zu ihnen in die Wärme gehen kann, und trotzdem hier in der Kälte bleibe.

Oje, gerade hat es eine kleine Szene gegeben! Rose hat Topaz gebeten, nach London zu fahren und ein wenig Geld zu verdienen. Topaz hat geantwortet, das lohne sich nicht, denn es sei so teuer, dort zu leben. Tatsächlich spart sie, wenn sie mal arbeitet, immer nur gerade so viel, daß sie uns ein paar Geschenke kaufen kann. Sie ist äußerst großzügig.

»Und außerdem halten sich zwei der Männer, für die ich Modell sitze, gerade im Ausland auf«, fügte sie hinzu. »Und für Macmorris möchte ich nicht arbeiten.«

»Warum nicht?« fragte Rose. »Immerhin zahlt er besser als die anderen, oder nicht?«

»Das ist ja wohl das mindeste, wenn man bedenkt, wie reich er ist«, erwiderte Topaz. »Aber ich sitze nicht gern für ihn, weil er nur meinen Kopf malt. Dein Vater meint, daß diejenigen, die mich nackt porträtieren, meinen Körper malen und dabei nur an die Arbeit denken, aber daß Macmorris meinen Kopf malt und dabei an meinen Körper denkt. Und damit hat er absolut recht. Ich hatte schon mehr Schwierigkeiten mit ihm, als dein Vater wissen darf.«

Rose entgegnete: »Ich denke, wenn man ordentlich Geld dabei verdient, kann man ein paar Schwierigkeiten durchaus in Kauf nehmen.«

»Dann übernimm du doch diese Schwierigkeiten, meine Liebe«, versetzte Topaz.

Diese Bemerkung muß Rose sehr geärgert haben, da für sie nicht die geringste Aussicht besteht, je solche Schwierigkeiten zu bekommen. Plötzlich warf sie theatralisch den Kopf zurück und verkündete:

»Dazu bin ich durchaus bereit. Vielleicht interessiert es euch beide, daß ich seit einiger Zeit in Erwägung ziehe, mich zu verkaufen. Wenn es nötig ist, werde ich auf den Strich gehen.«

Ich sagte ihr, sie könne doch nicht mitten in Suffolk auf den Strich gehen.

»Aber wenn Topaz mir das Geld für die Fahrt nach London leihen und ein paar Tips geben würde...«

Topaz erwiderte, sie sei nie auf den Strich gegangen und bereue das, denn »man muß ganz unten gewesen sein, um nach ganz oben aufsteigen zu können«. Man muß Topaz schon sehr mögen, um solche Aussprüche hinzunehmen.

»Allerdings bist du wohl kaum das richtige Mädchen für ein unmoralisches, hartes Leben«, sagte sie zu Rose. »Wenn du dich wirklich verkaufen willst, suchst du dir besser einen reichen Mann und heiratest ihn, wie es sich gehört.«

Dieser Gedanke war Rose natürlich auch schon gekommen. Aber sie hatte immer gehofft, der Betreffende würde nicht nur wohlhabend, sondern auch noch gutaussehend, romantisch und liebenswert sein. Dabei war sie bisher überhaupt noch keinem Heiratskandidaten, nicht einmal einem häßlichen, bettelarmen, begegnet. Wahrscheinlich war die schiere Verzweiflung darüber der Grund, warum sie plötzlich in Tränen ausbrach. Da sie nur ungefähr einmal im Jahr zu weinen anfängt, hätte ich hinübergehen und sie trösten sollen, aber ich wollte das alles schriftlich festhalten. Langsam verstehe ich, warum man als Schriftsteller leicht gefühllos wird.

Na ja, Topaz ist im Trösten sowieso besser als ich, da ich nie gern Leute an mich drücke. Sie gab sich sehr mütterlich und ließ Rose auf das orangefarbene Samtkleid weinen, das schon oft in Mitleidenschaft gezogen worden ist. Später wird Rose sich über sich selbst ärgern, denn sie neigt leider dazu, auf Topaz hinabzusehen. Aber im Augenblick sind sie sehr freundlich zueinander. Rose räumt gerade ihre Bügelwäsche beiseite und schluchzt noch ein wenig, während Topaz den Teetisch deckt und unbrauchbare Pläne zum Geldverdienen aufzählt – zum Beispiel, im Dorf ein Konzert mit ihrer Laute zu geben oder ein Schwein auf Raten zu kaufen.

Ich beteilige mich und lasse derweil meine Hand ein wenig ausruhen, steuere aber nichts sonderlich Bedeutendes bei.

Es hat wieder angefangen zu regnen. Stephen kommt über den Hof. Er wohnt seit seiner Kindheit bei uns. Seine Mutter arbeitete für uns als Dienstmädchen – zu der Zeit konnten wir uns noch eines leisten. Als sie starb, wußte er nicht wohin. Er baut für uns Gemüse an, kümmert sich um die Hühner und erledigt noch tausend andere Arbeiten. Ich weiß nicht, wie wir ohne ihn auskommen sollten. Er ist jetzt achtzehn und sieht sehr hübsch und stattlich aus, aber sein Gesicht macht immer einen etwas dummen Eindruck. Er schwärmt schon sehr lange für mich, und Vater nennt ihn meinen jungen Verehrer. So wie ihn stelle ich mir Silvius in *Was Ihr Wollt* vor – nur bin ich absolut keine Phoebe.

Stephen ist jetzt hereingekommen. Als erstes zündete er eine Kerze an, stellte sie neben mich auf das Fensterbrett und sagte:

»Sie verderben sich die Augen, Miss Cassandra.«

Dann ließ er ein zusammengefaltetes Stück Papier auf dieses Tagebuch fallen. Mein Mut sank, denn ich wußte, daß ein Gedicht darauf stehen würde. Wahrscheinlich hat er im Stall daran gearbeitet. Er hat es in seiner sorgfältigen, ziemlich schönen Handschrift geschrieben. Die Überschrift lautet: »›An Miss Cassandra‹. Von Stephen Colly.« Es ist ein wunderschönes Gedicht – von Robert Herrick.

Was soll ich nur wegen Stephen unternehmen? Vater meint, sein Wunsch nach Ausdruck der eigenen Persönlichkeit sei zu bemitleiden, aber ich glaube, Stephen möchte mir einfach eine Freude machen. Er weiß, daß ich Gedichte sehr schätze. Ich sollte ihm sagen, daß ich weiß, daß er die Gedichte nur abschreibt – er hat es den ganzen Winter lang gemacht, einmal in der Woche oder so. Aber ich bringe es nicht über mich, ihn zu verletzen. Vielleicht kann ich mal mit ihm spazierengehen, wenn der Frühling kommt, und es ihm dabei auf eine positive Art beibringen. Diesmal konnte ich mich vor meinen üblichen geheuchelten Lobesworten drükken, indem ich ihn quer durch die Küche zustimmend anlächelte. Jetzt pumpt er Wasser in die Zisterne und sieht sehr glücklich aus.

Der Brunnen befindet sich unter dem Küchenboden und stammt noch aus den ersten Tagen der Burg. Er liefert schon seit sechshundert Jahren Wasser und soll noch nie versiegt sein. Aber die Pumpe ist sicher oft ausgetauscht worden. Die jetzige wurde angeschafft, als das viktorianische Heißwassersystem eingebaut wurde.

Ich werde immer wieder unterbrochen. Topaz hat gerade den Kessel mit Wasser gefüllt und dabei meine Füße naß gespritzt, und mein Bruder Thomas ist von der Schule in der nahegelegenen Stadt King's Crypt nach Hause gekommen. Er ist ein schwerfälliger Bursche von fünfzehn Jahren. Sein Haar ist voller Wirbel, so daß man es schlecht scheiteln kann. Es hat die gleiche graubraune Farbe wie meines, nur ist meins leichter zu bändigen.

Als Thomas die Küche betrat, erinnerte ich mich plötzlich daran, wie ich selbst bis vor ein paar Monaten jeden Tag von der Schule heimkam. Blitzschnell durchlebte ich noch einmal die sechzehn Kilometer in dem kriechenden, rumpelnden kleinen Zug und die acht Kilometer danach auf dem Fahrrad vom Bahnhof in Scoatney bis nach Hause – wie ich das im Winter haßte! Doch in mancherlei Hinsicht wäre ich gern noch in der Schule. Zum einen ging auch die Tochter des Kinodirektors dorthin, und so konnte ich mir manchmal umsonst Filme anschauen. Das fehlt mir sehr. Und die Schule an sich fehlt mir auch. Für so eine einfache kleine Stadt auf dem Lande war sie erstaunlich gut. Ich hatte ein Stipendium, genau wie Thomas an seiner Schule – wir sind einigermaßen intelligent.

Nun peitscht der Regen gegen das Fenster. Durch den Kerzenschein sieht es draußen noch düsterer aus. Auf der anderen Seite der Küche ist es jetzt ebenfalls dunkler, weil der Kessel auf dem runden Loch oben im Herd steht. Rose und Topaz sitzen auf dem Fußboden und rösten durch das Gitter

Brot. Ihre Köpfe werden von einem hellen Kranz umgeben, weil das Licht des Feuers durch ihr Haar scheint.

Stephen ist jetzt mit dem Pumpen fertig und heizt den Ofen – einen großen, altmodischen Ziegelofen, mit dem wir die Küche besser warm halten und zusätzliches heißes Wasser machen können. Wenn Ofen und Herd angezündet sind, ist die Küche der wärmste Ort im ganzen Haus. Deshalb halten wir uns auch so oft hier auf. Aber auch im Sommer nehmen wir unsere Mahlzeiten hier ein, denn die Eßzimmermöbel haben wir schon vor über einem Jahr verkauft.

Lieber Himmel! Topaz setzt Eier zum Kochen auf den Herd! Niemand hat mir gesagt, daß die Hühner meine Gebete erhört haben. O gütige Hühner! Ich hatte zum Tee nur Brot und Margarine erwartet, und an die Margarine kann ich mich noch immer nicht so recht gewöhnen. Gott sei Dank gibt es keine billigere Form von Brot als Brot.

Wie seltsam, sich daran zu erinnern, daß »Tee« früher einmal »richtiger Nachmittagstee« für uns bedeutete – Törtchen und dünnes, gebuttertes Brot im Salon. Inzwischen kratzen wir soviel wie möglich für eine richtige Mahlzeit zusammen, denn sie muß bis zum Frühstück reichen. Wir essen, wenn Thomas aus der Schule kommt.

Stephen zündet die Lampe an. Gleich wird das rosige Schimmern aus der Küche verschwunden sein. Aber das Lampenlicht finde ich auch schön.

Die Lampe ist angezündet. Und gerade als Stephen sie zum Tisch trug, erschien mein Vater auf der Treppe. Er hatte sich sein altes Plaid um die Schultern geschlungen, weil er vom Pförtnerhaus über die Burgmauern ins Haus gekommen ist. Er murmelte: »Tee, Tee – hat Miss Marcy schon die Bücher aus der Bibliothek gebracht?« (Hat sie nicht.) Dann stellte er fest, daß seine Hände ganz taub seien. Nicht klagend, sondern eher ein wenig überrascht. Obwohl ich mir kaum vorstellen kann, wie jemand, der im Winter hier in der Burg lebt, darüber überrascht sein kann, daß seine Körperteile taub werden. Als er die Treppe herunterkam und sich den Regen aus den Haaren schüttelte, empfand ich plötzlich eine tiefe Zuneigung zu ihm. Leider kommt das nur selten vor.

Er sieht noch immer blendend aus, obwohl seine feinen Züge ein klein wenig aufgedunsen sind und er immer blasser wird. Seine Gesichtsfarbe war früher einmal so gesund wie die von Rose.

Nun plaudert er mit Topaz. Leider muß ich feststellen, daß er seine künstliche gute Laune aufgesetzt hat. Aber Topaz ist ihm inzwischen vermutlich selbst dafür dankbar. Sie vergöttert ihn förmlich, und er zeigt so wenig Interesse an ihr...

Ich muß jetzt aufstehen, denn Topaz braucht den Teewärmer. Außerdem ist unsere Hündin Heloïse hereingekommen und hat entdeckt, daß ich mir ihre Decke ausgeliehen habe. Sie ist ein Bullterrier, schneeweiß bis auf die Stellen, an denen man ihre sattrosafarbene Haut durch das kurze Fell sehen kann. Na gut, Heloïse, Liebling, du bekommst deine Decke zurück. Sie starrt mich liebevoll, vorwurfsvoll, zuversichtlich und fröhlich zugleich an. Wie kann sie mit ihren zwei ziemlich kleinen, schräg stehenden Augen nur so viel auf einmal ausdrücken?

Ich habe mich auf die Treppe gesetzt, um diesen Eintrag zu beenden. Ich hielt es für wert aufzuschreiben, daß ich mich noch nie in meinem Leben glücklicher gefühlt habe – trotz meiner Sorge um Vater, meines Mitleids für Rose, meiner Verlegenheit wegen Stephens Gedichten und keinerlei Aussicht auf Hoffnung, was die allgemeine Zukunft der Familie betrifft. Vielleicht rührt es einfach nur daher, daß ich meinen Drang nach Kreativität befriedigen konnte. Oder es ist die Vorstellung, daß es zum Tee Eier gibt.

II

Später. Im Bett.

Ich liege einigermaßen gemütlich, denn ich trage meinen Schulmantel, und ein heißer Ziegelstein wärmt meine Füße. Aber ich wünschte, ich müßte diese Woche nicht in dem kleinen Eisenbett schlafen – Rose und ich wechseln uns mit dem Himmelbett immer ab. Sie sitzt aufrecht darin und liest ein Buch aus der Bibliothek. Als Miss Marcy es brachte, sagte sie, es sei »eine hübsche Geschichte«. Rose meint, es sei grauenhaft, aber lieber lese sie es, als über sich selbst nachzudenken. Arme Rose! Sie trägt ihren alten, blauen Morgenmantel aus Flanell und hat den unteren Teil nach oben geklappt und um die Hüfte gelegt, damit es wärmer ist. Sie besitzt diesen Morgenmantel schon so lang, daß sie ihn vermutlich gar nicht mehr bewußt wahrnimmt. Wenn sie ihn für einen Monat weglegen und ihn dann wieder anschauen würde, bekäme sie sicher einen Schreck. Aber ich sollte lieber still sein – schließlich besitze ich seit über zwei Jahren gar keinen Morgenmantel mehr. Die Überreste des letzten sind um meinen heißen Ziegelstein gewickelt.

Unser Zimmer ist sehr groß und auffallend leer. Bis auf das Himmelbett, das in einem äußerst schlechten Zustand ist, haben wir nach und nach alle guten Möbel verkauft und durch die nötigsten Gegenstände aus Trödelläden ersetzt. So besitzen wir einen Kleiderschrank, bei dem eine Tür fehlt, und eine Kommode aus Bambusrohr, die ich für ein seltenes

Stück halte. Mein Kerzenständer steht neben dem Bett auf einer zerbeulten Blechtruhe, die einen Shilling gekostet hat, Roses auf einer Kommode, deren Anstrich aussehen soll wie Marmor, aber eher an Speck erinnert. Der Emailkrug und die Emailschüssel auf dem Metalldreifuß sind mein persönliches Eigentum. Die Wirtin von »The Keys« hat mir die Sachen geschenkt, die ich in einem Stall entdeckt hatte. Dadurch läßt sich der Andrang vor dem Badezimmer ganz gut vermeiden.

Besonders gut gefällt mir in unserem Zimmer der geschnitzte Fenstersitz aus Holz – ich bin froh, daß wir den nicht verkaufen können. Er ist in die massive Burgmauer eingebaut, und darüber befindet sich ein großes Fenster mit Mittelpfosten. Auch auf der Gartenseite des Zimmers gibt es Fenster – kleinere mit rautenförmigen Scheiben.

Eine Sache, die mich schon immer fasziniert hat und noch immer fasziniert, ist der runde Turm, der sich an eine Zimmerecke anschließt. Darin gelangt man über eine Wendeltreppe nach oben auf das mit Zinnen besetzte Dach oder nach unten in den Salon. Allerdings sind einige Stufen schon sehr bröckelig.

Vielleicht sollte ich auch Miss Blossom als Möbelstück zählen. Sie ist eine Schneiderpuppe mit einer sehr üppigen Figur und einem Drahtrock um ihr einzelnes Bein. Wir benehmen uns immer ein bißchen albern mit Miss Blossom – wir tun so, als sei sie lebendig. Wir stellen sie uns als Frau von Welt vor, zum Beispiel als eine junge Bardame. Sie sagt Sätze wie »Tja, Schätzchen, so sind die Männer nun mal« oder »Paßt bloß auf, daß ihr den Trauschein bekommt«.

Die viktorianischen Vandalen, die in dieses Haus so viele unnütze Dinge einbauten, dachten nicht daran, Korridore einzubauen, deshalb müssen wir immer durch die Zimmer der anderen gehen. Topaz ist gerade durch unseres geschlendert – in einem Nachthemd aus schlichtem, weißem Baumwollstoff mit Löchern für Kopf und Arme. Sie hält moderne Wäsche für unschicklich. Sie sah aus wie eine Verurteilte auf dem Weg zum Scheiterhaufen, dabei wollte sie nur ins Badezimmer.

Topaz und Vater schlafen in dem großen Zimmer, das auf die Küchentreppe hinausgeht. Zwischen ihrem und unserem Zimmer befindet sich ein kleiner Raum, den wir Pufferstaat nennen. Topaz benutzt ihn als Atelier. Thomas wohnt in dem Zimmer auf der anderen Seite des Treppenabsatzes neben dem Bad.

Ob Topaz zu Vater gegangen ist und ihn gebeten hat, ins Bett zu kommen? (Sie ist imstande und stakst in ihrem Nachthemd über die Burgmauern.) Ich hoffe nicht, denn Vater herrscht sie immer so an, wenn sie ihn im Pförtnerhaus überrascht. Schon als Kindern wurde uns beigebracht, nie in seine Nähe zu kommen, solange er uns nicht dazu aufforderte, und er erwartet von Topaz das gleiche.

Nein – sie ist nicht zu ihm gegangen. Sie ist vor ein paar Minuten zurückgekommen und schien bleiben zu wollen, aber wir haben sie nicht dazu ermutigt. Nun ist sie im Bett und spielt auf ihrer Laute. Eigentlich gefällt mir das Instrument, aber nicht die Töne, die ihm entspringen. Sie ist selten richtig gestimmt und scheint keine Melodie vernünftig wiedergeben zu können.

Ich habe ein schlechtes Gewissen, weil ich mich Topaz gegenüber so abweisend verhalten habe. Aber immerhin hatten wir einen sehr netten Abend miteinander.

Ungefähr um acht Uhr kam Miss Marcy mit den Büchern.

Sie ist um die Vierzig und klein und wirkt irgendwie verbraucht, andererseits aber auch noch sehr jung. Sie zwinkert und kichert oft und sagt dann: »Also wirklich!« Eigentlich stammt sie aus London, lebt aber nun schon seit über fünf Jahren hier im Dorf. Ich halte sie für eine gute Lehrerin. Ihre Spezialgebiete sind Volkslieder, Wildblumen und Naturkunde. Zu Anfang gefiel es ihr hier nicht (sie sagt immer, sie habe »die grellen Lichter vermißt«). Doch sie bemühte sich schon bald, sich für alles Ländliche zu interessieren, und versucht inzwischen, auch das Interesse der Landbewohner dafür zu wecken.

In ihrer Funktion als Bibliothekarin schummelt sie ein bißchen, um uns immer gleich die neuesten Bücher zukommen zu lassen. Sie erhielt heute eine Lieferung und brachte Vater einen Kriminalroman mit, der erst vorletztes Jahr erschienen ist und noch dazu von einem seiner Lieblingsautoren stammt. Topaz sagte:

»Oh, ich muß es sofort Mortmain bringen.« Sie nennt Vater Mortmain – zum einen, weil ihr unser merkwürdiger Nachname gefällt, und zum anderen, um die Illusion aufrechtzuerhalten, er sei noch immer ein berühmter Schriftsteller. Er kam mit ihr zurück, um sich bei Miss Marcy zu bedanken. Ausnahmsweise schien seine Fröhlichkeit echt zu sein.

»Ich lese jeden Krimi, mag er gut, schlecht oder mittelmäßig sein«, erklärte er ihr, »aber man kommt nur selten in den Genuß eines wirklich erstklassigen.«

Dann erfuhr er, daß er das Buch noch vor dem Pfarrer bekam, und freute sich so sehr, daß er Miss Marcy eine Kußhand zuwarf. Sie sagte: »Oh, danke, Mr. Mortmain! Das heißt, ich meine – also wirklich!« Und sie errötete und zwinkerte. Vater warf sich seine Decke wie eine Toga um die

Schultern und kehrte ins Pförtnerhaus zurück, wobei er ungewöhnlich gutgelaunt aussah.

Sobald er außer Hörweite war, fragte Miss Marcy mit leiser Stimme: »Wie geht es ihm denn?«, als stünde er an der Schwelle des Todes oder als habe er den Verstand verloren. Rose antwortete, er sei wie immer vollkommen gesund und vollkommen nutzlos. Miss Marcy sah schockiert aus.

»Rose sorgt sich um unsere Finanzen«, erklärte ich.

»Wir dürfen Miss Marcy nicht mit unseren Sorgen langweilen«, warf Topaz schnell ein. Sie wehrt sich gegen alles, was Vater in ein schlechtes Licht setzen könnte.

Miss Marcy entgegnete, daß sie nichts langweilen könne, was mit unserem Haushalt zu tun habe. Ich weiß, daß sie unser Leben in der Burg für außerordentlich spannend und romantisch hält. Dann fragte sie zögernd, ob sie uns mit einem Rat weiterhelfen dürfe. »Manchmal kann ein Außenstehender ...«

Plötzlich dachte ich, daß ich sie sehr gern um Rat fragen würde. Sie ist eine so vernünftige kleine Person. Sie war auch diejenige, die daran dachte, mir das Buch über Schnellschreiben zu besorgen. Mutter hat uns beigebracht, niemals im Dorf über unsere Privatangelegenheiten zu sprechen. Und ich respektiere auch Topaz' Treue zu Vater. Doch ich war mir sicher, daß Miss Marcy ganz genau wußte, daß wir pleite sind.

»Vielleicht haben Sie ja ein paar Ideen, wie wir Geld verdienen können«, antwortete ich.

»Oder wie man länger damit auskommt. Ich bin sicher, ihr seid alle viel zu sehr künstlerisch veranlagt, um wirklich praktisch zu denken. Wir sollten eine Krisensitzung abhalten!«

Es klang so, als wollte sie Kinder für ein bestimmtes Spiel

begeistern. Sie wirkte so eifrig, daß es unhöflich gewesen wäre abzulehnen. Und Rose und Topaz waren wahrscheinlich verzweifelt genug, um alles auszuprobieren.

»Also, Papier und Bleistifte«, rief Miss Marcy und klatschte in die Hände.

Schreibpapier ist in unserem Haus Mangelware, und ich wollte auf gar keinen Fall Seiten aus diesem Buch herausreißen. Es ist ein herrliches Sixpenny-Buch, das der Pfarrer mir geschenkt hat. Schließlich riß Miss Marcy die mittleren Seiten aus ihrem Büchereiverzeichnis, was uns das wunderbare Gefühl gab, den Staat zu bestehlen. Dann setzten wir uns alle an den Tisch und wählten sie zur Vorsitzenden. Sie sagte, sie müsse gleichzeitig auch Schriftführerin sein, um das Protokoll zu führen, und schrieb:

UNTERSUCHUNG DER FINANZIELLEN LAGE DER FAMILIE MORTMAIN

Anwesende:
Miss Marcy (Vorsitzende)
Mrs. James Mortmain
Miss Rose Mortmain
Miss Cassandra Mortmain
Thomas Mortmain
Stephen Colly

Als erstes sprachen wir über unsere Ausgaben.

»Erstens: Miete«, verkündete Miss Marcy.

Die Miete beträgt vierzig Pfund im Jahr, was wenig erscheint für eine so große Burg. Aber wir haben nur ein paar Acre Land. Die Landbewohner mögen die Ruine nicht besonders, und außerdem soll es hier spuken – was nicht stimmt. (Oben auf dem Hügel gibt es ein paar unheimliche Wesen, aber sie kommen nie bis ins Haus.) Jedenfalls haben wir seit drei Jahren keine Miete mehr bezahlt. Der Eigentümer der Burg, ein reicher, alter Gentleman, der acht Kilometer von hier in Scoatney Hall wohnte, hatte uns jedes Jahr zu Weihnachten einen Schinken geschickt, ob wir die Miete gezahlt hatten oder nicht. Er starb letzten November, und seitdem haben wir den Schinken sehr vermißt.

»Es heißt, daß in Scoatney Hall wieder jemand einzieht«, sagte Miss Marcy, nachdem wir ihr berichtet hatten, wie es um die Miete stand. »Zwei Jungen aus dem Dorf wurden als zusätzliche Gärtner angestellt. Na ja, wir werden die Miete angeben und ›eventuell‹ dahinter schreiben. Wie steht's mit dem Essen? Könnt ihr mit fünfzehn Shilling pro Woche und pro Person auskommen? Sagen wir ein Pfund pro Person, einschließlich Kerzen, Lampenöl und Putzzeug?«

Bei der Vorstellung, wir würden es jemals auf sechs Pfund in der Woche bringen, brachen wir alle in schallendes Gelächter aus.

»Wenn Miss Marcy uns wirklich helfen will«, sagte Topaz, »sollte sie vielleicht wissen, daß wir für dieses Jahr keinerlei Einkünfte in Aussicht haben.«

Miss Marcy errötete und erwiderte: »Ich wußte ja, daß die Dinge schlecht stehen. Aber, meine liebe Mrs. Mortmain, es muß doch etwas Geld dasein, oder nicht?«

Wir nannten ihr die Fakten. Im Januar und Februar haben wir keinen Penny verdient. Letztes Jahr erhielt Vater vierzig Pfund aus Amerika, wo sich *Jakobs Kampf* noch immer verkauft. Topaz arbeitete drei Monate lang als Modell in London, legte acht Pfund für uns beiseite und lieh sich fünfzig.

Außerdem verkauften wir einem Händler in King's Crypt eine hohe Kommode für zwanzig Pfund. Von dem Geld für die Kommode leben wir seit Weihnachten.

»Einkommen im letzten Jahr hundertundachtzehn Pfund«, sagte Miss Marcy und notierte es. Aber wir machten sie schnell darauf aufmerksam, daß wir in diesem Jahr kein vergleichbares Einkommen erwarten können, da wir keine guten Möbel mehr besitzen, die wir verkaufen könnten, und Topaz keine reichen Leute mehr findet, die ihr etwas leihen würden. Und Vaters Tantiemen werden vermutlich auch geringer ausfallen, denn bis jetzt sind es jedes Jahr weniger geworden.

»Soll ich von der Schule abgehen?« fragte Thomas. Aber wir erwiderten, daß das dumm wäre, da uns sein Unterricht wegen des Stipendiums nichts kostet und der Pfarrer ihm gerade eine Jahresfahrkarte für den Zug geschenkt hat.

Miss Marcy spielte ein wenig mit ihrem Bleistift herum und sagte dann:

»Wenn ich helfen soll, muß ich ehrlich sein. Könntet ihr nicht an Stephens Lohn sparen?«

Ich merkte, wie ich rot anlief. Natürlich haben wir Stephen noch nie etwas gezahlt – noch nicht einmal daran gedacht, ihm Geld zu geben. Und ich begriff plötzlich, daß wir das hätten tun sollen. (Was nicht heißt, daß Geld dafür dagewesen wäre, seit er alt genug ist, um etwas verdienen zu können.)

»Ich möchte keinen Lohn«, sagte Stephen leise. »Ich würde kein Geld annehmen. Alles, was ich jemals brauchte, habe ich hier bekommen.«

»Wissen Sie, Stephen gehört quasi zur Familie«, erklärte ich. Miss Marcy sah aus, als wäre sie sich nicht sicher, ob das gut sei, aber Stephens Miene hellte sich für einen Moment auf. Dann wurde er verlegen und meinte, er müsse nachsehen, ob alle Hühner im Stall seien. Als er gegangen war, fragte Miss Marcy:

»Kein Lohn – überhaupt keinen? Nur seinen Unterhalt?«

»Wir zahlen uns selbst schließlich auch keinen Lohn«, verteidigte sich Rose – was leider nur zu wahr ist. Allerdings arbeiten wir auch nicht so hart wie Stephen und schlafen auch nicht in einem düsteren Zimmerchen hinter der Küche. »Und außerdem finde ich es erniedrigend, unsere Armut vor Miss Marcy zu diskutieren«, fuhr Rose wütend fort. »Ich dachte, wir wollten sie nur um Rat fragen, wie wir etwas verdienen können.«

Danach brauchten wir lange, um Roses verletzten Stolz und Miss Marcys verletzte Gefühle zu besänftigen. Schließlich beschäftigten wir uns mit unseren Möglichkeiten, Geld zu verdienen.

Topaz meinte, sie könne in London nicht mehr als vier Pfund pro Woche verdienen und vielleicht noch nicht einmal das, und sie würde drei Pfund für das Leben dort brauchen, dazu ein paar Kleider und das Geld, um mindestens jedes zweite Wochenende nach Hause zu fahren.

»Und außerdem will ich nicht nach London«, fügte sie pathetisch hinzu. »Ich bin es leid, als Modell zu arbeiten. Außerdem würde ich Mortmain schrecklich vermissen. Und er braucht mich hier – ich bin die einzige, die kochen kann.«

»Das ist wohl kaum von Bedeutung, wenn wir sowieso nichts zu kochen haben«, entgegnete Rose. »Könnte ich nicht als Modell arbeiten?«

»Das glaube ich nicht«, antwortete Topaz. »Du bist zu hübsch – und dein Körper hat zuwenig Linien. Außerdem wärst du viel zu ungeduldig, um stillzusitzen. Ich fürchte, wenn sich nichts anderes ergibt, muß ich doch nach London fahren. Ich könnte ungefähr zehn Shilling pro Woche nach Hause schicken.«

»Na, das ist doch etwas!« rief Miss Marcy und schrieb auf: »Mrs. James Mortmain: eventuell zehn Shilling pro Woche.«

»Natürlich nicht das ganze Jahr über«, schränkte Topaz sofort ein. »Das könnte ich nicht ertragen, und ich hätte dann auch gar keine Zeit mehr für meine eigene Malerei. Natürlich könnte ich davon etwas verkaufen.«

Miss Marcy antwortete sehr höflich: »Ja, das könnten Sie« und wandte sich dann an mich. Ich erklärte ihr, ich hätte mit meinem Schnellschreiben zwar erhebliche Fortschritte gemacht, aber es sei dennoch keine richtige Stenographie (und eigentlich auch keine richtige Schnellschrift). Außerdem könne ich nicht tippen, und die Chance, irgendwie in die Nähe einer Schreibmaschine zu gelangen, sei äußerst gering.

»Dann müssen wir dein mögliches Einkommen leider auf null beziffern, bis du deine literarische Arbeit in Angriff nimmst«, verkündete Miss Marcy. »Thomas' Möglichkeiten werden wohl in den nächsten paar Jahren ebenfalls gleich null sein. Rose, meine Liebe?«

Wenn einer in unserer Familie als Null zählen muß, was das Geldverdienen betrifft, dann ist es Rose. Sie spielt zwar ein bißchen Klavier, singt sehr hübsch und ist natürlich eine reizende Person, doch sie hat keine besonderen Talente.

»Vielleicht könnte ich auf kleine Kinder aufpassen«, schlug sie vor.

»O nein!« antwortete Miss Marcy schnell. »Ich meine, das ist bestimmt nicht das richtige für dich.«

»Dann gehe ich als Dienstmädchen nach Scoatney Hall«, versuchte es Rose noch einmal und sah aus, als würde sie bereits das Schafott besteigen.

»Dazu muß man ausgebildet sein, meine Liebe«, entgegnete Miss Marcy, »und ich glaube auch nicht, daß dein Vater die Idee gut finden wird. Kannst du nicht etwas Hübsches nähen?«

»Woraus denn?« fragte Rose. »Aus Säcken?«

Wie auch immer – Rose kann sowieso nicht nähen.

Miss Marcy schaute deprimiert auf ihre Liste. »Ich fürchte, wir müssen auch Roses Einkünfte fürs erste auf null beziffern«, stellte sie fest. »Dann bleibt nur noch Mr. Mortmain übrig.«

Rose sagte: »Wenn ich als Null zähle, muß Vater als doppelte Null zählen.«

Miss Marcy beugte sich nach vorn und sagte mit gedämpfter Stimme: »Meine Lieben, ihr wißt, daß ich euch helfen will. Also, was ist denn nun wirklich mit Mr. Mortmain los? Ist es – ist es – der Alkohol?«

Wir lachten so laut, daß Stephen hereinkam und wissen wollte, was wir so lustig fanden.

»Armer, armer Mortmain«, keuchte Topaz, »als hätte das Geld jemals für eine Flasche Bier gereicht! Alkohol kostet Geld, Miss Marcy!«

Miss Marcy nahm an, daß es auch keine Drogen sein konnten. Und damit hat sie recht – er raucht nicht einmal, seit die Weihnachtszigarren vom Pfarrer aufgebraucht sind.

»Ach was«, sagte Rose, »er ist einfach nur faul. Faul und labil. Und ich glaube auch nicht, daß er jemals richtig gut war. Ich denke, man hat *Jakobs Kampf* überbewertet.«

Topaz sah einen Moment lang so böse aus, daß ich fürchtete, sie würde Rose schlagen. Stephen kam an den Tisch und stellte sich zwischen die beiden.

»Aber nein, Miss Rose«, sagte er leise, »es ist ein großartiges Buch – das weiß doch jeder. Aber es ist etwas mit Ihrem Vater geschehen, so daß er nicht mehr schreiben kann. Man kann nicht schreiben, nur weil es alle von einem erwarten.«

Ich dachte, Rose würde ihm über den Mund fahren, doch bevor sie ein Wort sagen konnte, wandte er sich an mich und sagte schnell: »Ich habe mir überlegt, daß ich mir Arbeit suchen sollte, Miss Cassandra. Auf der Four Stones Farm würden sie mich nehmen.«

»Aber der Garten, Stephen!« jammerte ich, denn wir ernähren uns fast nur noch von unserem Gemüse.

Er antwortete, die Tage würden bald länger werden, und dann würde er eben abends für uns arbeiten.

»Und ich bin doch auch eine Hilfe im Garten, nicht wahr, Stephen?« fragte Topaz.

»Ja, Ma'am, eine große Hilfe. Wenn Sie allerdings nach London gehen, kann ich natürlich keine Arbeit annehmen – dann bliebe zuviel für Miss Cassandra zu tun.«

Rose ist für Dinge wie Garten- und Hausarbeit nicht besonders gut zu gebrauchen.

»Also können Sie mich mit fünfundzwanzig Shilling pro Woche auf die Liste setzen, Miss Marcy«, fuhr Stephen fort. »Mr. Stebbins hat gesagt, soviel würde er mir für den Anfang zahlen. Und ich könnte auf Four Stones zu Abend essen.«

Das freute mich zu hören, denn so würde er wenigstens eine ordentliche Mahlzeit am Tag bekommen.

Miss Marcy hielt das für eine großartige Idee, obwohl man dafür leider Topaz' zehn Shilling streichen mußte. »Aber wir hatten sie ja sowieso nur als eventuell aufgelistet.« Während sie Stephens fünfundzwanzig Shilling auf die Liste setzte, sagte Rose plötzlich:

»Danke, Stephen.«

Und da sie sich für gewöhnlich nicht mit ihm abgibt, klang es irgendwie sehr bedeutsam. Und sie lächelte so bezaubernd. Die arme Rose ist in letzter Zeit so unglücklich, daß ein Lächeln von ihr wie ein abendlicher Sonnenschein nach einem langen, verregneten Tag wirkt. Ich kann mir nicht vorstellen, daß man Rose lächeln sehen kann, ohne sie sofort gern zu haben. Ich dachte, Stephen würde sich furchtbar freuen, doch er nickte nur und schluckte ein paarmal.

Genau in diesem Moment erschien Vater auf der Treppe und blickte auf uns alle herunter.

»Oh, ein Gesellschaftsspiel?« fragte er. Wahrscheinlich sah es so aus, weil wir alle im Lampenlicht um den Tisch herum saßen. Dann trat er näher und sagte: »Dieses Buch ist großartig. Ich mache jetzt eine kleine Pause und versuche zu erraten, wer der Mörder ist. Ich hätte gern ein Plätzchen.«

Wann immer Vater zwischen den Mahlzeiten der Hunger überkommt – er ißt sehr wenig bei Tisch, weniger als wir alle –, fragt er nach einem Plätzchen. Wahrscheinlich hält er es für das Kleinste und Billigste, worum er bitten kann. Natürlich haben wir schon seit Ewigkeiten keine richtigen Plätzchen aus dem Laden mehr zu Hause, aber Topaz backt sehr sättigende Haferplätzchen. Sie bestrich eines für ihn mit Margarine. Ich bemerkte seinen leicht widerwilligen Blick, bevor er sie bat, es mit ein wenig Zucker zu bestreuen.

»So schmeckt es viel besser«, entschuldigte er sich. »Können wir Miss Marcy nicht etwas anbieten? Etwas Tee oder Kakao, Miss Marcy?«

Sie dankte ihm, antwortete aber, sie wolle sich nicht den Appetit fürs Abendessen verderben.

»Nun, dann laßt euch nicht weiter von eurem Spiel abhalten«, sagte Vater. »Worum geht es denn dabei?«

Und bevor mir irgend etwas einfiel, womit ich ihn ablenken konnte, hatte er sich schon über ihre Schulter gebeugt und schaute sich die Liste an. Und da stand folgendes:

Einkommen im laufenden Jahr

Mrs. Mortmain	0
Cassandra Mortmain	0
Thomas Mortmain	0
Rose Mortmain	0
Mr. Mortmain	0
Stephen Colly	25 Sh. pro Woche

Vaters Gesichtsausdruck veränderte sich beim Lesen nicht. Er lächelte weiter, aber ich merkte, daß sich in seinem Innern etwas veränderte. Rose sagt immer, ich schreibe den Leuten Gefühle zu, die ich selbst in ihrer Situation empfinden würde, aber in diesem Moment hatte ich ohne Zweifel eine plötzliche Eingebung. Auf einmal sah ich sein Gesicht ganz klar, nicht nur so, wie man Menschen sieht, die man immer um sich hat. Ich sah, wie er sich gewandelt hatte, seit ich klein war, und ich dachte an Ralph Hodgsons Zeile über »zahme, schäbige Tiger«. Wie lang man doch braucht, um die Gedanken einer einzigen Minute aufzuschreiben! Ich dachte noch an eine Menge andere Dinge, komplizierte, unnütze und sehr verwirrende Dinge, während Vater die Liste las.

Als er fertig war, fragte er relativ gelassen: »Und stellt Stephen uns seinen Lohn zur Verfügung?«

»Ich sollte für mein Bett und das Essen bezahlen, Mr. Mortmain, Sir«, antwortete Stephen, »und für – für alles, was Sie früher für mich getan haben. All die Bücher, die Sie mir geliehen haben ...«

»Du wirst sicher ein gutes Familienoberhaupt abgeben«, sagte Vater. Er nahm Topaz das gezuckerte Haferplätzchen ab und ging in Richtung Treppe. Sie rief ihm nach: »Setz dich doch ein wenig ans Feuer, Mortmain.« Aber er entgegnete, er wolle sein Buch weiterlesen. Dann dankte er Miss Marcy noch einmal dafür, daß sie ihm so ein gutes Buch mitgebracht habe, und wünschte ihr sehr höflich einen guten Abend. Während er durch die Schlafzimmer zum Pförtnerhaus ging, hörten wir ihn summen.

Miss Marcy sagte nichts zu diesem Vorfall, was beweist, was für ein taktvoller Mensch sie ist. Aber sie sah beschämt aus und meinte, sie müsse nun langsam gehen. Stephen zündete eine Laterne an und bot an, Miss Marcy bis zur Straße zu begleiten. Sie hatte ihr Fahrrad dort stehen lassen, weil unsere Einfahrt wegen des Schlammes kaum passierbar ist. Ich ging mit nach draußen, um sie zu verabschieden. Als wir den Hof durchquerten, blickte sie zum Fenster des Pförtnerhauses hinauf und fragte, ob es Vater wohl kränken würde, wenn sie ihm eine kleine Plätzchendose für dort oben schenkte. Ich antwortete, daß sich vermutlich niemand in unserem Haus durch etwas Eßbares gekränkt fühlen würde, und sie sagte: »Du meine Güte!« Dann betrachtete sie die Ruine und stellte fest, wie schön sie sei, aber ich hätte mich wahrscheinlich mittlerweile an sie gewöhnt. Ich wollte schnell ans Feuer zurück, deshalb antwortete ich einfach nur mit ja, aber das stimmte nicht. Ich kann mich einfach nie an die Schönheit der Burg gewöhnen. Und nachdem Miss

Marcy und Stephen gegangen waren, bemerkte ich, daß sie in dieser wundersamen Nacht besonders bezaubernd aussah. Der Vollmond wurde von den Wolken verdeckt, die jedoch silbern schimmerten, so daß der Himmel recht hell war. Belmotte Tower, hoch oben auf dem Hügel, wirkte noch größer als sonst. Dann sah ich mir den Himmel genauer an und vermochte bald den Blick nicht mehr abzuwenden. Er schien mich magnetisch anzuziehen. Gleichzeitig lauschte ich angestrengt, obwohl es nichts gab, was ich hätte hören können. Nicht einmal ein Zweig bewegte sich. Als Stephen zurückkam, schaute ich noch immer nach oben.

»Sie sollten nicht ohne Mantel draußen bleiben, Miss Cassandra«, sagte er. Aber ich hatte die Kälte völlig vergessen und fror nicht mehr.

Auf dem Rückweg zum Haus fragte er mich, ob ich glaubte, daß La Belle Dame Sans Merci in einem Turm wie Belmotte Tower gelebt hätte. Ich antwortete, das könne gut sein, obwohl ich mir über ihr Familienleben eigentlich nie Gedanken gemacht hatte.

Dann beschlossen wir alle, zu Bett zu gehen, damit wir den Ofen nicht noch einmal anheizen mußten. Also nahmen wir unsere heißen Ziegelsteine aus dem Ofen und begaben uns in unsere Zimmer. Leider brauchen wir die Kerzen schneller auf, wenn wir früh zu Bett gehen. Ich schätzte, daß meine noch zwei Stunden lang brennen würde, doch dann fiel ein Stückchen Docht in das Wachs, und nun ist alles geschmolzen. (Ich frage mich, wie Alfred der Große in einem solchen Fall mit seinen Kerzenuhren zurechtgekommen ist.) Ich wollte mir Thomas' Kerze ausleihen, aber er sitzt noch an seinen Hausaufgaben. Also muß ich hinunter in die Küche – dort halte ich ein paar Kerzenstummel versteckt. Und ich werde großmütig sein und auf dem Weg nach unten noch ein wenig mit Topaz plaudern.

... Ich bin zurück. Etwas Merkwürdiges ist passiert. Als ich in die Küche kam, wachte Heloïse auf und bellte. Stephen erschien an seiner Tür, um nachzusehen, was los war. Ich rief ihm zu, daß ich es sei, und er verschwand wieder in seinem Zimmer. Ich holte meinen Kerzenstummel und hatte mich gerade neben Heloïses Korb gekniet, um ein wenig mit ihr zu reden (sie hatte schon geschlafen und duftete besonders gut nach warmem, sauberem Hund), als er wieder herauskam und einen Mantel über dem Nachthemd trug.

»Es ist alles in Ordnung«, rief ich. »Ich habe gefunden, was ich gesucht habe.«

In diesem Moment fiel oben an der Treppe die Tür zu, so daß die Küche im Dunkeln lag, bis auf das helle Quadrat vor dem Fenster. Ich tastete mich durch den Raum und stieß gegen den Tisch. Da nahm Stephen meinen Arm und führte mich bis zur Treppe.

»Den Rest schaffe ich allein«, sagte ich. Wir standen jetzt näher am Fenster, durch das das helle, unheimliche Mondlicht hereinfiel.

Er hielt noch immer meinen Arm. »Ich möchte Sie etwas fragen, Miss Cassandra«, begann er. »Ich möchte wissen, ob Sie jemals hungrig sind – ich meine, wenn nichts zu essen da ist.«

Normalerweise hätte ich geantwortet: »Natürlich bin ich das«, doch ich bemerkte, wie ernst und besorgt seine Stimme klang. Deshalb sagte ich:

»Meistens findet sich doch irgend etwas, oder? Sicher wäre es schöner, wenn wir Unmengen von leckerem Essen hätten, aber ich bekomme schon genug. Warum möchtest du das auf einmal wissen?«

Er erklärte, er habe wach gelegen und darüber nachgedacht, und er könne es nicht ertragen, mich hungern zu sehen.

»Wenn Sie jemals hungrig sind, lassen Sie es mich wissen«, bat er. »Ich werde dann etwas besorgen.«

Ich bedankte mich vielmals und erinnerte ihn daran, daß er uns allen mit seinem Lohn helfen würde.

»Ja, das ist immerhin etwas«, erwiderte er. »Aber sagen Sie mir Bescheid, wenn es nicht reicht. Gute Nacht, Miss Cassandra.«

Während ich nach oben ging, war ich froh, nicht zugegeben zu haben, daß ich eigentlich ständig großen Hunger verspürte. Da er schon Herricks Gedichte für mich stiehlt, würde er womöglich auch noch anfangen, Essen zu stehlen. Ein furchtbarer Gedanke, aber irgendwie auch tröstlich.

Gerade kam Vater aus dem Pförtnerhaus zurück. Er zeigte keinerlei Anzeichen verletzter Gefühle. Er erzählte, er habe sich vier Kapitel des Buches aufgespart, um sie im Bett zu lesen.

»Dazu braucht es viel Willenskraft«, fügte er hinzu.

Topaz wirkte ziemlich geknickt.

Rose lag im Dunkeln. Thomas hatte sich ihre Kerze ausgeliehen, um seine Hausaufgaben beenden zu können. Sie meinte, es mache ihr nichts aus – die Geschichte in ihrem Buch habe sich als so schön herausgestellt, daß sie es sowieso kaum ertragen könne.

Ich zündete meinen Kerzenstummel an und steckte ihn in das geschmolzene Wachs im Kerzenständer. Ich mußte mich im Bett ganz tief ducken, damit ich genug Licht zum Schreiben hatte. Ich wollte gerade anfangen, als ich bemerkte, daß

Rose sich umblickte, um sicherzugehen, daß ich die Tür zum Pufferstaat geschlossen hatte. Dann sagte sie:

»Ist dir etwas aufgefallen, als Miss Marcy erzählte, daß in Scoatney Hall wieder jemand einziehen wird? Ich dachte an den Anfang von *Stolz und Vorurteil* – wo Mrs. Bennet sagt ›daß Netherfield Park endlich vermietet ist‹. Und dann stattet Mr. Bennet dem neuen, reichen Eigentümer einen Besuch ab.«

»Mr. Bennet schuldete ihm auch keine Miete«, entgegnete ich.

»Vater würde sowieso nicht hingehen. Wie gern lebte ich doch in einem Roman von Jane Austen!«

Ich erwiderte, ich würde Charlotte Brontë bevorzugen.

»Was wäre am schönsten – Jane mit einer Spur Charlotte oder Charlotte mit einer Spur Jane?«

Normalerweise liebe ich solche Diskussionen, aber ich wollte mit meinem Tagebuch vorankommen, daher erwiderte ich nur: »Fünfzig Prozent von beiden wären genau das richtige«, und begann eifrig zu schreiben. Jetzt ist es fast Mitternacht. Ich komme mir schon selbst wie eine Brontë vor, wenn ich beim Licht einer tropfenden Kerze und mit so tauben Fingern schreibe, daß ich den Bleistift kaum halten kann. Ich wünschte, Stephen hätte mich nicht ans Essen erinnert, denn seitdem habe ich Hunger. Was lächerlich ist, wo ich doch vor nicht einmal sechs Stunden ein frisches Ei zum Tee gegessen habe. Oje – mir ist gerade der Gedanke gekommen, daß Stephen vermutlich selbst hungrig ist! Wir führen wirklich einen schönen Haushalt!

Vielleicht kann ich noch ein paar Minuten Licht gewinnen, indem ich Streichhölzer als Dochte in das flüssige Wachs stecke. Manchmal funktioniert das.

Es hat nicht geklappt. Es war, als wollte man beim Licht eines Glühwürmchens schreiben. Aber der Mond hat sich inzwischen durch die Wolken gekämpft, und bei diesem Licht kann ich genug erkennen. Ich finde es sehr aufregend, bei Mondlicht zu schreiben.

Rose schläft – auf dem Rücken, den Mund weit geöffnet. Selbst so sieht sie hübsch aus. Ich hoffe, sie träumt etwas Schönes, von einem reichen, jungen Mann, der um ihre Hand anhält.

Ich selbst bin kein bißchen müde. Ich werde in Gedanken ein wenig mit Miss Blossom plaudern. Ihre stattliche Büste wirkt vor dem silbrigen Fenster noch größer als sonst. Ich habe sie gerade gefragt, ob sie glaubt, daß Rose und ich jemals etwas Aufregendes erleben werden, und ich hörte sie deutlich sagen: »Keine Ahnung, Schätzchen, aber deine Schwester würde sich gut machen, wenn sie je die Gelegenheit dazu bekäme!«

Ich werde mich bestimmt nicht gut machen.

Ich hätte noch die ganze Nacht weiterschreiben können, aber ich kann nicht richtig sehen und verschwende Papier, deshalb werde ich einfach nur nachdenken. Das scheint mir der einzige Luxus zu sein, den man umsonst bekommt.

III

Ich habe dieses Tagebuch gerade noch einmal von Anfang an gelesen. Ich stelle fest, daß ich meine Schnellschrift ganz gut lesen kann, selbst den Teil, den ich gestern nacht im Mondlicht geschrieben habe. Es überrascht mich, wieviel ich geschrieben habe. Bei Geschichten brauche ich manchmal Stunden für eine einzige Seite, aber die Wahrheit scheint so schnell aus mir herauszufließen, wie ich sie nur niederschreiben kann. Doch Worte drücken nicht immer das richtige aus – meine Worte zumindest. Kann man, wenn man sie liest, sich unsere Küche im Schein des Feuers vorstellen? Oder Belmotte Tower, wie er sich gegen die im Mondlicht silbern leuchtenden Wolken erhebt? Oder Stephen, der zugleich vornehm und demütig aussehen kann? (Es war sehr unfair von mir, zu sagen, daß sein Gesicht immer einen etwas dummen Eindruck macht.) Wenn ich ein Buch lese, lege ich all meine Vorstellungskraft hinein, so daß ich das Gefühl habe, es beim Lesen selbst zu schreiben – oder besser, es selbst zu erleben. Dadurch wird das Lesen sehr viel interessanter, aber wahrscheinlich versuchen das nicht viele Menschen.

Heute nachmittag schreibe ich auf dem Dachboden, weil Topaz und Rose sich in der Küche so eifrig unterhalten. Sie haben eine Packung grüner Stoffarbe aufgestöbert – wir brauchten sie einmal, als ich in einer Schulaufführung eine Elfe spielte – und wollen ein paar alte Kleider färben. Ich möchte zwar keine Schriftstellerin werden, die nur in Abgeschiedenheit arbeiten kann – Jane Austen schrieb schließlich auch im Wohnzimmer und deckte ihre Arbeit einfach zu, wenn jemand sie besuchte (obwohl sie sicher nicht gerade erfreut über die Störung war). Aber ich bin noch keine richtige Jane Austen, und meine Toleranz hat ihre Grenzen. Außerdem möchte ich die Beschreibung der Burg in Ruhe angehen. Hier oben ist es zwar ziemlich kalt, aber ich trage meinen Mantel und meine Wollhandschuhe, bei denen inzwischen bis auf einen Daumen alle Finger fehlen. Und Ab, unser hübscher, gelbbrauner Kater, wärmt mir den Bauch. Ich beuge mich über ihn, damit ich auf dem Rand der Zisterne schreiben kann. Sein richtiger Name ist Abelard, passend zu Heloïse (ich brauche wohl nicht zu erwähnen, daß Topaz die beiden Namen ausgesucht hat), aber er wird selten so genannt. Er hat ein recht angenehmes, aber nicht überschwengliches Wesen – so eine Zuwendung wie heute nachmittag gönnt er mir nur selten.

Heute beginne ich mit folgendem:

WIE WIR DIE BURG ENTDECKTEN

Während Vater im Gefängnis saß, wohnten wir in einer Pension in London. Mutter wollte nicht mehr neben dem Nachbarn bleiben, der über den Zaun gesprungen war. Als Vater entlassen wurde, beschloß er, ein Haus auf dem Lande zu kaufen. Ich glaube, daß wir zu der Zeit relativ wohlhabend waren, da sich *Jakobs Kampf* für ein so ungewöhnliches Buch hervorragend verkauft hatte und Vater mit seinen Lesungen sogar noch mehr verdient hatte. Außerdem hatte Mutter ein eigenes Einkommen.

Vater hielt Suffolk für eine geeignete Grafschaft. Also

wohnten wir im Hotel in King's Crypt und begaben uns jeden Tag auf Haussuche. Zu jener Zeit hatten wir noch ein Auto. Vater und Mutter saßen vorn, Rose, Thomas und ich hinten. Wir hatten viel Spaß, denn Vater war in prächtiger Stimmung – damals schien seine Seele weiß Gott frei von Pein und Trübsal zu sein. Allerdings war er allen Nachbarn gegenüber voreingenommen. Wir sahen in den Dörfern Dutzende schöner Häuser, doch er schloß sie von vornherein aus.

Es war ein milder, goldener Spätherbst. Mir gefielen die sanften Farben der Stoppelfelder und die dunstigen Rieselwiesen. Rose mag das flache Land nicht, aber ich schon – es läßt dem Himmel so viel Platz. An einem Abend mit einem wunderschönen Sonnenuntergang verirrten wir uns. Mutter hielt die Straßenkarte und behauptete immer wieder, das Land stehe auf dem Kopf. Und als sie die Karte dann richtig herum hielt, standen alle Straßennamen auf dem Kopf. Rose und ich lachten sehr darüber, wir fanden es toll, uns verirrt zu haben. Und Vater zeigte sich äußerst geduldig gegenüber Mutters Kartenlesekünsten.

Plötzlich entdeckten wir in der Ferne auf einem kleinen Hügel einen hohen, runden Turm. Sofort beschloß Vater, ihn zu erkunden, obwohl Mutter seine Begeisterung nicht teilte. Er war schwer zu finden, da die schmalen Straßen kurvenreich waren und Wälder und Dörfer ihn immer wieder verdeckten. Doch alle paar Minuten erhaschten wir einen Blick auf ihn, und Vater, Rose und ich wurden ganz aufgeregt. Mutter wandte immer wieder ein, daß Thomas zu spät ins Bett komme. Er schlief schon und wurde zwischen Rose und mir hin und her geworfen.

Schließlich gelangten wir an einen baufälligen Wegweiser, auf dem stand: NUR ZUM BELMOTTE TOWER UND

ZUR BURG. Er wies einen schmalen, überwucherten Weg hinunter. Vater bog sofort ein. Wir krochen langsam vorwärts, wobei die Dornensträucher sich über den Wagen legten, als wollten sie uns zurückhalten. Ich weiß noch, daß ich an den Prinz dachte, der sich durch das Gestrüpp zu Dornröschen kämpfen muß. Die Hecken waren so hoch und der Weg krümmte sich so oft, daß wir immer nur ein paar Meter weit sehen konnten. Mutter sagte immer wieder, wir sollten umkehren, bevor wir womöglich stecken blieben, und die Burg sei wahrscheinlich noch kilometerweit entfernt. Doch dann kamen wir plötzlich an eine Lichtung und waren am Ziel – allerdings befanden wir uns nicht vor dem einsamen Turm auf dem Hügel, den wir gesucht hatten, sondern vor einer ziemlich großen Burg zu ebener Erde. Vater stieß einen Schrei aus, und im nächsten Moment waren wir aus dem Auto gesprungen und bestaunten das Gemäuer.

Wie schön und seltsam die Burg im Licht des frühen Abends aussah! Ich kann mich noch genau an diesen ersten Eindruck erinnern: die hohen, grauen Steinmauern und Türme, die in den hellen, gelben Himmel ragten. Das Spiegelbild der Burg, das sich uns quer durch den randvollen Burggraben entgegenstreckte. Die smaragdgrünen, im Wasser treibenden Algen. Kein Windhauch kräuselte die spiegelglatte Wasseroberfläche, kein einziges Geräusch war zu hören. Durch unsere aufgeregten Stimmen wirkte die Burg noch stiller.

Vater zeigte auf das Pförtnerhaus: Zwei runde Türme wurden auf halber Höhe durch einen Raum verbunden, dessen Fenster Mittelpfosten aus Stein aufwiesen. Rechts vom Pförtnerhaus standen nur noch ein paar zerfallende Mauern, doch links führte ein Stück hoher, mit Zinnen besetzter

Mauern zu einem runden Eckturm. Die Brücke über dem Graben reichte bis vor die großen, mit Nägeln beschlagenen Eichentüren unter den Fenstern des Pförtnerzimmers. Eine kleine Tür, die in eine der größeren Türen eingelassen war, stand einen Spalt offen. Sobald Vater dies bemerkt hatte, rannte er darauf zu. Mutter sagte etwas von unbefugtem Zutritt und versuchte uns davon abzuhalten, ihm zu folgen. Doch schließlich ließ sie uns gehen, während sie bei Thomas blieb, der aufgewacht war und ein wenig weinte.

Wie gut ich mich daran erinnere, wie wir durch die Stille rannten, an den Geruch von feuchtem Stein und Algen, als wir über die Brücke liefen, und den spannenden Moment, bevor wir durch die kleine Tür eintraten! Drinnen fanden wir uns im kühlen, dunklen Torweg des Pförtnerhauses wieder. Hier konnte ich die Burg zum ersten Mal spüren – den Ort, an dem einem das große Gewicht der Steine ringsum am meisten bewußt wird. Ich war noch zu jung, um viel über Geschichte und Vergangenheit zu wissen. Für mich schien die Burg einem Märchen zu entstammen, und die unheimliche, schwere Kälte empfand ich als so magisch, daß ich mich an Rose klammerte. Gemeinsam rannten wir durch den Torweg ans Tageslicht und blieben dann wie angewurzelt stehen.

Anstelle der grauen Mauern und Türmchen, die wir erwartet hatten, erblickten wir zu unserer Linken ein langes, weiß verputztes Haus mit Ziegeln im Fischgrätenmuster und eingelassenem, wettergebleichtem Holz. Es war mit allen möglichen Gitterfenstern ausgestattet, die im Sonnenuntergang golden strahlten, und der Dachgiebel sah aus, als würde er jeden Moment nach vorn kippen. Dieses Haus stammte aus einem anderen Märchen – genauso stellte ich mir das Haus in *Hänsel und Gretel* vor. Einen Moment lang fürchtete ich, die Hexe hätte Vater geraubt. Doch dann entdeckte ich ihn. Er versuchte gerade, durch die Küchentür ins Haus zu gelangen. Er kam durch den überwucherten Garten im Hof zu uns zurück und rief uns zu, daß in der Nähe der Tür ein kleines Fenster offen stehe, und er würde Rose hindurchhelfen, damit sie uns hereinlassen könne. Ich war froh, daß er »Rose« sagte und nicht »Cassandra« – ich hätte mich gefürchtet, wenn ich nur eine Sekunde allein in das Haus gemußt hätte. Rose hatte nie vor etwas Angst. Sie kletterte bereits zum Fenster hinauf, bevor Vater zur Stelle war und sie hochhob. Und schon war sie auf der anderen Seite, und wir hörten, wie sie sich mit schweren Riegeln abmühte. Dann zog sie triumphierend die Tür auf.

In der quadratischen Diele war es kalt und dunkel, und es roch unangenehm nach Schimmel. Jedes Stückchen Holz war in einer tristen, gelbbraunen Farbe gestrichen worden, um die Maserung des Holzes nachzuahmen.

»Wie kann man diese schöne, alte Holztäfelung nur so verschandeln?« schimpfte Vater. Wir folgten ihm nach links in ein Zimmer mit einer dunkelroten Tapete und einem großen, mit Graphit verkleideten Kamin. Ein hübsches, kleines Fenster ging auf den Garten hinaus, doch ich fand das Zimmer trotzdem schrecklich.

»Eine tiefer gehängte Decke«, stellte Vater fest und reckte sich, um dagegen zu klopfen. »Lieber Himmel, ich glaube, die Viktorianer haben dem Haus übel mitgespielt.«

Wir kehrten in die Diele zurück und betraten dann das große Zimmer, das wir jetzt als Salon benutzen. Es ist so lang wie das ganze Haus. Rose und ich rannten quer hindurch und knieten uns auf den breiten Fenstersitz. Vater öffnete die schweren, in der Mitte geteilten Fenster, damit wir hinunterblicken und uns im Burggraben sehen konnten. Dann zeigte er uns, wie dick die Wand war, und erklärte, daß man das Stuart-Haus in die Burgruinen hineingebaut hatte.

»Früher war es sicher einmal wunderschön – und das könnte es auch wieder werden«, sagte er und schaute auf das Stoppelfeld hinaus. »Stellt euch nur diese Aussicht im Sommer vor, wenn das Weizenfeld bis an den Burggraben heranreicht.«

Dann drehte er sich um und schrie vor Schreck über die scheußliche Tapete auf – er fand, das Muster sehe aus wie riesige zerquetschte Frösche. Das konnte man wohl sagen, und dazu gab es einen abscheulichen Kamin, der mit tabakfarbenen Kacheln eingefaßt war. Aber die Fenster mit den rautenförmigen Scheiben, die auf den Garten hinaus gingen und durch die das Licht der untergehenden Sonne hereinschien, fand ich wunderschön, und auch der Burgraben hatte es mir gleich angetan.

Während Rose und ich unseren Spiegelbildern zuwinkten, ging Vater durch den kurzen Korridor in die Küche. Plötzlich hörten wir ihn brüllen: »Diese Schweine, diese Schweine!« Einen Moment lang dachte ich, er hätte dort tatsächlich Schweine gefunden, doch der Ausruf stellte sich nur als seine nachhaltige Meinung über die Leute heraus, die dieses Haus so verhunzt hatten. Die Küche sah wirklich schauderhaft aus. Man hatte sie in mehrere Räume aufgeteilt – einen davon hatte man als Hühnerstall genutzt. Die falsche Decke hing in der Mitte durch, die Treppe und die Schränke waren wie die Diele gelbbraun gestrichen und künstlich gemasert. Am meisten ärgerte mich ein Haufen aus Stroh und Lumpen, auf dem offensichtlich Landstreicher geschlafen hatten. Ich machte einen großen Bogen darum und war froh, als Vater uns in den ersten Stock führte.

Die Schlafzimmer waren genauso verschandelt wie die Zimmer im Erdgeschoß – tiefer gehängte Decken, scheußliche Kamine, häßliche Tapeten. Doch ich war entzückt, als ich den runden Turm sah, der sich direkt an das Zimmer anschloß, in dem Rose und ich jetzt wohnen. Vater versuchte, die Tür zum Turm zu öffnen, doch sie war zugenagelt. Also ging er über den Treppenabsatz weiter.

»Der Eckturm, den wir von draußen gesehen haben, muß hier irgendwo sein«, erklärte er. Wir folgten ihm und entdeckten Thomas' kleines Zimmer, dann das Bad. Eine riesige, in Mahagoni eingefaßte Badewanne stand darin, und nebeneinander zwei Klosetts mit Mahagonisitzen, über die sich ein einziger Deckel schloß. Auf den Keramikteilen war Windsor Castle abgebildet, und wenn man an der Kette zog, fiel der Boden des Schlosses heraus. Über den Klosetts stand ein Spruch der früheren Pächter: »Haltet mich hoch, dann bin ich sicher.« Vater ließ sich auf dem Rand der Badewanne nieder und schüttelte sich vor Lachen. Er wollte niemals auch nur eine Kleinigkeit im Badezimmer ändern lassen, deshalb steht der Spruch auch jetzt noch dort.

Der Eckturm befand sich zwischen der Wanne und den Klosetts. Es gab keine Tür. Wir begannen die steinerne Wendeltreppe im Innern hinaufzuklettern, aber die Stufen waren so zerbröckelt, daß wir umkehren mußten. Immerhin kamen wir weit genug, um einen Weg nach draußen auf die Mauern zu entdecken: Wir gelangten auf einen recht breiten Gang mit einer zinnenbesetzten Brustwehr auf jeder Seite. Von dort konnten wir Mutter im Wagen sitzen sehen. Sie hielt Thomas im Arm.

»Paßt auf, daß sie uns nicht sieht«, sagte Vater, »sonst fürchtet sie noch, wir brechen uns den Hals.«

Der Wehrgang führte uns zu einem der Pförtnerhaustürme. Auch in diesem gab es eine Wendeltreppe, von der aus eine Tür ins Pförtnerzimmer abging.

»Zum Glück haben sie diesen Raum nicht verschandelt!« rief Vater, als wir eintraten. »Hier könnte ich wunderbar arbeiten!«

Die Mittelpfostenfenster gingen hinten auf den Hof hinaus und vorn auf die Zufahrt. Vater erklärte, sie stammten aus der Zeit der Tudors und seien jünger als das Pförtnerhaus, aber sehr viel älter als das Haupthaus.

Wir kehrten in den Turm zurück. Da uns die Stufen dieser Wendeltreppe sicher genug erschienen, wollten wir noch höher hinaufsteigen. Doch als wir dann in die Dunkelheit kletterten, wünschte ich, wir hätten uns anders entschieden. Vater zündete Streichhölzer an, aber immer wenn eines ausbrannte, standen wir einen unheimlichen Moment lang in der Finsternis. Und die kalten, rauhen Steinmauern fühlten sich an meinen Händen und nackten Knien ganz ungewohnt an. Als wir schließlich das mit Zinnen besetzte Dach des Turmes erreichten, hatte der Aufstieg sich jedoch gelohnt – noch nie in meinem Leben hatte ich mich so erhaben gefühlt. Und ich war stolz, daß ich mutig genug gewesen war, um hinaufzusteigen. Nicht, daß ich eine Wahl gehabt hätte – Rose hatte immer wieder von hinten gedrängelt.

Wir blickten auf die Zufahrt hinunter und über die Felder, die sich zu allen Seiten ausdehnten. Wir standen so hoch oben, daß wir die Hecken erkennen konnten, die sie in einen Flickenteppich zerteilten. Auch ein paar Wäldchen gab es, und ungefähr einen Kilometer nach links davon ein winziges Dorf. Wir gingen zur anderen Seite des Daches, um über den Garten im Hof zu blicken, und dann riefen wir alle gleichzeitig: »Da ist er ja!« Hinter den zerfallenen Mauern auf der Westseite des Hofes entdeckten wir einen kleinen Hügel, und darauf stand der hohe Turm, den wir so lange gesucht hatten. Komisch, daß wir ihn nicht gesehen hatten, als wir anfangs aus dem Torweg gekommen waren! Vielleicht verdeckte der überwucherte Garten die Sicht. Oder wir waren so überrascht gewesen, das Haus zu sehen, daß wir nicht in die andere Richtung geblickt hatten.

Vater stürzte zur Treppe zurück. Ich rief: »Warte, warte!« Er machte kehrt, nahm mich auf den Arm und ließ Rose vorangehen und die Streichhölzer anzünden. Er vermutete, daß das untere Ende der Treppe im Torweg lag. Doch Rose zündete das letzte Streichholz am Türbogen zum Wehrgang an. Also kehrten wir über die Mauern ins Badezimmer zurück und gelangten über die hübsche kleine Vordertreppe des Hauses in die Diele. Mutter kam gerade durch die Haustür, um nach uns zu suchen. Sie zog einen brummigen, übermüdeten Thomas hinter sich her – er wurde nicht gern allein im Wagen zurückgelassen. Vater zeigte ihr den Turm auf dem Hügel. Jetzt, da wir wußten, in welche Richtung man schauen mußte, entdeckten wir ihn sofort. Vater bat Mutter mitzukommen, und dann rannte er auch schon durch den Garten im Hof. Sie rief ihm nach, mit Thomas schaffe sie das nicht. Ich weiß noch, daß ich das Gefühl hatte, bei ihr bleiben zu müssen. Doch ich rannte hinter Vater und Rose her.

Wir kletterten über die zerfallenen Mauern, die den Garten umschlossen, und überquerten den Graben über die wacklige Brücke in der südwestlichen Ecke. Dann standen wir auch schon am Fuße des Hügels. Vater erklärte uns, daß es kein natürlicher Hügel sei, sondern ein in alter Zeit als Feldschanze errichteter Erdwall. Das Gras war kurz und weich, und hier lagen keine Mauerreste herum. Oben mußten wir über ein paar Buckel klettern – Vater vermutete, das seien die äußeren Verteidigungsanlagen gewesen. Danach gelangten wir auf ein breites, grasbedecktes Plateau. Am gegenüberliegenden Ende befand sich ein kleinerer, runder, sehr gleichmäßiger Wall. Auf diesem erhob sich der Turm: fast zwanzig Meter hoch, und schwarz im letzten Licht der untergehenden Sonne. Der Eingang lag ungefähr viereinhalb Meter über dem Boden, am Ende einer außen angebrachten Steintreppe. Vater versuchte mit aller Kraft, die Tür zu öffnen, hatte aber kein Glück, daher sahen wir den Turm an jenem Abend noch nicht von innen.

Wir wanderten einmal um den kleinen Wall herum, und Vater erklärte uns, dies sei ein Festungswall und das Plateau ein Burghof. Und dieser Teil sei älter als die Burg mit dem Graben unten. Das Sonnenlicht verschwand, ein Wind kam auf, und allmählich sah alles sehr unheimlich aus. Doch Vater redete fröhlich und aufgeregt weiter. Auf einmal bemerkte Rose: »Der Turm sieht aus wie der Turm in *Die Hexen von Lancashire*, in dem Mutter Demlike wohnte.« Sie hatte mir Auszüge aus dem Buch laut vorgelesen, bis ich solche Angst bekommen hatte, daß Mutter sie bat, aufzuhören. Genau in diesem Augenblick hörten wir Mutter von unten rufen. Ihre Stimme klang hoch und verzerrt, beinahe verzweifelt. Ich nahm Rose an der Hand und sagte: »Komm, Mutter fürchtet sich.« Und ich redete mir ein, ich würde Mutter zu Hilfe eilen – dabei hielt ich es in Wirklichkeit selbst nicht länger in der Nähe des Turmes aus.

Vater schlug ebenfalls vor, daß wir uns auf den Rückweg machen sollten. Also kletterten wir über die Buckel, und dann nahmen Rose und ich uns bei der Hand und rannten den Abhang hinunter – immer schneller, so daß ich fürchtete, wir würden hinfallen. Ich hatte große Angst, und trotzdem machte es Spaß. Den ganzen Abend habe ich genau so in Erinnerung.

Als wir zum Haus zurückkamen, saß Mutter auf der Stufe vor der Tür und hielt Thomas im Arm. Er war wieder eingeschlafen.

»Ist es nicht wundervoll?« rief Vater. »Ich muß es haben, und wenn ich meinen letzten Penny dafür hergeben muß.«

Mutter antwortete: »Wenn das mein Kreuz sein soll, wird Gott mir hoffentlich die Kraft geben, es zu tragen.« Vater lachte darüber, doch ich war ziemlich erschrocken. Ich habe keine Ahnung, ob sie das als Witz gemeint hatte. Andererseits stelle ich mehr und mehr fest, wie vage meine Erinnerung an sie ist. Selbst wenn ich noch Dinge weiß, die sie sagte, kann ich mich nicht mehr an den Klang ihrer Stimme erinnern. Und obwohl ich noch ihre Gestalt vor mir sehe – wie sie an jenem Tag vor der Tür kauerte, ihren Hinterkopf, als wir im Wagen saßen, ihr braunes Tweedkostüm und den knautschigen Filzhut –, schaffe ich es nicht, mir ihr Gesicht ins Bewußtsein zu rufen. Wenn ich es versuche, sehe ich immer nur das Foto vor mir, das ich von ihr besitze.

Rose und ich kehrten mit ihr zum Wagen zurück, doch Vater wanderte noch weiter umher, bis es ganz dunkel war. Ich erinnere mich, wie er in der Nähe des Pförtnerhauses auf den Burgmauern erschien und ich staunte, daß ich selbst dort oben gewesen war. Selbst in der Dämmerung konnte ich sein goldblondes Haar und sein eindrucksvolles Profil erkennen. Er war damals hager, aber breitschultrig und – wie auch jetzt noch – sehr groß.

Er war so aufgeregt, daß er regelrecht nach King's Crypt

zurückraste – Rose, Thomas und ich hüpften auf dem Rücksitz auf und ab. Mutter wandte ein, daß die Straßen für dieses Tempo zu schmal seien. Also fuhr er im Schneckentempo weiter, worüber Rose und ich herzlich lachten. Mutter sagte: »Es hat alles seinen Grund. Außerdem sollte Thomas längst im Bett sein.« Thomas setzte sich plötzlich auf und sagte: »Stimmt, ich sollte schon im Bett sein!« Darüber mußte dann auch Mutter lachen.

Am nächsten Tag erkundigte sich Vater nach dem Eigentümer der Burg und fuhr anschließend nach Scoatney Hall. Als er zurück war, erzählte er uns, daß Mr. Cotton die Burg nicht verkaufen wolle, sie ihm aber für vierzig Jahre verpachten würde.

»Und ich darf mit dem Haus machen, was ich will«, fügte er hinzu. »Der alte Gentleman stimmt mir zu, daß es nicht mehr schlimmer werden kann, als es jetzt ist.«

Natürlich sah das Haus nachher sehr viel besser aus: Es wurde frisch getüncht, die Holzverkleidung im Salon unter acht Lagen Tapete freigelegt und die scheußlichsten Kamine, die falschen Zimmerdecken und die Trennwände in der Küche abgerissen. Vater wollte noch eine Menge anderer Dinge verändern, vor allem, um mehr Komfort zu haben. Mutter wünschte sich zum Beispiel eine Zentralheizung und ein Gerät, mit dem man elektrisches Licht erzeugen konnte. Doch er gab schon vor den Arbeiten an der Burg so viel Geld für antike Möbel aus, daß Mutter ihn davon überzeugte, nur das Nötigste machen zu lassen. Irgendwie dachten wir immer, die nützlichen Dinge könnte man ja später noch anschaffen, wenn Vater sein nächstes Buch geschrieben hatte.

Wir zogen im Frühling ein. Ich erinnere mich besonders genau an den Nachmittag, als wir den Salon herrichteten.

Alles war so frisch und neu – die geblümten Chintzvorhänge, die herrlichen, glänzenden alten Möbel, die weiße Holztäfelung – wir mußten sie streichen, weil wir sie in einem äußerst schlechten Zustand vorgefunden hatten. Eine große Vase mit jungen, grünen Buchenzweigen faszinierte mich besonders. Ich saß auf dem Fußboden und betrachtete sie, während Rose ihr Stück »An eine Seerose« auf Mutters altem Flügel spielte. Plötzlich kam Vater herein und erzählte uns gutgelaunt, draußen vor dem Fenster warte eine Überraschung auf uns. Er öffnete schwungvoll die Fensterflügel, und wir erblickten auf dem Wasser des Burggrabens zwei friedlich schwimmende Schwäne. Wir lehnten uns aus dem Fenster, um sie mit Brotkrumen zu füttern. Die Frühlingsluft wehte herein und bewegte die Buchenzweige. Dann ging ich in den Garten, wo das Gras gemäht und die Blumenbeete in Ordnung gebracht worden waren. Es gab bereits eine Menge frühen Goldlack, der herrlich duftete. Oben im Pförtnerzimmer räumte Vater seine Bücher ein. Er rief hinunter:

»Habt ihr nicht ein wundervolles Zuhause?«

Das fand ich auch, und ich finde es auch heute noch. Wer allerdings einmal das Vergnügen hatte, hier den Winter zu verleben, würde den Nordpol für eine heiße Wüste halten.

Wie seltsam die Erinnerung doch ist! Wenn ich die Augen schließe, sehe ich drei verschiedene Burgen vor mir – eine im Licht der untergehenden Sonne am ersten Abend, eine ganz neu und sauber wie in unserer ersten Zeit hier und eine, wie sie jetzt aussieht. Das letzte Bild ist sehr trist, weil all unsere schönen Möbel verschwunden sind. Im Eßzimmer liegt nicht einmal mehr ein Teppich. Nicht, daß das ein großer Verlust wäre – dieser Raum war jener erste, den wir bei unserer Erkundung der Burg entdeckten, und er war immer zu weit von der Küche weg. Im Salon stehen noch ein paar Stühle, und zum Glück wird wohl nie jemand den Flügel kaufen, weil er so alt und groß ist. Aber die Farben der hübschen Chintzvorhänge sind verblaßt, und alles sieht heruntergekommen aus. Wenn der Frühling kommt, müssen wir wirklich versuchen, unser Heim ein wenig aufzufrischen. Immerhin können wir uns noch Buchenzweige leisten.

Wir sind nun schon seit fünf Jahren arm. Nach Mutters Tod lebten wir leider von dem Geld, das sie uns hinterließ. Damals machte ich mir noch keine Sorgen um unser Einkommen, weil ich immer dachte, Vater würde früher oder später wieder etwas verdienen. Mutter erzog uns zu dem Glauben, er sei ein Genie, und Genies dürfe man nicht drängen.

Aber was ist wirklich mit ihm los? Und was tut er nur die ganze Zeit? Gestern habe ich geschrieben, daß er nur Kriminalromane liest. Das war aber im Grunde eine platte Verallgemeinerung, denn Miss Marcy kann ihm selten mehr als zwei in der Woche mitbringen (obwohl er nach einer gewissen Zeit dieselben Bücher ein zweites und ein drittes Mal liest, was ich ganz erstaunlich finde). Natürlich liest er auch andere Bücher. Unsere wertvollen Exemplare haben wir verkauft (ich habe sie bereits schmerzlich vermißt!), aber ansonsten sind noch viele da, zum Beispiel eine alte, unvollständige *Encyclopaedia Britannica*. Ich weiß, daß Vater sie liest – in einer Art Spiel, in dem er Querverweisen nachgeht. Und ich bin sicher, daß er angestrengt nachdenkt. Ich habe schon oft das Pförtnerzimmer betreten, wenn er mein Klopfen an der Tür nicht gehört hatte, und habe ihn ins Leere blicken sehen. Bei gutem Wetter geht er viel spazieren, aber das ist schon seit Monaten nicht mehr vorgekommen. Zu seinen Freunden in London hat er den Kontakt abgebrochen. Sein einziger

Freund hier unten ist der Pfarrer. Er ist der netteste Mensch, den man sich vorstellen kann – ein Junggeselle mit einer älteren Haushälterin. Doch wenn ich so darüber nachdenke, ist Vater selbst ihm in diesem Winter aus dem Weg gegangen.

Vaters Einsiedlertum macht es uns schwer, andere Menschen kennenzulernen. Viele gibt es hier auch gar nicht. Das Dorf ist winzig: nur die Kirche, das Pfarrhaus, die kleine Schule, das Wirtshaus, ein Geschäft (das zugleich als Postamt dient) und ein paar Häuschen. Einschließlich der umliegenden Weiler und Höfe ist die Pfarrgemeinde allerdings relativ groß. Das Dorf ist sehr hübsch und trägt den unmöglichen Namen Godsend – eine Abwandlung von Godys End, nach dem normannischen Ritter Etienne de Godys, der Belmotte Castle erbaute. Unsere Burg – ich meine die mit dem Graben, in die unser Haus hineingebaut wurde – heißt ebenfalls Godsend. Sie wurde von einem späteren de Godys errichtet.

Niemand weiß genau, woher der Name »Belmotte« stammt. Der ganze Wall mit dem Turm darauf heißt so. Man könnte vermuten, daß »Bel« aus dem Französischen kommt. Aber der Pfarrer ist Anhänger einer Theorie, die besagt, Bel meine den Sonnengott Baal, dessen Verehrung durch die Phönizier nach England kam. Man habe den Wall errichtet, um dort die Feuer in der Johannisnacht anzuzünden, und die Normannen hätten den Namen einfach übernommen. Vater glaubt dagegen nicht an diese Theorie und meint, die Phönizier verehrten die Sterne und nicht die Sonne. Auf jeden Fall ist der Wall ein guter Platz, um sowohl Sterne als auch Sonne zu verehren. Wenn ich Zeit dazu finde, mache ich das selbst manchmal.

Eigentlich wollte ich einen Geschichtsaufsatz über Burgen in dieses Tagebuch übertragen, den ich für die Schule geschrieben habe. Aber ich finde ihn inzwischen furchtbar lang und viel zu ausführlich (die armen Zuhörer in der Schule!), deshalb werde ich ihn etwas straffen:

BURGEN

In der frühen normannischen Zeit gab es offenbar Hügel mit Gräben und Holzpalisaden als Verteidigungsanlagen. Innerhalb der Palisaden gab es Bauwerke aus Holz, und manchmal diente ein hoher Erdwall (genannt *motte*) als Aussichtspunkt. Die späteren Normannen errichteten dann große, quadratische Steintürme, die Bergfriede genannt wurden. Doch es stellte sich heraus, daß man deren Ecken leicht durch Minen einnehmen konnte – Minen natürlich im Sinne von unterirdischen Gängen, Sprengstoffe gab es noch nicht. Also ging man dazu über, runde Türme zu bauen – solche wie Belmotte Tower. Später wurden die Bergfriede von hohen Ringmauern umgeben, Zingel genannt. Diese baute man häufig in viereckiger Form mit herausragenden Türmen am Pförtnerhaus, an den Ecken und in der Mitte jeder Seite. So konnten die Verteidiger alle Angreifer sehen, die über die Mauer klettern oder durch einen unterirdischen Gang eindringen wollten, und sie abwehren. Doch die Angreifer kannten noch viele andere gute Tricks, zum Beispiel ein Wurfgeschütz, das man *trébuchet* nannte: Damit konnte man große Steine – oder ein totes Pferd – über die Ringmauern schleudern und viel Unruhe stiften. Schließlich kam jemand auf die Idee, Gräben um die Zingel anzulegen. Natürlich mußten die von Gräben umgebenen Burgen zu ebener Erde liegen, daher war der Turm von Belmotte, der oben auf dem Wall steht, sicher schon aus der Mode, als Godsend

Castle gebaut wurde. Dann kamen allmählich alle Burgen aus der Mode, und Cromwells Rundköpfe rissen zweieinhalb Seiten unserer Ringmauern ein.

Der Name de Godys war bereits lang davor ausgestorben, und die zwei Burgen waren durch eine Tochter an die Cottons of Scoatney weitergegeben worden. Das Haus, das man in die Ruinen gebaut hatte, war eine Zeitlang ihr Witwenhaus, dann wurde es ein einfaches Bauernhaus. Inzwischen ist es nicht einmal mehr das – nur noch das Heim der ruinierten Mortmains.

Oh, wie sollen wir nur an Geld kommen? Sicher sind wir intelligent genug, um etwas zu verdienen – oder jemanden mit Geld zu heiraten. Das gilt natürlich nur für Rose. Ich selbst würde in die Ehe so freudig wie ins Grab gehen, und ich sehe nicht ein, daß ich mich opfern soll. Aber wie soll Rose denn jemanden kennenlernen? Früher fuhren wir jedes Jahr nach London und blieben eine Weile bei Vaters Tante, die ein Haus mit einem Seerosenteich in Chelsea besitzt und Künstler um sich schart. Dort lernte Vater Topaz kennen – Tante Millicent hat ihm nie verziehen, daß er sie geheiratet hat, deshalb lädt sie uns jetzt nicht mehr zu sich ein. Das ist sehr bitter für uns, denn dadurch lernen wir überhaupt keine Männer mehr kennen, nicht einmal Künstler. Oje! Meine gute Stimmung ist verflogen. Während des Schreibens habe ich in der Vergangenheit gelebt, ihr strahlendes Licht hat mich umgeben – zuerst das goldene Herbstlicht, dann das silberne Frühlingslicht, und schließlich das seltsame, graue, aber aufregende Licht, in dem ich die Geschichte der Burgen sehe. Doch nun bin ich in die Gegenwart zurückgekehrt: Der Regen trommelt gegen das Fenster des Dachbodens, ein eisiger Wind fegt die Treppe herauf, und Ab hat sich nach unten verzogen, so daß mein Bauch jetzt kalt ist.

Meine Güte, wie es schüttet! Der Regen sieht aus wie ein Schleier, der schräg über Belmotte liegt. Ob Regen oder Sonnenschein – Belmotte bietet immer einen wunderschönen Anblick. Ich wünschte, die Johannisnacht wäre schon heute, und ich könnte mein Johannisfeuer auf dem Wall anzünden.

Aus der Zisterne kommt ein blubberndes Geräusch. Das bedeutet, daß Stephen wieder pumpt. Oh, welch schöner Gedanke, heute ist mein Badeabend! Und wenn Stephen im Haus ist, muß es wohl schon Zeit zum Tee sein. Ich werde hinuntergehen und ganz lieb zu allen sein. Gute Taten und ein heißes Bad sind das beste Rezept gegen Depressionen.

IV

Niemals hätte ich geahnt, was uns der Abend bringen würde – es ist tatsächlich etwas passiert! Meine Phantasie möchte vorauseilen und in die Zukunft planen, doch ich habe die Erfahrung gemacht, daß im richtigen Leben nie das geschieht, was man sich vorher in der Phantasie ausgemalt hat. Also zügle ich mich. Anstatt mich wilden Hoffnungen hinzugeben, werde ich den Abend von Anfang an beschreiben und mich still daran weiden, denn im nachhinein scheint mir jeder Augenblick aufregend.

Ich bin in unsere Scheune geflüchtet. Wegen der Ereignisse von gestern abend veranstalten Rose und Topaz einen Frühjahrsputz im Salon. Sie sind wunderbar fröhlich und unbeschwert. Als ich mich von ihnen entfernte, sang Rose gerade *The Isle of Capri* mit sehr hoher und Topaz *Blow the Man down* mit sehr tiefer Stimme. Auch der Morgen ist heiter und wärmer, die Sonne scheint, doch die Felder sind noch halb überflutet. Wir vermieten die Scheune an Mr. Stebbins, aber wir schulden ihm so viel Geld für Milch und Butter, daß er uns nichts mehr zahlt. Sie ist bis oben mit Spreu gefüllt. Ich bin hinaufgeklettert und habe die quadratische Tür unter dem Dach geöffnet, damit ich hinausschauen kann. Ich blicke über die Stoppelfelder und den durchnäßten Winterweizen zum Dorf hinüber, wo der Rauch aus den Schornsteinen schnurgerade in die stille Luft hinaufsteigt. Alles sieht blaßgold, reingewaschen und hoffnungsvoll aus.

Als ich gestern vom Dachboden kam, hatten Rose und Topaz alles gefärbt, was ihnen in die Finger kam, auch unsere letzten Handtücher. Und als ich erst einmal mein Taschentuch in die große Blechwanne mit grüner Farbe getaucht hatte, war ich ebenfalls begeistert. Man fühlt sich richtig erhaben, wenn man den Dingen eine neue Farbe geben kann. Ich färbte meine beiden Nachthemden, und dann nahmen wir uns zusammen Topaz' Laken vor. Das war allerdings so aufwendig, daß wir die Lust daran verloren. Vater kam zum Tee herunter und zeigte sich nicht allzu erfreut darüber, daß Topaz seine gelbe Strickjacke gefärbt hatte – sie hat nun die Farbe von verrottendem Moos. Und unsere Arme, die bis zu den Ellbogen grün waren, fand er abstoßend.

Es gab echte Butter zum Tee. Stephen bekam sie von Mr. Stebbins, als er hinüberging, um sich mit ihm wegen der Arbeit zu einigen (er hat heute morgen angefangen). Und Mrs. Stebbins hatte ihm auch noch eine Wabe Honig mitgegeben. Stephen hat beides an meinen Platz gelegt, deshalb fühlte ich mich wie eine Gastgeberin. Selbst Millionäre können wahrscheinlich nichts Wunderbareres zum Tee essen als frisches Brot, echte Butter und Honig.

Selten habe ich einen solchen Regen gehört wie gestern während des Essens. Ich bin nicht besonders glücklich, wenn die Elemente sich in so gewaltiger Form zeigen. Nicht, daß ich mich fürchte, aber ich habe dann immer das Gefühl, daß das arme Land geschlagen wird, bis ich mich schließlich selbst geschlagen fühle. Rose geht es genau andersherum – sie scheint das Wetter noch anzustacheln, indem sie immer lautere Donnerschläge fordert und sich über die zackigen Blitze freut. Während des Regens ging sie zur Tür und berichtete, daß der Garten komplett unter Wasser stehe.

»Unsere Zufahrt wird ein richtiger Fluß«, bemerkte sie zufrieden, ohne daran zu denken, daß Thomas eine Stunde später mit dem Fahrrad über diesen Weg kommen mußte. Er war wegen eines Vortrags noch in der Schule. Und Vater sagte:

»Darf ich dich in deiner simplen Freude über die Gewalt der Natur daran erinnern, daß wir in Kürze mindestens sechs wunderbare neue Löcher in unserem Dach finden werden?«

In der Küche gab es schon eines. Stephen stellte einen Eimer darunter. Ich erzählte ihm, daß es schon durch die beiden Löcher im Dachboden geregnet hatte, als ich noch oben war, daß aber bereits Eimer darunter stünden. Er ging nach oben, um nachzusehen, ob sie schon überliefen, und berichtete danach von vier weiteren Lecks. Mittlerweile gingen uns die Eimer aus, daher nahm er drei Kochtöpfe und die Suppenterrine mit.

»Vielleicht bleibe ich besser gleich oben und leere sie, sobald sie vollgelaufen sind«, schlug er vor. Er schnappte sich ein Buch und ein paar Kerzenstummel, und ich dachte, wie trübsinnig es sein müsse, zwischen sechs tropfenden Löchern Gedichte zu lesen.

Wir spülten das Teegeschirr, und dann liefen Rose und Topaz zum Waschhaus, um die gefärbten Laken auszuschütteln. Vater blieb am Herd sitzen und wartete, daß der Regen aufhörte, damit er zum Pförtnerhaus zurückkehren konnte. Er saß ganz still und starrte einfach vor sich hin. Plötzlich fiel mir auf, wie fremd er mir ist. Ich schlenderte zu ihm hinüber und redete mit ihm über das Wetter wie mit jemandem, den ich gar nicht kenne. Das stimmte mich so traurig, daß mir nichts mehr einfiel, was ich noch sagen konnte. Nach ein paar Minuten des Schweigens bemerkte er:

»Stephen hat also Arbeit auf Four Stones gefunden.«

Ich nickte nur. Er warf mir einen sonderbaren Blick zu und fragte, ob ich Stephen gern hätte. Ich antwortete, natürlich hätte ich ihn gern, nur die Gedichte seien mir peinlich.

»Du solltest ihm sagen, daß du weißt, daß sie nicht von ihm stammen«, sagte Vater. »Du wirst schon wissen, wie. Ermutige ihn dazu, eigene Gedichte zu schreiben, mögen sie auch schlecht sein. Und behandle ihn nicht zu nett, mein Kind, ruhig ein bißchen resolut.«

»Aber das wird ihm nicht gefallen«, entgegnete ich. »Er würde sich dadurch vor den Kopf gestoßen fühlen. Und du weißt doch, wie sehr er mich mag.«

»Deshalb sollst du ja resolut sein«, erwiderte Vater. »Es sei denn... Natürlich ist er ein guter Junge. Ich bin froh, daß er nicht Rose verehrt.«

Ich muß wohl sehr verwirrt ausgesehen haben. Vater lächelte und fuhr fort: »Oh, zerbrich dir nicht den Kopf darüber. Du bist so intelligent, du wirst vermutlich instinktiv das richtige tun. Ich brauche Topaz gar nicht zu bitten, dir zu helfen. Sie wird sagen, daß das doch alles ganz wunderbar und natürlich sei. Und vielleicht hat sie ja recht. Gott weiß, was aus euch Mädchen noch werden wird.«

Plötzlich wurde mir klar, was er meinte.

»Ich verstehe«, antwortete ich, »und ich werde resolut sein – in Maßen.«

Doch ich frage mich, wie ich das jemals bewerkstelligen soll. Und ob es wirklich notwendig ist. Stephens Hingabe ist doch sicher nichts Ernstliches oder Erwachsenes? Aber seit Vater mich auf diesen Gedanken gebracht hat, muß ich immer wieder daran denken, wie merkwürdig seine Stimme klang, als er mich fragte, ob ich hungrig sei. Es beunruhigt mich, ist aber andererseits auch ganz aufregend... Ich darf nicht weiter darüber nachdenken, solche Dinge liegen mir nicht – eher Rose. Und ich weiß genau, was Vater damit meinte, als er sagte, er sei froh, daß Stephen nicht Rose verehre.

Topaz kehrte aus dem Waschhaus zurück und setzte Bügeleisen zum Erhitzen auf den Herd, deshalb wechselte Vater das Thema und erkundigte sich, ob ich all meine Kleider grün gefärbt hätte. Ich entgegnete, es seien nicht viele zum Färben da.

»Keine langen Kleider?« fragte er.

»Kein einziges«, gab ich zurück. In Wahrheit sehe ich nicht die geringste Chance, jemals richtige Frauenkleider zu besitzen. »Aber mein Turnkleid aus der Schule ist noch ganz gut erhalten und sehr bequem.«

»Ich muß ein paar von meinen für sie ändern«, sagte Topaz, bevor sie zum Waschhaus zurückging. Vielleicht nahm Vater an, ich wolle ihm die Schuld an meinem Kleidermangel geben. In dem Bemühen, schnell das Thema zu wechseln, sagte ich das denkbar Taktloseste.

»Wie geht's mit der Arbeit voran?«

Sein Gesicht wurde verschlossen, und er antwortete knapp: »Du bist zu alt, um an Märchen zu glauben.«

Ich wußte, daß ich ins Fettnäpfchen getreten war, und fand, dann könnte ich genausogut auch noch einen Schritt weiter gehen.

»Sag mal ehrlich, Vater – versuchst du überhaupt noch zu schreiben?«

»Meine liebe Cassandra«, antwortete er mit einer schneidenden Stimme, die man selten von ihm zu hören bekommt,

»es wird Zeit, daß diese Legende, ich sei ein Autor, endlich begraben wird. Meine Einkünfte werden dir keine Damenkleider einbringen.«

Ohne ein weiteres Wort stand er auf und ging nach oben. Ich hätte mich dafür ohrfeigen können, daß ich unser erstes Gespräch seit Monaten vermasselt hatte.

In diesem Moment kam Thomas herein – vollkommen durchnäßt. Ich riet ihm, Vaters Schlafzimmer nicht als Durchgang zu benutzen, was wir normalerweise tun, und er ging vorn herum. Ich holte ihm trockene Unterwäsche – zum Glück war die Bügelwäsche dieser Woche schon erledigt – und ging dann ebenfalls nach oben, um nachzusehen, wie Stephen zurechtkam.

Er hatte die Kerzenstummel neben seinem offenen Buch auf den Boden gestellt und las auf dem Bauch liegend. Sein Gesicht sah vor dem großen, dunklen Dachboden erstaunlich hell aus. Ich blieb einen Moment lang stehen und beobachtete, wie sich seine Lippen bewegten, bis er mich hörte. Die Kochtöpfe waren kurz vorm Überlaufen. Als ich ihm half, sie aus dem Fenster zu leeren, bemerkte ich Licht im Pförtnerhaus. Vater war also durch den Regen zurückgegangen, der allmählich nachließ. Die Luft roch sehr frisch. Ich lehnte mich zum Garten hinaus und stellte fest, daß es draußen wärmer war als drinnen. Das Haus braucht immer eine Weile, um sich Wetterveränderungen anzupassen.

»Bald kommt der Frühling, Miss Cassandra«, sagte Stephen.

Wir sogen die frische Luft ein.

»Der Regen ist ziemlich mild, nicht wahr?« fand ich. »Das ist bestimmt schon ein Frühlingsregen. Oder beschummle ich mich selbst? Du weißt ja, ich versuche immer, den Frühling herbeizureden.«

Er lehnte sich hinaus und atmete tief ein.

»Das ist sicher der Frühlingsanfang, Miss Cassandra«, behauptete er. »Vielleicht müssen wir noch mit ein paar Rückschlägen rechnen, aber er fängt ganz bestimmt jetzt an.« Plötzlich lächelte er, nicht in meine Richtung, sondern einfach vor sich hin, und fügte hinzu: »Anfänge sind immer etwas Schönes.« Dann schloß er das Fenster, und wir stellten die Kochtöpfe unter die Löcher zurück. Die Regentropfen spielten jetzt eine blecherne Melodie in den leeren Töpfen. Die Kerzenstummel auf dem Fußboden warfen bizarre Schatten und ließen Stephen übergroß aussehen. Ich dachte daran, daß Vater ihn als guten Jungen bezeichnet hatte. Und dann fiel mir ein, daß ich nicht resolut gewesen war.

Wir kehrten in die Küche zurück, und ich bereitete Thomas ein wenig zu essen. Topaz bügelte ihr Nachmittagskleid aus Seide. Es sah wunderschön aus – vorher war es von einem verblichenen Blau, und jetzt von einem ungewöhnlichen Meergrün. Ich glaube, der Anblick des Kleides stimmte Rose besonders trübsinnig. Sie begann, ein Baumwollkleid zu bügeln, das die Farbe nicht allzu gut angenommen hatte.

»Warum soll man sich überhaupt mit Sommerkleidern herumplagen«, klagte sie, »wenn es sowieso nie wieder richtig warm wird?«

»Es liegt schon ein bißchen Frühling in der Luft«, erzählte ich. »Geh nach draußen und riech mal.«

Rose beschäftigt sich nie gefühlsmäßig mit Jahreszeiten, daher beachtete sie meinen Vorschlag nicht weiter. Aber Topaz ging zur Tür und riß sie auf. Dann warf sie den Kopf zurück, breitete die Arme aus und holte tief Luft.

»Es ist nur ein Hauch von Frühling und kein Orkan«, sagte ich, doch sie hörte vor lauter Verzückung gar nicht zu. Ich rechnete schon damit, daß sie sich in die Nacht stürzen würde, doch nach ein paar weiteren tiefen Atemzügen ging sie nach oben, um ihr meergrünes Kleid anzuprobieren.

»Sie erstaunt mich immer wieder«, sagte Rose. »Nach all der Zeit weiß ich immer noch nicht, ob sie sich so verhält, weil ihr wirklich danach ist, oder weil sie uns beeindrucken will oder weil sie sich selbst beeindrucken will.«

»Alles drei«, antwortete ich. »Und wenn es ihr hilft, das Leben zu genießen, kann ich es ihr nicht verdenken.«

Rose ging zur Tür und blieb eine Minute lang dort stehen, doch die Nachtluft munterte sie kein bißchen auf. Sie knallte die Tür zu und rief: »Wenn mir irgend etwas einfiele, das ich aus Verzweiflung tun könnte, dann würde ich es tun!«

»Was ist eigentlich los mit dir, Rose?« fragte Thomas. »Seit Tagen schlägst du dir an die Brust, und es wird langsam langweilig. Topaz kann man immerhin zum Lachen bringen, aber du bist von morgens bis abends mürrisch.«

»Mit vollem Mund spricht man nicht«, entgegnete Rose. »So fühle ich mich nun mal. Ich habe keine Kleider, keine Aussichten. Ich lebe in einer modrigen Ruine und kann mich auf nichts freuen, außer darauf, alt zu werden.«

»So sieht es doch schon seit Jahren aus«, stellte Thomas fest. »Warum macht es dir gerade jetzt so zu schaffen?«

»Der lange, kalte Winter«, vermutete ich.

»Der lange, kalte Winter meines Lebens«, verbesserte Rose. Darüber mußte Thomas so lachen, daß er sich verschluckte.

Selbst Rose lachte ein bißchen. Sie kam herüber, setzte sich auf den Tisch und sah ein bißchen weniger finster drein.

»Stephen«, fing sie an. »Du gehst doch zur Kirche. Glaubt man dort noch an den Teufel?«

»Einige Leute schon«, antwortete er, »aber der Pfarrer wohl nicht.«

»Der Teufel ist aus der Mode«, sagte ich.

»Dann schmeichelt es ihm vielleicht, wenn ich an ihn glaube, und er strengt sich besonders für mich an. Ich werde ihm meine Seele verkaufen. Wie Faust.«

»Faust hat seine Seele verkauft, um seine Jugend zurückzubekommen«, wandte Thomas ein.

»Dann verkaufe ich meine, um meine Jugend leben zu dürfen, solange ich sie noch habe«, sagte Rose. »Ob er mich wohl hört, wenn ich ihn rufe, oder muß ich ihn in der Hölle besuchen?«

»Du kannst ja versuchen, unseren Wasserspeier zu beschwören«, schlug ich vor. Trotz des verzweifelten Hintergrunds ihrer Reden hatte ich sie lange nicht mehr so ausgelassen erlebt, deshalb wollte ich sie ermutigen.

»Hol mir die Leiter, Stephen«, bat sie.

Was wir unseren Wasserspeier nennen, ist eigentlich nur ein gemeißelter Steinkopf hoch oben über dem Herd in der Küche. Vater meint, daß sich dort die Burgkapelle befand, denn man kann noch geriefelte Steinverzierungen und eine Nische erkennen, die vielleicht für Weihwasser benutzt wurde. Die alte Wand wurde allerdings schon so oft getüncht, daß man die Konturen nicht mehr genau sehen kann.

»Die Leiter reicht nicht bis da oben, Miss Rose«, wandte Stephen ein. »Außerdem sagt der Pfarrer, das sei ein Engelskopf.«

»Er sieht aber sehr teuflisch aus«, behauptete Rose, »und außerdem ist der Teufel ja ein gefallener Engel.«

Wir blickten alle zum Steinkopf hinauf. Er hatte tatsächlich einen etwas teuflischen Gesichtsausdruck. Ein paar seiner Locken waren abgebrochen, und die restlichen sahen aus wie Hörner.

»Vielleicht wirkt es besonders gut, wenn du einen Engel beschwörst und dabei an den Teufel denkst«, schlug ich vor. »So wie Hexen die heilige Messe rückwärts lesen.«

»Wir könnten dich auf dem Trockengestell hochziehen, Rose«, schlug Thomas vor.

Das Trockengestell war samt den gefärbten Laken in die Höhe gezogen worden. Rose wollte, daß Stephen es herunterließ, doch er schaute zuerst mich fragend an. Sie runzelte die Stirn und ging schließlich selbst zum Flaschenzug. Ich sagte:

»Wenn ihr damit unbedingt Unsinn treiben müßt, laßt mich vorher die Laken abnehmen.«

Also ließ Rose die Laken herunter, und Stephen half mir, sie auf zwei Wäscheständern auszubreiten. Thomas hielt das Seil fest, während Rose sich auf die Mitte des Gestells setzte, um auszuprobieren, ob es hielt.

»Das Gestell hält bestimmt«, sagte Stephen. »Ich habe mitgeholfen, es zu bauen, und es ist sehr stabil. Bei dem Seil und den Rollen bin ich mir allerdings nicht so sicher.«

Ich setzte mich noch neben Rose. Wenn das Gestell das Gewicht von uns beiden aushielt, würde es auch sie allein tragen. Ich schloß aus ihrem Blick und ihrer roten Gesichtsfarbe, daß wir es ihr sowieso nicht würden ausreden können. Wir hüpften zur Probe ein bißchen auf und ab. Dann entschied sie:

»Okay, es hält. Zieht mich hoch.«

Stephen lief zum Flaschenzug, um Thomas zu helfen.

»Aber Sie nicht, Miss Cassandra«, bat er. »Das ist gefährlich.«

»Wenn ich mir den Hals breche, macht es dir anscheinend nichts aus«, meckerte Rose.

»Doch, natürlich«, antwortete Stephen, »aber Sie würden ja sowieso nicht auf mich hören. Außerdem wollten Sie den Engel beschwören und nicht Miss Cassandra.«

Ich hätte auch gern etwas beschwört, aber keine zehn Pferde hätten mich dort hinaufbekommen.

»Es ist ein Teufel und kein Engel, glaub mir«, behauptete Rose. Einen Moment lang saß sie da und ließ die Beine baumeln, dann blickte sie in die Runde. »Traut sich noch jemand?«

»Nein!« riefen wir alle gleichzeitig, was sie vielleicht ein wenig verärgerte. Sie sagte: »Dann traue ich mich halt. Zieht mich hoch.«

Thomas und Stephen zogen. Als Rose ungefähr drei Meter über dem Boden schwebte, bat ich die beiden, für einen Moment innezuhalten.

»Wie ist es so da oben, Rose?« fragte ich.

»Eigenartig, aber eine schöne Abwechslung. Los, weiter, Jungs.«

Sie zogen weiter. Der Steinkopf befindet sich bestimmt mehr als sechs Meter über dem Boden, und während Rose immer höher schwebte, wurde mir doch etwas mulmig. Bis dahin hatte ich nicht richtig begriffen, daß die Sache wirklich gefährlich war. Als sie nur noch einen Meter vom Kopf entfernt war, rief Stephen hinauf: »Höher geht's nicht!«

Rose streckte die Hand aus, kam aber nicht an den Kopf heran. Dann rief sie hinunter: »Hier ist ein Mauervorsprung. Sieht aus, als wären da früher einmal Stufen gewesen.«

Im nächsten Augenblick hatte sie sich schon nach vorn gebeugt, sich an einen vorstehenden Stein geklammert und einen Fuß auf die Mauer gesetzt. Die Tischlampe warf kaum Licht bis dort oben, aber von unten sah das alles sehr gefährlich aus.

»Beeil dich!« rief ich ihr zu. Ich verspürte ein ungutes Gefühl im Magen.

Sie mußte nur eine Stufe in der Mauer hinaufklettern, um an den Kopf zu gelangen.

»Von nahem sieht er ziemlich häßlich aus«, berichtete sie. »Was soll ich zu ihm sagen, Cassandra?«

»Tätschel ihm den Kopf«, schlug ich vor. »Wahrscheinlich hat er schon seit Hunderten von Jahren keine Zuwendung mehr bekommen.«

Rose tätschelte ihn. Ich hielt die Lampe hoch, aber man konnte noch immer nicht viel mehr sehen. Rose bot einen sonderbaren Anblick – als schwebe sie an der Wand entlang oder als wäre sie daraufgemalt worden. Ich rief:

»Teuflischer Engel oder himmlischer Satan,
Gewähr unsre Bitte oder hör unseren Wunsch an,
Godsend Castle braucht eine Gabe, von Gott gesandt...«

Und dann wußte ich nicht weiter.

»Wenn er ein Teufel ist, kann sie nur vom Teufel gesandt sein«, wandte Thomas ein. Genau in diesem Moment ertönte auf der Straße nach Godsend eine laute Autohupe, und er fügte hinzu: »Da kommt der Sensenmann, um dich zu holen.«

Ich sah, wie Rose zusammenzuckte. »Holt mich runter!« kreischte sie und ließ sich auf das Trockengestell fallen. Eine schreckliche Sekunde lang fürchtete ich, die Jungen würden von dem plötzlichen Gewicht überrascht, doch sie paßten auf und ließen Rose vorsichtig herunter. Sobald ihre Füße knapp über dem Boden schwebten, sprang sie von dem Gestell und setzte sich auf den Fußboden.

»Das Hupen hat mich erschreckt«, sagte sie mit etwas zittriger Stimme. »Da hab' ich nach unten geschaut, und mir ist schwindelig geworden.«

Ich wollte wissen, wie sie sich dort oben gefühlt hatte, aber sie antwortete, sie habe gar nichts gefühlt, bis ihr schwindelig geworden sei.

Das ist ein großer Unterschied zwischen uns beiden: Ich hätte alle möglichen Gefühle gehabt und hätte mich an alle erinnern wollen, während sie nur daran dachte, den Steinkopf zu beschwören.

»Du hast dir in Wahrheit gar nichts gewünscht, oder?« fragte ich sie.

Sie lachte. »Oh, ein paar vertrauliche Dinge habe ich schon gesagt.«

In diesem Moment kam Topaz die Treppe herunter. Sie trug ihren schwarzen Ölanzug, Südwester und Gummistiefel und sah aus, als wolle sie ein Rettungsboot besetzen. Sie sagte, ihr grün gefärbtes Kleid sei so stark eingelaufen, daß sie darin nicht mehr atmen könne, und daß Rose es haben dürfe. Dann ging sie nach draußen und ließ die Tür weit offen stehen.

»Laß dich nicht von der Nacht aufsaugen!« rief Thomas ihr nach.

»Dein Glück hat schon begonnen«, sagte ich zu Rose, die gleich nach oben stürmte, um das grüne Kleid anzuprobieren. Thomas setzte sich in seinem Zimmer an seine Hausaufgaben. Ich fand, daß ich jetzt eigentlich mein Bad nehmen konnte, und fragte Stephen, ob er etwas dagegen habe, wenn ich in der Küche baden würde. Eigentlich bade ich immer dort. Aber ich habe jedesmal ein schlechtes Gewissen, weil es bedeutet, daß er sie eine Weile nicht betreten darf. Taktvoll antwortete er, er müsse sowieso in der Scheune arbeiten und würde mir helfen, die Wanne zu holen.

»Aber sie ist ja noch voller Farbe«, fiel mir ein.

Also leerten wir sie gemeinsam, und Stephen spülte sie aus.

»Ich fürchte, die Farbe ist noch nicht ganz weg, Miss Cassandra«, sagte er. »Wollen Sie nicht lieber die Wanne im Badezimmer benutzen?«

Die Wanne im Badezimmer ist so riesig, daß man sie immer nur ein paar Zentimeter hoch mit Wasser füllen kann, und außerdem fegt der Wind den Turm hinunter. Lieber wollte ich riskieren, noch etwas Farbe abzubekommen. Wir schleppten die Badewanne vor den Herd. Stephen schöpfte Wasser vom Ofen und half mir, aus den Wäscheständern mit den grünen Laken eine Abschirmung zu bauen. Normalerweise benutze ich Staubdecken dafür. Da unsere Wäscheständer eineinhalb Meter hoch sind, habe ich auf diese Weise immer ein akzeptables und privates Badezimmer. Dennoch ist es mir lieber, wenn ich die Küche ganz für mich allein habe.

»Haben Sie genug zu lesen, Miss Cassandra?« erkundigte sich Stephen.

Ich antwortete, ich hätte Vol. *Bis-Cal* unserer alten *Encyclopaedia* zurechtgelegt, dazu *Mensch und Übermensch* (das ich mir gerade zum zweiten Mal vom Pfarrer ausgeliehen habe – ich habe den Eindruck, daß ich beim ersten Lesen vor fünf Jahren einige subtilere Punkte nicht mitbekommen habe) und die *Home Chat*-Ausgabe von letzter Woche, die mir Miss Marcy freundlicherweise geliehen hat. Ich liebe es, im Bad eine große Auswahl an Lektüre zur Verfügung zu haben. Stephen legte alles sorgfältig für mich bereit, derweil ich meine Waschutensilien holte. Und dann, nachdem er seine Laterne für den Weg zur Scheune angezündet hatte, hielt er mir eine ganze Zweipenny-Tafel Milchschokolade mit Nüssen hin.

»Wo hast du denn die her?« fragte ich aufgeregt.

Er erklärte, er habe sie auf Kredit bekommen, da er jetzt einen Job vorweisen könne. »Ich weiß doch, daß Sie gern beim Baden essen, Miss Cassandra. Bücher und Schokolade – jetzt fehlt wirklich nicht mehr viel, oder? Außer vielleicht ein Radio.«

»Nun geh nur nicht los und kauf ein Radio auf Kredit«, lachte ich. Dann bedankte ich mich für die Schokolade und bot ihm etwas davon an. Aber er lehnte ab und machte sich auf den Weg zur Scheune.

Ich war gerade dabei, in die Wanne zu steigen, als Heloïse an der Hintertür winselte und ich sie hereinlassen mußte. Natürlich wollte sie ans Feuer, was mich nicht gerade begeisterte, weil sie imstande ist, einem das Bad zu verderben – ihre liebevollen Pfoten können einen ganz schön kratzen. Aber sie wirkte müde, und wir ließen uns beide friedlich nieder. Innerhalb meiner Abschirmung war es sehr gemütlich, und der rosige Schein des Feuers verlieh den grünen Laken eine faszinierende Farbe. Ich hatte die geniale Idee, mich auf unsere größte Servierplatte zu setzen, damit ich nichts von der Farbe abbekam. Die Soßenspuren fand ich allerdings weniger angenehm.

Ich glaube, es ist üblich, sich in der Badewanne zuerst zu

waschen und danach noch ein bißchen liegenzubleiben. Ich dagegen lege mich immer zuerst gemütlich hin und wasche mich später. Ich habe festgestellt, daß die ersten paar Minuten in der Wanne am schönsten sind, daher sollte man sie nicht mit Beschäftigung vertun. Mir gehen dann immer tausend Gedanken durch den Kopf, und plötzlich sieht man das Leben viel positiver als vorher. Vater behauptet, heißes Wasser kann ebenso anregend sein wie ein alkoholisches Getränk. Das glaube ich gern, obwohl ich noch nie Alkohol getrunken habe – es sei denn, man zählt die Medizinflasche mit Portwein mit, die der Pfarrer mir für meine Riten in der Johannisnacht gibt. Also entspanne ich mich zuerst, wasche mich dann, und zum Schluß lese ich so lange, wie das Wasser warm bleibt. Die letzte Phase, wenn das Wasser langsam abkühlt und man sich auf nichts mehr freuen kann, vermag sehr ernüchternd zu sein. Ich nehme an, daß das beim Alkohol ebenso ist.

Diesmal verbrachte ich meine Entspannungsphase damit, über meine Familie nachzudenken. Und ich hatte es sicher dem heißen Wasser zu verdanken, daß ich an sie denken und mich trotzdem entspannen konnte. Denn wir sind wirklich ein jämmerlicher Haufen: Vater vermodert im Pförtnerhaus, Rose zürnt dem Leben, Thomas – nun, er ist zwar ein fröhlicher Junge, aber es ist kaum zu übersehen, daß er chronisch unterernährt ist. Topaz ist sicherlich am glücklichsten von uns allen, denn sie findet es immer noch romantisch, mit Vater verheiratet zu sein und in einer Burg zu wohnen. Und ihre Malerei, ihre Laute und ihr intensives Kommunizieren mit der Natur sind ihr ein großer Trost. Ich hätte wetten können, daß sie unter ihrer Ölkleidung nichts anhatte und auf den Hügel klettern wollte, um sich dort auszuziehen. Nach so vielen Jahren als Künstlermodell ist sie zwar nicht an der Nacktheit als solcher interessiert, aber sie liebt es, in enger Fühlung mit der Natur zu stehen. Dies versetzte die Leute auf der Four Stones Farm einmal in helle Aufregung, deshalb unternimmt sie solche Ausflüge inzwischen nur noch nachts. Im Winter muß sie das natürlich bleiben lassen, aber sie ist dennoch einfach unempfindlich gegen Kälte. Ich war mir sicher, daß ihr der Hauch von Frühling in der Luft gefiel. Doch obwohl es draußen schon angenehmer geworden war, konnte man es immer noch nicht warm nennen, und der Gedanke an Topaz hoch oben auf dem Hügel ließ mein Bad noch gemütlicher erscheinen.

Ich aß die halbe Schokolade und wollte die andere Hälfte eigentlich Rose schenken, doch Heloïse wedelte so hoffnungsvoll mit dem Schwanz, daß ich sie statt dessen ihr gab. Sie zeigte mir ihre Dankbarkeit so ungestüm, daß ich fürchtete, sie würde zu mir in die Wanne springen. Ich beruhigte sie, brachte sie anschließend davon ab, an der Seife zu lecken, und hatte soeben mit dem Waschen begonnen, als es an der Tür klopfte.

Ich habe noch immer keine Ahnung, warum ich »Herein!« rief. Wahrscheinlich aus Gewohnheit. Ich hatte mir gerade das Gesicht eingeseift, was einen in eine ziemlich hilflose Lage versetzt, und als ich unbedacht die Augen öffnete, lief Seife hinein. Ich tastete nach dem Handtuch und hörte gleichzeitig, daß sich die Tür öffnete. Heloïse fing wild an zu kläffen und raste darauf zu – ein Wunder, daß sie nicht die Wäscheständer umwarf. In den nächsten Sekunden gab es einen Höllenlärm, denn Hel bellte, so laut sie konnte, und zwei Männer versuchten, sie zu beruhigen. Ich rief sie nicht zurück, weil ich weiß, daß sie nicht beißt. Außerdem wollte ich nicht unbedingt erklären müssen, daß ich in der Badewanne saß – vor allem, weil ich nicht an das Handtuch kam, um mich darin einzuwickeln.

Inzwischen konnte ich die Augen wieder ein wenig öffnen und mußte feststellen, daß ich es irgendwo in der Küche liegenlassen hatte. Zum Glück hörte Heloïse nach ungefähr einer Minute auf zu kläffen.

»Hast du nicht auch gehört, daß jemand ›Herein‹ gerufen hat?« fragte einer der Männer, und ich wußte sofort, daß es sich um einen Amerikaner handelte. Er hatte eine angenehme Stimme, so wie die guten Menschen in amerikanischen Filmen, nicht wie die Gangster. Dann rief er: »Ist jemand zu Hause?« Doch der andere Mann bat ihn, still zu sein, und fügte hinzu: »Ich möchte mir zuerst dieses Haus ansehen. Es ist traumhaft.«

Diese Stimme verwirrte mich. Sie klang weder britisch noch amerikanisch und hatte auch keinen sonstigen fremdländischen Akzent. Sie war äußerst ungewöhnlich, sehr leise und interessant.

»Weißt du eigentlich, daß diese Mauer zu einer alten Burg gehört?« fragte die Stimme.

Ich durchlebte einen schrecklichen Augenblick, da ich fürchtete, er würde sich die Wand hinter dem Herd ansehen wollen. Doch dann erschien Thomas auf der Treppe. Die Männer erklärten, daß sie aus Versehen in unsere Zufahrt eingebogen seien und daß ihr Wagen im Schlamm steckengeblieben sei. Sie hätten Hilfe holen wollen, um ihn wieder herauszuziehen.

»Und falls wir ihn über Nacht stehenlassen müssen, wollten wir Sie warnen, weil er die Zufahrt versperrt.«

Thomas antwortete, er wolle sich die Lage mal ansehen, und ich hörte, wie er seine Stiefel aus dem Waschhaus holte.

»Eine wundervolle alte Burg, in der Sie hier wohnen«, stellte die ungewöhnliche Stimme fest, und ich fürchtete, die Männer würden darum bitten, sich umsehen zu dürfen. Doch der andere Mann begann über den Wagen zu sprechen und wollte wissen, ob wir Pferde besäßen, um ihn herauszuziehen. Eine Minute später verschwand Thomas mit den beiden. Ich hörte, wie die Tür zufiel, und atmete erleichtert auf.

Andererseits war ich aber auch ein wenig enttäuscht – ich fand es schade, daß ich die Männer nicht zu Gesicht bekommen hatte. Ich stellte mir Gesichter vor, die zu den Stimmen passen würden. Dann merkte ich plötzlich, daß das Wasser kalt wurde und ich mich noch gar nicht richtig gewaschen hatte. Ich legte sofort los, doch so viel ich auch schrubbte, meinen grün gefärbten Armen konnte das nichts anhaben. Ich wasche mich immer sehr gründlich, und als ich fertig war, hatte ich die beiden Männer schon vergessen. Ich hüpfte aus der Wanne und holte mir noch eine Kanne heißes Wasser vom Ofen, der in der Nähe des Herds steht. Ich wollte es mir gerade wieder mit einem Buch im Bad gemütlich machen, als ich hörte, daß sich die Tür erneut öffnete.

Jemand trat in die Küche, und ich wußte genau, daß es niemand von der Familie sein konnte – sie hätten mir etwas zugerufen oder wären zumindest viel lauter gewesen. Irgend jemand stand offensichtlich einfach da und schwieg. Nach ein paar Sekunden hielt ich es nicht mehr aus und rief:

»Wer immer Sie sind, bitte beachten Sie, daß ich hier in der Badewanne sitze.«

»Lieber Himmel, ich bitte vielmals um Verzeihung«, antwortete der Mann mit der ruhigen Stimme. »Waren Sie auch schon hier, als wir vor ein paar Minuten hereinkamen?«

Ich bejahte und erkundigte mich, ob der Wagen noch immer festsitze.

»Sie wollen Pferde holen, um ihn herauszuziehen«, erklärte er, »also bin ich zurückgeschlichen, um mich hier ein wenig umzusehen. Ich habe noch nie einen Ort wie diesen gesehen.«

»Ich möchte mich jetzt abtrocknen. Aber danach führe ich Sie gern herum«, bot ich an. Ich hatte mir Gesicht und Hals an den allmählich trocknenden Laken abgewischt, jedoch mein Handtuch immer noch nicht gesucht. Ich fragte ihn, ob er es irgendwo sehen könne, was wohl nicht der Fall war. Also kniete ich mich in die Wanne, teilte die grünen Laken und steckte den Kopf hindurch. Der Mann drehte sich zu mir um. Selten war ich so überrascht gewesen. Er trug einen schwarzen Bart.

Ich kenne eigentlich niemanden mit Bart, außer einen alten Mann im Armenhaus von Scoatney, der aussieht wie der Nikolaus. Aber dieser Bart sah anders aus – gepflegt und spitz, ziemlich elisabethanisch. Dennoch war ich sehr überrascht, da seine Stimme so jung geklungen hatte.

»Alles in Ordnung mit dir?« fragte er, und ich erkannte an seinem Tonfall, daß er mich für ein Kind hielt. Schließlich entdeckte er mein Handtuch und wollte es mir bringen, blieb dann jedoch stehen und sagte: »Du brauchst keine Angst zu haben. Ich lege es irgendwohin, wo du drankommst, und gehe dann nach draußen.«

»Ich habe keine Angst«, entgegnete ich. »Ich habe mir Sie nur anders vorgestellt.« Er lachte, doch dann fiel mir auf, daß meine Bemerkung nicht sehr nett gewesen war, deshalb fügte ich schnell hinzu: »Sie können selbstverständlich bleiben. Möchten Sie sich nicht setzen? Ich wollte keinesfalls unhöflich erscheinen.« Das war vermutlich die schwülstigste Rede meines Lebens.

Langsam streckte ich einen Arm durch die Laken, um nach dem Handtuch zu greifen.

»Warte, das könnte uns in Verlegenheit bringen«, meinte er. »Ich gebe es dir lieber an.«

Als ich den Kopf einzog, sah ich seine Hand um die Ecke kommen. Ich nahm das Handtuch und wollte ihn gerade bitten, mir auch meine Kleider zu bringen, als sich die Tür abermals öffnete.

»Ich habe dich überall gesucht, Simon«, sagte die amerikanische Stimme. »Dies ist ein verwünschter Ort. Ich habe gerade einen Geist gesehen.«

»Unsinn«, antwortete der Mann mit dem Bart.

»Wirklich – als ich in der Zufahrt stand. Ich leuchtete den Turm auf dem Hügel mit meiner Taschenlampe an, und eine weiße Gestalt versteckte sich dahinter.«

»Wahrscheinlich ein Pferd.«

»Ach was, ein Pferd! Es ging aufrecht. Aber vielleicht bin ich ja wirklich verrückt – die Gestalt schien keine Beine zu haben.«

Vermutlich trug Topaz ihre schwarzen Gummistiefel.

»Nun hör schon auf, davon zu reden«, flüsterte der Bärtige. »Hinter diesen Laken sitzt ein Kind in der Badewanne.«

Ich rief, jemand solle mir meine Kleider bringen, und streckte eine Hand danach aus.

»Mein Gott – es ist ein grünes Kind!« rief der Amerikaner. »Was ist das hier nur für ein Haus – das Haus Usher?«

»Ich bin nicht überall grün«, erklärte ich. »Wir haben nur ein paar Sachen gefärbt.«

»Dann habe ich vielleicht doch einen von euren Geistern gesehen«, murmelte der Amerikaner.

Der bärtige Mann brachte meine Sachen. »Kümmere dich nicht um sein Gerede«, sagte er. »Er hat bestimmt keinen gesehen.«

Ich erwiderte: »Das wäre schon möglich, oben auf dem Hügel – aber es war wohl eher meine Stiefmutter, die mit der Natur kommuniziert.« Inzwischen war ich aus der Wanne gestiegen und hatte mich ordentlich in das Handtuch eingewickelt. Deshalb streckte ich, während ich sprach, den Kopf um die Ecke. Natürlich tauchte er um einiges höher auf als vorher, als ich in der Wanne gekniet hatte, und der Mann mit dem Bart schien höchst erstaunt.

»Du bist ein größeres Kind, als ich erwartet hatte«, stellte er fest.

Während ich ihm die Sachen aus der Hand nahm, warf ich einen Blick auf den zweiten Mann. Sein Gesicht paßte genau zu seiner Stimme – ein freundliches, munteres Gesicht. Das Merkwürdige war, daß ich ihn mir genauso vorgestellt hatte. Ich glaube, das liegt daran, daß junge Männer wie er oft in amerikanischen Filmen vorkommen – nicht als Helden, sondern als Bruder der Heldin oder der Mann von der Tankstelle. Er erwiderte meinen Blick und sagte:

»Hallo! Erzähl noch mehr von deiner beinlosen Stiefmutter! Und über den Rest deiner Familie. Hast du vielleicht eine Schwester, die zu Pferde Harfe spielt oder so etwas?«

Genau in diesem Moment hörte man Topaz oben auf ihrer Laute spielen. Sie war wohl durch die Haustür hereingekommen. Der junge Mann fing an zu lachen.

»Na also«, sagte er begeistert.

»Das ist keine Harfe, sondern eine Laute«, klärte ihn der Bärtige auf. »Also, das ist nun wirklich verblüffend. Eine Burg, eine Laute . . .«

Und dann erschien Rose auf der Treppe. Sie trug das grün gefärbte Kleid, das einen mittelalterlichen Schnitt mit langen, weiten Ärmeln hat. Offenbar wußte sie nicht, daß sich Fremde im Haus aufhielten, denn sie rief mir entgegen:

»Sieh mal, Cassandra!«

Beide Herren drehten sich zu ihr um, und sie blieb wie angewurzelt oben an der Treppe stehen. Dieses eine Mal hatte Topaz ihre Laute richtig gestimmt. Und sie spielte, absolut passend, »Green Sleeves«.

V

Später. Ich sitze wieder oben auf der Spreu in der Scheune.

Ich mußte Rose vorhin auf der Treppe stehen lassen, denn Topaz läutete zum Mittagessen. Sie hatte keine Zeit zum Kochen gehabt, daher gab es nur kalten Rosenkohl und kalten gekochten Reis. Nicht gerade mein Lieblingsessen, aber überaus sättigend. Wir aßen im Salon, der jetzt, nach dem Frühjahrsputz, blitzblank aussieht. Trotz des Kaminfeuers war es jedoch eiskalt darin. Ich habe die Erfahrung gemacht, daß es in besonders sauberen Räumen immer auch besonders kalt ist.

Rose und Topaz suchen jetzt draußen nach irgend etwas, das sie in die großen Devonshire-Krüge stellen können. Topaz sagt, wenn sie nichts fänden, würde sie nackte Zweige nehmen und etwas Lustiges daranbinden. Davon halte ich gar nichts – man sollte meinen, jemand, der Nacktheit so sehr schätzt wie Topaz, sollte einen nackten Zweig auch nackt belassen.

Keiner von uns gibt zu, daß wir die Cottons bald zu einem Besuch erwarten, aber wir hoffen es alle sehr. Denn so hießen die beiden Männer natürlich – es waren die Cottons von Scoatney, die zum ersten Mal nach Scoatney fuhren. Keine Ahnung, warum ich nicht gleich darauf gekommen war, schließlich wußte ich, daß der Besitz an einen Amerikaner übergegangen war. Der jüngste Sohn des alten Mr. Cotton zog kurz nach der Jahrhundertwende in die Vereinigten Staaten – soweit ich weiß, nach einem großen Familienstreit – und wurde später amerikanischer Staatsbürger. Natürlich sah es damals nicht danach aus, daß er Scoatney erben würde. Aber dann starben zwei ältere Brüder im Krieg, und der dritte kam mit seinem einzigen Sohn vor ungefähr zwölf Jahren bei einem Autounfall ums Leben. Danach versuchte der amerikanische Sohn, sich wieder mit seinem Vater zu vertragen. Doch der alte Mann wollte ihn nicht sehen, solange er nicht wieder Engländer würde, und das wollte der Sohn nicht. Er starb vor ungefähr einem Jahr, und die beiden jungen Männer sind seine Söhne. Simon – der mit dem Bart – erzählte gestern abend, daß er seinen Großvater gerade dazu überredet hatte, ihn zu empfangen, als der arme, alte, einsame Mr. Cotton ebenfalls starb. Das ist wirklich sehr traurig.

Der jüngere Sohn heißt Neil. Er spricht so anders als sein Bruder, weil er in Kalifornien aufgewachsen ist, wo sein Vater eine Ranch besaß, während Simon mit seiner Mutter in Boston und New York lebte. (Ich nehme an, daß die Eltern geschieden waren. Mrs. Cotton hält sich jetzt in London auf und kommt auch bald nach Scoatney.) Vater sagt, Simons Akzent sei ganz eindeutig amerikanisch, es gebe in Amerika ebenso viele verschiedene Akzente wie in England, sogar mehr. Er meint, Simon spreche ein sehr gutes Englisch, aber ein älteres als das, welches jetzt hier gesprochen werde. Er hat wirklich eine faszinierende Stimme – aber ich glaube trotzdem, daß mir der jüngere Bruder besser gefällt.

Schade, daß Simon der Erbe ist, denn Rose findet seinen Bart abscheulich. Vielleicht können wir ihn überreden, ihn abzurasieren. Gestehe ich hiermit ein, daß meine Schwester entschlossen ist, einen Mann zu heiraten, dem sie nur ein einziges Mal begegnet ist und der ihr äußerlich kaum gefällt? Es ist halb echt und halb gespielt – und ich glaube, mit diesem Spiel vergnügen sich die meisten Mädchen, wenn sie annehmbare junge Männer treffen. Sie ... machen sich einfach ein paar Gedanken. Und falls es jemals eine Familie nötig hatte, nachzudenken, dann unsere. Aber nur, was Rose betrifft. Ich habe mich gefragt, ob ich selbst ebenfalls über diese Sache nachdenke, aber ich kann die Frage ganz ehrlich mit nein beantworten. Eher würde ich sterben, als einen von diesen netten jungen Männern zu heiraten.

Ach, Unsinn! Natürlich würde ich eher beide heiraten, als zu sterben. Aber während ich hier so in der Scheune sitze, den Bauch voller kaltem Reis, finde ich es eigentlich furchtbar, daß junge Mädchen oft viel schneller an Heirat als an die Liebe denken. Und meistens machen sie sich gar nicht klar, was Ehe wirklich bedeutet. Ehrlich gesagt, beziehe ich mein Wissen im Grunde nur aus Büchern, denn außer Rose und Topaz kenne ich gar keine jungen Mädchen. Aber manche Figuren in Büchern erscheinen mir sehr lebensecht – zum Beispiel die von Jane Austen. Als sich die fünf Bennets am Anfang von *Stolz und Vorurteil* auf die jungen Männer von Netherfield Park stürzen wollen, verschwenden sie bestimmt keinen Gedanken an die Realität in der Ehe. Und Rose? Ich kann zumindest versuchen, ihr diesen Gedanken nahezubringen, bevor sie sich auf irgend etwas einläßt. Zum Glück schenke ich solchen Dingen Beachtung – als Topaz' Stiefkind kann man eigentlich auch gar nicht anders. Ich weiß, welche ehelichen Pflichten eine Frau erwarten. Und ich halte nicht viel davon.

Rose sah wunderschön aus, als sie dort oben auf dem Treppenabsatz stand. Ich dachte an Beatrix aus *Esmond*. Allerdings stolperte Beatrix nicht auf den untersten drei Stufen über ihr Kleid und mußte sich nicht mit einer grün gefärbten Hand am Geländer festhalten. Doch das war eigentlich ganz gut so, denn Rose war sehr unsicher geworden, als sie die Cottons erblickt hatte. Ich merkte das an der Art, wie sie anmutig, aber unnatürlich heruntergeschwebt kam. Als sie stolperte, stürzte Neil Cotton auf sie zu, um ihr zu helfen. Dann lachten alle und fingen gleichzeitig an zu reden, und Rose vergaß ihre Unsicherheit.

Während ich hinter den Laken schnell in meine Sachen schlüpfte, stellten sich die Cottons vor. Sie hielten sich erst seit ein paar Tagen in England auf. Ich dachte darüber nach, wie Simon sich gefühlt haben mußte – ein prächtiges Haus wie Scoatney zum ersten Mal mitten in der Nacht zu sehen und zu wissen, daß es einem gehört. Einen Moment lang gelang es mir, mit seinen Augen zu schauen, und ich wußte, wie seltsam unser Haus ausgesehen haben mußte, als es plötzlich in der überfluteten englischen Landschaft auftauchte. Ich stellte mir vor, wie er durch das Fenster über der Spüle in die Küche spähte – das hat er bestimmt getan, als er ohne seinen Bruder zurückkehrte. Wahrscheinlich dachte er in diesem Moment dasselbe, denn er sagte:

»Ich konnte gar nicht glauben, daß diese Küche echt ist – sie sah von draußen aus wie ein Holzschnitt in einem alten Märchenbuch.«

Hoffentlich fand er auch, daß Rose wie eine Märchenprinzessin aussah, denn das finde ich zumindest. Und sie war so bezaubernd, so fröhlich! Sie lachte immer wieder ihr schönes Lachen. Ich dachte daran, wie verzweifelt ich sie noch eine halbe Stunde zuvor gesehen hatte, und dabei fiel mir ein, daß sie den teuflischen Engel beschworen hatte. Genau in diesem Moment geschah etwas Merkwürdiges. Simon Cotton schien gleichermaßen von der Küche und von Rose begeistert zu sein – er sah sich beide gründlich an. Er hatte seine Taschenlampe herausgeholt, um die Wand hinter dem Herd genauer zu betrachten (ich hatte mich inzwischen angezogen). Nachdem er den Steinkopf angeleuchtet hatte, ging er zum schmalen Fenster hinüber, das auf den Burggraben hinausgeht – in die dunkelste Ecke der Küche. Auf einmal ging die Taschenlampe aus, und er beugte sich darüber, um die Birne zu überprüfen. In diesem Moment ging sie wieder an. Einen Moment lang erschien der Schatten seines Kopfes auf der Wand und sah durch den spitzen Bart exakt wie der Teufel aus.

Rose bemerkte es ebenfalls und schnappte erschrocken nach Luft. Simon drehte sich sofort zu ihr um, aber genau in diesem Moment lief Heloïse durch die grünen Laken und warf einen Wäscheständer um, was alle ablenkte. Ich trug noch zu der Ablenkung bei, indem ich »Hel, Hel!« rief und erläuterte, daß wir ihren Namen manchmal so abkürzten. Doch ich konnte den Schatten nicht vergessen. Natürlich ist das Ganze Unsinn – ich habe noch nie jemanden mit freundlicheren Augen gesehen. Aber Rose ist sehr abergläubisch. Ob der Bruder wohl Geld hat? Er war genauso nett zu Rose wie Simon Cotton. Und auch ein bißchen nett zu mir.

Wir erlebten eine Schrecksekunde, als Simon mich fragte, ob wir die Eigentümer der Burg seien. Ich antwortete: »Nein, das sind Sie!«

Schnell fügte ich hinzu, daß unsere Pacht noch fast dreißig Jahre liefe – obwohl ich mir nicht sicher bin, ob ein Pachtvertrag zählt, wenn man seine Miete nicht bezahlt. Natürlich erwähnte ich die Miete nicht, denn ich wollte die gute Stimmung nicht verderben.

Nachdem wir uns ungefähr zwanzig Minuten lang unterhalten hatten, kam Topaz in die Küche. Sie trug ihr altes Tweedkostüm. Eigentlich trägt sie sehr selten Tweed, selbst tagsüber nicht, aber schon gar nicht abends. Sie wirkt darin irgendwie trist und grau und nicht so strahlend weiß wie sonst. Daher war ich ziemlich überrascht, vor allem, weil die Tür ihres Schlafzimmers ein Stück offen gestanden hatte und sie gehört haben mußte, wer uns besuchte. Ich habe sie nicht gefragt, warum sie sich so unvorteilhaft angezogen hatte. Vielleicht dachte sie, Tweed würde einen gepflegten Landhausstil vermitteln.

Wir machten sie mit den Cottons bekannt, und sie redete ein wenig mit ihnen, hielt sich jedoch sehr zurück. Was war nur gestern abend mit ihr los? Nach ein paar Minuten kochte sie Kakao – außer Wasser konnten wir kein anderes Getränk anbieten. Selbst den letzten Rest Tee hatte ich für Thomas aufgebraucht, und der hatte fast nur noch aus Krümeln bestanden.

Normalerweise trinken wir abends nie so etwas Edles wie Kakao, es sei denn, es gibt einen besonderen Anlaß – zum Beispiel, wenn jemand krank ist oder wir einen Familienstreit begraben wollen. Deshalb bedauerte ich, daß Thomas und Stephen nichts davon abbekommen würden. Sie waren noch immer unterwegs, um von der Four Stones Farm Pferde zu holen, mit denen sie den Wagen aus dem Schlamm ziehen konnten. Außerdem fand ich, daß auch Vater jede in diesem Haus zubereitete Nahrung zukommen sollte. Doch ich wußte, daß es sinnlos sein würde, ihn herzubitten, wenn Fremde da waren. Falls er herunterkam, um sich ein Plätzchen zu holen, würde er vermutlich schon im Schlafzimmer die Stimmen hören und wieder umkehren. Doch plötzlich flog die

Tür auf, und er trat ein. Es hatte wieder heftig zu regnen angefangen, und man ist schneller, wenn man über den Hof rennt, als wenn man vorsichtig über die Mauer stolziert. Er fluchte wild auf das Wetter und über seinen Ölofen, der zu qualmen begonnen hatte. Da er sich seine Decke über den Kopf geworfen hatte, sah er die Cottons erst, als er seinen Redeschwall schon halb hinter sich hatte. Topaz hielt mit dem Kakaoanrühren inne und verkündete stolz: »Das ist mein Gatte, James Mortmain.«

Und dann geschah etwas Wundervolles. Simon Cotton sagte:

»Aber – oh, welch ein Wunder! Sie müssen der Autor von *Jakobs Kampf* sein.«

Vater schaute ihn mit einem Blick an, den ich nur verzweifelt nennen kann. Zuerst dachte ich, er fühle sich von den Fremden überrumpelt. Doch dann antwortete er zögernd: »Ja, schon . . .« Da begriff ich, daß er sich schrecklich freute, sein Glück aber noch nicht ganz glauben wollte. Ein Schiffbrüchiger, der am Horizont ein Schiff erspäht, würde mit Sicherheit genauso dreinschauen wie Vater in diesem Moment. Simon Cotton ging auf ihn zu, schüttelte ihm die Hand und sagte zu seinem Bruder:

»Neil, erinnerst du dich an *Jakobs Kampf*?«

Neil erwiderte: »Ja, natürlich – Schwergewicht, oder?« Er dachte wohl, es gehe in dem Buch um einen Boxkampf, dabei kämpft Jakob darin mit einem Engel. Simon dagegen begann, über das Buch zu sprechen, als habe er es gerade erst gelesen. Allmählich schloß ich jedoch aus seinen Worten, daß er sich vor Jahren im College damit beschäftigt hatte. Zu Anfang wirkte Vater ein wenig nervös und unbeholfen, stand einfach nur da und zog seine Decke fest um die Schultern.

Doch dann lockerte er immer mehr auf, bis er schließlich am meisten redete und Simon nur noch ab und zu etwas beisteuerte. Am Ende warf Vater die Decke ab, als behindere sie ihn, marschierte zum Tisch hinüber und rief: »Kakao, Kakao!«, als sei es das wunderbarste Getränk auf der Welt – was ich persönlich auch durchaus finde.

Während wir Kakao tranken, gingen wir zu allgemeineren Gesprächsthemen über. Vater zog uns wegen unserer grünen Hände auf, und Neil Cotton entdeckte die Servierplatte in der Badewanne. Er fand es sehr lustig, daß ich darauf gesessen hatte. Rose wurde immer bezaubernder und liebenswürdiger. Sie saß lächelnd am Herd und kraulte Ab, der fast die gleiche Farbe wie ihr Haar hat. Die Cottons liefen immer wieder zu ihr hinüber und streichelten ihn. Man konnte deutlich sehen, daß sie von allem sehr fasziniert waren – als Heloïse sich zum Schlafen auf den warmen Ofen legte, meinte Neil, so etwas Niedliches habe er noch nie gesehen. Ich selbst trug nicht sehr viel zum Gespräch bei. Aber die Cottons fanden anscheinend alles, was ich von mir gab, sehr amüsant.

Und dann, gerade als alles so glatt lief, stellte Simon Cotton ausgerechnet die eine Frage, von der ich gehofft hatte, daß er sie nicht stellen würde. Er wandte sich an Vater und fragte:

»Und wann dürfen wir mit dem Nachfolger von *Jakobs Kampf* rechnen?«

Ich hätte ihn ablenken können, indem ich meinen Kakao umwarf, aber dafür war er mir zu schade. Und während ich noch gegen meine Kakaogier ankämpfte, antwortete Vater:

»Nie.«

Er sagte es nicht zornig oder verbittert, sondern stieß das Wort einfach nur hervor. Und außer mir bemerkte wahrscheinlich niemand, daß dadurch die Luft aus ihm zu weichen schien: Er hielt den Kopf nicht mehr gerade und ließ die Schultern hängen. Ich hatte diese Veränderung noch nicht ganz verdaut, als Simon Cotton sagte:

»Wenn ich so darüber nachdenke, ist das auch gar nicht möglich.«

Vater blickte ihn kritisch an, und er fuhr hastig fort:

»Bestimmte einzigartige Bücher haben keine Vorgänger oder Nachfolger, zumindest nicht aus der Feder desselben Autors. Sie können die Werke anderer Autoren sehr tiefgreifend beeinflussen, aber für ihren Verfasser sind sie abgeschlossen und führen ihn nirgendwo anders hin.«

Topaz beobachtete Vater genauso ängstlich wie ich.

»Oh, aber es gibt doch...«, wollte sie widersprechen. Doch Vater unterbrach sie.

»Wollen Sie damit sagen, daß die Autoren solcher Bücher Eintagsfliegen sind?« fragte er leise.

»Um Himmels willen, nein«, entgegnete Simon Cotton. »Ich wollte nur sagen, daß es falsch von mir war, das Wort ›Nachfolger‹ zu benutzen. Die wirklich schöpferischen Autoren – in gewisser Hinsicht vielleicht die einzig wahren Autoren – tauchen tief unter die Oberfläche und bringen ein einziges, perfektes Werk hervor, das in sich geschlossen ist und nicht nur ein Glied in einer Kette. Später tauchen sie vielleicht noch einmal unter – um erneut etwas Einzigartiges heraufzuholen. Gott hat möglicherweise noch weitere Welten erschaffen, aber er hat dieser hier nichts mehr hinzugefügt.«

Er stellte seine Meinung in einem sehr eindrucksvollen, gewählten Stil dar und klang dabei dennoch aufrichtig. Trotzdem glaube ich nicht, daß er es ernst meinte. Und es hatte vermutlich auch nicht allzuviel zu bedeuten. Ich hielt es eher für eine nette und kluge Art, einen schwierigen Moment zu überbrücken. Wenn dem so ist, muß er sehr schnell erkannt haben, wie schwierig dieser Moment war. Merkwürdig nur, daß Vater sich davon so beeindrucken ließ. Er drehte ruckartig den Kopf zur Seite, als sei ihm gerade etwas eingefallen, antwortete jedoch nicht. Dann stellte ihm Simon Cotton eine Frage über den dritten Traum in *Jakobs Kampf*, und er kam wieder in Schwung. Seit dem Jahr, in dem er Topaz geheiratet hatte, habe ich ihn nicht mehr so lebhaft gesehen. Und er redete nicht nur über sich selbst. Nachdem er Simons Frage beantwortet hatte, bezog er uns alle in die Unterhaltung ein, besonders Rose – er sagte immer wieder etwas, das die Aufmerksamkeit der Cottons auf sie lenkte, und die beiden schenkten sie ihr nur zu gern.

Neil Cotton redete weniger als sein Bruder. Die meiste Zeit saß er mit Heloïse auf dem Ofen. Einmal zwinkerte er mir freundlich zu.

Schließlich kam Thomas herein und verkündete, die Pferde ständen bereit. (Für ihn war noch genug Kakao da, nur für Stephen nicht, der sich um die Pferde kümmerte. Zum Glück hatte ich von meinem die Hälfte übriggelassen und an den Herd gestellt, damit er warm blieb.) Vater und ich stapften mit den Cottons die überflutete Zufahrt entlang, um zuzusehen, wie der Wagen herausgezogen wurde. Rose konnte wegen ihres langen Kleids nicht mitkommen, und Topaz wollte anscheinend nicht. Es gab ein herrliches Durcheinander, weil die Cottons mit ihren Taschenlampen in alle Richtungen leuchteten und alle lachten und den Pferden zuredeten. Dann stand der Wagen wieder sicher auf der Straße. Wir verabschiedeten uns recht schnell, aber beide Cottons versicherten, daß sie uns bald wieder besuchen würden. Und ich bin sicher, sie meinten es ernst.

Stephen und Thomas brachten die Pferde zurück, Vater und ich wateten durch den Regen nach Haus. Die Jungen nahmen die Laterne mit, deshalb konnten wir kaum etwas sehen. Ich muß wohl nicht erwähnen, daß wir seit Jahren keine funktionierende Taschenlampe mehr besitzen. Vater hielt meinen Arm fest und schien äußerst gutgelaunt. Ich fragte ihn, was er von den Cottons halte, und er antwortete: »Na ja, zumindest werden sie wohl nicht unsere Mietschulden eintreiben.« Dann fügte er hinzu, er habe ganz vergessen, wie anregend Amerikaner sein könnten, und erzählte mir einige interessante Details seiner Lesereise durch Amerika. Und er stellte fest, Simon Cotton sei vom Typ her solch ein Amerikaner wie Henry James, der sich in England verliebte: »Er wird in Scoatney einen würdigen Hausherrn abgeben.« Der einzige Roman von Henry James, den ich je zu lesen versucht habe, ist *Maisie*. Damals war ich neun Jahre alt – ich dachte, es sei ein Kinderbuch. Wir besaßen eine wunderschöne, in Pflaumenblau gebundene Werkausgabe von Henry James, aber sie wurde natürlich mit den anderen wertvollen Büchern verkauft.

Danach zog sich Vater ins Pförtnerzimmer zurück, und ich eilte zu Rose und Topaz. Sie plauderten aufgeregt – Topaz hatte ihre stille Stunde überwunden. Sie war überzeugt, daß Rose den Cottons außerordentlich gut gefallen habe, und ließ sich darüber aus, wie sie ein bestimmtes Kleid für Rose ändern wollte – ein richtiges Londoner Kleid, das Rose schon immer bewundert hatte. Und dann beschlossen sie, den Salon zu putzen, falls die Cottons schon bald wiederkämen. Ich sagte, wie toll ich es fände, daß sogar Vater sie zu mögen schien. Durch die Hinterfenster des Pförtnerhauses sahen wir ihn am Schreibtisch sitzen. Topaz strahlte:

»Das Wunder ist geschehen! Er wird wieder arbeiten!«

Stephen und Thomas kamen zurück, und ich mußte Stephen beinahe zwingen, den restlichen Kakao zu trinken: Erst als ich so tat, als wollte ich ihn in den Ausguß schütten, nahm er ihn an. Dann gingen wir alle schlafen. Rose holte all ihre Kleider aus dem Schrank und drapierte Miss Blossom damit. Sie hatte gehofft, ihre Sachen sähen besser aus, als sie sie in Erinnerung hatte, doch das Gegenteil war der Fall. Aber selbst das konnte ihre gute Stimmung nicht trüben.

Wir redeten und redeten. Irgendwann setzte ich mich im Bett auf und sagte:

»Rose, wir steigern uns zu sehr in diese Sache hinein. Das dürfen wir nicht. Sicher wäre es schön, wenn wir zu Partys und anderem eingeladen würden, aber ... Rose, du könntest diesen Mann mit dem Bart doch nicht heiraten?«

»Ich könnte sogar den Teufel persönlich heiraten, wenn er Geld hätte«, antwortete Rose.

Ich bin ziemlich sicher, daß sie dabei an Simon Cottons Schatten dachte, aber da sie es nicht erwähnte, tat ich es auch nicht. Warum sollte man sich bei einem wohlhabenden Mann auch darüber den Kopf zerbrechen?

Nachdem wir die Kerzen ausgeblasen hatten, brachte ich Miss Blossom zum Reden. Mir fallen erst dann Dinge ein, die sie sagen könnte, wenn ich so tue, als würde sie wirklich sprechen. Als ich sie fragte, was sie von der ganzen Sache hielte, antwortete sie:

»Na ja, es ist wenigstens mal ein Anfang, meine Süßen, soviel steht fest. Jetzt müßt ihr das Beste aus euch machen.

Diese alten Kleider, die ihr mir übergeworfen habt, werden euch natürlich kaum helfen, aber wascht euch die Haare und haltet eure Hände sauber. Dieses grüne Zeug auf der Haut ist ja einmal lustig, aber wir haben jetzt genug gelacht. Und nun denkt an euren Teint und gönnt euch euren Schönheitsschlaf.«

Rose leuchtete der Rat mit den sauberen Händen offensichtlich ein, denn heute morgen schrubbte sie ihre Hände so lange, bis die Farbe weg war. Sie benutzte das letzte bißchen Scheuerpulver, deshalb werde ich wohl warten müssen, daß die Farbe bei mir irgendwann von allein verschwindet. Sie ist inzwischen ganz grau geworden und sieht aus wie Schmutz. Oh, ich habe eine Idee: Nach dem Tee werde ich mir mit Schmirgelpapier zu Leibe rücken.

Wie schnell sich das Leben doch ändern kann! Gestern um diese Zeit war es noch winterlich kalt und öde – und jetzt haben wir nicht nur die Cottons kennengelernt, sondern es sieht sogar nach Frühling aus. Von meinem Platz hier oben in der Scheune kann ich Schwarzdornknospen an den Hecken erkennen... Gerade habe ich entdeckt, daß ich durch die kleine, quadratische Öffnung unter dem Dach verschiedene Abschnitte unserer Zufahrt sehen kann, je nachdem, wie ich den Kopf halte – faszinierend, das Fenster ist wie ein Rahmen...

Oh! O mein Gott! Sie sind da – die Cottons – sie sind gerade um die letzte Kurve der Zufahrt gebogen! Was soll ich bloß tun...?

Sie sind an der Scheune vorbeigegangen. Ich hatte keine Möglichkeit, Rose und Topaz zu warnen – ich wäre hier nicht rausgekommen, ohne gesehen zu werden. Zumindest weiß ich, daß sie von ihrem Spaziergang zurück sind, weil ich Rose vor einiger Zeit am Flügel spielen hörte. Aber wie sind sie gekleidet? Und, oje, Rose wollte sich doch die Haare waschen! Niemals hätten wir zu hoffen gewagt, daß die Cottons schon heute kommen würden!

Durch den Spalt des Scheunentors habe ich sie vorbeigehen sehen. Dann bin ich wieder auf die Spreu geklettert und habe ihnen so lange nachgeschaut, bis sie im Torweg des Pförtnerhauses verschwunden sind. Soll ich ins Haus gehen? Ich möchte es natürlich gern, aber in meinem Strumpf ist ein riesiges Loch, und mein Turnkleid ist ganz staubig von der Spreu...

Es muß jetzt eine halbe Stunde her sein, seit ich diese letzte Zeile geschrieben habe. Ich bin nicht ins Haus gegangen. Ich habe hier auf der Spreu gelegen und mir vorgestellt, wie sie im Salon sitzen und das Kaminfeuer brennt. Falls Rose sich das Haar gewaschen hat, ist es nicht schlimm, denn es sieht sehr hübsch aus, wenn es trocknet. Ich bin sicher, es war richtig, hierzubleiben – vor allem, weil ich manchmal zuviel rede. Ich muß aufpassen, daß ich sie nicht von Rose ablenke. Ich muß mir immer wieder sagen, daß es wahr ist, daß es wirklich geschehen ist – wir haben tatsächlich zwei Männer kennengelernt. Und sie mögen uns – das muß einfach so sein, sonst wären sie nicht so schnell wiedergekommen.

Eigentlich habe ich gar keine Lust mehr zu schreiben. Ich möchte einfach nur hier liegen und nachdenken. Aber es gibt etwas, das ich festhalten möchte. Es hat mit dem Gefühl zu tun, das ich empfand, als ich die Cottons die Zufahrt entlangkommen sah – diesem eigenartigen Gefühl, wenn man von anderen getrennt ist. Ich beobachte gern Menschen, wenn sie mich nicht sehen können. Ich habe die anderen Familienmitglieder schon oft durch erleuchtete Fenster betrachtet, und sie wirken dann ganz anders als sonst – wie Räume, die man im Spiegel betrachtet. Ich kann dieses Gefühl nicht in Worte fassen. Als ich versuchte, es einzufangen, entglitt es mir.

Simon Cottons schwarzer Bart sieht bei Tage noch ungewöhnlicher aus, vor allem, da ich jetzt erkenne, daß er überhaupt noch nicht alt ist – bestimmt noch keine dreißig. Er hat gleichmäßige Zähne und einen schön geschwungenen Mund. Inmitten des dichten Barts sieht dieser Mund irgendwie nackt aus. Wie kann ein junger Mann nur einen Bart tragen wollen? Vielleicht will er darunter eine Narbe verstecken?

Seine Augenbrauen zeigen an den Enden nach oben.

Neil Cotton hat ein sehr freundliches Gesicht, obwohl mir kein besonderes Merkmal auffällt. Sehr hübsches Haar, blond, lockig. Er sieht richtig gesund aus, während Simon ein wenig blaß ist. Beide sind groß, Simon ein bißchen größer, Neil ein bißchen breiter. Sie sehen gar nicht wie Brüder aus und hören sich auch nicht so an.

Simon trägt Tweed und wirkt sehr englisch.

Neil trägt einen Mantel, wie ich ihn noch nie zuvor gesehen habe: vorn und hinten kariert, aber die Ärmel einfarbig. Vielleicht wurde er aus zwei alten Mänteln angefertigt. Das hoffe ich allerdings nicht, denn es würde bedeuten, daß er arm und sein Bruder habgierig ist. Und es schien mir auch eher ein moderner, neuer Mantel zu sein. Wahrscheinlich einfach amerikanisch.

Sie kommen aus der Burg! Soll ich zu ihnen laufen und ihnen einfach die Hand geben? Lieber nicht, wenn ich meine grauen Hände betrachte …

Etwas Schreckliches ist passiert – es ist so schrecklich, daß ich es kaum aufschreiben kann. Oh, wie konnten sie nur, wie konnten sie nur?

Als sie auf die Scheune zukamen, hörte ich sie reden. Neil sagte: »Mensch, Simon, du kannst froh sein, daß du mit dem Leben davongekommen bist.«

»Seltsam, nicht wahr?« erwiderte Simon. »Gestern abend hat sie überhaupt nicht diesen Eindruck erweckt.« Dann wandte er sich zur Burg um und sagte: »Was für ein wundervoller Ort! Aber furchtbar unbehaglich. Und sie besitzen offensichtlich keinen Cent. Wahrscheinlich kann man es dem armen Mädchen nicht einmal vorwerfen.«

»Aber man kann ihr vorwerfen, so verdammt direkt zu sein«, entgegnete Neil. »Und dieses lächerliche Kleid – um diese Tageszeit! Komisch, gestern abend gefiel sie mir ganz gut darin.«

»Die Stiefmutter fand ich ganz nett. Die Situation schien ihr genauso peinlich zu sein wie mir. Meine Güte, das Mädchen hat mich wirklich in Verlegenheit gebracht!«

»Wir müssen uns von ihnen fernhalten, Simon. Wenn wir das nicht tun, kann sie dich in eine äußerst unangenehme Lage bringen.«

Simon stimmte ihm zu. Sie sprachen ziemlich leise, aber es war so still draußen, daß ich jedes Wort genau verstehen konnte. Während sie an der Scheune vorbeigingen, sagte Neil:

»Schade, daß wir die Kleine nicht mehr gesehen haben. Sie war ganz süß.«

»Ein bißchen gewollt naiv, findest du nicht?« erwiderte Simon. »Am schwersten fällt es mir, mich von dem alten Vater abzuwenden. Ich hatte gehofft, ich könnte ihm helfen.

Aber wenn er ein hoffnungsloser Trinker ist, kann man vermutlich nicht viel für ihn tun.«

Ich könnte sie umbringen! Vater bekommt nicht einmal genug zu essen, geschweige denn etwas Alkoholisches zu trinken! Sie müssen irgendwelche falschen Gerüchte über ihn aufgeschnappt haben. Wie können die Leute nur behaupten, daß er trinkt? Und alt ist er auch nicht – noch keine fünfzig!

Mehr habe ich nicht gehört. Jetzt wünschte ich, ich wäre hinausgerannt und hätte ihnen eine Ohrfeige verpaßt. Dann hätten sie schon gesehen, wie gewollt naiv ich bin!

Was hat Rose nur getan? Ich muß ins Haus gehen.

Acht Uhr. Im Salon.

Ich habe mich hierher verzogen, um Rose aus dem Weg zu gehen. Sie trocknet sich die Haare in der Küche ab und manikürt sich mit einem angespitzten Streichholz die Fingernägel. Und sie redet und redet. Ich weiß nicht, wie Topaz das aushält, jetzt, wo sie Bescheid weiß. Ich konnte es natürlich nicht für mich behalten. Das hätte ich nicht ertragen. Vielleicht hätte ich es Topaz nicht erzählt, wenn ich sie nicht allein angetroffen hätte, als ich zurückkam. Aber sie war allein und bemerkte meine Aufregung sofort. Flüsternd begann ich zu berichten (in unserem Haus kann immer jemand mithören), doch sie sagte: »Warte«, und zog mich in den Garten. Wir hörten Rose oben singen, deshalb redeten wir erst, als wir über die Brücke und ein Stückchen den Wall hinauf gegangen waren.

Topaz reagierte nicht so aufgebracht, wie ich erwartet hatte – aber ich ließ ja auch den Teil über Vater wohlweislich aus.

Sie zeigte sich nicht einmal überrascht. Sie sagte, Rose habe die Cottons von unserem Schlafzimmerfenster aus kommen sehen, und nichts habe sie davon abhalten können, das grüne Nachmittagskleid anzuziehen. (Als ob man ein Nachmittagskleid am Nachmittag trägt!) Und sie habe sich wie toll benommen und Simon Cotton hartnäckig umworben.

»Du meinst, sie hat ihn zu freundlich behandelt?«

»Nicht unbedingt – das wäre nicht so schlimm gewesen. Aber sie benahm sich furchtbar affektiert und forderte ihn immer wieder heraus. Hätte sie einen Fächer gehabt, hätte sie ihn damit angetippt und ›Pfui, pfui!‹ gerufen. Und sie klimperte ständig mit den Augenlidern. Vor hundert Jahren hätte das vielleicht gewirkt.«

Oh, jetzt wurde mir alles klar. Rose hatte es aus den alten Büchern. Außer Topaz kennen wir keine modernen Frauen, und Rose würde bestimmt nie auf die Idee kommen, sie zu imitieren. Oh, arme, arme Rose – sie hat noch nicht einmal im Kino moderne Mädchen gesehen, so wie ich.

»Sie werden nicht mehr wiederkommen«, seufzte Topaz. »Das war mir klar, selbst wenn du ihr Gespräch nicht mitbekommen hättest.«

Ich antwortete, daß wir sie auch gar nicht bräuchten, daß sie gemeine Menschen sein müßten, wenn sie so redeten. Aber Topaz hielt das für Unsinn.

»Rose hat es selbst heraufbeschworen. Männer haben im Grunde nichts dagegen, wenn man ihnen seine Zuneigung zeigt, aber mit zu offensichtlichem Ansinnen vertreibt man sie. Und genau das hat Rose mit all ihren Neckereien und ihrem Kopfzurückwerfen, immer direkt an Simon gerichtet, erreicht. Wenn Mortmain dagewesen wäre, hätte er sie sicher so lange deswegen aufgezogen, bis sie aufgehört hätte. Auf jeden Fall hätte er wenigstens auch mit ihnen gesprochen. Zu dumm!«

Vater war spazierengegangen – zum ersten Mal seit Monaten. Topaz erzählte, Simon habe ihm ein Buch von einem bekannten amerikanischen Kritiker mitgebracht, weil sich einer der Aufsätze darin mit *Jakobs Kampf* befasse.

»Vielleicht kommt Simon ja nochmal wieder, um sich mit Mortmain zu unterhalten«, hoffte sie. Aber ich wußte es besser.

Langsam wurde es dunkel. Unten in der Küche brannte Licht. Wir sahen Rose am Fenster vorbeigehen.

»Sollen wir es ihr sagen?« fragte ich.

Topaz war dagegen, solange wir nicht nach Scoatney eingeladen würden. »Falls sie uns einladen, können wir immer noch versuchen, Rose zur Vernunft zu bringen.«

Sie werden uns nicht einladen.

Topaz legte den Arm um mich, und wir stapften vorsichtig den Wall hinunter – eher unbeholfen, weil Topaz größere Schritte machte als ich. Unten angelangt, drehte sie sich zum Belmotte Tower um, der dunkel in die Dämmerung hineinragte.

»Ist er nicht schön?« fragte sie mit samtener Stimme.

Konnte sie sich in einem solchen Moment wirklich für Schönheit interessieren? Auf einem Bild von ihr sieht der Turm aus wie ein schwarzes Nudelholz auf einer umgedrehten grünen Puddingschüssel.

Meine Kerze brennt aus, und im Salon wird es immer kälter – das Kaminfeuer ist schon seit Stunden verlöscht. Aber ich kann dies in Roses Anwesenheit nicht schreiben. Wenn ich sie ansehe, kommt es mir vor, als würde ich eine Ratte in einer Falle beobachten – sie glaubt, sie käme heraus, während ich genau weiß, daß sie nicht herauskommt. Ich habe zwar noch nie eine Ratte in einer Falle beobachtet, und Rose hält sich selbst auch nicht für eine, aber dies ist nicht der richtige Zeitpunkt, um kleinlich mit Metaphern umzugehen.

Heloïse hat gerade die Tür aufgeschoben, ist hereingekommen und hat mich beleckt, was zwar lieb von ihr ist, aber kalt, wenn es trocknet. Und jetzt kann ich hören, was in der Küche vor sich geht, obwohl ich das lieber nicht hören will. Vater ist dort und redet ganz aufgeregt. Er sagt, der amerikanische Kritiker habe Dinge in *Jakobs Kampf* hineininterpretiert, die er gar nicht so gemeint habe, und die Arroganz der Kritiker sei unglaublich. Offenbar freut er sich darauf, mit Simon Cotton darüber sprechen zu können. Roses Laune hat schwindelnde Höhen erreicht. Ich muß leider feststellen, daß sie jetzt pfeift.

Stephen ist hereingekommen und hat mir seinen Mantel umgelegt. Der Mantel riecht nach Pferd.

Bin ich wirklich »gewollt naiv«? Vielleicht bin ich das, vielleicht ist auch dieses Tagebuch so. In Zukunft werde ich in einem nüchternen, prosaischen Stil schreiben. Dabei werde ich in Wahrheit überhaupt nicht mehr schreiben, denn ich bin am Ende dieses Buches angelangt – ich habe schon beide Innenseiten des Einbands benutzt und schreibe jetzt quer über die früheren Zeilen, und diese doppelte Schnellschrift wird wahrscheinlich niemals entziffert werden können.

Es muß jetzt vierundzwanzig Stunden her sein, seit die Cottons mich beim Baden überraschten.

Topaz hat gerade gerufen, daß sie Kakao kocht. Oh, Kakao eignet sich gut als Trost. Ein Dämpfer – Topaz hat jetzt gerufen, daß sie ihn mit Wasser zubereiten muß, weil die Cottons die Milch getrunken haben. Sie hatte ihnen keinen Tee anbieten können. Dennoch, jede Art von Kakao ist tröstlich. Aber es schmerzt mich, daß Rose glauben wird, wir tränken ihn, um zu feiern, während Topaz und ich wissen, daß es sich eher um einen Leichenschmaus handelt.

ENDE
SCHLAG DAS BUCH ZU

II
Das Shilling-Buch

April und Mai

VI

Ich besitze ein neues Schreibbuch, und zwar das schönste, das ich je gesehen habe. Es hat einen ganzen Shilling gekostet! Miss Marcy hat es letzte Woche auf Stephens Bitte hin in London gekauft. Sie ist mit einem billigen Tagesticket hingefahren. Als er es mir gab, beschloß ich spontan, so etwas wie *Sturmhöhe* hineinzuschreiben – niemals hätte ich gedacht, daß ich mein Tagebuch fortsetzen würde. Aber nun hat das Leben neu begonnen.

Ich sitze oben auf dem Hügel. Der Frühling ist mit einer solchen Wucht gekommen, daß die Kätzchen noch immer an den Haselsträuchern baumeln, während auf dem Hügel schon die Gänseblümchen sprießen. Im kurzen, glänzenden Gras des Walls sehen sie besonders hübsch aus – einerseits wie Frühling in einem Bilderbuch für Kinder und andererseits wie der echte Frühling. Im Garten in unserem Hof wachsen Osterglocken, aber ich kann sie von hier aus nicht sehen, weil die flatternde Wäsche sie verdeckt. Topaz kommt immer wieder aus dem Haus, um noch mehr aufzuhängen. Das hat mit den aufregenden Ereignissen der letzten Zeit zu tun. Ich habe mich mit dem Rücken an den Turm gelehnt, genieße den Frühling und betrachte die vorbeiziehenden, leuchtend weißen Wolken. Es weht eine milde, fast sommerliche Brise.

Heute ist es genau sechs Wochen her, daß Topaz und ich in der Dämmerung am Belmotte Tower standen und unser Leben an einem Tiefpunkt angelangt war – allerdings sank es danach noch viel tiefer. Zuerst waren nur Topaz und ich bedrückt, und wir mußten uns sehr anstrengen, es nicht zu zeigen. Wir stahlen uns öfter mal davon und unternahmen gemeinsam lange Spaziergänge, auf denen wir unsere Schwermut nicht zu verstecken brauchten. Roses Überschwang dauerte ungefähr zehn Tage. Dann wartete sie darauf, daß wieder etwas passierte. Ich konnte sie eine weitere Woche bei Laune halten, indem ich ihr einredete, die Cottons hätten durch die Ankunft ihrer Mutter sicher wenig Zeit. Dann kam der Schlag: Miss Marcy erzählte uns, der Pfarrer habe den Brüdern einen Besuch abgestattet und sei zum Mittagessen eingeladen worden, und mehrere Leute aus Scoatney seien ebenfalls schon dort gewesen.

»Aber aus Godsend doch sicher nur der Pfarrer?« fragte ich schnell. Allerdings gibt es in Godsend gar keine Leute, die sie noch einladen könnten – außer uns.

»Ihr seid als nächstes dran, meine Lieben«, erklärte Miss Marcy. Rose stand unvermittelt auf und verließ die Küche.

Als wir an diesem Abend im Bett lagen, sagte sie plötzlich: »Frag Miss Blossom, was falsch gelaufen ist, Cassandra.«

Ich war wie vor den Kopf geschlagen. Ich wollte irgendeinen Rat für die Zukunft einbringen, wußte aber nicht, wie ich das anstellen sollte, ohne mit der grausamen Wahrheit herauszurücken.

»Sie sagt, sie weiß es nicht«, antwortete ich schließlich. Ich ließ es Miss Blossom nicht selbst sagen, weil ich sie für sehr ehrlich halte.

»Wahrscheinlich liegt es an unserer Armut«, sagte Rose betrübt. Dann setzte sie sich im Eisenbett auf (diese Woche durfte ich im Himmelbett schlafen) und fuhr fort:

»Ich war doch nett zu ihnen – wirklich nett.«

Ich erkannte meine Chance und sagte mit Miss Blossoms Stimme:

»Vielleicht warst du zu nett, Liebes.«

»Aber nein«, entgegnete Rose. »Ich war charmant, aber auch... sprunghaft und streitlustig. Ich dachte, Männer mögen das.«

»Sei einfach ganz natürlich, Mädchen«, antwortete Miss Blossom. Dann fuhr ich mit meiner eigenen Stimme fort: »Wie nett fandest du sie wirklich, Rose?«

»Ich weiß nicht – aber ich weiß, daß ich sie jetzt nicht mehr nett finde. Ach, ich möchte nicht darüber reden.«

Und sie redete tatsächlich nicht mehr darüber. Das war für mich das Schlimmste an der ganzen Misere – daß wir uns nicht wie sonst über alles austauschten. Noch nie habe ich mich so weit von ihr entfernt gefühlt. Und ich muß leider sagen, daß mein tiefes, zärtliches Mitgefühl für sie in das Bedürfnis umschlug, ihr einen heftigen Tritt zu versetzen. Denn sie ist jemand, der seine Probleme nicht durch Arbeit oder Spaziergänge verarbeiten kann, sondern nur dasitzt und vor sich hin starrt.

Topaz zeigte eine Engelsgeduld. Manchmal frage ich mich allerdings, ob ihre Geduld nicht auch ein Stück Gleichgültigkeit ist. Ihr Verhalten erinnert mich an ihre Unempfindlichkeit gegen Kälte – Vater sagte einmal, ihre Haut sei mit Plüsch gefüttert, und ich glaube manchmal, das trifft auch auf ihre Gefühle zu. Wenn es aber um Vater selbst geht, ist die Plüschfütterung weg. Vor drei Wochen kam ich in den Pufferstaat und fand sie weinend vor ihrem Porträt von ihm, für das er nie Modell sitzt. (Es besteht größtenteils aus orangefarbenen Dreiecken.) Sie meinte, seine Enttäuschung sei viel schlimmer als die von Rose, weil er sich so gut mit Simon Cotton verstanden habe und so gern mit ihm über den amerikanischen Aufsatz über *Jakobs Kampf* sprechen würde.

»Vor allem, da er seine Meinung inzwischen geändert hat. Er ist jetzt überzeugt, alle Dinge so gemeint zu haben, wie der Kritiker sie aufgefaßt hat. Und ich dachte, er habe deshalb wieder zu schreiben begonnen. Aber ich bin gerade ins Pförtnerhaus geschlichen, solange er beim Pfarrer ist, und was glaubst du, woran er arbeitet? An Kreuzworträtseln!«

Ich entgegnete, daß man damit vielleicht mehr Geld verdienen könne.

»Nein, solche sind es nicht«, winkte Topaz ab. »Sie ergaben keinen Sinn. Cassandra, was ist nur mit ihm los?«

Mir kam ein schrecklicher Gedanke. Ich fragte mich, ob Vater tatsächlich seit Jahren trank, ob er vielleicht einen geheimen Weinkeller unter der Burg entdeckt hatte oder aus irgend etwas selbst Alkohol herstellte – ich wußte, daß es ein Zeug namens Holzgeist gibt.

»Ach was, red keinen Unsinn«, wehrte Topaz ab. »Man merkt doch, ob jemand trinkt. Wir müssen Geduld haben. Er ist schließlich ein Genie.«

Sie ging ins Bad und benetzte sich die Augen. Dann zog sie ihr Lieblingskleid an, ein cremefarbenes, italienisches Kleid aus Satin und Damast, das schon fast zerfällt. Dazu trägt sie immer eine kleine, rubinrote Haube. Dann ging sie nach unten, um zum Tee Kartoffelpuffer zu machen.

Ich stand im Garten und betrachtete eine schon fast erblühte Osterglocke, als Vater vom Pfarrhaus zurückkam.

»Irgendwelche Neuigkeiten?« fragte ich höflich.

»Nur, daß es anscheinend eine Ehre ist, *nicht* nach Scoatney eingeladen zu werden. Offenbar sind jede Menge Einladungen unters Volk gestreut worden.«

Er sagte es ziemlich hochmütig, doch dann schenkte er mir ein kurzes, verlegenes Lächeln und fügte hinzu:

»Es tut mir leid für dich, mein Kind. Du weißt, woran es liegt, nicht wahr?«

Ich blickte ihn nur an, daher fuhr er fort:

»Die Miete – sie haben sich offenbar mit dieser Kleinigkeit befaßt. Ich bin mir ziemlich sicher, weil die Zahlungsaufforderung nicht wie üblich am Quartalstag im März gekommen ist. Sie sind zwar ganz nett – die angenehmsten Amerikaner sind immer nett –, aber sie möchten mit uns nichts zu tun haben.«

Ich wußte, daß Topaz ihm nicht die Wahrheit gesagt – hatte -einerseits, weil sie fürchtete, es würde ihn nur aufregen, und andererseits, weil sie manchmal der Ansicht ist, »wir Frauen müssen zusammenhalten«. Ich überlegte, ob ich selbst es ihm erzählen sollte. Doch ich fand es eigentlich ganz gut, daß er wegen der Miete Schuldgefühle hatte. Vielleicht würde ihn das zum Arbeiten antreiben. Wie er jedoch so in seinem dünnen, alten Mantel dastand und der Märzwind sein immer heller werdendes, goldblondes Haar zerzauste, tat er mir schon wieder leid, deshalb erzählte ich ihm, daß es zum Tee Kartoffelpuffer gebe.

Leider konnten wir die Kartoffelpuffer gar nicht genießen, denn während des Essens entbrannte einer dieser Familienstreits, die in Büchern und Filmen immer so lustig sind. Im wirklichen Leben sind sie weniger lustig, besonders dann, wenn sie beim Essen entstehen, was häufig geschieht. Ich zittere dann immer und fühle mich ganz schlecht. Das Ganze kam auf, weil Thomas Rose dreimal bat, ihm das Salz zu reichen und sie nicht reagierte. Als er sie schließlich anbrüllte, beugte sie sich nach vorn und gab ihm eine Ohrfeige. Topaz sagte: »Pfui, Rose, du weißt doch, daß Thomas davon Ohrenschmerzen bekommt.« Und Rose entgegnete: »Natürlich, das mußte ja kommen. Wenn er stirbt, bin ich schuld.« Vater rief »Verflucht!«, schob seinen Stuhl zurück und trat dabei auf Heloïse, die aufjaulte. Und ich sagte: »Ich halte das nicht aus, ich halte das nicht aus«, was ziemlich lächerlich war. Stephen blieb als einziger ruhig. Er stand leise auf, um nachzusehen, ob Heloïse ernstlich verletzt war. Sie war nicht verletzt und profitierte sogar von dem ganzen Streit, weil wir ihr die meisten Kartoffelpuffer überließen. Unser Appetit kehrte erst später zurück, als nichts Leckeres mehr zu essen da war.

Mit dem Essen sieht es bei uns immer noch schlecht aus, obwohl Stephen jetzt regelmäßig Lohn nach Hause bringt. Aber wir müssen damit haushalten, bis wir alle Rechnungen bei den Händlern bezahlt haben. Stephen spart jede Woche einen Shilling. Auch dieses Buch hat er von seinem Ersparten gekauft. Ich habe das dumme Gefühl, daß er das meiste davon für mich ausgeben möchte, denn für sich selbst kauft er nichts, soweit ich weiß. Immerhin hat er mir in letzter Zeit keine Gedichte mehr gebracht.

An jenem Abend waren wir wirklich tief gesunken, obwohl man sich in der Not solche Streits eigentlich nicht leisten kann. Wenn man von derart harten Schicksalsschlägen getroffen wird, muß die Familie zusammenhalten.

Leider konnten wir nicht ahnen, daß sich unser Schicksal langsam schon wieder zum Besseren wandte, denn an eben jenem Tag starb Vaters Tante Millicent. Wie herzlos das doch klingt! Wenn ich sie wieder lebendig machen könnte, würde ich es natürlich tun, da ich das aber nicht kann, kann ich Gott ruhig für Seine unergründlichen Wege danken. Denn sie hat Rose und mir ihre Garderobe vererbt – das heißt, ihre Kleider und nicht ein Möbelstück, wie ich zuerst dachte. Als der Pfarrer die Todesanzeige in der *Times* sah, hegten wir die schwache Hoffnung, sie hätte Vater ein wenig Geld hinterlassen. Aber sie hatte ihn aus ihrem Testament gestrichen und alles einem Heim für Künstlermodelle vermacht – vermutlich wollte sie, daß sie in den Heimen bleiben und nicht ihre Bekannten heirateten. (»Stell dir nur mal vor«, sagte Rose, »daß wir in Geld schwimmen könnten, wenn Vater nicht Topaz geheiratet hätte.« Und ich dachte darüber nach, ob ich lieber in Geld schwimmen als Topaz in der Familie haben würde. Ich konnte diese Frage mit einem ehrlichen Nein beantworten, worüber ich sehr erleichtert war.)

Nachdem die erste Freude verflogen war, fiel uns ein, daß Tante Millicent vierundsiebzig Jahre alt gewesen war und sich immer sehr extravagant gekleidet hatte. Aber es munterte uns schon auf, daß wir überhaupt etwas bekommen sollten.

Ihre Anwälte baten uns, nach London zu kommen und die Sachen selbst abzuholen, sie würden uns alle Ausgaben ersetzen. Die Aussicht auf einen Tag in London erschien berauschend. Doch die Frage, was wir anziehen sollten, ernüchterte uns recht schnell, besonders Rose – über meine Kleider lohnt es sich sowieso nicht nachzudenken, daher lasse ich es lieber gleich. Wir reinigten unsere Wintermäntel mit einem Schwamm, bügelten sie und redeten uns ein, daß sie nun besser aussahen. Und dann wurde das Wetter plötzlich herrlich – und die Mäntel machten im strahlenden Sonnenschein einen schauerlichen Eindruck. Dann kam mir eine Idee.

»Wir könnten doch unsere alten, weißen Kostüme tragen«, schlug ich vor.

Tante Millicent hatte sie für uns anfertigen lassen, kurz bevor sie sich mit Vater wegen seiner Heirat mit Topaz überwarf. Sie sind aus seidenartigem Leinen, sehr schlicht und fein gearbeitet. Natürlich sehen sie schon ziemlich abgetragen aus, und meines ist zu kurz, obwohl der Saum schon bis zum letzten Zentimeter heruntergelassen wurde. Aber es sind unsere schönsten Kleidungsstücke, und wir haben sie erstaunlicherweise sauber weggepackt.

»Im Sommer wäre das in Ordnung«, zögerte Rose, als wir sie anprobierten. »Aber im April?« Wir beschlossen dennoch, sie zu tragen, falls sich das Wetter hielte. Und als wir gestern morgen aufwachten, hatten wir eher Juni als April. Oh, es war ein wunderschöner Morgen! Ein herrlicheres Wetter als so einen Frühlingsmorgen hat Gott sicher nicht zu bieten. Zumindest hilft es einem, an Ihn zu glauben.

Mr. Stebbins lieh Stephen seinen Pferdekarren, damit er uns zum Bahnhof bringen konnte, und selbst das Pferd schien das schöne Wetter zu genießen.

»Habt ihr jemals einen so weiten Himmel gesehen?« fragte ich. Und dann schämte ich mich, weil ich so glücklich war. Schließlich wäre das nicht so, wenn Tante Millicent noch am Leben wäre. Und wahrscheinlich hatte sie sogar einen schweren Tod, die arme alte Dame. Während wir durch Godsend fuhren, schien die Morgensonne auf die moosbedeckten Grabsteine auf dem Kirchhof. Ich versuchte mir vorzustellen, daß ich selbst eines Tages sterben müßte, doch ich konnte es nicht. Und dann nahm ich mir vor, wenn es doch einmal geschähe, würde ich mich an diesen Moment erinnern und den weiten Himmel von Suffolk über den alten Gräbern von Godsend sehen.

Der Gedanke an den Tod, der mir seltsam, schön, schrecklich und unendlich fern vorkam, stimmte mich glücklicher denn je. Das einzig Deprimierende war der Anblick von Scoatney Hall, das zwischen den Bäumen hervorlugte. Aber es trübte meine Stimmung nur aus Mitgefühl für Rose, denn was kümmern mich die Cottons? (Oder zumindest, was kümmerten sie mich?) Bis wir den Park hinter uns gelassen hatten, schaute ich ihr nicht in die Augen und verbrachte zwei taktvolle Minuten damit, einen Schuh mit nur einem Knopf zuzuknöpfen.

Wir kamen frühzeitig am Bahnhof Scoatney an. Rose meinte, wir sollten Fahrkarten erster Klasse kaufen, da die Anwälte bezahlen würden.

»Und wenn sie nicht gleich bezahlen?« gab ich zu bedenken. Wir hatten zwar Stephens Lohn für den Tag zur Verfügung, doch Topaz rechnete damit, das Geld wiederzubekommen. Schließlich entschieden wir uns doch für die billigen Tagesrückfahrkarten.

Stephen bat mich unentwegt, gut auf den Verkehr zu achten, er rannte sogar am Zug entlang, um mich noch einmal daran zu erinnern. Dann blieb er stehen und winkte. Er lächelte, sah aber auch ein bißchen sehnsüchtig aus. Mir wurde bewußt, daß er in seinem ganzen Leben noch nie nach London gefahren war.

Seltsam, wie sich alles veränderte, als wir in King's Crypt umstiegen und unseren kleinen Bummelzug verließen! Die Landluft verschwand – das Londoner Flair schien im Londoner Zug gefangen zu sein. Unsere weißen Kostüme begannen, sich von der Masse abzuheben. Und sie hoben sich noch viel mehr ab, als wir in London ankamen – die Leute starrten uns regelrecht an. Rose bemerkte es sofort.

»Sie bewundern unsere Kostüme«, erklärte ich, um sie zu

trösten. Und ich fand sie wirklich schöner als die meisten der graubraunen Wollkleider, die die Frauen trugen.

»Wir fallen auf«, stellte Rose voller Scham fest. Sie konnte ja nicht wissen, daß wir noch viel mehr auffallen würden, bevor wir wieder zu Hause waren.

Wir waren seit drei Jahren nicht mehr in London gewesen, aber auch vorher hatten wir uns dort nicht besonders gut ausgekannt. Gestern spazierte ich zum allerersten Mal durch die City. Ich fand alles sehr faszinierend, besonders die Schreibwarenläden – ich hätte mich ewig darin umsehen können. Rose hält sie für die langweiligsten Läden auf der Welt, außer vielleicht Metzgereien. (Ich verstehe allerdings nicht, wie man Metzgereien als langweilig bezeichnen kann, dafür sind sie viel zu gruselig.) Wir verliefen uns mehrmals und mußten immer wieder Verkehrspolizisten, die sich als äußerst hilfsbereit und gutgelaunt erwiesen, nach dem Weg fragen. Einer von ihnen hielt für uns freundlicherweise den Verkehr an, und ein Taxifahrer sah Rose an und machte einen Kußmund.

Ich hatte gehofft, die Anwaltskanzlei würde sich als alt und düster herausstellen und der Anwalt wäre einem Roman von Dickens entsprungen, doch es handelte sich um ein ganz gewöhnliches Büro. Wir trafen lediglich einen jungen Angestellten mit glattem, glänzendem Haar an. Er wollte wissen, ob wir es schaffen würden, mit dem Bus nach Chelsea zu fahren.

»Nein«, antwortete Rose rasch.

Er sagte: »In Ordnung. Dann nehmen Sie ein Taxi.«

Ich merkte an, daß wir nicht viel Geld bei uns hätten. Rose lief dunkelrot an. Er warf ihr einen kurzen Blick zu und sagte: »Warten Sie einen Augenblick.« Dann verschwand er.

Er kehrte mit vier Pfundnoten zurück.

»Mr. Stevenage sagt, das hier sei für Sie«, erklärte er. »Das reicht für die Zugfahrkarten, das Taxi nach Chelsea, das Taxi, um die Sachen zu Bahnhof zum schaffen, und ein ordentliches Mittagessen. Und dann müssen Sie noch einmal hier vorbeischauen, um den Hausschlüssel abzugeben und eine Quittung zu unterschreiben. Alles klar?«

Wir nickten und zogen los. Rose war erbost darüber, daß uns nur ein unwichtiger Angestellter empfangen hatte.

»Das zeugt von wenig Respekt gegenüber Tante Millicent«, sagte sie empört. »Uns wie irgendwelche kleinen Leute zu behandeln!«

Solange ich vier Pfund in den Händen hielt, interessierte es mich nicht, ob wir wie kleine Leute behandelt wurden oder nicht.

»Laß uns mit dem Bus fahren und das Taxigeld sparen«, schlug ich vor.

Doch Rose entgegnete, sie könne es nicht länger ertragen, angestarrt zu werden. »Bestimmt sind wir die einzigen Mädchen in ganz London, die Weiß tragen.« Genau in diesem Moment rief uns ein Busfahrer zu: »Los, hüpft rauf, Schneeflöckchen.« Doch Rose hielt hochmütig ein Taxi an.

Der Seerosenteich in Tante Millicents kleinem, gefliestem Garten war ausgetrocknet. Hoffentlich hatten die Goldfische ein schönes neues Zuhause gefunden.

Wir schlossen die Haustür auf. Ich war überrascht, daß wir den Flur fast leer vorfanden – ich hatte nicht damit gerechnet, daß die Möbel bereits fortgeschafft worden waren.

»Es ist irgendwie unheimlich hier«, sagte ich, nachdem wir die Tür hinter uns geschlossen hatten und der Sonnenschein draußen geblieben war.

»Es ist einfach nur kalt«, entgegnete Rose. »Die Kleider sind sicher in ihrem Schlafzimmer. Ob sie dort gestorben ist?«

Ich hielt es für taktlos, diese Frage laut auszusprechen.

Auf dem Weg nach oben schauten wir kurz in die zwei Zimmer des Salons. Die beiden hohen Fenster gingen auf die Themse hinaus, und es war sehr hell. Als ich den Salon das letzte Mal gesehen hatte, war er von Dutzenden von Kerzen für eine Party erleuchtet gewesen. An jenem Abend lernten wir Topaz kennen. Ihr Porträt von Macmorris war gerade ausgestellt worden, und Tante Millicent hatte ihn gebeten, sie mitzubringen. Sie trug das blaßblaue Kleid, in dem er sie gemalt hatte, und er hatte ihr die prächtige Jadekette geliehen. Ich weiß noch, daß ich über ihr langes, helles Haar staunte, das ihren gesamten Rücken bedeckte. Und ich erinnere mich, daß Vater den ganzen Abend mit ihr redete und Tante Millicent in ihrem schwarzen Samtkostüm mit Spitzenkragen ihn wütend anstarrte.

Das große vordere Schlafzimmer war zu meiner Erleichterung leer. Es machte nicht den Eindruck, als ob dort jemand gestorben wäre, sondern war einfach nur kalt und kahl. Die Kleider befanden sich im kleinen Umkleidezimmer dahinter. Sie lagen in Haufen auf dem Fußboden, daneben zwei alte, schwarze Lederkoffer, in denen wir sie transportieren konnten. Im Zimmer war es ziemlich dunkel, weil jemand die grüne Jalousie heruntergelassen hatte. Die Schnur war gerissen, deshalb konnten wir sie nicht hochziehen, aber die Lamellen ließen sich ein wenig kippen.

Tante Millicents alter schwarzer Uniformmantel lag oben auf einem der Haufen. Als Kind hatte ich Angst davor. Wahrscheinlich erinnerte er mich immer an Hexen. Gestern machte er mir ebenfalls angst, aber aus einem anderen Grund: Er schien mir irgendwie Teil einer Toten zu sein – so wie die anderen Kleidungsstücke auch. Ich sagte zu Rose:

»Rose, ich kann sie nicht berühren.«

»Das müssen wir aber«, entgegnete sie und fing an, darin herumzuwühlen.

Hätten wir die arme Tante Millicent zu Lebzeiten gemocht, dann hätten wir vielleicht nicht solche Abscheu vor ihren Sachen empfunden. Oder auch nicht, wenn sie hübsch und feminin gewesen wären. Aber Tante Millicent besaß größtenteils schwere, dunkle Mäntel und Röcke und dicke Wollunterwäsche. Und reihenweise Schuhe mit flachen Absätzen, die auf Holzgestellen standen. Die Schuhe fand ich am furchtbarsten – ich stellte mir vor, es wären tote Füße.

»Immerhin sind ein paar Dutzend Taschentücher aus Leinen dabei«, stellte Rose fest. Doch ich fand die Taschentücher abscheulich – ebenso die Handschuhe und Strümpfe. Und zwei schreckliche Korsetts, die kaputt zu sein schienen.

»Die Menschen sollten mit ihren Sachen begraben werden«, sagte ich. »Damit die Nachfolgenden nicht darauf herabblicken können.«

»Ich blicke nicht auf sie herab«, entgegnete Rose. »Ein paar der Kostüme sind aus herrlichem Stoff.«

Doch sie packte die Sachen irgendwie respektlos und unordentlich in die Koffer. Ich zwang mich dazu, sie wieder herauszunehmen und sie zu falten, und vor meinem geistigen Auge sah Tante Millicent ganz erleichtert aus.

»Sie legte Wert darauf, daß ihre Kostüme gut gebügelt und gebürstet waren«, sagte ich.

»Als ob das jetzt noch eine Rolle spielt«, wandte Rose ein.

Und dann hörten wir jemanden nach oben kommen.

Mir lief ein kalter Schauder den Rücken hinunter, und die

Angst nahm mir den Atem, so daß ich nicht sprechen konnte. Vor lauter Furcht schaute ich einfach nur auf Rose.

»Sie ist es nicht, sie ist es nicht!« keuchte sie. »Oh, Cassandra – ich glaube es nicht!«

Aber ich wußte, daß sie es doch glaubte. Und ich wußte auch – wie ich so oft Dinge über Rose weiß –, daß sie sich fürchtete, seit wir das Haus betreten hatten. Daß sie die gleichgültige Art, mit der sie die Kleider eingepackt hatte, nur gespielt hatte. Ich wußte allerdings noch nicht, daß sie sich doppelt fürchtete – daß sie dachte, wenn schon nicht Tante Millicent die Treppe hinaufkommt, dann ist es bestimmt ein Landstreicher, der sich im Keller versteckt hat, uns umbringen und unsere Leichen in die Koffer packen wird.

Oh, mutige Rose! Trotz ihrer zweifachen Angst riß sie die Tür auf und rief: »Wer ist da?«

Draußen stand der Angestellte des Anwalts.

»Wie können Sie nur?« herrschte sie ihn an. »Sich ins Haus zu schleichen und meiner kleinen Schwester solche Angst einzujagen!«

»Nicht, Rose«, unterbrach ich sie mit schwacher Stimme.

Der arme Angestellte entschuldigte sich vielmals. »Ich bin nur gekommen, um Ihnen einen Gefallen zu erweisen«, fügte er hinzu. Dann überreichte er ihr einen Brief.

Rose las ihn. »Aber wir können das nicht bezahlen!«

Ich nahm ihr den Brief aus der Hand. Es war die Mahnung einer Rechnung, die für die Kaltlagerung einiger Pelze bezahlt werden mußte.

»Sie müssen nichts bezahlen. Ich habe das am Telefon geklärt«, beruhigte uns der Angestellte. »Wir sind die Erbschaftsverwalter Ihrer Tante, deshalb gehen ihre Rechnungen an uns, verstehen Sie? Der Brief lag schon auf meinem Schreibtisch, als Sie heute morgen bei mir waren, aber ich hatte ihn noch nicht lesen können. Die Pelze gehören jetzt Ihnen.«

»Aber Tante Millicent hat gar keine Pelze besessen«, entgegnete ich. »Sie war der Auffassung, das sei Tierquälerei.« Und ich hatte ihre Meinung immer geteilt.

»Na, diese haben ihr auf jeden Fall gehört«, sagte der Angestellte. »Und Tierquälerei oder nicht, Sie sollten hinfahren und sie holen. Pelze sind Geld wert.«

Ich las mir den Brief noch einmal durch. Es stand nicht darin, um welche Art Pelze es sich handelte.

»Sie müssen recht wertvoll sein, wenn Ihre Tante für die Aufbewahrung so viel Geld ausgegeben hat«, sagte der Angestellte. »Wissen Sie was, Sie packen jetzt das ganze Zeug hier in die Koffer, und dann bringe ich sie zum Bahnhof und lasse sie in der Gepäckaufbewahrung. Und Sie holen in der Zwischenzeit die Pelze.«

Schnell stopften wir die Sachen in die Koffer – ich muß leider gestehen, daß ich Tante Millicents Gefühle dabei vergaß. Der Angestellte und sein Taxifahrer schleppten die Koffer nach unten. Dann rief er für uns ein zweites Taxi.

»Ich würde Sie liebend gern begleiten«, sagte er, »aber ich muß um drei Uhr im Gericht sein.« Er hatte zwar fettiges Haar und Pickel im Gesicht, aber auch ein gutes Herz. Rose dachte das offensichtlich auch, denn sie beugte sich aus dem Taxi und bat um Entschuldigung, daß sie so grob zu ihm gewesen sei.

»Vergessen Sie es«, erwiderte er. »Ich hätte mich an Ihrer Stelle sicher auch vor mir erschrocken.« Dann fuhr das Taxi los, und er rief uns nach: »Hoffentlich sind es Zobelpelze!«

Das hofften wir allerdings auch.

»Sie müssen relativ neu sein, weil sie sie früher noch nicht hatte«, stellte Rose fest. »Wahrscheinlich hat sie ihre Prinzipien, während sie älter und hartherziger wurde, allmählich aufgegeben.«

»Sicher sind es Kaninchenfelle«, vermutete ich. Ich hatte das Gefühl, unsere Hoffnungen ein wenig dämpfen zu müssen, obwohl ich eigentlich nicht glaubte, daß Tante Millicent etwas Billiges getragen hätte.

Das Taxi hielt vor einem prächtigen Geschäft – der Art von Geschäft, das ich nie ohne einen besonderen Grund zu betreten gewagt hätte. Wir gingen durch die Handschuh- und Strumpfabteilung hinein, in der es jedoch auch vereinzelte Artikel aus anderen Abteilungen zu bewundern gab: Parfümflaschen, ein Glasbäumchen mit Kirschen und eine weiße Koralle auf einem meergrünen Chiffontuch. Alles sah sehr edel und stilvoll aus. Leute, die Geld haben, möchten es dort sicher nur zu gern ausgeben!

Die hellgrauen Teppiche federten unter unseren Füßen wie Moos, und die Luft duftete. Es roch ein bißchen wie Hyazinthen, nur noch intensiver.

»Was genau ist das für ein Duft?« fragte ich Rose. Und sie antwortete:

»Ein himmlischer Duft.«

In der Pelzabteilung roch es anders, kräftiger, und die Pelze selbst verströmten einen aufregenden Geruch. Dutzende lagen auf den grauen Satinsofas ausgebreitet: dunkelbraune, goldbraune und silberne Pelze. Ein junges, hübsches Mannequin lief in einem Hermelincape mit einem kleinen Muff durch den Raum. Eine Frau mit bläulich-weißem Haar kam auf uns zu und fragte uns, ob sie uns helfen könne. Wir reichten ihr die Rechnung über die Aufbewahrung der Pelze. Nach einer Weile erschienen zwei Männer in weißen Mänteln mit Tante Millicents Pelzen und warfen sie auf ein Sofa.

Wir breiteten sie aus und begutachteten sie. Es waren zwei sehr lange Pelzmäntel, einer schwarz und zottelig, der andere glatt und braun, dazu eine kurze, schwarze, schmale Jacke mit Keulenärmeln und eine riesige, wuschelige Decke mit einem grünen Filzrand.

»Aber von welchen Tieren stammen diese Felle?« fragte ich atemlos.

Die weißhaarige Dame inspizierte sie behutsam. Sie erklärte, der braune Mantel sei aus Biberpelz und die kurze Jacke, die unter dem schwarzen Fell schon etwas abgetragen aussah, sei aus Seehundfell. Die Decke konnte sie überhaupt nicht einordnen, für mich sah sie aus wie das Fell eines Collies. Rose probierte den langen, zottigen, schwarzen Mantel an. Er reichte bis auf den Boden.

»Du siehst aus wie ein Bär«, stellte ich fest.

»Es ist Bärenfell«, bestätigte die weißhaarige Frau. »Liebe Güte, ich glaube, das ist ein Kutschermantel.«

»Da steckt etwas in der Tasche«, sagte Rose.

Sie zog ein Stück Papier heraus. Darauf stand gekritzelt: »Madam um 1:20 vom Zug abholen. Miss Milly um 3 zur Tanzstunde. Die jungen Damen um 6 zum Hof.«

Ich überlegte: Tante Millicent war Großvaters jüngste Schwester. Die Pelze müssen ihrer Mutter gehört haben. Und das bedeutete ... »Lieber Himmel!« rief ich aus. »Diese Pelze gehörten unserer Urgroßmutter!«

Eine Art leitender Angestellter kam zu uns. Wir fragten ihn, ob etwas Wertvolles dabei sei.

»Biberpelze bekommt man heutzutage nicht für Geld und gute Worte«, sagte er, »aber ich weiß nicht, ob Sie ihn für viel verkaufen können. Man bewertet Pelze inzwischen anders. Dieser hier wiegt bestimmt eine Tonne.«

Er selbst kaufte keine gebrauchten Pelze, und er konnte uns auch keinen Rat geben, wo wir sie loswerden konnten. Wir nahmen aber an, daß wir sie am ehesten in London verkaufen konnten, und wollten sie dalassen, bis wir Topaz' Rat eingeholt hätten. Der Mann gab jedoch zu bedenken, daß wir dann für ein weiteres Vierteljahr Lagerkosten bezahlen müßten, die Tante Millicents Anwälte vermutlich nicht mehr übernehmen würden. Also beschlossen wir, sie mitzunehmen – das schien uns die einzige Möglichkeit zu sein. Wir unterschrieben die Papiere und beluden uns mit den Pelzen. Auf dem Weg nach draußen warfen wir durch einen Türbogen noch einen Blick in die Abteilung, durch die wir hereingekommen waren. Dort kaufte eine Frau gerade hellblaue Wildlederhandschuhe. Sie trug ein sehr schlichtes, kurzes Kostüm in Schwarz. Rose fand es äußerst schick.

»So sollten wir uns kleiden«, sagte sie.

Wir blieben stehen und betrachteten die Parfümflaschen, die Strümpfe und die übrigen Artikel. Eine Frau kaufte ein Dutzend Paar Strümpfe. Schließlich sagte ich zu Rose:

»Wir sind genau wie Ab, wenn er Vögel am Fenster vorbeifliegen sieht. Gleich maunzen wir noch wie er.«

Rose antwortete, genauso fühle sie sich auch.

»Na, dann laß uns doch den ganzen Laden anschauen, wenn wir schon einmal hier sind«, schlug ich vor. Doch sie entgegnete, mit all den Pelzen auf dem Arm halte sie das nicht aus. Also steckte ich lediglich den Kopf durch den Türbogen und sog einmal tief den Hyazinthenduft in mich ein. Dann verließen wir das Geschäft durch den Haupteingang, der sich in der Nähe befand.

Rose wollte die Pelze sofort mit dem Taxi in die City bringen, doch es war keines zu sehen. Außerdem verspürte ich einen solchen Hunger, daß ich sie überredete, zuerst etwas zu essen. Wir wankten in die Oxford Street – die Pelze wogen tatsächlich Tonnen – und entdeckten ein Restaurant mit hübschen, weißen Tischdecken und großen, runden Essig- und Ölfläschchen. Es dauerte eine Weile, bis wir uns hingesetzt hatten. Zuerst falteten wir die Pelze und setzten uns darauf, doch so reichten wir weder an den Tisch noch an den Boden heran. Schließlich legten wir alle neben uns auf den Boden, was der Bedienung sehr zu mißfallen schien. Aber das Restaurant gefiel mir. Die meisten Leute, die dort speisten, sahen ungewöhnlich häßlich aus, doch das Essen war hervorragend. Wir aßen Brathähnchen (jede einen Flügel für zwei Shilling), eine doppelte Portion Brottunke (jede), zwei Gemüsesorten plus Pudding und tranken einen wunderbaren Kaffee mit viel Milch. Wir schlugen uns richtig den Bauch voll. Als wir alles aufgegessen hatten, ging es auf vier Uhr zu.

»Wir haben kaum etwas von London gesehen«, stellte ich fest, als wir zum Anwaltsbüro zurückfuhren. Rose antwortete, sie hätte sich London sogar ohne die Mäntel nicht ansehen wollen, denn das mache keinen Spaß, wenn man nicht die richtigen Kleider trage. Danach blieb sie so lange still, daß ich sie fragte, woran sie gerade dachte.

»Ich habe Gott gebeten, mir ein kurzes, schwarzes Kostüm zu schenken«, antwortete sie.

Unser Freund, der Angestellte, mußte über die Pelze herzlich lachen, meinte aber, es sei eine Schande. Er hielt den Biberpelz für einen Reisemantel für Männer – selbst ihm war er zu groß. Das Biberfell sei eigentlich das Futter, und das schottische Plaid sei die Außenseite. Er bot jeder von uns eine Tasse Tee und zwei Plätzchen an. Wir waren jedoch zu satt, um sie zu essen, deshalb packten wir sie für die Reise ein. Als wir die alten Lederkoffer in der Gepäckaufbewahrung abholten, fragte der Mann dort, ob sich etwa Leichen darin befänden. Da erzählte mir Rose von der Befürchtung, die sie in Tante Millicents Haus gehabt hatte.

Im Zug hatten wir ein ganzes Abteil für uns, und da es nach Sonnenuntergang sehr kalt wurde, zog ich den Bibermantel mit der Fellseite nach innen an. Er fühlte sich sehr angenehm an. Merkwürdigerweise empfand ich ein liebevolles Gefühl für die Pelze, nicht etwa Angst wie vor Tante Millicents Kleidern, obwohl ich wußte, daß auch sie wahrscheinlich von inzwischen gestorbenen Menschen getragen worden waren. Während mir im Biberfell immer wärmer wurde, dachte ich ausführlich darüber nach. Schließlich stellte ich fest, daß es sich damit genauso verhielt wie mit dem Gegensatz zwischen den wunderschönen alten Gräbern in Godsend und den neuen, offenen Gräbern, die auf den Sarg warten (ich kann sie nicht ansehen) –, daß nämlich die Zeit dem Tod die Häßlichkeit und den Schrecken nimmt und sie in Schönheit verwandelt.

Noch vor einem Jahr hätte ich diesen Gedanken als Gedicht zu Papier gebracht. Gestern versuchte ich es auch, doch es gelang mir nicht. Die Zeilen, die mir einfielen, reimten sich zwar und paßten rhythmisch zueinander, aber mehr auch nicht. Inzwischen weiß ich, daß das für all meine Gedichte gilt. Damals hatte ich jedoch immer das Gefühl, über den Mond springen zu können, wenn ich eines geschaffen hatte. Das vermisse ich jetzt.

Ich lehnte mich zurück und schloß die Augen. Sofort

begann der ganze Tag vor meinen Augen zu tanzen. Ich erinnerte mich nicht einfach daran, sondern er schien hinter meinen Augenlidern regelrecht gefangen zu sein. Ich sah die City, den Verkehr, die Geschäfte – sie schimmerten und verschmolzen miteinander. Dann pickte sich mein Gehirn nur die Teile heraus, über die es nachdenken wollte, und mir wurde klar, daß der Tag einem Kleidungsmuster folgte: zuerst unsere weißen Kostüme früh am Morgen, dann die Erkenntnis, daß die Londonerinnen etwas anderes trugen, dann Tante Millicents armselige, alte Sachen, dann all die vornehmen Dinge im Geschäft und schließlich die Pelze. Und ich sann darüber nach, wieviel Kleider den Frauen doch bedeuteten und immer schon bedeutet hatten. Ich dachte an normannische Damen im Bergfried von Belmotte, an die Plantagenet-Damen in Godsend Castle und die Stuart-Damen zu der Zeit, als unser Haus in die Ruine gebaut wurde. Und an Reifröcke, Kleider bei Jane Austen, Krinolinen, Tournüren und das schwarze, kurze Kostüm, das Rose sich so sehr wünschte. Ich machte mir sehr tiefschürfende, philosophische Gedanken über alles, aber vielleicht habe ich sie auch nur geträumt, denn ich kann mich nicht mehr genau an sie erinnern. Als Rose mich weckte, träumte ich gerade von der weißen Koralle auf dem meergrünen Chiffontuch.

Wir mußten umsteigen. Ich fror, als ich den Bibermantel auszog. Doch ich hielt es für ratsam, ihn auszuziehen, denn er sah nicht nur eigenartig aus, sondern schleifte auch noch über den Boden. Ich war froh, als wir wieder in unserem kleinen Bummelzug saßen und ich mich erneut in den Mantel kuscheln konnte. Rose zog den Kutschermantel an, und wir lehnten uns aus den Fenstern und genossen die frische Landluft. Man bemerkt sie erst, wenn man fort war. Wir aßen die

Plätzchen. Ich hob eines von meinen für Stephen auf, der uns mit Mr. Stebbins' Pferdekarren abholen sollte, um die Koffer darauf zu verstauen.

Und dann geschah es. Als wir in Little Lymping hielten, beobachtete ich den Gepäckwagen, weil ich fürchtete, unsere Koffer würden aus Versehen ausgeladen. Der Bahnhofsvorsteher ist nämlich ein bißchen dümmlich. Und wer schaute dort aus dem Zug, keine sechs Meter von mir entfernt? Simon Cotton! Sein Haar und sein Bart sahen tiefschwarz aus, und im schwachen Licht der Laternen auf dem Bahnsteig wirkte er ganz bleich. Obwohl ich nur einen flüchtigen Blick auf ihn warf, bemerkte ich, wie nackt sein Mund aussah.

Ich zog den Kopf ein und erzählte es Rose.

Ich schätzte, daß uns eine Galgenfrist von zehn Minuten blieb – wir waren noch acht Kilometer von Scoatney entfernt, und der kleine Zug fährt immer sehr langsam. Aber ich brauchte mehr Zeit! Ich konnte mich nicht entscheiden, ob ich Rose verraten sollte, was die Cottons über sie gesagt hatten. Ich fürchtete jedoch, sie würde sich wieder unvernünftig verhalten, wenn ich es ihr nicht erzählte.

»Wir sollten sie sehr abweisend behandeln«, sagte ich, während ich mein Haar vor dem Spiegel in Ordnung brachte, der zwischen den Fotos der Kathedrale von Norwich und des Strands von Yarmouth hing.

»Abweisend? Glaubst du ernsthaft, daß ich mit ihnen reden werde? Nachdem sie uns wie Luft behandelt haben?«

»Aber wir werden ›Guten Abend‹ sagen müssen. Wir können es ganz kühl sagen und dann würdevoll weitergehen.«

Rose entgegnete, würdevoll könnten wir gar nichts tun – so schäbig gekleidet und mit Pelzen wie Kaminvorlegern über dem Arm. Sie wollte aus dem Zug springen, sobald er hielt, und davonstürmen, bevor die Cottons uns sahen.

»Aber wir können doch nicht ohne unsere Koffer loslaufen«, wandte ich ein. Dann kam mir eine Idee. »Wir steigen einfach auf der falschen Seite des Zuges aus und laufen am Gleis entlang bis zum Gepäckwagen. Wenn wir dort ankommen, haben die Cottons den Bahnhof sicher schon verlassen.«

Rose hielt das für eine gute Idee. Wir beschlossen, die Mäntel anzubehalten, damit man uns dank der Dunkelheit am Ende des Bahnsteigs nicht sehen konnte, falls sich die Cottons umdrehten, während wir die Koffer holten. Rose klappte den riesigen Bärenkragen hoch, um ihr helles Haar zu verdecken.

»Hoffentlich kommt kein Zug auf dem anderen Gleis, während wir dort entlanglaufen«, sagte ich. Aber ich wußte, daß das zu dieser späten Stunde unwahrscheinlich war, und außerdem fahren sie äußerst langsam.

»Diese kleinen Züge kann man mit einer Hand zum Stehen bringen«, antwortete Rose.

Ich warf mir die Colliedecke über die Schulter, Rose nahm die Seehundjacke. Als der Zug hielt, sprangen wir sofort auf das Gleis.

Wir hatten uns nicht klargemacht, wie schwierig das Laufen sein würde. Die Mäntel waren sperrig und schwer, so daß wir immer wieder stolperten. Die Paraffinlampen auf dem Bahnsteig leuchteten nur schwach, und auf Höhe des Gepäckwagens gab es gar keine Lampen. Auf unserer Seite kamen wir nicht an die Türen heran. Also gingen wir um das Ende des Zuges herum und kletterten dann auf den Bahnsteig. Auf dieser Seite standen die Türen offen, doch es war kein Schaffner da, der die Koffer hätte ausladen können. Normalerweise hilft ihm der Bahnhofsvorsteher mit dem Gepäck, aber er sammelt außerdem die Fahrkarten ein. Sicher war er damit beschäftigt, die Cottons zu verabschieden.

»Dann müssen wir es eben allein schaffen«, sagte ich.

Der Waggon war so schwach beleuchtet, daß wir unsere Koffer zunächst gar nicht fanden. Dann entdeckte Rose sie am anderen Ende hinter ein paar großen Milchkannen. Auf dem Weg dorthin kamen wir an einer großen Kiste vorbei. Da der schwache, kleine Gasglühstrumpf direkt darüber hing, konnte ich das Schild lesen: Cotton, Scoatney, Suffolk. Rose las es ebenfalls und erschrak. Im nächsten Moment hörten wir Stimmen und Schritte, die sich auf dem Bahnsteig näherten.

Wir stürmten zur Tür, erkannten aber schnell, daß es zu spät war, um hinauszugelangen. »Schnell – versteck dich hinter den Koffern«, flüsterte Rose. Wenn mir Zeit zum Nachdenken geblieben wäre, hätte ich ihr widersprochen und ihr gesagt, wie albern wir aussehen würden, falls man uns entdeckte. Doch sie raste bereits hinüber, und ich raste ihr nach.

»Sie finden uns schon nicht«, wisperte sie, als wir uns hinter die Koffer kauerten.

Das glaubte ich auch nicht, denn die Gepäckstücke waren sehr hoch, und das schwache Licht war weit von uns entfernt. »Aber duck dich noch tiefer«, flüsterte ich, »dein Koffer ist kleiner als meiner.«

»Oh, zu zweit schaffen wir das schon, Sir«, hörte ich eine Männerstimme sagen. Da es nicht der Bahnhofsvorsteher war, mußte es der Zugschaffner sein.

»Ich werde Ihnen helfen«, sagte Neil Cotton und sprang in den Waggon. Kurz darauf rief er: »Mein Gott!« und sprang wieder hinaus. Im nächsten Moment knallten die Türen mit einer solchen Wucht zu, daß der Glühstrumpf zerbrach und wir im Dunkeln saßen.

»Was ist los?« brüllte Simon Cotton.

Ich konnte Neils Antwort nicht verstehen, aber der Schaffner lachte schallend und sagte: »Also, der ist wirklich gut.«

»Oh, Rose, er hat uns gesehen!« wisperte ich.

»Unsinn – wieso hat er dann die Türen zugeknallt?« flüsterte sie zurück. »Nein, es muß etwas anderes sein. Sei still und hör zu!«

Ich hob vorsichtig den Kopf. Ich konnte mit Mühe den Umriß des Fensters erkennen, das oben einen Spalt offen stand. Dann hörte ich Simon Cotton sagen:

»Neil, du bist verrückt.«

»Glaub mir, ich bin ganz sicher!«

»Ach, kommen Sie, Sir, ich habe doch in dem Wagen gesessen«, sagte der Schaffner.

»Aber Sie haben die Türen offenstehen lassen.«

Ein schwarzer Fleck bewegte sich in der Dunkelheit – es war Roses Kopf, der hinter dem Koffer hervorkam.

»Was ist denn nur los?« flüsterte sie verzweifelt.

»Pst!« machte ich und lauschte angestrengt. An diesen Moment werde ich mich für den Rest meines Lebens erinnern – die Sterne im quadratischen Fenster, der kleine Lichtfleck über dem kaputten Glühstrumpf, der Geruch von saurer Milch und Fisch. Ich hörte Simon Cotton sagen, er wolle eine Taschenlampe aus dem Wagen holen.

»Und sag Mutter, sie soll drinnen sitzenbleiben und die Tür schließen!« rief Neil ihm nach.

Rose kroch auf das Fenster zu. Plötzlich ertönte ein blecherner Klang. Sie war gegen eine Milchkanne gestoßen.

Der Schaffner pfiff leise. »Ich glaube, Sie haben recht, Sir.«

»Natürlich habe ich recht«, antwortete Neil. »Ich habe sie im Yellowstone Park doch selbst gefüttert.«

Und dann dämmerte es mir.

»Rose«, sagte ich, »er hat dich für einen Bären gehalten.«

Sie schnappte nach Luft. »Dieser Idiot!« Dann stieß sie gegen eine weitere Milchkanne.

»Na ja, sieben Achtel von dir sehen tatsächlich aus wie ein Bär. Und außerdem gastiert der Zirkus in King's Crypt. Die Zelte standen dicht an der Bahnstrecke, und die Cottons haben sie bestimmt gesehen.« Ich mußte lachen, hielt aber inne, als ich bemerkte, daß sie an den Türen auf der anderen Seite des Waggons rüttelte. Schließlich bekam sie sie geöffnet, und ihre Silhouette hob sich schwarz gegen die Sterne ab.

»Los, komm«, sagte sie und sprang auf das Gleis hinunter. Ich kletterte zu den Türen hinüber, und jede Milchkanne stieß die folgende an. Trotz des Lärms hörte ich, daß Neil Cotton und der Schaffner den Bahnsteig entlangliefen und dem Lokomotivführer etwas zuriefen.

»Oh, Rose, mach doch keinen Unsinn«, bat ich sie. »Wir müssen das alles erklären.«

Doch sie nahm meine Hände und zog, bis ich springen mußte.

»Wenn du nicht mitkommst, werde ich dir das nie verzeihen«, flüsterte sie grimmig. »Lieber sterbe ich, als etwas zu erklären.«

»Wahrscheinlich wirst du dann sogar eher sterben, denn die meisten Leute auf dem Land besitzen Gewehre!« Aber es nützte nichts, sie war auf der Rückseite des Zuges bereits in der Dunkelheit verschwunden. Inzwischen brüllten alle Reisenden durcheinander und knallten mit den Türen – es konnten nicht viele sein, aber sie veranstalteten einen Höllenlärm. Zum Glück konzentrierten sie sich auf die Bahnsteigseite des Zuges. Plötzlich kam mir eine Idee: Wenn ich Rose zu überreden vermochte, ihren Mantel auszuziehen, konnten wir uns an der Verfolgungsjagd beteiligen, als hätten wir mit dem Bären überhaupt nichts zu tun. Also schälte ich mich aus meinem Mantel, warf ihn in den Waggon und rannte Rose nach. Doch ich war erst ein paar Meter weit gelaufen, als ich den Lichtstrahl einer Taschenlampe sah, in dem ich Rose genau erkennen konnte. Sie kletterte gerade schon den kleinen Bahndamm hinauf. Da sie auf allen vieren vorwärtskroch, sah sie tatsächlich wie ein Bär aus. Die Menschenmenge auf dem Bahnsteig schrie entsetzt auf. Rose schaffte es auf die andere Seite des Damms und verschwand in den Feldern.

»Da drüben liegt Foxearth Farm«, rief eine Frau. »Sie haben drei kleine Kinder!«

Ich hörte jemand den Bahnsteig entlangrennen. Und die Frau rief:

»Schnell, schnell – auf nach Foxearth!«

Ein dumpfes Geräusch folgte, als jemand auf das Gleis hinuntersprang. Plötzlich erschien Stephen im Schein der Taschenlampe. Das Licht fiel auf blitzendes Metall, und ich erkannte, daß er eine Heugabel trug. Sie mußte in Mr. Stebbins' Karren gelegen haben.

»Halt, Stephen, halt!« schrie ich.

Er drehte sich um und rief: »Ich werde ihm nicht weh tun, wenn es nicht sein muß, Miss Cassandra. Ich werde ihn in eine Scheune treiben.«

Neil Cotton rannte an mir vorbei.

»Gib mir das Ding«, sagte er und nahm Stephen die Mistgabel aus der Hand. Simon kam ebenfalls angelaufen. Er hielt die Taschenlampe vor sich. Hinter ihm folgten der Schaffner und einige Passagiere. Jemand rannte in mich hinein, so daß ich hinfiel. Die Taschenlampe fing an zu flackern. Simon schlug dagegen, und dann ging sie ganz aus.

»Holt die Bahnhofslaternen!« brüllte der Schaffner und kletterte auf den Bahnsteig zurück. Die Fahrgäste warteten auf ihn, doch Simon und Stephen folgten Neil in die Dunkelheit.

Vielleicht hätte ich alles sofort erklären sollen, aber durch den Lärm und den Sturz fühlte ich mich ein wenig benommen. Und ich hätte Rose in eine furchtbare Lage gebracht – nicht nur vor den Cottons, sondern vor allen Leuten aus dem Zug. Außerdem fand ich, daß sie gute Chancen hatte, zu entkommen.

Neil wird schon merken, daß sie kein Bär ist, wenn er in ihre Nähe kommt, sagte ich mir. Dann stürmten alle mit Laternen an mir vorbei, und der Bahnhofsvorsteher führte seinen großen, schwarzen Hund an der Leine und hielt einen Stein in der Hand. Augenblicklich wußte ich, daß Rose nicht mehr sicher war, wenn ich weiterhin schwieg. Ich begann, alles zu erklären, doch der Hund bellte so laut, daß mich niemand verstand. Und dann, lauter als alles andere, hörte ich einen markerschütternden Schrei.

Ich geriet in Panik.

»Das ist meine Schwester!« kreischte ich. »Er will sie umbringen!« Und ich rannte das Gleis entlang in ihre Richtung. Die anderen folgten mir johlend. Jemand stolperte über die Hundeleine und fluchte ausgiebig. Wir kletterten über den kleinen Damm ins Feld. Die Männer hielten die Laternen hoch in die Luft, doch wir konnten weder Rose noch Stephen oder die Cottons entdecken. Alle redeten durcheinander und machten irgendwelche Vorschläge. Eine dicke Frau wollte, daß der Bahnhofsvorsteher den Hund losließ, doch er fürchtete, das Tier könne die Cottons anstelle des Bären beißen.

»Aber er wird sie erdrücken«, stöhnte die dicke Frau. »Sie haben keine Chance.«

Ich öffnete den Mund, um ihnen begreiflich zu machen, daß es gar keinen Bären gab, doch dann sah ich in einiger Entfernung etwas Weißes aufleuchten. Die Männer mit den Laternen bemerkten es ebenfalls und liefen darauf zu. Und plötzlich tauchte Neil Cotton im Lichtschein auf, mit Rose in ihrem weißen Kostüm auf dem Arm. Simon Cotton und Stephen folgten einige Schritte dahinter.

Die dicke Frau eilte auf sie zu.

»Bleiben Sie bitte zurück«, sagte Neil Cotton bestimmt. »Sie hat einen furchtbaren Schock erlitten.«

»Rose, Rose«, rief ich und rannte zu ihr.

»Es geht ihr gut«, versicherte Simon Cotton schnell, »aber wir bringen sie am besten in unseren Wagen.« Er nahm eine Laterne und leuchtete Neil den Weg. Sie marschierten entschlossen weiter.

»Aber der Bär, Sir«, bemerkte der Schaffner.

»Er ist tot«, antwortete Simon Cotton. »Mein Bruder hat ihn getötet.«

»Sind Sie sicher, Sir?« fragte der Bahnhofsvorsteher.

»Wir sehen besser nach«, sagte die dicke Frau. »Der Hund wird ihn bestimmt schnell finden.«

»Nein, das wird er nicht«, widersprach Neil Cotton über

seine Schulter hinweg. »Er ist in den Fluß gefallen und von der Strömung fortgeschwemmt worden.«

»Armer Kerl, er hatte keine Chance«, jammerte die dicke Frau. »Zuerst getötet und dann fortgeschwemmt! Und sicher war er viel Geld wert.«

»Begleite deine Schwester«, sagte Simon Cotton zu mir, und ich gehorchte nur zu gern. Er gab Stephen die Laterne, blieb zurück und forderte die Leute auf, zum Zug zurückzukehren.

»Was für eine dumme Geschichte!« stellte der Bahnhofsvorsteher fest.

Das fand ich allerdings auch.

»Was ist passiert, Stephen?« fragte ich atemlos.

Plötzlich hob Rose den Kopf und zischte mir zu:

»Sei still, und hol die Koffer aus dem Zug.« Als Neil sie kurz darauf den kleinen Damm hinuntertrug, hörte ich sie sagen, daß sie über das Feld hinter dem Bahnhof hinausgelangen könnten. Er überquerte mit ihr das Gleis und verließ den Bahnhof über das Feld, ohne durch das Gebäude zu gehen. Stephen leuchtete ihnen noch eine Weile den Weg und kam dann zu mir in den Dienstwagen des Zuges. Bevor ich einen Ton herausbringen konnte, sagte er: »Bitte, stellen Sie mir jetzt noch keine Fragen, Miss Cassandra.« Ich warf gerade den Bibermantel, die Decke und die Jacke auf den Bahnsteig. »Na ja, zumindest kannst du mir doch sagen, wo der Bärenmantel ist«, begann ich, doch in diesem Moment kehrte der Schaffner zurück. Armer Kerl, er konnte nicht verstehen, wie der Bär den Waggon verlassen konnte. Ich erzählte ihm, daß Rose ebenfalls im Gepäckwagen gewesen sei, als Neil Cotton die Tür zuknallte, und daß sie die Türen auf der anderen Seite geöffnet habe, als sie den Bären knurren hörte. »Er folgte ihr schnell wie der Blitz!« Diese Erklärung schien ihn zufriedenzustellen.

Der Bahnhofsvorsteher half uns, die Koffer auf Mr. Stebbins' Karren zu laden. Der Wagen der Cottons stand nur ein paar Meter entfernt. Rose saß darin und unterhielt sich mit Mrs. Cotton. Simon kam aus dem Bahnhof und wandte sich an mich:

»Wir fahren deine Schwester nach Hause. Möchtest du auch mitkommen?«

Aber ich erwiderte, ich würde bei Stephen bleiben – einerseits aus Verlegenheit und andererseits aus Angst, ich könnte etwas Falsches sagen. Schließlich hatte ich noch immer keine Ahnung, was wirklich geschehen war. Und ich konnte auch auf dem Heimweg aus Stephen nichts herausbekommen. Er sagte immer nur: »Oh, es war furchtbar. Miss Rose soll es Ihnen selbst erzählen. Ich sage lieber nichts.«

Ich erfuhr die ganze Geschichte erst, als wir gestern abend im Bett lagen. Als sie nach Hause kam, erzählte Rose zwar kurz, was passiert war, doch ich hatte den Eindruck, daß sie nicht alles sagte. Sie erzählte uns nur, daß Neil Cotton mit der Mistgabel auf sie zugerannt sei, daß sie geschrien habe und Neil plötzlich alles begriffen habe. Er habe Simon und Stephen gesagt, sie sollten vorgeben, es sei wirklich ein Bär hinter ihr her gewesen.

»Neil und Simon haben es sogar vor ihrer Mutter verheimlicht«, fügte sie hinzu. »Oh, sie waren fabelhaft.«

Ich habe Vater noch nie so lachen hören. Er meinte, die Geschichte würde nun garantiert aufgebauscht und ausgeschmückt, bis es schließlich hieße, Rose sei von einer Elefantenherde verfolgt worden. Und er zeigte sich sehr beeindruckt von der Geistesgegenwart der Cottons.

Sie waren nicht mit ins Haus gekommen, sondern hatten Rose im Hof abgesetzt.

»Neil hat gesagt, sie würden es mir überlassen, wie ich die Geschichte erzählen will«, erklärte Rose. »Und nun habe ich sie erzählt. Aber ihr müßt alle so tun, als habe es einen Bären gegeben, für immer und ewig.«

Sie war ganz aufgekratzt und kein bißchen verstört darüber, daß sie derart im Mittelpunkt gestanden hatte. Ich war verstört, obwohl ich nicht weiß, warum. Vielleicht war ich einfach nur übermüdet. Ich begann plötzlich zu zittern und hätte losheulen können. Topaz brachte uns schnell zu Bett, kochte uns Kakao und holte heiße Ziegel für unsere Füße, so daß es mir schnell besser ging. Sie küßte uns auf eine mütterliche Art, die Rose überhaupt nicht mag, und sagte, wir sollten nicht mehr so lange reden. Ich glaube, sie wäre gern noch geblieben und hätte sich selbst ein wenig mit uns unterhalten, doch Vater rief, sie solle ins Bett kommen.

»Laß uns den Kakao im Dunkeln austrinken«, schlug ich vor und blies die Kerze aus. Rose ist immer vertraulicher im Dunkeln.

Sie fragte als erstes:

»Wieviel hat Stephen dir auf dem Heimweg erzählt?«

Ich sagte ihr, er habe es als zu furchtbar empfunden, um es mir zu erzählen.

»Ich habe mich schon gefragt, ob er es gesehen hat«, antwortete sie. Dann fing sie an zu kichern – zum ersten Mal seit Monaten. Allerdings klang das Kichern gedämpft, und ich hatte den Eindruck, sie drückte ihr Gesicht ins Kissen. Schließlich hob sie den Kopf und sagte:

»Ich habe Neil Cotton eine Ohrfeige verpaßt.«

»Rose! Warum das denn?«

Sie erzählte, sie habe sich umgedreht, ihn mit der erhobenen Mistgabel auf sich zulaufen sehen und den Schrei ausgestoßen, den wir hörten. »Dann versuchte ich, den Mantel auszuziehen, doch ich konnte die Knöpfe nicht finden, also lief ich weiter. Neil brüllte: ›Halt, halt!‹ Da mußte er schon gemerkt haben, daß ich kein Bär war. Er holte mich ein und hielt mich am Arm fest. Ich sagte: ›Lassen Sie mich gefälligst los!‹ Stephen erkannte meine Stimme und rief: ›Es ist Miss Rose!‹ Neil Cotton rief: ›Aber warum laufen Sie denn weg?‹, und ich antwortete: ›Weil ich weder Sie noch Ihren Bruder sehen will. Von mir aus können Sie zur Hölle fahren!‹ Und dann schlug ich ihn.«

»Oh, Rose!« Ich war ganz erschrocken. »Was hat er darauf gesagt?«

»Er sagte: ›Lieber Himmel!‹, und dann waren auch schon Simon und Stephen bei uns. Stephen berichtete, daß alle Leute aus dem Zug hinter mir her seien. ›Das ist Ihre Schuld‹, sagte ich zu Neil Cotton, ›Sie haben mich zum Gespött der ganzen Gegend gemacht.‹ Er sagte: ›Warten Sie – verhalten Sie sich still‹, und dann sagte er zu den anderen, sie sollten so tun, als hätte es wirklich einen Bären gegeben, wie ich euch schon erzählt habe.«

»Findest du nicht, daß das sehr nett von ihm war?« fragte ich sie.

Rose antwortete: »Ja, auf gewisse Weise schon.« Dann hielt sie inne, und ich wußte, sie dachte über irgend etwas nach. Schließlich fuhr sie fort: »Aber das gehört alles zu seiner Masche, uns nicht ernst zu nehmen – nicht nur uns, sondern England im allgemeinen. In Amerika hätte er sich so etwas bestimmt nicht getraut. Er hält England für einen Witz, für ein lustiges Spielzeug – Spielzeugzüge, Spielzeugdörfer. Ich merkte es daran, wie er auf dem Heimweg im Auto redete.«

Ich verstand genau, was sie meinte. An dem Abend, als sie zum ersten Mal zur Burg gekommen waren, hatte ich diesen Eindruck auch gehabt, allerdings nicht von Simon. Und ich bin sicher, daß Neil es nicht böse meint.

Ich fragte Rose, wie sie die Mutter der beiden fand.

»Sie ist sehr schön und redet ununterbrochen. Vater wird ihr einen Ziegelstein auf den Kopf hauen wollen.«

»Falls er ihr jemals begegnet.«

»Sicher wird er das. Wir werden die Cottons von nun an ziemlich häufig sehen.«

Sie klang so zuversichtlich – fast überheblich –, daß ich mir an ihrer Statt Sorgen machte.

»Oh, Rose, sei aber diesmal nicht so unvernünftig!« Ich sprach es aus, ohne vorher darüber nachzudenken.

Sie sprang sofort darauf an. »Was soll das heißen – ›unvernünftig‹? Hat Topaz gesagt, ich sei unvernünftig gewesen?«

Ich antwortete, es sei nur eine Vermutung, aber sie wollte es nicht dabei belassen. Sie bombardierte mich mit Fragen. Da ich Topaz unbedingt verteidigen wollte und außerdem todmüde war, konnte ich mich nicht so wehren, wie ich gewollt hätte. Und Topaz war schließlich auch dafür gewesen, daß wir es Rose erzählen sollten, falls wir die Cottons wiedersähen. Doch nachdem ich Rose alles gesagt hatte, fühlte ich mich ihr und den Cottons gegenüber ganz scheußlich. Aber vielleicht nutzt es ihr ja etwas... Im übrigen betonte ich besonders, daß ich »gewollt naiv« sei. Den Teil über Vater ließ ich aus.

Sie wollte wissen, wer von den beiden die schlimmeren

Dinge gesagt hatte. Ich versuchte so gut ich konnte, die Äußerungen in meinem Kopf zu sortieren.

»Immerhin empfand Simon Mitleid für mich«, sagte sie. »Neil war derjenige, der sich von uns fernhalten wollte. Oh, das werde ich ihnen heimzahlen!«

»Trag es ihnen nicht nach«, bat ich sie. »Sie haben sich doch heute abend sehr anständig verhalten. Und wenn du dir sicher bist, daß sie jetzt mit uns Freundschaft schließen wollen...«

»Ich bin mir sicher.«

»Haben sie gesagt, daß sie uns treffen wollen?«

»Was sie gesagt haben, ist unwichtig.« Zu meiner Überraschung fing sie wieder an zu kichern, doch sie wollte mir nicht verraten, warum. Schließlich hörte sie auf und sagte, sie sei müde.

Ich versuchte, noch etwas aus ihr herauszubekommen, indem ich mit Miss Blossoms Stimme weitersprach: »Hey, Rosie, hast du noch etwas in petto, du böses Mädchen?«

Aber sie wollte nicht damit herausrücken. »Wenn ja, dann bleibt es geheim«, antwortete sie. »Du und Miss Blossom, ihr solltet jetzt lieber schlafen.«

Aber ich lag noch eine Ewigkeit lang wach und dachte erneut über alles nach.

Lieber Himmel, die Kirchenglocke in Godsend hat gerade vier geschlagen – ich sitze schon seit sechs Stunden hier oben auf dem Hügel! Topaz hat mich nicht zum Essen gerufen, sondern mir statt dessen etwas Milch und zwei große Käsesandwiches heraufgebracht, und dazu eine Nachricht von Vater, daß ich so lange schreiben solle, wie ich Lust hätte. Es erscheint egoistisch, wo die anderen so emsig an Tante Millicents Kleidern arbeiten. Aber als wir sie heute morgen auspackten, fing ich wieder an zu zittern, und als Topaz erfuhr, welches Problem ich mit den Sachen hatte, meinte sie, ich solle es mir von der Seele schreiben. Das habe ich, glaube ich, auch geschafft, denn ich kann mir jetzt ohne Angst ansehen, wie die Kleidungsstücke unten auf der Wäscheleine flattern. Im Gegensatz zu den Pelzen mag ich sie aber immer noch nicht besonders.

Stephen fuhr heute morgen vor der Arbeit mit dem Rad zum Bahnhof von Scoatney und holte den Bärenmantel. Er lag in einem Graben versteckt. Vater kann sich erinnern, daß er als kleiner Junge von dem Mantel gehört hatte. Er sagt, die meisten Kutscher konnten sich glücklich schätzen, wenn sie im Winter einen kurzen Ziegenfellmantel tragen durften. Aber unsere Urgroßmutter war der Auffassung, wenn ihr Ehemann in der Kutsche einen mit Biberfell gefütterten Mantel trug, sollte der Kutscher, der im Freien saß, mindestens genauso warm gekleidet sein. Jener Kutscher zeigte sich zwar dankbar für den Mantel, die Sache war ihm aber auch ein wenig peinlich, weil kleine Jungen ihn deswegen neckten und ihn tanzen sehen wollten. Die Seehundjacke hatte sich Tante Millicent in den neunziger Jahren gekauft, als sie noch nichts gegen Pelze hatte. Vater glaubt, sie hat die Pelze aus Sentimentalität für die Familie behalten, und vielleicht, weil sie nur als Kind glücklich war. Wie seltsam, sich vorzustellen, daß die alte Dame im Uniformmantel einmal die Miss Milly war, die zur Tanzstunde ging! Das läßt mich darüber nachdenken, wie ich selbst sein werde, wenn ich einmal alt bin.

Meine Hand ist schon ganz erschöpft, aber ich möchte trotzdem weiterschreiben. Gleichzeitig muß ich immer wieder aufhören und nachdenken. Den ganzen Tag über scheine ich schon aus zwei Ichs zu bestehen – das eine ist in der Vergangenheit gefangen, das andere sitzt hier oben auf dem Hügel. Und nun versucht sich auch noch ein drittes Ich hinzuzuschleichen – das Ich in der Zukunft. Werden uns die Cottons nach Scoatney einladen? Topaz glaubt, ja. Sie meint, der ungewöhnliche Vorfall mit dem Bären habe sie fasziniert, ebenso wie sie von unserem ungewöhnlichen Zuhause fasziniert waren. Und sie glaubt, daß Rose durch ihr Weglaufen den Schaden wiedergutgemacht hat, den sie durch ihren allzu forschen Auftritt zuvor angerichtet hatte. Wenn sie sich nur nicht wieder zu forsch verhält! Topaz findet es gut, daß ich Rose gestern abend alles erzählt habe. Sie hat heute morgen selbst mit ihr darüber gesprochen, und Rose hat überraschend höflich zugehört.

»Verhalte dich zuerst eher still und höre viel zu, bis du ganz entspannt und ungezwungen bist«, riet Topaz ihr. »Und sei um Himmels willen nicht so herausfordernd! Dein Aussehen wird herausfordernd genug sein, wenn du ihm eine Chance gibst.« Ich liebe Topaz, wenn sie so realistisch ist.

Ist es ein Verbrechen, bei diesem Pläneschmieden mitzumachen? Versuche ich damit, meine Schwester zu verkaufen? Aber Rose schafft es sicher, sich in einen von ihnen zu verlieben – ich meine, je nachdem, wer sich in sie verliebt. Hoffentlich ist es Neil, denn Simon macht mir ein bißchen angst. Aber Neil wiederum nimmt England nicht ernst...

Ich habe gerade eine Pause eingelegt und auf die Burg hinuntergeblickt. Ich wünschte, ich fände Worte – erhabene, schöne Worte –, um sie zu beschreiben, wie sie im Sonnenschein des Nachmittags daliegt. Doch je mehr ich nach Worten suche, desto mehr entgleiten sie mir. Wie kann man den sonnenüberfluteten Hof einfangen? Die goldenen Fenster, das seltsam altertümliche Aussehen, das man so oft auf alten Gemälden sieht? Mir fällt nur das »Licht vergangener Tage« ein, und das stammt nicht von mir ...

Oh! Gerade habe ich das Auto der Cottons auf der Straße nach Godsend entdeckt – in der Nähe der hoch gelegenen Kreuzung, wo man die Burg von weitem sehen kann. Sie kommen hierher! Soll ich wieder zuschauen und abwarten? Keine Bange!

Ich gehe nach unten.

VII

Sie haben uns für nächste Woche zum Abendessen nach Scoatney eingeladen! Und es gibt noch etwas, worüber ich schreiben muß – etwas über mich. Oh, ich weiß gar nicht, wo ich anfangen soll!

Ich verließ Belmotte rechtzeitig, um die anderen warnen zu können. Rose und Topaz bügelten gerade, und Rose zog rasch eine saubere Bluse an, die vom Bügeln noch ganz heiß war. Topaz brachte nur ihr Kleid und ihr Haar in Ordnung und belud dann das Teetablett. Ich wusch mich und hatte danach entweder noch Zeit, um Vater Bescheid zu sagen oder mir das Haar zu bürsten. Ich schaffte aber beides, indem ich Kamm und Bürste zum Pförtnerhaus mitnahm.

Vater sprang so rasch auf, daß ich fürchtete, er wolle vor den Cottons weglaufen. Doch er nahm mir nur die Bürste aus der Hand und fuhr damit über seinen Mantel – wir hatten keine Zeit, kleinlich zu sein.

Schließlich blieben uns noch einige Minuten mehr, da die Cottons das Auto am Ende der Zufahrt stehenließen. Der Schlamm ist zwar inzwischen getrocknet, aber die Furchen sind noch immer sehr tief.

»Mrs. Cotton ist auch dabei!« rief ich, als sie um die letzte Kurve bogen. Vater wollte sie am Torbogen des Pförtnerhauses abholen. »Wenn diesmal etwas schiefläuft, soll es nicht meine Schuld sein. Das habe ich Topaz versprochen.« Dann schaute er ein bißchen grimmig drein und fügte hinzu: »Gut, daß du noch zu jung bist, um dich auf dem Markt anpreisen zu müssen.«

Ich stürmte zu Rose und Topaz zurück. Sie hatten im Salon das Kaminfeuer angezündet und ein paar Narzissen in die Vase gestellt. Durch das Feuer wirkte der Raum frühlingshafter denn je. Wir öffneten die Fenster, und die Schwäne schwammen mit leicht interessierten Blicken vorbei.

Plötzlich fiel mir unser erster Frühlingsnachmittag im Salon ein, als Rose am Flügel gespielt hatte. Ich sah Mutter vor mir, die sich über den Burggraben hinauslehnte – an ihr graues Kleid erinnerte ich mich ganz genau, an ihr Gesicht jedoch nicht. Eine Stimme in mir sagte: »O Mutter, bitte mach, daß alles gut geht für Rose!« Und ich sah vor mir, wie sie vom Himmel herabeilte, um ihr Bestes zu tun. Wie viele Gedanken einem doch durch den Kopf gehen können, während man nur ein Fenster öffnet!

Dann trat Vater mit den Cottons ein.

Rose hat Mrs. Cotton als schön bezeichnet, aber so würde ich sie nicht nennen. Topaz ist schön – vor allem, weil ihr Gesicht so außergewöhnlich aussieht, besonders zart und weißhäutig. Rose mit ihrem feinen Teint und den Augen, die ihr ganzes Gesicht strahlen lassen können, ist ebenfalls schön. Aber Mrs. Cotton hat ein stattliches Aussehen – nein, das hört sich an, als wäre sie sehr groß. Sie sieht einfach nur sehr gut aus, sehr perfekt. Alles an ihr hat den perfekten Farbton. Ihr schwarzes Haar ist von grauen Strähnen durchzogen, ohne dabei streifig auszusehen, weil die grauen Haare in der exakten Anzahl an den genau richtigen Stellen zu liegen scheinen – und es ist perfekt gewellt. Auch ihre Figur ist perfekt, ebenso wie ihre Kleidung: eigentlich nur Tweed im ländlichen Stil, doch ich hätte nie gedacht, daß Tweed so interessant aussehen kann. Sie trug helle Farben – verschiedene Blautöne, die ihre Augen betonten. Ich fürchte, ich habe sie zu sehr angestarrt. Hoffentlich hat sie bemerkt, daß ich es nur aus Bewunderung tat. Da sie Simon Cottons Mutter ist, kann sie nicht viel jünger als fünfzig sein, was ich kaum glauben kann. Wenn ich jetzt noch einmal darüber nachdenke, komme ich zu dem Schluß, daß sie tatsächlich nicht jünger ist. Sie sieht nur so anders aus als andere Fünfzigjährige, die ich bis jetzt kennengelernt habe.

Sie kam herein und redete ununterbrochen, und dieses Wort paßt ganz gut, denn ihr Gerede kam mir wie eine undurchdringliche Wand aus Worten vor. Zum Glück hat sie eine sehr schöne Stimme – ähnlich wie Simon –, und sie hat auch nichts dagegen, wenn man sie unterbricht, was ihre Söhne ständig tun. Vater schaute es sich schnell bei ihnen ab, denn mit ihm sprach sie am meisten. Nachdem er Topaz und mich vorgestellt und sie uns allen die Hand geschüttelt hatte, sich erkundigt hatte, ob Rose sich von ihrem Schock erholt habe, und die Schwäne bestaunt hatte, kam sie auf *Jakobs Kampf* zu sprechen und erzählte, daß sie Vater auf seinen Lesereisen in Amerika gehört habe. Daraufhin unterbrachen sie sich gegenseitig auf äußerst höfliche Art.

Rose saß auf dem Fenstersitz und unterhielt sich mit Simon, und Topaz und ich huschten in die Küche, um den Tee zu holen. Neil folgte uns und bot an, uns beim Tragen zu helfen.

Wir stellten uns vor den Herd und warteten, bis das Wasser kochte.

»Weiß Ihre Mutter wirklich nicht, daß Rose der Bär war?« fragte ich.

»Um Himmels willen, nein«, antwortete Neil. »Wir konnten ihr die Wahrheit unmöglich erzählen. Sie würde das Ganze überhaupt nicht witzig finden. Und es wäre deiner Schwester gegenüber nicht fair.«

Das stimmte natürlich – Mrs. Cotton hätte sich fragen müssen, warum um alles in der Welt Rose davonlief. Neil konnte sich sicher denken, warum: weil sie gemerkt hatte, daß sie sich von uns fernhielten. Wie peinlich!

»Ich verstehe nur nicht ganz, wie man glauben kann, Sie hätten den Bär mit einer Mistgabel getötet«, sagte ich.

»Hab' ich ja auch nicht. Ich habe ihn nur verletzt – sehr schwer, glaube ich, aber nicht genug, um ihn unschädlich zu machen. Er kam auf mich zugewankt, ich machte einen Schritt zur Seite, und er stürzte mit dem Kopf voran in den Fluß. Ich konnte hören, wie er im Dunkeln um sich schlug. Ich hob einen großen Stein vom Boden auf. Der arme Kerl tat mir natürlich leid, aber ich wollte nicht, daß er sich länger quälte. Er stöhnte nur kurz auf, als der Stein ihn traf, und fiel dann um. Ich hielt die Laterne hoch und sah Blasen aufsteigen. Und dann sah ich, wie sein dunkler Körper unter der Wasseroberfläche davontrieb.«

»Aber Sie hatten doch gar keine Laterne«, wandte ich ein.

»Es gab ja auch keinen Bär«, sagte Topaz.

Einen Moment lang hatte ich ihm selbst beinahe geglaubt und großes Mitleid mit dem Bären gehabt. Kein Wunder, daß Mrs. Cotton sich von der Geschichte täuschen ließ.

»Mutter wollte sogar, daß wir heute morgen zum Zirkusdirektor hinübergehen und ihn entschädigen«, fuhr er fort und grinste. »Er hat nur einen winzig kleinen Zirkus und besitzt gar keine Bären. Aber er bestätigte unsere Geschichte gern, weil er sich davon ein bißchen Publicity erhoffte. Ich versuchte, ihm einen Löwen abzukaufen, doch er wollte ihn nicht hergeben.«

»Wozu brauchen Sie einen Löwen?« fragte ich.

»Oh, sie waren ganz niedlich«, antwortete er nur.

Dann kochte das Wasser, und wir brachten den Tee in den Salon.

Nachdem Neil beim Servieren geholfen hatte, setzte er sich zu Rose auf den Fenstersitz. Simon kam herüber und unterhielt sich höflich mit Topaz. Vater und Mrs. Cotton unterbrachen sich noch immer gutgelaunt. Es faszinierte mich, sie alle zu beobachten, aber da sich die Gespräche überschnitten, konnte ich keinem richtig folgen. Ich machte mir Sorgen um Rose. Ich bemerkte zwar, daß sie Neil die meiste Zeit reden ließ, was sehr gut war, doch sie schien ihm nicht zuzuhören, was weniger gut war. Sie lehnte sich immer wieder aus dem Fenster und fütterte die Schwäne. Neil sah etwas verwirrt aus. Dann stellte ich fest, daß Simon sie beobachtete. Nach einer Weile trafen sich ihre Blicke, und sie lächelte ihm zu. Neil schaute sie kurz an, stand dann auf und bat Topaz um noch etwas Tee (allerdings bemerkte ich, daß er ihn nicht trank). Simon ging zu Rose hinüber. Sie sagte noch immer nicht viel, sah aber aus, als ob sie alles, was er erzählte, schrecklich interessant fände. Ich verstand nur ab und zu etwas – er erzählte ihr von Scoatney Hall. Ich hörte sie antworten: »Nein, ich habe es noch nie von innen gesehen.« Und er sagte: »Aber das müssen Sie unbedingt! Wir hatten gehofft, Sie würden nächste Woche mit uns zu Abend essen.« Dann wandte er sich an Mrs. Cotton, und sie lud uns alle ein. Einen schrecklichen Moment lang dachte ich schon, ich dürfe nicht mitkommen, denn sie fragte: »Ist Cassandra alt genug für Dinnerpartys?« Doch Neil antwortete: »Aber sicher ist sie das!« Also war ich ebenfalls eingeladen.

Oh, ich mag Neil! Als sie sich auf den Heimweg machten, ging ich mit ihm zusammen unsere Zufahrt entlang. Vater begleitete Mrs. Cotton, und Rose ging mit Simon. Neil erkundigte sich, wie wir nach Scoatney kommen würden, und ich antwortete, darüber müßten wir noch nachdenken. Da sagte er, er würde uns den Wagen schicken. Er ist wirklich sehr nett. Als wir an der Scheune vorbeiliefen, mußte ich allerdings daran denken, daß er an jenem Tag ganz und gar nichts Nettes über Rose gesagt hatte. Vielleicht sollte man Dinge, die man zufällig hört, nicht mitzählen. Außerdem war es ja Simon, der mich als »gewollt naiv« bezeichnet hatte. Neil hatte gesagt, ich sei ganz süß. So sehe ich mich selbst zwar nicht unbedingt, aber er meinte es nicht böse.

Auf dem Weg zurück zur Burg stellte Vater fest, wie nett die Cottons doch seien, und wollte wissen, ob wir für die Party etwas zum Anziehen hätten. Darüber hatte ich mir auch schon Sorgen gemacht, antwortete aber:

»Oh, Topaz wird schon etwas einfallen.«

»Könntet ihr nicht einige von Tante Millicents Kleidern ändern? Wenn nicht – verflixt, wir müssen doch noch irgend etwas im Haus haben, das man verkaufen kann . . .« Er schaute mich demütig und irgendwie flehend an. Ich hakte mich bei ihm ein und sagte schnell: »Mach dir um uns keine Sorgen.« Er blickte zögernd zu Rose hinüber. Sie lächelte entrückt vor sich hin.

Sicher hatte sie kein Wort von dem, was Vater sagte, mitbekommen.

Als wir ins Haus traten, wusch Topaz gerade das Teegeschirr ab.

»Mortmain, du hast einen Orden verdient«, sagte sie.

»Wofür?« fragte Vater. »Ach, weil ich mich mit Mrs. Cotton unterhalten habe? Eigentlich habe ich es sehr genossen.«

Topaz schaute ihn ungläubig an.

»Ich habe mich an die Lebhaftigkeit amerikanischer Frauen gewöhnt, als ich drüben war«, erklärte er.

»Reden sie alle soviel?« wollte ich wissen.

»Nein, natürlich nicht. Aber sie gehört zufällig zu der Art von Frauen, von denen ich viele kennengelernt habe. Sie besuchen Lesungen und bewirten einen anschließend. Manchmal lassen sie einen sogar in ihrem Haus übernachten. Sie sind außerordentlich gastfreundlich.« Er setzte sich auf den Küchentisch, ließ die Beine baumeln und sah sehr jungenhaft aus. »Ihre Energie ist ganz erstaunlich«, fuhr er fort. »Sie schaffen es, drei oder vier Kinder zu haben, den Haushalt zu führen, über Kunst, Musik und Literatur auf dem laufenden zu sein – natürlich nur oberflächlich, aber immerhin – und noch dazu berufstätig zu sein. Einige von ihnen heiraten sogar zwei- oder dreimal, damit keine Langeweile aufkommt.«

»Ich kann mir auch nicht vorstellen, daß ein einziger Ehemann das länger als ein paar Jahre aushält«, bemerkte Topaz.

»Das dachte ich zuerst auch. Solche verbalen Ergüsse laugten mich immer ziemlich aus. Doch nach einer Weile gewöhnte ich mich daran. Sie funktionieren wie ein Punchingball – man schlägt dagegen, sie schlagen zurück. Im großen und ganzen ist dieses Hin und Her recht anregend.«

»Wenn sie einen nicht ganz umhauen«, entgegnete Topaz unbeeindruckt.

»Das kann gelegentlich vorkommen«, gab Vater zu. »Nicht wenige amerikanische Männer sind bemerkenswert ruhig.«

»Sie scheint *Jakobs Kampf* sehr gut zu kennen«, stellte ich fest.

»Wahrscheinlich hat sie es schnell gelesen, bevor sie herkam. Das ist bei ihnen durchaus üblich, und ich finde es sehr höflich. Merkwürdig, wie viele von ihnen frühzeitig ergraut sind, aber es steht ihnen sehr gut. Und es ist eine Freude, eine so gutgekleidete Frau zu sehen.«

Er begann, geistesabwesend vor sich hin zu summen, und verschwand in Richtung Pförtnerhaus, als hätte er uns plötzlich vergessen. Für die Bemerkung über die »gutgekleidete Frau« hätte ich ihn am liebsten geohrfeigt, denn Topaz sah im Moment alles andere als gutgekleidet aus. Sie trug ihr handgewebtes Kleid, das wie ein Sack aussieht, und hatte ihr wunderschönes Haar, das eine Wäsche hätte vertragen können, in ein zerrissenes, altes Netz gestopft.

»Vielleicht findet er es ja anregend, wenn ich auch soviel rede«, sagte sie.

»Lieber nicht«, antwortete ich. In Wirklichkeit hatte ich Mrs. Cotton selbst ganz anregend gefunden, aber ich wollte nicht so taktlos sein und Topaz das auf die Nase binden. »Topaz, glaubst du, daß in seine Abendanzüge Motten gekommen sind? Er hat sie bestimmt seit Tante Millicents Partys nicht mehr getragen.«

Topaz antwortete, sie habe sich bereits darum gekümmert. »Aber wir müssen ihm neue Manschettenknöpfe besorgen, weil er seine guten verkauft hat. O Cassandra, das kann doch nicht wahr sein – er ist ein Genie, ein Mann, über den amerikanische Kritiker Aufsätze schreiben, und er besitzt nicht einmal anständige Manschettenknöpfe!«

Ich entgegnete, viele Genies besäßen nicht einmal Hemden für Manschettenknöpfe. Dann sprachen wir darüber, was wir selbst zur Party anziehen wollten.

Ich bin versorgt – das weiße Kleid, das ich bei der Abschlußfeier der Schule getragen habe, reicht für ein Mädchen in meinem Alter vollkommen aus, meint Topaz. Und für sich selbst kann sie eines ihrer alten Abendkleider ausbessern. Das Problem ist Rose.

»Von den Sachen deiner Tante kann ich rein gar nichts für sie gebrauchen«, sagte Topaz, »und von meinen Kleidern eignet sich auch keines. Sie braucht etwas Schickeres. Da wir sie wohl nicht davon abhalten können, ihren frühviktorianischen Charme spielen zu lassen, können wir ihn auch gleich betonen.«

Ich hörte Rose auf dem Flügel spielen. Also schloß ich die Küchentür und fragte: »Wie fandest du ihr Benehmen heute?«

»Zumindest war sie ein bißchen stiller, obwohl sie Simon wieder schöne Augen gemacht hat. Aber das ist jetzt nicht mehr schlimm.«

Als ich sie erstaunt anblickte, fügte sie hinzu:

»Simon hat angebissen – hast du das nicht gemerkt? Wenn das erst einmal passiert ist, kann ein Mädchen so albern sein, wie es will. Der Mann findet diese Albernheit dann offenbar ganz reizvoll.«

»Hat Neil auch angebissen?«

»Das bezweifle ich«, entgegnete Topaz. »Ich glaube, daß er sie durchschaut. Ich habe gemerkt, wie er ihr einen kritischen Blick zugeworfen hat. Oh, was soll sie nur anziehen, Cassandra? Sie hat bei Simon eine echte Chance – ich kenne die Anzeichen dafür.«

Plötzlich sah ich Simons Gesicht vor mir, ganz blaß über dem schwarzen Bart.

»Aber möchtest du wirklich, daß sie ihn heiratet, Topaz?« fragte ich.

»Ich möchte, daß sie die Chance bekommt«, antwortete Topaz ernst.

Dann kam Miss Marcy und brachte ein Buch für Vater. Sie erzählte uns, daß der Pfarrer zum selben Abend wie wir eingeladen worden sei. Sie habe es von seiner Haushälterin erfahren.

»Die meisten Leute sind bis jetzt nur zum Mittagessen oder zum Tee eingeladen worden«, stellte sie fest. »Aber ein Abendessen ist natürlich viel schöner.«

Wir erzählten ihr, daß Rose nichts Passendes zum Anziehen habe.

»Etwas in Rosa wäre schön«, schlug sie vor. »Mit Reifrock. Genau so ein Kleid ist in der *Home Chat* von dieser Woche abgebildet.«

Sie langte in ihre Tasche.

»Oh, das wäre genau das richtige für Rose«, seufzte Topaz.

Miss Marcy errötete und zwinkerte mit den Augen. Dann fragte sie:

»Würden Sie das hinkriegen, Mrs. Mortmain? Wenn Rose mir erlaubt, ihr den Stoff zu schenken?«

»Ich erlaube es Ihnen in Roses Namen«, antwortete Topaz.

Miss Marcy schaute sie kurz an, und Topaz nickte leicht. Beinahe hätte ich aufgelacht. Die beiden waren so verschieden – Miss Marcy ein rosiges Vögelchen und Topaz eine hochgewachsene, totenbleiche Göttin. Aber in diesem Moment ähnelten sie sich sehr in ihrem dringenden Wunsch, Rose unter die Haube zu bringen.

»Vielleicht können wir Miss Marcy als kleine Gegenleistung etwas von Tante Millicents Sachen schenken«, schlug ich vor. Die beiden begaben sich in den Salon, wo die Kleider ausgebreitet liegen. Ich blieb in der Küche und bereitete Stephen etwas zum Tee zu. Topaz hatte beschlossen, daß wir anderen später ein Abendessen mit Kakao bekommen sollten, da wir am Nachmittag ja bereits Tee getrunken hatten.

Stephen zeigte sich besorgt, als er erfuhr, daß ich in Scoatney ein so altes Kleid tragen sollte.

»Könnten Sie nicht wenigstens eine neue Schärpe bekommen?« fragte er. »Ich habe etwas Geld gespart.«

Ich dankte ihm und entgegnete, die blaue Schärpe zu meinem Abschlußfeierkleid sei noch so gut wie neu.

»Dann ein Band für Ihr Haar, Miss Cassandra?«

»Du meine Güte, seit ich klein war, habe ich kein Haarband mehr getragen «, antwortete ich.

»Sie hatten immer kleine Schleifen an Ihren Zöpfen, als Sie das Haar noch lang trugen«, sagte er. »Ich fand sie sehr hübsch.«

Dann fragte er, wie mir die beiden Cottons gefielen, jetzt, da ich sie besser kennengelernt hatte.

»Oh, Simon kenne ich immer noch nicht. Er hat sich fast die ganze Zeit mit Rose unterhalten. Aber Neil ist sehr nett.«

»Finden Sie, daß er gut aussieht?«

»Im Grunde nicht«, entgegnete ich. »Nicht so wie du, Stephen.«

Ich antwortete, ohne nachzudenken. Schließlich sind wir uns alle über Stephens gutes Aussehen einig. Aber er lief so rot an, daß ich wünschte, ich hätte es für mich behalten.

»Weißt du, du besitzt einfach klassische Gesichtszüge«, erklärte ich mit sachlicher Stimme.

»Da ich kein Gentleman bin, scheint das an mir nur verschwendet zu sein.« Er grinste – ein bißchen sarkastisch.

»So darfst du nicht reden«, antwortete ich schnell. »Ein Gentleman ist, wer sich wie ein Gentleman benimmt. Und das tust du ganz sicher.«

Er schüttelte den Kopf. »Als Gentleman kann man nur geboren werden, Miss Cassandra.«

»Stephen, das ist doch altmodischer Unsinn«, widersprach ich. »Außerdem solltest du aufhören, mich mit ›Miss Cassandra‹ anzureden.«

Er blickte mich erstaunt an. Dann sagte er: »Ja, Sie haben recht. Ich sollte ›Miss Mortmain‹ sagen, jetzt, wo Sie erwachsen genug für Dinnerpartys sind.«

»Das meinte ich nicht«, entgegnete ich. »Du mußt mich einfach Cassandra nennen, ohne ›Miss‹. Und du sollst mich auch nicht siezen. Du gehörst doch zur Familie – eigentlich hättest du mich nie siezen müssen. Wie bist du nur darauf gekommen?«

»Meine Mutter hat es mir beigebracht. Sie legte großen Wert darauf«, erklärte er. »Ich erinnere mich noch an den Tag, an dem wir hierherkamen. Sie und Miss Rose spielten mit einem Ball im Garten. Ich rannte zur Küchentür und wollte mitspielen. Meine Mutter rief mich zurück und erklärte mir, Sie beide seien zwei junge Damen, und ich dürfe nur mitspielen, wenn ich dazu aufgefordert würde. Und ich sollte Sie mit ›Miss‹ ansprechen und dürfe mir nie etwas herausnehmen. Sie mußte mir lange erklären, was sie damit meinte.«

»O Stephen, das ist ja schrecklich! Und wie alt warst du damals?«

»Sieben, glaube ich. Sie waren sechs und Miss Rose neun. Thomas war erst vier, aber meine Mutter sagte, ich solle ihn ›Master Thomas‹ nennen. Aber er hat mich schon vor ein paar Jahren gebeten, damit aufzuhören.«

»Das hätte ich wohl auch schon vor Jahren tun sollen.« Ich hatte nie darüber nachgedacht. Seine Mutter hatte vor ihrer Heirat schon jahrelang als Hausangestellte gearbeitet. Als ihr Mann starb, mußte sie wieder damit anfangen und Stephen in Pflege geben. Ich weiß, daß sie sehr dankbar war, als Mutter ihr erlaubte, Stephen mit hierher zu bringen. Vielleicht machte sie das besonders demütig. »Na ja, auf jeden Fall habe ich dich jetzt darum gebeten«, fuhr ich fort. »Würdest du es dir also bitte merken?«

»Und soll ich Miss Rose nur noch Rose nennen?« fragte er.

Da ich nicht wußte, was Rose davon halten würde, antwortete ich: »Oh, keine Ahnung, was mit Rose ist. Das ist eine Sache zwischen dir und mir.«

»Aber ich kann nicht sie mit ›Miss‹ anreden und dich nicht«, beharrte er. »Das würde sie über dich stellen.«

Ich versprach ihm, mit Rose darüber zu reden, und bat ihn dann schnell um seine Tasse, damit ich ihm noch Tee einschenken konnte. Allmählich genierte mich dieses Thema. Stephen rührte eine Weile in seinem Tee und fragte dann:

»Meintest du das ernst, daß derjenige ein Gentleman ist, der sich auch so benimmt?«

»Natürlich meinte ich das ernst. Ich schwöre es.«

Ich war so erpicht darauf, ihn zu überzeugen, daß ich mich über den Tisch zu ihm hinüberbeugte. Er sah mich an, blickte direkt in meine Augen. Sein sonderbarer, trüber Blick, den ich leider einmal als dumm bezeichnet habe, war plötzlich verschwunden. Seine Augen leuchteten, und dennoch hatte ich sie noch nie so dunkel gesehen. Sie blickten so direkt, daß sie mich eher zu berühren als anzuschauen schienen. Der Blick dauerte nur eine Sekunde, doch in dieser Sekunde wirkte Stephen auf mich wie ein völlig anderer Mensch – ein interessanterer und sogar ein bißchen aufregender Mensch.

Dann kam Thomas herein, und ich sprang vom Tisch herunter.

»Warum bist du denn so rot im Gesicht, Schwesterherz?« rief er taktlos. Ich kann gut verstehen, daß Rose ihn manchmal schlagen möchte. Zum Glück wartete er nicht auf eine Antwort, sondern erzählte gleich von einer Meldung in der Zeitung von King's Crypt, in der es hieß, daß der Bär dreißig Kilometer weiter ans Ufer gespült worden sei. Ich lachte und setzte Wasser auf, um ein Ei für ihn zu kochen. Stephen ging in den Garten.

Während ich Thomas mit Tee und Essen versorgte, hatte ich plötzlich ein beunruhigendes Gefühl: Mir war mit einem Mal klargeworden, daß ich Stephens Hingabe nicht weiterhin als belanglos und nicht ernst zu nehmen abtun konnte. Ich hatte seit Wochen nicht mehr daran gedacht. Und ich hatte mich ihm gegenüber auch nicht resolut verhalten, wie Vater vorgeschlagen hatte. Ich ermahnte mich, sofort damit anzufangen. Aber ich hatte den Verdacht, daß ich das nicht fertigbringen würde – nicht, nachdem ich ihn gebeten hatte, mich zu duzen und das »Miss« wegzulassen. Eigentlich war mir noch nie weniger nach Resolutsein zumute gewesen als jetzt, denn wenn jemand einen so ansieht, wird einem ganz schwindelig.

Ich ging in den Garten, um mir darüber klarzuwerden. Zur Abendzeit sahen alle hellen Blumen noch heller aus – die

Narzissen wirkten fast weiß. Sie standen ganz still. Alles war ruhig und friedlich. Im Pförtnerhaus brannte Vaters Lampe, Topaz und Miss Marcy saßen bei Kerzenschein im Salon, und Rose spielte noch immer auf dem Flügel, ohne Licht. Plötzlich war mein Schwindel vorüber, und statt dessen verspürte ich ein seltsames, aufregendes Gefühl. Ich ging durch den Torweg des Pförtnerhauses, trat auf die Zufahrt hinaus und schlenderte an der Scheune vorbei. Stephen kam heraus. Er lächelte nicht wie gewöhnlich, wenn er mich sieht, sondern blickte mich fragend an. Dann sagte er: »Laß uns einen Spaziergang machen.«

Spontan antwortete ich, daß ich einverstanden sei, überlegte es mir dann aber anders. »Nein, lieber nicht, Stephen. Ich möchte Miss Marcy noch sehen, bevor sie geht.«

Ich verspürte nicht die geringste Lust, Miss Marcy zu sehen. Lieber wollte ich spazierengehen.

Doch plötzlich wußte ich, daß ich das besser nicht tun sollte.

Stephen nickte nur. Dann kehrten wir schweigend zusammen zum Haus zurück.

Als Rose und ich schlafen gingen, fragte ich sie, ob sie etwas dagegen habe, wenn Stephen uns duzte.

»Das ist mir vollkommen gleich«, antwortete sie. »Schließlich bezahlt er für mein Essen.«

Dann lenkte ich das Thema auf die Cottons, doch Rose zeigte keinerlei Freude oder Aufregung.

Sie schien nachdenken zu wollen. Also dachte ich auch ein wenig nach.

Heute früh begegnete ich Stephen, als er gerade die Hühner nach draußen ließ. Ich erzählte ihm, daß Rose nichts dagegen hat, wenn er auch sie duzt. Ich behandelte ihn äußerst resolut – so früh am Morgen fällt das leicht. Er antwortete nur gleichgültig: »In Ordnung.« Beim Frühstück planten Rose und Topaz einen Besuch in King's Crypt, um den Stoff für Roses Kleid zu kaufen. (Sie sind jetzt dort, ich habe fast den ganzen Tag allein verbracht.) Ich saß vor dem Herd und röstete Brot. Stephen kam zu mir herüber.

»Laß mich doch Mrs. Mortmain bitten, dir auch etwas für die Party zu besorgen.«

Ich dankte ihm und entgegnete abermals, ich bräuchte nichts.

»Bist du sicher?« Dann fügte er leise und zögernd, als handele es sich um ein kompliziertes Wort, hinzu: »Cassandra.«

Wir erröteten beide. Ich hatte gedacht, daß ich mich schnell an das Duzen gewöhnen würde, wenn er Rose auch so ansprach, doch dem war nicht so.

»Meine Güte, ist das Feuer heiß«, lenkte ich ab. »Nein, wirklich – ich bin ganz sicher, daß ich nichts brauche.«

»Dann werde ich eben weiter sparen für ... das, wofür ich schon die ganze Zeit spare.« Und er machte sich auf den Weg zur Arbeit.

Jetzt ist es vier Uhr. Vater besucht gerade den Pfarrer, deshalb habe ich die ganze Burg für mich allein. Komisch, wie anders sich ein Haus anfühlt, wenn man sich allein darin aufhält. Man kann dann leichter seinen geheimen Gedanken nachhängen. Und das werde ich jetzt tun ...

Ich bin nicht sehr weit gekommen. An solch einem ruhigen, goldenen Nachmittag verliert man sich leicht in einem Traum, wenn man so still dasitzt. Ich habe jetzt seit gut zehn Minuten einfach nur auf das helle Quadrat des Küchenfensters gestarrt. Ich muß mich zusammenreißen und ernsthaft nachdenken ...

Ich habe nachgedacht. Und ich habe folgendes festgestellt:

1) Ich empfinde nicht das gleiche für Stephen wie er für mich.
2) Ich wollte gestern abend mit ihm einen Spaziergang machen, und da ich in Büchern schon immer allzu naive Mädchen nicht ausstehen konnte, halte ich hiermit fest: Ich habe gestern gedacht, wenn ich mitgehe, küßt er mich.
3) Heute morgen vorm Hühnerstall wollte ich nicht, daß er mich küßt.
4) In diesem Augenblick möchte ich, glaube ich, auch nicht, daß er mich küßt...

Ich habe noch ein wenig nachgedacht und mich in einem ganz speziellen Traum verloren: Ich durchlebte den Augenblick noch einmal, als Stephen mich über den Tisch hinweg anblickte. Selbst die Erinnerung daran machte mich schwindelig. Und dieser Schwindel gefiel mir. Und dann machte ich in Gedanken den Spaziergang mit ihm, den wir in Wirklichkeit nicht unternommen haben. Wir gingen die Zufahrt hinunter, über die Straße nach Godsend und in den kleinen Lärchenwald hinein. Die Glockenblumen blühen zwar in der Realität noch nicht, jedoch in meiner Phantasie. Im Wald war es schon fast dunkel und außerdem kühl, beinahe kalt, und die Luft schien zu knistern. Ich dachte mir Dinge aus, die Stephen sagen würde, und hörte förmlich seine Stimme. Es wurde immer dunkler, bis der Himmel nur noch schwach durch die Baumkronen schimmerte. Und dann küßte Stephen mich.

Aber das konnte ich mir nicht vorstellen – wie es sich anfühlen würde. Und auf einmal wünschte ich, ich hätte mir gar nichts vorgestellt. Ich ... Ich schreibe das hier im Schlafzimmer zu Ende, denn ich hörte plötzlich, wie Stephen sich an der Pumpe im Garten wusch, und rannte nach oben. Gerade habe ich durch das Fenster auf ihn hinuntergeschaut und ein ganz schlechtes Gewissen bekommen, daß ich mit ihm in Gedanken diesen Spaziergang gemacht habe. Ich schäme mich und spüre ein unangenehmes Gefühl im Bauch. Ich werde mir nichts dergleichen mehr ausmalen. Und ich bin mir jetzt auch ziemlich sicher, daß ich nicht von ihm geküßt werden möchte. Wie er so an der Pumpe steht, sieht er wirklich phantastisch aus, aber sein Gesicht hat wieder diesen dummen Ausdruck – oh, armer Stephen, wie gemein von mir, es sieht gar nicht dumm aus! Sicher wären ihm nicht all die Dinge eingefallen, die ich ihn sagen ließ, aber einiges war gar nicht schlecht.

Ich werde nicht mehr daran denken, sondern mich lieber auf die Party in Scoatney freuen, die sicher sehr viel interessanter wird – allerdings wohl eher für Rose als für mich. Wie es wohl wäre, von den Cottons geküßt zu werden ...? Nein! Ich werde es mir nicht vorstellen. Wirklich, ich bin entsetzt über mich selbst! Außerdem habe ich jetzt keine Zeit mehr – Rose und Topaz müßten bald zurück sein.

Am liebsten würde ich diese letzten Seiten herausreißen. Soll ich? Nein – ein Tagebuch darf nicht schummeln. Außerdem bin ich sicher, daß niemand außer mir meine Schnellschrift lesen kann. Aber ich werde das Buch verstecken. Ich schließe es immer in meiner Schultasche ein, und diesmal werde ich die Tasche nach draußen zum Belmotte Tower bringen. Dort habe ich ein geheimes Versteck, von dem nicht einmal Rose weiß. Am besten gehe ich durch die Haustür, damit ich Stephen nicht treffe – ich kann ihm wirklich nicht in die Augen sehen, nachdem ich ihn so benutzt habe. Ich schwöre, daß ich in Zukunft resolut sein werde – ganz bestimmt!

VIII

Ich werde den Abend in Scoatney in mehreren Schritten beschreiben, denn ich weiß genau, daß ich unterbrochen werde. Und das ist mir auch ganz recht so – das Leben ist viel zu aufregend, als daß man lange stillsitzen kann.

Nicht nur, daß die Cottons uns zu mögen scheinen – wir sind auch noch um zwanzig Pfund reicher geworden: Der Pfarrer hat die Decke gekauft, die wie ein Colliefell aussieht. Morgen gehen wir in King's Crypt einkaufen. Ich soll ein Sommerkleid bekommen. Ach, es ist herrlich, wenn man morgens aufwacht und sich auf etwas freuen kann!

Nun zu Scoatney. Die ganze Woche über bereiteten wir uns auf den Abend vor. Topaz kaufte meterweise rosafarbenen Musselin für Roses Kleid, und es wurde wirklich wunderschön. (Vor ihrer Zeit als Modell arbeitete Topaz in einer großen Schneiderei, aber sie will uns nie davon erzählen – oder von ihrer sonstigen Vergangenheit. Das überrascht mich immer wieder, weil sie doch sonst so offen ist.)

Rose bekam einen echten Reifrock für ihr Kleid. Er ist zwar nur klein, hatte aber eine große Wirkung. Wir liehen ihn uns von Mr. Stebbins' Großmutter aus, die zweiundneunzig ist. Als das Kleid fertig war, brachte Mr. Stebbins sie herüber, damit sie sich Rose darin anschauen konnte. Sie erzählte uns, daß sie den Reifrock mit sechzehn bei ihrer

Hochzeit in der Kirche von Godsend getragen habe. Ich dachte an Wallers Gedicht *Geh hin, du schöne Rose*:

Wie kurz die Frist der Schönheit währt,
Die Anmut niemals wiederkehrt!

Ich behielt es allerdings lieber für mich, denn die arme, alte Dame weinte auch so schon genug. Aber sie versicherte uns, sie habe den Ausflug genossen.

Wir hatten alle viel Spaß, während wir die Rüschen für das Kleid nähten. Ich tat so, als lebten wir in einem viktorianischen Roman. Rose spielte bereitwillig mit, verstummte aber jedesmal, wenn ich die Cottons ins Spiel brachte. Es fanden auch keine vertrauten Gespräche bei Kerzenschein mehr zwischen uns statt. Nicht, daß sie mürrisch oder eingeschnappt war – sie wirkte nur gedankenverloren, las im Bett nicht, sondern lächelte einfach nur vor sich hin. Wenn ich so darüber nachdenke, habe ich aus meinen Gefühlen für Stephen auch ein Geheimnis gemacht. Es wäre mir schrecklich peinlich gewesen, Rose davon erzählen zu müssen.

Andererseits war ich schon immer verschwiegener als Rose. Außerdem weiß ich, daß sie ihn als – na ja, als einen Jungen ansieht, der gesellschaftlich unter uns steht. (Denke ich selbst das auch? Wenn ja, schäme ich mich für eine solche Arroganz.) Ich freue mich, berichten zu können, daß ich sehr resolut gewesen bin – obwohl es vielleicht passender wäre zu sagen, ich sei nicht nicht resolut gewesen. Außer vielleicht in dem Augenblick gestern abend, als ich seine Hand nahm. Aber dazu komme ich später noch.

Als wir anfingen, uns zurechtzumachen, waren wir ganz aufgeregt. Die Sonne war zwar noch nicht untergegangen, aber wir zogen die Vorhänge zu, holten die Lampen nach oben und zündeten Kerzen an. Ich hatte einmal irgendwo gelesen, daß vornehme Damen sich bei Kerzenschein für Kerzenschein ankleiden. Unsere Kleider lagen auf dem Himmelbett bereit.

Meines war frisch gewaschen, und Topaz hatte den Ausschnitt ein wenig geweitet. Miss Blossom war von Roses Kleid geradezu hingerissen. »Jede Wette – davon werden die Herren begeistert sein! Ich wußte gar nicht, daß du so weiße Schultern hast. Wie gut, daß Gott dir solches Haar, aber keine Sommersprossen geschenkt hat!« Rose lachte, bedauerte aber, daß sie sich nicht ganz sehen konnte – unser großer Spiegel ist schon lange verkauft. Ich hielt ihr den kleinen hin, so daß sie sich Stück für Stück betrachten konnte, doch das reizte sie um so mehr.

»Über dem Kamin im Salon hängt ein Spiegel«, fiel mir ein. »Vielleicht kannst du dich auf den Flügel stellen ... « Sie lief hinunter, um es auszuprobieren.

Vater kam aus dem Bad und marschierte durch unser Zimmer in sein Schlafzimmer. Eine Sekunde später hörte ich ihn rufen:

»Lieber Himmel, was hast du denn gemacht?«

Er klang so entsetzt, daß ich dachte, Topaz sei etwas passiert. Ich stürmte in den Pufferstaat, blieb dann aber vor ihrer Tür stehen, weil ich Topaz von dort aus bereits sehen konnte. Sie trug ein schwarzes Abendkleid, in dem sie sich noch nie gemocht hatte, ein sehr konventionelles Kleid. Sie hatte ihr Haar zu einem Knoten gewunden und Make-up aufgelegt – nicht viel, nur ein bißchen Rouge und Lippenstift. Das Ergebnis war ganz erstaunlich: Sie sah ziemlich gewöhnlich aus – zwar hübsch, aber keinen zweiten Blick wert.

Weder Vater noch Topaz sahen mich. Ich hörte sie sagen: »Aber Mortmain, dieser Abend gehört Rose. Ich möchte, daß sie die gesamte Aufmerksamkeit erhält.«

Ich schlich in mein Schlafzimmer zurück. Solche Uneigennützigkeit verblüffte mich, vor allem, weil Topaz stundenlang ihr bestes Abendkleid ausgebessert hatte. Natürlich verstand ich, was sie meinte – wenn sie wollte, könnte sie Roses Schönheit mit Leichtigkeit neben sich verblassen lassen. Plötzlich erinnerte ich mich an den Abend, als die Cottons uns zum ersten Mal besuchten und Topaz sich so zurückgehalten hatte. Wie edel von ihr! Ich hörte Vater rufen:

»Zum Teufel damit! Ich besitze weiß Gott nicht viel, worauf ich stolz sein kann. Laß mich wenigstens auf meine Frau stolz sein!«

Und Topaz hauchte: »O Liebling!« Dann verschwand ich nach unten und verwickelte Rose im Salon in ein Gespräch, denn ich hielt es für besser, Vaters und Topaz' Privatsphäre nicht zu stören. Irgendwie war mir die Situation peinlich – so ergeht es mir immer, wenn ich mir klarmache, daß die beiden verheiratet sind.

Als sie schließlich nach unten kamen, sah Topaz so weiß aus wie immer, und ihr silbernes, strahlend sauberes Haar bedeckte ihren Rücken. Sie trug ihr bestes Kleid, das klassisch geschnitten war und sich wie eine graue Wolke anschmiegte, dazu ein riesiges, graues Tuch, das sie um Kopf und Schultern geschlungen hatte. Sie sah wunderschön aus – genauso stellte ich mir einen Todesengel vor.

Dann traf der Wagen der Cottons ein, mit einem Chauffeur in Uniform, und wir gingen hinaus.

Ich war ziemlich traurig, weil wir Stephen und Thomas

zurücklassen mußten, aber Topaz hatte für sie ein Abendessen mit tröstenden Würstchen vorbereitet.

Der Wagen war riesig und wunderschön. Nachdem wir uns hineingesetzt hatten, sagten wir alle kaum noch etwas. Ich fühlte mich in Gegenwart des Chauffeurs ein wenig befangen, er wirkte so steif und korrekt und hatte so abstehende Ohren. Ich lehnte mich zurück, betrachtete die vorbeiziehenden, immer dunkler werdenden Felder und fühlte mich sehr leicht und beschwingt.

Und ich dachte über die anderen nach und fragte mich, wie sie sich wohl fühlten. Vater sah in seinem Abendanzug sehr stattlich aus. Er war liebenswürdig und lächelte, aber ich registrierte seine Nervosität. Das glaubte ich zumindest, doch dann wurde mir klar, wie wenig ich im Grunde über ihn wußte. Oder über Topaz und Rose oder sonst jemanden auf der Welt außer mir selbst. Ich bildete mir immer ein, anderer Leute Gedanken lesen zu können, aber wenn es klappte, dann meist nur bei flüchtigen, oberflächlichen Gedanken. In all den Jahren habe ich nicht herausbekommen, warum Vater zu arbeiten aufgehört hat! Und ich habe keine Ahnung, wie Rose wirklich über die Cottons denkt. Das gleiche gilt für Topaz – selbst ihre flüchtigen Gedanken habe ich meist nicht erraten können. Natürlich habe ich immer schon gewußt, daß sie sehr gutmütig ist, aber ich hätte ihr niemals so ein nobles Opfer für Rose zugetraut. Und genau in dem Moment, als ich ein schlechtes Gewissen bekam, weil ich sie für affektiert gehalten hatte, rief sie mit aufgesetzter Stimme:

»O Mortmain, sieh nur! Wärst du nicht gern ein uralter Mann, der in einem erleuchteten Wirtshaus sitzt?«

»Ja, und am liebsten einer, der von Rheuma geplagt wird«,

gab Vater zurück. »Manchmal bist du ein echter Dummkopf, meine Liebe.«

Wir holten den Pfarrer ab, und nun wurde es richtig eng im Wagen. Ich fürchtete schon um Roses Reifrock ... Der Pfarrer ist der netteste Mensch, den ich kenne. Er sieht aus wie ein ältliches Baby: um die Fünfzig, rundlich, mit goldblonden Locken und absolut ungeistlich.

Vater sagte einmal zu ihm: »Gott weiß, warum Sie Pfarrer geworden sind.« Und der Pfarrer antwortete: »Seine Wege sind nun mal unergründlich.«

Nachdem er einmal in die Runde geblickt hatte, stellte er fest: »Mortmain, Ihre Frauen sehen wirklich umwerfend aus.«

»Ich nicht«, bemerkte ich.

»Nun, aber du gehörst zur hinterlistigen Sorte – Jane Eyre mit einer Spur Becky Sharp. Ein äußerst gefährliches Mädchen. Deine Korallenkette gefällt mir.«

Dann unterhielt er sich mit uns allen und brachte selbst den Chauffeur zum Lachen. Das Komische ist, daß er das schafft, ohne etwas besonders Witziges zu sagen. Wahrscheinlich liegt es daran, daß er so ein gemütlicher Mensch ist.

Als wir Scoatney Hall erreichten, war es bereits dunkel, und alle Fenster erstrahlten hell. Durch den Park führt ein öffentlicher Weg, über den ich oft auf dem Heimweg von der Schule mit dem Rad gefahren bin. Daher kannte ich das Haus von außen – es stammt aus dem sechzehnten Jahrhundert, bis auf einen Pavillon im Wassergarten aus dem siebzehnten Jahrhundert. Nun brannte ich darauf, das Gebäude von innen zu sehen. Wir stiegen die flachen Stufen hinauf, die in der Mitte stark ausgetreten sind, und bevor wir klingeln konnten, wurde uns die Tür schon geöffnet. Ich war ein wenig unsicher, weil ich noch nie mit einem Butler zu tun gehabt hatte, doch der Pfarrer kannte ihn und sprach ihn ganz normal an.

Wir ließen unsere Umhänge in der Eingangshalle zurück. Topaz hatte Rose und mir welche geliehen, damit wir nicht unsere schäbigen Wintermäntel tragen mußten. Man konnte spüren, wie alt das Haus war – es duftete leicht nach Blumen und Bienenwachs, süßlich und zugleich ein wenig säuerlich und staubig. Ein Duft, der einem ein zärtliches Gefühl gegenüber der Vergangenheit gibt.

Wir betraten einen recht kleinen Salon, in dem die Cottons mit zwei anderen Personen am Kamin standen. Mrs. Cotton redete bis zu dem Moment, da der Butler uns ankündigte. Dann drehte sie sich zu uns um und blieb eine Sekunde lang vollkommen still. Ich glaube, sie staunte über Roses und Topaz' Schönheit. Ich bemerkte, daß Simon Rose ansah. Dann gaben sich alle die Hand und wurden einander vorgestellt.

Wir lernten Mr. und Mrs. Fox-Cotton kennen – englische Verwandte der Cottons, allerdings nur entfernte, glaube ich. Als ich hörte, daß der Mann mit Vornamen »Aubrey« heißt, fiel mir ein, daß er Architekt ist. Ich habe mal in einer Zeitschrift etwas über ihn gelesen. Er ist mittleren Alters, hat ein aschgraues Gesicht und dünnes, farbloses Haar. Er wirkt aber sehr elegant und hat eine wunderschöne, vielleicht ein wenig affektierte Stimme. Ich stand neben ihm, während wir unsere Cocktails tranken (mein allererster – und er schmeckte abscheulich), deshalb sprach ich ihn auf die Architektur des Hauses an. Er ging sofort darauf ein.

»Das Wunderbare daran ist«, begann er, »daß es sozusagen

ein Miniaturhaus in groß ist. Es hat eine große Eingangshalle, eine lange Galerie, einen Innenhof – aber alles in so kleinem Umfang, daß man es sich auch heutzutage noch leisten kann. Ich bin schon seit Jahren ganz versessen darauf. Ich wünschte, ich könnte Simon überreden, es mir auf lange Zeit zu verpachten.«

Diese Bemerkung war sowohl an mich als auch an Simon gerichtet. Simon lachte und entgegnete: »Ausgeschlossen!«

Dann wandte sich Mr. Fox-Cotton wieder an mich:

»Sagen Sie mal – die edle Dame in Grau – sie ist doch sicher die Topaz von Macmorris' Bild in der Tate Gallery?« Und nachdem wir uns ein paar Minuten über Topaz unterhalten hatten, schwebte er zu ihr hinüber. Ich hatte Zeit, festzustellen, daß Simon Roses Kleid bewunderte.

Sie erzählte ihm von dem Reifrock, der ihn zu faszinieren schien. Er meinte, er müsse die alte Mrs. Stebbins unbedingt mal besuchen. Dann gesellte sich der Pfarrer zu mir und trank netterweise meinen Cocktail für mich aus. Bald danach begaben wir uns ins Eßzimmer. Der Tisch sah aus wie ein Meer aus Kerzenlicht – so hell, daß der übrige Raum fast schwarz wirkte und die Gesichter der Familienporträts im Dunkeln zu schweben schienen.

Mrs. Cotton saß zwischen Vater zu ihrer Rechten und dem Pfarrer zu ihrer Linken. Topaz saß rechts von Simon, links von ihm Mrs. Fox-Cotton. Roses Platz war zwischen dem Pfarrer und Mr. Fox-Cotton. Schade, daß sie nicht neben Simon sitzen konnte. Aber wahrscheinlich haben verheiratete Frauen Vorrang. Ich glaube, Neil hat darum gebeten, neben mir sitzen zu dürfen, denn er wußte es bereits, als wir ins Eßzimmer gingen. Das machte ihn mir sehr sympathisch.

Das Essen war herrlich, und es gab echten Champagner dazu (himmlisch – wie Ginger-ale ohne den Ingwergeschmack). Aber ich hätte es lieber zu Hause als auf einer Party gegessen, denn man kann es gar nicht richtig genießen, wenn man höflich sein muß. Und ich war ein wenig nervös wegen der vielen Gabeln und Messer. Ich dachte, ich würde mich mit diesen Dingen ganz gut auskennen, da wir bei Tante Millicent früher immer Abendessen mit mehreren Gängen eingenommen hatten. Aber ich erkannte nicht einmal alle Speisen. Und ich konnte es mir auch nicht bei Neil abschauen, denn seine Tischmanieren erschienen mir recht fremd. Ich fürchte, er merkte, daß ich ihm zusah, denn er sagte: »Mutter meint, ich soll auf englische Art essen. Sie und Simon haben sich darauf umgestellt. Aber ich werde das ganz bestimmt nicht tun.«

Ich bat ihn, mir den Unterschied zu erklären. In Amerika gehört es sich anscheinend, jeden Bissen zuerst zu zerschneiden, dann das Messer auf dem Teller abzulegen, die Gabel aus der linken in die rechte Hand zu nehmen, sie zu beladen, einen Bissen zu essen, die Gabel wieder in die linke Hand zu nehmen und das Messer wieder in die rechte. Und man darf die Gabel immer nur mit einer Art von Speise beladen, niemals ein schönes Stück Fleisch mit etwas Gemüse dazu.

»Aber das dauert so lange«, wandte ich ein.

»Überhaupt nicht«, widersprach Neil. »Außerdem sieht es für mich ganz schrecklich aus, wie ihr euch alle an eure Messer klammert.«

Der Gedanke, daß irgend etwas, das Engländer tun, schrecklich aussehen könnte, ärgerte mich. Aber ich behielt es lieber für mich.

»Ich zeige dir noch etwas, das hier falsch läuft«, fuhr Neil fort. »Sieh nur, wie alles zuerst deiner Stiefmutter gereicht wird. Bei uns zu Hause würde es zuerst meiner Mutter gereicht.«

»Aber das wäre doch unhöflich den Gästen gegenüber«, protestierte ich. Oje, ich muß wie ein überhebliches, kleines Scheusal geklungen haben.

»Aber es ist doch höflich – oder zumindest sehr viel zuvorkommender! Die Gastgeberin kann dem Gast dadurch zeigen, was man mit dem jeweiligen Essen macht – ob man sich Suppe auf den Teller gießt oder ob man sich ein ganzes Stück von etwas nimmt. Verstehst du, was ich meine?«

Ich verstand es sehr gut und hielt es für eine tolle Idee.

»Na ja, vielleicht könnte ich mich sogar daran gewöhnen, die Gabel von einer Hand in die andere zu nehmen«, räumte ich ein und versuchte es. Ich fand es äußerst schwierig.

Der Pfarrer sah uns von der anderen Tischseite aus zu.

»Als dieses Haus gebaut wurde, benutzten die Leute ihre Dolche und Finger zum Essen«, erzählte er. »Und später, wenn die Menschen nur noch Tabletten essen, wird es vermutlich immer noch stehen.«

»Stellt euch vor, man würde seine Freunde zum Tablettenessen einladen«, kicherte ich.

»Oh, die Tabletten wird jeder für sich einnehmen«, warf Vater ein. »Zu der Zeit wird man nicht mehr über das Essen sprechen. Man wird Bilder von Speisen als selten und sonderbar ansehen, und nur mürrische, alte Herren werden sie sammeln.«

Mrs. Fox-Cotton sprach Neil an, und er wandte sich ihr zu, deshalb konnte ich mich ein wenig umsehen. Vater und der Pfarrer hörten Mrs. Cotton zu, während Aubrey Fox-Cotton Topaz für sich beanspruchte. In diesem Moment redete niemand mit Rose oder Simon, und ich bemerkte, wie er sie anschaute. Sie sah ihn von unter ihren Wimpern her an, und obwohl ich weiß, daß Topaz das für altmodisch hält, war es ein bezaubernder Blick. Vielleicht ist Rose inzwischen geübter. Auf jeden Fall merkte ich, daß sie Simon diesmal nicht damit abschreckte. Er hob sein Glas und schaute Rose über den Rand hinweg an, als wolle er auf sie trinken. Seine Augen wirkten über dem Glas sehr ansprechend, und plötzlich keimte die Hoffnung in mir auf, daß Rose sich wirklich in ihn verlieben könnte, trotz seines Bartes. Ich könnte es sicher nicht!

Sie lächelte sanft und wandte sich dann dem Pfarrer zu. Ich dachte: Langsam lernt sie es. Es wäre zu offensichtlich gewesen, wenn sie Simon noch länger angeschaut hätte.

Es war ein seltsames Gefühl, allen zuzusehen und zuzuhören. Vielleicht lag das an dem, was Vater kurz zuvor gesagt hatte. Plötzlich fand ich es ganz erstaunlich, daß Leute sich trafen, nur um miteinander zu essen – das Essen kommt in den Mund hinein, und Wörter kommen heraus. Und wenn man die Menschen beim Essen und Reden genau beobachtet, bietet sich einem wirklich ein merkwürdiger Anblick: Die Hände bewegen sich ununterbrochen, Gabeln gehen auf und ab, es wird geschluckt, Sätze kommen zwischen dem Kauen heraus, die Kiefer arbeiten immerzu. Je länger man sich auf einer Dinnerparty umschaut, desto seltsamer findet man sie. All die Gesichter im Kerzenschein, Hände, die Speisen über die Schultern hinweg reichen, die Eigentümer dieser Hände, die sich still hin und her bewegen und an den Gesprächen und an dem Gelächter nicht teilnehmen. Ich lenkte meine Aufmerksamkeit vom Tisch fort und schaute in die Dunkelheit dahinter. Allmählich erkannte ich die Dienstboten, die uns beobachteten, sich Anweisungen zuflüsterten und Blicke austauschten. Ich entdeckte ein Mädchen aus dem Dorf und zwinkerte ihr zu. Das hätte ich besser bleiben lassen, denn sie mußte lachen und blickte dann ängstlich zum Butler hinüber. Im nächsten Moment jedoch vernahm mein linkes Ohr etwas, das mein Blut in den Adern gefrieren ließ (ein Ausdruck, den ich noch nie gemocht habe, aber ich spürte tatsächlich einen Schauer meinen Rücken hinunterlaufen): Mrs. Cotton fragte Vater, wie lange er schon nichts mehr veröffentlicht habe.

»Gut zwölf Jahre«, antwortete er mit der gleichgültigen Stimme, die unsere Familie als Ende einer Unterhaltung anerkennt. Diese Wirkung hatte sie auf Mrs. Cotton aber nicht.

»Sie hielten es wohl für das Beste, eine kreative Pause einzulegen«, sagte sie. »Nur wenige Autoren sind so klug, das zu tun.« Sie klang sehr verständnisvoll, fast ehrfürchtig. Doch dann fügte sie forsch hinzu: »Aber die Pause hat jetzt lang genug gedauert, meinen Sie nicht?«

Ich bemerkte, wie Vaters Hand nach der Tischkante griff. Einen furchtbaren Moment lang dachte ich, er würde seinen Stuhl zurückschieben, aufstehen und gehen, wie er es zu Hause so oft tut, wenn er sich von einem von uns belästigt fühlt. Doch er antwortete nur ganz leise: »Ich habe das Schreiben aufgegeben, Mrs. Cotton. Und nun lassen Sie uns von etwas Interessantem sprechen.«

»Aber das ist doch hochinteressant«, entgegnete Mrs. Cotton. Ich blickte sie verstohlen an. Sie saß kerzengerade, gekleidet in dunkelblauen Samt und Perlen. Ich glaube, ich habe noch nie eine so makellose Frau gesehen. »Und ich warne Sie, Mr. Mortmain, ich bin nicht so leicht abzuwimmeln.

Wenn ein so begnadeter Autor wie Sie so lange nichts von sich hören läßt, muß jemand den Grund dafür herausfinden. Als erstes würde man natürlich auf Alkohol tippen, aber darin liegt Ihr Problem offensichtlich nicht. Es muß eine psychologische ...«

Genau in diesem Moment sprach Neil mich an.

»Pst, eine Sekunde«, flüsterte ich, doch den Rest von Mrs. Cottons Rede hatte ich schon verpaßt. Vater antwortete:

»Meine Güte, so etwas können Sie mir doch nicht an Ihrem eigenen Tisch um die Ohren hauen!«

»Oh, bei Genies wende ich solche Schock-Taktiken immer an«, erwiderte Mrs. Cotton. »Und man muß sie in der Öffentlichkeit anwenden, sonst nehmen diese Genies Reißaus.«

»Ich bin grundsätzlich immer in der Lage, Reißaus zu nehmen, sei es nun in der Öffentlichkeit oder nicht«, entgegnete Vater. Ich wußte aber, daß er das nicht vorhatte, denn in seiner Stimme lag ein lockerer, amüsierter Unterton, den ich seit Jahren nicht gehört hatte. Er fuhr kampflustig fort: »Sagen Sie mal, sind Sie eigentlich einzigartig, oder ist die kultivierte Amerikanerin seit meiner Zeit insgesamt einfach aggressiver geworden?« Ich hielt das für eine ziemlich unverschämte Äußerung, selbst im Scherz, aber Mrs. Cotton schien sich nicht im geringsten angegriffen zu fühlen. Sie erwiderte lächelnd:

»Zufällig bin ich nicht das, was Sie als ›die kultivierte Amerikanerin‹ bezeichnen. Außerdem denke ich, müssen wir Sie von diesem Irrglauben heilen, alles über Amerika zu wissen, nur weil Sie zwei kurze Lesereisen dorthin unternommen haben.« Geschieht Vater ganz recht – er redet immer, als hätte er ganz Amerika in seiner Hosentasche mit nach Hause gebracht. Natürlich wollte ich weiter zuhören, doch Mrs. Cotton merkte es plötzlich, deshalb drehte ich mich schnell zu Neil um.

»Okay«, sagte ich.

»Was war denn los?« wollte er wissen. »Hattest du Angst, dir sei ein Zahn abgebrochen?«

Ich lachte und erzählte ihm, was ich gehört hatte.

»Warte nur ab«, sagte er. »Sie wird ihn noch dazu bringen, daß er jeden Tag zwei Meisterwerke schafft – wenn er nicht mit einem Kuchenmesser auf sie losgeht.«

Ich blickte ihn überrascht an. Er fuhr fort: »Sie hat sich von unserem Anwalt alle Einzelheiten des Falles zuschicken lassen. Ich fand's ziemlich lustig. Aber ich glaube, sie war ein wenig enttäuscht, daß es sich dabei um keinen richtigen Mordversuch handelte.«

»Können Sie verstehen, warum ihn ein so lächerlicher Vorfall vom Schreiben abhalten konnte?« fragte ich.

»Ich habe die Arbeit deines Vaters schon vorher nicht verstanden«, erwiderte Neil. »Ich bin einfach kein Literaturkenner.«

Danach wechselten wir das Thema. Ich hielt es für höflich, Fragen über Amerika zu stellen. Neil erzählte mir von der Ranch seines Vaters in Amerika, auf der er gelebt hatte, bis er zu Simon und seiner Mutter zog. (Jetzt wird mir erst klar, wie wenig er mit den beiden eigentlich zu tun hat.) Ich sagte, es sei sehr traurig, daß sein Vater gestorben war, bevor er Scoatney Hall erben konnte.

»Er hätte sowieso nicht hier wohnen wollen«, erklärte Neil. »Er hätte Amerika niemals verlassen – genausowenig wie ich.«

Ich wollte schon sagen: »Aber Ihr Bruder wird doch hier

leben, oder?«, hielt mich aber noch rechtzeitig zurück. Neil hatte so ungehalten geklungen, daß ich den Eindruck hatte, dies sei ein heikles Thema. Also fragte ich ihn, ob ihm Roses Kleid gefalle – eigentlich nur, um irgend etwas anderes zu sagen.

Er antwortete: »Nicht besonders, wenn ich ehrlich sein soll. Für meinen Geschmack ist es zu überladen. Aber sie sieht sehr hübsch darin aus. Und das weiß sie auch, oder?«

Ein Funkeln in seinen Augen verriet mir, daß er es nicht böse meinte. Und außerdem muß ich zugeben, daß Rose es nur allzu gut wußte.

Als nächstes wurde ein köstlicher Pudding serviert, und während Neil sich bediente, hörte ich mit dem linken Ohr wieder Vater und Mrs. Cotton zu. Sie schienen hervorragend miteinander auszukommen, obwohl es klang, als wollten sie sich gegenseitig niederbrüllen. Ich bemerkte, daß Topaz ängstlich zu ihnen herüberblickte, dann aber erleichtert aussah: Vater lachte verstohlen vor sich hin.

»Oh, lassen Sie mich ein wenig verschnaufen – unterhalten Sie sich mal mit dem Pfarrer«, rief er.

»Aber ich werde auf diese Attacke zurückkommen«, entgegnete Mrs. Cotton. Ihre Augen leuchteten, und sie schien vor Gesundheit zu strotzen.

»Na, wie gefällt dir deine erste Dinnerparty?« wandte sich Vater an mich. Das war der erste Satz, den er während des ganzen Essens an mich gerichtet hatte. Aber ich konnte es ihm kaum verdenken. Er hatte eine gesunde Gesichtsfarbe und kam mir irgendwie größer vor als sonst. Und er zeigte eine Spur des Witzes und Charmes, die ich von ihm aus der Zeit vor der Kuchenmesser-Geschichte kenne. Ein bißchen davon leuchtete wieder auf, als er Topaz heiratete, doch es hielt nicht an. Mir kam der schreckliche Gedanke, daß er sich in Mrs. Cotton verlieben könnte. Sie redete schon wieder einige Minuten lang mit ihm. Bald darauf erhoben sich die Frauen vom Tisch.

Als wir nach oben gingen, hakte sich Topaz bei mir ein.

»Konntest du etwas verstehen?« flüsterte sie. »Amüsiert er sich wirklich, oder hat er es nur gespielt?«

Ich antwortete, er habe sich wirklich amüsiert.

»Es ist wunderbar, ihn so zu erleben«, behauptete sie, doch ihre Stimme klang bekümmert. Eine ihrer Theorien besagt, daß eine Frau nie eifersüchtig sein und niemals versuchen darf, einen Mann gegen seinen Willen festzuhalten. Aber ich wußte, sie hatte es nicht genossen, daß jemand anderes Vater so in Schwung gebracht hatte.

Mrs. Cottons Schlafzimmer war herrlich. Überall standen Blumen, neue Bücher lagen herum, eine Chaiselongue war mit hübschen, kleinen Kissen geschmückt. Und es gab einen Kamin – es muß himmlisch sein, einen Kamin in seinem Schlafzimmer zu haben! Das Bad verschlug mir regelrecht den Atem – die Wände waren aus Spiegelglas! Und auf einem Glastisch standen mindestens ein halbes Dutzend Fläschchen mit Parfüm und Eau de Toilette.

»Simon behauptet, dieses Bad sei ein Frevel für das Haus«, erzählte Mrs. Cotton, »aber ich kann ein antikes Bad wirklich nicht gebrauchen.«

»Ist es nicht wunderschön?« sagte ich zu Rose.

»Hinreißend«, antwortete sie beinahe traurig. Ich glaube, es gefiel ihr so sehr, daß es sie schmerzte.

Nachdem wir uns ein wenig frisch gemacht hatten, begaben wir uns auf die Lange Galerie. Sie zieht sich durch das ganze Haus, und da sie so schmal ist, wirkt sie noch länger, als sie ist. Ich zählte drei Kamine, und in allen brannte ein Feuer. Es war aber nicht zu heiß. Rose und ich spazierten die Galerie entlang und betrachteten Bilder, Statuen und interessante Dinge in Glaskästen, während sich Mrs. Cotton mit Topaz unterhielt. Mrs. Fox-Cotton war nach dem Abendessen verschwunden. Vermutlich hatte sie sich in ihr eigenes Schlafzimmer zurückgezogen.

Wir erreichten den Kamin am anderen Ende der Galerie, blieben stehen und sahen uns nach den anderen um. Wir konnten ihre Stimmen hören, jedoch nicht verstehen, was sie sagten, deshalb nutzten wir die Chance, uns ungestört zu unterhalten.

»Wie ist es dir beim Essen ergangen?« fragte ich Rose.

Sie antwortete, es sei sehr langweilig gewesen – sie könne Mr. Fox-Cotton nicht leiden, und außerdem habe er sich nur für Topaz interessiert. »Also habe ich mich auf das herrliche Essen konzentriert. Worüber hast du mit Neil geredet?«

»Über alles mögliche. Er sagte unter anderem, du sähest sehr hübsch aus«, erzählte ich.

»Worüber noch?«

»Die meiste Zeit über Amerika.« Ich versuchte, mich an soviel wie möglich zu erinnern, vor allem an das, was er mir über die Ranch in Kalifornien erzählt hatte. Das hatte mir sehr gefallen.

»Was, es ging um Kühe und so was?« fragte sie angewidert. »Will er dorthin zurück?«

»Oh, die Ranch wurde verkauft, als sein Vater starb. Aber er sagte, daß er gern eine eigene Ranch hätte, wenn er sie sich leisten könnte.«

»Aber ich dachte, sie sind so reich?«

»Psst, sei still«, flüsterte ich und warf einen Blick zu Mrs.

Cotton hinüber, aber wir waren wirklich ungestört. »Ich glaube nicht, daß Neil reich ist. Und Simon braucht vermutlich all sein Geld dafür, dieses Haus instandzuhalten. Komm, wir gehen besser zu den anderen zurück«

Als wir den Kamin in der Mitte der Galerie erreichten, gesellte sich Mrs. Fox-Cotton zu uns.

Ich sah sie zum ersten Mal aus der Nähe. Sie ist ziemlich klein, nicht viel größer als ich, und hat glattes, schwarzes Haar, das sie tief im Nacken zu einem üppigen Knoten gewunden hatte. Ihre Haut ist sehr dunkel, und sowohl ihr Haar als auch ihre Haut sahen schmutzig aus. Topaz meint, ihr Gesicht sei so schön geformt. Das finde ich zwar auch, aber ich glaube nicht, daß es der Form ihres Gesichts schaden würde, wenn sie es einmal gründlich wüsche. Sie trug ein enganliegendes, dunkelgrünes Kleid, das so stark glänzte, daß es fast schleimig aussah. Es erinnerte mich an Algen. Ihr Vorname, ob man es glauben mag oder nicht, lautet Leda.

Rose und ich wandten uns ihr zu, doch sie setzte sich auf ein Sofa, legte die Füße hoch und schlug ein altes, in Kalbsleder gebundenes Buch auf, das sie mitgebracht hatte. »Ihr habt doch nichts dagegen?« fragte sie. »Ich möchte es zu Ende lesen, bevor wir morgen nach London zurückfahren.«

»Was ist das für ein Buch?« erkundigte ich mich höflich.

»Oh, nichts für kleine Mädchen«, antwortete sie. Ihre Stimme klingt unmöglich – blechern und quäkig. Sie macht kaum den Mund auf und stößt die Wörter zwischen den Zähnen hervor. In Anbetracht der späteren Ereignisse halte ich fest, daß ich bereits in jenem Moment merkte, daß ich sie nicht leiden konnte.

Dann kamen die Herren herein – ich stellte fest, daß Mrs.

Fox-Cotton für sie ziemlich schnell zu lesen aufhörte. Vater und Simon schienen gerade eine literaturwissenschaftliche Diskussion zu beenden. Ich hoffte, daß sie sich unten angeregt unterhalten hatten, und beobachtete interessiert, zu wem sich die Herren gesellten: Vater und der Pfarrer redeten mit Mrs. Cotton, Aubrey Fox-Cotton stürzte auf Topaz zu, und Simon und Neil kamen zu Rose und mir. Doch Mrs. Fox-Cotton sprang vom Sofa auf und fing Simon ab.

»Wußtest du eigentlich, daß eines der Porträts hier aussieht wie du?« fragte sie, hakte sich bei ihm unter und führte ihn die Galerie entlang.

»Oh, das ist mir auch aufgefallen«, rief ich. Rose, Neil und ich folgten den beiden, was Mrs. Fox-Cotton sicher ganz und gar nicht paßte.

Es gehörte zu den ältesten Bildern – elisabethanisch, glaube ich. Der Mann trägt eine kleine, weiße Halskrause an seinem hohen Kragen. Das Bild zeigt nur Kopf und Schultern vor einem dunklen Hintergrund.

»Wahrscheinlich liegt die Ähnlichkeit nur an dem Bart«, mutmaßte Simon.

»Nein, es sind die Augen«, widersprach Mrs. Fox-Cotton.

»Vor allem die Augenbrauen«, sagte ich. »Die kleine Krümmung am Ende. Und das Haar – die Art, wie es die Stirn verdeckt.«

Rose betrachtete das Porträt eingehend. Simon fragte sie, was sie darüber dachte. Sie drehte sich um und blickte ihn aufmerksam an. Sie schien sich jeden seiner Gesichtszüge genau einprägen zu wollen. Doch als sie schließlich antwortete, sagte sie nur: »Oh, ja, ein bißchen Ähnlichkeit vielleicht.« Ich hatte den Eindruck, daß sie über etwas ganz anderes als das Bild nachgedacht hatte – über etwas, das mit

Simon selbst zu tun hatte – und daß sie gedanklich ganz woanders war, als wir auf ihre Antwort warteten.

Wir schlenderten zu den anderen zurück. Topaz und Aubrey Fox-Cotton schauten sich ebenfalls Bilder an. Sie standen vor den Cottons aus dem achtzehnten Jahrhundert. »Ich hab's!« sagte er plötzlich zu Topaz. »Sie sind ein richtiger Blake. Nicht wahr, Leda?«

Mrs. Fox-Cotton schien sich nicht besonders dafür zu interessieren. Sie musterte Topaz von oben bis unten und sagte dann: »Ja, wenn sie mehr Fleisch auf den Rippen hätte.«

»Rose ist ein Romney«, bemerkte Simon. »Sie sieht ein bißchen aus wie Lady Hamilton.« Ich hörte zum ersten Mal, daß er ihren Vornamen aussprach. »Und Cassandra ist natürlich ein Reynolds – das kleine Mädchen mit der Mausefalle.«

»Bin ich nicht!« protestierte ich. »Ich hasse dieses Bild. Die Maus hat Angst, die Katze ist hungrig, und das Mädchen ist ein gemeines, kleines Ekel. Ich weigere mich entschieden, sie zu sein.«

»Ach, du würdest bestimmt die Maus aus der Falle befreien und der Katze eine leckere, tote Sardine besorgen«, beruhigte mich Simon. Allmählich mochte ich ihn ein bißchen mehr.

Die anderen suchten angestrengt nach einem Maler für Mrs. Fox-Cotton. Schließlich einigten sie sich auf einen Surrealisten namens Dali. »Mit Schlangen, die aus ihren Ohren kommen«, sagte Mr. Fox-Cotton. Ich habe keinen blassen Schimmer, was Surrealismus ist, aber Schlangen kann ich mir sehr gut in Mrs. Fox-Cottons Ohren vorstellen. Und ich würde es ihnen nicht verübeln, wenn sie dort heraus wollten.

Danach wurde beschlossen, daß wir tanzen sollten. »In der Eingangshalle«, schlug Neil vor. »Der Victrola steht dort.«

Mrs. Cotton, Vater und der Pfarrer blieben oben und unterhielten sich weiter.

»Es fehlt ein Mann«, beschwerte sich Mrs. Fox-Cotton auf dem Weg nach unten.

Ich bot mich an, nur zuzuschauen, weil ich die modernen Tänze nicht kenne. (Rose auch nicht, aber sie hat sich auf Tante Millicents Partys ein- oder zweimal daran versucht.)

»Welche kennst du denn?« neckte mich Simon. »Sarabanden, Couranten und Pavanen?«

Ich antwortete, nur Walzer und Polkas. Mutter hat sie uns gezeigt, als wir noch klein waren.

»Ich bringe sie dir bei«, bot Neil an. Er legte eine Schallplatte auf das Grammophon – ich hatte gedacht, ein Victrola sei etwas sehr viel Interessanteres – und kehrte zu mir zurück. Doch ich wollte bei den ersten paar Tänzen lieber zuschauen.

»Ach, komm schon, Cassandra«, bat er, doch dann mischte sich Mrs. Fox-Cotton ein. »Laß das Kind doch zusehen, wenn es möchte. Tanz mit mir.« Ich entschied die Angelegenheit, indem ich die Treppe hinaufrannte. Ich setzte mich auf die oberste Stufe und blickte auf alle hinunter. Rose tanzte mit Simon, Topaz mit Mr. Fox-Cotton. Ich mußte zugeben, daß Mrs. Fox-Cotton wunderbar tanzte, obwohl sie fast auf Neils Brust zu liegen schien. Roses Kleid sah wunderschön aus, aber sie kam immer wieder aus dem Takt. Topaz hielt sich steif wie ein Brett – sie hält moderne Tänze für unanständig –, doch Mr. Fox-Cotton tanzte so gut, daß sie allmählich lockerer wurde. Ich fand es faszinierend, sie alle von dort oben aus zu beobachten. Die Eingangshalle war nur schwach beleuchtet, und der Eichenboden sah aus wie tiefes, dunkles Wasser bei Nacht. Ich bemerkte wieder den geheimnisvollen Duft des alten Hauses, doch er vermischte sich mit Mrs. Fox-Cottons Parfüm – ein schwerer, mysteriöser Duft, überhaupt nicht blumig. Ich lehnte mich an das geschnitzte Geländer, lauschte der Musik und fühlte mich so, wie ich mich noch nie zuvor gefühlt hatte: leicht und sehr schön, als wären ganz viele Männer in mich verliebt und als könnte ich mich ganz leicht auch in sie verlieben. Ich spürte ein merkwürdiges Gefühl im Bauch – ich kann es am ehesten als verwundbar beschreiben. Ich dachte gerade vergnügt und ein wenig benommen darüber nach und starrte auf eine riesige Vase mit weißen Tulpen, die vor dem großen Fenster ohne Gardinen stand, als mich ein kalter Schauer überlief.

Hinter der schwarzen Fensterscheibe schimmerten zwei Gesichter.

Im nächsten Moment waren sie verschwunden. Ich blickte angestrengt hin, um sie noch einmal zu sehen, doch die Tanzenden verdeckten das Fenster immer wieder. Auf einmal waren sie wieder da, nur undeutlicher. Dann wurden sie wieder klar – und in diesem Moment war die Schallplatte zu Ende. Die Tänzer blieben stehen, und die Gesichter verschwanden.

Aubrey Fox-Cotton rief: »Hast du das gesehen, Simon? Zwei Dorfbewohner haben wieder hereingeschaut.«

»Das kommt daher, daß der öffentliche Weg so nah am Haus vorbeiführt«, erklärte Simon Rose.

»Ach, was macht das schon?« bemerkte Neil. »Laß sie doch reinschauen, wenn sie wollen.«

»Aber Mutter hat sich letztens sehr darüber erschreckt. Ich

werde sie einfach bitten, es sein zu lassen, wenn ich sie zu fassen kriege.«

Simon ging zur Tür und öffnete sie. Ich stürmte die Treppe hinunter und stellte mich neben ihn. Über der Tür hing eine Lampe, die draußen alles pechschwarz aussehen ließ.

»Bitte nicht«, flüsterte ich ihm zu.

Er lächelte erstaunt zu mir herunter. »Lieber Himmel, ich werde ihnen doch nichts tun.« Er ging die Treppe hinunter und rief: »Ist da jemand?«

In der Nähe war ein ersticktes Lachen zu hören.

»Sie sind hinter der Zeder«, stellte Simon fest und marschierte darauf zu. Ich betete, sie würden davonlaufen, aber es war nichts zu hören. Ich lief Simon nach, faßte ihn am Arm und flüsterte:

»Bitte, kommen Sie zurück. Sagen Sie doch einfach, Sie konnten sie nicht finden. Das sind Thomas und Stephen.«

Simon lachte laut auf.

»Sie müssen mit dem Fahrrad hergekommen sein«, erklärte ich. »Bitte seien Sie nicht böse. Sie wollten nur sehen, wie wir uns hier vergnügen.«

Er rief: »Thomas, Stephen – wo seid ihr? Kommt doch zu uns herein.«

Sie gaben keine Antwort. Wir gingen auf die Zeder zu. Plötzlich stürmten sie los, und prompt stolperte Thomas über irgend etwas und fiel der Länge nach hin. Ich rief: »Kommt schon, ihr beiden – es ist alles in Ordnung.«

Simon half Thomas auf die Beine – er konnte sich nicht verletzt haben, weil er so sehr lachte. Inzwischen hatten sich meine Augen an die Dunkelheit gewöhnt, und ich entdeckte Stephen ein paar Meter weiter. Er war stehengeblieben, wollte aber nicht zu uns kommen. Ich ging zu ihm und nahm ihn bei der Hand.

»Es tut mir furchtbar leid«, flüsterte er. »Ich wußte gleich, daß es eine dumme Idee war.«

»Unsinn«, entgegnete ich. »Keiner ist euch böse.« Seine Hand war ziemlich feucht. Sicher fühlte er sich schrecklich.

Die anderen hatten das Rufen gehört und waren zur Tür gekommen. Neil kam mit einer Taschenlampe auf uns zugerannt.

»Was, mein alter Freund Stephen?« rief er. »Sind wieder irgendwelche Bären los?«

»Ich möchte nicht hineingehen – bitte!« flüsterte Stephen mir zu. Aber Neil und ich nahmen jeder einen Arm und zogen ihn mit uns.

Thomas machte das Ganze überhaupt nichts aus. Er konnte sich vor Lachen kaum halten. »Wir haben euch kurz beim Essen gesehen«, erklärte er, »und dann seid ihr alle verschwunden. Wir wollten gerade enttäuscht nach Hause fahren, als ihr wieder nach unten kamt.«

Als ich Stephen in der Eingangshalle richtig sehen konnte, tat es mir schon wieder leid, daß ich ihn hereingeholt hatte. Er war dunkelrot angelaufen und brachte vor Schüchternheit keinen Ton heraus. Und Rose machte alles noch schlimmer, indem sie mit gestelzter Stimme (sicher war ihr das Ganze schrecklich peinlich) sagte: »Ich muß mich für die beiden entschuldigen. Sie sollten sich schämen.«

»Achtet nicht auf eure Großtante Rose, Jungs«, sagte Neil grinsend. »Kommt, wir plündern den Kühlschrank!«

Ich hatte das mal im Kino gesehen, und es hatte ganz toll gewirkt. Ich wollte ihnen gerade nachlaufen, als Mrs. Fox-Cotton mich zurückrief.

»Wer ist dieser Junge, der große, blonde?« wollte sie wissen.

Ich sagte es ihr.

»Ich muß ihn fotografieren«, behauptete sie.

»Was, um diese Uhrzeit?«

Sie lachte wiehernd auf. »Natürlich nicht, du dummes Ding. Er muß mich in London besuchen. Ich bin professionelle Fotografin. Hör mal, frag ihn doch ... Nein, laß gut sein.« Sie rannte nach oben.

Inzwischen waren Neil und die Jungen verschwunden. Schade, denn ich verspürte schon wieder ein bißchen Hunger, trotz des üppigen Abendessens. Wahrscheinlich war mein Magen jetzt auf den Geschmack gekommen. Ich wollte nicht unten bleiben – Simon konnte sich verpflichtet fühlen, mit mir zu tanzen. Er tanzte gerade mit Rose, und ich wollte sie auf keinen Fall stören. Also ging ich auch nach oben.

Ich fand es angenehm, mich allein in dem Haus zu bewegen – man kann es allein viel besser in sich aufnehmen. Ich ging nur ganz langsam vorwärts und schaute mir die alten Drucke an den Wänden der Flure an. Überall in Scoatney wird einem die Vergangenheit bewußt – sie ist wie ein Geist, ein streichelnder Lufthauch. In unserer Burg verspüre ich dieses Gefühl nur sehr selten. Vielleicht wurde sie zu oft verändert, und die ältesten Teile erscheinen mir so fern. In Scoatney verhilft einem sicher die schöne, unberührte Einrichtung zu diesem Gefühl.

Ich rechnete mit Stimmen, die mich zur Galerie zurückrufen würden, doch alles war still. Schließlich stieß ich auf ein Fenster, das sich auf den Hof öffnete. Ich lehnte mich hinaus und konnte mich orientieren: Ich entdeckte die Fenster der Galerie. Außerdem sah ich die Küchenfenster, und dahinter

Neil, Thomas, und Stephen. Sie aßen am Tisch. Sie schienen viel Spaß zu haben.

Als ich die Galerie wieder betrat, standen Vater und Mrs. Cotton am anderen Ende. Der Pfarrer lag auf dem Sofa vor dem mittleren Kamin und las Mrs. Fox-Cottons Buch. Ich erzählte ihm von Stephen und Thomas.

»Dann laß uns zu ihnen gehen«, schlug er vor. »Es sei denn, du möchtest, daß ich mit dir tanze. Aber ich tanze wie ein Gummiball.«

Ich sagte, ich würde mir gern die Küchen ansehen. Er stand auf und klappte das Buch zu.

»Mrs. Fox-Cotton meinte, das Buch sei nichts für kleine Mädchen«, berichtete ich ihm.

»Ebensowenig ist es ein Buch für kleine Pfarrer«, antwortete er kichernd.

Er führte mich über die Hintertreppe nach unten – er kennt sich im Haus gut aus, da er mit dem alten Mr. Cotton eng befreundet war. Als wir in den Dienstbotenbereich gelangten, bemerkte ich sofort den auffallenden Kontrast zum übrigen Haus: Die Teppiche waren dünn und abgenutzt, das Licht grell, und es war viel kälter. Auch roch es hier anders – ebenfalls nach Alter, aber nicht so mild, eher muffig, klamm und trostlos.

Die Küchen sahen jedoch wunderschön aus: ganz in Weiß, mit einem weißen Emailofen und einem riesigen Kühlschrank. (Tante Millicent besaß nur einen ganz alten, der tropfte.) Neil und die beiden Jungen aßen noch. Und wer saß mit am Tisch und redete eifrig auf Stephen ein? Mrs. Fox-Cotton.

Als ich eintrat, reichte sie ihm gerade eine Karte. Ich hörte sie sagen:

»Du mußt nichts tun, als dem Taxifahrer diese Adresse zu nennen. Wenn du ankommst, zahle ich die Fahrt. Oder vielleicht ist es besser, wenn ich dir jetzt schon etwas Geld gebe.« Sie öffnete ihre Handtasche.

»Willst du dich wirklich fotografieren lassen?« fragte ich ihn. Er schüttelte den Kopf und zeigte mir die Karte. Darauf stand unter einem wunderschön gezeichneten kleinen Schwan »LEDA. KÜNSTLERFOTOGRAFIN«, und dazu eine Anschrift in St. John's Wood.

»Sei ein braves Kind und hilf mir, ihn zu überreden«, wandte sie sich an mich. »Er kann sonntags zu mir kommen. Ich werde die Fahrt bezahlen und ihm zwei Guineen dafür geben. Nach jemandem wie ihm suche ich schon seit Monaten.«

»Nein, danke, Ma'am«, antwortete Stephen äußerst höflich. »Es wäre mir peinlich.«

»Meine Güte, was kann dir denn dabei schon peinlich sein? Ich möchte doch nur deinen Kopf fotografieren. Würdest du es für drei Guineen machen?«

»Was, für einen einzigen Tag?«

Sie blickte ihn scharf an und sagte dann schnell:

»Fünf Guineen, wenn du nächsten Sonntag kommst.«

»Tu es nicht, wenn du es nicht willst, Stephen«, mischte ich mich ein.

Er schluckte und überlegte. Schließlich sagte er: »Ich muß darüber nachdenken, Ma'am. Wären es auch fünf Guineen, wenn ich etwas später käme?«

»Jeder Sonntag, der dir paßt. Ich kann dich immer gebrauchen. Schreib mir nur vorher, damit ich dann auf jeden Fall Zeit habe. Du kannst ja für ihn schreiben«, fügte sie an mich gerichtet hinzu.

»Er wird schon selbst schreiben, wenn er will«, antwortete ich kühl. Sie redete, als würde sie ihn für einen Analphabeten halten.

»Du solltest es ihm nicht ausreden. Fünf Guineen, Stephen. Und ich werde dich nicht für länger als zwei oder drei Stunden brauchen.«

Sie nahm sich einen Hühnerflügel und nagte daran. Neil bot mir auch einen an, doch mir war der Appetit vergangen.

Dann meinte Stephen, es sei Zeit, daß er und Thomas sich auf den Heimweg machten. Neil bat sie, noch zu bleiben und zu tanzen, bestand aber nicht darauf, als er merkte, daß Stephen nicht wollte. Wir verabschiedeten sie gemeinsam – die Fahrräder standen irgendwo hinter dem Haus. Auf dem Weg dorthin kamen wir an einer Vorratskammer vorbei, in der riesige Schinken hingen.

»Der alte Mr. Cotton hat uns jedes Jahr einen davon zu Weihnachten geschickt«, erzählte Thomas. »Nur war er letztes Jahr an Weihnachten schon tot.«

Neil streckte die Hand aus und nahm den größten Schinken vom Haken.

»Hier hast du ihn, Tommy«, sagte er.

»O Thomas, das kannst du nicht . . .«, fing ich an, doch ich wollte nicht, daß Neil mich »Großtante Cassandra« nannte, deshalb fuhr ich fort: »Na ja, du mußt wohl.« Und ich wäre sicher vor Verzweiflung in Ohnmacht gefallen, wenn er den Schinken nicht angenommen hätte. Schließlich mußte ich ihn mit nach Hause nehmen, weil das auf dem Fahrrad zu schwierig gewesen wäre.

»Aber du mußt schwören, daß du nicht auf Dame machst und ihn hierläßt«, wisperte er mir zu.

Ich schwor.

Nachdem die Jungen fort waren, kehrten wir in die Eingangshalle zurück, wo die anderen noch immer tanzten.

»Komm schon, Cassandra«, rief Neil und zog mich mit sich.

Meine Güte, Tanzen ist schon etwas Seltsames, wenn man darüber nachdenkt. Wenn ein Mann die Hand einer Dame hielte und seinen Arm um ihre Hüfte legte, ohne zu tanzen, so hätte das sehr viel zu bedeuten. Aber beim Tanzen fällt es einem gar nicht auf – oder nur ein bißchen. Ich konnte dem Takt besser folgen, als ich erwartet hatte, aber nicht leicht genug, als daß ich es genossen hätte. Ich war froh, als die Platte endete.

Neil forderte nun Rose zum Tanzen auf, und ich tanzte einen herrlichen Walzer mit dem Pfarrer. Uns wurde so schwindelig, daß wir uns auf dem Sofa ausruhen mußten. Ich glaube, Rose folgte Neil nicht so gut wie ich, denn als sie an mir vorbeikamen, hörte ich ihn sagen: »Du darfst nicht immer eigene kleine Schritte einfügen.« Das ärgerte sie bestimmt, und als die Musik aufhörte und er mit ihr im Garten frische Luft schnappen wollte, entgegnete sie barsch: »Nein, danke.«

Danach kehrten wir auf die Lange Galerie zurück, wo Vater und Mrs. Cotton noch immer eifrig diskutierten. Mrs. Cotton brach das Gespräch höflich ab, als wir uns näherten, und für eine Weile unterhielten sich alle miteinander. Doch Mrs. Fox-Cotton gähnte immer wieder, klopfte sich auf den Mund und entschuldigte sich dafür – was die Aufmerksamkeit nur noch mehr darauf lenkte. Also befand Topaz, wir sollten wohl besser gehen. Mrs. Cotton protestierte als gute Gastgeberin, läutete dann aber nach dem Wagen. Eine Abschiedsstimmung machte sich breit, so wie früher auf den Kindergeburtstagen (ich war nur auf wenigen), wenn das erste Kind von seinem Mädchen abgeholt wurde.

Als wir die Eingangshalle durchquerten, nahm ich den Schinken an mich und versteckte ihn taktvoll unter dem Umhang, den Topaz mir geliehen hatte. Ein merkwürdiges, burnusähnliches Ding, aber in dieser Situation überaus nützlich. Simon und Neil begleiteten uns zum Wagen und kündigten an, uns besuchen zu wollen, wenn sie aus London zurückgekehrt seien – sie fuhren am nächsten Tag für zwei Wochen dorthin.

Und so war die Party vorüber.

»Gütiger Himmel, Cassandra, wie bist du denn an den gekommen?« fragte Vater, als er den Schinken in meinem Arm entdeckte.

Ich erzählte es ihm und erklärte, daß ich ihn versteckt hätte, für den Fall, daß er ihn mir ausreden wolle.

»Ausreden? Du bist wohl verrückt, mein Kind.« Er nahm ihn mir ab, um zu schätzen, wieviel er wog. Wir schätzten alle – was im Grunde sinnlos war, da wir keine Waage dabei hatten.

»Du hätschelst ihn, als wäre er dein Erstgeborenes«, stellte Vater fest, als ich den Schinken schließlich zurückbekam.

Ich äußerte meinen Zweifel daran, daß jemals ein Erstgeborenes derart willkommen gewesen sei. Danach schwiegen wir alle – uns war bewußt geworden, daß der Chauffeur mit im Wagen saß.

Doch auch zu Hause brannten wir nicht darauf, uns über den Abend auszutauschen. Ich hatte den Eindruck, daß jeder für sich ein wenig nachdenken wollte. Ich ganz bestimmt.

Sobald Rose und ich unsere Kerzen im Schlafzimmer ausgeblasen hatten, fing ich damit an. Ich war kein bißchen müde. Ich ging den ganzen Abend noch einmal durch. Es machte fast mehr Spaß, als ihn wirklich erlebt zu haben, bis ich an die Stelle in der Küche gelangte, als Mrs. Fox-Cotton Stephen bat, für sie Modell zu sitzen. Ich stellte fest, daß es mich ärgerte, und fragte mich, warum. Warum sollte er sich nicht durch ein paar Stunden Arbeit fünf Guineen verdienen? Fünf Guineen sind eine beträchtliche Summe Geld. Und sicher hat eine Fotografin das Recht, ein Modell zu engagieren? Ich kam zu dem Schluß, daß mein Ärger völlig unbegründet war – und ärgerte mich dennoch weiter.

Während ich mit mir selbst stritt, erhob sich Rose vom Himmelbett und öffnete das Fenster ein Stückchen weiter. Dann setzte sie sich vor das Fenster.

»Kannst du nicht schlafen?« fragte ich.

Sie antwortete, sie habe es gar nicht erst versucht. Ich vermutete, daß sie ebenso wie ich den Abend hatte Revue passieren lassen. Ich wünschte, ich könnte mit ihr Gedanken tauschen und *ihren* Abend noch einmal erleben.

Ich stand auf und ließ mich neben ihr auf dem Fenstersitz nieder. Die Nacht war so schwarz, daß ich nur ihre Silhouette erkennen konnte. Plötzlich sagte sie:

»Ich wünschte, ich würde mich mit Männern besser auskennen.«

»Wie kommst du darauf?« fragte ich mit leiser, ermutigender Stimme. Sie blieb so lange still, daß ich dachte, sie würde nicht mehr antworten, doch dann purzelten die Wörter aus ihr heraus.

»Er mag mich – das weiß ich ganz sicher! Aber er mochte vermutlich schon viele Mädchen, das bedeutet noch lange nicht, daß er um meine Hand anhalten wird. Wenn ich nur wüßte, wie man sich am klügsten verhält!«

Ich fragte: »Oh, Rose, hast du darüber nachgedacht, was eine Ehe wirklich bedeutet?«

»Ja, heute abend. Als ich ihn ansah, um ihn mit dem Porträt zu vergleichen. Ich stellte mir plötzlich vor, wie es ist, mit ihm im Bett zu sein.«

»Was für ein Moment, um sich das vorzustellen! Ich habe gemerkt, daß du über etwas nachgedacht hast. Na, und wie war es?«

»Sehr eigenartig. Aber ich könnte mich damit abfinden.«

»Ist es nur das Geld, Rose?«

»Ich bin mir nicht sicher«, erwiderte sie. »Wirklich nicht – ich kann mich selbst nicht verstehen. Es ist furchtbar aufregend, wenn ein Mann sich zu dir hingezogen fühlt. Es ist ... Ach, du würdest es nicht verstehen.«

»Vielleicht doch.« Eine Sekunde lang überlegte ich, ob ich ihr von Stephen erzählen sollte, doch bevor ich anfangen konnte, fuhr sie fort:

»Ich mag ihn, wirklich. Er ist so zuvorkommend – er ist der erste Mensch, der mir je das Gefühl gegeben hat, daß ich ihm wirklich etwas bedeute. Und er sieht irgendwie gut aus, findest du nicht? Seine Augen auf jeden Fall. Wenn ich mich nur an den Bart gewöhnen könnte ...«

»Bist du sicher, daß du nicht lieber Neil haben willst? Er ist so nett und hat so ein schönes, glattes Gesicht!«

»Oh – Neil!« rief sie wütend. Er mußte sie noch mehr verärgert haben, als ich gedacht hatte. »Nein, ich überlasse ihn dir gern.«

Ehrlich, in diesem Augenblick kam mir der Gedanke zum

ersten Mal. Natürlich nahm ich ihn nicht ernst, aber ich hatte das Gefühl, darüber noch einmal nachdenken zu müssen.

»Wenn ich Simon nur überreden könnte, sich den Bart abzurasieren«, fuhr Rose fort. Dann wurde ihre Stimme hart. »Ach, was macht das schon? Ich würde ihn auch heiraten, wenn ich ihn haßte. Cassandra, hast du jemals etwas so Schönes wie Mrs. Cottons Badezimmer gesehen?«

»Ja, schon vieles«, entgegnete ich kühl. »Und kein Badezimmer der Welt kann es wettmachen, wenn du einen Mann mit Bart heiratest, den du haßt«

»Aber ich hasse ihn doch nicht – ich mag ihn, wirklich! Vielleicht könnte ich ihn sogar ...« Sie brach mitten im Satz ab und legte sich wieder ins Bett.

»Vielleicht kannst du dir über deine Gefühle erst im klaren sein, wenn er dich geküßt hat«, zog ich in Betracht.

»Aber ich kann ihn erst küssen, wenn er mir einen Antrag gemacht hat, und vielleicht tut er es ja gar nicht«, erwiderte sie entschieden. »Soviel weiß ich zumindest.«

Ich hegte den starken Verdacht, daß sie in diesem Punkt etwas altmodische Ansichten hat, behielt es aber lieber für mich. »Ich werde dafür beten, daß du dich wirklich in ihn verliebst – und er sich in dich natürlich. Ich werde mich dafür sogar vor das Bett knien.«

»Ich auch«, sagte sie und sprang wieder auf.

Wir beteten beide angestrengt, Rose noch länger als ich – sie kniete noch, nachdem ich mich schon zum Schlafen hingelegt hatte.

»Das ist genug, Rose«, sagte ich schließlich. »Es reicht, wenn man seinen Wunsch nur erwähnt. Langes Beten ist wie Lamentieren.«

Wir fanden einfach keinen Schlaf. Ich versuchte, Miss

Blossom etwas Trost spenden zu lassen, war aber nicht in der Stimmung. Nach einer Weile hörte ich eine Eule schreien. Ich beruhigte mich, indem ich mir vorstellte, wie sie über die dunklen Felder flog. Doch dann fiel mir ein, daß sie sicher Mäuse jagte. Ich liebe Eulen, aber ich wünschte, Gott hätte sie als Vegetarier erschaffen. Rose warf sich im Bett hin und her.

»Oh, hör auf, dich herumzuwälzen«, sagte ich. »Du machst noch die letzten paar Sprungfedern kaputt.«

Doch immer wenn ich gerade eindöste, warf sie sich wieder herum. Die Kirchenglocke von Godsend schlug zwei, bevor ich Rose gleichmäßig atmen hörte. Dann schlief ich endlich selbst ein.

IX

Ich brauchte drei Tage, um den Abend in Scoatney zu beschreiben. Ich habe die Unterbrechungen nicht erwähnt, damit es ein einziges, ganzes Kapitel wurde. Jetzt, wo das Leben so viel aufregender geworden ist, kommt es mir so vor, als würde ich in diesem Tagebuch eine Geschichte erzählen. Gestern ist ein neues Kapitel passiert, in das ich am liebsten sofort eintauchen würde. Aber ich werde der Versuchung widerstehen und alles der Reihe nach erzählen.

Allerdings konnte ich der Versuchung nicht widerstehen, meine Phantasie ein Stück vorauseilen zu lassen.

Da Rose gesagt hatte, sie würde mir Neil gern überlassen, spielte ich ein bißchen mit diesem Gedanken. Als ich am Morgen nach der Party aufwachte, malte ich mir seinen Heiratsantrag aus – im Wassergarten von Scoatney. Ich nahm den Antrag an. Rose und ich trafen Vorkehrungen für eine Doppelhochzeit und kauften eine prachtvolle Aussteuer. Dann schlief ich wieder ein und träumte, ich wäre wirklich mit Neil verheiratet. Wir waren auf peinlichste Weise zusammen in Mrs. Cottons Badezimmer eingeschlossen, und Stephens Gesicht verfolgte mich auf den Spiegelwänden. Ich war froh, als ich aufwachte und feststellte, daß ich nur geträumt hatte.

Natürlich wird Neil mir jetzt mit Sicherheit keinen Heiratsantrag mehr machen, wo ich es mir schon ausgemalt habe. Aber das ist auch nicht weiter schlimm.

Natürlich könnte es passieren, aber auf eine ganz andere Art und bestimmt nicht im Wassergarten.

Während Topaz und ich die Betten machten, plauderten wir über die Party. Sie zeigte sich zuversichtlicher, was Rose betraf, war aber bedrückt wegen Vater. Er hatte sie auflaufen lassen, als sie ihn fragte, worüber er sich mit Mrs. Cotton unterhalten habe.

»Alles, was ich aus ihm herausbekam, war: ›Sei nicht töricht, meine Liebe – wie soll ich denn die Einzelheiten dieser Unterhaltung wiederholen? Sie ist eine hochintelligente Frau, die ebensogut zuhören wie reden kann.‹ Und was glaubst du, was er danach gesagt hat? Daß er sie falsch eingeschätzt habe – ihre Kenntnis der Literatur sei ganz und gar nicht oberflächlich, sondern sie sei sehr belesen. ›Das beweist nur‹, sagte er zu mir, ›daß man seine Ansichten über Länder, in denen man sich nur kurz aufgehalten hat, nicht verallgemeinern sollte.‹ Und dabei klang er so, als hätte *ich* immer alles verallgemeinert.«

»Wie unangenehm«, antwortete ich und verkniff mir das Lachen – ich fand es ganz amüsant, daß Vater sich Mrs. Cottons spitze Bemerkung über das Verallgemeinern so zu Herzen genommen hatte.

»Und außerdem – warum kann er mit ihr über Literatur diskutieren und mit mir nicht? Ich versuche ständig, mit ihm über Bücher zu sprechen, aber er läßt mich einfach nicht.«

Ich nehme Vater viele Dinge übel, aber das nun gerade nicht – mit Topaz über Bücher zu sprechen ist eine einzige Qual. Als ich einmal auf eine entspannte Diskussion über Tolstojs *Krieg und Frieden* Lust hatte, sagte sie: »Ach, die sich überlappenden Dimensionen sind einfach wunderbar. Ich habe mal versucht, es zu malen, auf einer runden Leinwand.« Und sie konnte sich nicht an Natascha erinnern.

Sie hatte mein vollstes Mitgefühl wegen Vater, doch ich zeigte es ihr nur kurz, weil ich unbedingt mein Tagebuch fortsetzen wollte. Ich konnte bis zum Mittagessen nur eine Stunde schreiben, arbeitete aber den ganzen Nachmittag daran, oben auf dem Dachboden. Als Stephen von Four Stones zurückkehrte, kam er zu mir hoch. Er hielt mir ein zusammengefaltetes Blatt Papier hin, und meine Stimmung sank. Ich hatte gehofft, er würde keine Gedichte mehr für mich schreiben. Er blieb stehen und wartete, daß ich es las.

Nach der ersten Zeile merkte ich, daß er es diesmal selbst verfaßt hatte – es war ein Gedicht über mich, wie ich in Scoatney auf der Treppe saß, während die anderen tanzten. Ich überlegte noch, was ich dazu sagen sollte, als er es mir aus der Hand nahm und zerriß.

»Ich weiß, es ist grauenhaft«, sagte er.

Ich erwiderte, daß ich es überhaupt nicht grauenhaft fände. »Es waren einige sehr gute Reime darin, Stephen. Und du hast es selbst geschrieben. Es gefiel mir besser als die, die du nur abgeschrieben hast.« Es schien mir eine gute Gelegenheit, die Angelegenheit zur Sprache zu bringen.

»Ich habe sie nicht einfach abgeschrieben«, entgegnete er, ohne mich anzublicken. »Ich habe immer einzelne Wörter darin verändert. Ich wollte dich nicht beschwindeln, Cassandra. Ich fand nur, daß meine eigenen Gedichte nicht gut genug sind.«

Ich antwortete, daß ich ihn gut verstehen könne, er aber in Zukunft nur eigene Gedichte schreiben solle. Und ich riet ihm, nicht den Stil anderer Gedichte imitieren zu wollen.

»Ich weiß, daß du bei diesem hier jedes Wort selbst geschrieben hast«, sagte ich, »aber es klang immer noch ein bißchen nach Herrick – besonders die Zeilen über Lilien, Rosen und Veilchen. Solche Blumen kannst du gestern abend gar nicht gesehen haben – da standen doch nur weiße Tulpen.«

»Ich wette, Herrick hat auch nicht alle Blumen gesehen, über die er geschrieben hat«, entgegnete Stephen grinsend. »Außerdem fand ich für ›Tulpen‹ keinen anderen Reim als ›Nulpen‹.«

Ich lachte und sagte, es gäbe doch auch Wichtigeres als Reime. »Viele gute Gedichte kommen völlig ohne Reime aus. Das Wichtigste ist, daß du schreibst, was du wirklich fühlst.«

»Oh, das könnte ich nicht«, erwiderte Stephen. »Nein, das geht nicht«

»Warum nicht, Stephen? Natürlich geht das.«

»Nein, auf keinen Fall«, beharrte er und lächelte vor sich hin, als dächte er an irgendeinen geheimen Witz. Ich mußte an den Abend vor ein paar Monaten denken, als wir Töpfe unter die Löcher im Dach stellten – da hatte er auch so gelächelt.

»Stephen«, begann ich, »weißt du noch ... Es war genau an dem Abend, an dem die Cottons zum ersten Mal hier waren! Weißt du noch, wie du aus diesem Fenster geschaut hast und gesagt hast: ›Anfänge sind immer etwas Schönes‹?«

Er nickte. »Allerdings habe ich dabei nicht an die Cottons gedacht«, sagte er trübsinnig. »Hast du gestern abend mit ihnen getanzt?«

»Ich habe es einmal mit Neil versucht.«

»Die Leute sehen beim Tanzen schrecklich aus – ich würde mich schämen. Du würdest es niemals wie diese Leda machen, oder?«

»Ich tanze nicht so gut wie sie«, antwortete ich. »Aber ich weiß, was du meinst. Sie hängt sich geradezu an ihre Partner, nicht wahr? Du wirst dich doch nicht von ihr fotografieren lassen, oder?«

Ich versuchte, es möglichst beiläufig klingen zu lassen, als interessierte es mich eigentlich gar nicht. Zu meinem Erstaunen setzte er sofort seinen ausdruckslosen Blick auf, der sich ziemlich stark von seinem »dummen Blick« unterscheidet. Der dumme Blick ist verklärt und verträumt, der ausdruckslose Blick dagegen eigensinnig, fast trotzig. So sieht er Rose manchmal an, aber ich kann mich nicht erinnern, daß er mich schon einmal so angeschaut hätte.

»Vielleicht«, antwortete er. »Wenn die Leute unbedingt mit Geld um sich werfen wollen ...«

»Aber du würdest es doch nur ungern tun, oder, Stephen?«

»Wenn ich damit fünf Guineen verdienen kann, wäre es die Sache schon wert. Fünf Guineen würden fast ausreichen für ...« Er brach ab und wandte sich zum Gehen.

»Für was?« rief ich ihm nach.

»Oh, für viele Dinge«, antwortete er, ohne sich umzudrehen. »Fünf Guineen sind mehr, als ich in einem Jahr zusammensparen kann.«

»Aber gestern abend warst du dir noch so sicher, daß du es nicht tun würdest.«

Er hatte die Biegung der kleinen Dachbodentreppe erreicht und blickte sich um. Sein Kopf schaute gerade noch über dem Fußboden hervor.

»Vielleicht mach' ich es, vielleicht auch nicht«, tat er nur noch kund und ging dann nach unten.

Eine Stimme in meinem Kopf sagte: »Ich werde verrückt,

wenn du für Leda Fox-Cotton Modell sitzt.« Dann läutete es zum Tee, und ich folgte Stephen nach unten.

Topaz hatte den halben Schinken gekocht. Sie meinte, wir dürften ihn erst schneiden, wenn er fast kalt sei, dann hätten wir mehr davon. Doch Thomas konnte es nicht abwarten – er fand noch immer, der Schinken gehöre eigentlich ihm. Wir fächelten dem Schinken mit Zeitungen Luft zu, bis er abgekühlt war. Er schmeckte köstlich – Schinken mit Senf ist einfach himmlisch.

Nach dem Tee besuchte uns Miss Marcy. Sie wollte alles über die Party erfahren. Sie erzählte mir, daß Mrs. Fox-Cottons Fotos sehr bekannt seien und in Zeitschriften abgedruckt würden. Sie erinnere sich besonders gut an eines, auf dem sich ein Mädchen hinter einer riesigen Muschel verbirgt und der Schatten eines Mannes sich auf sie zubewegt. »Und es sah so aus, als trüge er – na ja, nichts. Was mich ziemlich überraschte, denn man sieht ja nicht oft Fotos, die so künstlerisch sind wie Gemälde, nicht wahr? Aber wahrscheinlich hatte er die ganze Zeit einen Badeanzug an, den würde man ja im Schatten nicht erkennen.«

Ich lachte – Miss Marcy ist wirklich zu süß. Aber ich war mir um so sicherer, daß Stephen nicht zu dieser Frau fahren durfte.

Am nächsten Morgen machten Topaz, Rose und ich uns mit den zwanzig Pfund, die uns der Pfarrer für die Colliedecke gegeben hatte, auf den Weg nach King's Crypt und kauften mein erstes Erwachsenenkleid, aus hellgrünem Leinen. Rose bekam eines in Rosa. Topaz meinte, sie brauche nichts. Sie wirkt in Konfektionskleidern tatsächlich sehr unnatürlich. Ich bekam außerdem ein Paar weiße Schuhe und praktische Seidenstrümpfe. Falls mich jemand zu einer Gartenparty einlädt, könnte ich zusagen.

Zu Hause stellten wir fest, daß Vater das Mittagessen nicht angerührt hatte, welches Topaz ihm zubereitet hatte, und auch nirgendwo in der Burg zu finden war. Er tauchte erst um neun Uhr auf und erklärte, er wäre mit dem Rad nach Scoatney hinübergefahren. Anscheinend hat Simon ihm erlaubt, die Bibliothek zu benutzen, solange sie fort sind. Ich erkundigte mich, ob er etwas Interessantes gelesen habe.

»Größtenteils amerikanische Zeitschriften und ein paar Rezensionen«, antwortete er »Ich hatte ganz vergessen, wie fortschrittlich die amerikanische Kritik ist.«

Topaz bot ihm an, etwas zu kochen, doch er erwiderte, er habe zu Mittag und zu Abend gegessen. »Anscheinend hat Mrs. Cotton ihre Dienstboten angewiesen, mir etwas zu essen zu geben, wenn ich mich dort aufhalte.« Selbstgefällig machte er sich auf den Weg zum Pförtnerhaus.

Ich zog mich auf den Dachboden zurück und schrieb in meinem Tagebuch weiter. Als ich wieder in die Küche hinunterging, schrieb Stephen gerade etwas auf eine leere Zuckerpackung. Er bemerkte mich, lief rot an und zerknüllte sie. Dann kam Topaz aus dem Garten herein. Sie trug Tante Millicents schwarzen Mantel und weder Strümpfe noch Schuhe. Sicher hatte sie wieder eine ihrer Nacktsitzungen abgehalten.

»Dem Himmel sei Dank, daß die Natur mich nie enttäuscht«, sagte sie, während sie nach oben stampfte. Als ich mich umdrehte, warf Stephen gerade die Zuckerpackung ins Feuer.

»War das noch ein Gedicht?« fragte ich. Ich wollte ihn ermutigen, jetzt, da er eigene Gedichte schrieb. »Warum hast du es verbrannt?«

»Weil es nicht geklappt hat«, antwortete er, noch immer ganz rot im Gesicht. Er blickte mich kurz an und stürmte dann plötzlich in den Garten. Ich setzte mich zu Ab und Hel an den Herd und wartete, daß er zurückkam, was er aber nicht tat.

Als ich nach oben ging, saß Rose auf dem Bett und lackierte sich die Fingernägel. Sie hatte den Nagellack als spezielles Mitbringsel von dem Geld des Pfarrers bekommen. Ich hatte mir Lavendelseife ausgesucht.

»Du benutzt ihn zu früh«, stellte ich fest. »Die Cottons kehren erst in zwölf Tagen zurück.«

Ich konnte ja nicht ahnen, daß wir sie schon vier Tage später wiedersehen würden!

Gestern war der Erste Mai. Ich liebe diese besonderen Tage geradezu – den Valentinstag, Halloween und am meisten die Johannisnacht. Einen richtig schönen Maifeiertag erlebt man nur selten. Aber als ich mich aus dem Schlafzimmerfenster lehnte und beobachtete, wie das Wasser des Burggrabens sich in der warmen Brise kräuselte und glitzerte, fühlte ich mich so glücklich wie noch nie zuvor. Ich wußte, daß ein schöner Tag vor mir lag.

Er hatte allerdings vor dem Frühstück einen kleinen Aussetzer.

Vater kam in seinem besten dunklen Anzug nach unten, den er seit Jahren nicht mehr getragen hatte. Rose und ich blickten ihn erstaunt an. Topaz rührte gerade den Porridge um. Sie hielt inne und fragte: »Mortmain – was in aller Welt ...?«

»Ich fahre nach London«, antwortete Vater knapp.

»Wozu?« fragten wir alle wie aus einem Munde, so daß es ziemlich laut klang.

»Geschäfte«, erwiderte Vater noch lauter, verließ die Küche und knallte die Tür hinter sich zu.

»Laßt ihn bloß in Ruhe und stellt keine Fragen«, flüsterte Topaz. Dann drehte sie sich zu mir um und blickte mich bedrückt an. »Glaubst du, er fährt zu ihr – zu Mrs. Cotton?«

»Das kann er doch gar nicht – ohne eingeladen zu sein«, beruhigte ich sie.

»O doch, das kann er«, mischte sich Rose ein. »Wenn er schon drei Tage hintereinander nach Scoatney fährt, sich von den Dienstboten durchfüttern läßt und dort in den Büchern und Zeitschriften herumwühlt! Er wird sie noch vergraulen!«

»Das letzte Mal hat nicht er sie vergrault«, gab Topaz wütend zurück.

Ich wußte, daß nun heftige Worte fallen würden, deshalb verkroch ich mich in den Salon. Vater hockte auf dem Fenstersitz und putzte sich mit dem Vorhang die Schuhe. Als er aufstand, war er überall mit Heloïses weißen Haaren bedeckt.

»Kann man sich denn in diesem Haus nirgendwo in einem dunklen Anzug hinsetzen?« brüllte er und ging in die Diele, um die Kleiderbürste zu holen.

»Nicht, solange wir Heloïse nicht schwarz färben«, antwortete ich. Ich bürstete ihn ab, doch da die Bürste nicht mehr viele Borsten hatte, der Anzug schon recht abgetragen war und Heloïse Unmengen von Haaren verloren hatte, erwies es sich als ziemlich zwecklos. Topaz kam herein, um Bescheid zu sagen, daß wir frühstücken kommen sollten, doch Vater meinte, dann würde er den Zug verpassen.

»Mach doch nicht solch einen Wirbel«, sagte er nur, als sie

ihn bat, wenigstens ein bißchen zu essen. Dann drängte er sich grob an ihr vorbei und schnappte sich Roses Fahrrad, weil sein eigenes einen Platten hatte.

»Wann kommst du zurück?« rief Topaz ihm nach.

Er brüllte über die Schulter hinweg, daß er keine Ahnung habe.

»Was ist nur mit ihm los?« wollte Topaz wissen, als wir durch den Garten zum Haus zurückgingen. »Ich weiß ja, er war immer schon launisch, aber nicht so gereizt wie jetzt. Seit dem Abend in Scoatney wird es immer schlimmer.«

»Vielleicht ist es besser so, als wenn er völlig resignieren würde«, versuchte ich sie zu trösten. »Er war oft furchtbar gereizt, als wir noch klein waren. Als er noch schrieb. Du kennst ja die Geschichte über Mutter und das Kuchenmesser.«

Topaz' Miene hellte sich auf. »Er kann mich ja massakrieren, wenn es ihm wirklich hilft«, sagte sie. Doch dann verfinsterte sich ihr Blick wieder. »Ich bin keine gute Frau für ihn. Diese andere Frau hat ihn dazu gebracht, wieder zu arbeiten.«

»Lieber Himmel, wir wissen doch noch gar nicht, ob er überhaupt wieder arbeitet!« entgegnete ich. »Es war schon so oft falscher Alarm. Woher hat er das Geld, um nach London zu fahren?«

Sie antwortete, sie habe ihm fünf Pfund vom Geld des Pfarrers gegeben. »Allerdings habe ich nicht damit gerechnet, daß er es dazu verwenden würde, sie zu besuchen.« Dann fügte sie selbstlos hinzu: »Wahrscheinlich darf ich nichts dagegen haben, wenn sie anregend auf ihn wirkt.«

Rose kam mit einer Scheibe Brot und Marmelade aus der Küche und marschierte ohne ein Wort an uns vorbei. Wahrscheinlich hatte sie einen heftigen Streit mit Topaz, während ich Vater bürstete. Dann bemerkten wir auch noch, daß der Porridge angebrannt war – etwas weniger Schmackhaftes gibt es wohl kaum. Da Topaz' Stimmung sowieso schon auf dem Tiefpunkt angelangt war, verlief unser Frühstück äußerst trostlos. (Die beiden Jungen hatten sich schon früher davongemacht, nach einem Frühstück mit Schinken.)

»Ich werde jetzt ein bißchen nachdenken, bis ich meinen Frieden wiedergefunden habe«, kündigte Topaz an, nachdem wir abgewaschen und die Betten gemacht hatten.

Ich fand, das könne sie am besten allein. Außerdem wollte ich mich mit meinem Tagebuch beschäftigen. Den Abend in Scoatney hatte ich schon beendet, aber ich wollte noch einige allgemeine Gedanken über das Leben festhalten. (Das habe ich allerdings dann doch nicht gemacht, und inzwischen habe ich sie vergessen.) Während ich es mir auf dem Wall von Belmotte gemütlich machte, entdeckte ich Rose, die mit Mrs. Stebbins' Reifrock die Zufahrt entlangwanderte. Stephen hatte uns die Nachricht überbracht, daß die alte Dame sich um den Reifrock sorgte. Er selbst wollte ihn allerdings nicht zurückbringen, weil es ihm peinlich sei.

Rose trug ihn über der Schulter, was äußerst merkwürdig aussah.

Ich beschloß, vor dem Schreiben ebenfalls ein wenig nachzudenken. Also legte ich mich ins Gras, genoß den warmen Sonnenschein und blickte in den weiten, blauen Himmel. Es war herrlich, die warme Erde unter mir und das sprießende Gras an meinen Handflächen zu spüren, während meine Gedanken in die Lüfte wanderten. Leider bleiben meine Gedanken nie lange erhaben, und so dachte ich schon bald verzückt an mein neues Kleid und überlegte, ob mir wohl

Locken stehen würden. Ich schloß die Augen, wie ich es immer mache, wenn ich angestrengt nachdenke. Allmählich schweiften meine Gedanken ab, und ich stellte mir vor, daß Rose Simon heiratete. Wenn man das mit anderen Leuten macht, schadet es offensichtlich nicht, nur wenn man sich für sich selbst etwas ausmalt, klappt es in der Realität nicht. Ich erträumte mir eine wunderschöne Hochzeit für Rose, und dann stellte ich mir vor, daß sie mit Simon allein in einem Pariser Hotel wäre. Sie hatte ein bißchen Angst vor ihm, doch in meiner Vorstellung gefiel ihr das. Er blickte sie so an wie auf der Dinnerparty, als er das Glas hob...

Ich öffnete die Augen. Er war da, der echte Simon Cotton. Und er schaute mich an.

Ich hatte nichts gehört. Noch im Moment zuvor hatte ich ihn in diesem Pariser Hotel gesehen, gestochen scharf, aber irgendwie auch winzig und weit entfernt, so wie in einem gewölbten Spiegel, und schon im nächsten Augenblick stand er vor mir und wirkte vor dem Himmel wie ein Riese. Meine Augen mußten sich erst wieder an die Sonne gewöhnen, und einen Moment lang hatte nichts die richtige Farbe: Gras und Himmel waren fast weiß, und Simons Gesicht sah fahl aus. Nur der Bart war immer noch schwarz.

»Hab' ich dich erschreckt?« fragte er lächelnd. »Ich hatte mir vorgenommen, den Hügel hinaufzuklettern, ohne daß du mich hörst. Oh – du hast doch nicht etwa geschlafen?«

»Doch nicht um diese Uhrzeit«, entgegnete ich und setzte mich blinzelnd auf. Er setzte sich neben mich. Ein seltsames Gefühl, anstelle des Mannes aus meiner Phantasie plötzlich den echten vor mir zu sehen. In meiner Vorstellung war er einfach faszinierend gewesen, und das ist er in Wirklichkeit natürlich nicht. Aber sehr, sehr nett, das weiß ich jetzt.

Er und Neil waren nur für diesen Tag hergekommen. Neil hatte ihn an unserer Zufahrt abgesetzt und war nach Scoatney weitergefahren. Anscheinend interessierte er sich nicht für uns.

»Schade, daß ich deine Schwester verpaßt habe«, sagte Simon, »aber Mrs. Mortmain meinte, sie würde hoffentlich bald zurück sein.«

Ich bestätigte das, obwohl ich eigentlich damit rechnete, daß sie mindestens eine Stunde fort sein würde. Ich fragte mich, ob es mir wohl gelänge, so interessant zu sein, daß er sich so lange mit mir unterhalten würde. Dann erkundigte ich mich, ob sie eine schöne Zeit in London verbrächten.

»O ja, ich liebe London. Aber ich finde es schade, bei diesem Wetter nicht hier zu sein.« Er stützte sich auf seinen Ellbogen und ließ den Blick über die Felder schweifen. »Ich hätte nicht gedacht, daß der Frühling in England so schön sein kann.«

Ich erwiderte, daß wir jedes Jahr erneut darüber staunten.

»Ab übernächster Woche werden wir wieder für eine Weile hierbleiben. Das heißt, Neil und ich – Mutter ist vollauf mit ihrer neuen Wohnung beschäftigt. Leda und Aubrey helfen ihr bei der Auswahl der Möbel. Oh, da fällt mir ein . . .« Er zog einen Briefumschlag aus der Tasche. »Ich sollte das hier überbringen. Es ist das Geld für Stephens Fahrt nach London, von Leda.«

»Ich werde es ihm geben«, versicherte ich. Ich hätte gern gewußt, ob Stephen ihr geschrieben hatte, daß er kommen wolle, oder ob sie es einfach geschickt hatte, um ihn in Versuchung zu führen.

Simon reichte mir den Umschlag. »Erzähl mir von ihm«,

bat er. »Wie kommt es, daß er so anders als die übrigen Dorfjungs redet?«

Natürlich redet Stephen genauso wie wir – außer, daß er eher einfache Wörter benutzt. Ich erklärte es Simon.

»Ich bin gespannt, was er von Leda halten wird«, sagte Simon. »Sie möchte, daß er zwischen ein paar Nachbildungen griechischer Skulpturen posiert. Wenn er nicht aufpaßt, lichtet sie ihn in einem Chiton ab – oder ohne. Er hat wirklich ein wunderschönes Gesicht – vielleicht landet er ja noch in Hollywood.«

Ich legte den Umschlag in mein Tagebuch, damit er nicht weggeweht wurde.

»Was hast du denn da? Hausaufgaben?« fragte Simon.

»Um Himmels willen, nein! Ich gehe schon lange nicht mehr zur Schule.«

»Ich bitte um Entschuldigung«, lachte er. »Ich sehe in dir immer noch das kleine Mädchen aus der Badewanne. Ist es eine Geschichte? Lies mir doch ein Stückchen vor.«

Ich erzählte ihm, daß das mein Tagebuch sei und daß ich gerade über die Party auf Scoatney berichtet hätte.

»Komme ich darin vor? Ich schenke dir eine Dose Bonbons, wenn du mich eine Seite lesen läßt.«

»Okay«, antwortete ich.

Eifrig nahm er mir das Buch aus der Hand. Nach einigen Sekunden blickte er wieder auf. »Du hast mich beschwindelt. Ist das deine eigene Geheimschrift?«

»Mehr oder weniger. Eigentlich hat es als Schnellschrift angefangen und sich dann allmählich gewandelt. Und ich bin dabei mit der Zeit immer kleiner geworden, um kein Papier zu verschwenden.«

Er blätterte ein paar Seiten um und erriet ab und zu ein

Wort, aber ansonsten bestand keine Gefahr. Nach einer Minute sagte er:

»Gestern habe ich das Tagebuch in *Jakobs Kampf* noch einmal gelesen – mir ist eine Erstausgabe in die Hände gefallen. Es war merkwürdig, als mir einfiel, daß ich es mit sechzehn zum ersten Mal gelesen und diesen Teil überhaupt nicht verstanden hatte. Als ich es dann im College durchnahm, schien es mir absolut verständlich.«

»Der einzige Teil, den ich nicht verstehe, ist das Kapitel mit der Leiter, wo der Text so gesetzt ist, daß er wirklich wie eine Leiter aussieht und jeder Satz eine Sprosse bildet. Vater will meine Fragen darüber nicht beantworten.«

»Vielleicht kann er das gar nicht. Ich habe immer geglaubt, es soll eine mystische Erfahrung beschreiben. Du kennst doch sicher die Theorie, daß jede Sprosse zur nächsten führt, obwohl die Sätze so unzusammenhängend wirken?«

»Ehrlich gestanden kenne ich sie nicht«, erwiderte ich. »Meine Güte, es ist so ungewohnt, sich vorzustellen, daß die Leute Theorien über Vaters Buch entwickeln und es Tausende von Kilometern entfernt in Colleges besprechen. Es muß wichtiger sein, als wir dachten.«

»Na ja, es gehört zu den Vorreitern der Nachkriegsliteratur. Und dein Vater steht in einer Reihe mit den Autoren, die von der Form besessen sind. Wenn er nur seine Technik weiter ausbauen würde!«

»Aber sagten Sie nicht, das könne er gar nicht? Daß *Jakobs Kampf* für den Verfasser abgeschlossen sei und keinen Nachfolger haben könne?«

Er warf mir rasch einen Blick zu. »Merkwürdig, daß du dich daran erinnerst! Weißt du, ich muß leider gestehen, daß ich das nicht ganz ernst gemeint habe. Es war nur ein Versuch, taktvoll zu sein, nachdem ich gemerkt hatte, daß ich ins Fettnäpfchen getreten war.«

Ich sagte, das hätte ich mir schon gedacht, und er mußte lachen.

»Du bist ein aufmerksames Mädchen! Aber ich glaube nicht, daß dein Vater mir auf die Schliche gekommen ist. Und in gewisser Weise stimmt ja auch, was ich sagte – er kann seine Technik aus *Jakobs Kampf* im Grunde nicht weiterentwickeln, weil andere Autoren ähnliche Verfahren entwickelt haben und ihm nun einen Schritt voraus sind, James Joyce zum Beispiel. Er müßte einen riesigen Sprung über diese Werke machen, dabei hat er sie nicht einmal erreicht. Vielleicht ist es das, was ihn vom Schreiben abhält: daß die nächste Sprosse – da wir ja von Leitern reden – von anderen benutzt worden ist. Wie findest du diese Theorie? Oder versuche ich nur, eine Ausrede für meine Unehrlichkeit an jenem Abend zu finden?«

»Na ja, immerhin mal etwas anderes als die Theorie, daß er nicht schreiben kann, weil er im Gefängnis saß«, erwiderte ich.

»Das halte ich allerdings für aus der Luft gegriffen – die Berichte über den Fall lesen sich wie etwas aus den Opern von Gilbert und Sullivan. Und Mutter meint, seine Beschreibungen des Gefängnislebens seien noch witziger gewesen.«

»Was – er hat ihr davon erzählt?« staunte ich. Ich selbst habe nie ein einziges Wort über sein Gefängnisleben von ihm gehört.

»Sie hat ihn einfach rundheraus gefragt. Ich hätte das bestimmt nicht gewagt. Sie sagt, einen Moment lang habe er ausgesehen, als wollte er sie schlagen, und habe dann aber fröhlich einen halbstündigen Monolog gehalten. Oh, ich glaube nicht, daß das Gefängnis die Ursache für seine Schreibblockade ist.«

Ich sagte, ich selbst hätte das auch nie geglaubt. »Aber es ist doch merkwürdig, daß er danach nie wieder etwas geschrieben hat.«

»Das ist es allerdings. Er sollte sich einer Psychoanalyse unterziehen.«

Jeder durchschnittlich intelligente Mensch, der in den dreißiger Jahren des zwanzigsten Jahrhundert lebt, hat vermutlich schon einmal irgend etwas von Psychoanalyse gehört. Aber was mich betrifft, so gibt es kaum etwas, über das ich weniger weiß. Ich bat Simon, sie mir zu erklären.

»Lieber Himmel, das ist ganz schön viel verlangt«, lachte er. »Und ich habe selbst nur eine äußerst diffuse, laienhafte Vorstellung davon. Aber ich will es gern versuchen. Ein Psychoanalytiker würde vermutlich sagen, die Ursache liegt viel weiter als diese paar Monate im Gefängnis zurück. Aber das Gefängnis könnte sie wieder an die Oberfläche gebracht haben. Er würde diese Zeitspanne genau untersuchen, deinen Vater dazu bringen, sich an jedes Detail zu erinnern. Man könnte fast sagen, daß man ihn ins Gefängnis zurückversetzen, ihn noch einmal einsperren müßte.«

»Körperlich?«

»Nein, natürlich nicht. Obwohl – laß mich nachdenken – ja, es ist denkbar, daß das Problem durch ein erneutes Einsperren gelöst werden könnte, wenn es tatsächlich im Gefängnis wieder hochgekommen ist. Aber das ist sehr weit hergeholt und außerdem schlecht zu realisieren. Denn wenn er dem Einsperren zustimmte, würde er sich nicht richtig eingesperrt fühlen, und kein Psychoanalytiker würde es wagen, ihn ohne sein Einverständnis zu inhaftieren.«

»Er würde einen Psychoanalytiker nicht einmal in seine Nähe kommen lassen. Wenn man das Wort nur erwähnt, regt er sich schon auf – er hält das alles für dummes Zeug.«

»Das ist es auch manchmal«, bestätigte Simon, »aber nicht immer. Daß er Vorurteile dagegen hat, ist schon bezeichnend. Übrigens, ich nehme an, du bist sicher, daß er nicht heimlich an etwas arbeitet?«

»Wie sollte er denn? Wir können direkt in das Pförtnerhaus hineinsehen, vorn und hinten sind Fenster, und er begibt sich meistens nicht einmal in die Nähe seines Schreibtisches. Er sitzt einfach nur da und liest alte Kriminalromane. Vor ein paar Wochen hat er unsere Hoffnungen geweckt – Topaz hat ihn schreiben sehen. Aber es stellte sich als ein Kreuzworträtsel heraus.«

»Er scheint selbst die Hauptfigur eines Kriminalromans zu sein«, bemerkte Simon. »›Der Fall des verborgenen Talents.‹ Ich wünschte, ich könnte ihn lösen. Ich würde so gern über ihn schreiben.«

Ich hatte nicht gewußt, daß er schrieb. Ich fragte ihn, was es denn sei.

»Oh, größtenteils Rezensionen, nur so nebenbei. Ich habe noch nicht viel veröffentlicht. Dein Vater wäre ein hervorragendes Thema. Wenn ich nur herausfinden könnte, wo der Hund begraben liegt!«

»Es wäre noch besser, wenn Sie den Hund ausgraben könnten«, antwortete ich.

»Na ja, ihn zu finden ist der erste Schritt.« Er legte sich ins Gras, schloß die Augen und dachte anscheinend nach. Ich nutzte die Gelegenheit, ihn mir genauer anzuschauen. Überrascht stellte ich fest, wie jung seine Haut aussah. Sie paßte gar nicht zu seinem Bart. Während unseres Gesprächs hatte er mir immer besser gefallen, und ich nahm mir vor, Rose viele positive Dinge über ihn zu erzählen. Erfreut bemerkte ich, daß er hübsche Ohren hat, denn Rose schätzt so etwas. Die Leute sehen mit geschlossenen Augen ganz anders aus, ihre Gesichtszüge wirken viel ausgeprägter. Simons Mund ist sehr ausgeprägt – ein interessanter Mund. Ich hörte mich selbst zu Rose sagen: »Weißt du, ich glaube, er ist vermutlich ein ganz aufregender Mann.«

Genau in diesem Moment schlug er die Augen auf und sagte: »Du magst ihn nicht, stimmt's?«

Ich spürte, wie ich rot wurde. »Wen?«

»Den Bart«, antwortete Simon. »Du hast dich gefragt, wie man nur einen Bart tragen kann. Oder du findest ihn so schrecklich, daß er dich schon wieder fasziniert. Also, was von beiden?«

»Ich muß sagen, ich gewöhne mich langsam daran.«

Er lachte und meinte, das sei erst recht erniedrigend, denn alle gewöhnten sich daran. »Außer mir selbst«, fügte er hinzu. »Jedesmal, wenn ich in den Spiegel schaue, bin ich verblüfft.«

»Wäre es unhöflich zu fragen, warum Sie ihn tragen?«

»Ich finde es ganz natürlich, daß du das fragst. Ich ließ ihn mir mit zweiundzwanzig wachsen, wegen einer Wette, und dann habe ich ihn aus purer Dickköpfigkeit stehenlassen. Er wirkte in einem Büro auf der Wall Street so herrlich fehl am Platz. Dort arbeitete ich mit einem Cousin meiner Mutter zusammen, und wir mochten uns nicht. Außerdem hatte ich das Gefühl, ein Bart verbände mich mit der Literatur. Aber vermutlich hat er eine tiefere, eher psychologische Bedeutung – sicher versuche ich, einen schlechten Charakter dahinter zu verbergen.«

»Es ist der schönste Bart, den ich je gesehen habe«, versicherte ich ihm. »Glauben Sie, daß Sie ihn irgendwann loswerden können?«

Aus irgendeinem Grund brachte ihn das zum Lachen. Dann sagte er: »Oh, in zehn, zwölf Jahren vielleicht. Sagen wir, wenn ich vierzig bin. Es muß wunderbar sein, eines Morgens ohne ihn aufzustehen und zwanzig Jahre jünger auszusehen. Mag deine Schwester ihn auch nicht?«

Ich überlegte schnell, ob er ihn um Roses willen abrasieren würde, wenn ich »Ja« sagte. Aber auf einmal war ich mir gar nicht mehr sicher, daß er mich störte.

»Das müssen Sie sie schon selbst fragen«, antwortete ich lachend.

Er blickte auf die Uhr und meinte, er könne leider nicht länger auf sie warten. »Neil holt mich um Viertel nach zwölf am Wirtshaus in Godsend ab. Hast du nicht Lust, mich ins Dorf zu begleiten?«

Er stand auf und streckte die Hand aus, um mich hochzuziehen. Dann schaute er zum Belmotte Tower hinauf. »Eigentlich wollte ich dich bitten, ihn mir zu zeigen«, sagte er, »aber dafür ist jetzt keine Zeit mehr. Aus der Nähe sieht er noch eindrucksvoller aus.«

»Haben Sie sich schon daran gewöhnt, daß er Ihnen jetzt gehört?« fragte ich.

»Aber er gehört mir ja nicht – zumindest für die nächsten dreißig Jahre nicht. Außerdem muß ich mich zuerst einmal daran gewöhnen, daß mir Scoatney gehört.«

Während wir den Hügel hinunterspazierten, erzählte ich ihm, wie ich mir seinen ersten Blick auf Scoatney vorgestellt hatte – damals im März.

»So groß es auch sein mag, für mich ist es geschrumpft«, stellte er fest.

»Wollen Sie damit sagen, Sie kannten es schon?«

»O ja, mit sieben war ich schon einmal dort. Vater hatte mich mitgenommen, als er den Streit mit Großvater beilegte. Dieser Streit brach leider erneut aus, als mein Vater amerikanischer Staatsbürger wurde.«

»Wußten Sie damals schon, daß Scoatney einmal Ihnen gehören würde?«

»Lieber Himmel, nein – zwischen Scoatney und mir standen sechs Menschenleben. Ich fand es allerdings damals wunderbar. Ich weiß noch, wie ich oben an der Treppe stand und auf meinen Großvater, meinen Vater, meine Onkel und einen Cousin in meinem Alter hinunterblickte. Und ich dachte: ›Wenn sie alle tot wären, würde Scoatney mir gehören.‹ Dann rannte ich kreischend ins Kinderzimmer, entsetzt über meine eigene Boshaftigkeit. Manchmal denke ich, damals habe ich all meine Verwandten verwünscht.«

»Das wäre ein ziemlich starker boshafter Wunsch für ein siebenjähriges Kind«, entgegnete ich.

Ich versuchte, ihn mir vorzustellen, klein und dunkel, auf der Treppe in Scoatney, von der aus ich den Tänzern zugeschaut hatte.

»Mein Großvater nannte mich ›den kleinen Yankee‹, was mich immer sehr ärgerte. Trotzdem fand ich ihn prima. Ich wünschte, ich hätte ihn vor seinem Tod noch einmal sehen können. Vielleicht hätte ich nicht warten dürfen, bis er einverstanden war, aber ich wollte mich ihm auch nicht aufdrängen.«

Dann erzählte er mir, daß die Situation besonders schwierig gewesen sei, da er nicht sicher gewußt habe, ob der alte Mr. Cotton ihm genug Geld hinterlassen würde, um

Scoatney weiterhin instand zu halten. Das Anwesen gilt als Erbgut, das Geld aber nicht, und ohne Geld hätte Simon das Haus verpachten und in Amerika bleiben müssen.

»Das muß sehr verwirrend gewesen sein«, sagte ich, »nicht zu wissen, ob man sich drüben niederlassen oder an eine Zukunft in England denken soll.«

»Du hast recht, es war tatsächlich verwirrend. Manchmal glaube ich, ich werde nie Klarheit darüber bekommen. Ich denke aber schon, daß ich hier seßhaft werden möchte. Das hätte ich allerdings auch schon gern gewußt, als ich dort oben auf der Treppe stand.«

Wir hatten den Zauntritt erreicht, der zur Zufahrt führte. Simon setzte sich für einen Moment auf den Zaun und betrachtete die Scheune.

»Wirklich herrlich«, stellte er fest. »Dieses wunderschöne, alte Holz. Sollte ich nicht das Dach reparieren lassen? Ich möchte ein guter Grundbesitzer sein.«

Ich entgegnete, das sei eigentlich unsere Aufgabe, da das in unserem Pachtvertrag stehe. Dann trafen sich unsere Blicke, und wir mußten beide lachen. »Sie werden doch nicht darauf zählen, daß wir es in diesem Jahr machen?« fügte ich hinzu.

Immer noch lachend half er mir über den Zaun. Dann sagte er:

»Hör mal, Cassandra, ich möchte, daß dein Vater etwas weiß, was ich ihm nicht selbst sagen möchte. Kannst du ihm vielleicht begreiflich machen, daß mir das Pachtgeld gleichgültig ist und immer gleichgültig sein wird, auch wenn er für den Rest seiner Pachtzeit keinen Penny mehr zahlen sollte? Er soll wissen, daß ich mich geehrt fühle, ihn als Pächter zu haben.«

»Ich würde ihn eher als Gast denn als Pächter bezeichnen«, erwiderte ich, und wir mußten wieder lachen. Dann dankte ich ihm und versprach, es Vater zu erklären.

»Aber diskret, hörst du? Er soll mich nicht für gnädig und gönnerhaft halten.«

»Aber ich finde es durchaus gnädig von Ihnen – im positiven Sinne von gnädig. Es gibt auch eine positive Form von Gönnerschaft. Vielleicht widmet Vater Ihnen als seinem ›Mäzen‹ sein nächstes Buch.«

»Was für ein kluges Mädchen du doch bist«, sagte er leise.

»Nicht zu ›gewollt naiv‹?«

Ich schwöre, daß ich es gesagt habe, ohne darüber nachzudenken – es rutschte mir einfach so heraus. Die Scheune war schuld – während wir uns unterhielten, betrachtete ich sie, und mir fiel jener Tag wieder ein, und ich dachte zufrieden, wie sich seitdem alles verändert hatte.

Er drehte sich hastig zu mir um. »Was meinst du damit?«

»Ach, nichts Besonderes«, antwortete ich zögernd. »Auf manche Leute wirke ich so.«

Wir gingen an der Scheune vorbei. In diesem Moment steckte Heloïse den Kopf aus dem Fenster, hinter dem ich an jenem Tag gesessen hatte, und begann, laut zu kläffen. Sie schläft oft auf der Spreu und spitzt dabei ein Ohr nach Ratten.

»Warst du damals dort oben?« fragte Simon.

Ich nickte. Wir liefen beide rot an.

»Wieviel hast du gehört?«

»Nur das über mich.«

Heloïse kam bellend aus der Scheune gestürmt, und ich hoffte, damit wäre das Thema beendet. Ich bückte mich, um sie zu kraulen, und brauchte ihm so nicht in die Augen zu blicken. Doch Heloïse hörte sofort zu kläffen auf. Simon bückte sich ebenfalls, um sie zu kraulen, und schaute mich über den Hund hinweg an.

»Ich schäme mich furchtbar«, sagte er. »Ich bin wirklich untröstlich.«

»Ach, Unsinn. Es hat mir ganz gutgetan«, verriet ich ihm.

»Du hast noch mehr gehört, stimmt's? Hast du mitbekommen, was ...«

Ich ließ ihn nicht ausreden. »Kommen Sie, sonst muß Ihr Bruder warten«, lenkte ich ab. »Lassen Sie mich nur schnell mein Tagebuch wegbringen.«

Ich rannte los, legte es in die Scheune und ließ mir für den Rückweg viel Zeit. Als ich wieder bei ihm war, begann ich entschlossen, über das Wetter zu reden.

»Ich kann mich nicht entsinnen, jemals einen so schönen Ersten Mai erlebt zu haben«, stellte ich fest. Dann rief ich nach Heloïse, die inzwischen davongelaufen war. Sie steckte den Kopf aus dem üppigen Bärenklau und sah aus wie eine Braut.

»Es ist, als wäre das ganze Land mit weißer Spitze überzogen«, sagte ich, während wir die Zufahrt entlangwanderten.

Simon blieb so lange still, daß ich dachte, er habe mich nicht gehört. Dann sagte er plötzlich:

»Was? Oh, ja – Entschuldigung. Ich habe versucht, mich zu erinnern, was ich damals über Rose gesagt haben könnte.«

Ich überlegte, wie ich ihn am überzeugendsten beruhigen konnte.

»Was immer es auch war, sie weiß nichts davon«, versicherte ich ihm schließlich.

Wenn ich mir Zeit lasse, kann ich sehr gut lügen. Er glaubte mir sofort.

»Wie reizend von dir, daß du es ihr nicht erzählt hast!«

Ich nahm mir vor, mich später vor Gott zu rechtfertigen, wie ich es bei gutgemeinten, nützlichen Lügen immer machte. Simon fing an, mir zu erläutern, warum sie »Rose völlig falsch eingeschätzt« hätten. »Das liegt daran, daß sie so originell ist«, erklärte er.

»Originell? Rose?«

»Ja, natürlich. Selbst bei ihrer Kleidung. Dieses extravagante rosa Kleid... Und sich einen echten Reifrock auszuleihen...«

»Das war...«, fing ich an und wollte sagen: Das war Topaz' Idee, fuhr dann aber fort: »... hübsch, nicht wahr?«

»Alles an ihr ist hübsch.« Er sprach noch die nächsten paar hundert Meter über Rose: Wie sehr sie sich von den durchschnittlichen modernen Mädchen unterscheide, und daß er sie deshalb nicht verstanden und für affektiert gehalten habe, wo sie doch so einzigartig sei. Alles, was sie mache, sei originell, selbst ihre Art zu tanzen und dabei eigene kleine Schritte zu erfinden. Und sie sei so intelligent – das sagte er freundlicherweise auch über mich –, und sie sei so geistreich (was ihre Familie offensichtlich noch nicht bemerkt hat). Und was ihr Aussehen betreffe – sie wäre in jeder Epoche der Geschichte eine gefeierte Schönheit gewesen.

Seiner Meinung über ihr Aussehen konnte ich mich ohne Probleme anschließen. Ich erzählte ihm, daß ich mir gut vorstellen könne, wie sie bei Glockengeläut in Bath eintrifft und

Beau Nash sie als die schönste Frau willkommen heißt. Das beeindruckte ihn ziemlich.

Wir unterhielten uns noch weiter über Rose, bis wir an dem Lärchenwäldchen vorüberspazierten. Dort blieben wir stehen und sprachen darüber, wie grün doch die Lärchen waren.

»Bald kommen die Glockenblumen raus – man kann die Keimlinge schon sehen«, sagte ich.

Simon schaute eine Minute lang versonnen in den Wald und fragte dann: »Was ist nur das Besondere an der englischen Landschaft? Warum sieht man ihre Schönheit nicht einfach nur, sondern fühlt sich von ihr derart berührt?«

Er klang ein bißchen traurig. Vielleicht stimmt ihn Schönheit traurig – bei mir ist das manchmal auch so. Einmal, als ich noch klein war, fragte ich Vater, warum das so sei. Er erklärte mir, das läge daran, daß uns die Vergänglichkeit der Schönheit so bewußt sei und uns daran erinnere, daß wir alle einmal sterben müßten. Dann fügte er hinzu, daß ich wahrscheinlich noch zu klein sei, um ihn zu verstehen, doch ich verstand ihn sehr gut.

Während wir weitergingen, fragte ich Simon über die amerikanischen Landschaften aus, und er beschrieb mir einige der alten Dörfer Neuenglands. Sie machten auf mich einen angenehmen Eindruck: sehr sauber und hell und viel ausgedehnter als unsere Dörfer, mit breiten Straßen und schattenspendenden Bäumen. Und er erzählte mir von kleinen Orten an der Küste von Maine, wo er oft seine Ferien verbracht hatte. Obwohl er ein perfektes britisches Englisch spricht, habe ich festgestellt, daß er oft typisch amerikanische Ausdrücke verwendet, die sich von unseren britisch unterscheiden. Er wirkt sehr viel amerikanischer, wenn er mit mir zusammen ist, als wenn er mit Vater spricht, und er wirkt auch sehr viel jünger. In Vaters Gegenwart wählt er seine Worte so genau, daß er ziemlich pedantisch und gesetzt klingt, aber bei mir benahm er sich fast wie ein Junge.

»Sieh nur, der Frühling ist endgültig da«, stellte ich fest, als wir die Kreuzung erreichten. (Inzwischen durfte ich ihn duzen.) Die Knospen an den Hecken waren noch fest verschlossen, aber an dem Baum neben dem Wegweiser sah ich schon Dutzende, die sich bereits geöffnet hatten. Der Mai hat auf mich eine große Wirkung – einmal verbrachte ich mehrere Stunden damit, eine einzige Blüte zu beschreiben. Doch ich kam über »treuherziges Blümlein, kätzchengleich« nicht hinaus, und das bleibt einem in der Kehle stecken.

»›Das Land so froh und grün, wenn im Mai die Bäume blüh'n‹«, zitierte Simon. »Dieses Gedicht gibt mir immer das Gefühl, daß die Leute in der elisabethanischen Zeit in ewigem Frühling lebten.«

Dann rezitierten wir zusammen den Rest des Gedichtes, und als wir bei

Die junge Liebe erwacht, alt' Frauen sitzen im Sonnenschein,
Der Frühling kommt mit seinen Melodien zur Stadt herein –
Kuckuck, tschilp-tschilp, gurruh, gurruh!

angelangt waren, erreichten wir das Dorf.

»Hörst du irgendwelche Vögel, die so zwitschern?« fragte ich.

»Laß uns mal lauschen«, schlug Simon vor.

Also lauschten wir. Und konnten folgendes hören:

Jemand hämmerte.
Eine Henne kündigte ein Ei an.
Ein Radio in einer Hütte wies auf die British Broadcasting Corporation hin.
Die Pumpe auf der Dorfwiese schepperte.

Eigentlich alles recht häßliche Geräusche. Doch die Kirchenglocke, die zur Viertelstunde schlug, vereinte sie alle zu einem einzigen, angenehmen Dorfgeräusch, das durch die milde Frühlingsluft wehte. Doch Heloïse zerstörte es, weil sie mit den Ohren um sich schlug, nachdem sie sich auf dem Rasen herumgewälzt hatte.

»Und was kannst du riechen?« fragte ich Simon.

Wir zählten auf:

Rauch von brennendem Holz.
Bauernhofgerüche, die mit Windstößen herübergeweht wurden (wir teilten sie auf in:
Stroh, Heu, Pferde, saubere Kühe – gut.
Mist, Schweine, Hühner, alter Kohl – schlecht, aber erträglich, solange sie nur in Wölkchen herüberkommen).
Eine herrliche Pastete, die irgendwo gebacken wurde.
Der süßliche, reine Duft, den man nicht unbedingt Blumen, Gras oder sonst etwas zuordnen kann, sondern der einfach nur frische Landluft ist – wenn man nicht darauf achtet, bemerkt man sie gar nicht.

»Ich wüßte gern, was Heloïse wohl außerdem noch alles riecht«, sagte Simon.

»Mal sehen – was konnte Chestertons Hund Quoodle riechen? Wasser, Stein, Tau, Donner.«

»Und Sonntagmorgende – er hatte absolut recht damit, daß sie einen ganz eigenen Geruch haben«, fügte Simon hinzu. Ach, es ist herrlich, mit jemandem zusammenzusein, der dieselben Gedichte kennt wie man selbst! Ich hätte Simon wirklich gern als Schwager.

Wir überquerten den Rasen und bogen in die kurze Gasse ein, die zum hübschesten Teil von Godsend führt. Die normannische (und vielleicht auch ein bißchen angelsächsische) Kirche steht auf der einen Seite der Gasse zwischen dem Pfarrhaus aus Queen Annes Zeit und Miss Marcys kleinem Schulhaus aus dem achtzehnten Jahrhundert. Das Wirtshaus »The Keys« befindet sich gegenüber, aber da die Gasse an dieser Stelle eine Biegung macht, scheinen sie alle zusammen zu stehen. Topaz nennt das eine schöne »Gestaltung«. »The Keys« ist cremefarben gestrichen und hat sehr unregelmäßige Giebel. Daneben steht eine riesige Kastanie.

Sie blüht zwar noch nicht, aber die Blätter gedeihen prächtig. Sie sahen ganz frisch und leuchtend grün aus, und einige der klebrigen Knospen waren noch geschlossen. Vor dem Wirtshaus steht eine Bank mit einem langen Tisch, der teilweise von der Kastanie überschattet wird – und dort saßen, Ingwerbier in Steinflaschen vor sich, Rose und Neil.

Es stellte sich heraus, daß Rose über die Felder von Four Stones herübergelaufen war, um im Postladen ein Stück parfümierte Seife zu kaufen (Topaz gibt uns jede Woche einen Shilling Taschengeld, solange die zwanzig Pfund des Pfarrers reichen). Dort hatte sie Neil getroffen, der sich gerade Zigaretten besorgte.

»Und als ich ihr erzählte, daß du bald kämest, wollte sie

gern auf dich warten«, erklärte er Simon. Vielleicht bildete ich es mir ein, aber er klang ein bißchen spöttisch.

Wir setzten uns. Simon nahm neben Rose Platz. Neil fragte mich, was ich trinken wolle. Ich wollte schon »Limonade« sagen, doch dann kam mir eine verrückte Idee. »Könnte ich wohl einen Kirschlikör haben? Ich wollte ihn schon immer mal probieren.«

»Vor dem Mittagessen trinkt man keinen Likör«, protestierte Rose und tat sehr erwachsen.

»Wenn sie doch möchte...«, gab Neil zurück und ging hinein. Rose zuckte theatralisch mit den Schultern und wandte sich Simon zu. Er schien sich sehr zu freuen, sie zu sehen. Nach ein paar Minuten schlug er vor, daß wir alle dort zu Mittag essen sollten, und rief Neil zu, er solle es arrangieren.

Normalerweise serviert Mrs. Jakes nur Käsebrote, doch sie hatte auch kalte Würstchen, Honig und Kuchen für uns da. Neil aß seine Wurst mit Honig, was mich faszinierte – aber an diesem Tag faszinierte mich beinahe alles. Kirschlikör schmeckt wirklich köstlich.

Aber ich glaube nicht, daß meine beschwingte Zufriedenheit nur von dem Kirschlikör herrührte – die Gläser sind ziemlich klein. (Für den Durst trank ich noch eine Limonade.) Ich fand alles zusammen so schön – draußen zu essen, den Sonnenschein, den Himmel über der Kastanie, Neil, der so nett zu mir war, und Simon, der zu Rose mehr als nett war. Aber natürlich trug der Kirschlikör auch dazu bei.

Während Neil mir mein zweites Glas holte, betrachtete ich Rose. Sie trug ihr ältestes Kleid aus verwaschener, blauer Baumwolle, aber zu dieser Gelegenheit paßte es ausgezeichnet. Hinter ihrem Kopf streckte sich ein Zweig der Kastanie aus, und während ich Rose beobachtete, verfing sich eine Strähne ihres hellen Haars hinter einem Blatt.

»Stört dich dieser Zweig? « fragte Simon sie. »Möchtest du, daß wir die Plätze tauschen? Hoffentlich nicht, denn dein Haar sieht vor den Blättern wunderschön aus.«

Ich freute mich, daß er es bemerkt hatte.

Rose antwortete, der Zweig störe sie nicht im geringsten.

Als Neil mit meinem zweiten Kirschlikör zurückkam, sagte sie: »Jetzt, wo wir mit dem Mittagessen fertig sind, nehme ich auch einen.« Ich hatte mir schon gedacht, daß sie mich um meinen beneidet hatte. Doch dann rief sie Neil nach: »Nein – ich nehme lieber einen Pfefferminzlikör.« Das überraschte mich, denn wir probierten ihn einmal bei Tante Millicent und fanden ihn abscheulich. Doch als sie ihn bekam, wußte ich, warum sie ihn bestellt hatte: Sie hielt das Glas immer wieder nach oben, damit sich das Grün wunderbar von ihrem Haar abhob, obwohl es natürlich überhaupt nicht zu den Kastanienblättern paßte. Ich stellte fest, daß sie sich noch nie so affektiert benommen hatte, doch Simon schien völlig von ihr verzaubert zu sein. Neil nicht – er zwinkerte mir einmal zu und sagte: »Gleich setzt deine Schwester den Drink als Hut auf.«

Neil ist wirklich amüsant – das liegt jedoch eher an der lakonischen Art, wie er etwas sagt, als daran, was er sagt. Manchmal klingt er fast grimmig, und trotzdem weiß man, daß er nur scherzt. Das nennt man wahrscheinlich flachsen. Rose hatte recht, als sie meinte, für ihn sei England ein Witz, ein lustiges Spielzeug. Aber im Gegensatz zu ihr glaube ich nicht, daß er es verachtet, er nimmt es nur einfach nicht ernst. Es überrascht mich, daß Rose sich so davon angegriffen fühlt, denn sie liebt England nicht so wie ich. Oh, nicht Flaggen und Kipling und Außenposten des Empire oder so etwas, sondern die Landschaften und London und Häuser wie Scoatney. Käsebrote in einem Wirtshaus zu essen, das empfinde ich als wunderbar englisch – obwohl es durch die Liköre ein bißchen zu vornehm wurde. Mrs. Jakes besitzt diese zwei Flaschen, solange ich denken kann, und beide immer bis obenhin gefüllt.

Wir saßen da und unterhielten uns, bis die Kirchenglocke zwei schlug, und dann geschah das Schönste von allem: Miss Marcy begann mit einer Gesangstunde. Die Fenster der Schule standen offen, und die Stimmen der Kinder schallten heraus, hoch und klar. Sie sangen im Kanon – zuerst »My dame hath a lame, tame crane«, dann »Now Robin lend to me thy bow«, und danach »Sumer is icumen in«, mein Lieblingslied. Ich lernte es in einer Unterrichtsstunde über Chaucer und Langland, und das war eines der wenigen Male, als ich mich wahrhaft in die Vergangenheit zurückversetzt fühlte. Während ich Miss Marcys Schülern beim Singen zuhörte, wirbelte alles zugleich in meinem Kopf herum – England im Mittelalter, ich im Alter von zehn Jahren, die vergangenen Sommer und der Sommer, der nun bevorstand. Ich glaube, ich habe mich noch nie glücklicher gefühlt als in diesem Moment – und während ich mir das klarmachte, sagte Simon plötzlich:

»Habt ihr jemals etwas so Schönes erlebt?«

»Laßt uns den Kindern Limonade bringen«, schlug Neil vor. Also holten wir zwei Dutzend Flaschen und brachten sie hinüber. Miss Marcy fiel fast in Ohnmacht vor Verzückung und stellte den Kindern Simon als den »Gutsherrn von Godsend und Scoatney« vor.

»Los, du mußt eine Rede halten«, flüsterte ich ihm zu. Er nahm mich beim Wort und warf mir einen gequälten Blick zu. Dann sagte er den Kindern, wie sehr ihm ihr Gesang gefallen habe und daß er hoffe, sie würden alle eines Tages nach Scoatney kommen und seiner Mutter etwas vorsingen. Alle klatschten, bis auf ein kleines Kind, das sich unter dem Tisch versteckte. Wahrscheinlich fürchtete es sich vor seinem Bart.

Danach verabschiedeten wir uns. Die Cottons boten an, uns nach Hause zu fahren. Neil bezahlte bei Mrs. Jakes, und ich holte Heloïse aus der Küche. Sie hatte sich den Bauch mit Wurst vollgeschlagen. Als ich zurückkam, lehnte Simon an der Kastanie und betrachtete das Schulhaus.

»Schau dir mal das Fenster dort oben an«, sagte er.

Er wies auf ein ziemlich großes Fenster mit einem Rundbogen. Auf der inneren Fensterbank stand eine üppige Hyazinthe, deren weiße Wurzeln im Wasser wuchsen, ein Marmeladenglas mit Kaulquappen und ein Igel.

»Man müßte es malen«, sagte ich.

»Genau das habe ich auch gerade gedacht. Wenn ich ein Künstler wäre, würde ich immer nur Fenster malen.«

Ich betrachtete die Fassade des Wirtshauses. »Da ist noch ein schönes Motiv«, stellte ich fest.

Neben dem schaukelnden Wirtshausschild mit den gekreuzten, goldenen Schlüsseln stand ein Gitterfenster mit rautenförmigen Scheiben und dunkelroten Vorhängen offen. Dahinter sah man eine kleine Waschschüssel mit Zweigmuster und passendem Krug und den Messingknauf und die schmiedeeiserne Stange eines Bettgestells. Man hätte auch das prima malen können.

»Wohin man sich auch wendet...« Simon blickte sich um, als wollte er sich alles genau einprägen.

Die Haushälterin des Pfarrers ließ wegen der Sonne die Rolläden herunter, und so sah es aus, als schließe das Pfarrhaus die Augen. (Mrs. Jakes hatte uns erzählt, daß der Pfarrer unterwegs sei, sonst hätten wir ihn besucht.) Miss Marcys Schüler verhielten sich mucksmäuschenstill – wahrscheinlich nuckelten sie alle an ihrer Limonade. Alles wirkte ruhig und friedlich. Dann schlug die Kirchenglocke zur halben Stunde, eine weiße Taube setzte sich flatternd über dem offenen Fenster auf das Dach des Wirtshauses, und Neil ließ den Wagen an.

»Findet du es nicht wunderschön hier?« fragte Simon ihn, während wir zu ihm hinüberschlenderten.

»Ja, wie auf einem Bild«, antwortete Neil. »Diese Bilder, die man immer auf Puzzles sieht.«

»Du bist unverbesserlich«, stellte ich lachend fest. Natürlich verstand ich, was er meinte. Aber kein kitschiges Puzzlebild kann es jemals mit der Schönheit eines Dorfes wie Godsend aufnehmen.

Rose setzte sich mit Simon nach hinten, Heloïse und ich saßen vorn. Eine Zeitlang legte Neil seinen Arm um sie. »Meine Güte, sie hat wirklich Sex-Appeal«, behauptete er. Dann sagte er zu ihr, sie sei ja ein süßes Hündchen, solle aber bitte nicht seine Ohren waschen. Seine Worte hielten sie allerdings keineswegs davon ab. Heloïse kann kein Ohr in Zungenreichweite sehen, ohne daran zu schlecken.

Als wir unsere Burg erreichten, bat ich Neil und Simon aus Höflichkeit zu uns herein, doch Neil hatte für Simon einen Termin mit dem Makler von Scoatney ausgemacht. Simon ist sehr darauf bedacht, alles über das Anwesen zu erfahren, aber der landwirtschaftliche Teil ist offensichtlich etwas ungewohnt für ihn. Für Neil nicht – was schade ist, da er nicht in England bleiben wird.

»Hat Simon etwas darüber gesagt, wann sie uns wiedersehen wollen?« fragte ich Rose, als wir ihnen nachblickten.

»Keine Sorge, sie werden schon kommen.« Sie sagte es ziemlich verächtlich, was mich ärgerte, weil die Cottons so nett zu uns gewesen waren.

»Du bist ganz schön überheblich, findest du nicht?« Dann fiel mir etwas ein. »O Rose, du nimmst ihnen doch nicht immer noch übel, was sie damals über dich gesagt haben?«

»Ich nehme es nur Neil übel. Er ist mein Feind.« Sie warf dramatisch den Kopf nach hinten.

Ich sagte, das sei doch Unsinn.

»Es stimmt aber – er hat es mir heute morgen, bevor ihr kamt, deutlich zu verstehen gegeben. Er meinte, er hoffe noch immer, daß Simon mit ihm nach Amerika zurückgeht.«

»Deshalb ist er doch nicht gleich dein Feind«, wiegelte ich ab. Ich muß allerdings zugeben, daß er sich ihr gegenüber tatsächlich ein bißchen feindselig verhält. Simon wird vermutlich in England bleiben, weil ihm Scoatney gehört, aber falls er ein englisches Mädchen heiratete, wäre das wohl ein ebenso wichtiger Grund.

»Doch, das ist er, und ich hasse ihn. Aber er darf mir nicht dazwischenfunken.« Sie war ganz rot im Gesicht und hatte einen verzweifelten Blick – ein Blick, für den ich mich schämte.

»O Rose, sei dir nicht so sicher«, bat ich sie. »Simon hat vielleicht gar nicht vor, dir einen Heiratsantrag zu machen. Amerikanische Männer sind daran gewöhnt, mit Mädchen nur befreundet zu sein. Und wahrscheinlich finden sie uns zu witzig zum Heiraten. So wie Neil England witzig findet.«

»Neil soll zur Hölle fahren!« rief sie aufgebracht. Natürlich sah ich sie lieber wütend als verzweifelt – ich mußte daran denken, wie sie einmal einen Bullen verjagte, der uns verfolgte. (Er erwies sich als eine ziemlich ungewöhnlich aussehende Kuh.) Bei dem Gedanken daran empfand ich eine tiefe Zuneigung zu ihr. Deshalb erzählte ich ihr alles, was Simon auf unserem Spaziergang nach Godsend über sie gesagt hatte. Und sie mußte mir versprechen, ihm niemals zu verraten, daß ich ihn angelogen hatte, selbst wenn sie ihn heiraten sollte. Er soll es auf gar keinen Fall erfahren, obwohl ich es ja nur gut meinte. Oh, mir wird immer klarer, daß ich Rose nicht hätte erzählen dürfen, was ich mit angehört hatte. Es hat sie nicht nur veranlaßt, Neil zu hassen, sondern hat sie auch besonders verbissen gegenüber der Sache mit Simon werden lassen – sie wird ihn heiraten oder zerbrechen.

Als wir ins Haus traten, lag Topaz auf dem Fenstersitz im Salon und schlief. Sie sah aus, als ob sie geweint hätte, wachte aber recht fröhlich auf und sagte, unser Mittagessen stehe zwischen den Blechen im Ofen (wir sparten es uns zum Tee auf). Nachdem wir ihr alles über unsere Begegnung mit den Cottons erzählt hatten, sagte sie:

»Wie sollen wir uns nur für ihre Großzügigkeit revanchieren? Das frage ich mich schon seit dem Abend in Scoatney. Wir können sie unmöglich zum Abendessen einladen – aber wie wär's denn mit einem Picknick?«

»Nein, das würden wir sowieso nicht hinkriegen«, widersprach Rose. »Wir brauchen überhaupt nichts zu tun – sollen sie uns doch nachlaufen.«

Sie verschwand nach oben. Topaz sagte: »Nimm es ihr nicht übel. Wenn Mädchen zum ersten Mal ihre Macht spüren, benehmen sie sich häufig so.« Dann gähnte sie derart ausgiebig, daß ich sie weiterschlafen ließ.

Ich holte mein Tagebuch aus der Scheune, und prompt fiel mir Leda Fox-Cottons Umschlag für Stephen in die Hände. Ich ermahnte mich, daß es lächerlich sei, einen solchen Groll deswegen zu hegen, und nahm mir vor, Stephen gar nicht darauf anzusprechen. Ich beschloß, den Umschlag einfach irgendwo hinzulegen, wo er ihn nach der Arbeit ganz sicher finden würde. Vielleicht wollte er nicht, daß die anderen ihn sahen. Rose würde sicher darüber spotten. Also brachte ich ihn in Stephens Zimmer. Ich kann mich nicht erinnern, daß ich seit unserem ersten Erkundungsgang durch die Burg, als sich dort noch der Hühnerstall befand, noch einmal dagewesen wäre. Vater hat daraus zwei kleine Zimmer gemacht, in denen Stephen und seine Mutter wohnten – ihres benutzen wir jetzt als Vorratsraum.

Als ich Stephens Tür öffnete, war ich schockiert über die Dunkelheit und Feuchtigkeit im Zimmer. Das schmale Fenster war fast völlig von Efeu überwuchert, und die weiße Tünche an den Wänden sah fleckig aus und blätterte ab. Ein schmales, durchhängendes Bett, sehr ordentlich gemacht, und eine ehemals weiße Kommode standen in dem Raum. Aus den Schubladen, deren Griffe fehlten, ragten statt dessen Schrauben hervor. An der Wand hingen drei Kleiderhaken. Auf der Kommode lag ein Kamm genau zwischen einem Foto, das seine Mutter mit ihm als Baby auf dem Arm zeigte, und einem Schnappschuß von mir – beide in viel zu großen Aluminiumrahmen. Neben dem Bett befand sich eine alte Holzkiste mit einem Exemplar von *Jakobs Kampf*, das Vater ihm einmal vor Jahren geschenkt hatte, und einem Band von Swinburne. (Oje, hat Stephen sich jetzt auf Swinburne verlegt?) Und das war auch schon alles – kein Teppich, kein Stuhl. Im Zimmer roch es feucht und erdig. Es ähnelte keinem der übrigen Räume in der Burg, so wie sie jetzt ist, sondern der Küche, wie wir sie damals vorfanden. Ob Stephen wohl von den Geistern toter Hühner verfolgt wird?

Ich betrachtete lange das Foto von Mrs. Colly und erinnerte mich daran, wie gut sie in den Jahren nach Mutters Tod zu uns gewesen war. Und ich dachte daran, wie ich sie im Cottage Hospital besucht hatte und dann Vater dabei helfen mußte, Stephen klarzumachen, daß sie nicht wieder gesund werden würde. Er sagte nur: »Das ist schlecht. Danke, Sir. Ist das alles?« und ging in sein Zimmer. Nach ihrem Tod glaubte ich, er müsse sich sehr einsam fühlen, und las ihm jeden Abend in der Küche etwas vor. Wahrscheinlich fand ich es toll, laut zu lesen. In der Zeit begann Stephen, sich für Gedichte zu interessieren. Im Jahr danach heiratete Vater Topaz, und in all der Aufregung hörten meine Abende mit Stephen auf. Ich hatte sie ganz vergessen, bis ich vor dem Foto seiner Mutter stand. Ich bildete mir ein, daß sie mich vorwurfsvoll ansah, weil ich ihren Sohn nicht besser behandelt hatte. Und ich überlegte, ob ich irgend etwas tun konnte, um sein Zimmer zu verschönern. Ich könnte ihm Vorhänge nähen, wenn Topaz Geld für den Stoff übrig hätte. Andererseits ist das efeubewachsene Fenster noch das Schönste am ganzen Zimmer, deshalb wäre es schade, es zu verbergen. Und außerdem hatte ich immer noch im Hinterkopf, daß ich nicht allzu nett zu Stephen sein durfte, daß es ihm gegenüber fairer wäre, wenn ich ihn resolut behandelte. Ich blickte Mrs. Colly in die Augen und sagte in Gedanken zu ihr: »Ich tue mein Bestes – wirklich.«

Dann beschloß ich, daß Stephen besser nicht wissen sollte, daß ich in seinem Zimmer gewesen war. Keine Ahnung, warum – vielleicht, weil Schlafzimmer etwas sehr Privates sind. Und es würde ihm vermutlich nicht gefallen, daß ich diesen armseligen kleinen Ort kenne. Ich blickte mich ein letztes Mal um. Die Nachmittagssonne bahnte sich ihren Weg durch das Efeu, so daß alles in ein grünes Licht getaucht wurde. Die Kleider an der Wand sahen alt, fast tot aus. Wenn ich den Brief dagelassen hätte, wäre Stephen darauf gekommen, daß ich ihn dort hingelegt habe. Also drückte ich ihm den Brief einfach in die Hand, als er von der Arbeit nach Hause kam. Ich erklärte ihm mit gleichgültiger Stimme, wie ich daran gekommen war, und rannte dann nach oben. Er sagte nichts dazu, sondern dankte mir nur. Ich weiß immer noch nicht, ob er hinfahren will.

Als ich am Abend im Salon in meinem Tagebuch schrieb, kam Vater herein. Ich war so vertieft gewesen, daß ich seine Ankunft in der Burg gar nicht mitbekommen hatte.

»Hallo! Sind deine Geschäfte gut gelaufen?« erkundigte ich mich höflich.

Er antwortete: »Geschäfte? Wieso Geschäfte? Ich war im British Museum.« Dann griff er impulsiv nach meinem Tagebuch. Ich zog es weg und blickte ihn erstaunt an.

»Meine Güte, ich hatte nicht vor, meine Nase in deine Geheimnisse zu stecken«, versicherte er. »Ich wollte mir nur deine Schnellschrift anschauen. Wenn es dir lieber ist, schreibe mir doch einen Beispielsatz auf – schreib ›Gott schütze den König.‹«

Ich fand, er könnte sich ebensogut das Tagebuch ansehen, wählte aber eine unverfängliche Seite aus, falls er besser als Simon raten konnte. Er blickte angestrengt auf die Seite, zog die Kerze dichter heran und bat mich, ihm die Symbole zu erklären, die ich für bestimmte Wörter verwendete.

»Es gibt keine«, erwiderte ich. »Das sind fast nur Abkürzungen.«

»Das ist zu nichts nütze«, sagte er ungeduldig und schob das Buch von sich weg. Dann marschierte er in Richtung Pförtnerhaus.

Ich ging in die Küche, wo Topaz für ihn Schinkensandwiches zubereitete. Sie sagte, er habe nicht ein Wort darüber verloren, was er den ganzen Tag gemacht habe.

»Auf jeden Fall war er nicht bei Mrs. Cotton, sondern im British Museum«, erzählte ich.

»Das beweist doch gar nichts«, antwortete sie trübsinnig. »Dorthin geht man doch nur, um sich mit jemandem zu treffen. Ich habe mich selbst einmal dort mit ihm getroffen. Im Mumienzimmer.«

Sie brachte ihm die Sandwiches ins Pförtnerhaus. Er hatte sie darum gebeten. Als sie zurückkam, sagte sie:

»Cassandra, jetzt wird er völlig verrückt. Er hat sich Millimeterpapier an den Schreibtisch geheftet und gesagt, ich soll Thomas bitten, ihm einen Zirkel zu leihen. Und als ich antwortete, daß Thomas schon schlafe, sagte er: ›Dann bring mir eine Ziege. Ach, geh schlafen, geh schlafen.‹ Will er jetzt wirklich eine Ziege?«

»Natürlich nicht«, lachte ich. »Das ist nur so ein dummer Spruch – ›Ziegen und Zirkel‹. Weißt du, Wirtshäuser heißen manchmal so. Ich habe diesen Spruch auch schon von ihm gehört und finde ihn nicht besonders witzig.«

Sie schaute mich enttäuscht an. Wahrscheinlich hätte es ihr sogar Spaß gemacht, mitten in der Nacht eine Ziege herbeizuschaffen.

Einige Minuten später stürmte Vater in die Küche und brüllte, er müsse unbedingt den Zirkel haben, auch wenn wir Thomas dafür wecken müßten. Doch ich schlich mich in sein Zimmer und schaffte es, den Zirkel aus seinem Tornister zu holen, ohne ihn wachzumachen. Vater verschwand wieder damit. Es wurde drei Uhr, bevor er schließlich aus dem Pförtnerhaus zurückkehrte. Ich hörte die Kirchenglocke schlagen, nachdem er Heloïse geweckt hatte, die einen Höllenlärm veranstaltete. Da sitzt er bis drei Uhr morgens am Schreibtisch und spielt mit Millimeterpapier und Zirkel herum! Manchmal könnte ich ihn wirklich schlagen.

X

Oh, wie gern würde ich die Neuigkeiten sofort ausposaunen! Aber ich werde mich zurückhalten. Dies ist eine gute Gelegenheit, mir selbst die Kunst des Spannungsaufbaus beizubringen.

Nachdem wir im Dorf gemeinsam zu Mittag gegessen hatten, hörten wir fast zwei Wochen nichts von den Cottons. Allerdings rechneten wir auch nicht damit, weil sie noch in London weilten. Und als ich den Tag in meinem Tagebuch beschrieb, war es fast so, als würde ich ihn noch einmal erleben, deshalb war ich ganz zufrieden. Außerdem brauchte ich sehr lange dafür. Topaz entwickelte eine regelrechte Wasch-, Putz- und Flickmanie, und sie brauchte meine Hilfe.

Meistens konnte ich nur abends im Bett schreiben. Das hielt mich immerhin davon ab, Rose zum Reden zu bewegen. Nicht, daß sie das gewollt hätte. Sie unternahm statt dessen lieber lange, einsame Spaziergänge. Merkwürdig, daß sie diese Lust, allein zu sein, immer genau dann überkommt, wenn wir einen Hausputz veranstalten wollen!

Den Eintrag über den Ersten Mai beendete ich am zweiten Samstag danach. Und sofort überkam mich das Gefühl, daß etwas Neues passieren müsse. Ich blickte zu Rose im Himmelbett hinüber und fragte sie, ob sie wisse, wann genau die Cottons zurückkämen.

»Oh, sie sind schon zurück«, antwortete sie beiläufig.

Sie hatte es am Morgen in Godsend erfahren – und für sich behalten.

»Ich würde aber nicht damit rechnen, sie bald zu sehen«, fügte sie hinzu. »Neil wird Simon so lange von mir fernhalten, wie er nur kann.«

»Ach, Unsinn«, sagte ich, obwohl ich allmählich auch glaubte, daß Neil sie nicht mochte. Ich versuchte, mehr aus ihr herauszubekommen – ich hätte mich zu gern mal wieder aufregenden Zukunftsvisionen hingegeben –, doch Rose blieb ziemlich verschlossen. Und ich konnte sie gut verstehen. Wenn einem eine Sache besonders wichtig ist, sollte man sie nicht durch solche Zukunftsvisionen gefährden.

Am nächsten Tag, also am Sonntag, geschah etwas, das die Cottons für eine Weile aus meinen Gedanken vertrieb. Als ich morgens nach unten kam, erzählte mir Topaz, daß Stephen nach London gefahren sei. Er hatte niemandem ein Sterbenswörtchen gesagt. Sie kam nur zufällig in die Küche, um Frühstück zu machen, als er sich gerade auf den Weg machen wollte.

»Er wirkte sehr ruhig und gefaßt«, sagte sie. »Ich fragte ihn, ob er keine Angst habe, sich zu verlaufen. Er antwortete, dann würde er sich ein Taxi nehmen. Aber das sei bestimmt nicht nötig, denn Miss Marcy habe ihm genau erklärt, welche Busse er nehmen müsse.«

Plötzlich war ich wütend darüber, daß er mit Miss Marcy darüber gesprochen hatte, während er vor uns so ein Geheimnis daraus gemacht hatte.

»Ich finde diese Mrs. Fox-Cotton ganz abscheulich«, bemerkte ich.

»Ich habe ihm geraten, sich in acht zu nehmen«, sagte Topaz. »Vielleicht hat sie ja wirklich nur ein professionelles

Interesse an ihm. Wobei ich sagen muß, daß ich da so meine Zweifel habe.«

»Du meinst, sie will vielleicht mit ihm ins Bett gehen?« fragte ich atemlos. Plötzlich war mir klar, warum es mich so störte, daß er zu ihr fuhr.

»Na ja, früher oder später wird das wohl jemand wollen. Aber ich fände es besser, wenn es ein nettes Mädchen aus dem Dorf wäre. Du brauchst gar nicht so entsetzt zu gucken, Cassandra. Gönnst du es ihm denn nicht?«

Ich antwortete, es mache mir nichts aus, solange dieser Jemand gut genug für ihn sei.

Sie blickte mich neugierig an. »Findest du ihn denn gar nicht attraktiv? In deinem Alter hätte ich ihm nicht eine Minute lang widerstehen können. Bei so einem Aussehen! Und es ist natürlich nicht nur das.«

»Oh, ich weiß, er hat einen guten Charakter«, sagte ich.

»Das meinte ich nicht«, lachte Topaz. »Aber ich habe deinem Vater versprochen, dir keine Flausen über Stephen in den Kopf zu setzen. Also belassen wir es lieber dabei.«

Ich wußte genau, was sie gemeint hatte. Aber wenn Stephen körperlich so attraktiv ist, warum wirkt es dann auf mich nicht? Nicht richtig? Oder wirkte es womöglich doch?

Nach dem Frühstück ging ich in die Kirche. Der Pfarrer entdeckte mich von der Kanzel aus und machte ein erstauntes Gesicht. Nachher, als ich gerade Heloïse von ihrem Nickerchen auf einem der ältesten Grabsteine weckte, kam er zu mir herüber.

»Darf ich aus dieser angenehmen Überraschung schließen, daß es einen bestimmten Grund für deinen Besuch in unserem Gotteshaus gibt?« wollte er wissen. Den gab es natürlich nicht, obwohl ich die Gelegenheit genutzt hatte, um für Rose zu beten. Ich halte Kirchengebete zwar nicht für besonders wirkungsvoll, aber ich wollte auch nicht umsonst auf diesen harten Betkissen gekniet haben.

»Nein, ich wollte nur mal kurz hereinschauen«, antwortete ich lahm.

»Na, dann komm und trink ein Glas Sherry mit mir«, schlug er vor, »und schau dir an, wie gut sich die Colliedecke auf meinem Sofa macht.«

Doch ich erwiderte ihm, ich müsse unbedingt mit Miss Marcy sprechen, denn darin bestand der eigentliche Grund für mein Kommen.

Zum Glück kam sie sofort auf das Thema zu sprechen, auf das ich hinauswollte.

»Ist das nicht wunderbar für Stephen?« begann sie und zwinkerte entzückt. »Fünf Guineen für nur einen Tag! Fast sechs, wenn er das Taxigeld spart, das sie ihm geschickt hat. Wie aufmerksam von ihr – Mrs. Fox-Cotton muß wirklich sehr nett sein.«

Ich erfuhr weiter nichts Interessantes. Stephen hatte sich von ihr einen Reiseführer für London ausleihen wollen. In der Bücherei gab es keinen, aber sie selbst hatte ihm Ratschläge geben können. Als ich mich von ihr verabschiedete, plapperte sie noch immer über die wundervolle Chance für Stephen und über Mrs. Fox-Cottons Großzügigkeit. Miss Marcy ist ja auch keine Frau von Welt wie Topaz und ich.

Stephen kehrte erst spät am Abend zurück.

»Na, wie war's?« fragte Topaz ihn – sehr zu meiner Erleichterung, denn ich hatte mir vorgenommen, ihn nicht auszufragen. Er antwortete, er habe den richtigen Bus genommen und sich nur einmal verlaufen, als er das Haus gesucht habe. Mrs. Fox-Cotton habe ihn zum Bahnhof zurückgefahren und ihm auf dem Weg dorthin London gezeigt. »Sie war sehr nett«, fügte er hinzu, »und sah ganz anders aus – sehr geschäftsmäßig, in Hosen wie ein Mann. Ich habe noch nie eine so große Kamera wie ihre gesehen.«

Topaz erkundigte sich, was er für die Fotos getragen habe.

»Sie hatte ein Hemd und eine Kordhose für mich. Aber sie meinte, die Sachen sähen zu neu aus. Ich soll sie bei der Arbeit anziehen, dann sind sie beim nächsten Mal genau richtig.«

»Also fährst du wieder hin.« Ich bemühte mich, ganz gleichgültig zu klingen.

Er antwortete, ja, sie würde nach ihm schicken, wenn sie das nächste Mal einen freien Sonntag habe. Wahrscheinlich in etwa einem Monat. Dann erzählte er uns von den zerfallenen Statuen, mit denen sie ihn fotografiert habe, wie ewig das Einstellen der Beleuchtung gedauert habe und daß er mit Mr. und Mrs. Fox-Cotton zu Mittag gegessen habe.

»Das Atelier liegt im hinteren Teil des Hauses«, erklärte er. »Ihr könnt euch nicht vorstellen, was das für ein Haus ist. Die Teppiche fühlen sich an wie Moos, und in der Diele ist ein schwarzer Marmorfußboden. Mr. Fox-Cotton bat mich, Ihnen Grüße von ihm auszurichten, Ma'am.«

Er ging sich waschen, während Topaz ihm sein Abendessen zurechtmachte. »Es ist offenbar alles in Ordnung«, sagte sie. »Ich habe die Frau falsch eingeschätzt.«

Als Stephen zurückkam, unterhielten wir uns, und alles schien wieder natürlich und ungezwungen. Er erzählte mir, daß er mir ein Geschenk habe kaufen wollen, aber alle Geschäfte natürlich geschlossen gewesen seien. »Ich konnte nur etwas Schokolade aus einem Automaten auf dem Bahnsteig ziehen, aber das ist bestimmt keine besondere Londoner Schokolade.«

Er war zu müde, um viel zu essen. Nachdem er sich zurückgezogen hatte, stellte ich mir vor, wie er in diesem feuchten Zimmerchen einschlief, während Bilder des Ateliers und des vornehmen Hauses der Fox-Cottons vor seinen Augen tanzten. Es war ein seltsames Gefühl für mich, daß er Dinge gesehen hatte, die ich nicht kannte – es ließ ihn irgendwie besonders und viel erwachsener erscheinen.

Am nächsten Morgen beschäftigte mich etwas anderes. Zwei Pakete kamen für mich an! Ich habe kein Paket mehr bekommen, seit wir uns mit Tante Millicent überwarfen. (In ihrem letzten Paket schickte sie mir furchtbar häßliche Socken fürs Bett, die aber in Winternächten nicht zu verachten waren. Sie fristen ihr Dasein jetzt als Fensterkeile.)

Ich konnte es kaum fassen, als ich meinen Namen auf den Adreßaufklebern von zwei Geschäften in der Bond Street las. Und den Inhalt konnte ich noch viel weniger fassen. Zuerst packte ich eine riesige, runde Pralinenschachtel aus, dann ein in hellblauem Leder gebundenes Schreibbuch mit einer goldenen Stempelfigur. Die Seiten – zweihundert, ich habe sie gezählt – haben glitzernde Goldränder, und auf den Vorsatzblättern sind blaue und goldene Sterne. (Topaz vermutet, daß es mindestens zwei Guineen gekostet haben muß.) In keinem der Pakete lag eine Karte. Aber ich wußte natürlich noch, daß Simon mir »eine Dose Bonbons« versprochen hatte, wenn ich ihn in meinem Tagebuch lesen ließe. Und dann hat er mir auch noch ein neues Tagebuch geschickt!

Für Rose war nichts dabei.

»Er schickt mir nur deshalb Geschenke, weil er mich als

Kind ansieht«, erklärte ich ihr. »Wahrscheinlich hat er Angst, du würdest nichts annehmen.«

»Dann ist er ein Pessimist«, grinste sie.

»Du kannst davon essen, soviel du willst«, bot ich ihr an. »Und du kannst dich revanchieren, wenn du verlobt bist. Dann bekommst du bestimmt Dutzende von Pralinenschachteln.«

Sie nahm sich eine Praline, aber ich merkte, daß es ihr nicht auf die Pralinen an sich ankam, sondern darauf, selbst welche geschenkt zu bekommen. Sie aß nicht halb so viele wie Topaz und ich. Aber Rose war noch nie gierig nach Essen gewesen.

Wir hatten uns kaum von der Aufregung über die Pakete erholt, als der Wagen aus Scoatney eintraf. Nur der Chauffeur saß darin. Er überbrachte uns eine Kiste mit Treibhausblumen und einer Nachricht von Simon, der uns alle für den nächsten Tag zum Mittagessen einlud, selbst Thomas und Stephen. Die Blumen waren für niemand Speziellen gedacht, die Nachricht für Topaz. Sie meinte, Simon verhalte sich sehr korrekt, und das sei ein gutes Zeichen. Sie gab dem Chauffeur eine Zusage von uns allen außer Thomas und Stephen. Sie wollte nicht für die beiden absagen, ohne zu wissen, ob sie nicht doch mitkommen wollten. Das stellte sich als genau richtig heraus, denn Thomas wollte unbedingt die Schule schwänzen, um mitzukommen, während Stephen meinte, lieber würde er sterben.

Ich hätte diesen zweiten Besuch in Scoatney sofort festhalten sollen, doch der Erste Mai hatte meine Lust zu schreiben fürs erste erschöpft. Wenn ich jetzt daran zurückdenke, sehe ich fast nur die grünen Gärten vor mir, in denen wir den Nachmittag verbrachten. Wir blieben bis zum Tee. Es war ein friedliches, entspanntes Beisammensein – ich war kein bißchen nervös wie bei dem Abendessen. (Allerdings fand ich die Dinnerparty aufregender. Sie strahlt in meiner Erinnerung wie ein schwarzes Bild mit einer leuchtenden Mitte – der Kerzenschein, die spiegelglatten Fußböden und die Nacht hinter den schwarzen Fenstern.) Mrs. Cotton hielt sich noch immer in London auf, und Simon gab sich als seriöser, vornehmer Gastgeber. Er unterhielt sich die meiste Zeit über mit Vater und Topaz. Selbst mit Rose ging er überraschend förmlich um, aber sehr unbeschwert mit mir. Neil kümmerte sich um Thomas, forderte ihn immer wieder zum Essen auf und spielte Tennis mit ihm. Er wollte auch mit Rose und mir spielen, aber Rose meinte, sie habe keine Übung mehr darin, da sie seit der Schule nicht mehr gespielt habe. Also wanderten sie und ich allein durch die Gärten und landeten schließlich im größten Gewächshaus. Ich fand es herrlich, durch die heiße, feuchte, duftende Luft zu schlendern. Und wir fühlten uns darin so ungestört – fast so, als wären wir in einer anderen Welt. Plötzlich sagte Rose:

»O Cassandra, glaubst du, es wird geschehen?«

Sie sah aus wie früher an Heiligabend, wenn wir unsere Strümpfe aufhängten.

»Bist du sicher, daß du es wirklich willst?« fragte ich und merkte dann, daß die Frage überflüssig war, wo Rose doch so wild entschlossen schien. Aber zu meiner Überraschung dachte sie lange darüber nach und schaute auf den Rasen hinaus, wo Simon sich mit Vater und Topaz unterhielt. Eine rosa Kamelie fiel sacht zu Boden.

»Ja, ziemlich sicher«, antwortete sie schließlich, beinahe streng. »Bislang fand alles nur in meiner Phantasie statt.

Aber jetzt ist es Wirklichkeit geworden. Und es wird passieren. Es muß einfach.«

»Ich habe auf jeden Fall das Gefühl, daß es geschehen wird«, ermutigte ich sie. Und das hatte ich tatsächlich. Aber andererseits geben mir Gewächshäuser immer so ein erwartungsvolles Gefühl.

Neil drängte Thomas noch einen Schinken und sechs Gläser Marmelade auf. Vater protestierte dagegen, allerdings nur schwach, denn er war bestens gelaunt. Er lieh sich von Simon einen Haufen Bücher aus und zog sich damit ins Pförtnerhaus zurück, sobald wir wieder zu Hause waren.

Den nächsten aufregenden Tag erlebten wir, als Simon und Neil uns zu einem Picknick abholten. Sie besuchten uns ganz unerwartet. Vater hatte sich erneut ohne eine Erklärung nach London abgesetzt, und Topaz wollte uns nicht begleiten. Also machten nur Rose und ich mit.

Wir fuhren ans Meer. Es wurde kein gewöhnliches englisches Picknick, denn Neil röstete Steaks über dem Feuer und meinte, das hieße »Barbecue«. Ich hatte mich schon immer gefragt, was das wohl sei, seit ich von *Bruder Hase* gelesen hatte. Das Steak war zwar außen verbrannt und innen roh, aber ich fand so ein Barbecue herrlich romantisch. Simon benahm sich wie ein Junge, und vor allem äußerst amerikanisch. Er und Neil sprachen immer wieder über ein Picknick, daß sie als kleine Jungen einmal unternommen hatten, bevor ihre Eltern sich trennten. Ich habe den Eindruck, daß sie sich erst allmählich wieder kennenlernen. Aber man merkt, daß Neil Simon jetzt schon mag. Bei Simon bin ich mir nicht so sicher, er ist so reserviert. Ich finde sie beide sehr nett, aber Neil hat eine viel herzlichere, offenere Art. Selbst Rose behandelte er an diesem Tag freundlich. Vielleicht konnte er aber auch gar nicht anders, denn sie wirkte geradezu unwiderstehlich. Ob das am Meer lag oder an dem Spaß, den wir beim Grillen hatten? Aus irgendeinem Grund wurde sie wieder zu einem wunderbar natürlichen, spontanen Menschen. Sie lachte, tollte umher und rutschte sogar Sandhügel auf dem Bauch hinunter. Wir gingen nicht ins Meer, weil keiner von uns Badeanzüge mitgenommen hatte – und das war auch ganz gut so, denn das Wasser war eiskalt.

Simon schien faszinierter von Rose denn je. Spät am Nachmittag, als sie gerade besonders ausgelassen gewesen war, sagte er zu Neil:

»Hast du jemals ein Mädchen gesehen, das sich so verändern kann?«

»Nein, aber so gefällt sie mir besser«, antwortete Neil. Er grinste Rose an, und sie schnitt ihm eine Grimasse. In diesem Augenblick hatte ich das Gefühl, daß sie es wirklich freundlich miteinander meinten.

»Gefalle ich dir so auch besser?« wollte Rose von Simon wissen.

»Das überlege ich gerade. Sagen wir, diese Rose paßt gut zum Meer und zum Sonnenschein, und die andere paßt besser zum Kerzenschein. Und am allerbesten gefällt mir, daß es Rose in mehreren Variationen gibt.«

Er blickte ihr direkt in die Augen, während er das sagte, und ich bemerkte, daß sie den Blick erwiderte. Aber sie schaute nicht so wie damals beim Abendessen – nicht so kokett. Einen Moment lang hatte sie die Augen weit geöffnet und sah hilflos, fast flehend aus. Dann lächelte sie sanft und sagte: »Danke, Simon.«

»Zeit, zusammenzupacken«, kündigte Neil an.

Sicher hatte er ebenso wie ich bemerkt, daß dies ein bedeutungsvoller Moment war, und wollte ihn nicht verlängern. Danach behandelte er Rose genauso gleichmütig wie immer, und sie ignorierte ihn einfach. Ich fand das ziemlich schade, wo sie den ganzen Tag so freundlich miteinander umgegangen waren.

Neil war auf dem Hinweg gefahren, und Simon fuhr auf dem Rückweg. Rose saß vorn neben ihm. Ich glaube, sie redeten nicht viel. Simon ist ein sehr gewissenhafter Fahrer, und die kurvenreichen Straßen erforderten fast seine ganze Konzentration. Neil und ich amüsierten uns hinten prächtig. Er erzählte mir lauter interessante Dinge über das Leben in Amerika. Die Leute dort scheinen wirklich viel Spaß zu haben, vor allem die Mädchen.

»Wirken Rose und ich sehr förmlich und konventionell im Vergleich zu amerikanischen Mädchen?« fragte ich Neil.

»Nun, konventionell wohl kaum«, entgegnete er lachend, »so würde ich selbst Madam mit ihren Launen nicht nennen.« Er wies mit dem Kopf in Roses Richtung. »Nein, ich würde niemanden aus deiner Familie als konventionell bezeichnen, aber ... ach, wahrscheinlich liegt die Förmlichkeit hier einfach in der Luft. Selbst die Dorfbewohner sind wahnsinnig förmlich. Sogar du, obwohl du so süß bist.«

Ich fragte ihn, was er mit »Förmlichkeit« meine. Er konnte es nur schlecht in Worte fassen, aber wenn ich es richtig verstand, schloß es Reserviertheit und »eine gewisse Steifheit« mit ein.

»Nicht, daß das etwas ausmacht«, fügte er hastig hinzu. »Ich finde Engländer prima.«

Das war typisch Neil – über England Witze zu reißen, aber bloß keine englischen Gefühle verletzen zu wollen.

Danach kamen wir wieder auf Amerika zurück, und er

erzählte mir von einer fünftausend Kilometer langen Tour, die er einmal mit dem Auto von Kalifornien nach New York unternommen hatte. Er schilderte, wie er bei Sonnenuntergang in irgendwelchen Städtchen eintraf und durch Wohngegenden fuhr, wo es riesige Bäume und Rasen ohne Zaun gab und die Leute vor ihren hellerleuchteten Fenstern auf der Veranda saßen. Und wie er dann durch die Hauptstraßen mit grellen Schaufenstern und Neonreklamen fuhr, die sich vom dunkelblauen Himmel abhoben. Ich hatte Neonreklamen eigentlich noch nie besonders romantisch gefunden, doch bei Neil klang es so. Die Hotels müssen phantastisch sein, selbst in kleinen Städten findet sich immer eines, in dem die meisten Zimmer mit einem eigenen Bad ausgestattet sind. Und man bekommt wunderbares Essen in Läden, die Coffee Shops heißen. Dann erzählte er mir von den Landschaften und Besonderheiten in den verschiedenen Staaten, die er durchquert hatte: von den Orangenhainen in Kalifornien, den Kakteen in der Wüste, dem riesigen Staat Texas und den alten Städten im Süden, wo seltsames graues Moos von den Bäumen herunterhängt. Das gefiel mir besonders. Er fuhr vom Sommer in den Winter – von den Orangenblüten in Kalifornien in einen Schneesturm in New York.

Er meinte, durch eine solche Reise lerne man Amerika erst richtig kennen. Und selbst seine Beschreibungen ließen es mir realer erscheinen als alles, was ich darüber gelesen oder im Kino gesehen hatte. Offenbar hatte er es noch so klar vor Augen, daß er jedesmal, wenn wir durch ein Dorf fuhren, und er »Ja, sehr hübsch« sagte, eigentlich an Amerika dachte. Ich sagte, ich würde ebenfalls versuchen, es vor mir zu sehen. Wenn man durch Telepathie anderer Leute Gedanken lesen kann, dann kann man vielleicht auch sehen, was sie in Gedanken sehen.

»Wir müssen uns ganz fest darauf konzentrieren«, schlug er vor und nahm unter der Decke meine Hand. Wir schlossen die Augen und konzentrierten uns. Ich glaube, die Bilder, die ich sah, waren nur das, was ich aus Neils Erzählungen geschlossen hatte, doch ich spürte ein seltsames Gefühl von Raum und Freiheit. Als ich die Augen wieder öffnete, schienen mir die Felder, die Sträucher und der Himmel so nah, daß sie mich fast erdrückten. Neil machte ein ganz erschrokkenes Gesicht, als ich ihm das erzählte, er meinte, so gehe es ihm schon die ganze Zeit in England.

Auch nachdem wir mit dem Konzentrieren aufgehört hatten, hielt er noch meine Hand. Aber ich glaube nicht, daß das etwas zu bedeuten hatte. Vermutlich ist es eine amerikanische Angewohnheit. Eigentlich fühlte es sich nur angenehm und freundschaftlich an, obwohl es mir ab und zu ein merkwürdiges Flattern um die Schultern verursachte.

Wir erreichten die Burg im Dunkeln. Rose und ich baten die Cottons herein, aber sie erwarteten Mrs. Cotton an diesem Abend zurück und mußten nach Hause.

Während ich Topaz von unserem Tag berichtete, kam Vater heim. (Er ließ nicht ein Wort darüber verlauten, was er in London gemacht hatte.) Er war mit demselben Zug wie Mrs. Cotton gekommen und hatte sie für den nächsten Samstag zum Abendessen eingeladen – Simon und Neil natürlich auch. Diesmal wurde Topaz wirklich wütend.

»Mortmain, wie konntest du nur?« brüllte sie ihn an. »Was sollen wir ihnen denn vorsetzen? Und worauf? Wir besitzen kein einziges Eßzimmermöbelstück mehr.«

»Ach, wir servieren ihnen Schinken mit Spiegelei in der

Küche«, wiegelte Vater ab. »Es wird ihnen sicher nichts ausmachen. Wir haben von ihnen ja genug Schinken bekommen.«

Wir starrten ihn verzweifelt an. Gut, daß Rose nicht im Zimmer war, denn sie hätte ihm womöglich eine Ohrfeige verpaßt. Er machte einen furchtbar überheblichen Eindruck. Doch dann wurde er plötzlich ganz kleinlaut.

»Ich – ich dachte nur...« Auf einmal war sein prahlerischer Tonfall verschwunden. »Sie hat uns für nächste Woche zum Abendessen nach Scoatney eingeladen, und – lieber Himmel, ich fürchte, mein Verstand läßt nach. Ich hab ganz vergessen, daß wir keine Eßzimmermöbel mehr haben. Könnt ihr nicht irgend etwas zusammenbasteln?«

Er blickte Topaz flehend an. Ich ertrage es nicht, wenn er so zu Kreuze kriecht. Er sieht dann aus wie ein Löwe, der Männchen macht. (Nicht, daß ich jemals einen gesehen hätte.) Topaz meisterte die Situation glänzend.

»Keine Sorge, wir schaffen das schon. Irgendwie macht es ja auch Spaß... Ich sehe es als eine Art Herausforderung an....« Sie sprach jetzt mit ihrer wunderbar tröstenden Altstimme, die allerdings ein wenig zitterte. Ich hätte sie am liebsten umarmt.

»Wir können uns das Eßzimmer ja mal ansehen«, flüsterte sie mir zu, während Vater zu Abend aß. Also nahmen wir Kerzen und marschierten hinüber. Keine Ahnung, was sie dort erwartet hatte, aber es war sowieso ganz anders. Nichts als ein leerer Raum. Selbst den Teppich hatten wir zusammen mit den Möbeln verkauft.

Wir gingen in den Salon weiter.

»Wie wär's denn mit dem Flügel?« fragte Topaz.

»Damit Vater auf den Tasten tranchieren kann?«

»Könnten wir uns nicht auf den Fußboden setzen – auf Kissen? Wir haben ganz bestimmt nicht genug Stühle.«

»Wir haben ebensowenig Kissen. Das einzige, wovon wir wirklich genug besitzen, ist Fußboden.«

Wir lachten, bis das Kerzenwachs auf unsere Hände lief. Danach fühlten wir uns besser.

Schließlich bat Topaz Stephen, die Tür des Hühnerstalls aus den Angeln zu heben und zwei grobe Böcke zu bauen, auf die wir sie legen konnten. Wir schoben sie dicht an den Fenstersitz heran, wodurch wir drei Stühle sparten. Die grauen Brokatvorhänge aus dem Flur benutzten wir als Tischdecke. Sie wirkten phantastisch, obwohl man die Naht sehen konnte und die Füße darunter nicht richtig Platz hatten. Von unserem Silber und unserem guten Porzellan hatten wir uns schon vor langer Zeit trennen müssen, aber der Pfarrer lieh uns seines, sogar seinen silbernen Armleuchter. Natürlich luden wir ihn ebenfalls ein. Er kam schon früh, setzte sich in die Küche und polierte seine Besitztümer noch ein letztes Mal, während wir uns ankleideten. (Rose zog Topaz' schwarzes Kleid an. Wir hatten festgestellt, daß es an ihr kein bißchen konventionell wirkte. Es stand ihr ausgezeichnet.)

Auf der Speisekarte standen:

Klare Suppe (aus dem halben Knochen des zweiten Schinkens)
Gekochtes Hühnchen und Schinken
Pfirsichcreme (die Cottons schickten uns die Pfirsiche gerade rechtzeitig)
Nachspeise: scharf gewürzte Schinkenmousse.

Topaz bereitete alles zu, und Ivy Stebbins trug es auf. Stephen und Thomas halfen ihr in der Küche. Alles lief glatt, außer daß Ivy ständig auf Simons Bart starrte. Sie erzählte mir nachher, sie habe eine Gänsehaut davon bekommen.

Mrs. Cotton zeigte sich gesprächig wie immer, aber auch sehr nett – richtig locker. Ich glaube, vor allem sie gab uns das Gefühl, daß das Essen ein Erfolg war. Amerikaner können sich so herrlich an die Umstände anpassen! Neil und Simon halfen uns beim Abwasch. (Allerdings benutzen sie mal wieder einen speziellen amerikanischen Ausdruck dafür.) Mir wäre es lieber gewesen, sie hätten nicht darauf bestanden, denn unsere Küche sah sehr unamerikanisch aus. Es herrschte die reinste Unordnung, und Thomas hatte alle Teller für Heloïse und Abelard zum Abschlecken auf den Boden gestellt. Sehr unvorsichtig, denn Hühnerknochen sind für Tiere doch so gefährlich.

Ivy spülte, und wir anderen trockneten ab. Dann brachte Stephen Ivy nach Hause. Sie ist genauso alt wie ich, aber groß und kräftig. Offensichtlich hat sie ein Auge auf Stephen geworfen. Das war mir vorher gar nicht aufgefallen. Sie wäre eine gute Partie für ihn, denn sie ist das einzige Kind der Stebbins und wird den Hof erben. Ich fragte mich, ob er sie auf dem Heimweg küssen würde. Ob er überhaupt schon einmal ein Mädchen geküßt hatte? Ein Teil meiner Gedanken begleitete ihn über die dunklen Felder, aber die meisten blieben bei den Cottons in der Küche. Neil saß auf dem Tisch und streichelte Ab, bis er glückselig einschlief.

Simon wanderte durch die Küche und schaute sich alles genau an. Plötzlich fiel mir wieder ein, wie sie zum ersten Mal hergekommen waren. Hoffentlich hatte Rose vergessen, daß Simons Schatten wie der Teufel ausgesehen hatte – auch mir selbst war es schon fast entfallen. Sicher gab es keinen weniger teuflischen Menschen als Simon.

Bald darauf begann der aufregende Teil des Abends.

Zuerst fragte Simon, ob sie sich die Burg anschauen dürften. Ich hatte damit gerechnet und dafür gesorgt, daß es in unseren Schlafzimmern ordentlich aussah.

»Mach die Laterne an, Thomas, dann können wir auf die Mauern hinausgehen«, schlug ich vor. Ich dachte, je romantischer ich es gestalten konnte, desto besser für Rose. »Wir fangen im Flur an.«

Wir durchquerten den Salon, wo die anderen sich unterhielten – das heißt, Vater und Mrs. Cotton. Topaz hörte nur zu, und der Pfarrer riß die Augen so weit auf, als wir eintraten, daß ich annahm, er war eingedöst. Er schien uns ganz gern begleiten zu wollen, aber ich mochte ihn nicht dazu ermutigen. Ich wollte, daß wir weniger wurden und nicht mehr.

»Zuerst das Pförtnerhaus«, schlug Rose vor, als wir im Flur ankamen. Sie verschwand rasch durch die Haustür, und ich begriff, daß sie das Eßzimmer übergehen wollte. Ich selbst finde allerdings, daß die Leere in diesem Raum vornehmer wirkt als unsere Schlafzimmermöbel. In dem Moment konnte ich allerdings auch noch nicht ahnen, wie dankbar Rose später für das bescheidenste Möbelstück dort sein sollte!

Während wir den Garten im Hof durchquerten, blickte Simon zum Wall hinauf.

»Wie riesig und schwarz Belmotte Tower vor dem sternklaren Himmel wirkt«, stellte er fest. Ich merkte, daß er sich selbst in eine romantische Stimmung versetzen wollte. Es war eine herrliche Nacht mit einer warmen, sanften Brise – eine wunderbar hilfreiche Nacht.

Niemals steige ich den Turm des Pförtnerhauses hinauf,

ohne mich an das erste Mal zu erinnern, als wir die Burg erkundeten und Rose hinter mir so drängelte. Wieder einmal spürte ich eine tiefe Zuneigung zu ihr und den Wunsch, mein Bestes für sie zu tun. Wir folgten der Laterne, und Simon staunte darüber, daß sich die groben Steinstufen so geschmeidig um die Kurve bogen. Und die ganze Zeit über wünschte ich, er möge sich zu Rose hingezogen fühlen.

»Wirklich überwältigend«, stellte er fest, als er oben ins Freie trat. Ich war noch nie bei Nacht hinaufgestiegen und fand es wahnsinnig aufregend. Man konnte zwar nicht viel sehen außer den Sternen und ein paar zuckenden Lichtern in Godsend und auf der Four Stones Farm. Aber das Gefühl war aufregend – als wäre die Nacht näher an uns herangerückt.

Thomas setzte die Laterne oben auf den Zinnen ab, so daß sie Roses Haar und Gesicht beleuchtete. Der Rest von ihr verschwand wegen des schwarzen Kleids in der Dunkelheit. Der leichte Wind wehte ihr schmales Schultercape aus Chiffon über Simons Gesicht. »Das fühlte sich an wie die Flügel der Nacht«, sagte er lachend. Ihre beiden Köpfe nebeneinander im Licht der Laterne waren ein interessanter Anblick – seiner so dunkel und ihrer so hell. Ich überlegte angestrengt, wie man die beiden dort oben allein lassen konnte, aber der menschliche Einfallsreichtum ist manchmal sehr begrenzt.

Nach ein paar Minuten stiegen wir so weit wieder hinunter, bis wir auf die Mauern hinausgelangten. Wir brauchten eine ganze Weile, um den Wehrgang entlangzugehen, denn Neil wollte alles über die Verteidigung von Burgen wissen. Besonders faszinierte ihn der Gedanke, mit einem Trébuchet ein totes Pferd über die Burgmauern zu schleudern. Rose stolperte schon am Anfang über ihr Kleid, so daß Simon danach ihren Arm hielt. Also war diese Zeit immerhin nicht verschwendet. Er ließ sie erst wieder los, als wir den Turm vom Badezimmer betraten.

Wir überließen es Thomas, das Bad vorzuführen – ich hörte Neil schallend über Windsor Castle lachen. Rose und ich rannten zum Schlafzimmer voraus und zündeten Kerzen an.

»Könnt ihr uns nicht irgendwie allein lassen?« flüsterte sie.

Ich antwortete, daß ich das schon seit dem Abendessen versuchte. »Aber ich finde es sehr schwierig. Könnt ihr nicht einfach irgendwo zurückbleiben?«

Sie sagte, sie habe es auf dem Turm im Pförtnerhaus versucht, aber Simon habe nicht mitgemacht. »Er sagte nur: ›Warte mit der Laterne, Thomas, sonst kann Rose nichts sehen.‹ Und da mußte ich wohl oder übel hinunter.«

»Keine Sorge – ich bekomme es schon irgendwie hin«, versprach ich ihr.

Wir hörten sie über den Treppenabsatz kommen.

»Wer schläft denn im Himmelbett?« fragte Simon, als er eintrat.

»Rose«, antwortete ich schnell. Zufällig war ich in dieser Woche dran, aber ich fand es romantischer, wenn er sich Rose im Himmelbett statt im Eisenbett vorstellen konnte. Dann öffnete er die Tür zu unserem Turm und entdeckte amüsiert Roses rosafarbenes Abendkleid darin. Sie hatte es dort aufgehängt, weil die Rüschen im Kleiderschrank zerknittern würden.

»Nicht schlecht, seine Kleider in einem sechshundert Jahre alten Turm aufzubewahren!« rief er aus.

Neil legte den Arm um Miss Blossom und verkündete, sie sei genau sein Typ. Dann kniete er sich auf den Fenstersitz und blickte auf den Burggraben hinunter. Da kam mir eine Idee.

»Würdest du gern schwimmen gehen?« fragte ich ihn.

»Das wäre toll«, antwortete er sofort.

»Was, jetzt?« Thomas blickte mich erstaunt an.

»Ja, das wird lustig!« Zum Glück bemerkte er mein Zwinkern und hörte auf, mich anzustarren.

»Du mußt Neil deine Badehose leihen – wir haben leider nur eine, Simon, aber du kannst sie ja nachher haben. Und Rose darf sowieso nicht schwimmen gehen, weil sie sich so leicht erkältet.« (Möge der Himmel mir verzeihen! Rose ist robust wie ein Pferd – ich bin diejenige, die sich immer erkältet.)

»Wir werden euch vom Fenster aus zusehen«, sagte Simon.

Ich stöberte meinen Badeanzug auf und rannte dann zu Thomas, der aus seinem Zimmer herübergerufen hatte, er könne die Hose nicht finden. Einen schrecklichen Moment lang fürchtete ich, er habe sie in der Schule gelassen.

»Was hast du vor?« wollte er wissen. »Ist dir nicht klar, daß das Wasser eiskalt sein wird?«

Das war mir allerdings klar. Vor Juli oder August baden wir nie im Burggraben – und selbst dann bereuen wir es meistens.

»Ich erkläre es dir später«, versicherte ich ihm. »Bring Neil nur nicht davon ab.« Schließlich fand ich die Hose – Thomas hatte sie in seinen zugigen Schornstein gestopft. Zum Glück ist sie schwarz.

»Du kannst dich im Badezimmer umziehen«, rief ich Neil zu, »und dann durch den Turm nach unten gehen. Zeig ihm den Weg, Thomas, und dann bleib da und leuchte uns mit der Laterne. Wir treffen uns unten am Burggraben, Neil.«

Ich gab ihm die Hose und zog mich dann im Pufferstaat um. »Viel Spaß!« wünschte Simon mir, als ich durch unser Schlafzimmer rannte, und wandte sich dann wieder Rose zu. Sie hatten sich auf dem Fenstersitz niedergelassen und wirkten sehr zufrieden.

Erst beim Umziehen begriff ich, auf was ich mich eingelassen hatte – ich, die kaltes Wasser so verabscheut, daß ich schon zittere, wenn ich in den Badeanzug steige! Als ich die Küchentreppe hinunterstieg, kam ich mir vor wie ein Eskimo auf dem Weg zu seiner eisigen Hölle.

Ich wollte mich auf keinen Fall im Salon sehen lassen, denn mein Badeanzug war mir inzwischen so klein, daß sich der Schriftzug der Schule quer über meine Brust erstreckte. Also ging ich durch die Ruinen hinter der Küche zum Burggraben. In der Nähe führt eine Holzbrücke zum Weizenfeld hinüber. Ich ließ mich auf den Planken nieder und hielt die Füße hoch über dem Wasser.

Neil war noch nicht da. Im aufgehenden Mond konnte ich den ganzen Graben überblicken. Er tauchte den grünen Weizen in ein unheimliches Licht – so schön, daß ich fast meine Angst vor dem Wasser vergaß. Wie der Mond sich verändern kann! Manchmal ist er weiß, manchmal golden, und in dieser Nacht war er eine silberweiß glänzende Scheibe. Er sah unglaublich hart aus.

Das Wasser im Burggraben war schwarz, silbern und golden: silbern, wo das Mondlicht darauf schimmerte, und golden unter den von Kerzen erleuchteten Fenstern. Und während ich es noch betrachtete, bildete sich ein runder, goldener Fleck im Wasser um den Eckturm, denn Thomas kam heraus und stellte die Laterne in den Türrahmen. Dann erschien Neil, der in der schwarzen Badehose ziemlich groß wirkte, und trat aus dem Laternenlicht in den Mondschein.

»Cassandra, wo bist du?« rief er.

Ich antwortete »Ich komme!« Dann steckte ich einen Zeh ins Wasser und zog ihn erschrocken wieder zurück. Es war noch viel schlimmer, als ich gedacht hatte. Ich hatte mir schon vorgenommen, meine Angst zu überwinden und einfach zu Neil zu schwimmen, aber diesen tollkühnen Gedanken verwarf ich auf der Stelle. Selbst ein paar Minuten Gnadenfrist würden sich lohnen. Also schlenderte ich am Rand des Feldes entlang, und der kalte Weizen kitzelte an meinen Beinen. Dann setzte ich mich Neil gegenüber ans andere Ufer und begann eine muntere Unterhaltung. So konnte ich mich nicht nur davor drücken, sofort ins Wasser zu springen, sondern würde Rose auch noch etwas mehr Zeit verschaffen. Denn ich war mir ziemlich sicher, daß wir nicht lange im Wasser bleiben würden, wenn wir erst einmal hineingesprungen waren.

Ich sprach darüber, wie schön die Nacht doch sei. Dann erzählte ich Neil die hübsche Anekdote, wie ich versucht hatte, den Burggraben in einem Wäschekorb zu überqueren, als ich zum ersten Mal etwas von sogenannten *coracles* hörte – Booten aus Korbgeflecht, die mit einer wasserdichten Schicht aus Stoff oder Haut überzogen sind. Schließlich kam ich auf das gute, alte Thema Amerika zu sprechen, doch Neil unterbrach mich und sagte: »Ich glaube, du willst dich vor dem Schwimmen drücken! Ich gehe auf jeden Fall hinein. Ist es tief genug zum Tauchen?«

Ich antwortete, ja, wenn er vorsichtig sei. »Paß auf den Schlamm am Boden auf«, warnte ihn Thomas. Neil glitt behutsam ins Wasser und sah äußerst überrascht aus, als er wieder auftauchte. »Meine Güte, war das kalt!« rief er. »Und das nach dem ganzen Sonnenschein!«

Als ob unser Burggraben sich um Sonnenschein scherte! Das Wasser stammt aus einem Strom, der offenbar direkt aus Grönland kommt.

»Vielleicht sollte ich besser doch nicht schwimmen gehen«, sagte ich, »nach so einem schweren Essen.«

»So kommst du mir nicht davon«, widersprach Neil. »Schließlich war es deine Idee. Spring – oder ich zieh dich rein! Man kann es ganz gut aushalten.«

Ich betete zu Gott: »Bitte, ich tue das hier nur für meine Schwester! Mach es doch ein bißchen wärmer!« Aber ich wußte, Er würde es nicht tun. Bevor ich sprang, war mein letzter Gedanke, daß ich fast lieber sterben würde.

Es war grauenhaft – als würde man mit eiskalten Messern gehäutet. Ich schwamm wie verrückt los und redete mir ein, daß es in einer Minute besser werden würde, war mir aber gleichzeitig ziemlich sicher, daß das nicht klappen würde. Neil schwamm neben mir. Anscheinend schaute ich sehr verbissen drein, denn plötzlich fragte er: »Ist alles in Ordnung?«

»Es geht so«, keuchte ich und stemmte mich auf die Holzbrücke.

»Komm wieder rein und schwimm weiter«, rief er. »Oder du mußt ins Haus gehen und dich abtrocknen. Komm schon, man gewöhnt sich daran.«

Ich schlüpfte wieder ins Wasser. Diesmal fühlte es sich gar nicht mehr so schlimm an. Als wir bis zum Salon geschwommen waren, fing ich langsam an, es zu genießen. Topaz und der Pfarrer standen in der gelben Fensteröffnung und blickten zu uns herunter. Von Rose und Simon war nichts zu sehen. Hoffentlich waren sie zu beschäftigt miteinander, um nach draußen zu schauen. Wir schwammen durch eine mondbeschienene Stelle – es machte Spaß, die kleinen silbernen Wellen vor sich zu sehen – und dann zur Treppe des Eckturmes. Thomas war verschwunden. Ich hoffte inständig, daß er nicht zu Rose und Simon zurückgekehrt war.

Nachdem wir um den Eckturm herum zur Vorderseite der Burg geschwommen waren, gab es plötzlich kein goldenes Licht mehr von den Fenstern oder der Laterne, nur noch Mondlicht. Wir schwammen auf dem Rücken und schauten an den steilen, dicken Mauern hinauf. Noch nie waren sie mir so hoch vorgekommen. Das Wasser schwappte leise und glucksend dagegen, und sie verströmten einen merkwürdigen Geruch – wie ein Gewitter an einem heißen Tag, aber feucht und sumpfig, und wie Nacht. Ich fragte Neil, wie er den Duft beschreiben würde, doch er antwortete nur: »Ach, das ist nur nasser Stein.« Ich erfuhr, daß er lieber an kochendes Öl denken wollte, das über die Brustwehr auf uns heruntergekippt würde. Alles, was mit der Verteidigung von Burgen zu tun hatte, faszinierte ihn. Als wir das Pförtnerhaus erreichten, wollte er wissen, wie Zugbrücken funktionieren, und mußte dann enttäuscht feststellen, daß unsere Brücke gar keine ist. Wir nennen sie nur so, um sie von der Belmotte-Brücke zu unterscheiden. Dann fragte er, was mit den zerfallenen Mauern passiert sei, an denen wir vorbeigeschwommen waren, und zeigte sich äußerst empört über Cromwells Puritaner, die sie zerstört hatten. »Welche Schande«, sagte er und schaute zu den riesigen umgestürzten Steinen hinauf. Ich wunderte mich darüber, daß er sich zum ersten Mal für etwas Altes interessierte.

Doch er antwortete nur: »Oh, ich finde diesen Ort nicht

deshalb so spannend, weil er alt ist. Ich habe nur den Eindruck, daß die Leute hier früher verdammt viel Spaß hatten.«

Als wir auf jener Seite des Grabens ankamen, auf der Belmotte liegt, wurde es auf einmal ziemlich dunkel, da das Haus den Mond verdeckte. Plötzlich tauchte etwas Weißes vor uns auf, und wir hörten ein lautes Zischen und Flügelschlagen. Wir waren mit den schlafenden Schwänen zusammengestoßen. Neil gefiel das, und ich selbst lachte auch. Aber eigentlich hatte ich ziemliche Angst, denn Schwäne können sehr gefährlich sein. Zum Glück verhielten sich unsere ganz friedlich. Sie machten nur Platz und verschwanden flatternd in den Binsen.

Bald darauf schwammen wir unter der Belmotte-Brücke durch und wieder ins Mondlicht hinein, auf die Südseite des Burggrabens. Hier gibt es keine Ruinen, der Garten reicht bis ans Ufer.

Das große Beet mit den weißen Levkojen duftete einfach himmlisch. Mir fiel auf, daß ich noch nie Blumen über meinem Kopf hatte wachsen sehen – das war eine hübsche Abwechslung.

Inzwischen war ich so müde, daß ich mich einfach treiben ließ, und Neil schloß sich mir an. Es war herrlich, einfach so dazuliegen und zu den Sternen aufzuschauen. Plötzlich hörten wir den Pfarrer am Flügel – er spielte das *Air* aus Händels *Wassermusik*, eines seiner schönsten Stücke.

Bestimmt hatte er es ausgewählt, weil es so gut zu unserem Schwimmen paßte, was ich sehr nett fand. Es tönte leise, aber sehr klar zu uns herüber. Ich hätte noch Stunden im Wasser treiben und zuhören können, doch bald wurde mir kalt und ich mußte wieder schwimmen.

»Jetzt haben wir die ganze Runde geschafft«, sagte ich zu Neil, als wir die Holzbrücke erreichten. »Ich glaube, ich muß mich ausruhen.«

Er half mir aus dem Wasser. Wir kletterten über die zerfallenen Mauern und setzten uns hin, den Rücken an die Außenwand der Küche gelehnt. Die Sonne hatte den ganzen Tag lang darauf geschienen, und die Ziegelsteine fühlten sich noch warm an. Wir saßen mitten im Mondlicht.

Neil hatte Stückchen leuchtend grüner Wasserlinsen auf dem Kopf und einer Schulter. Er sah wunderschön aus.

Der Mondschein, die Musik, der Duft der Levkojen und das Schwimmen in einem sechshundert Jahre alten Burggraben hatten eine zauberhafte Wirkung auf die romantische Stimmung. Schade, daß sie an Neil und mich verschwendet war, da wir nicht ineinander verliebt waren. Vielleicht hätten Rose und Simon an unserer Stelle schwimmen gehen sollen. Aber ich kam zu dem Schluß, daß kaltes Wasser die Romantik nicht gerade fördert: Als Neil schließlich den Arm um mich legte, war es nicht halb so aufregend wie im Auto, als er nach unserem Picknick unter der Decke meine Hand gehalten hatte. Vielleicht wäre es noch besser geworden, aber im nächsten Moment hörte ich Topaz nach mir rufen. Ich konnte sie nirgendwo entdecken, bis Thomas auf der Belmotte-Brücke seine Laterne bewegte. Dann rief Vater, daß sie Mrs. Cotton und dem Pfarrer den Wall und Belmotte Tower zeigen würden.

»Paß auf, daß du dich nicht erkältest«, warnte mich Topaz.

Neil antwortete: »Ich bringe sie jetzt ins Haus, Mrs. Mortmain.«

»Aber mir ist nicht kalt«, sagte ich schnell, weil ich fürchtete, Rose hätte noch nicht genug Zeit gehabt.

»Doch, du fängst bereits an zu zittern – und ich auch.« Er nahm seinen Arm von meiner Schulter. »Auf geht's – wo finden wir Handtücher?«

Noch nie hatte mich eine so harmlose Frage derart umgehauen! Handtücher! Wir besitzen so wenige, daß wir uns an Badetagen meist nur trockenschütteln.

»Oh, ich hole dir eines«, antwortete ich lässig. Dann kletterte ich durch die Ruinen voraus, äußerst behutsam, um Zeit zum Nachdenken zu gewinnen. Im Badezimmer hingen zwei rosafarbene Gästehandtücher – das heißt, es sollten Gästehandtücher darstellen. Eigentlich waren es winzige Servietten für den Nachmittagstee, die uns Miss Marcy freundlicherweise geliehen hatte. Konnte ich die einem ausgewachsenen nassen Mann anbieten? Konnte ich nicht. Dann kam mir eine Idee.

Als wir die Hintertür erreichten, sagte ich zu Neil: »Geh schon mal in die Küche. Vor dem Herd ist es schön warm. Ich bring dir ein Handtuch nach unten.«

»Aber meine Sachen liegen im Badezimmer ...«, begann Neil.

Ich rannte los und rief über die Schulter zurück: »Ich bringe sie mit.«

Ich hatte beschlossen, mein eigenes oder Roses Handtuch zu holen – je nachdem, welches gerade trockener war. Ich würde es zusammenfalten wie ein sauberes, es an mich drükken, zu Neil zurückkehren und um Entschuldigung bitten, daß ich es ein bißchen naß gemacht hatte. Ich würde Roses Tête-à-tête mit Simon nicht stören müssen, denn beide Handtücher lagen auf der Treppe unseres Turmes. Ich hatte sie dort hingeworfen, als ich das Haus für die Cottons aufgeräumt hatte. Und ich konnte durch den Salon in den Turm gelangen. Ich würde mich blitzschnell anziehen, während auch Neil sich anzog, in die Küche zurückeilen und mich noch eine Weile dort mit ihm unterhalten.

Leise öffnete ich im Salon die Tür zum Turm und stieg nach oben. Nachdem ich um die Ecke gebogen war, lag alles im Dunkeln. Also tastete ich mich langsam auf allen vieren weiter. Einen schrecklichen Moment lang verfing ich mich in Roses rosafarbenem Kleid, aber nachdem ich mich davon befreit hatte, sah ich Licht unter unserer Zimmertür her scheinen. Die Handtücher mußten nur ein paar Stufen höher liegen, deshalb erhob ich mich und streckte die Hand danach aus.

Und dann hörte ich durch die Tür Simon fragen:

»Rose, möchtest du mich heiraten?«

Ich blieb wie angewurzelt stehen und traute mich nicht, mich zu bewegen, falls sie mich hörten. Ich rechnete damit, daß Rose sofort ja sagen würde, aber das tat sie nicht. Gute zehn Sekunden lang war es absolut still. Dann sagte sie leise, aber deutlich:

»Bitte küß mich, Simon.«

Wieder war es still, diesmal noch länger. Ich hatte Zeit, darüber nachzudenken, daß ich meinen ersten Kuß nicht von einem Mann mit Bart bekommen möchte, zu überlegen, ob Neil mich geküßt hätte, wenn Topaz nicht nach mir gerufen hätte, und zu bemerken, daß ein kalter Wind den Turm hinunterfegte. Dann sprach Rose – mit dem aufgeregten kleinen Aussetzer in der Stimme, den ich so gut kannte.

»Ja. Bitte, Simon.«

Dann war es wieder still. Ich schnappte mir ein Handtuch – ich fand nur eines – und machte kehrt. Doch plötzlich blieb ich stehen. Vielleicht wäre es besser, einfach hineinzuplatzen, nur für den Fall ...? Ich weiß nicht genau, was ich mit »für den Fall« meinte – ich dachte doch nicht etwa, daß Simon seinen Entschluß rückgängig machen könnte? Ich wußte nur, je eher die Verlobung offiziell wurde, desto besser. Ich ging also zurück.

Als ich die Tür öffnete, standen sie noch immer Arm in Arm da. Simon wandte den Kopf und lächelte mich an.

Ich hoffe, daß ich zurücklächelte. Und daß man mir mein Erstaunen nicht so ansah. Einen Moment lang erkannte ich Simon nicht. Sein Bart war ab.

Er fragte mich: »Bist du damit einverstanden, daß Rose mich heiratet?«

Und dann redeten wir alle auf einmal. Ich umarmte Rose und schüttelte Simon die Hand.

»Lieber Himmel, du bist ja eiskalt«, sagte er, als er meine Hand losließ. »Zieh dich lieber schnell an.«

»Zuerst muß ich Neil ein Handtuch bringen«, antwortete ich, »und seine Sachen.« Ich rannte los, um sie aus dem Badezimmer zu holen.

»Wie gefällt dir Simon ohne Bart?« rief Rose mir nach. Ich hätte es vorher schon erwähnen sollen, aber irgendwie war es mir peinlich.

»Großartig!« erwiderte ich. Aber fand ich das wirklich? Natürlich sah er um Jahre jünger aus, und ich hatte erstaunt festgestellt, wie gut er aussah. Aber sein Gesicht wirkte jetzt irgendwie schutzlos – als wäre die Kraft daraus verschwunden. Nicht, daß er ein fliehendes Kinn hatte. Er wirkte nur so ... verloren.

Wie um alles in der Welt hatte Rose ihn überreden können, sich den Bart abzurasieren, fragte ich mich, während ich Neils Sachen holte. Sicher hatte sie ihn dazu herausgefordert.

Er überraschte mich – es schien mir so würdelos, Vaters Rasierzeug und mein kleines Waschbecken zu benutzen! Aber der würdevolle, stattliche Simon ist offenbar zusammen mit dem Bart verschwunden. Ich kann kaum noch glauben, daß ich mich vorher fast ein bißchen vor ihm gefürchtet habe. Vielleicht liegt diese Veränderung aber auch gar nicht so sehr an dem verschwundenen Bart, sondern daran, daß er so in Rose verliebt ist.

Als ich in die Küche kam, stand Neil so nah am Feuer, daß seine Badehose dampfte.

»Ich dachte schon, du hättest mich vergessen«, sagte er und drehte sich lächelnd zu mir um.

»Ist das nicht wundervoll?« rief ich. »Rose und Simon sind verlobt.«

Das Lächeln verschwand aus seinem Gesicht, als hätte man es mit einem Schalter ausgeknipst.

Ich sagte: »Du scheinst dich nicht gerade zu freuen.«

»Freuen!« Einen Moment lang starrte er einfach nur vor sich hin. Dann griff er nach dem Handtuch. »Verschwinde, damit ich mich anziehen kann«, sagte er schroff.

Ich warf seine Sachen auf den Fußboden und wandte mich zum Gehen. Doch dann hielt ich noch einmal inne. »Neil, bitte ...« Ich bemühte mich, freundlich und vernünftig zu klingen. »Warum haßt du Rose so? Du hast sie von Anfang an nicht gemocht.«

Er trocknete sich verbissen die Schultern ab. »Nein, das stimmt nicht. Am Anfang habe ich sie sogar sehr gemocht.«

»Und warum jetzt nicht mehr, Neil?«

Er hörte auf, sich abzutrocknen, und blickte mir direkt ins Gesicht.

»Weil sie nur hinter seinem Geld her ist. Und du weißt das ganz genau, Cassandra.«

»Weiß ich nicht«, protestierte ich entrüstet. »Wie kannst du nur so etwas sagen?«

»Kannst du mir mit gutem Gewissen sagen, daß sie nicht nur auf sein Geld aus ist?«

»Natürlich kann ich das!« Ich sagte es aus vollster Überzeugung – und glaubte es in dieser Sekunde auch. Dann aber spürte ich, wie ich rot anlief, denn ...

»Du verdammte kleine Lügnerin!« rief Neil. »Und ich habe dich für ein nettes, ehrliches Mädchen gehalten! Bist du etwa aus dem Grund mit mir schwimmen gegangen?«

Plötzlich war ich über Rose und über mich selbst wütend.

»Ja, genau!« schrie ich. »Und ich bin froh, daß ich es getan habe. Rose hat mir erzählt, du würdest versuchen dazwischenzufunken – nur weil du willst, daß Simon mit dir nach Amerika zurückgeht! Kümmere dich um deine eigenen Angelegenheiten, Neil Cotton!«

»Mach, daß du wegkommst!« brüllte er. Er sah so zornig aus, daß ich dachte, er würde mich schlagen. Ich sauste wie der Blitz die Küchentreppe hinauf, blieb aber auf der obersten Stufe noch einmal stehen und sagte würdevoll:

»Ich rate dir, dich zusammenzureißen, bevor du Simon gegenübertrittst.« Dann schlüpfte ich durch die Tür und verriegelte sie hinter mir. Ich hätte ihm durchaus zugetraut, daß er mir nachlief.

Das Gute an meiner Wut war, daß mir davon ganz warm geworden war, doch ich war trotzdem froh, als ich den nassen Badeanzug ausziehen und mich mit Topaz' Tagesdecke abtrocknen konnte. Ich hatte mich gerade im Pufferstaat umgezogen, als ich die anderen über den Hof kommen hörte.

Simon sagte nebenan: »Komm, wir erzählen es ihnen, Rose.« Also eilte ich zu ihnen, und wir gingen gemeinsam nach unten.

Wir trafen die anderen im Flur. Mrs. Cotton stand dicht neben der kleinen Wandleuchte, daher konnte ich ihr Gesicht genau sehen. Zunächst stellte sie verblüfft fest, daß sein Bart ab war, und begann: »Simon...!« Doch er unterbrach sie: »Rose und ich werden heiraten.« Vor Staunen blieb ihr der Mund offen stehen. Ich hatte den Eindruck, daß sie zugleich bestürzt und überrascht war – aber nur einen Moment lang, dann schien sie sich aufrichtig zu freuen. Sie küßte Rose und Simon und dankte ihr, daß sie ihn zu dieser Rasur überredet hatte. Dann küßte sie Topaz und mich – ich dachte schon, sie würde auch Vater küssen! Und sie redete und redete.

Ich schrieb einmal, ihre verbalen Ergüsse seien wie eine undurchdringliche Wand, aber diesmal wirkten sie eher wie ein Schlachtschiff, das aus allen Kanonen feuerte. Aber ich fand sie sehr, sehr nett. Je besser man sie kennt, desto mehr muß man sie mögen.

Mitten in all den Glückwünschen tauchte Neil auf. Ich stellte erfreut fest, daß sein Frackhemd ziemlich zerknittert war, seit ich es mit mir herumgeschleppt hatte. Doch man merkte ihm nicht an, daß er noch vor ein paar Minuten so wütend gewesen war. Er sagte:

»Herzlichen Glückwunsch, Simon – wie ich sehe, ist der Bart verschwunden! Meine liebe Rose, ich bin sicher, du weißt, was ich dir alles wünsche.«

Ich fand das ziemlich raffiniert, doch Rose schien keine Doppeldeutigkeit dahinter zu vermuten. Sie lächelte, bedankte sich freundlich und hörte dann weiter Mrs. Cotton zu.

Der Pfarrer sagte, er habe etwas Champagner in seinem Keller. Neil bot an, ihn zu holen, und hatte sogar den Nerv, mich zu fragen, ob ich ihn begleiten wolle. Ich lehnte so kühl wie möglich ab, ohne daß es verdächtig wirkte.

Doch als wir später, bevor die Cottons zu ihrem Wagen zurückgingen, noch draußen im Hof standen und plauderten, führte Neil mich so entschlossen von den anderen weg, daß ich mich nicht wehrte. Er zog mich bis zu den großen Levkojenbeeten am Burggraben und fragte:

»Frieden?«

Ich antwortete: »Ich glaube nicht, daß ich Lust dazu habe. Du hast mich eine Lügnerin genannt.«

»Und wenn ich mich entschuldige?«

»Hast du deine Meinung geändert?«

»Kannst du dich nicht mit einer einfachen Entschuldigung zufriedengeben?«

Unter diesen Umständen konnte ich das wohl, aber ich wußte nicht, wie ich es zugeben sollte, ohne Rose in ein schlechtes Licht zu setzen. Also sagte ich gar nichts. Neil fuhr fort: »Und wenn ich hinzufüge, daß ich dir deine Lüge – wenn es denn eine war – nicht übelnehme? Und daß ich dich dafür bewundere, daß du dich so für deine Schwester einsetzt? Du brauchst nichts zu sagen, aber wenn du mir verzeihst, dann drück einfach meine Hand.«

Er ließ meinen Ellbogen los und nahm meine Hand. Ich erwiderte seinen Händedruck. Er sagte: »Schön«, und fuhr dann mit einer ernsten Stimme, die ich von ihm noch nie gehört hatte, fort: »Cassandra, der Grund ist nicht, daß ich ihn mit nach Amerika zurücknehmen möchte, wirklich nicht. Natürlich, wenn ich nur an mich dächte, würde ich das sicher wollen . . .«

»Ich hätte das nicht sagen sollen«, unterbrach ich ihn. »Jetzt muß ich mich entschuldigen.«

»Angenommen.« Er drückte wieder meine Hand. Dann ließ er sie los und seufzte tief. »Ach, vielleicht habe ich sie völlig falsch eingeschätzt. Vielleicht hat sie sich wirklich in ihn verliebt. Warum auch nicht? Jedes halbwegs vernünftige Mädchen würde sich in ihn verlieben.«

Ich glaube, da lag er falsch. Viele Mädchen würden sich sicher nicht in Simon verlieben, obwohl er so nett ist. Sie würden sich eher in Neil verlieben. Das Mondlicht schien auf sein Haar, das sich durch die Nässe noch mehr kräuselte als sonst. Ich sagte ihm, daß noch immer ein paar Wasserlinsen darin seien. Er lachte und erwiderte: »Das Schwimmen war auf jeden Fall toll.« Dann rief Mrs. Cotton: « Kommt schon, ihr zwei.«

Nachdem wir unsere Gäste verabschiedet hatten, kam uns die Nacht plötzlich sehr still vor. Vermutlich fühlten wir uns alle ein wenig unsicher. Als wir wieder im Haus waren, fragte Vater mit gespielter Beiläufigkeit: »Ähm – bist du glücklich, meine liebe Rose?«

»Ja, sehr«, erwiderte sie vollkommen nüchtern, »aber auch sehr müde. Ich gehe jetzt direkt ins Bett.«

»Das sollten wir alle tun«, bestätigte Topaz. »Wenn wir heute nacht noch die Gläser spülen, wecken wir nur Stephen auf.«

Stephen war seit einer Weile wieder da – obwohl ich finde, daß er ganz schön lange dafür gebraucht hat, Ivy nach Hause zu bringen. Ich hatte ihn gebeten, zu uns zu kommen und mit dem Champagner des Pfarrers auf Roses Gesundheit anzustoßen, doch er wollte nicht. Er lächelte ganz merkwürdig, als ich ihm von der Verlobung erzählte, bemerkte dann:

»Oh, ich sage nichts dazu« und ging schlafen. Keine Ahnung, was er damit meinte.

Ich glaube, er hat Ivy geküßt.

Ich brannte darauf, mit Rose zu reden. Doch ich wußte, sie würde nicht eher anfangen, bis das Hin und Her zum Badezimmer beendet war, und Vater und Topaz schienen sich an diesem Abend ungewöhnlich langsam fertig zu machen. Als sie sich schließlich in ihr Schlafzimmer zurückgezogen hatten, schaute Rose nach, ob unsere beiden Türen geschlossen waren, sprang ins Bett und blies die Kerze aus.

»Und?« ermutigte ich sie.

Sie begann, mir alles zu erzählen, sehr schnell und kaum lauter als flüsternd. Ich hatte recht gehabt damit, daß sie Simon zum Rasieren herausgefordert hatte.

»Zuerst dachte er, ich würde scherzen«, erzählte sie. »Dann nahm er an, ich würde mich über ihn lustig machen, und tat ganz würdevoll. Aber ich achtete nicht darauf – ich mußte ihn einfach ohne diesen Bart sehen, Cassandra! Ich hatte mich regelrecht in einen Horror davor hineingesteigert. Ich trat ganz nah an ihn heran, schaute zu ihm auf und sagte: ›Du hast einen so schönen Mund – warum willst du ihn verstecken?‹ Und ich zeichnete seine Lippen mit meinem Finger nach. Dann versuchte er, mich zu küssen, doch ich wich zurück und sagte: ›Nein – nicht, solange du diesen Bart trägst.‹ Und er fragte: ›Küßt du mich, wenn ich ihn abrasiere?‹ Und ich antwortete: ›Das weiß ich erst, wenn er ab ist.‹ Dann lief ich los und holte Vaters Rasierzeug, Topaz' Nagelschere und einen Krug heißes Wasser aus dem Badezimmer. Wir lachten die ganze Zeit, aber es war irgendwie auch ein seltsames, aufregendes Gefühl, und ich mußte ihn ständig davon abhalten, mich zu küssen. Das Rasieren bereitete ihm ganz schön viel Arbeit. Auf einmal war mir das alles sehr peinlich, und ich wünschte, ich hätte ihn nie dazu gedrängt. Ich merkte, daß er wütend war. Und er sah vielleicht aus, nachdem er die langen Haare mit der Schere abgeschnitten hatte! Bestimmt machte ich ein ganz erschrockenes Gesicht, denn er rief: ›Geh weg, geh weg! Du darfst mir nicht zuschauen.‹ Also setzte ich mich auf den Fenstersitz und betete. Ach was, eigentlich dachte ich immer nur ›Bitte, lieber Gott, bitte, lieber Gott‹, ohne irgendwie weiterzukommen. Mir kam es wie eine Ewigkeit vor, bis Simon sich schließlich abtrocknete und zu mir umdrehte. Er sagte mit einer seltsamen, reumütigen Stimme: ›Jetzt kann ich nichts mehr vor dir verbergen.‹ Ich merkte, daß er mir nicht mehr böse war. Er sah irgendwie rührend und demütig aus – und so hübsch! Findest du nicht auch, daß er jetzt richtig gut aussieht, Cassandra?«

»Ja, sehr gut. Was passierte dann?«

»Ich sagte zu ihm: ›Großartig, Simon. Jetzt gefällst du mir tausendmal besser. Vielen Dank, daß du es für mich getan hast.‹ Und dann fragte er mich, ob ich ihn heiraten möchte.«

Ich verriet ihr nicht, daß ich es gehört hatte. Ich würde auch nicht wollen, daß mir jemand dabei zuhört.

Sie erzählte weiter: »Und dann – das war wirklich merkwürdig, denn ich bin sicher, daß ich dich nicht im Turm hörte – dachte ich plötzlich an dich. Mir fiel wieder ein, daß du gesagt hattest, ich könne mir meiner Gefühle erst dann sicher sein, wenn er mich geküßt hätte. Und du hattest recht. Oh, ich wußte zwar vorher schon, daß ich ihn mochte und bewunderte, aber ich wußte noch immer nicht, ob ich ihn liebe.

Und nun hatte ich die Chance, es herauszufinden – mit seinem Antrag als sicheres Pfand! Also bat ich ihn, mich zu küssen. Und es war wundervoll – so wundervoll wie ...«

Ihre Stimme erstarb. Ich vermutete, daß sie den Kuß noch einmal durchlebte, und ließ ihr mindestens eine Minute Zeit. »Na los«, drängte ich sie schließlich, »so wundervoll wie was?«

»Oh, wie nur irgend etwas. Lieber Himmel, ich kann es nicht beschreiben! Auf jeden Fall war alles in Ordnung – ich bin verliebt und furchtbar glücklich. Und für dich soll auch alles wunderbar werden! Du kommst zu uns und wohnst bei uns und kannst selbst jemanden heiraten. Vielleicht heiratest du ja Neil.«

»Ich dachte, du haßt ihn.«

»Heute abend hasse ich niemanden. Was für eine Erleichterung! Die Erleichterung festzustellen, daß ich Simon wirklich liebe!«

Ich erwiderte: »Angenommen, du hättest festgestellt, daß du ihn nicht liebst – hättest du ihn dann zurückgewiesen?«

Sie brauchte lange für ihre Antwort, und als sie endlich sprach, klang sie trotzig: »Nein. Bevor er mich küßte, sagte ich zu mir selbst: ›Du wirst ihn auf jeden Fall heiraten.‹ Und weißt du, wann mir das klar wurde? Hinter ihm auf der Kommode konnte ich das Handtuch sehen, das ich ihm zum Rasieren geliehen hatte – dünn und ausgefranst und einfach erbärmlich. In diesem Haus findet man nicht einmal ein Ersatzhandtuch ...«

»Als ob ich das nicht wüßte«, unterbrach ich sie entrüstet.

»Ich will nicht mehr so leben. Ich will nicht, ich will nicht!«

»Na ja, in Zukunft kannst du so viele Handtücher haben, wie du willst«, sagte Miss Blossoms Stimme. »Meinen herzlichen Glückwunsch, Rose.«

»Und alle Kleider, die ich will«, fügte Rose hinzu. »Ich werde daran denken, bis ich einschlafe.«

»Möchtest du lieber im Himmelbett schlafen, damit du angemessen schwelgen kannst?« bot ich ihr an.

Aber sie hatte keine Lust, noch einmal aufzustehen.

Während ich wach lag und in Gedanken noch einmal im Burggraben schwamm, fiel mein Blick auf die schwarzen Umrisse meiner Emailleschüssel mit dem Krug vor dem Fenster. Es war seltsam zu wissen, daß sie eine wichtige Rolle bei Simons Rasur gespielt hatten. Ich sah ihn immer wieder mit zwei Gesichtern vor mir – mit Bart und ohne Bart. Dann fiel mir ein, daß sich irgendein berühmter Mann einmal wegen einer Frau rasiert hatte. Ich überlegte angestrengt, wer, doch irgendwann schlief ich ein.

Ich wachte frühmorgens auf und dachte »Simson und Delila« – als hätte es mir jemand ins Ohr geflüstert. Natürlich wurde Simson das Haar abgeschnitten und nicht der Bart, daher paßte die Geschichte nicht ganz. Aber Rose gefiele sich als Delila bestimmt sehr gut.

Ich setzte mich auf, spähte zu ihr hinüber und fragte mich, was sie wohl träumte. Langsam wurde es hell genug, daß ich ihr helles, auf dem Kissen ausgebreitetes Haar und die dezente Röte auf ihren Wangen erkennen konnte. Sie sah besonders schön aus. Obwohl man nicht behaupten konnte, daß Tante Millicents Nachthemd sehr kleidsam wirkte. Seltsam, wie anders Rose mit geschlossenen Augen aussieht – viel kindlicher, sanfter und entspannter. Ich empfand eine tiefe Zuneigung für sie. Sie schlief tief und friedlich, allerdings in einer äußerst unbequemen Lage – ein schlaffer Arm hing aus dem Eisenbett heraus. Man muß sich ganz außen hinlegen, weil sich in der Mitte die dicksten Beulen der Matratze befinden. Ich dachte daran, daß sie bald in einem ganz anderen Bett schlafen würde, und freute mich schrecklich für sie.

III
Das Zwei-Guineen-Buch

Juni bis Oktober

XI

Ich sitze auf den Ruinen hinter der Küche – wo ich mit Neil saß, nachdem wir im Burggraben geschwommen waren, morgen vor drei Wochen. Wie anders es jetzt im heißen Sonnenschein ist! Die Bienen summen, eine Taube gurrt, und der Himmel spiegelt sich im Burggraben.

Heloïse ist gerade hinuntergetrottet, um etwas zu trinken, und ein Schwan blickt sie geringschätzig an. Abelard ist vor ein paar Minuten im hohen, grünen Weizen verschwunden. Ein Löwe, der sich in den Dschungel begibt.

Heute benutze ich zum ersten Mal das hübsche Schreibbuch von Simon und den Füllhalter, den er mir gestern geschickt hat. Ein scharlachroter Füllhalter und ein blau-goldenes Buch in Leder – was könnte inspirierender sein? Aber mit dem Bleistiftstummel und Stephens dickem Aufgabenbuch für einen Shilling klappte es anscheinend besser ... Ich schließe immer wieder die Augen und genieße einfach nur die Sonne. Das heißt, mein Körper genießt die Sonne, denn meine Gedanken schwirren wild umher. Sie bewegen sich vorwärts und rückwärts, halten die Vergangenheit fest, stellen Fragen über die Zukunft – und merkwürdigerweise sehne ich mich mehr nach der Vergangenheit als nach der Zukunft. Ich rufe mir ins Gedächtnis, wie oft wir hungerten und froren und kaum etwas zum Anziehen besaßen, und mache mir bewußt, wieviel besser es uns jetzt geht. Und dennoch hänge ich an der Vergangenheit. Aber das ist lächerlich. Und es ist lächerlich, daß ich mich so träge und bedrückt fühle, eigentlich nicht richtig unglücklich, aber auch nicht glücklich, wo ich doch eigentlich selig vor Freude sein müßte. Vielleicht finde ich beim Schreiben heraus, was mit mir nicht stimmt.

Es ist erst eine Woche her, daß Rose und Topaz nach London gefahren sind. Mrs. Cotton hat mich auch gefragt, ob ich mitkommen wolle – sie wohnen in ihrem Appartement in der Park Lane. Aber irgend jemand mußte ja hierbleiben und sich um Vater, Thomas und Stephen kümmern. Und wenn ich mitgefahren wäre, hätte sie vielleicht das Gefühl gehabt, nicht nur die Aussteuer für Rose, sondern auch für mich ein paar Kleider kaufen zu müssen. Sie ist äußerst großzügig – und äußerst taktvoll. Anstatt uns Geld aufzudrängen, damit wir unsere Ausgaben bestreiten können, wollte sie unbedingt für zweihundert Pfund den Mantel mit Biberfutter kaufen. Und wegen der Aussteuer sagte sie zu Rose: »Meine Liebe, ich wollte immer eine Tochter haben, der ich Kleider kaufen kann. Laß mich zu deinem Glück beitragen.«

Es überraschte mich ziemlich, daß Topaz sich bereit erklärte, mitzufahren, aber wir führten am Abend vorher ein aufschlußreiches Gespräch. Ich kam mit ein paar Sachen aus der Küche nach oben, die ich für sie gebügelt hatte. Sie saß neben einem halbvollen Koffer auf ihrem Bett und starrte ins Leere.

»Ich bleibe hier«, sagte sie mit wehmütiger Baritonstimme.

»Lieber Himmel, warum das denn?« fragte ich.

»Weil meine Gründe, mitzufahren, nicht richtig sind. Ich habe mir selbst eingeredet, daß es Mortmain gut tue, eine Weile ohne mich zu sein, und daß ich ein paar Freunde wiedersehen möchte – meine künstlerischen Interessen auffrischen und mich selbst etwas interessanter machen. Doch die Wahrheit ist, daß ich ein Auge auf diese Frau haben und sichergehen möchte, daß er sie nicht besucht, wenn er nach London fährt. Und das ist verwerflich. Ich bleibe hier.«

»Ich glaube nicht, daß du jetzt noch absagen kannst«, behauptete ich. »Und außerdem kannst du immer noch dein Gewissen beruhigen, indem du kein Auge auf Mrs. Cotton hast. Topaz, glaubst du wirklich, daß er sich in sie verliebt hat? Du hast nicht den geringsten Beweis.«

»Meine Augen und Ohren reichen mir als Beweis. Hast du sie mal zusammen beobachtet? Er scheint es richtig zu genießen, ihr zuzuhören. Und er hört ihr nicht nur zu, sondern spricht auch noch selbst! Er spricht an einem einzigen Abend mehr mit ihr, als er mit mir das ganze letzte Jahr geredet hat.«

Ich gab zu bedenken, daß er mit niemandem von uns viel redet.

»Und warum nicht? Was stimmt denn nicht mit uns? Ich war schon zu dem Schluß gekommen, daß er einfach ein griesgrämiger Mensch ist und nichts dafür kann. Aber als ich sah, wie er bei den Cottons seinen Charme spielen lassen kann ... Ich habe weiß Gott kein einfaches Leben erwartet, als ich ihn heiratete – ich war sogar auf Gewalt vorbereitet. Aber ich verabscheue Griesgrämigkeit.«

In dieser Situation konnte ich ihr nicht sagen, daß es dieses Wort nicht gibt, außerdem gefiel es mir eigentlich ganz gut.

»Vielleicht geht Mrs. Cotton mit Neil nach Amerika zurück«, versuchte ich sie zu trösten.

»Bestimmt nicht. Sie hat die Wohnung für drei Jahre

gemietet. Oh, wie dumm von mir – wie sollte ich sie wohl davon abhalten, sich mit ihm zu treffen, selbst wenn ich bei ihr wohne? Es gibt tausend Orte, an denen sie sich treffen könnten. Wahrscheinlich wird er wieder anfangen, sich für das British Museum zu interessieren.«

Ich muß gestehen, daß ich die Situation tatsächlich verdächtig fand: Solange sich Mrs. Cotton in Scoatney aufgehalten hatte, war Vater nicht einmal nach London gefahren.

»Wenn das so ist, kannst du ebensogut fahren«, sagte ich. »Es spielt doch keine Rolle, ob du spionieren willst, wenn du genau weißt, daß das gar nicht möglich ist.«

»Da hast du recht.« Sie stieß einen tiefen, theatralischen Seufzer aus. Dann begann sie, ihre wie Leichentücher aussehenden Nachthemden einzupacken. Plötzlich trat sie ans Fenster und schaute zu Vaters Licht im Pförtnerhaus hinüber.

»Ich frage mich ...«, begann sie mit Grabesstimme.

»Was?«

»Ob ich überhaupt zurückkommen werde. Ich habe das Gefühl, am Scheideweg zu stehen, und das verspürte ich erst drei- oder viermal in meinem Leben. An jenem Abend im Café, als Everard den Kellner schlug ...« Sie verstummte.

»Warum hat er das getan?« fragte ich neugierig. Everard war ihr zweiter Ehemann, ein Modedesigner. Der erste hieß Carlo und hatte irgend etwas mit einem Zirkus zu tun. Rose und ich brannten immer darauf, mehr über sie zu erfahren.

Ich hätte nicht fragen sollen. Topaz blickte mich ein wenig pikiert an und murmelte: »Laß die Toten ihre Toten begraben.« Soweit ich weiß, ist Everard springlebendig, und mir ist auch nicht klar, wie Tote noch jemanden begraben sollen.

Zwischen dem Abend der Verlobung und Roses und Topaz'

Abreise nach London geschah nichts besonders Aufregendes. Natürlich fuhren wir mehrmals nach Scoatney, aber Neil war nicht da. Er war unterwegs, um sich das Derby und andere Rennen anzuschauen. Ich fand es schade, daß er allein dorthin fahren mußte. Nachdem ich lange darüber nachgedacht hatte, schrieb ich ihm einen kurzen Brief:

Lieber Neil,
sicher wird es dich freuen zu hören, daß Rose wirklich in Simon verliebt ist. Als ich das letzte Mal mit dir sprach, hatte ich noch Angst, es könnte anders sein und du hättest mich zu Recht eine Lügnerin genannt. Aber jetzt weiß ich, daß ich keine Lügnerin bin. Rose hat es mir selbst erzählt, und sie ist ein sehr ehrlicher Mensch. Um es dir zu beweisen, erzähle ich dir folgendes: Sie hat vor mir aufrichtig zugegeben, daß sie ihn auch geheiratet hätte, wenn sie ihn nicht lieben würde. Ich glaube das zwar nicht so ganz, aber wie dem auch sei, du darfst es ihr nicht übelnehmen. Sie erträgt unsere Armut nur sehr schwer und muß schon seit Jahren damit leben. Und da sie sich genau im richtigen Augenblick in Simon verliebt hat, ist alles in Ordnung.

In Liebe
Deine zukünftige Schwägerin Cassandra.

Ich fand, ich könnte ruhig »In Liebe« schreiben, da ich es auf verwandtschaftliche Art meinte. Obwohl ich mir nicht ganz sicher bin, ob ich durch Roses Heirat wirklich auch Neils Schwägerin werde und nicht nur Simons.

Ich muß jetzt zurück ins Haus – einerseits ist mir die Sonne zu heiß, und andererseits kann ich dann Neils Antwort ins Tagebuch übertragen.

Jetzt sitze ich vor unserem Schlafzimmerfenster, habe ein Glas Milch neben mir stehen und eine Banane gegessen.

Neil hat folgendes geantwortet:

Liebe Cassandra,

ich habe mich sehr über deinen Brief gefreut, und wahrscheinlich hast du recht. Ich glaube, ich habe mich sehr unvernünftig und unwirsch verhalten. Ich möchte mich noch einmal dafür entschuldigen.

In Mutters Wohnung sind so viele Leute, daß ich in ein Hotel gezogen bin, deshalb habe ich sie alle bisher kaum gesehen. Aber gestern abend waren wir zusammen im Theater, und alle schienen sehr fröhlich zu sein. Es war eine Premiere, und die Fotografen stürzten sich förmlich auf Mrs. Mortmain, die wirklich umwerfend aussah.

Ich hoffe, wir sehen uns noch, bevor ich nach Hause fahre. Vielleicht können wir wieder im Burggraben schwimmen? Wie geht es den Schwänen?

Ich freue mich schrecklich darüber, daß du meine Schwägerin wirst. Alles Liebe von

Neil

Ich wünschte, er würde nicht nach Amerika zurückgehen. Simon hat mir erzählt, daß Neil sich an einer Ranch irgendwo in einer kalifornischen Wüste beteiligen möchte. Wüsten scheinen in Amerika gar nicht verwüstet zu sein.

Heute morgen erhielt ich einen Brief von Rose, den ich jetzt abschreiben werde.

Liebe Cassandra,
entschuldige bitte, daß ich nicht früher geschrieben habe,

aber wir waren viel unterwegs. Eine Aussteuer zusammenzubekommen ist ziemlich anstrengend. Du wärst erstaunt darüber, wie das vor sich geht. Wir besuchen kaum richtige Geschäfte, sondern riesige, prächtige Warenhäuser. Darin gibt es Salons mit Kristalleuchtern, und überall stehen kleine, goldene Stühle herum. Man setzt sich hin und betrachtet die Manniquins (keine Ahnung, wie man das schreibt), die in den Kleidern an einem vorbeilaufen. Man hält eine Karte und einen Stift in der Hand und notiert sich, was einem gefällt. Die Preise sind sagenhaft – relativ schlichte Kleider kosten ungefähr fünfundzwanzig Pfund. Mein schwarzes Kostüm wird fünfunddreißig kosten – eigentlich noch mehr, denn die Preise sind in Guineen und nicht in Pfund angegeben. Zuerst erschrak ich darüber, solche Summen auszugeben, aber inzwischen finde ich es fast normal. Ich schätze, meine komplette Aussteuer wird fast tausend Pfund kosten. Und das sind noch nicht einmal besonders viele Sachen – bei diesen Preisen. Aber Pelzmäntel und Schmuck bekomme ich ja noch, wenn ich erst einmal verheiratet bin. Meinen Verlobungsring habe ich natürlich schon, ein viereckiger Smaragd. Wunderschön.

Wahrscheinlich möchtest du, daß ich dir alles beschreibe, was wir gekauft haben. Aber erstens habe ich wenig Zeit, und zweitens ist es mir peinlich, daß ich jetzt so viel habe und du so wenig.

Aber du bekommst ein wundervolles Brautjungfernkleid. Du mußt irgendwann herkommen, damit es angepaßt werden kann. Und die Konfektionskleider, die ich jetzt trage, kann man bestimmt für dich ändern, wenn ich erst einmal meine Aussteuer habe. Und wenn ich verheiratet bin, gehen wir wie verrückt einkaufen.

Folgendes wird dich besonders interessieren: Wir haben mit den Fox-Cottons zu Abend gegessen und uns Stephens Fotos angeschaut. Er sieht wirklich aus wie alle griechischen Götter in einer Person. Leda ist ziemlich sicher, daß er einen Job im Filmgeschäft bekommen könnte, ganz ernsthaft. Ich warf ein, es sei zum Schreien, sich ihn als Schauspieler vorzustellen, und das ärgerte sie ziemlich. Du solltest aufpassen, daß dir deine Felle nicht davonschwimmen. Ach, das war nur ein Scherz – mach bloß keine Dummheiten. Ich werde schon jemand wirklich Aufregendes für dich finden.

Die Fox-Cottons mag ich nicht besonders. Aubrey macht einen furchtbaren Wirbel um Topaz. Er ist mehrere Male mit ihr ausgegangen. Sie fällt immer wahnsinnig auf. Bei einer Modenschau kannte sie einige der Manaquins – ich hätte sterben können. Und als wir in einer Premiere waren, kannte sie die Fotografen. Macmorris war da – er sieht aus wie ein bleicher Affe. Er möchte Topaz noch einmal malen. Jetzt, wo wir mit so vielen gutgekleideten Leuten zusammen sind, wirken ihre Kleider äußerst exzentrisch. Komisch, daß ich sie früher so darum beneidet habe.

Gestern dachte ich an dich. Ich war allein unterwegs und ging in das Geschäft, wo wir Tante Millicents Pelze abgeholt hatten. Ich finde die Kleider dort eher langweilig im Vergleich zu denen, die ich inzwischen gesehen habe, aber es gibt dort hübsche Handschuhe und so etwas. Ich sah die weiße Koralle wieder, die du so schön fandest, und wollte sie kaufen, aber sie war nur zur Dekoration gedacht. Dann wollte ich dir ein Fläschchen von dem Parfüm kaufen, von dem du meintest, daß es wie Hyazinthen duftet. Aber es war unglaublich teuer, und ich hatte nicht genug Geld bei mir. Als Taschengeld habe ich nur das, was Topaz mir gibt. Sie geht mit dem

Geld für den Bibermantel äußerst sparsam um, dabei gehört es ja eigentlich dir und mir.

Mrs. Cotton gibt ein Heidengeld für mich aus, aber sie hat mir nichts angeboten, von dem ich mir selbst etwas kaufen könnte. Vielleicht findet sie, das gehört sich nicht, aber ich finde das schon.

O Cassandra, Darling, erinnerst du dich noch, wie wir die Frau beobachteten, die ein ganzes Dutzend Seidenstrümpfe kaufte, und du sagtest, wir würden maunzen wie Katzen, die Vögel jagen wollen? Ich glaube, in diesem Augenblick beschloß ich, alles zu tun, um nie mehr so schrecklich arm zu sein. Und an genau jenem Abend sahen wir die Cottons wieder. Glaubst du, daß man die Dinge herbeiwünschen kann? Ich glaube daran. Die gleiche Verzweiflung spürte ich an dem Abend, als ich den Engel beschwor. Und nun schau, was er für mich getan hat! Er ist wirklich ein Engel und kein Teufel. Es ist so herrlich, daß ich in Simon verliebt sein kann, und alles andere auch!

Meine allerliebste Cassandra, ich verspreche dir, daß du nie wieder wie eine Katze zu maunzen brauchst, wenn ich verheiratet bin. Und ich kann dir auch mit anderen Dingen als Kleidung helfen. Ich fragte mich zum Beispiel, ob du vielleicht gern auf ein College gehen würdest? (Weißt du schon, daß Thomas nach Oxford gehen soll?) Für mich wäre es bestimmt furchtbar langweilig, aber dir würde es sicher Spaß machen, weil du so klug bist. Meine Heirat wird uns allen helfen – selbst Vater. Jetzt, wo er so weit von mir weg ist, bin ich nachsichtiger mit ihm.

Sowohl Simon als auch Mrs. Cotton betonen immer wieder, daß er ein wirklich großer Schriftsteller sei. Und jetzt spielt es keine Rolle mehr, daß er kein Geld verdient. Grüße ihn ganz lieb von mir – und Thomas und Stephen auch. Ich werde ihnen Postkarten schicken. Dieser Brief ist natürlich nur für dich bestimmt.

Ich wünschte wirklich, du wärst hier. Ich vermisse dich mindestens hundertmal am Tag. Als ich in diesem Geschäft war, fühlte ich mich ganz einsam ohne dich. Ich werde noch einmal hingehen und dir dieses Parfüm kaufen, wenn ich Topaz mehr Geld entlockt habe. Es heißt »Midsummer Eve«, und du sollst es rechtzeitig für deine Streiche auf Belmotte bekommen.

Lieber Himmel, ich habe schon so viele Blätter von Mrs. Cottons edlem Briefpapier verbraucht! Aber es ist ein bißchen, wie mit dir zu sprechen. Eigentlich wollte ich dir auch alles über die Theater erzählen, aber damit fange ich jetzt besser nicht mehr an. Es ist schon später, als ich dachte, und ich muß mich zum Abendessen umziehen.

Alles Liebe, und bitte schreib ganz oft an Deine
Rose

P.S. Ich habe ein Badezimmer ganz für mich allein, und jeden Tag hängen dort saubere, pfirsichfarbene Handtücher. Wenn ich mich einsam fühle, setzte ich mich dort hinein, bis es mir wieder besser geht.

Das ist der erste Brief, den ich je von ihr bekommen habe, da wir seit unserer Kindheit immer zusammen waren. Nur einmal hatte man uns getrennt. Damals hatte Rose Scharlachfieber.

Irgendwie paßt der Brief gar nicht zu ihr – schon deshalb, weil er so liebevoll klingt. Ich kann mich nicht erinnern, daß sie mich jemals »Darling« genannt hat. Vielleicht liegt das daran, daß sie mich vermißt? Ich sehe es als eine schöne Charaktereigenschaft an, wenn ein Mädchen, das verliebt und von so viel Ganz und Pracht umgeben ist, sich nach ihrer Schwester sehnt.

Fünfunddreißig Guineen für ein Kostüm! Das sind sechsunddreißig Pfund und fünfzehn Shilling. Die Geschäfte sind ganz schön schlau, wenn sie die Preise in Guineen angeben. Ich hätte nicht gedacht, daß Kleider so viel kosten können. Da hat Rose natürlich recht, wenn sie meint, daß man für tausend Pfund gar nicht allzuviel kaufen kann – nicht, wenn man an all die Hüte, Schuhe und Unterwäsche denkt, die auch noch nötig sind. Ich war davon ausgegangen, daß Rose Dutzende von Kleidern bekommt – man kann so schöne Kleider für zwei oder drei Pfund kaufen! Aber vielleicht fühlt man sich einfach erhabener und vornehmer, wenn man kurze, schwarze und unglaublich teure Kostüme trägt – so, als würde man echte Juwelen tragen. Rose und ich kamen uns immer ganz majestätisch vor, wenn wir unsere zierlichen Ketten aus echtem Gold mit den kleinen Perlen trugen. Wir heulten furchtbar, als sie verkauft werden mußten.

Eintausend Pfund nur für Kleidung – wenn man bedenkt, wie lange arme Leute davon leben können! Vor allem wir! Komisch, ich habe uns eigentlich nie für arm gehalten – ich meine, ich hatte nie schreckliches Mitleid mit uns, wie mit Arbeitslosen oder Bettlern. Dabei ging es uns eigentlich sogar noch schlechter, da wir vermutlich nicht vermittelbar gewesen wären und außerdem niemanden hatten, bei dem wir hätten betteln können.

Ich glaube nicht, daß ich einem Bettler noch ins Gesicht schauen könnte, wenn meine Aussteuer eintausend Pfund gekostet hätte ... Na ja, Mrs. Cotton hätte die tausend Pfund bestimmt keinem Bettler gegeben, wenn sie sie nicht für Rose ausgegeben hätte. Also kann Rose sie ebensogut haben. Und ich nehme auch gern Kleider von Rose an. Ich sollte mich schämen – mich zu freuen, daß der Reichtum nicht *mein* Gewissen belastet, aber trotzdem daran teilhaben zu wollen ...

Eigentlich wollte ich einen Brief von Topaz abschreiben, aber er hängt in der Küche, weil er größtenteils Kochanleitungen enthält. Damit kannte ich mich weniger aus, als ich angenommen hatte. Als Topaz noch als Modell arbeitete, kamen wir ganz gut zurecht, denn damals lebten wir fast nur von Brot, Gemüse und Eiern. Doch jetzt, da wir uns Fleisch leisten können, scheitere ich immer wieder am Kochen. Ich schrubbte zum Beispiel ein paar sehr schmutzig aussehende Koteletts mit einer Seife ab, die sich als äußerst hartnäckig erwies, und ließ bestimmte Teile in einem Hühnchen, die ich hätte herausnehmen müssen.

Selbst der Hausputz gestaltet sich schwieriger, als ich dachte. Ich hatte zwar schon immer dabei geholfen, aber ihn nie selbst organisiert. Jetzt begreife ich mehr und mehr, wie hart Topaz gearbeitet hat.

Ihr Brief sieht aus, als hätte sie ihn mit einem Holzstock geschrieben – sie benutzt immer einen sehr dicken, orangenfarbenen Federkiel. Ich habe sechs Rechtschreibfehler darin gefunden.

Nach den äußerst nützlichen Kochtips erwähnt sie die Theaterpremiere, die sie besucht hatten, und schreibt dann, das Stück sei nicht »bedeutsam« – ein Wort, das sie sich gerade erst angeeignet hat. Aubrey Fox-Cottons Architektur ist bedeutsam, aber Leda Fox-Cottons Fotos sind es nicht –

Topaz bezweifelt ihre elementare Motivation. »Elementare« mit zwei l. Ach, die gute Topaz! Ihr Brief paßt genau zu ihr – drei Viertel praktische Liebenswürdigkeit, und ein Viertel Schabernack. Hoffentlich bedeutet der Schabernack, daß es ihr wieder besser geht. Seit sie sich um Vater sorgt, wirkt sie immer unglücklicher. Es muß schon Monate her sein, daß sie auf ihrer Laute spielte oder mit der Natur kommunizierte.

Am Ende schreibt sie, sie würde sofort heimkommen, sobald Vater Anzeichen zeige, daß er sie vermißt. Leider ist das nicht der Fall. Er ist sogar nicht mehr so gereizt, seit sie nicht mehr da ist, allerdings auch nicht gesprächiger. Wir sehen uns nur zu den Mahlzeiten. Den Rest des Tages geht er entweder spazieren oder schließt sich im Pförtnerhaus ein (wenn er es verläßt, schließt er die Tür ab und nimmt den Schlüssel mit). Leider mußte ich feststellen, daß er Miss Marcys kompletten Vorrat an Kriminalromanen noch einmal liest. Und einen Tag verbrachte er in London. Während er fort war, kam ich zu dem Schluß, wie albern es doch ist, daß wir uns alle so vor ihm fürchten und keine Fragen stellen. Als er zurückkam, fragte ich deshalb fröhlich:

»Wie war's im British Museum?«

»Oh, da war ich gar nicht«, antwortete er recht gutgelaunt. »Heute war ich...« Dann brach er mitten im Satz ab und starrte mich an, als sei ich ein gefährliches Tier, das er gerade erst bemerkt hätte. Dann verließ er das Zimmer. Ich wollte ihm zuerst nachrufen: »Also wirklich, Vater! Bist du jetzt vollkommen übergeschnappt?« Aber dann fiel mir ein, wenn er tatsächlich übergeschnappt war, sollte er vermutlich besser der letzte sein, dem man es sagt.

Moment – dieser Satz gibt mir zu denken. Glaube ich wirklich, daß mein Vater den Verstand verliert? Nein, natürlich nicht. Ich hege sogar den wunderbaren, aber leisen Verdacht, daß er arbeitet. Er hat mich nämlich zweimal um Tinte gebeten. Ich finde es allerdings etwas merkwürdig, daß er auch meine Buntstifte (was noch von ihnen übrig war) mitnahm, und dazu eine alte Ausgabe von *Kleine Leute*. Ein anderes Mal schleppte er auf einem Spaziergang ein nicht mehr gültiges Bradshaw-Kursbuch mit sich herum.

Ansonsten benimmt er sich ganz normal. Und er hat sich noch nie über mein Essen beschwert, was sicher als ein Zeichen der Selbstbeherrschung gelten kann.

Wie anmaßend ich doch war! Ich entsinne mich, früher einmal in dieses Tagebuch geschrieben zu haben, ich würde Vater später beschreiben. Ich wollte ein hervorragendes Charakterbild von ihm zeichnen. Vater beschreiben! Eigentlich kann ich von niemandem eine Charakterstudie anfertigen. Es würde mich nicht überraschen, wenn selbst Thomas ein Doppelleben führt. Allerdings scheint es in seinem Leben nur Hausaufgaben und Appetit zu geben. Immerhin bekommt er endlich genug zu essen. Ich lade ihm immer Berge von Essen auf den Teller. Und Stephen? Nein, Stephen kann ich auch nicht richtig beschreiben. Das Leben verläuft wirklich immer anders, als man denkt. Ich hatte befürchtet, es könnte schwierig werden, so viel mit ihm allein zu sein – während der langen Abende, wenn Vater sich im Pförtnerhaus einschließt und Thomas über seinen Hausaufgaben brütet. Aber ich lag völlig falsch. Nach dem Tee hilft er mir beim Abwasch, und danach arbeiten wir für gewöhnlich im Garten, meistens jeder in einer anderen Ecke. Ansonsten redet er sowieso kaum.

Er ist nicht noch einmal nach London gefahren, und ich bin sicher, daß er auch die Fotos von sich nicht gesehen hat.

Wenn sie mit der Post gekommen wären, hätte ich sicher davon gewußt. Ich finde es gut, daß er sein Interesse an mir offenbar verloren hat. Denn so, wie ich mich im Moment fühle, hätte ich es nicht geschafft, resolut zu sein.

Wie fühle ich mich denn im Moment? Lustlos? Niedergeschlagen? Unausgefüllt? Und wenn ja, warum?

Ich dachte, ich würde beim Schreiben herausfinden, was mit mir nicht stimmt. Bis jetzt hat das nicht funktioniert. Es sei denn ... Könnte es sein, daß ich neidisch auf Rose bin?

Ich werde innehalten und in den Tiefen meiner Seele forschen ...

Ich habe gute fünf Minuten lang geforscht. Und ich schwöre, daß ich nicht neidisch auf Rose bin, ja, ich würde niemals mit ihr den Platz tauschen wollen. Das liegt natürlich hauptsächlich daran, daß ich Simon nicht heiraten möchte. Aber wenn ich in ihn verliebt wäre, so wie Rose? Das kann ich mir nur schwer vorstellen. Angenommen, es wäre Neil – denn seit seiner Abreise frage ich mich, ob ich nicht ein kleines bißchen in ihn verliebt bin. Na gut, ich bin in Neil verliebt, ich heirate ihn, und er ist der Richtige. Meine Aussteuer kostet tausend Pfund, Pelze und Schmuck werden folgen. Eine wunderschöne Hochzeit steht mir bevor, und alle werden sagen: »Was für eine tolle Partie das stille, kleine Mädchen doch gemacht hat.« Wir werden in Scoatney Hall wohnen, wo wir alles haben können, was das Herz begehrt, und wunderschöne Kinder bekommen. »Und sie lebten glücklich bis an ihr Lebensende.« Wie im Märchen.

Und es würde mir trotzdem nicht gefallen. Sicher, all die Kleider und die Hochzeit würden mir schon gefallen. Bei der Erfüllung der ehelichen Pflichten bin ich mir schon nicht mehr so sicher. Aber die bittere Enttäuschung, die ich empfand, als ich zum ersten Mal davon hörte, habe ich überwunden, und anscheinend muß man es früher oder später einmal versuchen. Was ich allerdings wirklich verabscheuen würde, ist diese Sicherheit – wenn einem nichts als Glückseligkeit bleibt und man sich auf nichts mehr freuen kann. Natürlich verläuft kein Leben vollkommen glücklich. Roses Kinder werden vermutlich krank werden, die Dienstboten könnten Schwierigkeiten bereiten, vielleicht wird sich die gute Mrs. Cotton als kleines Haar in der Suppe erweisen. (Ich wüßte zu gern, welches Haar als erstes in welcher Suppe schwamm.) Es gibt Hunderte von Sorgen, und vielleicht stellen sich sogar Schicksalsschläge ein, aber ...

Was ich wirklich meine, ist, daß Rose keine Ereignisse mehr herbeisehnen wird. Sie wird wollen, daß alles so bleibt, wie es ist. Sie wird nie mehr die freudige Erwartung spüren, daß etwas Aufregendes und Wundervolles hinter der nächsten Straßenecke lauert.

Bestimmt ist das ziemlich dumm von mir, aber so verhält es sich nun mal! ICH BENEIDE ROSE NICHT. Der Gedanke, an ihrer Stelle zu sein, verschafft mir das gleiche Gefühl wie die Lektüre eines Romans, der mit einem Happy End vor einer Backsteinmauer aufhört: Die Geschichte ist aus, und man braucht über die Figuren nicht weiter nachzudenken ...

Es scheint mir lange her zu sein, daß ich diese letzten Zeilen geschrieben habe. Ich habe einfach hier gesessen und Miss Blossom angestarrt, ohne sie wirklich zu sehen, ohne überhaupt etwas zu sehen. Jetzt erkenne ich die Dinge noch klarer als sonst. Das passiert mir oft, nachdem ich »steckengeblieben« bin. Die Möbel wirken fast lebendig und beugen sich zu mir herüber, so wie der Stuhl auf van Goghs Gemälde.

Die beiden Betten, meine kleine Waschschüssel mit Krug, die Kommode aus Bambusrohr – wie viele Jahre haben Rose und ich sie uns geteilt! Wir achteten so peinlich genau darauf, daß jede auch nur ihre Hälfte von der Kommode benutzte! Jetzt steht auf Roses Hälfte nichts als ein rosafarbener Ringständer aus Porzellan, obwohl sie nie irgendwelche Ringe besaß. Na ja, jetzt hat sie einen.

Plötzlich weiß ich, was die ganze Woche über mit mir los gewesen ist! Lieber Himmel – ich beneide Rose nicht, ich vermisse sie! Nicht, weil sie jetzt fort ist – obwohl ich mich schon ein wenig einsam gefühlt habe. Nein, ich vermisse die Rose, die für immer fort sein wird. Immer warteten wir zu zweit darauf, was das Leben wohl bringen würde, sprachen nachts mit Miss Blossom, überlegten und hofften – zwei Mädchen aus Brontë- und Jane Austen-Romanen, arm, aber temperamentvoll, zwei Mädchen von Godsend Castle. Jetzt ist nur noch eines übrig, und niemals wird es wieder so lustig sein.

Oh, wie selbstsüchtig von mir – wo Rose doch so glücklich ist! Natürlich würde ich nichts ändern wollen, auch für mich selbst nicht. Ich freue mich schon auf die Geschenke... Obwohl... Ich frage mich, ob es nicht einen Haken daran gibt, so viel Geld zu haben? Kann man sich vielleicht über die Dinge gar nicht mehr so freuen? Wenn ich daran denke, wieviel Freude mir mein grünes Leinenkleid bereitete, nachdem ich seit einer Ewigkeit kein neues Kleid mehr bekommen hatte! Wird Rose dieses Gefühl in ein paar Jahren noch kennen?

Eines weiß ich ganz sicher: Ich liebe mein grünes Leinenkleid, selbst wenn es nur fünfundzwanzig Shilling kostete. »Nur« fünfundzwanzig Shilling! Als wir das Kleid kauften, kam uns das wie ein Vermögen vor.

Ab ist gerade miauend hereingekommen – sicher ist es Zeit für den Tee. Dieser Kater trägt eine Uhr in seinem Bauch. Ja – ich höre Stephen im Hof mit Heloïse sprechen. Und Vater ruft durch das Fenster des Pförtnerhauses, weil er wissen will, ob Thomas ihm das Pfadfinder-Magazin mitgebracht hat. (Was will ein erwachsener Mann mit dem Pfadfinder-Magazin?) Ob Thomas auch an die Heringe gedacht hat?

Ja, hat er – ich habe gerade nach unten gerufen. Er bringt uns jetzt häufig Fisch aus King's Crypt mit. Fisch soll angeblich gut für das Gehirn sein – vielleicht hilft er ja Vater. Oh, Heringe zum Tee, jeder zwei! Sogar drei, wenn einer sie besonders mag.

Jetzt geht es mir besser.

Ich muß nach unten gehen und meine Familie versorgen.

XII

Heute ist Johannistag, und er ist wirklich wunderschön.

Ich sitze auf dem Dachboden, weil man von hier aus Belmotte sehen kann. Zuerst wollte ich mich auf den Hügel setzen, aber dann hätte ich alles noch einmal erlebt, statt darüber zu schreiben. Und ich muß es unbedingt heute aufschreiben, damit ich es für immer behalten kann, schön und unversehrt, unberührt von der Traurigkeit, die mich befallen wird – denn daß sie mich befallen wird, sagt mir mein Verstand. Ich hatte heute morgen schon mit ihr gerechnet, aber ich war derart weit entfernt davon, traurig zu sein, daß ich kaum glauben kann, daß es mich noch überkommen wird!

Ist es unrecht von mir, so glücklich zu sein? Sollte ich mich nicht eher schuldig fühlen? Nein.

Ich hab es ja nicht gewollt, und es kann niemanden verletzen außer mich selbst. Ich habe doch ein Recht auf meine Freude? Solange sie mir bleibt ...

Es fühlt sich an wie ein Kribbeln im Bauch, wie flatternde Schmetterlinge – ach, könnte ich doch nur Gedichte schreiben wie als Kind! Ich habe es versucht, aber meine Worte klingen so billig wie ein schwülstiges Lied. Also habe ich die Blätter zerrissen. Ich muß ganz sachlich beschreiben, was mir gestern passiert ist, ohne große Schwärmerei. Aber ich würde gern dichten können, um meinen Gefühlen gerecht zu werden ...

Mein wunderschöner Tag begann schon bei Sonnenaufgang. Ich wache oft um die Zeit auf, schlafe aber meistens wieder ein. Gestern fiel mir sofort ein, daß die Johannisnacht bevorstand, meine Lieblingsnacht. Also lag ich wach, freute mich darauf und plante meine Riten auf dem Hügel. Sie kamen mir noch wertvoller vor als sonst, denn vielleicht würde ich sie zum letzten Mal begehen. Das schien mir zwar im Moment noch nicht so, aber Rose wandte sich auch ungefähr in meinem Alter von ihnen ab. Und ich stimme ihr zu, daß es furchtbar wäre, nur so zu tun, als ob man sie ernst nähme. Letztes Jahr verlief alles ein bißchen eigenartig, als Topaz mir freundlicherweise half und sich dabei völlig unnatürlich benahm. Am schönsten war es immer, als Rose und ich noch klein genug waren, um uns wirklich zu fürchten.

Wir vollzogen unser Ritual zum ersten Mal, als ich neun Jahre alt war. Die Idee hatte ich aus einem Buch über Volksbräuche. Mutter meinte, das schicke sich nicht für christliche kleine Mädchen. (Ich weiß noch, wie erstaunt ich darüber war, christlich genannt zu werden.) Außerdem war sie besorgt, daß unsere Kleider Feuer fangen könnten, wenn wir um unser Johannisfeuer herumtanzten. Sie starb im Winter darauf, und im nächsten Jahr hatten wir ein noch viel größeres Feuer. Während wir immer mehr Holz darauf schichteten, dachte ich plötzlich an sie und fragte mich, ob sie uns wohl sehen könne. Ich hatte ein schlechtes Gewissen, nicht nur wegen des Feuers, sondern weil ich sie nicht mehr vermißte und mich vergnügte. Dann wurde es Zeit für den Kuchen, und ich freute mich, daß ich zwei Stücke essen konnte – sie hätte mir nur eines erlaubt. Aber schließlich aß ich doch nur eines. Stephens Mutter buk uns immer einen köstlichen Johanniskuchen. Die ganze Familie aß davon, aber Rose und ich ließen die anderen nie an unserer Zeremonie auf dem Hügel teilnehmen. Doch seit dem Jahr, in dem wir die Gestalt gesehen hatten, hielt Stephen sich im Hof auf, falls wir um Hilfe rufen würden.

Während ich gestern im Bett lag und die Sonne hinter dem Weizenfeld aufgehen sah, versuchte ich, mich an all unsere Johannisnächte in der richtigen Reihenfolge zu erinnern. Ich kam bis zu dem Jahr, als es in Strömen regnete und wir ein Feuer unter einem Regenschirm anzünden wollten. Dann döste ich wieder ein und fiel in einen herrlichen, nebelhaften, leichten Schlaf. Ich träumte, daß ich oben auf Belmotte stand, und um mich herum erstreckte sich ein riesiger, goldener See, so weit das Auge reichte. Die Burg war verschwunden, doch das schien mich nicht zu kümmern.

Beim Frühstück erzählte mir Stephen, daß er zum Mittagessen nicht dasein würde wie sonst jeden Samstag, weil er nach London fahren und wieder für Mrs. Fox-Cotton Modell stehen würde.

»Sie möchte gleich morgen früh mit der Arbeit beginnen«, erklärte er, »deshalb soll ich heute schon kommen und die Nacht dort verbringen.«

Ich fragte ihn, ob er eine Tasche für seine Sachen habe. Er zeigte mir eine mottenzerfressene Reisetasche, die seiner Mutter gehört hatte.

»Oje, die kannst du doch nicht mitnehmen«, erschrak ich. »Ich leihe dir meine Schultasche, wenn sie groß genug ist.«

»Das ist sie bestimmt«, antwortete er grinsend. Ich stellte fest, daß er nur sein Nachtzeug, seinen Rasierapparat, eine Zahnbürste und einen Kamm einpackte.

»Könntest du dir nicht einen Morgenmantel kaufen, Stephen – von den fünf Guineen, die du beim letzten Mal verdient hast?«

Er entgegnete, die habe er schon anderweitig verplant.

»Na, dann von deinem Lohn. Du kannst ihn jetzt ruhig behalten, wo wir zweihundert Pfund haben.«

Doch er antwortete nur, er würde nichts ändern, ohne es mit Topaz abgesprochen zu haben.

»Vielleicht rechnet sie ja damit. Und zweihundert Pfund reichen auch nicht ewig. Halte dich nur nicht für reich – das ist nicht sicher.«

Schließlich versprach er, über einen Morgenmantel nachzudenken, aber ich merkte, daß er es nur mir zuliebe sagte. Nein, ich glaube, er wollte einfach die Diskussion beenden, er tut nicht mehr etwas nur mir zuliebe. Und das finde ich eigentlich auch ganz gut so.

Er hatte kaum das Haus verlassen, als Vater in seinem besten Anzug herunterkam. Er wollte ebenfalls nach London, und zwar gleich für mehrere Tage!

»Wo wirst du denn wohnen – bei den Cottons?« fragte ich vorsichtig, denn so stellte ich ihm im Moment alle Fragen.

»Was – wo? Ja, das könnte ich tun. Gute Idee. Irgendwelche Nachrichten an die Mädchen? Sei mal eine Minute still.«

Ich blickte ihn erstaunt an. Er hatte einen Teller vom Tisch genommen und betrachtete ihn kritisch – einen rissigen, alten Teller mit Weidenmuster, den ich im Hühnerstall gefunden und ins Haus geholt hatte, weil wir so wenig Geschirr besaßen.

»Sehr interessant. Einen Versuch wäre es wert«, sagte er schließlich. Dann ging er mit dem Teller zum Pförtnerhaus.

Nach ein paar Minuten kam er zurück und begann zu frühstücken. Er schien sehr mit sich selbst beschäftigt, aber ich wollte unbedingt wissen, was es mit diesem Teller auf sich hatte. Ich fragte, ob er wertvoll sei.

»Schon möglich«, erwiderte er und schaute vor sich hin.

»Kennst du jemanden, der ihn kaufen würde?«

»Kaufen? So ein Unsinn. Und jetzt sei still.«

Ich gab es auf.

Wie üblich mußte er sich beeilen, um den Zug noch zu erwischen. Ich schob sein Fahrrad für ihn nach draußen und wartete im Hof.

»Wo sind deine Sachen?« fragte ich, als er schließlich mit leeren Händen aus dem Haus gestiefelt kam.

Er blickte mich ein wenig erschrocken an und sagte dann: »Ach, ich könnte sowieso keinen Koffer auf dem Fahrrad mitnehmen. Ich komme schon ohne aus. Nanu!« Er entdeckte Stephens Reisetasche, die ich nach draußen geworfen hatte, weil es darin von Mottenlarven nur so wimmelte. »Die könnte ich doch mitnehmen! Ich könnte sie über den Lenker hängen. Schnell, hol meine Sachen!«

Ich wies ihn darauf hin, wie ekelig die Tasche sei, doch er scheuchte mich ins Haus und rief mir Befehle nach. In der Küche hörte ich: »Schlafanzug!«, auf der Treppe: »Rasierzeug!«, und während ich in seinem Schlafzimmer herumwühlte: »Zahnbürste, Taschentücher und ein sauberes Hemd, wenn eins da ist!« Als ich mich ins Badezimmer vorgearbeitet hatte, brüllte er:

»Das reicht – komm sofort zurück, oder ich verpasse meinen Zug!« Doch als ich zu ihm hinunterstürmte, schien er vollkommen vergessen zu haben, daß er in Eile war. Er saß vor der Hintertür und begutachtete die Reisetasche.

»Äußerst interessant – falscher Perser«, fing er an. Dann sprang er auf und rief: »Gütiger Himmel! Gib mir die Sachen!« Die Kirchenglocke von Godsend, die zur halben Stunde schlug, hatte ihn wieder in die Gegenwart zurückgeholt.

Er stopfte alles in die Reisetasche, hängte sie sich ans Fahrrad, strampelte los und fuhr dabei über die Ecke eines Blumenbeets. Am Pförtnerhaus bremste er plötzlich, sprang ab und raste die Wendeltreppe im Turm hinauf. Er ließ das Fahrrad so wackelig stehen, daß es umfiel. Als ich gerade hinübergerannt war und es aufgehoben hatte, kam er mit dem Weidenmusterteller zurück. Er stopfte ihn in die Tasche und strampelte eifrig los, wodurch die Tasche immer wieder gegen seine Knie stieß. An der ersten Kurve unserer Zufahrt drehte er sich um und rief:

»Auf Wiedersehen!« Dabei fiel er fast vom Fahrrad. Dann war er verschwunden. Ich hatte ihn noch nie so konfus erlebt. Oder doch? War er nicht früher auch immer so ungestüm gewesen? Während ich zum Haus zurückschlenderte, dämmerte mir, daß ich die Nacht über allein zu Haus sein würde. Thomas verbrachte das Wochenende bei seinem Schulfreund Harry. Einen Moment lang fürchtete ich mich ein wenig. Doch dann sagte ich mir, daß ich vor nichts Angst haben müsse. Landstreicher kommen nur selten bei uns vorbei, und wenn, dann sind sie meistens sehr freundlich. Außerdem gibt Heloïse einen hervorragenden Wachhund ab.

Nachdem ich mich erst einmal an die Aussicht, für längere Zeit allein zu sein, gewöhnt hatte, freundete ich mich sogar damit an. Ich hatte dieses ungewohnte Gefühl, wenn man sich allein in einem Haus aufhält, schon immer gemocht. Und der Gedanke, daß ich dieses Gefühl zwei ganze Tage lang verspüren würde, verstärkte es irgendwie noch. Die Burg schien so sehr mir zu gehören wie noch nie zuvor, und der Tag schien extra für mich gemacht. Ich hatte sogar das Gefühl, daß ich mir noch mehr gehörte als sonst. Plötzlich wurde ich mir all meiner Bewegungen richtig bewußt: Wenn ich den Arm hob, betrachtete ich ihn verwundert und dachte: Das ist meiner! Und ich genoß es, mich zu bewegen – einerseits die körperliche Anstrengung und andererseits die Berührung der Luft. Seltsam, wie die Luft mich zu berühren schien, selbst wenn sie ganz still stand. Den ganzen Tag über verspürte ich eine große Leichtigkeit und Weite. Und meine Fröhlichkeit schien mir wie ein Widerhall aus einer früheren Zeit, so als hätte ich sie schon einmal erlebt. Oh, wie soll ich es nur beschreiben – dieses Gefühl, etwas Bekanntes, Vertrautes kehre zu einem zurück? Der ganze Tag kommt mir jetzt vor wie eine lange Allee, die zu einem Haus führt, das ich früher einmal geliebt und dann vergessen hatte. Und während ich die Allee entlanglief, kehrte die Erinnerung daran so schwach, so allmählich zurück, daß die Erkenntnis erst kam, als ich direkt vor dem Haus stand, und dort rief ich: »Jetzt weiß ich, warum ich so glücklich bin!«

Worte haben Zauberkraft! Während ich die Allee beschrieb, tauchte sie plötzlich vor mir auf. Ich sehe sie genau vor mir, gesäumt von hohen Bäumen mit glatten Stämmen und Ästen, die sich hoch über mir berühren. Die stille Luft ist friedlich, aber zugleich erwartungsvoll – so empfand ich es, als ich einmal in King's Crypt bei Sonnenuntergang vor der Kathedrale stand. Ich wandere immer weiter, unter dem hohen Gewölbe aus Zweigen und Blättern entlang. Und die ganze Zeit über befindet sich die Allee im Gestern, der lange

Weg zur Schönheit. Wie seltsam doch die Bilder im Kopf sein können ...

Ich habe in den Himmel geblickt – ich glaube, ich habe ihn noch nie so blau gesehen. Riesige Schäfchenwolken ziehen an der Sonne vorbei, so daß ihre Ränder silbern leuchten. Der ganze Tag ist silbern, strahlend, und das Vogelgezwitscher klingt laut ... Gestern war alles golden, selbst morgens wirkte das Licht matt und sanft und alle Geräusche gedämpft.

Um zehn Uhr hatte ich alle Arbeiten erledigt und überlegte, was ich mit dem Morgen anfangen sollte. Ich spazierte im Garten umher, beobachtete eine Drossel, die auf dem Rasen nach Würmern suchte, und setzte mich schließlich ans Grasufer des Burggrabens. Ich plätscherte mit der Hand im Wasser und stellte fest, daß es viel wärmer war, als ich gedacht hatte, und ich beschloß, darin zu baden. Ich schwamm zweimal um die Burg und hörte im Geiste die *Wassermusik* von Händel.

Als ich meinen Badeanzug zum Trocknen vor das Schlafzimmerfenster hängte, verspürte ich plötzlich Lust, mich nackt in die Sonne zu legen. Ich hatte dieses Bedürfnis noch nie zuvor gehabt – in unserem Haushalt war Topaz immer für Nacktheit zuständig. Doch je länger ich darüber nachdachte, desto mehr gefiel mir die Vorstellung. Und dann kam mir die brillante Idee, mein Sonnenbad auf dem Dach des Schlafzimmerturmes zu nehmen. Dort konnte mich irgend jemand, der vielleicht zufällig unsere Auffahrt entlangkam oder auf dem Feld arbeitete, auf keinen Fall entdecken. Es war ein komisches Gefühl, die kalten, rauhen Steinstufen nackt hinaufzuklettern – irgendwie aufregend und unheimlich, was ich mir aber nicht weiter erklären konnte. Als ich oben in die Sonne trat, umgab mich das Licht und die Wärme wie ein riesiger, herrlicher Mantel. Das Bleidach war so heiß, daß ich mir fast die Fußsohlen verbrannte. Zum Glück hatte ich daran gedacht, eine Decke mitzubringen.

Hier war ich herrlich ungestört. Dieser Turm ist von allen am besten erhalten. Die Zinnen sind vollständig, bis auf ein paar tiefe Risse. In einem blühte eine Ringelblume. Nachdem ich mich flach hingelegt hatte, konnte ich nicht einmal mehr die Zinnen sehen, ohne den Kopf zu heben.

Um mich herum gab es nichts außer der riesigen, sonnigen, wolkenlosen Himmelskuppel.

Was für einen Unterschied es doch macht, ob man einen knappen Badeanzug trägt oder gar nichts! Nach ein paar Minuten lebte ich in jedem Zentimeter meines Körpers, so wie ich normalerweise nur in meinem Kopf, meinen Händen und meinem Herzen lebe. Ich entdeckte das faszinierende Gefühl, daß ich mit meinen Gliedern ebenso gut wie mit meinem Kopf denken konnte, und plötzlich entschied mein ganzer Körper, daß Topaz' Unsinn über das Kommunizieren mit der Natur gar kein Unsinn ist. Die warme Sonne fühlte sich wie riesige zärtliche Hände an, und der laue Wind wie sanfte Fingerspitzen. Meine Art, der Natur zu huldigen, hatte immer etwas mit Magie und Volksbräuchen zu tun, obwohl es dabei manchmal ein bißchen religiös wurde. Dies hier war etwas ganz anderes. Topaz würde es vermutlich als heidnisch bezeichnen. Auf jeden Fall fand ich es sehr aufregend.

Nur wurde meine Stirn so schrecklich heiß. Und als ich mich auf den Bauch legte, stellte ich fest, daß meine Rückseite nicht so gern mit der Natur kommunizierte. Ich fing wieder an, nur mit dem Kopf zu denken, wie ich es normalerweise mache, doch er schien wie gelähmt.

Wahrscheinlich, weil es ziemlich langweilig ist, nur das

Dach anzustarren. Ich begann, in die Stille zu lauschen – der Morgen kam mir unglaublich ruhig vor. Kein Hund bellte, kein Huhn gackerte, und was ich am seltsamsten fand, kein Vogel sang. Ich schien mich im lautlosen, unendlich heißen Raum zu befinden. Ich fürchtete schon, ich sei vielleicht taub geworden, als ich ein kaum hörbares, perlendes Geräusch vernahm – poch, poch – ich hatte keine Ahnung, was das sein konnte. Plop, plop. Und dann kam ich drauf: Es war mein Badeanzug, von dem das Wasser in den Burggraben tropfte. Eine Biene summte dicht an meinem Ohr vorbei in die Ringelblume, und plötzlich schienen alle Bienen der Welt hoch oben am Himmel zu fliegen. Ich sprang auf und sah ein Flugzeug näher kommen. Schnell huschte ich auf die Treppe, so daß nur noch mein Kopf hervorschaute. Das Flugzeug flog ziemlich tief über die Burg hinweg. Plötzlich kam mir der absurde Gedanke, ich sei eine Lady de Godys aus dem Mittelalter, die einen Mann durch die Jahrhunderte fliegen sieht und vielleicht hoffe, er sei ein Ritter, der sie erobern will.

Danach tastete sich die Lady aus dem Mittelalter den Turm hinunter und kleidete sich wieder an. Ich war fast fertig, als der Briefträger auf dem Hof erschien und rief: »Ist jemand zu Hause?« Er hatte ein Paket dabei – für mich! Rose war noch einmal in den Laden gegangen und hatte das »Midsummer Eve«-Parfüm gekauft! Und ich hatte schon gedacht, sie hätte es vergessen. Oh, was für ein herrliches Geschenk! Unter der äußeren Verpackung fand ich eine zweite – weiß, mit bunten Blumen darauf. Darin lag eine blaue Schachtel, die sich ganz samtig anfühlte, und in der Schachtel stand ein Glasfläschchen, auf der ein Mond und Sterne eingraviert waren. Und darin war schließlich das hellgrüne Parfüm. Der Pfropfen war mit silbernem Draht und silbernen Siegeln befestigt. Zuerst wollte ich das Fläschchen gleich öffnen, doch dann beschloß ich, das Öffnen als Einleitung zu meinen Riten einzubauen, damit ich mich noch den ganzen Tag darauf freuen konnte. Also stellte ich es auf die Hälfte der Kommode, die früher Rose gehört hatte, und sandte ihr in Gedanken meinen Dank. Ich wollte ihr sofort nach meinen »Streichen auf Belmotte«, wie sie es nannte, schreiben und ihr erzählen, daß ich das Parfüm dazu aufgelegt hatte ... Oh, warum habe ich nicht sofort geschrieben? Was soll ich ihr jetzt bloß sagen?

Ich hatte Hunger, aber keine Lust zu kochen, deshalb bereitete ich mir ein herrliches Mittagessen aus kalten Baked Beans. Was für ein Segen, daß wir uns wieder Konservendosen leisten können! Dazu gab es ein Butterbrot, Kopfsalat, kalten Reisauflauf, zwei Stück Kuchen (richtiger Kuchen aus dem Laden) und Milch. Hel und Ab saßen auf dem Tisch und ließen sich füttern. Sie hatten natürlich auch schon ihr eigenes Mittagessen gehabt. Trotzdem stürzten sie sich beide sofort auf die Baked Beans. Es gibt nur wenig, das sie nicht mögen. Heloïse fraß sogar gesalzenen Salat. (Während unserer Hungerzeit wurde sie praktisch zur Vegetarierin.) Als wir satt waren, machten wir alle drei im Himmelbett einen Mittagsschlaf. Ab rollte sich am Fußende zusammen, und Hel lag mit dem Rücken an meiner Brust. Das war zwar ganz schön warm, aber auch sehr gemütlich.

Wir schliefen ein paar Stunden – ich glaube, ich habe noch nie tagsüber so lange geschlafen. Ich hatte ein ganz schlechtes Gewissen, als ich aufwachte und feststellte, daß es schon fast vier Uhr war. Hel schlug freudig mit dem Schwanz, als wäre ich gerade von irgendwoher zurückgekehrt, und Ab schaute uns an, als hätte er uns noch nie gesehen. Dann sprang er vom

Bett, wetzte die Krallen an Miss Blossoms Bein und trottete nach unten. Als ich ein paar Minuten später auf den Hof hinausblickte, saß er oben auf der Ringmauer, streckte eine Pfote gen Himmel und putzte sich ausgiebig. Das brachte mich auf den Gedanken, mir die Haare zu waschen.

Danach wurde es Zeit, um Blumen für die Riten zu sammeln.

Es müssen wildwachsende Blumen sein – ich habe vergessen, ob das Tradition ist oder ob Rose und ich uns das ausgedacht haben: Malven, Lichtnelken und Glockenblumen für die Halskette, Fingerhut zum Tragen und wilde Rosen fürs Haar. Obwohl Rose sich nicht mehr an den Johannisriten beteiligt, hilft sie mir manchmal beim Blumenpflücken. Ich stellte mir gestern immer wieder vor, ich würde mich mit ihr unterhalten, und dadurch vermißte ich sie noch mehr als vorher. Also sprach ich statt dessen mit Heloïse. Wir spazierten gemütlich und friedlich die Zufahrt entlang und dann durch die Felder. Heloïse trug immer ein paar Sekunden lang den Blumenkorb, wobei ihre hintere Hälfte vor Stolz wackelte. Ich stellte erfreut fest, daß es im Lärchenwäldchen noch jede Menge Glockenblumen gab. Einen der hübschesten Anblikke, die ich kenne, bietet Heloïse, wenn sie mit ihrer langen, weißen, nackt aussehenden Schnauze an einer Glockenblume schnuppert. Wie können die Leute nur behaupten, Bullterrier seien häßlich? Heloïse sieht wirklich vornehm aus – obwohl sie in den letzten, üppigen Wochen etwas zu dick geworden ist.

Ich legte die Blumen ins Wasser – die wildwachsenden gehen so schnell ein ohne Wasser, deshalb winde ich meine Kette nie vor sieben Uhr. Bis dahin hatte ich auch genug Zweige für das Feuer gesammelt – Stephen bringt immer die

Holzscheite für mich nach oben – und packte meinen Korb. Als ich die Blumenkette gewunden hatte, war es fast acht Uhr, und ein fahler Mond ging auf, obwohl der Himmel noch blau war. Ich zog mein grünes Leinenkleid an, legte die Kette um und steckte mir die Wildrosen ins Haar. Und dann, ganz zum Schluß, öffnete ich Roses Parfüm.

Ich brauchte nur einmal daran zu riechen, und schon stand ich wieder in dem prächtigen Geschäft, in dem wir die Pelze abgeholt hatten. Oh, es duftete himmlisch! Aber es erinnerte mich komischerweise nicht mehr an Hyazinthen. Ich fächerte mir ein bißchen davon mit einem Taschentuch zu und hatte für einen Moment den Duft der Blumen in der Nase, aber die meiste Zeit roch ich nur eine undefinierbare, mysteriöse Süße, die für mich Luxus und London bedeutete. Das Parfüm überlagerte den Duft der Wildblumen, und ich wußte, es würde auf Belmotte den herrlichen Geruch von Gras nach einem heißen Tag verderben. Also beschloß ich, während meiner Riten kein Parfüm zu tragen. Ich roch ein letztes Mal daran. Dann rannte ich in die Küche hinunter, holte den Sack mit den Zweigen und den Korb und machte mich auf den Weg. Ich war froh, daß Heloïse mir nicht folgte, denn sie will immer den Kuchen fressen. Es war kein einziger Windhauch zu spüren, als ich den Wall hinaufkletterte. Die Sonne war bereits untergegangen. Normalerweise beginne ich mit den Riten, indem ich den Sonnenuntergang betrachte, aber ich hatte mich länger mit dem Parfüm beschäftigt, als ich geplant hatte. Der Himmel hinter Belmotte Tower trug eine hellgelbe Farbe mit einem Streifen Grün – ein leuchtendes, zauberhaftes Grün. Doch es verschwand ziemlich schnell. Als ich den Steinkreis erreichte, in dem wir immer das Feuer anzünden, war es schon fort. Ich sah zu, bis auch das Gelb verschwunden war. Dann drehte ich mich zum Mond um, der noch tief über dem Weizenfeld stand. Das Blau rundherum war so dunkel geworden, daß er nicht mehr fahl aussah, sondern weiß wie leuchtender Schnee.

Alles wirkte so friedlich, daß ich das Gefühl hatte, von einer weichen, dicken Decke eingehüllt zu sein und mich nicht bewegen zu können. Doch als die Kirchenglocke neun schlug, fing ich schließlich an. Zuerst schüttete ich die Zweige in den Steinkreis und legte die kleinen Holzklötze darauf, die Stephen bereits hergebracht hatte. Er hatte auch ein paar lange, dünne Äste mitgebracht, die ich wie die Stangen eines Indianerzeltes über den Holzscheiten aufstellte. Dann ging ich zum Turm hinüber, um mein Notfeuer anzuzünden.

Ein echtes Notfeuer – durch das ein Johannisfeuer entfacht werden sollte – kann man nur entzünden, indem man zwei Holzstücke gegeneinander reibt. Doch als Rose und ich zum ersten Mal unsere Riten begingen, versuchten wir das eine ganze Stunde lang und brachten nicht ein Fünkchen zustande. Also beschlossen wir, es sei heidnisch genug, wenn wir Streichhölzer zum Turm brächten und damit einen Wachsstock anzündeten. Diesen trug Rose dann nach draußen, und ich folgte ihr und schwenkte die Fingerhüte. Wir staunten jedesmal darüber, daß eine so kleine Flamme die Dämmerung so viel dunkler und schwärzer erscheinen lassen konnte. Wir hielten das für den Beginn des Zaubers und fanden es furchtbar wichtig, daß der Wachsstock nicht vom Wind ausgeblasen wurde, während wir die Treppe des Turmes hinunterstiegen und über den Hügel liefen. An windigen Abenden deckten wir ihn mit einem Lampenglas ab. Gestern abend stand die Luft so still, daß ich ihn nicht einmal mit der Hand abzudecken brauchte.

Wenn das Feuer erst einmal brennt, versinkt die Landschafe in der Dämmerung, deshalb betrachtete ich ein letztes Mal wehmütig die ruhigen Felder. Dann zündete ich die Zweige an. Sie fingen schnell Feuer – ich liebe diese ersten Minuten eines Feuers, wenn es knistert und knackt, das zarte Aufflackern, die erste beißende Rauchwolke. Die Holzscheite entzündeten sich nur schlecht, also kniete ich mich davor und pustete. Plötzlich krochen die Flammen an den Zeltstangen empor, und ich sah den schneeweißen Mond in einem feurigen Käfig gefangen. Dann, als die Holzklötze schließlich brannten, wurde er vom Rauch verdeckt. Ich rappelte mich wieder auf, setzte mich zurück und betrachtete die lodernden Flammen. All meine Gedanken schienen in das Feuer gesogen zu werden und in dem hellerleuchteten Steinkreis zu brennen. Die ganze Welt zischte, prasselte und krachte.

Und dann rief jemand weit entfernt in der versunkenen Dämmerung meinen Namen.

»Cassandra!« Kam das von der Zufahrt oder aus der Burg? Und wessen Stimme war es? Ich blieb ganz still sitzen, wartete darauf, daß sie mich noch einmal rief, und versuchte, nicht auf die Geräusche des Feuers zu achten. War es eine Frauen- oder eine Männerstimme gewesen? Ich versuchte, mich zu erinnern, und hörte doch nur das Feuer. Nach ein paar Sekunden dachte ich, ich hätte es mir eingebildet. Dann fing Heloïse an zu bellen, so wie sie immer bellt, wenn jemand kommt.

Ich rannte über den Hügel und blickte hinunter. Ich hatte so lange in die Flammen geschaut, daß ich zuerst gar nichts erkennen konnte. Dann gewöhnten sich meine Augen ganz allmählich wieder an die Dämmerung. Trotzdem konnte ich nicht auf unsere Zufahrt oder in den Hof sehen, denn vom Burggraben stieg dichter Nebel auf. Heloïse klang so aufgelöst, daß ich beschloß nachzusehen. Als ich gerade loslaufen wollte, hörte sie auf zu bellen. Und dann schallte durch den Nebel wieder diese Stimme zu mir herüber: »Cas-san-dra!« Ein langgezogenes Rufen. Diesmal stellte ich fest, daß es eine Männerstimme war, doch ich erkannte sie immer noch nicht. Ich war mir nur sicher, daß es nicht Vater, Stephen oder Thomas sein konnten. Diese Stimme hatte mich noch nie zuvor gerufen.

»Ich bin hier!« schrie ich. »Wer ist da?«

Jemand bewegte sich durch den Nebel auf mich zu und überquerte die Brücke. Heloïse rannte zufrieden voraus.

»Ja, natürlich – bestimmt ist es Neil!« dachte ich plötzlich und lief ihm entgegen. Schließlich erkannte ich den Rufer. Nur war es nicht Neil, sondern Simon.

Seltsam, wenn ich mich jetzt daran erinnere – ich freute mich gar nicht, ihn zu sehen! Ich hatte gehofft, wenn mich schon jemand bei meinen Riten störte, wäre es Neil. Und niemandem, der ein Mädchen in meinem Alter bei so etwas überraschte, hätte ich es übelnehmen können, wenn er sie als »gewollt naiv« bezeichnet hätte.

Während wir uns begrüßten, beschloß ich, ihn direkt ins Haus zu bitten und das Feuer gar nicht zu erwähnen. Doch er blickte in die Richtung und sagte:

»Ich hatte ganz vergessen, daß heute Johannisnacht ist. Rose hat mir erzählt, welchen Spaß ihr immer dabei habt. Wie hübsch deine Blumenkette aussieht!«

Dann kletterten wir zusammen den Hügel hinauf.

Er war hergefahren, um sich noch einmal mit dem Makler zu treffen, und hatte den ganzen Tag mit ihm gearbeitet.

»Dann kam mir der Gedanke, dich und deinen Vater zu besuchen. Ist er nicht da? In der Burg brennt kein Licht.«

Ich berichtete, daß Vater nach London gefahren sei und vielleicht Mrs. Cotton aufsuchen würde.

»Dann muß er in meinem Zimmer schlafen. Wir leben dort wie die Sardinen in der Büchse. Was für ein herrliches Feuer!«

Als wir uns setzten, fragte ich mich, wieviel Rose ihm wohl von unseren Riten erzählt hatte.

Hoffentlich wußte er nur von dem Feuer. Dann bemerkte ich, wie sein Blick auf den Korb fiel.

»Wie geht es Rose?« fragte ich rasch, um ihn abzulenken.

»Oh, gut. Sie läßt dich natürlich herzlich grüßen. Und Topaz auch. Ist das der Portwein des Pfarrers, von dem Rose mir erzählt hat?«

Die Medizinflasche schaute aus dem Korb hervor.

»Ja, er schenkt mir jedes Jahr ein bißchen«, antwortete ich unsicher.

»Trinken wir ihn, oder ist er als Trankopfer gedacht?«

»Wir?«

»Ja, ich möchte mitfeiern. Ich kann Rose vertreten – auch wenn sie sich zu alt dafür fühlt.«

Plötzlich verschwand meine Unsicherheit. Mir kam der Gedanke, daß Simon sicher zu den wenigen Menschen gehört, die Johannisriten romantisch finden würden. Und daß er sie als Verbindung zur Vergangenheit ansehen würde, daß sie ihm dabei helfen könnten, in England Wurzeln zu schlagen. Also sagte ich: »Okay – das wäre wundervoll.« Dann begann ich, den Korb auszupacken.

Er sah mir interessiert zu. »Rose hat mir nichts von dem Päckchen mit Kräutern gesagt. Wozu dienen sie?«

»Wir verbrennen sie. Sie helfen gegen Hexerei. Eigentlich sollten es natürlich keine gekauften Kräuter sein. Man muß sie im Mondschein sammeln. Aber ich weiß nicht, wo man welche findet, die gut riechen.«

Er bot an, daß ich sie in Zukunft im Kräutergarten auf Scoatney pflücken solle. »Sie werden sich sicher darüber freuen, da sie sonst nur in Salaten landeten. Was ist das weiße Zeug?«

»Salz – es schützt vor Unglück. Und es macht die Flammen so schön blau.«

»Und der Kuchen?«

»Na ja, den stellen wir vor das Feuer, bevor wir ihn essen. Dann trinken wir den Wein und sprühen ein paar Tropfen in die Flammen.«

»Und dann tanzt ihr um das Feuer herum?«

Ich antwortete, dafür sei ich zu alt.

»Das bist du ganz bestimmt nicht«, protestierte Simon. »Ich werde mit dir tanzen.«

Ich erzählte ihm lieber nicht von den Versen, die ich sonst immer aufsage. Ich hatte sie mir ausgedacht, als ich neun war, und finde sie inzwischen furchtbar albern.

Die hohen Flammen ließen allmählich nach, und ich merkte, daß wir neues Brennmaterial brauchen würden, wenn das Feuer so groß bleiben sollte. Ich hatte im Turm etwas altes Holz liegen sehen, das noch aus der Zeit stammte, als wir hier oben oft Picknicks veranstalteten. Ich bat Simon, es mir holen zu helfen.

Als wir den Turm erreicht hatten, blieb Simon einen Moment lang stehen und blickte an ihm hinauf. »Wie hoch ist er?« wollte er wissen. »Sicher über zwanzig Meter.«

»Achtzehn«, antwortete ich. »Er wirkt höher, weil er einzeln steht.«

»Er erinnert mich an ein Bild mit dem Titel *Der Hexenturm*, das ich einmal gesehen habe. Kann man auf das Dach gelangen?«

»Thomas ist vor ein paar Jahren einmal die Stufen hinaufgeklettert, aber es war sehr gefährlich. Und der obere Teil der Treppe ist seitdem noch viel mehr zerfallen. Außerdem führt sie sowieso nirgendwohin – das Dach gibt es schon seit Jahrhunderten nicht mehr. Komm mit rein und schau es dir an.«

Wir stiegen die lange, äußere Treppe hinauf, die zum Eingang führt, und kletterten innen die Leiter hinunter. Als wir zu dem kreisförmigen Ausschnitt des Himmels hoch über uns aufschauten, war er noch immer blaßblau und trotzdem von Sternen übersät. Seltsam, daß man sie durch den Turm besser erkennen konnte als draußen.

Durch die offene Tür drang genug Licht herein, daß Simon sich umschauen konnte. Ich zeigte ihm das untere Ende der Wendeltreppe, das in einer Art Nische versteckt liegt. (Dort bewahre ich mein Tagebuch auf.) Simon fragte, was hinter dem Bogen sei, der zur gegenüberliegenden Nische führt.

»Jetzt nichts mehr«, erzählte ich ihm. »Früher befand sich dort der Waschraum.« Eigentlich hätte ich Abort oder Latrine sagen sollen, aber Waschraum klingt irgendwie schicklicher.

»Wie viele Stockwerke gab es hier ursprünglich?«

»Drei – man kann noch die Unterbrechungen in der Wendeltreppe erkennen. Es gab eine Eingangsetage, eine Kammer darüber und einen Kerker darunter, wo wir jetzt stehen.«

»Ich wette, sie saßen dort oben und schmausten, während die Gefangenen hier unten mit ihren Ketten rasselten.«

Ich erklärte ihm, daß sie sicher woanders geschmaust hätten. Belmotte Castle muß größer gewesen sein, obwohl nichts davon übriggeblieben ist. »Dies war vermutlich nur ein Wachturm. Paß auf, daß du nicht gegen das Bettgestell stößt.«

Das Bettgestell stand schon hier, als wir zum ersten Mal herkamen: ein recht kunstvolles Doppelbett. Jetzt ist es nur noch ein Haufen rostiges Eisen. Vater wollte es immer wegräumen, doch als er sah, wie der Bärenklau durch das Eisen wuchs und sich zum Licht reckte, fand er Gefallen daran. Rose und ich setzten uns immer gern darauf, aber Mutter beklagte sich stets, daß die rostigen Sprungfedern Flecken auf unseren weißen Unterhosen hinterließen.

»Purer Surrealismus«, sagte Simon. »Ich werde nie begreifen, warum hier so viele alte, zerfallene Bettgestelle in der Gegend herumliegen.«

Ich antwortete, daß sie vermutlich länger hielten als anderer Müll, der einfach irgendwann vermodert.

»Wie logisch du denken kannst – darauf wäre ich nie gekommen.« Einen Moment lang schwieg er und blickte in den dunklen Turm hinauf. Ein später Vogel flog über das Stück Sternenhimmel und landete in seinem Nest in einer hohen Schießscharte.

»Kannst du es fühlen – daß hier tatsächlich einmal jemand gelebt hat?« fragte er schließlich.

Ich verstand genau, was er meinte. »Ich habe es immer wieder versucht, aber sie kamen mir wie Figuren in irgendwelchen Bildern vor, nicht wie menschliche Wesen. Es liegt alles so weit zurück! Aber es ist sicher interessant für dich, daß einer deiner Vorfahren diesen Turm gebaut hat. Schade, daß der Name de Godys ausgestorben ist.«

»Ich würde meinen ältesten Sohn ›Etienne de Godys Cotton‹ nennen, wenn ich sicher wäre, daß er in England damit zurechtkäme. Glaubst du, das würde gehen? Ein amerikanisches Kind wäre mit solch einem Namen eindeutig gestraft.«

Ich antwortete, dieser Name würde sicher jedes Kind in jedem Land strafen. Dann tauchte Heloïse über uns in der Türöffnung auf, und uns fiel wieder ein, daß wir eigentlich Holz holen wollten.

Ich zog es unter dem grob gehauenen Tisch hervor und reichte jeden Zweig an Simon weiter, der auf halber Höhe auf der Leiter stand. Mir fiel wieder ein, daß ich es mit Rose auch immer so gemacht hatte. Als ich schließlich selbst die Leiter hinaufkletterte, sagte Simon: »Sieh nur – das nenne ich Magie.«

Der Nebel vom Burggraben zog langsam an Belmotte hinauf. Die unteren Hänge waren bereits eingehüllt.

»So war es auch in der Nacht, als wir die Gestalt sahen«, stellte ich fest.

»Die was?«

Ich erzählte es ihm, während wir die Zweige zum Feuer trugen. »Es passierte im dritten Jahr unserer Johannisriten, nach einem genauso heißen, windstillen Tag wie heute. Als sich der Nebel auf uns zubewegte, nahm er plötzlich die Form einer riesigen Gestalt an, die so hoch war wie – ach nein, höher war als der Turm. Sie hing zwischen uns und der Burg und schien sich über uns zu neigen. Noch nie in meinem Leben hatte ich eine solche Angst verspürt. Und das Seltsame war, daß keine von uns beiden versuchte wegzulaufen, wir schrien einfach nur und warfen uns vor der Gestalt auf den Boden. Es war ein Elementargeist – ich hatte einen Zauberspruch aufgesagt, um ihn zu rufen.«

Simon lachte und meinte, der Nebel habe wohl nur zufällig so ausgesehen. »Ihr Ärmsten! Was geschah dann?«

»Ich betete zu Gott, er möge ihn verschwinden lassen, und das tat Er dann auch. Rose traute sich nach ungefähr einer Minute aufzuschauen, und da war er weg. Nachher tat er mir eher leid. Sicher war er seit uralten Zeiten von niemandem mehr beschworen worden.«

Simon lachte wieder und blickte mich dann neugierig an. »Du glaubst doch nicht immer noch, daß es ein Elementargeist war?«

Glaube ich das? Ich weiß nur, daß ich genau in diesem Moment auf den näher kommenden Nebel hinunterblickte – die erste große Welle war vorüber, nun kroch er in dünnen Schwaden vorwärts. Plötzlich kehrte die Erinnerung an jene gigantische Gestalt mit einer solchen Intensität zurück, daß ich beinahe laut aufgeschrien hätte. Ich schaffte es, statt dessen schwach zu lachen, und begann sofort, Holz ins Feuer zu werfen, um das Thema zu beenden.

Rose glaubte ebenfalls an den Elementargeist – und sie war damals fast vierzehn und alles andere als versponnen.

Als die Flammen wieder loderten, hielt ich es für besser, die Riten schnell hinter uns zu bringen. Ich fühlte mich wieder ein bißchen unsicher deswegen, deshalb benahm ich mich so unbeeindruckt wie möglich. Ich muß sagen, daß das Ganze ohne die Verse recht öde wirkte.

Wir verbrannten das Salz und die Kräuter und teilten uns den Kuchen mit Heloïse. Simon nahm sich nur ein kleines Stück, weil er vorher zu Abend gegessen hatte. Dann tranken wir den Portwein des Pfarrers. Wir hatten nur ein Weinglas, deshalb mußte Simon aus der Medizinflasche trinken. Er meinte, das verleihe dem Wein einen interessanten Nachgeschmack. Danach brachten wir unser Trankopfer dar, auch eines für Rose. Ich hoffte, es dabei bewenden lassen zu können, doch Simon erinnerte mich nachdrücklich an den Tanz um das Feuer. Am Ende liefen wir nur siebenmal herum, wobei Heloïse uns wild kläffend folgte. Es schien mir ein bißchen so, als sähe Simon das Ganze als ein Kinderspiel an, aber ich weiß, daß er es nicht so meinte. Und er benahm sich so reizend, daß ich ihm unbedingt weismachen wollte, wie sehr ich mich amüsierte. Ich brachte sogar ein paar wilde Sprünge zustande. Das ist eigentlich Topaz' Metier – letztes Jahr brachte sie fast den Hügel zum Wanken.

»Und was nun?« fragte Simon, als wir schließlich erschöpft zu Boden sanken. »Sollten wir nicht Heloïse opfern?« Im Moment schleckte sie uns wieder einmal eifrig ab, erfreut, daß sie uns nach dieser langen Jagd endlich eingeholt hatte.

»Wenn wir sie über die Glut trieben, würde sie das von der Viehseuche heilen«, antwortete ich, »aber die hat sie zufällig nicht. Eigentlich sind die Riten damit beendet. Meistens bleibe ich noch sitzen, bis das Feuer langsam verglüht, und versuche, mich in die Vergangenheit zurückzuversetzen.«

Das war natürlich ganz nach Simons Geschmack, doch wir kamen nicht sehr weit, weil wir die meiste Zeit redeten. Er sagte zum Beispiel, er würde sich nie an die eindrucksvolle, lange Dämmerung in England gewöhnen. Mir war vorher noch nie aufgefallen, daß wir eine lange Dämmerung haben – die Amerikaner scheinen oft Dinge zu sagen, durch die Engländer ihr Land erst richtig kennenlernen.

Ein Nebelteppich war bis auf ein paar Meter Entfernung

an uns herangekrochen, kam aber nicht näher. Simon meinte, ich hätte ihn bestimmt durch Zauberkraft gebannt. Unten über dem Burggraben war er so hoch aufgestiegen, daß lediglich die Burgtürme noch daraus hervorschauten. Das Feuer verglühte rasch, und bald zog nur noch grauer Rauch durch die graue Dämmerung. Ich fragte Simon, ob wir uns gerade im letzten Tageslicht oder im ersten Mondschein sähen, und das war wirklich schwer zu entscheiden. Doch allmählich gewann das Mondlicht die Oberhand, und der Nebel, der über der Burg lag, nahm eine silbrige Farbe an.

»Ob man das malen könnte?« fragte Simon. »Debussy hätte es in Musik umgesetzt. Magst du Debussy?«

Ich mußte zugeben, daß ich noch nie eine Note von ihm gehört hatte.

»Oh, das hast du sicher. Bestimmt auf einer Schallplatte oder im Radio.«

Als ich ihm sagte, daß wir keines von beiden besäßen, machte er ein erstauntes Gesicht. Amerikaner können sich vermutlich kaum vorstellen, daß irgend jemand auf der Welt ohne solche Dinge auskommt.

Er erzählte mir, daß sie auf Scoatney ein neues Gerät hätten, das die Platten selbst wechsele. Ich nahm an, er mache einen Scherz, bis er mir erklärte, wie es funktionierte. Am Ende schlug er vor: »Aber warum fahren wir nicht einfach hinüber und hören uns Musik an? Wir könnten auch ein wenig zu Abend essen.«

»Aber du hast doch schon zu Abend gegessen«, erinnerte ich ihn.

»Na, dann erzähle ich dir etwas, während du ißt. Und Heloïse bekommt in der Küche einen Knochen. Sieh mal, wie sie versucht, sich mit den Pfoten den Tau von der

Schnauze zu wischen. Komm, das Gras wird allmählich ziemlich feucht.« Er zog mich auf die Füße. Ich nahm die Einladung gern an, denn ich verspürte plötzlich furchtbaren Hunger. Simon trat die letzte Glut aus, während ich zum Turm hinauflief, um die Tür zu schließen. Ich blieb einen Augenblick lang oben an der Treppe stehen und versuchte, das zu fühlen, was ich normalerweise immer in der Johannisnacht fühle. Vorher war ich schließlich zu sehr damit beschäftigt gewesen, Simon zu unterhalten, um darüber nachdenken zu können. Und plötzlich wurde mir klar, daß ich mit meiner Befürchtung, dieses könnte das letzte Jahr der Johannisriten sein, recht gehabt hatte – daß auch ich sie von nun an immer als Kinderspiel ansehen würde. Ich war aber nur ein kleines bißchen traurig, weil ich mich auf ein wunderbares Abendessen auf Scoatney freuen konnte. Trotzdem beschloß ich, nicht auf den Abschiedsruf zu verzichten, ob Simon nun da war oder nicht. Ein Abschied für immer diesmal, nicht nur bis zum nächsten Jahr. Der Ruf ist ein eigenartiger, unartikulierter Schrei, der sich aus allen Vokalen zusammensetzt. Er klang überwältigend, wenn Rose und ich gemeinsam riefen, aber ich bekam es allein auch ganz gut hin. »Ayieou!« brüllte ich, und es hallte genau so von den Burgmauern wider, wie ich es mir gedacht hatte. Dann hob Heloïse den Kopf und heulte, und auch davon gab es ein Echo. Simon war fasziniert, er fand, das sei der beste Augenblick bei den Riten.

Der Weg von Belmotte hinunter war unheimlich – jeder Schritt führte uns tiefer in den Nebel, bis er sich schließlich über unseren Köpfen schloß. Es fühlte sich an, als würde man im Geist des Wassers ertrinken.

»Du holst dir besser einen Mantel«, sagte Simon, als wir

die Brücke zum Hof überquerten. »Der Wagen ist ohne Verdeck. Ich warte dort auf dich.«

Ich rannte nach oben, um mir die Hände zu waschen. Sie waren schmutzig vom Holz. Dann gab ich einen Tropfen des »Midsummer Eve«-Parfüms auf mein Kleid und auf mein Taschentuch. Es schien mir genau richtig für ein vornehmes Abendessen. Meine Blumenkette sah noch ganz frisch aus, deshalb wollte ich sie noch nicht ablegen. Doch als ich nach unten eilte, fand ich plötzlich, sie könne affektiert wirken und bräuchte zudem bestimmt bald Wasser. Also warf ich sie in den Burggraben, als ich über die Brücke lief.

Simon war nicht mit dem vertrauten Wagen aus Scoatney da, sondern mit einem neuen. Er war sehr lang und niedrig – so niedrig, daß man denkt, man wird sich den Hintern auf der Straße stoßen. »Ich finde ihn ein bißchen zu protzig«, sagte Simon, »aber Rose liebt ihn geradezu.«

Sobald wir die Burg hinter uns gelassen hatten, war die Nacht herrlich klar. Wir blickten uns auf dem hoch liegenden Teilstück der Straße nach Godsend danach um, konnten jedoch nur einen kleinen Hügel aus Nebel erkennen, der von den mondhellen Weizenfeldern aufstieg.

»Wenn du mich fragst, die Burg ist verzaubert«, sagte Simon. »Wenn ich dich zurückbringe, ist sie vielleicht verschwunden.« Das neue Auto war toll. Unsere Augen befanden sich auf gleicher Höhe wie die steile Böschung unterhalb der Hecken, und jeder Grashalm leuchtete im Licht der Scheinwerfer frischer und grüner als im hellsten Sonnenschein. Wir mußten wegen der Kaninchen ziemlich langsam fahren – Heloïse wollte immer gleich durch die Windschutzscheibe stürmen, wenn sie eines zu Gesicht bekam. Ein armes Tierchen rannte so lange vor uns her, daß Simon schließlich anhielt und die Scheinwerfer ausschaltete, damit es sich wieder sammeln und in den Graben springen konnte. Während wir warteten, zündete er sich eine Zigarette an. Dann lehnten wir uns zurück und blickten zum Himmel hinauf. Wir redeten über Astronomie und darüber, wie unendlich der Weltraum sei und wie beunruhigend das doch sei.

»Und alles ist so ewig«, begann ich – doch dann schlug die Kirchenglocke in Godsend zehn, und Simon sagte, wir müßten die verlorene Zeit wieder aufholen.

In Scoatney brannte nur wenig Licht – ich fragte mich plötzlich, ob die Dienstboten alle schon schlafen gegangen waren. Doch der Butler trat vor die Tür, um uns zu begrüßen. Wie seltsam es sein muß, einem großen, imponierenden Mann sagen zu können: »Bitte bringen Sie ein Tablett mit Abendessen für Miss Mortmain in den Pavillon.« Ohne sich dafür entschuldigen zu müssen, daß man so spät am Abend noch solche Umstände macht! Unwillkürlich bat ich um Entschuldigung, doch der Butler antwortete nur kühl: »Keine Ursache, Miss.« Als er hinter Heloïse her zur Küche ging (sie kennt den Weg inzwischen), wurde mir bewußt, daß er bald Roses Butler sein würde. Ob sie sich wohl an ihn gewöhnen wird? Wir durchquerten die schwach erleuchtete Eingangshalle und verließen das Haus durch die Hintertür.

»Hier sind deine Mondscheinkräuter«, sagte Simon. Er führte mich durch den eher langweiligen kleinen Kräutergarten – die Vorstellung von Kräutern ist viel interessanter als ihr eigentlicher Anblick – und dann in den Wassergarten, wo er die Fontänen in der Mitte des großen, ovalen Teichs einschaltete. Wir setzten uns auf eine Steinbank und betrachteten die Fontänen ein paar Minuten lang. Dann gingen wir in den Pavillon. Simon zündete nur eine einzige Kerze an.

»Wenn ich das Grammophon angestellt habe, lösche ich sie wieder«, sagte er. »Dann kannst du die Fontänen sehen, während du Debussy hörst. Das paßt sehr gut zusammen.«

Ich setzte mich vor eines der hohen Bogenfenster und blickte mich um. Ich war nicht mehr in dem Pavillon gewesen, seit er in ein Musikzimmer umgewandelt worden war. Außer dem Grammophon befand sich ein riesiger Flügel darin, und Dutzende von Schallplattenalben standen geordnet in den Fächern zweier lackierter Schränke. Simon ging mit der Kerze an ihnen entlang und suchte nach den Debussy-Alben.

»Wir sollten eigentlich ganz vorn anfangen«, sagte er, »aber ich glaube nicht, daß wir etwas aus *The Children's Corner* besitzen. Ich spiele dir als erstes *Clair de Lune* vor. Ich wette, du kennst es.«

Er hatte recht – schon am Anfang erkannte ich es. Ein Mädchen hatte es einmal in einem Schulkonzert gespielt. Es ist wunderschön, und ich fand das Grammophon wirklich erstaunlich. Es klingt, als würde wirklich jemand auf dem Klavier spielen, nur viel besser, als ich es je gehört hatte. Dann wechselte die Platte von ganz allein. Simon rief mich vom Fenster weg, damit ich zuschauen konnte, und erzählte mir vom nächsten Stück, *La Cathédrale Engloutie*. Man hört, wie die untergegangene Kathedrale mit läutenden Glocken emporsteigt und dann wieder im Meer versinkt.

»Jetzt verstehst du, warum Debussy die Burg im Nebel komponiert haben könnte«, sagte Simon.

Die dritte Platte hieß *La Terrasse des Audiences au Clair de Lune*. Ich fand es herrlich, die Fontänen zu betrachten und gleichzeitig der Musik zu lauschen – es gab darin auch Fontänen.

»Na, Debussy hat bei dir ja einen richtigen Treffer gelandet«, sagte Simon. »Obwohl ich mir nicht sicher bin, ob du nicht mit der Zeit herauswachsen wirst. Du könntest vielleicht eher eine Leidenschaft für Bach entwickeln.«

Ich antwortete, das sei in der Schule nicht der Fall gewesen. Das einzige Stück von Bach, das ich jemals gelernt hatte, gab mir immer das Gefühl, man würde mir unaufhörlich mit einem Teelöffel auf den Kopf schlagen. Aber ich kannte mich mit Musik auch nicht besonders aus – als ich zwölf wurde, hatten wir kein Geld mehr für Musikunterricht.

»Ich suche dir ein Bach-Stück heraus, das dir gefallen wird«, schlug Simon vor. Er zündete die Kerze wieder an und begann, ein dickes Album durchzuschauen. Das Grammophon hatte zu spielen aufgehört. Ich schlenderte zu den Schränken hinüber und sah mir die Rücken der Alben an. Allein die Namen der Komponisten zu lesen fand ich spannend.

»Du wirst sie mit der Zeit alle hören«, sagte Simon. »Ich würde dir gern etwas ganz Modernes vorspielen. Schade, daß Rose mit Musik nichts anfangen kann.«

Ich drehte mich erstaunt zu ihm um. »Aber natürlich kann sie das! Sie spielt viel besser als ich und singt sogar.«

»Ja, aber sie mag sie nicht wirklich«, beharrte er. »Ich habe sie in ein Konzert mitgenommen, und sie hat sich furchtbar gelangweilt. Ah, da kommt dein Abendessen.«

Es befand sich auf einem Silbertablett, und der Butler breitete eine Spitzendecke auf einem kleinen Tisch dafür aus. Es gab legierte Suppe, kaltes Huhn (nur Brust), Obst und Wein – und Limonade für den Fall, daß ich den Wein nicht mochte, aber ich mochte ihn. Simon bat den Butler, alle Kerzen anzuzünden. Also ging er mit einem Wachsstock in einem langen Halter an den Wandarmen aus Kristall entlang – ich kam mir vor wie im achtzehnten Jahrhundert. »Ich möchte hier im Pavillon keinen Strom haben«, erklärte Simon.

Nachdem der Butler Simon und mir Wein eingeschenkt hatte, sagte Simon zu ihm, daß er nicht zu warten brauche. Ich war recht froh darüber, denn ich hätte sonst das Gefühl gehabt, das Essen hinunterschlingen zu müssen. Der Butler heißt übrigens Graves, aber ich habe es noch nicht fertiggebracht, ihn so ungezwungen mit seinem Namen anzusprechen, wie es üblich ist. Simon hatte inzwischen die Platte gefunden, die er gesucht hatte. »Aber wir heben sie uns bis nach dem Essen auf – ich werde dich nicht dabei essen lassen.« Er legte ein paar Tanzplatten auf und stellte das Grammophon leiser. Dann kam er zurück und setzte sich zu mir an den Tisch.

»Erzähl mir von Rose«, bat ich ihn – mir war plötzlich eingefallen, daß ich mich noch kaum nach ihr erkundigt hatte. Ich hatte nur an mich gedacht.

Er sprach über die Aussteuer und darüber, wie sehr Rose überall bewundert werde. »Topaz natürlich auch, und meine Mutter sieht ebenfalls recht gut aus. Wenn sie sich zu dritt irgendwo sehen lassen, drehen sich alle nach ihnen um.«

Ich erwiderte, sie bräuchten mich, um den Durchschnitt ein wenig zu senken, bereute es jedoch sogleich. Eine solche Bemerkung schreit förmlich nach einem Kompliment.

Simon lachte und meinte, ich solle nicht untertreiben. »Du bist hübscher, als ein so kluges Mädchen eigentlich sein darf. Und ich darf sagen« – er klang ein wenig überrascht –, »daß du sogar sehr hübsch bist.«

»Ich sehe immer ein bißchen besser aus, wenn Rose nicht dabei ist«, sagte ich.

Er lachte wieder. »Heute abend siehst du auf jeden Fall äußerst hübsch aus.« Dann erhob er sein Glas auf mich, wie er es einmal auf Rose erhoben hatte. Ich spürte, wie ich rot wurde, und wechselte schnell das Thema. »Hast du in letzter Zeit etwas geschrieben?« erkundigte ich mich.

Er antwortete, er habe einen Aufsatz über Vater angefangen, könne sich aber nicht dazu durchringen, ihn zu beenden. »Man kann einfach nicht umhin, die Aufmerksamkeit auf seine Untätigkeit zu lenken. Wenn ich nur eine kleine Andeutung machen könnte, daß er an etwas arbeitet!«

Einen Moment lang erwog ich, ihm von meinen Hoffnungen zu erzählen, aber dann hätte ich auch Vaters Verhalten in der letzten Zeit beschreiben müssen. Und der Gedanke, Simon berichten zu müssen, daß Vater *Kleine Leute* las oder Teller mit Weidenmuster studierte, machte mir erst bewußt, wie sonderbar beides war. Also ließ ich Simon weiter über seinen Aufsatz sprechen, der meinen Horizont weit zu übersteigen schien. Er muß furchtbar klug sein.

Als ich das köstliche Hühnchen aufgegessen hatte, schälte Simon einen Pfirsich für mich. Ich war froh darüber, denn ich selbst hätte es nicht so gut hinbekommen. Ich bemerkte, daß er sehr feingliedrige Hände besitzt. Plötzlich verstand ich, was Topaz meinte, als sie sagte, er habe gute Linien. Er trug ein weißes Seidenhemd – das Jackett hatte er ausgezogen –, und die Linie seiner Schultern schien einen exakten rechten Winkel mit der Linie seines Unterkiefers zu bilden. (Wie gut Rose doch daran getan hatte, ihn von seinem Bart abzubringen!) Es kam mir vor, als würde ich ihn zeichnen: Ich wußte genau, wie ich die kleine Krümmung seiner Augenbrauen wiedergeben würde, die geschwungene Stelle des Mundes, als er die Lippen zusammenpreßte, während er sich auf den

Pfirsich konzentrierte. Und derweil ich im Geiste die einzelnen Striche zog, konnte ich sie auf meinem eigenen Körper – auf Gesicht, Schultern, Armen, Händen – spüren. Selbst die Falten des Hemdes, die ich zeichnete, schienen mich zu berühren. Doch meine Linien schufen kein Bild vor meinen Augen. Ich sah ihn noch immer so, wie er dort saß, im flackernden Kerzenlicht.

Ich hatte den Pfirsich gegessen und meinen letzten Schluck Wein getrunken, als das Grammophon plötzlich eine faszinierende Melodie spielte. Ich fragte Simon, wie sie heiße.

»Diese? *Lover*, glaube ich«, antwortete Simon. »Möchtest du mit mir tanzen? Danach werde ich dich nach Hause bringen.«

Er stellte das Grammophon ein wenig lauter und kam dann zu mir zurück. Ich hatte noch nie mit ihm getanzt und war ziemlich nervös. Ich hatte es recht schwierig gefunden, mit Neil zu tanzen.

Zu meiner Überraschung war es mit Simon viel leichter, er hält einen lockerer und natürlicher im Arm. Ich fühlte mich entspannt und unbeschwert. Nach den ersten paar Sekunden brauchte ich mich nicht mehr zu bemühen, seinen Schritten zu folgen, denn meine Füße schafften es von ganz allein. Neil hilft einem viel mehr, ihm zu folgen, er zwingt einen beinahe dazu. Simon läßt einen überhaupt keinen Druck spüren.

Die *Lover*-Platte war die letzte auf dem Stapel, deshalb hielt das Grammophon danach an.

Simon und ich standen nah genug, daß er es wieder anstellen konnte, ohne den anderen Arm von meiner Hüfte nehmen zu müssen. Dann tanzten wir noch einmal zu der Platte, ohne zu reden – ich glaube, wir sprachen während des ganzen Tanzens nicht miteinander. Ich kann mich nicht einmal mehr erinnern, etwas gedacht zu haben. Ich habe unseren Tanz wohl vollkommen ohne Gedanken genossen.

Als das Grammophon abermals endete, sagte Simon: »Danke, Cassandra«, hielt mich noch immer im Arm und lächelte zu mir herunter.

Ich lächelte zurück und erwiderte: »Ich danke dir auch. Es war wunderschön.«

Und dann neigte er den Kopf und küßte mich.

Ich habe immer wieder versucht, mich zu erinnern, was ich fühlte. Sicher war ich überrascht, aber ich kann mich dessen nicht entsinnen. Ich weiß nur noch, daß ich glücklich war – glücklich im Kopf und im Herzen, glücklich in jedem Zentimeter meines Körpers – wie auf dem Dach des Turms, wo mich der warme Sonnenschein wie ein Mantel umhüllt hatte. Aber dazu spürte ich eine Dunkelheit – und diese Dunkelheit kommt wieder, wenn ich diesen Moment einzufangen versuche ... Und dann merke ich auf einmal, daß ich allein stehe – nicht nur abseits von Simon, sondern auch abseits von mir selbst an jenem Abend. Die beiden Gestalten, die ich im Kerzenschein des Pavillons sehe, sind Fremde für mich.

Das nächste, woran ich mich wieder ganz normal erinnern kann, ist Simons Lachen. Er lachte auf sanfte, liebenswürdige Art, und trotzdem erschreckte es mich.

»Du bist ein erstaunliches Mädchen«, stellte er fest.

Ich fragte, was er damit meine.

»Nur, daß du sehr gut küßt.« Dann fügte er augenzwinkernd hinzu: « Sicher hast du viel Übung darin.«

»Ich habe noch nie einen Mann geküßt«, begann ich und wünschte sofort, ich hätte es nicht gesagt. Denn sobald er wußte, daß ich das Küssen nicht gewohnt war und trotzdem seinen Kuß erwidert hatte, würde er vielleicht ahnen, wieviel dieser Kuß mir bedeutete. Ich wich zurück und rannte zur Tür, um meine Gefühle vor ihm zu verbergen.

»Cassandra – bleib stehen!« Er ergriff meinen Arm, als ich gerade die Tür geöffnet hatte. »Oh, es tut mir so leid! Ich hätte wissen müssen, daß es dir etwas ausmacht.«

Er hatte es doch nicht geahnt. Er dachte nur, ich sei wütend. Ich schaffte es, mich zusammenzunehmen.

»So ein Unsinn, Simon! Natürlich hat es mir nichts ausgemacht.«

»Den Eindruck hatte ich auch gar nicht...« Er machte ein beunruhigtes, verwirrtes Gesicht. »Aber warum bist du dann vor mir davongelaufen? Lieber Himmel, du hattest doch keine Angst vor mir?«

»Natürlich nicht!«

»Aber warum...?«

Ich dachte mir etwas aus, das vernünftig klingen sollte. »Simon, ich hatte keine Angst vor dir, und es machte mir auch nichts aus. Wie könnte es mir etwas ausmachen, von jemandem geküßt zu werden, den ich so gern habe wie dich? Aber danach – war ich einen Moment lang wütend darüber, daß du es als selbstverständlich angesehen hast, mich küssen zu dürfen.«

Er blickte mich betroffen an. »Aber das habe ich doch nicht – es ist nicht so, wie du denkst. Es war ein plötzlicher Impuls – weil du den ganzen Abend so reizend warst, weil ich den Tanz so genossen hatte und weil ich dich so gern habe.«

»Und vielleicht auch, weil du Rose vermißt«, fügte ich hinzu.

Er errötete und sagte: »Das kann ich auf gar keinen Fall gelten lassen. Es wäre eine Beleidigung für euch beide. Nein, dieser Kuß hatte seine eigene Berechtigung, meine Liebe.«

»Auf jeden Fall reden wir zuviel darüber«, fand ich. »Vergessen wir ihn einfach. Und verzeih mir, daß ich mich so dumm benommen habe. Kann ich jetzt die Platte von Bach hören, bevor ich nach Hause muß?« Ich hoffte, das würde ihn ein wenig beruhigen.

Er schaute mich noch immer besorgt an. Ich glaube, er suchte nach Worten, um es mir noch besser zu erklären. Doch dann gab er es auf.

»Na schön – wir spielen sie, während ich die Kerzen lösche. Du setzt dich nach draußen, dann stört es dich nicht so, wenn ich herumlaufe. Ich stelle die Fontänen ab, damit du besser zuhören kannst«

Ich setzte mich auf die Steinbank und beobachtete, wie sich das plätschernde Wasser allmählich glättete. Dann begann die Musik im Pavillon – die sanfteste, friedlichste Musik, die ich je gehört habe. Durch die drei hohen Fenster sah ich Simon langsam umhergehen und jede Kerze mit einem kleinen Metallhütchen löschen. Jedesmal beleuchtete der Kerzenschein sein nach oben gewandtes Gesicht, und jedesmal wurden die golden glänzenden Fenster ein bißchen dunkler, bis sie schließlich schwarz waren. Die Platte endete, und plötzlich war es so still, daß ich das leise Plätschern eines springenden Fisches auf der anderen Seite des Teichs hören konnte.

»Na, habe ich eine Bewunderin für Bach gefunden?« rief Simon, als er die Tür des Pavillons hinter sich schloß.

»Ja, ganz bestimmt! Ich hätte noch ewig zuhören können«, erwiderte ich und fragte nach dem Titel des Stücks. Es hieß *Schafe können sicher weiden*. Während wir Heloïse aus der Küche holten und nach Hause fuhren, unterhielten wir uns noch weiter über Musik. Mir fiel es ziemlich leicht, eine belanglose Unterhaltung zu führen, als wären meine wahren Gefühle tief in meinem Hinterkopf versteckt und unser Gespräch nur Schaum auf der Wasseroberfläche. Die Kirchenglocke in Godsend schlug zwölf, als wir vor dem Pförtnerhaus hielten.

»Na also, ich habe es geschafft, Aschenputtel um Mitternacht nach Hause zu bringen«, sagte Simon, als er mir aus dem Wagen half. Er begleitete mich in die Küche, zündete die Kerze für mich an und lachte über Heloïse, die sofort friedlich in ihr Körbchen trottete. Ich dankte Simon für den wunderschönen Abend, und er bedankte sich, daß er an meinen Johannisriten hatte teilnehmen dürfen. Er meinte, er würde sie nie vergessen. Und dann, als wir uns verabschiedeten, fragte er:

»Hast du mir wirklich verziehen?«

Ich antwortete, natürlich hätte ich ihm verziehen. »Ich habe viel Lärm um nichts gemacht. Sicher hältst du mich für furchtbar prüde.«

»Ganz und gar nicht«, antwortete er ernst. »Ich finde dich rundherum nett und möchte dir noch einmal danken.« Dann drückte er kurz meine Hand, und im nächsten Augenblick hatte sich die Tür hinter ihm geschlossen.

Eine Minute lang stand ich ganz still da. Dann stürmte ich nach oben, in den Eckturm vom Badezimmer und hinaus auf die Mauer. Der Nebel hatte sich verzogen, deshalb konnte ich die Lichter von Simons Wagen sehen, die unsere Zufahrt entlangkrochen und dann in die Straße nach Godsend einbogen. Selbst nachdem sie am Dorfrand verschwunden waren, blickte ich noch weiter in die Dunkelheit und sah sie noch einmal kurz auf der Straße nach Scoatney aufleuchten.

Während ich oben auf der Mauer stand, fühlte ich mich

irgendwie benommen und nahm fast nichts anderes wahr als die Scheinwerfer des Autos. Als ich mich schließlich hinreichend zusammennehmen konnte, um ins Haus zu gehen und mich auszuziehen, versuchte ich absichtlich, an nichts zu denken. Erst als ich im Dunkeln im Bett lag, ließ ich meinen Gedanken freien Lauf – und empfand nichts als Glück, das gleiche Glück, das ich empfunden hatte, als Simon mich geküßt hatte, nur friedlicher. Oh, ich sagte mir, daß er Rose gehörte und daß ich ihn nie würde für mich gewinnen können, selbst wenn ich gemein genug wäre, es zu versuchen, was ich jedoch niemals fertigbrächte. Aber das war mir einerlei. Nur das Glück, mich verliebt zu haben, erschien mir als das schönste Gefühl, das ich jemals erlebt hatte. Mir kam der Gedanke, daß womöglich nur die Liebe zählte, die man selbst empfand, gleichgültig, ob der andere einen auch liebte, und daß Liebe immer nur Glück bedeuten könne. Einen Moment lang dachte ich, ich hätte eine große Wahrheit entdeckt.

Dann bemerkte ich zufällig Miss Blossoms Silhouette im Dunkeln und hörte sie sagen: »Genieß dein Glücksgefühl ruhig noch eine Weile, Schätzchen – du wirst es brauchen.« Und irgendwie wußte ich, daß sie recht hatte, obwohl es mir immer noch nicht wichtig schien. Ich schlief so glücklich ein wie noch nie zuvor.

XIII

Oh, wie es schmerzt, diese letzte Zeile zu lesen, die ich vor kaum mehr als drei Wochen geschrieben habe – jetzt, da ich mich noch nicht einmal erinnern kann, wie dieses Glück sich anfühlte!

Den Rest hab ich nicht mehr nachgelesen. Ich hatte zu große Angst, dieses tote, dumpfe, gleichgültige Gefühl zu verlieren, das mich heute morgen zum ersten Mal überkam. Ich finde es zwar furchtbar trübsinnig, aber immer noch besser als richtige Schwermut. Und es weckt in mir den schwachen Wunsch, meine Gedanken in dieses Tagebuch fließen zu lassen und mir auf diese Weise ein paar Stunden zu vertreiben. Aber kann ich über die Gemeinheit schreiben, die ich an meinem Geburtstag begangen habe? Kann ich mich überwinden, alles genau zu schildern? Vielleicht vermag ich langsam darauf hinzuarbeiten.

Meine Güte, wie grauenhaft das Wetter doch war! Strömender Regen, kalter Wind. Nur an meinem Geburtstag schien die Sonne. Heute ist es zwar warm, aber sehr trübe und bedrückend. Ich bin oben auf dem Hügel, sitze auf der Steintreppe, die zum Belmotte Tower führt. Heloïse ist bei mir. Es ist wieder einmal soweit, daß ich sie nicht frei herumlaufen lassen darf, und wenn ich sie allein einsperre, langweilt sie sich so. Ich habe ihre Leine locker an meinen Gürtel gebunden, falls sie die plötzliche Lust überkommt, herumzustreunen. Kopf hoch, Heloïse, in ein paar Tagen bist du wieder frei.

Der Regen begann, kurz nachdem ich an jenem Sonntag meinen letzten Eintrag auf dem Dachboden beendet hatte. Als ich aus dem Fenster blickte, sah ich riesige Gewitterwolken, die sich am Himmel auftürmten. Ich eilte nach unten, um alle Fenster zu schließen. Da war ich anscheinend noch glücklich, ich weiß noch, wie ich mir das immerzu sagte.

Als ich mich hinauslehnte, um das Schlafzimmerfenster zuzuziehen, bemerkte ich, wie still und erwartungsvoll der Weizen wirkte. Ich hoffte, daß er noch nicht groß genug war, als daß ihm der Sturm wirklich schaden konnte. Dann schaute ich hinunter und entdeckte meine Blumenkette, die im Wasser getrieben hatte und jetzt genau unter mir auf der grauen Wasseroberfläche des Burggrabens lag. Im nächsten Moment prasselte der Regen los. Tausende von silbernen Münzen schienen vom Wasser abzuprallen. Ich überlegte, ob ich hinauslaufen und die Kette retten sollte, doch sie war schon fast untergegangen.

Heloïse winselte an der Hintertür. Ich lief sofort hinüber und öffnete ihr die Tür, doch sie war bereits triefnaß. Ich trocknete sie ab und zündete das Herdfeuer an. Es war erloschen, während ich auf dem Dachboden gesessen hatte. Als ich fertig war, kam Stephen aus London zurück. Ich schickte ihn sofort in sein Zimmer, damit er sich die nassen Sachen auszog. Dann setzten wir uns auf das Gitter vor dem Herd und tranken zusammen Tee. Ich erzählte ihm von meinem Abend mit Simon, wobei ich natürlich alle vertraulichen Dinge für mich behielt. Dann berichtete er von seinem Besuch in London. Das Fotografieren schien ihm nicht mehr viel auszumachen. Nur der griechische Chiton, zu dem ihn Leda Fox-Cotton überredet hatte, hatte ihn offenbar etwas in Verlegenheit gebracht. Er erzählte, er habe all seine Mahlzeiten bei den Fox-Cottons eingenommen und in einem Zimmer mit goldenen Vorhängen und goldenen Putten über dem Bett geschlafen. Und Aubrey Fox-Cotton habe ihm einen Morgenrock geschenkt, der so gut wie neu sei. Ich bewunderte das gute Stück und stimmte ihm zu, daß die Fox-Cottons sehr nette Leute seien. All mein Groll gegen Leda Fox-Cotton schien sich in Luft aufgelöst zu haben.

»Hat sie dir die Fotos gezeigt, die sie beim letzten Mal gemacht hat?« fragte ich.

»O ja, ich habe sie gesehen.« Er klang nicht gerade begeistert.

»Und wann darf ich sie sehen? Hat sie dir keine gegeben?«

»Sie meinte, ich könnte welche haben, aber ich wollte nicht. Sie sind so groß und, na ja, schmeichelhaft. Ich bitte sie beim nächsten Mal um ein paar, wenn du sie wirklich sehen willst.«

»Also fährst du noch einmal hin?«

»Ja, aber aus einem anderen Grund.« Er wurde rot. »Oh, es ist zu dumm, um darüber zu reden.«

Roses Brief fiel mir wieder ein. »Will sie, daß du zum Film gehst?«

Er antwortete, das sei wirklich Unsinn. »Aber gestern kam ein Mann zum Abendessen, der was damit zu tun hat und der meinte, es würde gehen. Ich sollte ein Stück Text laut vorlesen. Und nun soll ich hingehen und getestet werden. So nennen sie es. Ich weiß nur nicht, ob ich es machen soll.«

»Aber das mußt du, Stephen«, ermutigte ich ihn.

Er blickte mich an und fragte, ob ich wolle, daß er zum Film geht. Und plötzlich merkte ich, daß ich mit der Annahme, er habe das Interesse an mir verloren, falsch gelegen hatte. (Allerdings weiß ich nicht, wie falsch.) Ich hatte ihm nur aus Höflichkeit Fragen gestellt – im Moment interessierte mich nur Simon –, bemühte mich jetzt aber, begeistert zu klingen. »Aber Stephen, das wäre doch phantastisch! Es würde dir sicher gefallen.«

»Dann werde ich es versuchen. Sie sagten, sie können es mir beibringen.«

Davon war ich überzeugt. Er hat eine schöne Sprechstimme, obwohl sie immer ein bißchen erstickt und heiser klingt, wenn er unsicher ist.

»Das ist ja wahnsinnig aufregend«, sagte ich fröhlich. »Vielleicht gehst du nach Hollywood!«

Er grinste und meinte, das glaube er eher nicht.

Nach dem Tee half er mir beim Abwasch und ging dann zur Four Stones Farm hinüber, denn die Stebbins gaben eine Party. Ivy war sicher ganz begeistert davon, daß Stephen zum Film gehen sollte. (Nicht, daß sich seitdem etwas getan hätte.) Ich ging früh zu Bett, noch immer glücklich. Selbst über das Trommeln des Regens auf dem Dach freute ich mich, denn es erinnerte mich daran, daß Simon alle Löcher hatte reparieren lassen. Alles, was auch nur am Rande mit ihm zu tun hat, bedeutet mir etwas. Selbst wenn jemand nur seinen Namen erwähnt, ist es wie ein kleines Geschenk für mich. Und ich möchte ihn selbst ständig erwähnen, ich rede absichtlich über Themen, die dazu führen, und merke dann, wie ich rot werde. Ich nehme mir immer wieder vor, nicht von ihm zu sprechen, doch sobald sich eine Gelegenheit ergibt, stürze ich mich darauf.

Als Vater am nächsten Morgen heimkam, schaute ein Londoner Telefonbuch aus seiner Reisetasche hervor.

»Lieber Himmel, bekommen wir ein Telefon?« fragte ich.

»Um Gottes willen, nein!« Er warf die Tasche auf einen Küchenstuhl. Sie rutschte sofort zu Boden, so daß das Telefonbuch und einige andere Bücher herausfielen. Vater stopfte sie hastig in die Tasche zurück, doch mir blieb gerade noch Zeit, um eine hübsche kleine Ausgabe von *Die Sprache der Blumen*, dazu *Chinesisch für Anfänger* und eine Abhandlung mit dem Titel *Die Brieftaube* zu erkennen.

»Wo ist der Teller mit dem Weidenmuster?« fragte ich so beiläufig, wie ich konnte.

»Ich hab ihn am Bahnhof Liverpool Street verloren, aber er hat seinen Zweck erfüllt.« Dann wollte er zum Pförtnerhaus gehen, verlangte aber zuerst nach einem Glas Milch. Während ich es ihm holte, fragte ich ihn, ob er in der Wohnung der Cottons übernachtet habe.

»O ja, in Simons Zimmer«, antwortete er. »Übrigens bat er mich, dir unbedingt Grüße von ihm auszurichten. Er sagte, er habe sich sehr nett mir dir unterhalten.«

»Und wo hast du geschlafen, als er gestern zurückkam?«

»Auch in seinem Zimmer. Er hat sich in Neils Hotel einquartiert – sehr zuvorkommend von ihm. Simon ist wirklich ein sehr liebenswürdiger Mensch – leider.«

»Wieso leider?« fragte ich und reichte ihm sein Glas.

»Weil Rose seine Liebenswürdigkeit ausnutzt«, antwortete Vater. »Allerdings sollte sich auch kein Mann so blind verlieben wie Simon. So etwas könnte einen glatt gegen alle Frauen der Welt aufbringen.«

Ich brachte den Milchkrug in die Vorratskammer zurück und rief über die Schulter: »Aber warum denn? Solange Rose auch in ihn verliebt ist...«

»Ist sie das?« fragte Vater. Ich blieb in der Vorratskammer und hoffte, er würde das Thema fallenlassen, doch er rief mich zurück. »Bist du sicher, daß sie in ihn verliebt ist, Cassandra? Das würde ich gern wissen.«

»Sie hat es mir zumindest gesagt«, erwiderte ich. »Und du weißt doch, daß sie immer ehrlich ist.«

Er dachte eine Weile nach und sagte dann: »Du hast recht. Ich kann mich nicht entsinnen, daß sie jemals gelogen hat. Wahrheitsliebe und Skrupellosigkeit gehen oft zusammen. Ja, ja – wenn sie sagt, daß sie in ihn verliebt ist, dann wird es wohl stimmen. Und ihr Verhalten gestern abend paßte auch ganz gut dazu, wenn man ihren Charakter bedenkt.«

Er stellte sein leeres Glas ab, deshalb konnte ich es zur Spüle bringen und so mit dem Rücken zu ihm stehen. »Wie hat sie sich denn gestern abend verhalten?« fragte ich.

»So ... gefühllos. Und sie schien sich ihrer Macht über Simon so bewußt zu sein! Wahrscheinlich kann sie nichts dafür – sie gehört zu den Frauen, die man nicht zu sehr lieben darf. Wenn man es tut, versuchen sie aus einem primitiven Verlangen nach Brutalität heraus, diese Liebe zu provozieren. Aber wenn sie ihn wirklich liebt, wird schon alles in Ordnung kommen. Simon ist so intelligent, daß er dieses Ungleichgewicht sicher irgendwann beheben wird. Ich bin sicher, daß er nicht schwach ist, er ist nur durch seine große Liebe zu ihr benachteiligt.«

»Oh, es wird sich sicher alles regeln«, schaffte ich zu sagen und konzentrierte mich weiterhin auf das Glas. Noch nie habe ich ein Glas so gründlich abgetrocknet. Zu meiner Erleichterung wollte Vater danach endlich ins Pförtnerhaus. Als er an mir vorbeiging, sagte er: »Gut, daß wir uns darüber unterhalten haben. Jetzt bin ich beruhigt.«

Ich selbst war kein bißchen beruhigt. Eigentlich hätte ich mich darüber freuen sollen, daß man vernünftig mit ihm reden konnte, aber dafür war ich zu sehr mit meinen eigenen Problemen beschäftigt. Denn in diesem Moment überkam mich die Trübsal, und ein schlechtes Gewissen dazu. Alles, was Vater über Simons Gefühle für Rose gesagt hatte, bereitete mir schreckliche Qualen, die mich einsehen ließen, daß mir nicht nur meine Verliebtheit einen solchen Auftrieb gegeben hatte: Tief in meinem Innersten hatte ich mich in der Hoffnung gewiegt, daß Simon im Grunde gar nichts für Rose empfand, daß er in Wirklichkeit mich liebte und es durch den Kuß erkannt hätte. Du bist ein furchtbarer Idiot, sagte ich zu mir selbst. Dann fing ich an zu weinen, und als ich mein Taschentuch herausholte, roch es nach Roses Parfüm. Es erinnerte mich daran, daß ich ihr noch nicht geschrieben hatte, um mich zu bedanken. Und bevor du das tust, mußt du ein reines Gewissen bekommen, ermahnte ich mich. Und du weißt auch wie: Dinge, die man in seiner Phantasie geschehen läßt, geschehen nie in Wirklichkeit. Also los, male dir aus, daß Simon dich liebt und dich heiratet anstatt Rose – und er wird es nie tun. Und irgendwann wirst du alle Hoffnungen aufgegeben haben, ihn ihr wegnehmen zu können.

Das brachte mich zu der Frage, ob ich am Anfang gegen Rose hätte antreten können. Da wäre es noch relativ fair gewesen. Ich dachte an meine verpaßte Chance am Ersten Mai, als Simon und ich gemeinsam zum Dorf spazierten. Wäre ich damals nur charmanter gewesen! Aber mein Charme hätte vermutlich eher peinlich gewirkt – Simon hatte sich auch nicht besonders für Roses Charme interessiert, bevor er sich in ihre Schönheit verliebte, und danach fand er sie plötzlich doch charmant.

Dann fiel mir ein, daß Miss Marcy einmal gesagt hatte:

»Die gute Rose wird den Männern das Leben schon schwermachen.« Und ich begriff, daß Vater das gleiche meinte, als er sagte, Rose sei sich ihrer Macht über Simon so bewußt. Plötzlich spürte ich das große Verlangen, sie zu verprügeln. Und ich fand, daß das gut in meinen Plan paßte, mir die Chance auf Simon selbst zu nehmen, indem ich ihn in meiner Phantasie heiratete. Rose in meiner Phantasie zu verprügeln wäre immerhin eine kleine Entschädigung für den Verzicht. Also schürte ich das Herdfeuer, setzte den Eintopf für das Mittagessen auf, rückte den Sessel näher heran und ließ meiner Phantasie freien Lauf. Abgesehen davon, daß dieses Phantasieren zu meinem Plan gehörte, machte es auch noch Spaß.

Ich stellte mir vor, daß alles in Mrs. Cottons Wohnung passierte. In meiner Phantasie hatte sie einen Balkon, der auf den Hyde Park hinausging. Wir begannen die Geschichte dort und traten dann ins Haus. Rose kam herein, während Simon mich küßte, und sah totenbleich aus – oder war das in einer späteren Phantasieszene? Inzwischen habe ich mir schon so viele ausgedacht, daß sie allmählich ineinander verschmelzen. Aber ich glaube nicht, daß ich es über mich bringe, eine von ihnen detailliert wiederzugeben. Denn sie sind in dem Moment zwar schön, lassen mich aber mit einem traurigen, dumpfen, beschämenden Gefühl zurück. Und sie wirken wie eine Droge – man braucht sie immer häufiger und muß sie immer aufregender gestalten, bis es schließlich überhaupt nicht mehr funktioniert. Erst nach ein paar Tagen wieder. Gott weiß, wie ich Rose noch in die Augen schauen soll – nach all den Dingen, die ich sie habe tun und sagen lassen. Einmal kam ich immerhin so weit, daß ich sie trat. Natürlich bilde ich mir immer ein, sie liebe Simon nicht wirklich, sondern sei nur hinter seinem Geld her. Arme Rose! Merkwürdig, wie ich sie im wahren Leben mögen kann – von den Schuldgefühlen ganz zu schweigen – und sie in meinen Phantasiegeschichten hassen kann wie die Pest.

Nach der allerersten wieder in die Realität zurückzukehren fand ich besonders schlimm, denn durch sie hatte ich Simon unwiederbringlich verloren. Die weiteren Traumgeschichten gaben mir nicht mehr unbedingt das Gefühl, das Schicksal zu beeinflussen. Allerdings ist es jedesmal schrecklich, wenn die Bilder vor den Augen bedeutungslos werden, die Wirklichkeit wiederauftaucht und man feststellt, daß sie ebenfalls bedeutungslos ist. Ich verspürte absolut keine Lust, Rose zu schreiben, doch am Nachmittag zwang ich mich dazu. Es war, als würde ich mir einen Brief für eine Figur in einem Buch ausdenken. Ich schilderte ihr, wie sehr ich mich über das Parfümfläschchen gefreut hatte, und schrieb von Hel und Ab und dem grauenhaften Wetter. Der Regen war eine gute Überleitung zu: »Wie gut, daß es in der Johannisnacht so schön war! Ich habe mich sehr gefreut, daß Simon gekommen ist – sag ihm, ich hätte jede Minute genossen.« Es war herrlich, das zu schreiben – fast so, als würde ich Simon sagen, wie sehr ich seinen Kuß genossen hatte. Doch nachdem ich den Brief aufgegeben hatte, machte ich mir Sorgen, daß Simon vielleicht ahnen würde, was ich wirklich meinte. Und auf dem Rückweg vom Postamt kam mir ein noch gräßlicherer Gedanke: Vielleicht hatte er Rose erzählt, daß er mich geküßt hatte, und sie hatten darüber gelacht?

Dieser Gedanke schmerzte mich so sehr, daß ich laut aufseufzte. Ich wollte mich in den Schlamm werfen und mich am liebsten im Erdboden vergraben. Immerhin besaß ich soviel Vernunft, mir auszumalen, wie ich nach einem solchen

Versuch aussehen würde, und ließ es daher bleiben. Aber ich konnte nicht weitergehen. Ich setzte mich auf einen Zauntritt und versuchte, den Gedanken aus meinem Kopf zu verdrängen. Und dann kamen mir noch schlimmere Gedanken. Ich fragte mich, ob es nicht falsch von Simon gewesen war, mich zu küssen, wenn er in Rose verliebt ist. Ob er ein Mann ist, der jedes Mädchen küßt, das er trifft? Von all meinen quälenden Gedanken ist es der schlimmste, wenn ich schlecht über Simon denke. Zum Glück kann ich das nie sehr lang.

Nachdem ich für eine Weile dort im Regen gesessen hatte, fand ich nichts Schlechtes mehr daran, daß er mich geküßt hatte. Vermutlich hatte er einfach Rose vermißt, obwohl er beteuert hatte, das sei nicht der Grund gewesen. Außerdem glaube ich, daß Amerikaner einfach unbefangener und häufiger küssen. Miss Marcy hatte einmal ein paar amerikanische Zeitschriften, in denen sich die Leute fast auf jeder Seite küßten, auch in den Anzeigen. Wahrscheinlich sind Amerikaner im allgemeinen so herzlich und entgegenkommend. Ich wäre sicher nicht überrascht gewesen, wenn Neil mich geküßt hätte, und hätte auch nicht angenommen, daß er in mich verliebt sei. Aber irgendwie paßte das nicht zu Simon ... Dann fragte ich mich, ob er vielleicht gedacht hatte, ich würde es von ihm erwarten. Ob ich ihn vielleicht zum Küssen ermutigt hatte. Das weckte eine tiefe Scham in mir, tröstete mich aber auch. Denn wenn er es nur aus Freundlichkeit getan hatte, war es nicht unrecht von ihm.

Plötzlich sagte ich laut in den Regen hinein: »Er wird es nicht Rose erzählen und darüber lachen. Und er hat nichts Unrechtes getan. Welche Gründe auch immer er hatte, sie waren nicht unrecht. Wenn man jemanden liebt, muß man ihm einfach vertrauen.«

Dann erhob ich mich von dem Zauntritt und wanderte nach Hause. Trotz des strömenden Regens war mir ziemlich warm.

Dieser kleine Trost half mir über den Abend, doch als ich am nächsten Morgen aufwachte, war er verschwunden. Aufzuwachen ist am schlimmsten. Noch bevor ich die Augen ganz geöffnet habe, scheint sich eine schwere Last auf mein Herz zu legen. Meistens kann ich sie im Laufe des Tages ein wenig zur Seite drücken. Essen hilft mir zum Beispiel dabei, so unromantisch das auch klingen mag. Je schlechter es mir geht, desto hungriger werde ich. Auch Schlafen ist herrlich. Ich habe es bisher nie als Vergnügen angesehen, aber inzwischen sehne ich mich danach. Die schönste Tageszeit ist kurz vor dem Einschlafen, wenn ich ganz fest an Simon denken kann und mein Kummer verschwindet. Ich schlafe oft auch am Tag. Sicher ist es nicht normal, so gut zu schlafen und zu essen, wenn es einem so schlecht geht. Ist das krankhaft? Ich weiß nur, daß es mir schlecht geht und daß ich verliebt bin, aber ich giere nach Essen und Schlaf.

Ein anderer Luxus besteht darin, mich richtig auszuweinen – danach ist mir immer herrlich friedlich zumute. Aber es ist schwierig, Zeit dafür zu finden, da mein Gesicht immer sehr lange braucht, um sich zu erholen. Morgens ist es nicht sicher, weil ich Vater beim Mittagessen sehe. Und nachmittags ist es auch nicht besser, weil Thomas um fünf Uhr nach Hause kommt. Am besten könnte ich nachts im Bett weinen, doch das wäre die reinste Verschwendung, denn um die Zeit bin ich schlafend am glücklichsten. Die Tage, an denen Vater nach Scoatney hinüberfährt, um dort in der Bibliothek zu lesen, eignen sich jedoch gut zum Weinen.

Am Mittwoch dieser ersten verregneten, trostlosen Woche

besuchte ich den Pfarrer. Er besitzt viele alte Musikalien, und ich hoffte, bei ihm *Schafe können sicher weiden* zu finden. An jenem Morgen hörte der Regen für ein paar Stunden auf, doch es war naßkalt draußen, und die geschundene Landschafe sah so aus, wie ich mich fühlte. Während ich die nasse Straße nach Godsend entlangschlenderte, nahm ich mir vor, mich in Gegenwart des Pfarrers nicht zu verraten. Dann überlegte ich, ob ich mich wohl besser fühlen würde, wenn ich gebeichtet hätte. So wie Lucy Snowe in *Villette*. Der Pfarrer ist nicht hochkirchlich genug, um mir die Beichte abzunehmen, und eigentlich hätte ich weder ihm noch jemand anderem auf der Welt auch nur ein Sterbenswörtchen verraten wollen. Andererseits hatte ich das Gefühl, daß die Kirche einem so unglücklichen Menschen wie mir doch helfen können mußte. Dann wiederum dachte ich, daß ich nicht einen Gedanken an die Kirche verschwendet hatte, als ich glücklich war, also konnte ich auch nicht verlangen, daß sie mir in meinem Unglück half. Man bekommt kein Geld von der Versicherung, ohne vorher Beiträge gezahlt zu haben.

Als ich ankam, saß der Pfarrer in seine Colliedecke eingewickelt auf dem Sofa und bereitete gerade eine Predigt vor. Ich liebe sein Arbeitszimmer. Es ist mit einer alten, grünen Täfelung ausgestattet, bis auf die Wand, die vom Boden bis zur Decke mit Bücherregalen zugestellt ist. Seine Haushälterin hält alles sehr sauber und blitzblank.

»Das ist hervorragend«, sagte er, »dein Besuch ist eine wunderbare Ausrede, um nicht zu arbeiten und ein Feuer anzuzünden.«

Er zündete es an, und nur zu beobachten, wie es langsam entflammte, heiterte mich schon auf. Er meinte, er habe

Schafe können sicher weiden bestimmt nicht, aber ich könne seine Musikalien durchsehen. Es waren hauptsächlich alte, in Kalbsleder gebundene Bücher, die er bei einem Landhausverkauf erstanden hatte. Sie riechen muffig, und der Druck sieht anders aus als bei moderner Musik. Vor jedem Stück befindet sich eine kunstvoll gravierte Seite. Wenn man sie umblättert, denkt man an all die Leute, die sie früher schon umgeblättert haben müssen, und es scheint einem den Komponisten näherzubringen. Die Stücke von Beethoven wurden sicher nur wenige Jahre nach seinem Tod gespielt.

Bald stieß ich auf das *Air* aus Händels *Wassermusik*, das mir aber nicht mehr soviel bedeutete. Aber *Schafe können sicher weiden* fand ich tatsächlich nicht. Trotzdem tröstete es mich, mir diese alten Bände anzuschauen, denn wenn man sich mit der Vergangenheit beschäftigt, scheint einem die Gegenwart weniger real. Während ich suchte, holte der Pfarrer Plätzchen und Madeira für uns. Ich hatte noch nie Madeira getrunken, aber er schmeckte köstlich. Ich fand die Vorstellung fast schöner als den Geschmack selbst, denn er gab mir das Gefühl, als lebte ich in einem alten Roman und würde jemandem einen morgendlichen Besuch abstatten. Einen Moment lang sah ich mich mit fremden Augen und dachte: Arme Cassandra! Nein, es wird sich für sie nicht zum Guten wenden. Es sieht schlecht aus.

Wir sprachen über die Cottons und Scoatney und darüber, wie wunderbar doch alles für alle sei und wie sehr wir uns für Rose freuten. Er hörte interessiert zu, als ich erzählte, daß Simon die Johannisnacht mit mir verbracht hatte, und stellte eine Menge Fragen darüber. Danach redeten wir über Religion, was mich ziemlich erstaunte, weil der Pfarrer so selten davon spricht – ich meine, mit meiner Familie. In seinem täglichen Leben kommt sie sicher öfter vor.

»Du solltest es einmal damit versuchen«, sagte er. »Ich könnte mir vorstellen, daß du Gefallen daran findest.«

»Aber ich habe es doch versucht, oder nicht?« entgegnete ich. »Ich war doch in der Kirche. Es wirkt bei mir nicht.«

Er lachte und sagte, er wisse ja, daß ich mich manchmal der Ansteckungsgefahr aussetze. »Aber ob man sich etwas einfängt, hängt vor allem vom eigenen Gesundheitszustand ab. Du solltest in der Kirche vorbeischauen, wenn es deiner Seele vielleicht einmal nicht so gut geht.«

Ich erinnerte mich an meine Gedanken auf dem Weg zum Dorf. »Aber es wäre doch nicht fair, erst dann in die Kirche zu eilen, wenn es einem schlecht geht«, sagte ich und bemühte mich, einen äußerst fröhlichen Eindruck zu machen.

»Es wäre eher unfair, es nicht zu tun. Du würdest die Religion um ihre beste Chance bringen.«

»Sie meinen ›Des Menschen Not ist Gottes Gelegenheit‹?«

»Genau. Natürlich ist die Religion nicht nur in der Not nützlich, sondern auch bei großem Glück.«

Ich antwortete, so hätte ich es noch nie gesehen. Er schenkte mir noch etwas Madeira ein und sagte:

»Außerdem denke ich, daß einem die Religion begegnet und nahegebracht werden kann, wann immer die Seele Trost in der Musik sucht, oder in der Poesie – egal, in welcher Kunst. Ich persönlich halte die Religion für eine Kunst, für die mächtigste Kunst. Eine Erweiterung der Vereinigung, die alle anderen Künste anstreben.«

»Sie meinen sicher die Vereinigung mit Gott.«

Er brach in so lautes Lachen aus, daß er sich an seinem Madeira verschluckte.

»Was um alles in der Welt war so lustig daran?« fragte ich, während er sich über die Augen wischte.

»Wie unbefangen du das gesagt hast! Es klang, als würdest du über das nasse Wetter sprechen – das Er uns sicherlich beschert hat.« Er blickte aus dem Fenster. Es hatte wieder angefangen zu regnen, und zwar so heftig, daß der Garten hinter den triefenden Scheiben wie ein einziger grüner Fleck aussah. »Merkwürdig, daß die intelligente Jugend sich so davor scheut, von Gott zu sprechen. Sie finden es langweilig und glauben, daß sie zu gut dafür sind.«

Ich versuchte, es ihm zu erklären. »Na ja, wenn man erst einmal aufgehört hat, an einen alten Mann mit Bart zu glauben ... Es liegt nur an dem Wort Gott – es klingt so abgedroschen.«

»Es faßt doch nur zusammen, wo wir herkommen, wo wir hingehen und warum wir hier sind.«

»Und finden religiöse Menschen heraus, warum wir hier sind? Kennen sie die Lösung des Rätsels?«

»Sie erkennen manchmal den Hauch einer Lösung.« Er lächelte mich an, ich lächelte zurück, und wir tranken unseren Madeira. Dann fuhr er fort: »Wahrscheinlich wirken Gottesdienste ebenfalls abgedroschen auf euch, und das kann ich sogar ein bißchen verstehen. Oh, sie sind angemessen für die alten Hasen und dienen der Geselligkeit. Aber manchmal glaube ich, daß sie vor allem die Kirchen vor der Verwitterung bewahren, so wie das Pfeifenrauchen den Mauern Farbe schenkt. Wenn ein, na ja, unreligiöser Mensch Trost in der Religion suchte, würde ich ihm oder ihr raten, sich in eine leere Kirche zu setzen. Sich zu setzen, nicht zu knien. Und einfach zuzuhören und nicht zu beten. Gebete sind eine sehr heikle Angelegenheit.«

»Meine Güte, wirklich?«

»Nun, für unerfahrene Betende manchmal schon. Weißt du, sie neigen dazu, Gott für einen Automaten zu halten. Wenn unten nichts herauskommt, sagen sie ›Ich wußte ja gleich, daß er leer ist‹. Dabei liegt das ganze Geheimnis beim Beten darin, zu wissen, daß der Automat voll ist.«

»Und woher weiß man das?«

»Indem man ihn selbst füllt.«

»Mit seinem Glauben?«

»Mit seinem Glauben. Du hältst das vermutlich für noch so ein langweiliges Wort. Und ich sage dir lieber gleich, diese Automaten-Metapher ist nicht unbedingt wasserdicht. Aber wenn du jemals unglücklich sein solltest – was du offensichtlich im Moment nicht bist, nach all dem Glück, das deiner Familie in der letzten Zeit widerfährt –, dann versuche es mal damit, dich in eine leere Kirche zu setzen.«

»Und auf einen Hauch zu lauschen?«

Wir mußten beide lachen. Dann meinte er, es sei ebenso vernünftig, wenn man vom Riechen oder Schmecken Gottes wie vom Hören oder Sehen Gottes spreche. »Wenn man Glück hat, wird man ihn mit allen Sinnen spüren – oder mit keinem. Man kann es auch so beschreiben, daß wir ›über alle Zweifel erhaben sein werden‹.«

»Aber sind Sie das nicht bereits?«

Er seufzte und antwortete, so ein Hauch käme nur selten. »Aber die Erinnerung daran bleibt ewig«, fügte er leise hinzu. Dann schwiegen wir und blickten ins Feuer. Ab und zu fielen Regentropfen in den Schornstein und zischten leise. Ich stellte wieder einmal fest, was für ein gutherziger Mann der Pfarrer doch ist, und trotzdem nie so furchtbar strenggläubig. Und zum ersten Mal dachte ich, wenn ein derart kluger, hochgebildeter Mann wie der Pfarrer an Religion glaubt, dann ist es fast unverschämt von einem so ungebildeten Menschen wie mir, Religion langweilig zu finden und sich zu gut dafür vorzukommen. Denn ich hatte gemerkt, daß es nicht nur an dem Wort Gott lag, daß ich so dachte.

Ich fragte mich, ob ich wohl eine Atheistin sei. Ich habe mich noch nie dafür gehalten, und an manchen wunderschönen Tagen war ich mir fast sicher, daß es irgendwo dort draußen etwas gibt. Außerdem bete ich jeden Abend, obwohl ich glaube, meine Gebete sind eher an den Neumond gerichtet. Nein, ich glaube, ich bete für den Fall, daß es einen Gott gibt. (Wegen Simon habe ich noch nicht gebetet, denn ich darf nicht darum bitten, daß er mich liebt. Aber ich möchte auch nicht darum bitten, daß ich ihn nicht mehr liebe – eher sterbe ich.) Allerdings hatte ich während des Betens noch nie das Gefühl, mich mit Gott zu vereinigen. Das geschah eher während der wenigen Minuten, in denen ich bei Sonnenuntergang um die Kathedrale von King's Crypt herumwanderte, und es verschwand sofort wieder, als ich die Stimme unserer Schulleiterin hörte, die irgend etwas über die angelsächsischen Überreste herunterleierte.

Während ich mit dem Pfarrer vorm Feuer saß, versuchte ich, mich an meine Gefühle in der Kathedrale zu erinnern. Doch sie vermischten sich mit den Gedanken über die Allee, die ich vor mir sah, als ich den Tag vor der Johannisnacht beschrieb. Und dann wirbelten die Kathedrale, die Allee, meine Liebe zu Simon und meine Dachboden-Aufzeichnungen darüber gemeinsam durch meinen Kopf, jedes im eigenen Licht und gleichzeitig Teil eines Ganzen. Und die ganze Zeit über schaute ich in das Feuer des Pfarrers.

Erst als die Kirchenglocke zur halben Stunde schlug, kehrte ich in die Wirklichkeit zurück. Ich sprang auf und wollte gehen. Der Pfarrer lud mich ein, zum Mittagessen zu bleiben, doch ich wollte lieber nach Hause, um für Vater zu kochen.

Während mir der Pfarrer in den Mantel half, bat er mich, durch die Kirche zu gehen und nachzusehen, ob er das Fenster in der Sakristei offen gelassen habe und es hineinregne. Eigentlich hatte der Regen inzwischen aufgehört, doch er wollte trotzdem, daß ich das Fenster schloß. Er meinte, es würde sicher wieder zu regnen anfangen, und wahrscheinlich genau dann, wenn er sich zum Mittagsschlaf hingelegt habe. Als ich über den Kirchhof rannte, schaute er mir nach. Bevor ich durch die kleine Seitentür in die Kirche trat, winkte ich ihm noch einmal zu.

Als ich die Tür hinter mir geschlossen hatte, fand ich es plötzlich witzig, daß er mich in eine Kirche geschickt und mich sogar beraten hatte, wie ich aus der Religion Trost schöpfen konnte, ohne auch nur die leiseste Ahnung zu haben, daß ich tatsächlich Trost brauchte.

Das Fenster stand gar nicht offen. Als ich aus der Sakristei zurückkam, dachte ich: Nun stehst du also in einer leeren Kirche. Dann kannst du es auch ruhig einmal versuchen. Ich befand mich in der Nähe des Altars, also schaute ich ihn mir genau an. Die Messinggegenstände und das Altartuch wirkten auf mich besonders bedeutungslos. Die weißen Rosen waren frisch, aber zerzaust vom Regen. Sie sahen so still aus, wie Altarblumen immer aussehen. Alles an diesem Altar wirkte unnatürlich still... streng, abweisend.

Ich fühle mich kein bißchen getröstet, dachte ich. Dann hörte ich in meinem Innern wieder, wie der Pfarrer mit seiner freundlichen, sonoren Stimme sagte: »Sich hinsetzen und zuhören.« Er hatte mir geraten, nicht zu beten. Und da ich beim Anblick eines Altars immer ans Beten denke, setzte ich mich auf die Treppe und blickte in die Mitte der Kirche hinein. Ich lauschte angestrengt.

Ich hörte die Tropfen, die noch immer aus den Dachrinnen fielen, und einen Zweig, der an einem der Fenster kratzte. Doch die Kirche schien von dem ruhelosen Tag draußen abgeschnitten zu sein – so wie ich mich von der Kirche abgeschnitten fühlte. Ich bin ruhelos in einer Ruhe in einer Ruhelosigkeit, dachte ich.

Nach ungefähr einer Minute begann die eingeschlossene Stille auf meine Ohren zu drücken. Zuerst hielt ich das für ein gutes Zeichen, doch es geschah weiter nichts Interessantes. Dann fiel mir wieder ein, was der Pfarrer darüber gesagt hatte, Gott mit allen Sinnen zu spüren. Also gönnte ich meinen Ohren eine Pause und versuchte es mit der Nase. Es roch nach altem Holz, alten Betkissen und alten Gesangbüchern – ein gemischter, muffiger, staubiger Geruch. Die kalten Altarrosen dufteten nicht, und dennoch war der Altar von einer schwachen, dumpfen Süße umgeben. Ich fand heraus, daß das grob bestickte Altartuch sie ausströmte. Als nächstes probierte ich meinen Geschmackssinn aus, aber er hatte natürlich nur einen Nachgeschmack von Madeira und Plätzchen anzubieten. Fühlen: nur die kalten Steinstufen. Sehen – natürlich gab es viel zu sehen: der geschnitzte Lettner, das große Grab der de Godys, die hohe Kanzel, die ungewöhnlich leer und tadelnd aussah. Oh, ich bemerkte Dutzende von Dingen, auch viele schöne, aber ansonsten schien mir das Sehen nicht viel zu nutzen. Also schloß ich die Augen – der Pfarrer hatte gesagt »alle Sinne – und keinen«. Und ich dachte, wenn ich mich bemühte, an nichts zu denken . . .

Ich habe es schon oft versucht und gehofft, auf diese Weise würde man in die Zukunft schauen, doch ich konnte nie etwas anderes als Finsternis erkennen. Während ich auf den Altarstufen saß, sah ich eine so tiefschwarze Finsternis wie noch nie zuvor. Und ich spürte sie auch – Tonnen von Finsternis schienen auf mir zu lasten. Plötzlich fiel mir ein Vers aus einem Gedicht von Vaughan ein: »Manche sagen, in Gott liegt eine tiefe, aber strahlende Dunkelheit.« Und im nächsten Moment verwandelte sich die Dunkelheit explosionsartig in Licht. War das Gott – ist das wirklich passiert? fragte ich mich. Doch der ehrliche Teil meines Gehirns antwortete: »Nein. Du hast es dir nur eingebildet.« Dann dröhnte die Glocke hoch über mir zur Dreiviertelstunde und erfüllte die Luft mit ihrem Klang. Ich öffnete die Augen und saß in einer schönen, kühlen, muffigen Kirche, die es nicht zu kümmern schien, ob ich lebte oder starb.

Die Glocke erinnerte mich daran, daß ich Vater etwas zum Mittagessen kochen wollte und nun schon spät dran war. Also rannte ich den ganzen Weg nach Hause. Dort mußte ich feststellen, daß er sich selbst etwas zubereitet hatte – das Fleisch sah aus, als hätte er es mit einem Spachtel zerschnitten – und nicht zu Hause war. Da ich sein Fahrrad nirgends entdecken konnte, vermutete ich, daß er nach Scoatney hinübergefahren war. Ich verließ mich darauf, daß sich mein Gesicht bis zum Tee wieder erholte, und weinte mich richtig schön aus. Danach gönnte ich mir Kuchen und Milch. Ich fühlte mich so viel besser als sonst nach dem Weinen, daß ich mich fragte, ob ich nicht doch in der Kirche einen Hauch von Gott gespürt hatte.

Aber am nächsten Morgen erschien mir die Last auf meinem Herzen so schwer wie nie zuvor. Mit steifen Gliedern bereitete ich uns das Frühstück. Als Stephen und Thomas gegangen waren und Vater sich im Pförtnerhaus eingeschlossen hatte, fühlte ich mich so elend, daß ich überall stehen blieb und mich an die Wand lehnte. (Wenn es mir schlecht geht, lehne ich mich immer an Wände, keine Ahnung, warum.) Und ausnahmsweise wollte ich nicht weinen, sondern schreien. Also rannte ich in den Regen hinaus auf ein einsames Feld und schrie, so laut ich konnte. Danach kam ich mir ziemlich dumm vor – und war dazu noch völlig naß. Plötzlich sehnte ich mich danach, mit dem Pfarrer am Feuer zu sitzen und Madeira zu trinken. Und da ich mich in der Luftlinie ungefähr auf halbem Wege nach Godsend befand, ging ich weiter, kroch durch Hecken und Gräben. Die ganze Zeit über suchte ich nach einer guten Ausrede für diesen erneuten Besuch. Am besten fand ich noch, daß ich ohne meinen Regenmantel draußen gewesen sei und nun fürchtete, mich zu erkälten. Aber im Grunde war es mir egal, was der Pfarrer oder sonst jemand von mir dachte, wenn ich nur vor dem Feuer sitzen und Madeira trinken konnte.

Doch als ich schließlich das Pfarrhaus erreicht hatte, war niemand da.

Ich klingelte immer wieder und klopfte an die Tür, als könnte ich dadurch jemanden nach Hause holen, obwohl ich die ganze Zeit über wußte, daß es nicht funktionieren würde.

Soll ich in die Kirche huschen und dort warten? fragte ich mich, während ich den nassen Gartenweg entlangtrottete. Und dann rief Mrs. Jakes von »The Keys« herüber, daß der Pfarrer und seine Haushälterin den ganzen Tag über in King's Crypt seien und erst am Abend zurückkämen.

Ich rannte zu ihr hinüber und fragte, ob sie mir das Geld

für ein Glas Portwein leihen könne. Sie lachte und erklärte, sie dürfe mir vor zwölf Uhr keinen verkaufen, aber sie würde ihn mir schenken.

»Den hast du auch bitter nötig«, sagte sie, als ich ihr in die Schankstube folgte. « Du bist ja völlig durchnäßt! Zieh dein Kleid aus, dann hänge ich es zum Trocknen vor den Herd.«

In der Küche reparierte ein Mann kniend die Spüle, deshalb konnte ich dort nicht ohne Kleid sitzen. Also verriegelte Mrs. Jakes die Eingangstür und versprach aufzupassen, daß niemand durch die Küche hereinkam. Ich reichte ihr mein Turnkleid, setzte mich in meiner schwarzen Schulunterhose und meinem Unterhemd an die Theke und trank den Portwein.

Der Portwein schmeckte gut und wärmte mich, aber ich finde alte Dorfwirtshäuser nicht besonders aufheiternd. Vor allem schales Bier riecht eigenartig deprimierend. Wenn ich gutgelaunt gewesen wäre, hätte mir der Gedanke, daß hier schon seit dreihundert Jahren Dorfbewohner sitzen und trinken, sicher gefallen. Aber so dachte ich nur, wie trostlos ihr Leben gewesen sein mußte, und daß die meisten von ihnen schon tot waren. Hinter der Theke hing dem Fenster gegenüber ein Spiegel, und ich konnte darin die nassen Grabsteine auf dem Kirchhof sehen. Ich stellte mir vor, wie der Regen zu den aufgeweichten Särgen hinunterlief.

Und die ganze Zeit über tropfte es von meinem nassen Haar in mein Unterhemd hinein und lief mir den Rücken hinunter.

Dennoch ging es mir etwas besser, als ich meinen Portwein ausgetrunken hatte. Ich fühlte mich einfach nur noch träge und starrte immer wieder irgendwelche Dinge an. Ich betrachtete die Flaschen mit Pfefferminz- und Kirschlikör, aus denen Rose und ich am Ersten Mai unsere Portionen bekommen hatten. Plötzlich empfand ich einen heftigen Haß gegen Roses grünen Pfefferminzlikör und eine tiefe Zuneigung zu meinem dunkelroten Kirschlikör.

Ich ging zur Küchentür und steckte den Kopf hindurch.

»Bitte, Mrs. Jakes«, rief ich, »darf ich einen Kirschlikör haben? Es ist schon zwölf, also kann ich Ihnen das Geld schulden, ohne das Gesetz zu brechen.«

Sie kam herüber und schenkte ihn mir ein. Nachdem sie die Flasche zurückgestellt hatte, freute ich mich darüber, daß diese nun leerer war als die Flasche mit Pfefferminzlikör. Jetzt wird jeder denken, daß Kirschlikör beliebter ist, dachte ich. Dann klopften zwei alte Männer an die Tür, die ihr Bier wollten, und Mrs. Jakes scheuchte mich mit meinem Glas aus der Schankstube.

»Du kannst in Miss Marcys Zimmer warten«, sagte sie. »Dein Kleid braucht noch eine Weile zum Trocknen.«

Miss Marcy wohnt in einem Zimmer im ersten Stock des Wirtshauses, weit genug entfernt von dem Lärm im Schankraum. Seit sie nach Godsend kam, spricht sie davon, ein eigenes Häuschen haben zu wollen, aber dann bleibt sie doch Jahr für Jahr in »The Keys« und wird bestimmt nicht mehr dort ausziehen. Sie hat es sehr bequem bei Mrs. Jakes, und außerdem ist der Weg zur Schule nicht weit.

Als ich die Treppe hinaufstieg, stellte ich überrascht fest, wie wackelig ich auf den Beinen war. Ich Ärmste, ich bin erschöpfter, als ich dachte, bedauerte ich mich selbst. Oben angekommen, ließ ich mich erleichtert in Miss Marcys Korbsessel fallen. Leider war er tiefer, als ich erwartet hatte, und ich verschüttete ein bißchen von meinen wertvollen Kirschlikör. Den Rest trank ich mit großer Genugtuung. Bei jedem

Schluck dachte ich: Der ist für den Pfefferminzlikör! Und dann fiel mir ein, daß Grün normalerweise meine und Rosa Roses Farbe ist. Also war das mit den Likören Unsinn. Dann fragte ich mich, ob ich vielleicht ein bißchen betrunken war. Ich betrachtete mich in Miss Marcys Kommodenspiegel und stellte fest, daß ich grauenhaft aussah: Mein Haar hing in Strähnen herab, mein Gesicht war schmutzig und machte einen weinerlichen Eindruck. Ohne besonderen Grund grinste ich mich an. Dann fragte ich mich: Wer bin ich? Wer bin ich? Wenn ich das mache, stehe ich meist kurz vor der Schwelle zum Wahnsinn. Also wandte ich mich vom Spiegel ab und versuchte, an etwas anderes als an mich selbst zu denken.

Zu diesem Zweck sah ich mich in Miss Marcys Zimmer um.

Ich fand es faszinierend – sie besitzt nur ganz kleine Dinge. Ihre Bilder sind Postkartenausgaben der alten Meister. Außerdem entdeckte ich jede Menge ungefähr drei Zentimeter lange Metalltiere, kleine Holzschuhe und bemalte Schachteln, die gerade groß genug für Briefmarken sind. Und alles sieht noch winziger aus, weil der Raum mit seinen riesigen Eichenbalken so groß ist und Mrs. Jakes' riesige Möbel darin stehen.

Während ich die winzigen Devonshire-Krüge auf dem Kaminsims betrachtete (fünf Stück, jeder mit einer Wildblume), ließ die erhitzende Wirkung des Kirschlikörs langsam nach – wahrscheinlich weil der Wind, der durch den Schornstein kam, genau durch meine Unterhose wehte. Also wickelte ich mich in Miss Marcys Steppdecke und legte mich aufs Bett. Ich war gerade dabei, einzunicken, als Miss Marcy zum Mittagessen nach Hause kam.

»Du armes, armes Ding«, sagte sie mitleidig und legte die Hand auf meine Stirn. »Ob ich deine Temperatur messen sollte?«

Ich erklärte ihr, ich sei nicht krank, nur ein bißchen betrunken. Sie kicherte und zwinkerte und sagte: »Also, wirklich!« Plötzlich fühlte ich mich sehr weltverdrossen und alt im Vergleich zu ihr. Sie reichte mir mein Turnkleid und holte mir etwas heißes Wasser. Nachdem ich mich gewaschen hatte, fühlte ich mich wieder ganz normal, außer daß mir dieser beschämende Morgen irgendwie ein schlechtes Gewissen bereitete.

»Ich muß schnell nach Hause«, sagte ich. »Ich bin schon eine halbe Stunde zu spät mit Vaters Essen dran.«

»Oh, dein Vater ist wieder in Scoatney«, entgegnete Miss Marcy. »Da bekommt er ein hübsches, dickes Steak.« Sie hatte es von Mrs. Jakes gehört, die es vom Metzger gehört hatte, der es wiederum vom Koch aus Scoatney gehört hatte. »Also kannst du bleiben und mit mir zu Mittag essen. Mrs. Jakes wird genug für zwei heraufschicken.«

Sie bekommt ihre Mahlzeiten auf dem Tablett aus der Gasthausküche, aber in dem Eckschrank aus Mahagoni bewahrt sie ihre »besonderen Leckereien« auf.

»Die nasche ich gern nachts«, erklärte sie, während sie ein paar Plätzchen herausholte. »Ich wache immer so um zwei Uhr auf und habe dann Lust, etwas zu essen.«

Ich stellte mir vor, wie sie in dem großen, durchhängenden Bett lag, aus dem mondhellen Gitterfenster blickte und an ihren Plätzchen knabberte.

»Liegen Sie dann lange wach?« fragte ich.

»Oh, meistens höre ich die Kirchenglocke die Viertelstunde schlagen. Dann ermahne ich mich, daß ich ein braves

Mädchen sein und wieder einschlafen muß. Meistens denke ich mir irgendeine hübsche Geschichte aus, bis ich eindöse.«

»Was sind das für Geschichten?«

»Oh, natürlich keine wahren Geschichten. Manchmal stelle ich mir vor, was aus den Figuren in Büchern wird, wenn die Bücher zu Ende sind. Oder ich denke über interessante Leute nach, die ich kenne – wie unsere liebe Rose in London einkaufen geht oder Stephen von dieser reizenden Mrs. Fox-Cotton fotografiert wird. Ich liebe es, mir über die Leute Geschichten auszudenken.«

»Denken Sie sich niemals Geschichten über sich selbst aus?«

Sie machte ein verwirrtes Gesicht. »Ich glaube nicht. Wahrscheinlich finde ich mich selbst einfach nicht interessant genug.«

Es klopfte an der Tür, und Miss Marcy holte das Tablett herein. Mrs. Jakes hatte Eintopf und Apfelkuchen heraufbringen lassen.

»Oh, wie schön«, freute sich Miss Marcy. »Eintopf ist genau das richtige für einen so verregneten Tag.«

Als wir uns zum Essen setzten, bemerkte ich, was für ein seltsames Gefühl es doch sein müsse, sich selbst nicht interessant zu finden. »War das schon immer so, Miss Marcy?«

Sie zerkaute einen großen Bissen und dachte nach. Dann sagte sie: »Ich glaube, als Mädchen fand ich mich schon interessant. Meine liebe Mutter hat immer gesagt, ich sei sehr ichbezogen. Und so schwer zufriedenzustellen!«

»Aber jetzt sind Sie nicht mehr so. Was hat Sie verändert?«

»Gott hat mir großen Kummer geschickt, meine Liebe.«

Dann erzählte sie mir, daß ihre Eltern innerhalb eines Monats gestorben seien, als sie siebzehn Jahre alt war, und daß sie es als sehr schrecklich empfunden habe. »Oh, ich dachte, die Sonne würde nie wieder scheinen. Doch dann bat mich unser Priester, mit ihm ein paar Kinder zu betreuen, mit denen er aufs Land fuhr. Und das war wie ein Wunder für mich! Ich glaube, seitdem finde ich andere interessanter als mich selbst.«

»Bei mir würde das nicht funktionieren«, antwortete ich. »Ich meine, falls ich jemals unglücklich sein sollte.«

Sie versicherte mir, daß es irgendwann bestimmt funktionieren würde. Dann erkundigte sie sich, ob ich Rose sehr vermisse. Ich bemerkte, daß sie mich sehr prüfend ansah. Deshalb antwortete ich möglichst beiläufig »O ja« und redete fröhlich über Roses Aussteuer und darüber, wie sehr ich mich für sie freute. Schließlich hörten wir unter dem Fenster die Kinder, die in die Schule zurückströmten. Miss Marcy sprang auf und puderte sich die Nase mit einer winzigen Puderquaste aus einem Pappkarton ganz weiß.

»Heute nachmittag singen wir«, verkündete sie. »Darauf freuen wir uns immer sehr.«

Ich dachte an die Gesangstunde am Ersten Mai. Und an Simon, wie er sich verlegen und freundlich vor die Kinder stellte und mit ihnen sprach. Ach, was war das für ein schöner Tag – bevor er Rose einen Heiratsantrag machte!

Wir gingen nach unten. Ich dankte Mrs. Jakes für alles, auch dafür, daß ich den Kirschlikör anschreiben lassen durfte. (Ein ganzer Shilling – und sie hatte den Preis für mich schon heruntergesetzt! Alkohol treibt einen wirklich in den Ruin.) Der Regen hatte aufgehört, doch es war noch immer sehr trüb und kalt draußen.

»Hoffentlich ist es am Samstag wieder schön«, sagte Miss Marcy, während wir den Tropfen von der Kastanie auswichen. »Ich veranstalte mit den Kindern ein Picknick. Du hättest nicht vielleicht Zeit, mir zu helfen? Sicher würden dir ganz phantastische Spiele einfallen.«

»Ich bin leider zu Hause ziemlich beschäftigt«, antwortete ich schnell. Die Kinder schrien gerade bei einem Spiel auf dem Schulhof, und ich dachte, das würde ich sicher keinen Nachmittag lang ertragen.

»Wie gedankenlos von mir! Sicher hast du an den Wochenenden alle Hände voll zu tun, wenn du dich um die Jungen und deinen Vater kümmern mußt. Vielleicht findest du ja statt dessen an diesen langen, hellen Abenden mal ein wenig Zeit – ein paar alte Leute würden sicher gern etwas vorgelesen bekommen.«

Ich blickte sie erstaunt an. Weder ich noch Rose haben uns jemals mit solchen Dingen befaßt. Außerdem glaube ich nicht unbedingt, daß die Dorfbewohner von solchen guten Taten begeistert sein würden. Miss Marcy muß meinen Gesichtsausdruck bemerkt haben, denn sie fuhr hastig fort: »Ach, das war nur so eine Idee. Ich dachte, es würde dich vielleicht ein wenig ablenken, wenn du dich ohne Rose langweilst.«

»Eigentlich nicht«, antwortete ich fröhlich. Und man kann auch meinen Kummer nicht gerade langweilig nennen. Die gute Miss Marcy konnte ja nicht wissen, daß ich etwas ganz anderes auf dem Herzen hatte, als Rose zu vermissen. In diesem Moment kamen ein paar Kinder mit einem Frosch in einer Pappschachtel auf uns zu. Also verabschiedete sich Miss Marcy von mir und ging mit den Kindern zum Teich, um den Frosch dort freizulassen.

Als ich nach Hause kam, war niemand da. Selbst Ab und Hel waren unterwegs. Ich hatte ein schlechtes Gewissen, weil sie kein Essen bekommen hatten. Ich rief immer wieder nach ihnen, doch sie kamen nicht. Meine Stimme klang verzweifelt, und plötzlich fühlte ich mich einsamer und trauriger als je zuvor. Alles, was ich anschaute, war grau – das graue Wasser im Burggraben, die hoch aufragenden, grauen Mauern, der weite, graue Himmel. Selbst der Weizen, der sonst grüngolden leuchtet, schien farblos zu sein.

Ich ließ mich auf dem Fenstersitz im Schlafzimmer nieder und starrte Miss Blossom an.

Plötzlich hörte ich ihre Stimme in meinem Kopf: »Geh zu diesem Picknick, Schätzchen.«

Geistesabwesend fragte ich sie, warum.

»Weil Miss Zwinkerauge recht hat – es würde dich ablenken. Und vielleicht bekommst du wieder etwas Farbe ins Gesicht, wenn du etwas für andere tust.«

»Die bekomme ich vom Portwein auch«, antwortete ich zynisch.

»So redet man nicht, schon gar nicht in deinem Alter«, schimpfte Miss Blossom. »Obwohl ich sagen muß, daß dein Anblick wirklich zum Schießen war – wie du in Unterhose mit diesem Kirschlikör herumgelaufen bist! Hast du etwa Gefallen am Alkohol gefunden?«

»Na, oft kann ich meinen Kummer nicht darin ertränken«, antwortete ich, »das ist zu teuer. Gute Taten sind billiger.«

»Die Religion ebenfalls«, bestätigte Miss Blossom. »Und manche Leute behaupten, sie funktioniere am allerbesten. Das wäre doch was für dich, wenn du es nur weiter versuchst – du, die Gedichte so mag.«

Es klingt zwar sehr eigenartig, aber ich habe mir schon oft durch Miss Blossom Dinge gesagt, von denen ich selbst nicht wußte, daß ich sie wußte. Als sie sagte, »Das wäre doch etwas für dich«, begriff ich auf einmal, daß sie recht hatte. Und das überraschte mich so sehr, daß ich mich fragte: Lieber Himmel, bin ich jetzt bekehrt worden? Aber ich kam zu dem Schluß, daß ich es nicht so dramatisieren sollte – ich hatte nur eingesehen, daß ich bekehrt werden konnte. Plötzlich erkannte ich, daß es irgendwo einen Glauben oder Gott – irgend etwas jenseits des täglichen Lebens – gab, den man finden konnte. Vorausgesetzt, man war dazu bereit. Und obwohl ich mir dieses Gefühl in der Kirche nur eingebildet hatte, war es immerhin ein Anfang, dachte ich mir. Denn Einbildung konnte ja auch eine Bereitschaft sein – so zu tun, als sei etwas real, nur weil man es sich so wünscht. Dann fiel mir ein, daß dieser Gedanke irgendwie dazu paßte, was der Pfarrer über die Religion als Erweiterung der Kunst gesagt hatte. Und ich hatte plötzlich das Gefühl, daß die Religion einen Menschen wirklich von seinem Kummer heilen kann – indem sie ihn benutzt und in Schönheit umwandelt, so wie die Kunst traurige Dinge schön darstellen kann.

Also stellte ich fest: Ein Opfer zu bringen, darin liegt das Geheimnis. Man muß für die Kunst Dinge opfern, und bei der Religion ist es genauso. Und am Ende erweist sich das Opfer als Gewinn. Das verwirrte mich, und ich verlor den Faden. Doch dann mischte sich wieder Miss Blossom ein: »Unsinn, Schätzchen – das ist doch ganz einfach. Du widmest dich mal etwas anderem als dir selbst und gönnst dir etwas Abstand.«

Okay, das konnte ich nachvollziehen. Und dann dachte ich: So hat sich auch Miss Marcy von ihrem Kummer geheilt.

Nur hat sie sich anderen Menschen und nicht der Religion gewidmet.

Welche Art zu leben war besser – ihre oder die des Pfarrers? Ich kam zu dem Schluß, daß er Gott liebt und die Dorfbewohner nur mag, während sie die Dorfbewohner liebt und Gott nur mag. Dann überlegte ich, ob ich nicht beides miteinander verbinden und sowohl Gott als auch meinen Nächsten lieben konnte. Aber war ich wirklich dazu bereit?

Ja, das war ich! Zumindest einen Moment lang. Ich sah mich regelmäßig zur Kirche gehen, die Konfirmation feiern, Kerzen und Blumen in eine Kapelle stellen – und mich hilfsbereit für alle zu Hause und im Dorf einsetzen, sah mich den Kindern Geschichten erzählen, den alten Leuten etwas vorlesen. (Man müßte natürlich aus Taktgefühl verbergen, daß man ihnen etwas Gutes tut.) Wäre meine Hingabe dann aufrichtig oder nur vorgetäuscht? Aber selbst wenn sie als Vortäuschung begänne, würde sie sich doch bestimmt mit der Zeit in echte Hingabe verwandeln? Vielleicht war sie sogar bereits echt, denn allein der Gedanke daran schob die Last von meinem Herzen – so weit weg, daß ich sie zwar noch sehen, aber nicht mehr spüren konnte.

Und dann geschah etwas Sonderbares: Ich sah die neue Straße vor mir, die außen um King's Crypt herumführt – breit und gerade, mit viel Platz für den Durchgangsverkehr. Und dann hatte ich die Stadtmitte vor Augen, mit dem Gewirr aus alten, engen Gassen, die für Autofahrer an Markttagen so schlecht zu passieren, aber wunderschön sind. Damit wollte mir mein geistiges Auge wohl mitteilen, daß der Pfarrer und Miss Marcy sozusagen eine Umgehungsstraße gebaut hatten, um dem Kummer zu entkommen, der die meisten Menschen irgendwann einmal ereilt. Er durch seinen Glauben, sie durch ihre Nächstenliebe. Aber mir kam der Gedanke, daß man auf diese Weise außer dem Kummer womöglich noch eine Menge anderer Dinge verpaßt – vielleicht sogar das Leben selbst. Ist das der Grund, warum Miss Marcy für ihr Alter so jung wirkt? Warum der Pfarrer trotz all seiner Weisheit aussieht wie ein ältliches Baby?

Ich sagte laut zu mir selbst: »Ich will nichts verpassen.« Und dann flutete mein Kummer zu mir zurück, wie ein Fluß, der von einem Staudamm aufgehalten worden war. Ich versuchte, ihm mein Herz zu öffnen, ihn als eine Lebenserfahrung willkommen zu heißen. Das machte es zu Anfang leichter, ihn zu ertragen. Doch dann wurde er schlimmer als je zuvor. Ich spürte ihn seelisch und körperlich zugleich: Mein Herz, meine Rippen, Schultern, Brust und Arme, alles schmerzte. Ich sehnte mich so verzweifelt nach jemandem, der mich tröstete, daß ich den Kopf auf Miss Blossoms Büste legte. Und ich hörte sie sagen: »So ist es gut, Schätzchen. Du mußt mittendurch, nicht außen herum. Für die meisten ist das der beste Weg.«

Dann sprach eine andere Stimme in meinem Kopf, eine bittere, sarkastische Stimme – meine eigene, wenn sie gehässig klang. Sie sagte: »Du bist ganz schön tief gesunken, mein Mädchen – klammerst dich an eine Schneiderpuppe. Bist du nicht ein bißchen zu alt für diesen Miss Blossom-Unsinn?« Und zum ersten Mal in meinem Leben dachte ich darüber nach, welchen Charakter ich Miss Blossom gegeben hatte. War sie wie Stephens Mutter, nur nicht so demütig? Oder glich sie eher einer von Tante Millicents Putzfrauen? Hatte ich sie aus einer Figur in einem Buch erschaffen? Plötzlich sah ich sie so lebendig vor mir wie noch nie, hinter der Theke eines altmodischen Londoner Pubs stehend. Sie blickte mich vorwurfsvoll an. Dann zog sie eine Seehundjacke über ihre blaue Bluse, schaltete alle Lichter aus, trat in die Nacht hinaus und schloß die Tür hinter sich. Im nächsten Moment war ihre Büste wieder hart wie Stein und roch nach Staub und altem Klebstoff. Und ich wußte, daß sie mich für immer verlassen hatte.

Zum Glück kam Heloïse in diesem Augenblick herein, sonst hätte ich so heftig geheult, daß sich mein Gesicht bis zum Tee nicht erholt hätte. In Heloïses Gegenwart kann man nicht weinen. Sie klopft dann mitfühlend mit dem Schwanz auf den Boden, schaut einen verstört an und läuft weg. Auf jeden Fall mußte ich mich um ihr längst überfälliges Mittagessen kümmern. Seitdem habe ich Miss Blossom nicht mehr anschauen können. Nicht nur, weil sie jetzt nichts anderes als eine Schneiderpuppe ist – sie kommt mir sogar vor wie die Leiche einer Schneiderpuppe.

Religion, gute Taten, Alkohol – oh, ich weiß noch eine andere Verdrängungsmethode, eine, die gemein und viel schlimmer als Alkohol ist. Ich habe sie vor einer Woche an meinem Geburtstag ausprobiert.

Als ich an jenem Morgen aufwachte, schien die Sonne – zum ersten Mal seit über zwei Wochen. Ich hatte es noch kaum begriffen, als ich direkt vor meiner Tür Musik hörte. Ich sprang aus dem Bett und stürmte hinaus auf den Treppenabsatz. Auf dem Fußboden entdeckte ich ein kleines, tragbares Radio mit einer Karte, auf der stand: »Alles Liebe zum Geburtstag von Stephen.«

Dafür hatte er also gespart! Deshalb war er zu Leda Fox-Cotton gefahren! Ich rief: »Stephen, Stephen!«

Thomas antwortete aus dem Flur: »Er ist schon früh zur Arbeit gegangen. Ich glaube, es wäre ihm unangenehm gewesen, wenn du dich bei ihm bedankst. Es ist ein ziemlich gutes Radio. Zieh dich schnell an, dann hören wir beim Frühstück Musik.«

Er kam nach oben gestürmt und hatte das Radio schon mitgenommen, bevor ich noch an dem Knopf drehen konnte, mit dem man die Sender einstellt. Ich wollte ihm gerade nachrufen, er solle es zurückbringen, doch dann fiel mir auf, daß es mir eigentlich egal war. Meine allmorgendliche Depression hatte mich wieder eingeholt. Während ich mich anzog, rechnete ich nach, daß ich mich noch vor zwei Wochen und zwei Tagen über ein Radio schrecklich gefreut hätte. Und nun bedeutete es mir gar nichts. Dann aber kam mir der Gedanke, daß ich jetzt wenigstens zur Musik leiden konnte.

Als ich nach unten kam, stellte ich fest, daß Stephen den Frühstückstisch gedeckt und Blumen daraufgestellt hatte.

»Und hier ist mein Geschenk«, sagte Thomas. »Ich habe es nicht eingepackt, weil ich gerade mitten drin bin.« Es war ein Buch über Astronomie, ein Thema, für das er sich sehr interessiert. Ich war froh, daß er etwas ausgesucht hatte, das ihm selbst gefiel. Er bekommt zwar jetzt ein bißchen Taschengeld, aber es wird noch lange nicht all die Jahre ausgleichen, in denen er keines bekam.

Dann kam Vater nach unten. Er hatte natürlich nicht an meinen Geburtstag gedacht. »Aber Topaz wird daran denken«, sagte er fröhlich. »Sie wird dir etwas von mir schicken.« Das Radio fand er schrecklich – er hat immer schon gesagt, wenn man arm ist, bräuchte man wenigstens kein Radio zu besitzen. Aber während des Frühstücks weckte es dann doch sein Interesse. Allerdings faszinierten ihn nicht die Musik oder die Stimmen, sondern das Rauschen.

»Es macht dir doch sicher nichts aus, es mir mal eine Stunde zu leihen?« fragte er, nachdem Thomas zur Schule gegangen war. »Diese Geräusche sind fabelhaft.«

Ich überließ es ihm. Mich interessierte eigentlich nur, ob Simon mir ein Geschenk schicken würde.

Die Paketpost kam um elf: ein Morgenmantel von Topaz, ein Shakespeare von Vater (wie lieb von Topaz, daran zu denken, daß Vater mir seinen so ungern leiht), ein Nachthemd aus echter Seide von Rose, sechs Paar Seidenstrümpfe von Mrs. Cotton und eine große Pralinenschachtel von Neil. Von Simon nichts.

Nichts von Simon! Ich saß noch immer starr vor Enttäuschung in der Küche, als ich in der Zufahrt einen Wagen hupen hörte. Eine Minute später hielt ein LKW an, und der Fahrer warf eine Kiste auf die Zugbrücke. Ich rief sofort Vater zu, er solle herunterkommen, und zusammen stemmten wir den Deckel hoch. In der Kiste befand sich ein Gerät, das Radio und Grammophon in einem ist – ein ganz wunderbares Ding! Wenn die Kiste verschlossen ist, sieht sie aus wie ein breiter Koffer mit einem Griff zum Tragen. Von außen ist sie wunderschön blau, wie Leinen, nur glänzender. Und dazu gab es einen passenden Koffer mit Schallplatten.

Garantiert hat noch nie jemand ein so schönes Geschenk bekommen.

Simon hatte einen kurzen Brief dazugelegt, in dem stand:

Liebe Cassandra,

eigentlich wollte ich dir ein elektrisches schenken, doch dann fiel mir ein, daß ihr keinen Strom habt. Das Radio läuft mit Batterien, die du in der Garage in Scoatney wieder aufladen lassen kannst. Aber das Grammophon ist so ein altmodisches Gerät, das man noch mit der Kurbel aufziehen muß – na ja, immerhin besser als gar keins. Ich schicke dir auch die Platte von Debussy, die du so schön fandest, aber die Bach-Platte, die ich dir vorgespielt habe, konnte ich nicht bekommen. Du kannst dir alles, was du möchtest, aus Scoatney ausleihen, bis du deinen musikalischen Geschmack gefunden hast, und dann kaufe ich dir noch viel mehr Platten. Sie versichern mir hier, daß das Paket am richtigen Tag ankommt. Hoffentlich klappt es.

Herzlichen Glückwunsch zum Geburtstag. Wir sehen uns bald. Alles Liebe von

Simon

Er hatte den Brief im Laden mit Bleistift geschrieben, deshalb konnte ich mich nicht beklagen, daß er kurz und unpersönlich war. Und schließlich stand da »Alles Liebe« – er hätte ja auch »Bis bald« oder »In Eile« schreiben können. Natürlich wußte ich, daß er nicht meine Art von Liebe meinte, aber es war trotzdem wertvoll für mich.

Ich las den Brief mehrmals hintereinander, während Vater die fürchterlichsten Geräusche aus dem Radio herausholte.

»Oh, hör auf!« rief ich schließlich. »Es tut ihm sicher nicht gut, wenn es so kreischen muß.«

»Klingt wie die verlorenen Seelen der Seemöwen, nicht?« brüllte er durch den Lärm.

Ich drängte mich an ihm vorbei und schaltete es aus. In der plötzlichen Stille konnten wir Stephens Radio hören, das oben im Pförtnerhaus lief. Vater fragte mich:

»Ist dir schon der Gedanke gekommen, wie sehr dieses Ding deinen Verehrer verletzen wird?«

Doch ich empfand nichts als Groll auf Stephen, weil sein Schmerz womöglich meine Freude über Simons Geschenk trübte. Allerdings nicht sehr – nichts hätte meine Freude sehr trüben können.

Zum Glück wartete Vater nicht auf eine Antwort. »Dieses Radio ist besser. Ich werde es mir für eine Weile borgen.«

Ich schrie so laut »Nein!«, daß er mich erstaunt anblickte. »Ich möchte das Grammophon ausprobieren«, fügte ich hinzu und versuchte, ruhig und vernünftig zu klingen.

Plötzlich lächelte er und sagte mit fast väterlicher Stimme: »Na schön.« Dann trug er mir das Gerät ins Haus und ließ mich damit allein. Ich holte die Platten aus den Schutzhüllen und spielte sie nacheinander, immer wieder. Ein paar Präludien und Fugen von Bach waren dabei. Und das Debussy-Album.

Die *Lover*-Platte hatte Simon mir nicht geschickt.

Als Stephen nach Hause kam, hatte sich mein besseres Ich wieder durchgesetzt, und ich machte mir große Sorgen um seine Gefühle. Ich hatte sein Radio in die Küche gestellt und achtete darauf, daß es voll aufgedreht war, als Stephen hereinkam. Ich überschlug mich fast vor Eifer, als ich ihm dankte, und ich glaube, ich habe ihn noch nie so glücklich erlebt. Beim Mittagessen fragte ich Vater, ob ich Simons Geschenk für ein oder zwei Tage verstecken sollte, aber er meinte, das würde es für Stephen noch schlimmer machen.

»Sag ihm einfach, wie sehr du dich darüber freust, ein kleines, leichtes Radio zu besitzen, das du herumtragen kannst. Und daß du von Simons Geschenk wahrscheinlich nur das Grammophon benutzen wirst«, schlug er vor. Das klang sehr vernünftig. Aber im nächsten Moment bemerkte ich, wie er eine Schallplatte immer wieder herum drehte, als würde er die Rillen lesen. Und ein Mann, der versucht, die Rillen einer Schallplatte zu lesen, kann doch nicht ganz normal sein, oder?

Ich tat mein Bestes, um Stephen die Nachricht so schonungsvoll wie möglich beizubringen. Ich führte alles an, was Vater mir geraten hatte, und noch einiges mehr. »Deines hat ein Gehäuse aus echtem Holz«, sagte ich zu ihm, »und es glänzt so schön.« Doch seine Augen leuchteten nicht mehr. Er fragte, ob er Simons Geschenk sehen dürfe – ich hatte es in mein Schlafzimmer hinaufgetragen. Nachdem er es einen Augenblick lang betrachtet hatte, sagte er: »Ja, es ist wirklich sehr schön.« Dann drehte er sich um und ging.

»Der Radioteil ist nicht besonders gut«, rief ich ihm nach und wußte doch, daß es nicht stimmte. Er tat mir so schrecklich leid! Nach all dem monatelangen Sparen! Ich rannte ihm nach und beobachtete von der obersten Stufe der Küchentreppe aus, wie er sein kleines Radio anschaute. Er schaltete es aus und ging mit einem resignierten Gesichtsausdruck in den Garten.

Ich holte ihn ein, als er die Zugbrücke überquerte.

»Laß uns spazierengehen«, schlug ich vor.

»Wenn du willst«, antwortete er, ohne mich anzusehen.

Wir wanderten die Zufahrt hinunter. Ich fühlte mich so wie damals, als Rose schreckliche Zahnschmerzen hatte – als sei es herzlos von mir, den Schmerz nicht auch zu empfinden, als reiche es nicht aus, nur Mitleid zu haben. Doch als ich mich fragte, ob ich Stephen zuliebe auf Simons Geschenk verzichten würde, wußte ich genau, daß ich es nicht tun würde.

Ich bemühte mich, ganz gleichgültig über die beiden Geräte zu sprechen, und fing noch einmal davon an, daß ich sein kleines Radio mit mir herumtragen und sogar mit nach draußen nehmen konnte (obwohl ich genau wußte, daß ich Simons überallhin schleppen würde, wenn Stephen nicht zu Hause war, und wenn ich mich dabei verheben sollte). Wahrscheinlich übertrieb ich es ein wenig, denn Stephen unterbrach mich und sagte:

»Ist schon in Ordnung.«

Ich blickte ihn an. Er versuchte ein überzeugendes Lächeln, wich meinem Blick aber aus.

»Ach, Stephen!« rief ich. »Dein Geschenk war viel mehr wert. Simon mußte nicht dafür sparen – oder arbeiten.«

»Nein, das war mir vorbehalten«, antwortete er leise.

Schöner hätte er es fast nicht ausdrücken können. Ich empfand noch mehr Mitleid mit ihm als zuvor – so viel, daß ich fast wünschte, ich hätte mich in ihn und nicht in Simon verliebt. In diesem Moment fügte er ganz leise hinzu: »Cassandra.« Da kam mir ein verrückter Gedanke in den Sinn. Oh, warum nur? Erweckte irgend etwas in seiner Stimme dieses Gefühl in mir? Oder lag es daran, daß wir gerade am Lärchenwäldchen vorbeischlenderten und mir wieder einfiel, wie ich in meiner Phantasie mit ihm dort gewesen war? Ich blieb stehen und blickte ihn an. Sein Gesicht schimmerte im Sonnenuntergang golden. Er fragte mich, ob ich umkehren wolle.

»Nein«, entgegnete ich. »Laß uns doch nachsehen, ob im Wald noch ein paar späte Glockenblumen blühen.«

Er schaute mich an, diesmal sah er direkt in meine Augen.

»Komm schon«, bat ich.

Während wir die ersten grünen Lärchentriebe zur Seite schoben, dachte ich: Dies wird meine Theorie widerlegen, daß alles, was in meiner Phantasie passiert, nie in Wirklichkeit geschehen kann. Aber das stimmte nicht, denn ich hatte mir alles ganz anders vorgestellt. Der Wald hatte sich gelichtet, daher war es nicht so dunkel und kalt, wie ich erwartet hatte. Die Luft war noch warm, und die Strahlen der untergehenden Sonne schienen hinter uns in den Wald hinein. Die Baumstämme schimmerten rötlich. Und ich bemerkte einen scharfen, harzigen Geruch anstelle des Glockenblumenduftes – die letzten verwelkten gerade. Und statt der ruhigen Erwartung spürten wir eine siedende Aufregung. Stephen sagte nichts von dem, was ich damals für ihn erfunden hatte. Keiner von uns beiden sprach ein Wort. Ich ging die ganze Zeit voran und erreichte schließlich vor ihm die grasbedeckte Lichtung in der Mitte des Waldes. Dort drehte ich mich um und wartete auf ihn. Er kam mir immer näher, blieb dann stehen und blickte mich fragend an. Ich nickte, und dann nahm er mich in die Arme und küßte mich sanft. Es bedeutete mir nichts – ich weiß genau, daß ich seinen Kuß nicht erwiderte. Doch plötzlich veränderte sich etwas in ihm, und er küßte mich immer stürmischer, überhaupt nicht mehr sanft. Und auch ich veränderte mich, ich wollte, daß er weitermachte. Ich hielt ihn nicht einmal zurück, als er mir das Kleid von der Schulter zog. Schließlich hörte er von selbst auf.

»Laß es nicht zu!« stieß er hervor und schob mich plötzlich so heftig von sich weg, daß ich beinahe hinfiel. Während ich nach hinten taumelte, bekam ich einen furchtbaren Schreck, und als ich schließlich mein Gleichgewicht wiedergefunden hatte, stürzte ich blindlings in den Wald zurück. Er rief mir nach: »Paß auf deine Augen auf! Ist schon gut, ich komme dir nicht nach!«

Doch ich kämpfte mich weiter durch die Lärchen und hielt mir den Arm vor das Gesicht. Ich rannte den ganzen Weg zur Burg zurück, stürmte die Küchentreppe hinauf und wollte mich in meinem Zimmer einschließen. Doch auf der Treppe stolperte ich und stieß mir das Knie. Ich brach in Tränen aus und blieb schluchzend dort liegen. Das Schreckliche ist, daß ich irgendwie hoffte, wenn ich nur lange genug dort liegenbliebe, würde Stephen hereinkommen und sehen, wie schlecht es mir ging. Allerdings weiß ich nicht, warum ich das hoffte.

Nach einer Weile hörte ich ihn vor der Küchentür. »Cassandra, bitte hör auf zu weinen«, rief er. »Ich wollte nicht reinkommen, aber als ich dich hörte ... Bitte, bitte weine nicht mehr.«

Ich weinte weiter. Er kam zum Fuß der Treppe. Ich begann mich am Geländer hochzuziehen und schluchzte noch immer. Er sagte:

»Es ist doch alles in Ordnung. Es ist nichts Unrechtes daran, daß wir uns lieben.«

»Ich liebe dich nicht. Ich hasse dich«, schleuderte ich ihm entgegen.

Dann sah ich seine traurigen Augen und begriff, wie schrecklich das alles für ihn sein mußte. Bis dahin hatte ich nur an meinen eigenen Kummer gedacht. »Nein, nein, das meinte ich nicht so, aber ... Oh, ich werde es dir nie erklären können«, stieß ich hervor, rannte in mein Zimmer und verschloß beide Türen. Ich wollte mich gerade aufs Bett werfen, als ich Simons Geschenk auf dem Fenstersitz stehen sah. Ich lief hinüber, schloß den Deckel des Grammophons und legte Kopf und Arme darauf. Und zum ersten Mal in meinem Leben wünschte ich mir, ich wäre tot.

Als es draußen schon fast dunkel war, riß ich mich ein wenig zusammen, zündete eine Kerze an und machte mich todunglücklich zum Schlafengehen fertig. Ein paar Minuten später klopfte es an der Tür zum Treppenabsatz, und Stephen rief:

»Ich möchte nicht reinkommen, aber lies den Zettel, den ich unter der Tür durchschiebe.«

»Okay«, antwortete ich und sah das Papier unter der Tür herkommen. Während ich ihn aufhob, hörte ich, wie Stephen in die Küche zurückging und dann die Haustür hinter sich schloß.

Er hatte geschrieben:

Meine liebe Cassandra,
bitte sei nicht traurig. Es wird alles gut werden. Du bist einfach noch so jung. Ich vergesse das manchmal, weil du so klug bist. Ich will es nicht erklären, denn dann würdest du dich noch schlechter fühlen, und außerdem kann ich das auch gar nicht. Aber es ist nichts Unrechtes geschehen. Es war alles meine Schuld. Wenn du mir verzeihst, daß ich dich so erschreckt habe, schreibe bitte JA auf ein Stück Papier und schieb es unter meine Tür. Ich gehe jetzt weg und komme erst zurück, wenn dein Licht aus ist, damit du keine Angst haben mußt, mich zu treffen.

Und morgen werde ich zur Arbeit gehen, bevor du aufgestanden bist. Wir werden nicht mehr darüber sprechen – für eine lange Zeit nicht. Du bestimmst, bis wann. Es ist alles in Ordnung.

Alles Liebe von
Stephen

P.S. Ich sende dir viele Küsse, aber erst, wenn du sie willst.

Auf ein anderes Blatt hatte er geschrieben: »Vielleicht hilft dir das hier, mich zu verstehen. Natürlich ist es erst dafür gedacht, wenn wir verheiratet sind.« Und dann hatte er vier Zeilen aus der »Philosophie der Liebe« abgeschrieben:

Nichts auf weiter Welt ist einsam
Jedes folgt und weiht sich hier
Einem Andern allgemeinsam –
Warum denn nicht wir?

Von Percy Bysshe Shelley (geboren 1792, gestorben 1822).

Ich vermute, er hat Shelleys Namen und Lebensdaten angegeben, damit ich nicht glaubte, er würde wieder fremde Gedichte als seine eigenen ausgeben. Oh, Stephen, ich verstehe so gut, warum du das früher getan hast – ich sehne mich danach, meine Liebe zu Simon auszudrücken, aber meine eigenen Verse sind völlig wertlos.

Ich schrieb JA auf einen Zettel und schob ihn unter Stephens Tür hindurch. Ich konnte nicht anders. Und irgendwie stimmte es ja auch: Ich verzieh ihm. Aber ich ließ ihn die Lüge glauben – daß ich nur deshalb so aufgeregt war, weil er mich erschreckt hatte. Seitdem waren wir nicht ein einziges Mal miteinander allein. Vor den anderen unterhalten wir uns ganz natürlich, aber ich schaue ihn nie direkt an. Wahrscheinlich hält er mich einfach für schüchtern.

Das ehrlichste wäre natürlich, ihm zu sagen, daß nie alles gut werden wird. Aber selbst wenn ich es ertrüge, ihm so weh zu tun, könnte ich ihn sicher nicht davon überzeugen, ohne ihm gleichzeitig zu gestehen, daß ich jemand anderen liebe. Denn als er mich küßte, gab ich ihm sicher das Gefühl, daß es mir gefiel. Oh, warum habe ich es nur zugelassen? Zugelassen? Ich habe ihn sogar dazu ermutigt! Aber warum nur? Wo sich mein Herz doch nach Simon sehnt! Vielleicht könnte ich mich selbst besser verstehen, wenn ich nicht so ungern daran zurückdenken würde. Selbst jetzt habe ich noch nicht einmal alles aufgeschrieben, was passiert ist.

Ich weiß nur eines: Es war gemein von mir, ihn zu überreden, mit mir in den Wald zu gehen. Gemein ihm gegenüber und mir gegenüber. Sicher, mein Mitleid mit ihm spielte dabei auch eine Rolle, aber im Grunde war es schiere Boshaftigkeit. Und ich habe es nur Stephen zu verdanken, daß die Angelegenheit nicht noch boshafter geworden ist.

Ich habe wirklich gesündigt. Ich werde jetzt eine Pause machen, einfach auf dem Hügel sitzen und tiefe Reue und Scham empfinden...

Oje, das war ein großer Fehler! Meine Gedanken sind von der Reue zu dem Gedanken gewandert, daß es keine Sünde gewesen wäre, wenn mich anstelle von Stephen Simon geküßt hätte. Und sie zu vertauschen hat mir immer bewußter gemacht, wie ich die Erinnerung an Simons Kuß verdorben habe. Oh, wie soll ich nur meine erbärmliche Zukunft ertragen? Zuerst muß ich Roses Brautjungfer sein und dann miterleben, wie sie Jahr für Jahr mit Simon in Scoatney lebt und er sie vergöttert. Und wie kann ich meine Gefühle verbergen, wenn ich sie zusammen sehe?

Wenn ich nur fortgehen könnte! Aber mein einziges Ziel ist, Simon wiederzusehen.

Gerade ist mir eingefallen, daß ich einmal geschrieben habe, ich würde Rose nicht beneiden und eine glückliche Ehe für langweilig halten. Wie dumm von mir!

Vater radelt unsere Zufahrt entlang. Er hat wieder den

ganzen Tag in Scoatney verbracht. Und die Jungen kommen auch jeden Moment nach Hause. Ich glaube, ich muß ins Haus gehen und etwas zum Tee kochen. Lachs aus der Dose würde mich am meisten aufheitern. Es ist seltsam und deprimierend, in die Gegenwart zurückzukehren, nachdem ich mich so lange in der Vergangenheit aufgehalten habe. Ich habe den ganzen Tag geschrieben und nur eine Pause gemacht, als ich Heloïse zum Mittagessen ins Haus gebracht und selbst ein paar kalte Würstchen gegessen habe.

Wieder einmal hat mich eine große Lust zu weinen überkommen. Ich werde jedoch lächelnd und singend den Hügel hinunterlaufen, um sie loszuwerden.

Neun Uhr – im Bett.

Es ist etwas passiert. Oh, ich weiß, daß ich keine Hoffnungen darauf setzen darf, aber ich hoffe trotzdem.

Als wir beim Tee saßen, kam ein Telegramm für Stephen von Leda Fox-Cotton. Sie möchte, daß er nächstes Wochenende nach London kommt. Also ging er zur Farm zurück und fragte, ob sie nächsten Samstag morgen ohne ihn auskommen könnten. Sobald er das Haus verlassen hatte, stellte ich sein Radio ab und ging nach oben, um Simons einzuschalten – ich benutzte es nie, wenn Stephen zu Hause ist. Thomas gesellte sich zu mir und bat mich, die Präludien und Fugen von Bach auf dem Grammophon zu spielen. Sie gefallen ihm besonders. Wir machten es uns auf den Betten gemütlich und lauschten der Musik. Thomas kommt mir in letzter Zeit sehr viel erwachsener und vernünftiger vor. Er war zwar immer schon gut in der Schule, aber ich fand, daß man sich nicht mit ihm unterhalten konnte. Jetzt erstaunt er mich häufig. Vielleicht hat sich all das gute Essen der letzten Zeit positiv auf sein Gehirn ausgewirkt.

Nachdem wir die Bach-Platten gehört hatten, fragte er plötzlich:

»Weißt du noch, wie Rose den Steinkopf beschwor?«

Ich fragte zurück, wie er darauf komme.

»Oh, vielleicht durch Simons Grammophon – es gehört zu den Dingen, durch die die Cottons unser Leben verändert haben. Es ist mir vorher nie in den Sinn gekommen, daß Rose sich an den Teufel verkaufen wollte, dann den Steinkopf beschwor – und schon kamen sie hereinmarschiert.«

Ich blickte ihn verblüfft an. »Aber Rose verkauft sich doch nicht – sie liebt Simon! Sie hat es mir selbst gesagt, und du weißt doch, daß sie nie lügt.«

»Das stimmt«, erwiderte Thomas. »Dann macht sie sich vielleicht selbst etwas vor. Ich weiß, daß sie ihn nicht liebt. Und sie ist nicht die Richtige für Simon.«

»Aber woher willst du wissen, daß sie ihn nicht liebt?«

»Also, zum Beispiel spricht sie kaum von ihm. Harrys Schwester ist verliebt, und sie redet ununterbrochen von ihrem Verlobten. Harry und ich schließen schon Wetten darüber ab. Als ich das letzte Wochenende bei ihnen verbracht habe, hat sie ihn einundfünfzigmal erwähnt.«

»Das ist doch Unsinn«, protestierte ich. »Rose ist halt ein schweigsamerer Mensch.«

»Schweigsam? Rose? Normalerweise redet sie wie ein Wasserfall, wenn sie ihr Herz für etwas entdeckt hat. Wußtest du, daß in dem Brief, den ich von ihr bekommen habe, nicht ein einziges Wort über Simon steht?«

»Wann hast du denn einen Brief von ihr bekommen?« fragte ich. »Durfte ich ihn nicht sehen?«

Er erklärte, er habe den Briefträger vor ein paar Tagen zufällig auf unserer Zufahrt getroffen.

»Und ich habe dir den Brief nicht gezeigt, weil Rose mich darum gebeten hat. Allerdings aus einem sehr dummen Grund, also kann ich ihn dir ebensogut auch zeigen. Ich hole ihn.«

Ich fand den Brief höchst sonderbar. Tatsächlich stand nichts über Simon darin – aber auch nichts über sonst jemanden, im Grunde auch nichts über sie selbst. Er bestand eigentlich nur aus einer ellenlangen Liste von Dingen, die für sie gekauft worden waren, und aus den Preisen dazu. Zum Schluß schrieb sie: »Zeig den Brief bitte nicht Cassandra, denn ich finde es furchtbar, daß ich so viele Sachen habe und sie so wenig. Du bist bestimmt nicht neidisch, weil du kein Mädchen bist. Und es ist schön, jemandem davon erzählen zu können.«

»Und ich wette, ich weiß, warum sie diese Liste zusammengestellt hat«, behauptete Thomas. »Sie will sich damit selbst überzeugen, daß das Geld die Sache wert ist. Aber ich würde mir keine allzu großen Sorgen deswegen machen. Frauen heiraten doch immer wegen des Geldes. Außerdem ist es ein Gottesgeschenk für uns, wenn es auch für Rose eher ein Teufelsgeschenk ist.«

»Und was ist mit Simon?« wollte ich wissen.

»Simon? Ach, dem ist nicht mehr zu helfen. Erinnerst du dich an unseren letzten Besuch in Scoatney, bevor sie alle nach London gefahren sind? Er erwähnte Roses Namen zweiundvierzigmal, während wir uns die Ställe ansahen. Ich habe mitgezählt. Die armen Pferde können ihren Namen bestimmt schon nicht mehr hören.«

Ich sagte, er habe keinen Beweis dafür, was Rose wirklich

fühle. Und doch keimte eine wilde Hoffnung in mir auf – denn es ist wirklich ungewöhnlich, daß sie Simon in ihrem Brief nicht erwähnt. Würde man nicht normalerweise über denjenigen schreiben, den man liebt? Ich kritzele Simons Namen sogar auf kleine Papierfetzen! (Und hinterher gerate ich in Panik, weil ich fürchte, sie nicht alle richtig zerrissen zu haben.)

Nachdem Thomas sich an seine Hausaufgaben gesetzt hatte, holte ich den einzigen Brief hervor, den Rose an mich geschrieben hatte. Zuerst sanken meine Hoffnungen auf den Nullpunkt. Denn was könnte eindeutiger sein als: »Es ist so herrlich, daß ich in Simon verliebt sein kann, und alles andere auch.« Und wenn sie sich selbst etwas vormachte, wie Thomas meinte? Sie sagt nichts *über* Simon. Und im Grunde finde ich den Brief zum Teil ziemlich traurig: Sie schreibt davon, daß sie sich einsam fühlt und sich ins Badezimmer setzen muß, bis es ihr wieder besser geht. Lieber Himmel, wenn ich Simon hätte, würde ich mich niemals einsam fühlen!

Ich habe mich ins Bett gelegt und mir vorzustellen versucht, was für einen Brief ich an Roses Stelle geschrieben hätte. Wahrscheinlich hätte ich auch nicht viel über meine geheimen Gefühle verraten – ich kann ganz gut verstehen, daß Rose sie für sich behält. Aber ich hätte bestimmt erzählt, welche Kleider Simon gefallen, wie er die Theater findet ...

Ich weiß genau, daß er in meinem Brief das Wichtigste gewesen wäre.

Bilde ich mir das alles nur ein und glaube, was ich glauben möchte? Und selbst wenn sie ihn nicht liebt, weiß ich genau, daß er sie liebt. Und wenn sie ihn aufgeben würde ...? Oh, es ist so heiß hier drinnen! Ich traue mich nicht, das Fenster weit zu öffnen, weil Heloïse sonst hinausspringen könnte. Einer ihrer Freier, der Schäferhund von Four Stones, streicht um die Burg. Ob er jetzt weg ist? Nein, da ist er. Ich sehe jetzt zwei Hunde auf der anderen Seite des Burggrabens, vier glühende Augen in der Dunkelheit. Ich empfinde großes Mitgefühl für liebeskranke Hunde. Aber Heloïse scheinen sie ziemlich egal zu sein, sie macht einen recht selbstzufriedenen Eindruck...

Ich weiß jetzt, was ich tun werde. Ich muß irgendwie die Wahrheit in Erfahrung bringen. Wenn Rose ihn wirklich liebt, werde ich niemals versuchen, ihn ihr wegzunehmen, nicht einmal in Gedanken. Dann werde ich fortgehen – vielleicht auf ein College, wie sie vorgeschlagen hatte. Aber ich muß die Wahrheit erfahren. Ich muß Rose sehen.

Ich werde am Samstag mit Stephen nach London fahren.

XIV

Ich bin zurück. Und es hat nichts gebracht.

Nichts wird zwischen Rose und mir je wieder wie früher sein.

Während Stephen und ich gestern frühmorgens zum Bahnhof von Scoatney radelten, dachte ich die ganze Zeit an den Anfang meines letzten Ausflugs nach London – mit Rose. Ich stellte mir vor, mit der damaligen Rose zu reden und sie um Rat zu fragen, was ich zu der neuen Rose sagen sollte. Die Rose mit der Aussteuer für tausend Pfund schien eine ganz andere Person zu sein als die in dem armseligen weißen Kostüm, die sich an jenem strahlenden Aprilmorgen mit mir auf den Weg machte. Wie frisch die Landschaft damals wirkte! Gestern nach all dem Regen war auch alles grün, aber ich verspürte nicht dieses Gefühl der Hoffnung, des Neuanfangs. Die Sonne brannte, und obwohl ich mich freute, daß das schlechte Wetter endlich vorüber war, fand ich sie zu heiß. Der Hochsommer hat manchmal kein Mitleid mit den Niedergeschlagenen.

Mit Stephen allein zu sein war weniger schwierig, als ich erwartet hatte. Wir redeten nur wenig, und wenn, dann nur über alltägliche Dinge. Ich hatte ein schlechtes Gewissen ihm gegenüber und ärgerte mich deshalb über ihn, obwohl er ja nichts dafür konnte. Mehr als alles andere haßte ich es, mir seinetwegen Sorgen zu machen.

Während wir am Bahnhof warteten, kam Heloïse angelaufen. Sie war Thomas entwischt und unseren Fahrrädern nachgerannt. Wir brauchten sie zwar nicht mehr vor Verehrern zu verstecken, wollten sie aber auch nicht auf dem Bahnsteig zurücklassen. Als wir es das letzte Mal so machten, schmuggelte sie sich in den nächsten Zug und landete schließlich auf der Polizeiwache von King's Crypt. Also kaufte Stephen ihr einen Hundefahrschein. Der Bahnhofsvorsteher gab ihr etwas zu trinken und besorgte eine Schnur, die wir als Leine benutzen konnten. Heloïse benahm sich während der Reise sehr brav. Nur als wir in den Zug nach London umgestiegen waren, schnappte sie einem kleinen Jungen den Kuchen weg. Ich bedankte mich rasch, und er tat freundlicherweise so, als habe er ihn ihr schenken wollen.

Stephen bestand darauf, mich bis zur Park Lane zu begleiten. Wir verabredeten, wegen der Rückfahrt miteinander zu telefonieren. Dann machte er sich auf den Weg nach St. John's Wood.

Ich spazierte erst mit Heloïse rings um das Wohnhaus und ging dann hinein. Es ist ein unglaublich luxuriöses Haus mit federnden Teppichen, schicken Portiers und einem Lift, den man selbst bedienen kann. Wenn man auf den Knopf gedrückt hat und sich die Tür schließt, hat man irgendwie das Gefühl, es gäbe kein Zurück. Heloïse bekam Platzangst und versuchte, an den gepolsterten Lederwänden hochzuklettern. Danach sahen sie nicht gerade besser aus.

Ich habe noch nie einen so stillen Ort gesehen wie den Flur, der zu der Wohnung führte. Kaum zu glauben, daß hinter den glänzenden Türen Leute wohnten. Als mir ein Dienstmädchen Mrs. Cottons Tür öffnete, war ich beinahe überrascht.

Ich fragte nach Rose und erklärte dem Mädchen, daß ich Roses Schwester sei.

»Sie sind alle ausgegangen«, antwortete sie.

Plötzlich fiel mir ein, daß ich meinen Besuch hätte ankündigen müssen.

»Wann kommen sie zurück, bitte?« erkundigte ich mich.

»Madam sagte, um halb sieben – um sich rechtzeitig fürs Abendessen umziehen zu können. Möchten Sie nicht hereinkommen, Miss?«

Sie bot an, Wasser für Heloïse zu holen, die eindrucksvoll japste. Dann fragte sie, ob ich etwas wünschte. Ich antwortete, daß ich gern etwas Milch hätte, und fragte, ob ich mich ein wenig frisch machen dürfe. Sie führte mich in Roses Schlafzimmer. Es war umwerfend. Der Teppich war schneeweiß – ich hatte das Gefühl, ihn nicht betreten zu dürfen. Alles war weiß oder cremefarben, außer einem riesigen Strauß roter Rosen in einer Marmorvase auf dem Nachttisch. Daneben schaute eine Karte aus einem Umschlag hervor, auf der ich »Guten Morgen, Liebling« in Simons Handschrift las. Während ich die Rosen betrachtete, kam das Dienstmädchen mit meiner Milch und Wasser für Heloïse zurück. Dann ließ sie uns allein.

Roses Badezimmer sah aus, als wäre es noch nie benutzt worden. Selbst ihre Zahnbürste konnte ich nirgends entdekken. Sie hatte mir zwar geschrieben, daß sie jeden Tag saubere Handtücher bekäme, aber ich hätte nicht gedacht, daß es so viele sind – in drei Größen, und dazu hübsche Waschlappen mit Monogramm.

Nachdem ich mich gewaschen hatte, kehrte ich ins Schlafzimmer zurück. Heloïse hatte es sich inzwischen auf der weißen, gesteppten Tagesdecke bequem gemacht. Ich zog meine Schuhe aus und legte mich neben sie. Dann überlegte ich, was ich als nächstes tun sollte. Die Rosen dufteten herrlich.

Ich sah ein, daß es aussichtslos sein würde, mit Rose zu reden, wenn sie erst so spät zurückkam. Ich mußte langsam und taktvoll vorgehen, und dafür wäre weder vor noch nach dem Abendessen genug Zeit, selbst wenn ich erst den Zug um neun Uhr dreißig nehmen würde. Dann fragte ich mich, ob ich sie vielleicht würde finden können. Sicher würde sie zurückkommen, wenn sie wüßte, daß ich hier auf sie warte...

Ich klingelte nach dem Mädchen, doch es hatte keine Ahnung, wohin sie alle gegangen waren.

»Wer könnte es denn wissen?« fragte ich verzweifelt.

»Vielleicht Mr. Neil – obwohl wir in letzter Zeit nicht viel von ihm gesehen haben.« Sie rief in seinem Hotel an, doch Neil war nicht da. Dann kam ich auf die Idee, daß die Fox-Cottons vielleicht etwas wissen konnten. Also suchten wir ihre Nummer heraus.

Leda Fox-Cotton klang überhaupt nicht erfreut, als sie mich hörte.

»Du dummes Kind, warum hast du ihnen denn nicht Bescheid gesagt?« schimpfte sie. »Natürlich weiß ich nicht, wo sie sind. Warte einen Moment, ich werde Aubrey fragen. Vielleicht hat Topaz ihm gegenüber etwas erwähnt.«

Sie kam nach einer Minute zurück. »Er weiß nur, daß Topaz heute abend zu Hause sein wird, weil er sie dort abholen will. Du ißt am besten mit uns zu Mittag. Aber du mußt dich bis zwei Uhr gedulden, denn ich habe einen langen Morgen mit Stephen vor mir. Und heute nachmittag muß ich ihn zu ein paar Filmleuten bringen. Du kannst dich sicher für eine Stunde selbst beschäftigen, oder? Nimm dir um halb zwei ein Taxi.«

Ich wollte zuerst ablehnen, aber andrerseits wollte ich auch ihr Haus und ihr Atelier sehen. Und mir sie und ihren Ehemann noch einmal genauer anschauen. Es klang, als sei Topaz sehr eng mit ihm befreundet. Also nahm ich dankend an. Nachdem ich ihre meckernde Stimme nicht mehr hörte, sagte ich zu mir selbst, daß es eigentlich ganz nett von ihr war, mich einzuladen, und daß ich meine Vorurteile über sie ablegen sollte.

»Da wird es Ihnen sicher gefallen«, sagte das Dienstmädchen, »obwohl Cook Ihnen natürlich auch ein Mittagessen zubereitet hätte. Also, dann haben Sie bis dahin noch eineinhalb Stunden Zeit. Sicher möchten Sie sich ein paar Geschäfte anschauen.«

Aber der Gedanke, Heloïse durch überfüllte Straßen zu zerren, gefiel mir nicht besonders. Also antwortete ich, daß ich nur ein bißchen im Hyde Park spazierengehen wolle.

»Ihr Kleid ist ein wenig zerknittert, Miss«, sagte sie dann. »Ich kann es für Sie bügeln, wenn Sie möchten.«

Ich betrachtete mich in Roses langem Spiegel. Merkwürdig, wie sich die Umgebung auf Kleider auswirken kann! Ich hatte mein grünes Kleid am Tag zuvor gewaschen und gebügelt und fand es sehr hübsch, aber in Roses Zimmer sah es billig und gewöhnlich aus. Und daß ich mich darin aufs Bett gelegt hatte, hatte ihm auch nicht gerade gutgetan. Aber ich wollte es nicht zum Bügeln ausziehen, weil meine Unterwäsche so alt und voller Flicken ist. Also dankte ich dem Mädchen und antwortete, das sei nicht nötig.

Im Hyde Park fand ich es zum Spazierengehen zu heiß, deshalb setzte ich mich unter ein paar Bäume ins Gras. Heloise wälzte sich herum und wedelte mit den Pfoten, damit ich sie kitzelte. Aber ich war zu träge, um es richtig zu machen, daher drehte sie sich bald um und schlief ein.

Ich lehnte mich an einen Baumstamm und schaute mich um.

Mir fiel auf, daß ich zum ersten Mal allein in London war. Normalerweise hätte ich es genossen, es zu »erfühlen« – das kann man erst, wenn man sich allein an einem Ort aufhält. Und trotz meiner inneren Unruhe fand ich es schön, so still dazusitzen und mir alles anzuschauen: die dunkelroten Busse in der Ferne, die alten, cremefarbenen Häuser in der Park Lane und die riesigen neuen Wohngebäude mit den gestreiften Markisen. Und der Park selbst wirkte seltsam und interessant: Mir fiel auf, daß er losgelöst von der Umgebung zu sein schien – zwar einladend und freundlich, aber auch getrennt von der großen Stadt um ihn herum. Zuerst dachte ich, das läge daran, daß er zu einem älteren London gehört – viktorianisch, achtzehntes Jahrhundert oder noch älter. Doch während ich die friedlich grasenden Schafe betrachtete, kam mir der Gedanke, daß der Hyde Park nie zu irgendeinem London gehört hatte, sondern eigentlich immer eher ländlich gewesen war und daher alle Epochen Londons auf geheimnisvolle Weise miteinander verbindet – indem er im Herzen der sich ewig wandelnden Stadt immer unverändert bleibt.

Nachdem es von irgendwoher Viertel nach eins geschlagen hatte, ging ich zur Oxford Road und entdeckte ein hübsches, offenes Taxi. Da dies Heloïses erste Fahrt durch London war, bellte sie fast ununterbrochen. Aber der Fahrer meinte, so brauche er nicht zu hupen.

Ich war noch nie zuvor in St. John's Wood gewesen und fand es sehr schön dort – die ruhigen, von Bäumen gesäumten Straßen und die versteckten Häuser. Die meisten von ihnen schienen sehr alt zu sein, so daß die scharlachrote Haustür der Fox-Cottons ziemlich auffiel.

Aubrey Fox-Cotton trat in den Flur, um mich zu begrüßen.

»Leda hat noch zu tun«, erklärte er mit seiner schönen, aber affektierten Stimme. Bei Tageslicht sah sein Gesicht noch grauer aus als an dem Abend in Scoatney. Überhaupt wirkt er irgendwie schattenhaft, und dennoch hat seine trübe Eleganz etwas Beeindruckendes. Heloïse schien ihn zu mögen, doch er sagte nur »Komische Kreatur« und winkte ihr kurz zu.

Er schenkte mir ein wenig Sherry ein und unterhielt sich höflich mit mir, ohne mich jedoch wirklich zu beachten, bis es schon längst zwei Uhr war. Schließlich schlug er vor, hinüberzugehen und die anderen »aufzuscheuchen«.

Wir durchquerten den Garten hinter dem Haus und betraten dann ein Gebäude, das früher einmal ein Stall gewesen sein mußte. Drinnen wurde es von einem schwarzen Samtvorhang geteilt. In einer Ecke befand sich eine schmale Wendeltreppe.

»Geh hinauf«, flüsterte Aubrey Fox-Cotton mir zu, »aber sei leise, falls wir gerade in einem wichtigen Moment kommen.«

Oben gelangten wir auf eine Empore, von der aus man in das Atelier hinunterblicken kann. Es war hell erleuchtet, und alle Scheinwerfer waren auf ein kleines Podest auf der anderen Seite gerichtet. Dort stand Stephen in einem griechischen Chiton vor dem gemalten Hintergrund eines zerfallenen Tempels. Er sah wunderschön aus. Ich konnte Leda Fox-Cotton nirgendwo sehen, aber hören.

»Dein Mund ist zu steif«, rief sie. »Feuchte die Lippen an, und schließe sie nicht ganz. Und schau ein Stückchen nach oben.«

Er befolgte ihre Befehle, doch dann zuckte er zusammen und lief dunkelrot an.

»Was, zum Teufel...«, begann Leda Fox-Cotton, doch dann begriff sie, daß er jemanden auf der Empore gesehen hatte. Sie lief in den Raum hinein, so daß sie uns auch sehen konnte. »Also das war's dann wohl«, bemerkte sie. »Jetzt werde ich nichts mehr aus ihm rausholen können. Er ist schon den ganzen Morgen so befangen. Sicher liegt das an dem Chiton. Geh und zieh dich um, Stephen.«

Sie war ganz in Schwarz gekleidet – schwarze Hose, schwarzes Hemd – und wirkte verschwitzt und schmutzig. Aber diesmal machte sie den Eindruck, als hätte sie wirklich hart gearbeitet, und das machte mir ihren Zustand weniger unsympathisch. Während wir auf Stephen warteten, fragte ich, ob ich mir ein paar ihrer Arbeiten ansehen dürfe. Sie führte mich in einen Raum, welcher der Stall des Nachbarhauses gewesen sein mußte. Er war wie ein Wohnzimmer eingerichtet, mit großen Liegesofas voller Kissen. Alles war schwarz oder weiß. An den Wänden hingen Vergrößerungen von Fotos, die sie gemacht hatte, darunter eines von einem herrlichen, überlebensgroßen, fast nackten Schwarzen. Das Foto reichte vom Boden bis zur hohen Decke und machte einen furchteinflößenden Eindruck.

Ein riesiges, gerahmtes Porträt von Stephen wartete darauf, aufgehängt zu werden. Ich bewunderte es und sagte zu Leda, daß er sehr fotogen sei.

»Außer ihm habe ich noch nie einen Jungen fotografieren können, der schön ist, ohne unmännlich auszusehen«, erklärte sie. »Und seine Statur ist ebenso gut wie sein Kopf. Ich wünschte, der törichte Junge würde sich für mich ausziehen – ich möchte ihn neben meinem Schwarzen aufhängen.«

Dann reichte sie mir einen ganzen Stapel von Stephens Fotos, und ich fand alle wunderschön. Merkwürdigerweise wurden sie ihm alle ziemlich gerecht, und dennoch schien er darauf jemand anderer zu sein – entschlossener, kraftvoller, intelligenter. Auf keinem Bild hatte er den Gesichtsausdruck, den ich früher immer »dumm« nannte. Beim Mittagessen (an einem Tisch mit Spiegelplatte) dachte ich darüber nach, ob er sich im richtigen Leben auch verändert hatte. Er wirkte auf jeden Fall viel erwachsener und unterhielt sich mit den Fox-Cottons erstaunlich ungezwungen. Aber er war trotzdem nicht der Junge auf den Fotos.

Das Essen war wunderbar – so konnte man hier eigentlich alles andere auch nennen, und unglaublich modern.

»Sie passen überhaupt nicht in dieses alte Haus«, sagte Aubrey (die Fox-Cottons wollten, daß ich sie mit ihren Vornamen anrede), nachdem ich die Möbel bewundert hatte. »Aber ich ziehe in London moderne Möbel vor, und Leda will ihr Atelier nicht aufgeben und sich eine andere Wohnung suchen. Eine moderne Einrichtung in London und Antiquitäten auf dem Lande – das schätze ich. Ich wünschte, Simon würde mir Scoatney verpachten!«

»Vielleicht verliebt sich Rose in New York, wenn sie dort ihre Flitterwochen verbringen«, sagte Leda.

»Haben sie ihre Flitterwochen schon geplant?« fragte ich so beiläufig wie möglich.

»Oh, Rose sprach mal darüber«, antwortete Leda nur. »Es würde sich anbieten, falls sie im September heiraten. New York ist im Herbst wundervoll.«

Eine Welle der Traurigkeit überkam mich. Plötzlich begriff ich, daß nichts die Hochzeit aufhalten konnte und daß ich vergeblich nach London gekommen war. Wahrscheinlich dämmerte mir das schon, als ich Simons Rosen in der Wohnung sah. Ich sehnte mich nach der Burg zurück, damit ich mich im Himmelbett verkriechen und weinen konnte.

Leda sprach mit Stephen darüber, daß er am nächsten Morgen wieder für sie Modell stehen sollte.

»Aber wir müssen heute abend nach Hause«, protestierte ich rasch.

»Ach, Unsinn – du kannst in der Wohnung schlafen«, entgegnete Leda.

»Da ist kein Platz«, beharrte ich. »Außerdem muß ich zurück.«

»Aber Stephen doch nicht? Du kannst doch allein fahren.«

»Nein, kann sie nicht – nicht so spät abends«, warf Stephen ein. »Wenn du nach Hause möchtest, werde ich dich selbstverständlich begleiten, Cassandra.«

Leda blickte ihn scharf an. Ich glaube, sie hatte plötzlich begriffen, was Stephen für mich empfand. Sie freute sich zwar nicht darüber, wollte aber auch nicht mit ihm streiten.

»Das ist wirklich ärgerlich«, sagte sie und wandte sich dann wieder an mich. « Ich bin sicher, sie können dich irgendwie in der Wohnung unterbringen. Warum kannst du denn nicht bleiben?«

Am liebsten hätte ich ihr geantwortet, daß sie ihre Nase in ihre eigenen Angelegenheiten stecken solle. Aber da sie meine Gastgeberin war, erklärte ich nur höflich, daß Vater und Thomas mich bräuchten.

»Aber, meine Güte ...«, begann sie, doch dann bemerkte sie meinen entschlossenen Gesichtsausdruck, zuckte mit den Schultern und sagte: »Na, wenn du deine Meinung noch änderst, ruf an.«

Damit war das Mittagessen vorüber. Als wir den Flur durchquerten, lag Heloïse satt auf dem schwarzen Marmorfußboden. Leda blieb stehen und schaute sie an.

»Interessant, wie sie sich im Marmor spiegelt«, sagte sie. »Ob ich sie fotografieren soll? Nein – es dauert zu lange, die Scheinwerfer hier aufzubauen.«

Sie verzog keine Miene, auch nicht, als Heloïse mit dem Schwanz auf den Boden klopfte. Mir fiel auf, daß ich sie noch nie hatte lächeln sehen.

Während sie sich umzog, um Stephen in die Filmstudios zu bringen, hielt ich es für höflich, mich mit Aubrey über seine Arbeit zu unterhalten und ihn zu bitten, mir Bilder davon ansehen zu dürfen. Natürlich habe ich keine Ahnung von moderner Architektur, aber er scheint wirklich gut zu sein. Seltsam, daß ein so ausgedörrter Mann so klug sein kann. Und daß jemand, der so albern redet wie Leda, so erstklassige Fotos machen kann. Als sie schließlich herunterkam, trug sie ein hübsches, schwarzes Kleid mit Hut, rote Handschuhe und eine altmodische, rubinrote Halskette. Aber sie sah immer noch ein bißchen schmutzig aus.

Ich hatte beschlossen, zur Wohnung zurückzukehren, falls Rose früher nach Hause kam. Also setzte mich Leda auf dem Weg in die Filmstudios dort ab. Stephen wollte mich um halb acht abholen.

Leda stichelte ein letztes Mal: »Du bist ein lästiges Kind. Warum mußtest du ihn dazu bringen, dich nach Hause zu begleiten? Er wird sofort nach London zurückkehren müssen, wenn er diesen Job bekommt.«

»Er braucht mich nicht zu begleiten, wenn er es nicht möchte.« Ich glaube nicht, daß ich das schroff gesagt habe. »Ich wünsche dir auf jeden Fall viel Glück bei deinem Job, Stephen.«

Nachdem sie wieder losgefahren waren, begann ich, mit Heloïse um das Wohnhaus herumzugehen. Ich war noch nicht weit gekommen, als das Auto anhielt und Stephen mir nachgelaufen kam.

»Bist du ganz sicher, daß ich diesen Job machen soll, wenn ich ihn bekomme?« fragte er.

Ich antwortete, natürlich sei ich mir sicher, und wir würden alle ganz stolz auf ihn sein.

»Na gut – wenn du dir sicher bist ...«

Während er zum Wagen zurückrannte, empfand ich auf einmal einen ungerechtfertigten Stolz – nicht unbedingt, weil er so sehr auf mich hörte, sondern weil Leda es akzeptieren mußte.

Ich verbrachte den Nachmittag im Salon der Wohnung. Ich las ein wenig – es gab einige sehr seriöse amerikanische Magazine dort, ganz anders als die, die Miss Marcy hat. Doch die meiste Zeit dachte ich einfach nur nach. Am meisten über Luxus. Mir war vorher nicht klargewesen, daß Luxus mehr ist, als nur Dinge zu besitzen: Er verändert die ganze Atmosphäre. Und ich fühlte mich anders in dieser Atmosphäre – entspannt, träge, noch immer traurig, aber ich spürte den Kummer nicht mehr ganz so stark. Vielleicht nutzt sich der Effekt nach einer Weile ab, oder man merkt es nicht, wenn man hineingeboren wird, aber ich habe das Gefühl, daß diese luxuriöse Atmosphäre ein bißchen die Sinne abstumpfen läßt. Vielleicht spürt man darin zwar seine Traurigkeit nicht so stark, aber auch die Freude nicht.

Und obwohl ich nicht ehrlich sagen kann, daß ich jeglichem Luxus stets den Rücken kehren werde, fühle ich, daß irgend etwas daran nicht richtig ist. Aber vielleicht macht er gerade deshalb um so mehr Spaß.

Um fünf Uhr brachte mir das freundliche Dienstmädchen Eistee und Gurkensandwiches. Und Kekse für Heloïse, doch sie zog die Sandwiches vor. Danach schlief ich auf dem Sofa ein.

Und plötzlich waren sie alle zurück – Rose, Mrs. Cotton und Topaz. Sie kamen lachend und schwatzend in den Salon. Alle drei waren schwarz gekleidet – anscheinend tragen fast alle schicken Frauen in London bei heißem Wetter Schwarz. Es erscheint mir zwar nicht besonders sinnvoll, aber sie sahen sehr hübsch darin aus. Und sie freuten sich sehr, mich zu sehen. Rose umarmte mich sofort stürmisch. Alle fanden, daß ich das ganze Wochenende in London verbringen sollte. Rose bestand darauf, daß ihr Bett groß genug sei für zwei, und als ich einwandte, wir würden uns nur treten, sagte sie:

»Okay, ich schlafe auf dem Fußboden. Aber du mußt unbedingt bleiben!«

»Ja, bitte, Liebes«, stimmte Mrs. Cotton zu. »Und am Montagmorgen können wir uns dann um dein Brautjungfernkleid kümmern.«

»Wenn ich gewußt hätte, daß du hier bist, wäre ich sofort nach Hause gerannt«, rief Rose. »Wir waren in einer schrecklich langweiligen Nachmittagsvorstellung.«

Sie fächerte sich mit dem Programmheft Luft zu. Vor drei Monaten hätte sie keine Nachmittagsvorstellung der Welt langweilig gefunden.

Auch Topaz drängte mich zu bleiben, fragte aber im gleichen Atemzug, ob Vater ohne mich auskäme. Ich zählte ihr genau auf, welches Essen ich ihm und Thomas dagelassen hatte.

»Wir können in Scoatney anrufen und ihnen kalten Rinderbraten bringen lassen«, schlug Mrs. Cotton vor. »Dann haben sie erst einmal genug zu essen.«

Da kam Simon herein. Ich freute mich so, ihn zu sehen, daß sich meine Stimmung unvermittelt hob.

»Ja, natürlich muß sie bleiben«, sagte er, »und heute abend mit uns ausgehen.«

Rose meinte, sie könne mir ein Kleid leihen. »Und du mußt Neil anrufen, Simon, damit er mitkommt und mit ihr tanzt. Du kannst in meinem Badezimmer ein Bad nehmen, Cassandra.«

Sie legte den Arm um mich und führte mich in ihr Schlafzimmer. Die ruhige Wohnung war plötzlich zum Leben erwacht. Türen und Fenster standen offen, das Mädchen zog die Markisen hoch, und eine kühle Brise wehte vom Park herein, die nach trockenem Gras und Benzin roch. Ein aufregender Londoner Geruch, der sich mit dem Duft des kochenden Abendessens mischte.

»Die Küchentür muß offengestanden haben«, sagte Mrs. Cotton ziemlich unwirsch zu dem Dienstmädchen. Als ob einem der Duft eines köstlichen Essens etwas ausmachen könnte!

Während ich badete, rief Rose für mich bei den Fox-Cottons an – ich hatte Angst, Leda würde selbst ans Telefon gehen, und ich wollte ihr nicht sagen müssen, daß ich meine Meinung geändert hatte. Doch dann fand ich es unhöflich, mich nicht danach zu erkundigen, wie Stephens Einstellungsgespräch verlaufen war. Also rief ich Rose zu, daß ich mit ihm sprechen wolle.

»Er ist mit Leda im Atelier«, antwortete sie. »Aubrey will ihm Bescheid sagen, daß er dich später zurückruft.«

Nachdem sie aufgelegt hatte, erzählte sie mir, daß Stephen den Filmjob bekommen habe.

»Aubrey sagt, Leda sei ganz aufgeregt deswegen. Stephen soll jeden Tag zehn Pfund bekommen, mindestens fünf Tage lang. Er muß überhaupt nichts sagen, nur mit ein paar Ziegen herumlaufen. Das ist dann symbolisch oder so etwas.«

»Meine Güte, stell dir nur mal vor, daß Stephen fünfzig Pfund verdient!«

»Wenn Leda mit ihm fertig ist, wird er bereits mehr als das verdient haben«, erwiderte Rose. »Sie ist richtig vernarrt in ihn.«

Als ich aus dem Bad kam, hatte Rose mir ein Abendkleid hingelegt – es war ebenfalls in modischem Schwarz! Rose erklärte mir allerdings, daß sie es ausgewählt habe, weil es ihr kürzestes Kleid sei. Es paßte mir sehr gut und reichte genau bis zum Boden. Ich fand es überaus luxuriös, doch Rose sagte nur: »Oh, das ist nur eins von der Stange, das wir gekauft haben, damit ich fürs erste etwas habe.«

Als ich mich angezogen hatte, hörte ich Neils Stimme im Flur.

»Er beehrt uns nur deinetwegen«, behauptete Rose. »Seit Wochen hat er sich hier nicht blicken lassen. Hoffentlich schüttet er mir kein Gift in die Suppe.«

Ich bemerkte, wie schade es doch sei, daß sie nicht miteinander auskämen.

»Das ist nicht meine Schuld«, antwortete Rose. »Ich wäre durchaus dazu bereit, mich mit ihm anzufreunden – Simon zuliebe. Ich habe es immer wieder versucht, und ich werde es auch heute abend wieder versuchen, nur um es dir zu zeigen. Aber es wird nichts nutzen.«

Als sie »Simon zuliebe« sagte, dachte ich: Natürlich liebt sie Simon. Es war idiotisch von mir, Thomas zu glauben. Trotzdem fühlte ich mich weiterhin glücklich. Ich sagte mir immer wieder: Ich habe ihn gesehen, und in einer Minute werde ich ihn wiedersehen. Das reicht mir schon fast.

Neil klopfte an die Schlafzimmertür und rief: »Wo ist meine Freundin Cassandra?«

Rose war noch nicht ganz fertig, deshalb trat ich allein zu ihm in den Flur. Ich hatte ganz vergessen, wie nett er ist. Wir gingen in den Salon hinüber, und Simon sagte: »Nanu, sie ist erwachsen geworden!«

»Und sie sieht so hübsch aus«, fügte Mrs. Cotton hinzu. »Wir müssen nächste Woche unbedingt einen Einkaufsbummel machen, meine Liebe.«

Ich fand auch, daß mir Roses Kleid ganz gut stand.

Alle waren reizend zu mir. Vielleicht merkten sie, daß sie mich ein bißchen vernachlässigt hatten. Als Rose hereinkam, hakte sie sich bei mir ein und sagte: »Sie muß ganz lange bleiben, nicht wahr? Vater muß sich halt selbst versorgen.«

Damit wäre Topaz sicher nicht einverstanden gewesen, aber sie war mit Aubrey Fox-Cotton ausgegangen.

Nach dem Essen (vier Gänge, die legierte Suppe schmeckte köstlich) wurde beschlossen, wo wir tanzen gehen wollten. Mrs. Cotton wollte nicht mitkommen. Sie sagte, sie wolle zu Hause bleiben und noch einmal Proust lesen.

»Ich habe gestern abend schon angefangen«, erklärte sie Simon, »und möchte unbedingt weiterlesen. Diesmal mache ich mir Notizen und versuche, mir meine Lieblingspassagen zu merken, wie du es gemacht hast.«

Sie begannen eine Unterhaltung über Proust, der ich sehr gern zugehört hätte, aber Rose zog mich in ihr Schlafzimmer, um unsere Sachen für den Abend zu holen.

»Wie die beiden sich nur immer über Bücher unterhalten

können!« sagte sie. »Und nur über Autoren, von denen ich nicht eine Zeile gelesen habe.«

Wir machten einen herrlichen Spaziergang über die Park Lane bis zum Hotel, wo der Tanz stattfinden sollte. Über den Straßenlaternen schimmerte der Himmel dunkelblau. Doch nach den ersten paar Schritten merkte ich, daß ich in Roses Satinschuhen Probleme bekommen würde. Als ich sie anprobierte, schienen sie ganz gut zu passen, doch beim Gehen rutschten sie, wenn ich die Füße nicht ganz steif hielt. Und beim Tanzen wurde es noch schlimmer – nach der ersten Runde um den Saal wußte ich, daß ich es vergessen konnte.

»Ich werde einfach zuschauen«, sagte ich zu Neil.

»Auf keinen Fall«, entgegnete er. Dann führte er mich in einen verlassenen Flur neben dem Tanzsaal. Er war anscheinend als Ort zum Ausruhen gedacht, denn in die rosafarbenen, mit Brokat verzierten Wände waren kleine Nischen eingelassen. Doch Neil meinte, die Leute würden den Flur kaum benutzen.

»Jetzt zieh diese dummen Schuhe aus«, befahl er, »und ich ziehe meine aus, falls ich dir auf die Füße trete.«

Das Tanzen auf dem dicken Teppich fühlte sich eigenartig an, aber es gefiel mir. Als die Musik aufhörte, setzten wir uns in eine der Nischen und unterhielten uns.

»Ich bin froh, daß du nach London gekommen bist«, sagte Neil, »denn sonst hätten wir uns vielleicht nicht wiedergesehen. Ich fahre in einer Woche nach Hause.«

Ich war überrascht. »Du meinst, nach Kalifornien? Bleibst du nicht bis zur Hochzeit? Ich dachte, du wärst Trauzeuge.«

»Simon wird sich jemand anderen suchen müssen. Ich kann mir diese Gelegenheit nicht entgehen lassen. Man hat mir die

Teilhaberschaft an einer Ranch angeboten. Ich habe heute das Telegramm bekommen. Sie brauchen mich sofort.«

In diesem Moment sahen wir Rose und Simon aus dem Tanzsaal kommen. Sie schienen uns zu suchen. »Behalte es für dich, okay?« bat mich Neil schnell. »Ich möchte es zuerst Mutter beibringen, bevor ich es den anderen erzähle. Sie wird nicht gerade erfreut sein.«

Bald nachdem sich Simon und Rose zu uns gesellt hatten, setzte die Musik wieder ein. Rose wandte sich an Neil und fragte: »Tanzt du mit mir?«

Sie hatte recht gehabt, als sie sagte, es sei zwecklos, sich mit ihm anfreunden zu wollen. Einen Moment lang dachte ich, er würde sie tatsächlich zurückweisen. Doch dann antwortete er höflich, aber ohne die Spur eines Lächelns: »Sicher, wenn du möchtest.« Und sie gingen zusammen in den Tanzsaal zurück und ließen Simon und mich allein.

Zuerst sprachen wir über Rose. Er machte sich Sorgen, daß sie das viele Einkaufen erschöpft hatte.

»Ich wünschte, wir könnten sofort heiraten und London verlassen«, sagte er. »Aber sie und Mutter bestehen darauf, auf die Aussteuer zu warten.«

Mir war auch aufgefallen, daß Rose weniger lebhaft als sonst wirkte, aber nicht so erschöpft wie Simon selbst. Er war sehr blaß und still. Doch dadurch mochte ich ihn nur um so mehr, es weckte in mir das Bedürfnis, mich um ihn zu kümmern.

Nachdem wir uns eine Weile lang nur mit Rose beschäftigt hatten, erkundigte er sich nach Vater. Wir mutmaßten, daß er vielleicht arbeitet und es nur für sich behält.

»Ich fand ihn sehr eigenartig, als er uns vor ein paar Wochen hier besuchte«, erklärte Simon. »Mutter erzählte mir, er sei in die Küche gegangen und habe sich alle Kochbücher ausgeliehen.«

Allmählich verspürte ich das beunruhigende Gefühl, daß die Zeit davonlief und wir über nichts redeten, worüber ich mich später freuen konnte. Simon war wie immer charmant und nett, schien mich als Person aber kaum wahrzunehmen. Ich hätte gern etwas Witziges gesagt, doch mir fiel nichts ein. Also versuchte ich es mit etwas Intelligentem.

»Meinst du, ich sollte Proust lesen?« fragte ich.

Anscheinend war das eher witzig als intelligent, denn es brachte ihn zum Lachen. »Nun, ich halte es nicht unbedingt für eine Pflicht, aber du kannst es ja mal versuchen. Ich werde dir *In Swanns Welt* schicken.«

Dann sprach ich von seinem Geburtstagsgeschenk an mich, und er meinte, ich hätte einen netten Brief geschrieben, um mich zu bedanken.

»Ich hoffe, du leihst dir in Scoatney wirklich alle Platten aus, die dir gefallen haben«, fügte er hinzu.

Da sah ich plötzlich den von Mondschein und Kerzenlicht erleuchteten Pavillon vor mir. Und zudem begann das Orchester, das gerade ein Medley aus verschiedenen Melodien gespielt hatte, durch einen grausamen Zufall ausgerechnet *Lover* zu spielen. Ich spürte, wie ich dunkelrot anlief – noch nie war mir etwas so peinlich gewesen. Ich sprang auf und rannte zu einem Spiegel, der irgendwo im Flur hing.

»Was ist los?« rief Simon mir nach.

»Ich habe eine Wimper im Auge«, antwortete ich.

Er fragte, ob er mir irgendwie helfen könne, aber ich sagte, ich käme schon zurecht, und fummelte mit meinem Taschentuch herum, bis die Röte nachgelassen hatte. Ich glaube nicht, daß Simon sie bemerkt hatte. Als ich zu ihm zurückkehrte, sagte er:

»Seltsam, wie erwachsen du in diesem Kleid wirkst. Ich weiß noch nicht, ob mir diese Veränderung gefällt. Aber ich werde mich daran gewöhnen.« Er lächelte mich an. »Aber du warst auch vorher schon großartig.«

Es war das kleine, lustige Mädchen, das ihm gefallen hatte – das witzige Kind, das Johannisriten spielte. Dieses Mädchen hatte er geküßt. Obwohl ich wahrscheinlich nie ganz begreifen werde, warum.

Danach benahm ich mich recht ungezwungen und brachte ihn manchmal zum Lachen. Ich merkte, daß er wieder gern mit mir zusammen war. Aber es war nicht mein jetziges Ich, das da redete – ich imitierte mich selbst, wie ich früher war, nämlich sehr »gewollt naiv«. So hatte ich mich ihm gegenüber noch nie verhalten. Egal, wie ich auf ihn gewirkt haben mochte, zumindest hatte ich mich immer vollkommen natürlich benommen. Doch während ich ihn amüsierte und das Orchester *Lover* spielte, wußte ich, daß viele Dinge für mich nie mehr natürlich sein würden. Ich war nicht nur durch das schwarze Kleid erwachsen geworden.

Als die Musik aufhörte, kamen Rose und Neil zurück. Neil ging noch einmal weg, um uns etwas zu trinken zu besorgen.

»Die letzte Melodie fand ich sehr schön«, bemerkte Rose. »Wie heißt sie?«

»Tut mir leid, ich habe nicht darauf geachtet«, antwortete Simon.

»Ich auch nicht«, fügte ich hinzu.

Rose setzte sich in die gegenüberliegende Nische und legte die Füße hoch.

»Müde?« fragte Simon und ging zu ihr hinüber.

»Ja, sehr«, erwiderte sie. Da sie nicht freiwillig ein Stück zur Seite rückte, setzte er sich neben sie auf den Boden. »Soll ich dich nach Hause bringen, wenn wir etwas getrunken haben?« fragte er, und sie bejahte.

Neil wäre noch mit mir geblieben, doch ich sagte, wir könnten nicht weiterhin ohne Schuhe in diesem Flur tanzen.

»Langsam kommt er mir vor wie eine Gummizelle«, gab er zu.

Ich werde diesen Flur nie vergessen – den dicken Teppich, die brokatbedeckten Wände, die hellen Lichter, die von den goldgerahmten Spiegeln zurückgeworfen wurden. Alles sah so luxuriös aus – und so bedeutungslos, so leblos.

Als wir den Eingang des Wohnhauses erreichten, tat Neil kund, er würde nicht mit nach oben kommen. Aber er begleitete uns noch bis zum Aufzug und ging ein bißchen langsamer als Rose und Simon, so daß wir noch einmal allein waren.

»Wir müssen uns jetzt verabschieden, glaube ich«, sagte er.

Ich spürte eine Traurigkeit, die sich von meinem anderen Kummer abhob. »Aber wir werden uns doch irgendwann einmal wiedersehen, oder?«

»Sicher. Du mußt nach Amerika kommen.«

»Wirst du nicht mehr hierher zurückkommen?«

Er meinte, er bezweifle es. Dann lachte er und fügte hinzu: »Na, vielleicht doch, wenn ich alt und reich bin.«

»Warum hast du etwas gegen uns, Neil?«

»Ich hab doch nichts gegen euch«, antwortete er eilig. »Ich habe gegen nichts etwas. Ich passe nur einfach nicht hierher.«

Dann riefen Rose und Simon, daß der Aufzug warte, also schüttelten wir uns rasch die Hände. Ich fand die Vorstellung schrecklich, daß ich ihn für Jahre nicht wiedersehen würde.

In der Wohnung lag eine Nachricht von Stephen für mich. Ich hatte ganz vergessen, daß er mich anrufen wollte. Rose las vor: »Für Miss C. Mortmain von Mr. S. Colly. Der Herr läßt ausrichten, er stehe Ihnen zur Verfügung, wenn es nötig sei.«

»Das ist aber eine schöne Nachricht«, sagte Simon. »Solltest du ihn nicht lieber zurückrufen?«

»Oh, das kannst du auch morgen früh«, fand Rose. »Laß uns schlafen gehen. Ich hatte noch kaum Gelegenheit, mit dir zu reden.«

Da kam Topaz aus ihrem Schlafzimmer und sagte, sie wolle mit mir sprechen.

»Kann das nicht bis morgen warten?« fragte Rose.

Topaz entgegnete, sie sehe nicht ein, warum. »Es ist erst halb elf, und ich bin extra früh zurückgekommen.«

»Na, dann beeilt euch«, sagte Rose.

Topaz führte mich auf den Dachgarten hinaus. »In dieser Wohnung weiß man nie, ob nicht jemand mithört«, sagte sie. Es gefiel mir dort draußen. Überall standen Bäumchen in Kübeln und ein paar hübsche Gartenmöbel. Außer uns war niemand dort. Wir setzten uns auf eine Gartenschaukel, und ich rechnete damit, etwas Wichtiges von Topaz zu erfahren. Doch ich hätte mir denken können, daß sie nur über Vater sprechen wollte.

»Ich hatte ihn kaum eine Minute für mich, als er hier war«, beklagte sie sich. »Mein Zimmer ist zu klein für zwei. Und Mrs. Cotton hat sich an beiden Abenden sehr lange mit ihm unterhalten.«

Ich fragte, ob sie sich noch Sorgen mache wegen ihr und Vater.

»Oh, nicht mehr so wie am Anfang. Ich bin mir zumindest sicher, daß nichts von ihr ausgeht. Mir ist klargeworden, daß sie nicht an ihm selbst, sondern an dem berühmten Schriftsteller interessiert ist – falls er ihr den Gefallen erweist und wieder einer wird. Sie hoffe es zumindest und möchte daran beteiligt sein. Und Simon auch.«

»Was sollte daran verkehrt sein?« wandte ich ein. »Du weißt doch, daß sie es gut meinen.«

»Simon schon, er interessiert sich für Mortmains Arbeit um der Arbeit willen – und um Mortmains willen. Aber Mrs. Cotton interessiert sich für alle Berühmtheiten. Seit sie ein paar Bilder von mir gesehen hat, schätzt sie sogar mich.«

»Aber sie hat dich doch schon vorher gebeten, bei ihr zu wohnen«, protestierte ich. Ich mag Mrs. Cotton. Und sie hat sich unserer Familie gegenüber mehr als großzügig verhalten.

»Du kannst ruhig sagen, daß ich ungerecht bin.« Topaz ließ einen ihrer tiefen Seufzer hören und fuhr dann fort: »Ich weiß, daß ich ungerecht bin. Aber sie fällt mir so auf die Nerven, daß ich schreien könnte. Warum geht Mortmain das nicht auch so? Das begreife ich einfach nicht. Reden, reden, reden – und ich habe noch nie eine solche Lebenskraft erlebt. Es kann doch für eine Frau in ihrem Alter nicht normal sein, so vor Gesundheit zu strotzen! Wenn du mich fragst, das hat was mit den Drüsen zu tun.«

Ich mußte lachen, doch dann merkte ich, daß sie es ernst meinte. Diesen Satz hat sie schon immer gern gesagt. »Na, dann komm nach Hause und ruhe dich ein wenig aus«, schlug ich vor.

»Darüber wollte ich mit dir sprechen. Hast du an Mortmain irgendwelche Anzeichen bemerkt, daß er mich braucht?«

Ich überlegte, wie ich am taktvollsten mit »Nein« antworten konnte. Zum Glück fuhr sie gleich fort: »Ich muß gebraucht werden, Cassandra – ich wurde immer gebraucht. Die Männer haben mich immer entweder gemalt, geliebt oder einfach schlecht behandelt. Manche haben mich sogar sehr schlecht behandelt, aber das war gut für ihre Arbeit. Aber irgendwie hat mich immer jemand gebraucht. Ich muß die Menschen inspirieren, Cassandra. Das ist meine Aufgabe im Leben.«

Ich erzählte ihr von meiner leisen Hoffnung, daß Vater arbeite.

»Meinst du, ich habe ihn inspiriert, weil ich mich von ihm ferngehalten habe?«

Darüber mußten wir beide herzlich lachen. Topaz' Sinn für Humor tritt nicht regelmäßig in Erscheinung, aber wenn, dann ist er wunderbar. Als wir uns wieder beruhigt hatten, fragte sie:

»Was hältst du von Aubrey Fox-Cotton?«

»Keine Ahnung«, antwortete ich. »Braucht er vielleicht Inspiration? Er scheint auch so ganz gut zu arbeiten.«

»Er könnte Besseres leisten. Und das weiß er auch.«

»Du meinst, wenn ihr euch beide scheiden lassen und danach heiraten würdet?«

»Nicht unbedingt«, entgegnete Topaz.

Plötzlich merkte ich, daß dies ein wichtiger Moment war, und überlegte, was ich sagen konnte, um sie zu beeinflussen. Ich mußte ihr gar nicht erst vormachen, daß Vater sie brauchte, denn sie würde innerhalb der ersten halben Stunde zu

Hause feststellen, daß dem nicht so war. Schließlich sagte ich:

»Vermutlich reicht es dir nicht, wenn Thomas und ich dich brauchen?«

Zuerst sah sie erfreut aus. Doch dann ließ sie einen ihrer Lieblingssprüche los: »Oh, Liebling! Verstehst du denn nicht, daß die Kunst wichtiger ist als das Individuum?«

Das brachte mich auf eine Idee.

»Aber dann darfst du Vater nicht verlassen«, bat ich. »Oh, Topaz – ob er dich nun vermißt oder nicht, so ein Schock könnte ihn völlig ruinieren! Stell dir nur vor, daß sein Biograph schreibt: ›Mortmain wollte gerade mit der zweiten Phase seiner Karriere beginnen, als die Treulosigkeit seiner als Künstlermodell arbeitenden Frau sein Leben durcheinanderwarf. Wir werden nie erfahren, was der Welt durch diese unwürdige, junge Frau entgangen ist.‹ Und du würdest es tatsächlich nie erfahren, Topaz. Du würdest ewig Schuldgefühle haben.«

Sie blickte mich erstaunt an. Offensichtlich hatte ich sie tief beeindruckt. Zum Glück fiel ihr nicht ein, daß nie jemand eine Biographie über Vater schreiben wird, wenn er nicht noch etwas veröffentlicht.

»Verstehst du nicht, daß dich die Nachwelt falsch beurteilen würde?« fuhr ich fort. »Aber wenn du bei ihm bliebest, wärst du für sie ›diese junge Frau, schön wie ein Engel von Blake, die ihre eigenen, zahlreichen Talente opferte, um Mortmains Comeback zu sichern‹.« Ich hielt inne und fürchtete, zu dick aufgetragen zu haben, doch sie schluckte alles.

»O Darling, du solltest die Biographie selbst schreiben«, stieß sie hervor.

»Das werde ich auch«, versicherte ich ihr und fragte mich,

ob sie vielleicht bleiben würde, um mich zu inspirieren. Aber ich glaube, sie sieht sich nur als Inspiration für Männer. Ich hätte mir jedoch keine Sorgen zu machen brauchen, denn sie sagte mit ihrer tiefsten Baßstimme:

»Cassandra, du hast mich vor einem großen Fehler bewahrt. Ich danke dir.«

Dann lehnte sie sich so schwungvoll an meine Schulter, daß ich von der Gartenschaukel fiel.

Ach, die gute Topaz! Sie sagt von Mrs. Cotton, sie sei nur an Berühmtheiten interessiert, und erkennt nicht, daß ihr eigener Wunsch, Männer zu inspirieren, nur eine andere, allerdings weniger aufrichtige Form davon darstellt. Denn Mrs. Cottons Interessen sind wirklich geistiger Natur – oder sozialer und geistiger Natur –, während mir die Geistigkeit meiner lieben, schönen Stiefmutter doch sehr unecht erscheint. Die echte Topaz kocht und schrubbt und näht für uns alle. Wie kompliziert die Menschen doch sind – kompliziert und nett!

Während wir in die Wohnung zurückgingen, verriet Topaz mir, sie würde in zehn oder vierzehn Tagen wieder nach Hause kommen – sobald Macmorris sein neues Porträt von ihr fertiggestellt hätte. Ich antwortete, daß mich das sehr freue. Allerdings fiel mir dann ein, wie schwer es für mich werden würde, meinen Kummer vor ihr zu verbergen. Das Gespräch mit ihr hatte mich ganz davon abgelenkt, aber er schien in der Wohnung schon wieder auf mich zu warten. Inzwischen waren alle schlafen gegangen. Unter Simons Tür schimmerte noch Licht. Wie nah er bei mir schlafen würde! Doch aus irgendeinem Grund machte mich dieser Gedanke noch unglücklicher als vorher. Auch die Aussicht, ihn am nächsten Morgen zu sehen, tröstete mich nicht: Im vornehmen Flur neben dem

Tanzsaal hatte ich festgestellt, daß es schmerzlicher sein konnte, bei ihm zu sein als weit weg von ihm.

Rose saß in ihrem Bett und wartete auf mich. Ich erinnere mich, wie hübsch ihr helles Haar vor der weißen Kopfstütze aus Samt aussah.

»Ich habe dir eins von meinen Aussteuer-Nachthemden hingelegt«, sagte sie.

Ich dankte ihr und hoffte, ich würde es nicht zerreißen, denn es schien aus einem sehr feinen Stoff zu sein. Doch Rose meinte, sie habe noch genug andere.

»So, jetzt können wir reden«, sagte ich betont fröhlich. Damit meinte ich eigentlich: »Du kannst reden«, denn ich hatte nicht mehr vor, sie über ihre Gefühle für Simon auszufragen. Natürlich liebte sie ihn, natürlich würde die Hochzeit stattfinden, und es war ein dummer Fehler gewesen, nach London zu fahren.

»Ich glaube, ich möchte heute nicht«, sagte sie.

Das überraschte mich. Schließlich war sie vorher ganz erpicht darauf gewesen. Doch ich antwortete nur: »Na, wir haben ja morgen auch noch genug Zeit.«

Sie erwiderte, das fände sie auch, zeigte sich aber nicht gerade begeistert. Dann bat sie mich, die Rosen über Nacht ins Badezimmer zu stellen. Als ich sie holte, warf sie einen Blick auf Simons Karte auf dem Nachttisch und bat mich: »Wirf sie in den Papierkorb, ja?«

Sie sagte es nicht beiläufig, sondern irgendwie verächtlich und verstimmt. Ich vergaß meinen Entschluß zu schweigen und antwortete:

»Rose, du liebst ihn nicht.«

Sie schenkte mir ein schwaches, ironisches Lächeln und sagte: »Nein. Ist das nicht schade?«

Da hatte ich sie – die Wahrheit, die ich so ersehnt hatte! Und doch freute ich mich nicht, und nicht die geringste Hoffnung keimte in mir auf. Statt dessen war ich wütend, so wütend, daß ich lieber nichts sagen wollte. Ich stand einfach nur da und starrte Rose an, bis sie schließlich sprach.

»Und? Sag etwas.«

Ich brachte es fertig, ziemlich ruhig zu reden. »Warum hast du mich an dem Abend angelogen, als ihr euch verlobt habt?«

»Hab' ich ja gar nicht. Ich dachte wirklich, ich hätte mich verliebt. Als er mich küßte – ach, du würdest es nicht verstehen. Du bist zu jung.«

Ich verstand sogar sehr gut. Wenn Stephen mich geküßt hätte, bevor ich mir über meine Liebe zu Simon klargeworden war, hätte ich den gleichen Fehler begangen. Vor allem, wenn ich ihn hätte begehen wollen, so wie Rose. Doch ich war immer noch wütend.

»Wie lange weißt du es schon?« wollte ich wissen.

»Seit Wochen. Ich fand es schon kurz nach unserer Ankunft in London heraus. Ich bin hier einfach viel mehr mit ihm zusammen. Wenn er nur nicht so in mich verliebt wäre! Verstehst du, was ich meine? Nicht nur, daß er immerzu zärtlich zu mir sein will – in jeder Minute, die wir miteinander verbringen, spüre ich, wie er sich nach Liebe sehnt. Er verbindet sie irgendwie mit allem anderen – wenn es ein besonders herrlicher Tag ist, wenn wir etwas Schönes sehen oder zusammen Musik hören. Dann würde ich am liebsten schreien. O Gott, ich wollte es dir eigentlich nicht erzählen. Ich hatte es ursprünglich vor, weil ich wußte, es würde mich erleichtern. Aber vor ein paar Minuten beschloß ich dann, es für mich zu behalten, weil ich es so egoistisch fand. Es tut mir leid, daß du es aus mir herausbekommen hast. Ich merke ja, daß es dich furchtbar aufregt.«

»Schon gut«, antwortete ich. »Möchtest du, daß ich es ihm für dich sage?«

»Es ihm sagen?« Sie blickte mich ungläubig an. »Oh, kein Wunder, daß du so aufgeregt bist. Mach dir keine Sorgen, Darling. Ich werde ihn trotzdem heiraten.«

»Nein, das wirst du nicht«, widersprach ich. »So etwas Gemeines wirst du nicht tun.«

»Warum ist es plötzlich gemein? Du hast immer gewußt, daß ich ihn auf jeden Fall heirate, ob ich ihn liebe oder nicht. Und du hast mir geholfen, so gut du konntest – ohne sicher zu sein, daß ich ihn liebe.«

»Ich hab es nicht begriffen. Es war nur Spaß... wie in einer Geschichte. Es war nicht echt.«

Doch insgeheim wußte ich, daß mir immer etwas unwohl dabei gewesen war und ich auf mein Gewissen hätte hören sollen. All mein Kummer der letzten Zeit war wie eine Strafe gewesen.

»Jetzt ist es auf jeden Fall echt«, erwiderte Rose mißmutig.

Da ich mich selbst so schuldig fühlte, war ich plötzlich weniger wütend auf Rose. Ich ging zu ihr, setzte mich aufs Bett und versuchte, ganz sachlich darüber zu sprechen. »Du kannst es nicht tun, Rose – nicht für Kleider und Schmuck und Badezimmer...«

»Du redest, als würde ich das alles nur für mich tun«, unterbrach sie mich. »Weißt du, was meine letzten Gedanken sind, wenn ich hier Nacht für Nacht liege? ›Na ja, immerhin haben sie jetzt zu Hause genug zu essen.‹ Selbst Heloïse ist dicker geworden! Und an dich habe ich am häufigsten gedacht. An all das, was ich für dich tun kann, wenn ich verheiratet bin ...«

»Darüber brauchst du nicht mehr nachzudenken, denn ich werde nichts von dir annehmen ...« Plötzlich war meine Wut wieder da, und die Wörter purzelten nur so aus mir heraus. »Und du brauchst dir auch nicht mehr einzureden, daß du es für uns alle tust. Du tust es nur für dich selbst, weil du die Armut nicht ertragen kannst. Du wirst Simons Leben zerstören, weil du so gierig und feige bist ...« Ich redete immer weiter, in einer Art wütendem Flüstern. Mir war bewußt, daß man uns vielleicht hören konnte, daher bemühte ich mich, nicht zu schreien. Doch ich verlor jegliche Kontrolle über das, was ich sagte. An das meiste kann ich mich gar nicht mehr erinnern. Rose versuchte nicht ein einziges Mal, mich zu unterbrechen. Sie saß einfach nur da und blickte mich an. Und plötzlich ging ihr ein Licht auf. Ich hielt mitten im Satz inne.

»Du bist selbst in ihn verliebt«, japste sie. »Das fehlte gerade noch!« Dann brach sie in ein ersticktes Schluchzen aus und vergrub den Kopf in einem Kissen, um das Geräusch zu dämpfen.

»Jetzt hör schon auf«, sagte ich.

Nach ein paar Minuten beruhigte sie sich und tastete nach ihrem Taschentuch. Dabei kann man nicht einfach zusehen, egal, wie wütend man ist. Also reichte ich es ihr. Es war auf den Boden gefallen. Sie tupfte sich das Gesicht ab und sagte dann:

»Cassandra, ich schwöre bei allem, was mir heilig ist, daß ich ihn sofort aufgäbe, wenn er dich an meiner Stelle heiraten würde. Ich würde mich sogar darüber freuen – wir hätten Geld, und ich müßte ihn nicht zum Ehemann nehmen. Ich will Scoatney nicht. Und auch keinen übermäßigen Luxus. Ich will nur nicht mehr in dieser schrecklichen Armut leben müssen! Ich will nicht, ich will nicht! Das müßte ich aber, wenn ich ihn aufgäbe, denn ich weiß, daß er sich nicht in dich verlieben wird. Er hält dich für ein kleines Mädchen.«

»Wofür er mich hält, spielt keine Rolle«, entgegnete ich. »Ich denke an sein Wohl, nicht an meines. Du wirst ihn nicht heiraten, wenn du ihn nicht liebst.«

»Ist dir nicht klar, daß er mich lieber so heiratet als überhaupt nicht?« fragte sie.

Daran hatte ich noch gar nicht gedacht, doch als sie es sagte, sah ich es ein. Und dafür haßte ich sie um so mehr. Ich fing an, mir das schwarze Kleid vom Leib zu reißen.

»Ja, zieh dich aus und komm ins Bett«, sagte sie. »Wir löschen das Licht und besprechen alles noch einmal in Ruhe. Vielleicht bildest du dir nur ein, daß du dich in ihn verliebt hast. Ist es nicht eher eine jugendliche Schwärmerei, Darling? Erst wenn du geküßt wurdest, weißt du, ob du wirklich verliebt bist. Du wirst es verwinden, wenn du andere Männer kennenlernst. Und dafür werde ich sorgen. Komm, wir reden darüber. Wir können uns doch gegenseitig helfen. Komm ins Bett.«

»Ich komme nicht ins Bett«, sagte ich und versetzte dem Kleid einen Fußtritt. »Ich fahre nach Hause.«

»Aber das geht nicht – nicht mehr heute nacht! Es fahren keine Züge mehr.«

»Dann setze ich mich bis morgen früh in den Warteraum am Bahnhof.«

»Aber warum . . .«

»Ich werde mich nicht neben dich ins Bett legen.«

Ich kämpfte mich in mein grünes Kleid. Rose sprang aus dem Bett und versuchte, mich aufzuhalten.

»Cassandra, bitte hör mir zu ...«

Ich ermahnte sie, den Mund zu halten, weil sie sonst die anderen aufwecken würde. »Und ich warne dich – wenn du versuchst, mich vom Gehen abzuhalten, werde ich sie wecken und ihnen alles erzählen. Dann wirst du die Hochzeit absagen müssen.«

»O nein, das werde ich nicht.« Zum ersten Mal klang sie richtig wütend. »Ich werde ihnen sagen, daß du lügst, weil du in Simon verliebt bist.«

»Egal, was von beidem, wir sollten sie besser nicht aufwekken.«

Ich suchte überall nach meinen Schuhen, die das Dienstmädchen weggeräumt hatte. Rose lief mir halb wütend, halb flehend nach.

»Aber was soll ich ihnen denn sagen, wenn du jetzt gehst?« fragte sie.

»Warte damit bis morgen früh. Dann kannst du ihnen erzählen, daß ich plötzlich ein schlechtes Gewissen bekommen habe, weil ich Vater allein ließ, und daß ich mit dem ersten Zug nach Hause gefahren bin.« Schließlich fand ich meine Schuhe und zog sie an. »Ach, erzähl ihnen doch, was du willst. Ich gehe auf jeden Fall.«

»Du läßt mich im Stich – gerade dann, wenn ich dich am meisten brauche.«

»Ja, damit ich mir deine Sorgen anhöre und dir mitfühlend auf den Rücken klopfe – nein, danke!« Inzwischen zog ich alle Schubladen auf und suchte nach meiner Handtasche. Nachdem ich sie endlich gefunden hatte, drängte ich mich an Rose vorbei.

Sie versuchte ein letztes Mal, mich zu überreden. »Cassandra, ich flehe dich an, bleib hier! Wenn du wüßtest, wie unglücklich ich bin...«

»Ach, geh, setz dich in dein Badezimmer und zähl deine pfirsichfarbenen Handtücher«, spottete ich. »Die können dich ja aufheitern – du verlogene, habgierige kleine Betrügerin!«

Und schon war ich zur Tür hinaus. Immerhin hatte ich mich so weit unter Kontrolle, daß ich die Tür leise schloß. Einen Moment lang dachte ich, Rose würde mir nachlaufen, aber sie kam nicht.

Wahrscheinlich glaubte sie, ich würde sonst wirklich die Wahrheit hinausschreien. Und das hätte ich sicher auch getan, so wütend und durcheinander, wie ich war.

Das einzige Licht in der Diele kam vom Hausflur, das schwach hinter den Rändern der Wohnungstür schimmerte. Ich schlich auf Zehenspitzen darauf zu. Dann hörte ich ein leises Winseln. Heloïse! Ich hatte sie völlig vergessen. Im nächsten Augenblick stand sie neben mir im Dunkeln und klopfte mit dem Schwanz auf den Boden. Ich zog sie durch die Wohnungstür und eilte zum Aufzug. Zum Glück stand er gerade in der richtigen Etage. Sobald wir drinnen waren, setzte ich mich auf den Boden und ließ Heloïse ihre Pfoten auf meine Schultern legen, bis sie sich beruhigt hatte.

Sie trug ihr Halsband, und als Leine benutzte ich meinen Gürtel. Es herrschte noch immer zuviel Verkehr, um sie frei laufen zu lassen, selbst als wir von der Park Lane in eine ruhigere Straße abbogen. Ich fand es angenehm, an der frischen Luft zu sein, doch nach den ersten paar Minuten der Erleichterung begann ich, die Szene mit Rose immer und immer wieder durchzugehen. Mir fielen noch schlimmere Dinge ein, die ich hätte sagen können, und ich stellte mir vor, wie ich Rose damit beschimpfte. Ich hielt mich gedanklich noch in ihrem weißen Schlafzimmer auf, so daß ich kaum merkte, welchen Weg ich einschlug. Ich erinnere mich nur noch dunkel daran, daß ich sehr lange an vornehmen Häusern vorbeispazierte. In einem von ihnen fand eine Party statt, und einige Leute kamen auf einen Balkon geschlendert. Ich weiß noch, daß ich es schade fand, zu sehr mit mir selbst beschäftigt zu sein, um mich dafür zu interessieren (vor ein paar Monaten hätte ich mir noch wunderschöne Geschichten dazu ausgedacht). Irgendwo im Hinterkopf hatte ich wohl den Gedanken, daß ich irgendwann auf Busse oder einen U-Bahn-Eingang stoßen würde, von wo aus ich zum Bahnhof zurückfahren und mich in den Warteraum setzen konnte. Als ich die Regent Street erreichte, kehrte ich zum ersten Mal wieder in die Wirklichkeit zurück.

Ich beschloß, mich zusammenzureißen – ich erinnerte mich, verschiedene Dinge über die Regent Street bei Nacht gehört zu haben. Aber ich verwechselte sie sicher mit irgendeiner anderen Straße, denn nichts erwies sich als so, wie ich es erwartet hatte. Ich hatte mir eine Horde von grell gekleideten, geschminkten Frauen vorgestellt, die augenklimpernd herumstolzierten. Doch die einzigen Frauen, die ich sah, wirkten sehr anständig, trugen schicke, schwarze Kostüme und machten anscheinend nur einen Abendspaziergang. Einige von ihnen führten ihr Hündchen aus, was Heloïse sehr interessierte. Mir fiel auf, daß die meisten Damen nicht allein unterwegs waren. Und das erinnerte mich daran, daß ich mich so spät nachts nicht allein draußen aufhalten sollte. Kurz nachdem mir das eingefallen war, kam ein Mann auf mich zu und sagte:

»Entschuldigen Sie, aber kenne ich Ihren Hund nicht?«

Ich beachtete ihn einfach nicht, aber leider begann Heloïse, eifrig mit dem Schwanz zu wedeln.

Ich zog sie mit mir, doch der Mann folgte uns und sagte so dumme Sachen wie »Natürlich kennt sie mich – wir sind alte Bekannte – ich habe sie im Hammersmith Palais de Dance getroffen«.

Heloïse wurde immer zutraulicher. Sie hörte gar nicht mehr mit dem Schwanzwedeln auf, und ich fürchtete, daß sie den Mann jeden Moment anspringen und abschlecken würde. Also fragte ich streng: »Hel, wer ist das?« Das sagen wir immer zu ihr, wenn ein verdächtig aussehender Landstreicher um die Burg herumstreunt. Sie fing prompt so heftig an zu bellen, daß der Mann einen Satz nach hinten machte und dabei mit zwei Damen zusammenprallte. Danach folgte er uns nicht mehr, aber ich konnte Heloïse nicht wieder beruhigen. Sie kläffte noch bis zum Piccadilly Circus und zog damit alle Blicke auf uns.

Erleichtert entdeckte ich schließlich einen U-Bahn-Eingang. Doch meine Freude darüber verflog rasch, denn ich stellte fest, daß man Hunde nicht in der U-Bahn mitnehmen darf. Man kann sie oben auf einem Bus mitnehmen, aber um diese Uhrzeit fuhren nicht mehr viele. Ich überlegte gerade, mir ein Taxi zu nehmen, als mir ein »Corner House«-Restaurant in der Nähe von Piccadilly einfiel, von dem Topaz mir erzählt hatte, daß es die ganze Nacht geöffnet habe. Ich verspürte große Lust auf einen Tee, und Heloïse konnte sicher ein wenig Wasser vertragen. Sie hatte schließlich zu bellen aufgehört und sah ganz erschöpft aus. Also gingen wir hinein.

Das Restaurant wirkte so vornehm, daß ich fürchtete, sie würden Heloïse nicht hineinlassen. Deshalb wartete ich einen passenden Moment ab, bis der Portier gerade mit etwas anderem beschäftigt war. Und ich wählte einen Tisch an der Wand aus, unter dem ich sie gut verstecken konnte. Die Kellnerin entdeckte sie, sagte aber nur: »Na gut, wenn es Ihnen gelungen ist, sie reinzuschmuggeln... Aber sie muß sich ganz still verhalten.« Erstaunlicherweise tat sie das sogar. Nachdem ich für sie dreimal unauffällig die Untertasse mit Wasser gefüllt und sie es getrunken hatte, schlief sie selig auf meinen Füßen ein. Das war ganz schön heiß, aber ich hatte Angst, sie zu wecken, wenn ich mich bewegte.

Der Tee tröstete mich ein wenig, und in dem Moment hatte ich Trost dringend nötig. Ich fühlte mich furchtbar erschöpft, und meine Augen schienen schon eine Ewigkeit offen zu sein. Aber schlimmer als das – sogar schlimmer als mein Liebeskummer wegen Simon, denn an den hatte ich mich inzwischen gewöhnt – war die allmähliche Erkenntnis, daß ich mich Rose gegenüber sehr ungerecht verhalten hatte. Ich mußte mir eingestehen, daß der Hauptgrund für meinen Gefühlsausbruch nicht die selbstlose Sorge um Simons Wohlergehen, sondern schlichtweg rasende Eifersucht gewesen war. Und was könnte unfairer sein, als ihr zuerst dabei zu helfen, sich zu verloben, und es ihr nachher zum Vorwurf zu machen? Wie recht sie doch mit ihren Worten gehabt hatte, ich würde sie im Stich lassen! Ich hätte zumindest ruhig mit ihr über alles reden können. Und meine Schuldgefühle wurden noch durch die Gewißheit verstärkt, daß sie mehr für mich empfand als für irgend jemanden sonst – so wie ich für sie, bevor ich mich in Simon verliebte.

Aber das mit der jugendlichen Schwärmerei hätte sie nicht sagen dürfen. Wie konnte sie nur! dachte ich. Woher will sie wissen, daß mein Gefühl nur niedliche, oberflächliche Schwärmerei und nicht echte erste Liebe ist? Schließlich weiß ich jetzt, daß sie selbst noch nie richtig verliebt war!

Ich dachte immer wieder darüber nach und trank dabei eine Tasse Tee nach der anderen. Der letzte war so schwach, daß ich das Stück Zucker auf dem Boden der Tasse sehen konnte. Dann kam die Kellnerin und fragte, ob ich noch etwas wünsche. Ich hatte noch keine Lust zu gehen, deshalb studierte ich sorgfältig die Speisekarte und bestellte ein Lammschnitzel – es dauert lange, es zuzubereiten, und außerdem kostet es nur sieben Pence.

Während ich wartete, versuchte ich mich von meinem Kummer wegen Rose ein wenig abzulenken, indem ich über meinen Kummer wegen Simon nachdachte. Doch ich stellte fest, daß ich so nur über beide nachdachte. Es ist hoffnungslos, erkannte ich. Wir werden alle drei bis ans Ende unseres Lebens unglücklich sein. Dann kam das Lammschnitzel auf einem riesigen weißen Teller. Es sah unglaublich klein aus. Ich aß es so langsam wie möglich, sogar die Petersilie, die sie für die sieben Pence dazugelegt hatten. Danach brachte die Kellnerin die Rechnung und räumte so entschlossen mein Geschirr ab, daß ich noch etwas von dem Wasser trank, das es zum Essen umsonst gab, und dann gehen wollte. Ich öffnete meine Handtasche, um ein Trinkgeld für die Kellnerin herauszuholen, und dann...

Diesen Moment werde ich nie vergessen. Mein Geldbeutel war nicht in der Handtasche.

Ich fing hektisch an zu suchen, aber natürlich ohne Erfolg. Denn mir fiel ein, daß mein Geldbeutel noch in der Abendtasche steckte, die Rose mir geliehen hatte. Nur eine schmuddelige Farthing-Münze fand ich im Kammfach.

Mir wurde schlecht und eiskalt. Auf einmal wirkten alle Lichter greller, und die Leute um mich herum kamen mir lauter und zugleich unwirklicher vor. Eine Stimme in meinem Kopf sagte: Bleib ganz ruhig. Du kannst es dem Geschäftsführer erklären. Nenn ihm deinen Namen und deine Adresse, und laß ihm etwas Wertvolles als Pfand da. Doch ich besaß nichts Wertvolles. Keine Uhr, keinen Schmuck, meine Tasche war ganz zerschlissen, nicht einmal einen Mantel oder Hut hatte ich bei mir. Eine Sekunde lang zog ich sogar meine Schuhe in Erwägung. Aber er wird dich für einen anständigen Menschen halten – er wird dir vertrauen, dachte ich. Doch ob ich wie ein anständiger Mensch aussah? Mein Haar war in Unordnung, mein Kleid wirkte grell und billig im Vergleich zur Londoner Mode, und ohne Gürtel, den ich für Heloïse gebraucht hatte, sah es nicht unbedingt gut aus. Aber sie werden doch nicht wegen eines Kännchens Tee und eines Lammschnitzels die Polizei holen, redete ich mir ein. Und dann dämmerte mir, daß ich nicht nur Geld für die Rechnung brauchte – wie sollte ich ohne Taxi zum Bahnhof kommen? Ich konnte unmöglich mit Heloïse so weit laufen, selbst wenn ich selbst es schaffen würde.

Und meine Fahrkarte …

Die steckte in meinem Geldbeutel.

Ich muß Hilfe holen, dachte ich verzweifelt.

Aber wie? Im vorderen Teil des Restaurants standen Telefonzellen. Doch abgesehen davon, daß ich lieber sterben als in der Wohnung anrufen wollte, hätte Rose dadurch die ganze Situation erklären müssen. Plötzlich fiel mir Stephens Nachricht ein, daß er sich immer zu meiner Verfügung halte. Aber konnte ich mich dazu durchringen, die Fox-Cottons um fast zwei Uhr nachts aufzuwecken? Ich haderte immer noch mit mir selbst, als die Kellnerin zurückkam und mich scharf anblickte, so daß mir klar wurde, daß ich endlich etwas unternehmen mußte.

Ich stand auf und ließ die Rechnung auf dem Tisch liegen. »Ich warte auf jemanden, der sich offenbar verspätet hat«, erklärte ich. »Ich muß telefonieren. Würden Sie bitte diesen Tisch für mich freihalten?«

Heloïse ließ sich nur widerwillig wecken, aber ich traute mich nicht, sie unter dem Tisch liegen zu lassen. Zum Glück war sie zu müde, um zu bellen. Ich erklärte dem Mädchen an der Kasse, daß ich telefonieren wolle, und sie achtete darauf, daß ich wirklich in eine Telefonzelle ging.

Drinnen war es schrecklich heiß, vor allem, weil sich Heloïse neben mich zwängte und wie ein pelzbedeckter Ofen Hitze ausströmte. Ich schlug das Telefonbuch auf, um die Nummer der Fox-Cottons herauszusuchen ...

Und dann fiel es mir wie Schuppen von den Augen: Für ein öffentliches Telefon braucht man Münzen.

Irgendwann wirst du darüber lachen, sagte ich zu mir selbst, du wirst dich totlachen. Dann lehnte ich mich an die Wand der Telefonzelle und fing an zu weinen. Ich hörte jedoch bald wieder auf, als mir einfiel, daß sich mein Taschentuch ebenfalls in Roses Abendtasche befand. Ich starrte den Kasten an, in den man die Münzen einwirft, und dachte, wie gern ich ihn plündern würde, wenn ich nur wüßte, wie. Oh, bitte, lieber Gott, tu etwas, flehte ich stumm. Dann schien jemand Fremdes meine Hand zu heben und mit meinem Finger auf den Knopf »Rückgabe« zu drücken. Als die Pennies herausfielen, sagte meine innere Stimme: »Ich wußte, daß es klappen würde.«

Und dann erinnerte ich mich daran, wie der Pfarrer vom

Beten, vom Glauben und von dem Automaten gesprochen hatte.

Funktioniert Glaube auch rückwirkend? Konnte jemand seine Pennies vergessen haben, weil ich vorhatte, zu beten? Und wenn es tatsächlich durch meinen Glauben bewirkt wurde, hätte mir der Rückgabeknopf dann nicht ersparen können, Stephen zu belästigen, und mir gleich ein Pfund schenken können? Aber es müßte ja in Pennies herauskommen, dachte ich. Also betete ich noch einmal, drückte auf den Knopf und überlegte schon, was ich mit zweihundertvierzig heraussprudelnden Pennies machen würde. Aber das hätte ich mir schenken können. Ich rief die Fox-Cottons an.

Leda kam ans Telefon, sogar schneller, als ich erwartet hatte. Sie klang sehr wütend. Ich sagte zu ihr, daß es mir furchtbar leid täte, sie stören zu müssen, aber ich könne nicht anders. Dann bat ich sie, Stephen an den Apparat zu holen.

»Das werde ich sicher nicht tun«, entgegnete sie. »Du kannst jetzt nicht mit ihm sprechen.«

»Aber ich muß«, beharrte ich. »Und er hat sicher nichts dagegen, wenn Sie ihn wecken. Er würde es sogar wollen, wenn er wüßte, daß ich in Schwierigkeiten bin.«

»Von mir aus kannst du bis morgen früh in Schwierigkeiten bleiben«, antwortete sie. »Ich werde nicht zulassen, daß du Stephen jetzt belästigst. Ich finde es wirklich abscheulich, wie du ...«

Sie brach mitten im Satz ab, und einen Moment lang dachte ich, sie hätte aufgelegt. Dann hörte ich ein Stimmengewirr, bis sie plötzlich brüllte: »Wage das ja nicht!« Schließlich stieß sie einen schrillen Schrei aus, und im nächsten Moment sprach Stephen mit mir.

»Was ist passiert?« rief er.

Ich erzählte ihm alles, so schnell ich konnte, ließ den Streit mit Rose aber weg. Ich sagte, ich hätte mit einem späten Zug nach Hause fahren wollen.

»Aber so spät fährt kein Zug mehr ...«

»Doch«, entgegnete ich schnell, »du hattest einen übersehen. Ach, ich erkläre es dir später. Im Moment ist nur wichtig, daß ich hier nicht weg kann, und wenn du nicht bald kommst, werden sie mich verhaften.«

»Ich komme sofort ...« Er klang schrecklich aufgeregt. »Hab keine Angst. Geh an deinen Tisch zurück und bestell noch etwas, dann werden sie dich nicht mehr verdächtigen. Und rede nicht mit irgendwelchen Männern – oder Frauen, vor allem nicht mit Krankenschwestern.«

»In Ordnung. Aber komm, so schnell du kannst.«

Nachher wünschte ich, ich hätte das mit dem Verhaften nicht gesagt, denn ich wußte, daß er es glauben würde – ich selbst war nicht so ganz davon überzeugt gewesen. Aber wenn man auf diese Weise in einem Londoner Restaurant festsitzt, gerät man leicht in Panik, besonders mitten in der Nacht, und ich wollte sichergehen, daß er kommt. Als ich auflegte, war ich naßgeschwitzt. Ich mußte Heloïse von meinen Füßen hinunterschubsen und sie zum Tisch zurückzerren. Ihre Augen waren nur zwei schmale rosa Schlitze. Ich glaube, sie ist schlafgewandelt.

Ich erzählte der Kellnerin, daß mein Bekannter bald käme, und bestellte einen Schokoladeneisbecher mit Sodawasser. Dann lehnte ich mich zurück und genoß meine Erleichterung – sie war so groß, daß ich meine Verzweiflung von vorher ganz vergaß und mich für meine Umgebung zu interessieren begann. Einige Leute an einem Tisch in der

Nähe hatten mit einem neuen Theaterstück zu tun – einer von ihnen war der Autor. Sie warteten auf die Morgenzeitungen, wegen der Rezensionen. Merkwürdig, wie nett und interessant fast alle auf mich wirkten, nachdem ich meine Panik überwunden hatte. Vorher hatte ich nur in ein Meer von lauten, aufdringlichen Gesichtern geblickt. Während ich meinen köstlichen Eisbecher trank, kam eine Krankenschwester herein und setzte sich genau an den Tisch neben mich. Ich verschluckte mich fast, denn jetzt begriff ich, worauf Stephen hinausgewollt hatte. Miss Marcy hatte einmal von falschen Krankenschwestern erzählt, die herumlaufen, jungen Mädchen Betäubungsmittel verabreichen und sie nach Argentinien verschiffen, wo sie als »Freudenmädchen« arbeiten müssen. Ich könnte mir allerdings vorstellen, daß Argentinien genug eigene freudige Mädchen besitzt.

Stephen kam erst nach drei Uhr. Er erklärte, er habe erst anderthalb Kilometer weit laufen müssen, bis er ein Taxi fand. Er sah merkwürdig angespannt aus, was ich auf seine Sorge um mich zurückführte. Ich überredete ihn, eine große, kalte Limonade zu trinken.

»Hast du Leda das Telefon weggenommen?« fragte ich dann. »So klang es zumindest. Was für ein Glück, daß du gehört hast, daß sie mit mir sprach! Steht ihr Telefon oben auf dem Flur?«

»Nein, aber im Atelier – wir waren dort«, antwortete er.

»Du meinst, sie hat dich noch fotografiert?«

Er sagte, nein, sie seien im anderen Atelier gewesen. »Dort, wo die großen Bilder hängen. Wir haben einfach nur dagesessen und uns unterhalten.«

»Was, bis zwei Uhr morgens?« Dann bemerkte ich, daß er

meinem Blick auswich, und fuhr fort: »Erzähl mir von deinem Vorstellungsgespräch bei den Filmleuten.«

Er berichtete mir davon, aber ich bekam kaum etwas mit. Ich war zu beschäftigt damit, mir ihn mit Leda im Atelier vorzustellen. Sicher hatte sie ihn angefaßt. Ich stellte mir die beiden auf dem großen Liegesofa vor. Nur ein schwaches Licht brannte, und der große, nackte Schwarze blickte auf sie herab. Der Gedanke war furchtbar, aber auch faszinierend.

Ich kehrte wieder in die Wirklichkeit zurück, als Stephen sagte: »Ich bring dich nach Hause und packe gleich meine Sachen – obwohl Leda sagt, ich muß mir bessere kaufen. Und ich werde zu Mr. Stebbins gehen. Er hat gesagt, er würde sich meiner Karriere nicht in den Weg stellen.«

»Karriere« schien mir ein komisches Wort für Stephen zu sein.

»Was wird Ivy dazu sagen?« fragte ich.

»Oh, Ivy ...« Er klang, als würde er sich nur dunkel an sie erinnern. »Sie ist ein gutes Mädchen.«

Jemand brachte die Morgenzeitungen an den Tisch mit den Leuten, die darauf warteten.

Anscheinend waren die Rezensionen alle sehr negativ. Der Autor beteuerte immer wieder: »Es geht mir ja nicht nur um mich ...« Seine Freunde regten sich furchtbar über die Kritiker auf und meinten, Rezensionen seien unwichtig, wären es schon immer gewesen und würden es auch immer sein.

»Wahrscheinlich bekommst du auch bald Rezensionen«, sagte ich zu Stephen.

»Na ja, keine richtigen Rezensionen, aber mein Name wird in der Zeitung stehen. Sie drucken Ledas Foto von mir ab, und darunter einen kurzen Artikel über mich, in dem steht, daß ich ein vielversprechender Nachwuchsschauspieler bin. Nach diesem Film, in dem ich mit Ziegen herumlaufe, bekomme ich einen festen Vertrag und Schauspielunterricht. Aber nicht zuviel, sagen sie, um mich nicht zu verderben.«

Er klang fast ein bißchen eingebildet, und das paßte so wenig zu ihm, daß ich ihn erstaunt anblickte. Anscheinend begriff er den Grund, denn er errötete und fügte hinzu: »Das haben sie so gesagt. Und du wolltest, daß ich es mache. Oh, laß uns von hier verschwinden.«

Ich ging nur zu gern. Meine Erleichterung über die Rettung hatte sich wieder verflüchtigt, und das Restaurant kam mir inzwischen alt, verbraucht und unnatürlich vor. Der Gedanke, daß es immer geöffnet hatte, verstärkte diesen Eindruck noch. Die meisten Gäste sahen inzwischen müde und bekümmert aus – der arme Autor verabschiedete sich gerade und wirkte ziemlich niedergeschlagen. Die Krankenschwester machte dagegen einen äußerst fröhlichen Eindruck. Sie aß gerade ihre zweite Portion pochierte Eier.

Wir saßen für eine Weile auf einer Bank am Leicester Square, und Heloïse streckte sich auf unseren Schößen aus. Doch ihre Knie bohrten sich schmerzlich in meine Oberschenkel, und der Platz gefiel mir auch nicht. Er wirkte so anders als die meisten Plätze in London. Also schlug ich vor: »Laß uns an die Themse gehen, es wird schon langsam hell.«

Wir fragten einen Polizisten nach dem Weg. Er sagte: »Sie wollen aber nicht hineinspringen, Miss?«, worüber ich lachen mußte.

Es war ziemlich weit, und Heloïse ließ sich nur widerwillig mitziehen. Doch sie wurde wieder munter, als wir ihr an einem Imbißstand ein Hot dog kauften. Wir erreichten die Westminster Bridge, als der Himmel von einer roten Dämmerung überzogen war. Mir fiel das Sonett von Wordsworth ein, aber es paßte nicht ganz. Die Stadt lag sicher nicht »Im reinen Äther voller Glanz und Licht«, denn ein trüber Dunst hing in der Luft. Und den Vers »Und selbst die Häuser scheinen schlafgekühlt« konnte ich auch nicht ganz nachvollziehen, weil ich mich gedanklich noch immer ein wenig im »Corner House« befand, das niemals schläft.

Wir lehnten uns an das Brückengeländer und schauten auf den Fluß hinunter. Es war wunderschön, aber die friedliche Stimmung übertrug sich nicht auf mich. Eine sanfte Brise strich mir über das Gesicht, als schien sie mich trösten zu wollen. Tränen kullerten mir die Wangen hinunter.

Stephen fragte: »Was ist denn, Cassandra? Weinst du wegen mir?«

Einen Moment lang dachte ich, er meinte unseren Kuß im Lärchenwald. Doch dann bemerkte ich seinen beschämten Blick. »Nein, natürlich nicht«, antwortete ich.

»Das hätte ich mir denken können«, sagte er verbittert. »Ich hätte wissen müssen, daß es dir vollkommen egal sein würde, was ich heute nacht getan habe. Wen liebst du, Cassandra? Ist es Neil?«

Ich hätte ihm sagen sollen, daß das Unsinn sei und daß ich niemanden liebte, aber ich war zu müde und zu unglücklich, um ihm etwas vorzuspielen. Deshalb sagte ich nur: »Nein. Es ist nicht Neil.«

»Dann Simon. Das ist wirklich schade, denn Rose wird ihn niemals aufgeben.«

»Aber sie liebt ihn nicht, Stephen! Sie hat es selbst zugegeben...« Schließlich erzählte ich ihm doch von unserem furchtbaren Streit in ihrem Schlafzimmer und schilderte, wie ich mich aus der Wohnung geschlichen hatte.

»Du und deine späten Züge!« rief er aus. »Ich wußte gleich, daß es keinen gab.«

Ich schüttete ihm endgültig mein Herz aus. Nachdem ich ihm erzählt hatte, daß ich glaubte, Rose unrecht getan zu haben, widersprach er:

»Mach dir deshalb keine Sorgen. Rose ist schlecht.«

»Nein, im Grunde nicht«, entgegnete ich und begann, nach Entschuldigungen für sie zu suchen. Ich erzählte ihm, daß sie nicht nur sich selbst, sondern auch der Familie helfen wollte. »Sie ist trotzdem schlecht«, unterbrach er mich. »So wie viele andere Frauen.«

»Vielleicht meinen wir es manchmal gar nicht so«, sagte ich. Und dann fragte ich ihn, ob er mir je verzeihen könne, daß ich mich von ihm hatte küssen lassen, obwohl ich einen anderen liebte. »O Stephen, das war wirklich schlecht! Und ich ließ dich glauben, daß ich dich irgendwann vielleicht doch lieben könnte.«

»Das hoffte ich nur ein oder zwei Tage lang. Dann merkte ich, daß ich mich zum Narren machte. Ich verstand nur nicht, warum du wolltest, daß ich dich küsse. Aber ich verstehe es jetzt. Solche Dinge passieren, wenn man in den Falschen verliebt ist. Und schlimmere Dinge. Dinge, die man sich selbst nie verzeiht.«

Er blickte starr vor sich hin und sah sehr unglücklich aus.

»Bist du traurig, weil du es mit Leda Fox-Cotton getan hast?« fragte ich. »Es war doch ihre Schuld, oder? Du brauchst dich nicht schuldig zu fühlen.«

»Ich werde mich deshalb für den Rest meines Lebens

schuldig fühlen«, antwortete er. Dann drehte er sich plötzlich zu mir um. »Ich liebe dich, Cassandra, und ich werde dich immer lieben. Bist du sicher, daß du niemals etwas für mich empfinden wirst? Als ich dich küßte, gefiel es dir doch – so schien es mir zumindest. Wenn wir heiraten könnten...«

Die aufgehende Sonne tauchte sein Gesicht in ein rötliches Licht, und der sanfte Wind wehte durch sein dichtes, blondes Haar. Er sah gleichzeitig verzweifelt und bezaubernd aus, schöner als auf allen Fotos von Leda. Der trübe Blick war verschwunden – ich hatte das Gefühl, für immer...

»Ich könnte für dich arbeiten, Cassandra. Wenn es mit der Schauspielerei klappt, könnten wir in London wohnen, weit weg von... von den anderen. Könnte ich dich nicht trösten, wenn Simon mit Rose verheiratet ist?«

Als er Simons Name erwähnte, sah ich dessen Gesicht vor mir. Ich sah es so, wie ich es aus dem Flur neben dem Tanzsaal in Erinnerung hatte, erschöpft und blaß. Ich sah sein schwarzes Haar, das seine Stirn bedeckt, die Augenbrauen mit der kleinen Krümmung am Ende, die kleinen Fältchen um seinen Mund. Als er sich den Bart abrasiert hatte, fand ich zunächst, daß er ziemlich gut aussah. Doch das lag daran, daß er dadurch so viel jünger und normaler wirkte. Ich weiß jetzt, daß er nicht besonders gut aussieht – vor allem im Vergleich zu Stephen nicht.

Doch als ich mich von meiner dunklen Erinnerung an Simon zu Stephen wandte, der im Licht der aufgehenden Sonne stand, schien mir Simons Gesicht das echte zu sein und Stephens – ein Foto, ein Gemälde, etwas Schönes, aber für mich nicht richtig Lebendiges. Mein Herz war so durchdrungen von Simon, daß selbst mein Mitleid mit Stephen nicht echt zu sein schien – ich fand eher, ich sollte es fühlen, als daß ich es wirklich fühlte, und die Sache fand mehr in meinem Kopf als in meinem Herzen statt. Und weil ich dieses Mitleid nicht richtig spürte, hatte ich ein schlechtes Gewissen und wollte ihn noch viel mehr bemitleiden.

Schließlich rief ich: »O bitte, hör auf! Ich mag dich sehr, und ich bin dir unendlich dankbar. Aber ich könnte dich niemals heiraten. O Stephen – es tut mir so leid.«

»Ist schon in Ordnung«, erwiderte er und starrte wieder vor sich hin.

»Na, immerhin sind wir zusammen unglücklich«, stellte ich fest.

Dann richtete sich Heloïse zwischen uns auf und legte die Vorderpfoten auf das Brückengeländer. Meine Tränen fielen auf sie hinab und bildeten graue Punkte auf ihrem schneeweißen Kopf.

XV

Ich sitze an Vaters Schreibtisch im Pförtnerhaus. Es hätte mich auch nicht mehr überraschen können, wenn es der königliche Schreibtisch im Buckingham Palace wäre.

Es ist halb zehn Uhr abends. (Letzte Woche um diese Zeit unterhielt ich mich mit Simon in dem Flur neben dem Tanzsaal – es scheint Jahre her zu sein.) Ich habe vor, an diesem Tagebuch zu arbeiten, bis ich Thomas um zwei Uhr wecke. Gestern nacht hat er die erste Wache übernommen und ich die zweite, und ich habe mich die meiste Zeit über ziemlich schrecklich gefühlt. Heute bin ich weniger aufgeregt und spüre nur hin und wieder ein flaues Gefühl im Magen. Haben wir ein Wunder vollbracht? Oder so etwas Furchtbares getan, daß ich gar nicht darüber nachdenken möchte?

Ich habe meinen letzten Eintrag nicht zu Ende gebracht. Bei dem Gedanken daran, wie meine Tränen auf Heloïse hinunterfielen, überkam mich ein solches Selbstmitleid, daß ich nicht weiterschreiben konnte. Aber es gab auch nicht mehr viel über den Ausflug nach London zu berichten. Wir fuhren mit dem ersten Zug zurück. Ich schlief fast die ganze Fahrt über, und zu Hause schlief ich gleich weiter.

Ich wachte erst am Nachmittag wieder auf und stellte fest, daß ich allein zu Hause war: Stephen war zur Four Stones Farm hinübergegangen, Vater war in Scoatney, und Thomas verbrachte das Wochenende bei seinem Freund Harry. Stephen kehrte um neun Uhr zurück und ging sofort schlafen, ohne mich zu stören – ich saß auf dem Dachboden und schrieb ins Tagebuch. Als ich ihn über den Hof kommen hörte, überlegte ich, ob ich hinuntergehen und mit ihm reden sollte, aber mir fiel nichts Hilfreiches ein, das ich ihm hätte sagen können. Später nahm ich mir vor, ihm etwas Kakao zu kochen und mit ihm über seinen Filmjob zu plaudern. Doch als ich schließlich in die Küche hinunterging, brannte in seinem Zimmer kein Licht mehr.

Er kehrte schon früh am Montag morgen nach London zurück. Seine Sachen hatte er in einem eisenbeschlagenen Überseekoffer verstaut, den ihm die alte Mrs. Stebbins geliehen hatte. Er hatte ihrem Bruder gehört, der von zu Hause weglief, um Matrose zu werden. Ich begleitete Stephen nicht zum Bahnhof, denn er hatte mir erzählt, daß Mr. Stebbins ihn hinfahren würde, und ich nahm an, Ivy würde auch mitkommen. Ich wünschte ihm, daß er Trost finden würde, aber lieber bei Ivy als bei Leda. Ivy ist wirklich ein sehr nettes Mädchen. Ich unterhielt mich mit ihr und Mr. Stebbins, während sie auf Stephen warteten. Er war noch nicht ganz fertig. Ivy trug ein hellgraues Kostüm, enge, weiße Handschuhe und einen leuchtend blauen Hut. Er brachte ihre roten Wangen zur Geltung. Sie sieht wirklich hübsch aus, nur hat sie so große Füße. Stephen brauchte derart lange, daß ich nachsehen ging. Ich beobachtete ihn durch die offene Tür seines Schlafzimmers. Er blickte sich einfach nur um. Das Fenster ist inzwischen so zugewachsen, daß er in einer grünen Höhle zu stehen schien.

»Vielleicht bist du berühmt, wenn du dieses Zimmer wiedersiehst«, sagte ich. »Aber laß es nicht zu lange dauern, bis du wiederkommst, ja?«

»Ich komme nicht wieder«, entgegnete er leise, »selbst

wenn ich als Schauspieler nichts tauge. Nein, ich komme nicht zurück.«

Ich sagte, natürlich müsse er zurückkommen, doch er schüttelte nur den Kopf. Dann blickte er sich ein letztes Mal um. Die Fotos von seiner Mutter und mir waren verschwunden. Das Bett war abgezogen und die einzige Decke ordentlich gefaltet.

»Ich habe das Zimmer ausgefegt, damit du keine Arbeit damit hast«, sagte er. »Du kannst es einfach verschließen und vergessen. Ich habe Mr. Mortmain seine Bücher zurückgegeben, bevor er nach Scoatney gefahren ist. Ich werde es vermissen, Bücher um mich zu haben.«

»Aber du kannst dir doch jetzt eigene kaufen«, antwortete ich.

Er sagte, daran habe er noch gar nicht gedacht. »Ich glaube, ich habe noch gar nicht begriffen, daß ich von nun an Geld haben werde.«

»Aber du mußt etwas sparen – für alle Fälle«, bat ich ihn.

Er nickte und meinte, er würde sicher bald wieder Schweine füttern. Dann hörten wir Mr. Stebbins' Hupe.

»Ich begleite dich nach draußen, aber wir sollten uns schon hier voneinander verabschieden«, sagte ich. Ich hielt ihm meine Hand hin, fügte aber hinzu: »Bitte küß mich, wenn du möchtest – ich möchte es sehr gern.«

Einen Moment lang schien er es zu wollen, doch dann schüttelte er den Kopf und nahm nur kurz meine Hand. Ich wollte ihm helfen, den Koffer zu tragen, aber er schwang ihn sich auf den Rücken. Dann gingen wir nach draußen zum Wagen. Heloïse beschnupperte bereits die Räder, und nachdem Stephen den Koffer auf dem Gepäckträger festgeschnallt hatte, küßte er sie auf den Kopf. Als sie die Zufahrt hinunterfuhren, blickte er sich nicht einmal um.

Während ich das Frühstücksgeschirr spülte, fiel mir ein, daß ich keine Ahnung hatte, wo er wohnen würde. Bei den Fox-Cottons? Rose wird es sicher wissen. (Ich schrieb ihr an jenem Morgen, daß ich im Unrecht gewesen sei und mich bei ihr entschuldigen wolle. Sie brauchte ziemlich lange für ihre Antwort. Heute nachmittag bekam ich ein Telegramm von ihr, in dem stand, daß sie mir später schreiben würde, und ich möge sie bitte verstehen. Sie sagte nichts darüber, ob sie mir verziehen hatte, aber da sie mit »In ewiger Liebe. Deine Rose« unterschrieben hatte, ging ich davon aus.)

Ansonsten verbrachte ich den Montag damit, an meinem Tagebuch zu arbeiten. Am Ende mußte ich so sehr weinen, daß mein Gesicht sich noch nicht wieder erholt hatte, als Thomas nach Hause kam. Und er sagte sofort: »Du hast geheult, oder? Ich vermute, die Burg kommt dir nach deinem Besuch in London ganz schön trostlos vor.« So brauchte ich ihm nichts weiter zu erklären und sagte nur, ja, das sei der Grund, und ich hätte es so traurig gefunden, mich von Stephen verabschieden zu müssen, und würde mich fragen, was wohl aus ihm werden würde.

»Darüber würde ich mir keine Sorgen machen«, versuchte Thomas mich zu trösten. »Er wird sicher ein richtiger Star. Die Mädchen aus dem Dorf fliegen schon jetzt auf ihn. Sie lauerten ihm immer auf der Straße nach Godsend auf. Eines Tages wirst du begreifen, was dir entgangen ist.«

Ich kümmerte mich um den Tee und fing dann an zu kochen. Thomas hatte einen Schellfisch mitgebracht.

»Vater ißt bestimmt in Scoatney, also brauchen wir nicht auf ihn zu warten«, stellte ich fest.

»Die Dienstboten sind es sicher langsam leid, für ihn kochen zu müssen«, sagte Thomas. »Was macht er dort bloß jeden Tag? Liest er nur so zum Spaß, oder führt er etwas im Schilde?«

»Wenn wir das nur wüßten«, erwiderte ich.

»Harry meint, man müßte ihn einer Psychoanalyse unterziehen.«

Ich drehte mich erstaunt zu ihm um. « Kennt Harry sich damit aus?«

»Sein Vater redet manchmal darüber – er ist Arzt.«

»Und hält er etwas davon?«

»Nein, er verspottet die ganze Sache eher. Aber Harry ist ziemlich angetan davon.«

Dann mußte ich mich auf den Schellfisch konzentrieren, doch beim Essen kam ich noch einmal auf das Thema Psychoanalyse zurück. Ich erzählte Thomas von dem Gespräch, das ich darüber mit Simon auf dem Hügel geführt hatte. Allerdings konnte ich mich nicht mehr ganz genau daran erinnern.

»Ich wünschte, Simon hätte mir mehr davon erzählt«, sagte ich. »Besitzt Harrys Vater vielleicht irgendwelche Bücher darüber?«

Thomas antwortete, er würde ihn fragen, aber ob Vater nun schreibe oder nicht, sei jetzt ja nicht mehr so wichtig, da Rose Simon heirate.

»O Thomas, natürlich ist es wichtig!« rief ich. »Es ist wichtig für Vater. Und für uns auch. Denn wenn all die eigenartigen Dinge, die er nun schon seit Monaten treibt, keinen bestimmten Zweck haben, dann ist er tatsächlich dabei, verrückt zu werden. Und einen verrückten Vater können wir einfach nicht gebrauchen, ganz abgesehen von unseren Gefühlen für ihn.«

»Welche Gefühle empfindest du denn für ihn? Ich glaube nicht, daß ich ihm gegenüber welche habe – ich liebe ihn nicht, aber ich hasse ihn auch nicht.«

In diesem Moment kam Vater herein. Er antwortete kaum, als ich ihn mit einem »Hallo« begrüßte, und steuerte direkt auf die Küchentreppe zu, um in sein Schlafzimmer zu gehen. Auf halber Höhe blieb er jedoch plötzlich stehen und blickte zu uns herunter. Dann kam er zurück.

»Habt ihr das für mich übrig?« fragte er und hielt das Skelett des Schellfisches zwischen Daumen und Zeigefinger hoch.

Ich dachte, er meinte es sarkastisch – daß wir ihm nichts von dem Fisch übriggelassen hatten. Ich erklärte, daß wir nicht mit ihm gerechnet hatten, und bot ihm an, ihm ein paar Eier zu kochen.

»Oh, ich habe schon gegessen«, antwortete er. Dann trug er das Fischskelett, von dem noch Milch heruntertroff, zur Hintertür hinaus und zum Pförtnerhaus. Ab folgte ihm hoffnungsvoll. Als er zurückkam – ein äußerst enttäuschter Kater –, hielten Thomas und ich uns die Bäuche vor Lachen.

»Oh, armer Ab!« keuchte ich, während ich für ihn ein paar Reste auf meinem Teller zusammenkratzte. »Hör auf zu lachen, Thomas. Wir werden uns noch für unsere Hartherzigkeit schämen, falls er wirklich den Verstand verliert.«

»Den verliert er schon nicht. Sicher spielt er uns etwas vor«, entgegnete Thomas. Dann machte er plötzlich ein besorgtes Gesicht und fügte hinzu: »Aber halte alle Messer von ihm fern. Ich werde morgen mit Harrys Vater sprechen.«

Harrys Vater half uns jedoch überhaupt nicht weiter.

»Er sagt, er sei zum Glück kein Psychoanalytiker, Psychiater oder Psycho-Sonstwas«, berichtete Thomas, als er am

Abend zurückkam. »Und er könne überhaupt nicht verstehen, warum wir Vater unbedingt zum Schreiben bringen wollten. Er hätte sich *Jakobs Kampf* einmal angeschaut und kein Wort davon verstanden. Harry war die Angelegenheit ziemlich peinlich.«

»Versteht Harry es denn?«

»Ja, natürlich. Ich höre zum ersten Mal, daß jemand es nicht verstanden hat. Und was für eine Generation noch böhmische Dörfer sind, ist für die nächste oft schon ›Die Katze saß auf der Matratze‹.«

»Sogar das Leiter-Kapitel?«

»Ach, das!« Thomas lächelte nachsichtig. »Damit hat Vater sich bloß einen Scherz erlaubt. Und wer sagt denn, daß man immer alles verstehen muß? Manche Dinge gefallen einem auch, ohne daß man sie versteht. Vielleicht gefallen sie einem sogar besser. Ich hätte wissen müssen, daß Harrys Vater uns keine Hilfe sein würde. Er gehört zu den Leuten, die eine ordentlich erzählte Geschichte bevorzugen.«

Ich habe Thomas tatsächlich unterschätzt. Vor ein paar Wochen hätte ich noch angenommen, er gehöre selbst dazu. Und nun stelle ich fest, daß er eine ganze Menge schwieriger, moderner Lyrik gelesen (ein Lehrer hat ihm die Bücher ausgeliehen) und überhaupt keine Probleme damit gehabt hat. Ich wünschte, er hätte sie mir zu lesen gegeben. Allerdings bin ich mir sicher, daß mir keine Sachen gefallen, die ich nicht verstehe. Ich staune darüber, was für einen anspruchsvollen Geschmack er hat – einen sehr viel anspruchsvolleren als ich. Und ich finde es eigenartig, daß er so aufgeschlossen gegenüber allen Formen von Kunst ist, aber so nüchtern und sachlich darüber reden kann. Vielleicht ist das aber auch einfach seine Art – er hat in dieser letzten Woche einen so ruhigen und ausgeglichenen Eindruck gemacht, daß er mir oft älter vorkam als ich. Und trotzdem kann er sich manchmal so albern wie ein dummer Schuljunge benehmen. Wirklich, die Menschen sind schon verwirrend!

Nachdem wir uns über Harrys Vater unterhalten hatten, machte sich Thomas an seine Hausaufgaben, und ich wanderte unsere Zufahrt entlang – auf einen riesigen roten Sonnenuntergang mit seltsam geformten, verheißungsvoll aussehenden Wolken zu. Ein warmer Wind wehte in südliche Richtung. Das ist ein aufregender Wind, finde ich, wir erleben ihn nicht oft. Aber ich fühlte mich zu niedergeschlagen, um mich für den schönen Abend zu interessieren. Den ganzen Tag lang hatte ich meine Hoffnungen auf die Psychoanalyse gesetzt. Ich hatte erwartet, daß Thomas ein paar Bücher mitbringen würde, mit denen wir etwas anfangen konnten. Und ich hatte dabei nicht allein an Vaters Wohl gedacht. Früh am Morgen war mir der Gedanke gekommen, daß Rose vielleicht ihre Verlobung auflösen könnte, wenn Vater wieder schreiben und Rose dadurch glauben würde, es käme wieder genug Geld herein, um unser Leben erträglich zu machen. Nicht, daß ich darauf zählte, Simon für mich zu gewinnen, falls sie ihn aufgab. Ich war einfach überzeugt und bin es auch jetzt noch, daß er kein Mädchen heiraten sollte, das so zu ihm steht wie Rose.

Ich spazierte bis ans Ende unserer Zufahrt und bog dann in die Straße nach Godsend ein. Und die ganze Zeit über suchte ich nach einer Möglichkeit, wie ich sowohl Vater als auch mir selbst helfen konnte. Als ich die Anhöhe erreicht hatte, blickte ich mich um und sah im Pförtnerhaus seine Lampe brennen. Ich dachte daran, wie oft ich sie bei meinen abendlichen Sommerspaziergängen über die Felder hatte leuchten sehen und wie sie Vaters Bild heraufbeschwor – verschlossen, zurückgezogen, unnahbar. Und ich dachte, daß es sicher nicht normal war, so wenig über seinen Vater zu wissen. Während ich zur Burg zurückwanderte, überlegte ich, ob wir vielleicht genauso daran schuld waren wie er. Hatte ich denn wirklich mal versucht, mich mit ihm anzufreunden? Früher schon, das wußte ich sicher. Aber in letzter Zeit? Nein. Ich fand auch gleich eine Entschuldigung dafür: Ach, es ist hoffnungslos, sich mit jemandem anfreunden zu wollen, der nie über sich selbst redet. Und dann fiel mir eine der wenigen Einzelheiten ein, die ich über Psychoanalyse weiß: daß man die Leute dazu bringen muß, über sich selbst zu reden. Hatte ich das bei Vater wirklich versucht – oder hatte ich mich zu schnell abweisen lassen? Hast du Angst vor ihm? fragte ich mich selbst. Insgeheim wußte ich, daß es so war. Aber warum? Hatte er uns jemals geschlagen? Nein, nie. Seine einzige Waffe war sein Schweigen gewesen – und manchmal ein bißchen Sarkasmus. Woraus besteht dann diese unüberwindbare Barriere, die ihn umgibt? Und wo kommt sie her?

Ich hatte das Gefühl, als würde jemand anders mir diese Fragen stellen, mich geradezu mit ihnen bombardieren. Ich suchte nach Antworten. Ich überlegte, ob wir Mutters Anweisung, ihn nie zu stören oder zu ärgern, einfach immer weiter befolgt hatten – und Topaz diese Anweisung aufgegriffen hatte, indem sie ihn ständig in Schutz nahm. Und ich fragte mich, ob vielleicht eine verborgene Angst in mir zurückgeblieben war – seit jenem Tag, als er Mutter mit dem Kuchenmesser bedrohte. Ob ich vielleicht doch glaubte, daß er sie erstechen wollte, und es nur nie zugegeben hatte? Lieber Himmel, dachte ich plötzlich, jetzt psychoanalysiere ich mich schon selbst! Wenn ich das nur bei Vater auch könnte!

Ich war inzwischen um die letzte Kurve der Zufahrt gebogen und konnte ihn durch das erleuchtete Fenster des Pförtnerhauses sehen. Was machte er dort nur? Daß er am Schreibtisch saß, bedeutete noch lange nicht, daß er auch arbeitete. Dort sitzt er auch, wenn er die *Encyclopaedia* liest, weil sie so schwer ist. Las er gerade? Er beugte sich über etwas, doch ich konnte nicht erkennen, über was. Genau in diesem Moment hob er eine Hand, um sich das Haar zurückzustreichen. Er hielt einen Bleistift! Und in diesem Augenblick sagte die Stimme, die mich auf dem Heimweg mit Fragen bombardiert hatte: Angenommen, er arbeitet schon die ganze Zeit? Angenommen, er schreibt ein wunderbares Buch, mit dem sich viel Geld verdienen läßt – aber du erfährst es erst, wenn es zu spät ist, um dir und Rose zu helfen?

Ich spazierte weiter auf die Burg zu. Ich kann mich nicht entsinnen, daß ich irgend etwas plante oder gar eine Entscheidung traf – meine Gedanken schienen meinen Schritten nicht vorauseilen zu können. Ich trat in den halbdunklen Torweg, der durch das Pförtnerhaus führt, und stieg die in völliger Finsternis liegende Turmtreppe hinauf. Ich tastete mich bis zu Vaters Tür und klopfte.

»Geh weg«, kam sofort die Antwort.

Der Schlüssel steckte von außen, also konnte er sich nicht eingeschlossen haben. Ich öffnete die Tür.

Als ich eintrat, drehte er sich blitzschnell von seinem Schreibtisch um und blickte mich wütend an. Doch kaum hatte ich seinen Gesichtsausdruck bemerkt, schien sich eine Maske darüberzulegen, unter der er seine Wut verbarg.

»Gibt es etwas Wichtiges?« fragte er. Er hatte seine Stimme vollkommen unter Kontrolle.

»Ja. Etwas sehr Wichtiges«, antwortete ich und schloß die Tür hinter mir.

Er stand auf und blickte mich forschend an. »Was ist los, Cassandra? Du siehst sehr blaß aus. Bist du krank? Du solltest dich setzen.«

Doch ich setzte mich nicht. Ich blieb stehen und schaute mich im Zimmer um. Etwas hatte sich verändert. An der gegenüberliegenden Wand erstreckten sich zwischen den Nord- und Südfenstern keine langen Bücherregale mehr, sondern meterweise knallbuntes Papier.

»Meine Güte, was soll das denn?« rief ich überrascht aus.

Jetzt bemerkte er erst, was ich meinte. »Ach, das sind nur Comics aus amerikanischen Zeitungen. Also, was willst du, Cassandra?«

Ich trat näher heran und stellte fest, daß das, was ich für eine Tapete gehalten hatte, in Wirklichkeit unglaublich viele Zeitungsausschnitte waren, die er dicht nebeneinander vor die Bücherregale geheftet hatte. Im schwachen Licht der Lampe konnte ich die Bilder nicht richtig erkennen, aber es schienen kleine, bunte, zusammenhängende Illustrationen zu sein.

»Wo hast du sie her?« fragte ich.

»Ich habe sie gestern aus Scoatney mitgebracht. Sie stammen aus den amerikanischen Sonntagszeitungen – wahrscheinlich kann Neil nicht ohne sie leben. Fang bloß nicht an, sie zu lesen.«

»Haben sie mit deiner Arbeit zu tun?«

Er öffnete den Mund, um zu antworten, doch dann blickte er mich nervös und heimlichtuerisch an.

»Weshalb bist du hergekommen?« fragte er schroff. »Du hast dich doch noch nie für meine Arbeit interessiert.«

»Deshalb bin ich ja gekommen«, antwortete ich. »Vater, du mußt mir sagen, woran du arbeitest.«

Einen Moment lang schaute er mich einfach nur ungläubig an. Dann fragte er kühl: »Und das ist der einzige Grund für deinen Besuch – mich zu verhören?«

»Nein, nein«, begann ich, doch dann überlegte ich es mir anders. »Ja, genau. Und ich werde nicht aufgeben, bis ich eine Antwort von dir erhalte.«

»Hinaus mit dir«, rief Vater.

Er packte meinen Arm und führte mich zur Tür. Ich war so überrascht, daß ich mich kaum wehrte. Doch in letzter Sekunde riß ich mich los und stürzte zu seinem Schreibtisch zurück, in der Hoffnung, einen Blick auf seine Arbeit erhaschen zu können. Er kam mir sofort nach, aber ich konnte gerade noch jede Menge Blätter mit langen Listen in seiner Handschrift erkennen.

Dann faßte er mich beim Handgelenk und wirbelte mich herum. Ich hatte ihn noch nie so wütend erlebt. Er zog mich mit solcher Wucht vom Schreibtisch weg, daß ich durch das ganze Zimmer und gegen die Tür geschleudert wurde. Es tat so weh, daß ich laut aufschrie und in Tränen ausbrach.

»Oje, hast du dir den Ellbogen gestoßen?« fragte Vater. »Das kann wirklich sehr schmerzhaft sein.«

Er kam zu mir und prüfte, ob etwas gebrochen war. Trotz des Schmerzes bemerkte ich, wie schnell sein Zorn verflogen war. Ich schluchzte weiter – es tat wirklich ganz schön weh, bis zum Handgelenk und zur Hand hinunter. Nach einer Weile ging Vater langsam mit mir durch das Zimmer, den Arm um meine Schulter gelegt.

»Es wird schon besser«, sagte ich, sobald ich wieder sprechen konnte. »Ich möchte mich ein bißchen hinsetzen.«

Wir setzten uns nebeneinander auf das Sofa, und er lieh mir sein Taschentuch, damit ich mir die Tränen abwischen konnte. Bald sagte ich zu ihm:

»Er ist schon fast wieder in Ordnung – sieh nur!« Ich bewegte meine Hand und meinen Arm, um es ihm zu zeigen. »Es war nichts Ernstes.«

»Es hätte aber leicht ernst werden können«, entgegnete er mit einer merkwürdigen, gequälten Stimme. »So habe ich meine Beherrschung nicht mehr verloren, seit...« Er verstummte, stand dann auf und ging zu seinem Schreibtisch zurück.

»Seit du mit dem Kuchenmesser auf Mutter losgegangen bist?« fragte ich und staunte selbst darüber. Schnell fügte ich hinzu: »Ich weiß natürlich, daß du nicht wirklich auf sie losgehen wolltest, das war alles ein Mißverständnis, aber... na ja, du warst ganz schön wütend auf sie. Oh, Vater – ist das vielleicht dein Problem? Daß du dich nicht mehr so schnell aufregst? Unterdrückst du vielleicht auch dein Talent, indem du dein Temperament unterdrückst?«

Er schnaubte verächtlich und drehte sich nicht einmal zu mir um. »Wer hat dir denn das in den Kopf gesetzt? Topaz?«

»Nein, ich bin selbst darauf gekommen – gerade eben.«

»Eine tolle Idee, die aber zufälligerweise völlig unsinnig ist.«

»Sie ist auch nicht dümmer als die, daß du nicht mehr schreibst, weil du im Gefängnis warst«, entgegnete ich und staunte erneut über mich selbst. »Manche Leute glauben das nämlich, weißt du.«

»Idioten!« rief Vater. »Lieber Himmel, wie hätten mir ein paar Monate im Gefängnis denn schaden sollen? Manchmal wünsche ich mich sogar dorthin zurück. Die Aufseher sezierten mich zumindest nicht so. Oh, wie ungestört war ich in meiner kleinen Zelle!«

Er klang zwar sarkastisch, aber nicht so wütend, wie ich erwartet hatte, deshalb traute ich mich nachzuhaken. »Weißt du denn selbst keine Begründung, warum du aufgehört hast zu arbeiten?« Ich bemühte mich, ruhig und gleichgültig zu klingen. »Simon meint natürlich..«

Er wirbelte herum und unterbrach mich. »Simon? Hast du mit ihm über mich geredet?«

»Na ja, wir interessieren uns halt für dich...«

»Und welche Theorie hat Simon aufgestellt?«

Eigentlich wollte ich ihm erzählen, daß Simon eine Psychoanalyse vorgeschlagen hatte. Doch Vater schaute mich so grimmig an, daß ich das lieber für mich behielt und nach einer taktvolleren Antwort suchte. Schließlich erwiderte ich: »Er meinte, du bist vielleicht gehemmt, weil du ein so schöpferischer Autor bist, daß du dich nicht so normal wie gewöhnliche Autoren entwickeln kannst – daß du eine neue Methode erfinden müßtest...« Ich geriet ins Schwimmen, deshalb wollte ich schnell zu einem Ende kommen. »So etwas Ähnliches sagte er bereits an dem Abend, als sie zum ersten Mal herkamen – weißt du nicht mehr?«

»Doch, natürlich«, erwiderte Vater und entspannte sich wieder. »Er hatte mich sehr beeindruckt. Ich bin zwar zu der Überzeugung gelangt, daß er nur taktvoll und höflich sein wollte, aber damals habe ich es ihm abgenommen. Vielleicht war das ja auch der Auslöser für...« Er sprach nicht weiter. »Nun aber schnell ins Bett, mein Kind!«

»Oh, Vater, willst du damit sagen, daß du tatsächlich eine neue Methode gefunden hast?« rief ich. »Und all dieses verrückte Zeug – die Kreuzworträtsel und *Kleine Leute* und *Die Brieftaube* und all das – hat das etwas zu bedeuten?«

»Meine Güte, wofür hältst du mich? Natürlich hat das etwas zu bedeuten.«

»Auch der Teller mit dem Weidenmuster? Und daß du versucht hast, die Schallplatten zu lesen? Wie aufregend! Aber ich kann mir nicht vorstellen...«

»Das brauchst du auch gar nicht«, unterbrach mich Vater streng. »Kümmere dich einfach um deine eigenen Angelegenheiten.«

»Aber könnte ich dir nicht helfen? Ich bin doch einigermaßen intelligent. Möchtest du denn nie mit jemandem darüber reden?«

»Nein«, entgegnete Vater. »Reden, reden – du bist schon genauso schlimm wie Topaz. Als ob eine von euch auch nur die leiseste Ahnung hat, worauf ich hinaus will! Wenn ich ihr etwas verraten hätte, hätte sie gleich jedem Maler in London davon erzählt. Und du würdest sofort zu Simon rennen, damit er einen hochgestochenen Artikel darüber schreibt. Wie lang bleibt eine neue Idee wohl neu, wenn jeder gleich darüber spricht? Außerdem halte ich Verschwiegenheit für die Essenz schöpferischer Arbeit. Und jetzt geh!«

»Okay, wenn du mir eine einzige Frage beantwortest. Wie lange wird es dauern, bis das Buch fertig ist?«

»Fertig? Ich hab noch nicht einmal angefangen! Ich bin noch dabei, Material zu sammeln. Obwohl ich das später auch weiterhin noch tun werde.« Er begann, durch das Zimmer zu laufen, und sprach eher zu sich selbst als zu mir. »Ich könnte sofort anfangen, wenn ich ein Gerüst hätte, das mich zufriedenstellt. Ich brauche eine Art Skelett...«

»Hast du deshalb das von dem Schellfisch mitgenommen?« fragte ich gedankenlos.

Er begann sofort zu schimpfen. »Mach dich nicht über mich lustig!« Dann sah er mir anscheinend an, daß das nicht meine Absicht gewesen war, denn er lachte und fuhr fort: »Nein, der Schellfisch hat sich eher als Fisch auf dem Trockenen herausgestellt – so wie viele andere Dinge auch. Aber ich weiß nicht recht... Dieses leiterähnliche Muster schien mir ganz interessant zu sein. Ich muß mich mit den verschiedenen Fischarten beschäftigen – und mit den Walen – und den Vorfahren der Wale...« Er redete wieder mit sich selbst und schritt durch das Zimmer. Ich verhielt mich ganz still. »Urzeitlich, vorsintflutlich...« fuhr er fort. »Die Arche? Nein, nicht schon wieder die Bibel. Prähistorisch? Vom kleinsten Knochen des Mammuts? Geht es vielleicht so?« Er eilte an seinen Schreibtisch und machte sich eine Notiz. Dann setzte er sich und murmelte weiter vor sich hin. Ich konnte nur ein paar Satzteile und einzelne Wörter verstehen – Dinge wie: »Entwurf, Folgerung, Umbau – Symbol – Muster und Aufgabe – immerwährende Suche – ewiges Rätsel...« Seine Stimme wurde immer leiser, bis er schließlich ganz verstummte.

Ich saß da und schaute auf seinen Hinterkopf, der von den dicken, steinernen Fensterpfosten dahinter umrahmt wurde. Die Lampe auf seinem Schreibtisch verwandelte die Dämmerung in ein tiefes Blau. Das Ticken der kleinen Reiseuhr, die früher Mutter gehört hatte, wirkte in dieser Stille unglaublich laut. Ich fragte mich, ob Vater wohl auf den Gedanken kam, nach dem er suchte. Ich hoffte es – für ihn, denn inzwischen glaubte ich nicht mehr, daß er rechtzeitig kam, um Rose und mir zu helfen.

Nach ein paar Minuten hielt ich es für besser, unauffällig zu verschwinden, doch ich fürchtete, die Tür nicht leise genug öffnen zu können. Und wenn er wirklich auf den Gedanken gekommen ist, dachte ich, würde ich womöglich alles vermasseln, wenn ich ihn jetzt störe.

Dann kam ich auf die Idee, daß ich ihm vielleicht eine Hilfe sein könnte, wenn er sich erst einmal an meine Anwesenheit gewöhnt hatte. Ich erinnerte mich daran, daß er Mutter immer gern bei sich hatte, während er schrieb, sie mußte sich nur still verhalten. Er ließ sie nicht einmal dabei nähen. Ich weiß noch, wie sie mir erzählte, daß es ihr am Anfang furchtbar schwergefallen sei und daß sie sich immer vorgenommen hatte, die nächsten fünf Minuten still zu sein, und dann wieder fünf, bis die Minuten zu Stunden wurden. Also sagte ich zu mir selbst: In zehn Minuten schlägt ihre kleine Uhr neun. Bis dahin werde ich stillsitzen. Doch schon nach wenigen Minuten begann es mir an allen möglichen Stellen zu kribbeln. Ich starrte auf das beleuchtete Zifferblatt der Uhr und wünschte, sie möge sich beeilen. Ihr Ticken wurde immer lauter, bis sie regelrecht in meinem Kopf zu ticken schien. Gerade als ich dachte, ich könne es keine Sekunde mehr aushalten, stieß der Wind eines der Südfenster auf. Die amerikanischen Zeitungen an den Bücherregalen flatterten nach oben, und Vater drehte sich um.

Seine Augen schienen tiefer in seinen Kopf gesunken zu sein – er blinzelte, und ich merkte, daß er mit den Gedanken ganz woanders gewesen war. Ich rechnete damit, daß er wütend sein würde, weil ich noch nicht gegangen war. Doch er sagte einfach nur: »Nanu« und wirkte verwirrt und angenehm überrascht.

»War der Gedanke gut?« fragte ich vorsichtig.

Einen Moment lang schien er nicht zu wissen, wovon ich sprach. Dann antwortete er: »Nein, nein. Wieder mal nur ein Irrlicht. Hast du mir die Daumen gedrückt, während du so mucksmäuschenstill dagesessen hast? Deine Mutter hat auch immer bei mir gesessen.«

»Ich weiß. Ich habe gerade an sie gedacht.«

»Wirklich? Ich auch. Das war bestimmt Gedankenübertragung.«

Die Zeitungen flatterten erneut, und er stand auf, um das Fenster zu schließen. Ich fürchtete, er würde mich wieder vergessen, deshalb fragte ich schnell:

»Mutter half dir ziemlich viel, oder?«

»Ja, aber auf eine seltsame, indirekte Weise.« Er ließ sich auf dem Fenstersitz nieder und schien ein wenig plaudern zu wollen. »Sie hatte zwar keine großartigen Ideen, aber das ungewöhnliche Talent, hilfreiche Dinge zufällig genau im richtigen Augenblick zu sagen. Sie erwähnte zum Beispiel den Namen ›Jakob‹ gerade in dem Moment, als ich nach einem zentralen Gedanken für *Jakobs Kampf* suchte. Sie meinte aber den Milchmann. Und irgendwie gab sie mir durch ihre Anwesenheit Selbstvertrauen. Ihre Gebete schienen den ganzen Raum auszufüllen. Na ja, ich wünsche dir eine gute Nacht, mein Mädchen.« Er stand auf und kam zu mir herüber. »Wie geht es deinem Ellbogen?«

»Ganz gut, danke«, antwortete ich.

»Schön. Beim nächsten Mal werde ich versuchen, dir einen besseren Empfang zu bereiten, und einen roten Teppich für dich ausrollen. Aber du mußt warten, bis du eingeladen wirst.

Ich würde zu gern wissen, was dich zu diesem Überfall veranlaßt hat. Hat dich etwa Mrs. Cotton dazu angestachelt, damit du sie vertreten kannst?«

»Lieber Himmel, nein!« Ich hatte keineswegs vor, ihm den wahren Grund für mein Kommen zu verraten. Er hätte sich nur unnötig aufgeregt, und außerdem hätte ich es unfair gegenüber Rose gefunden. »Ich habe mir nur ein wenig Sorgen gemacht.«

»Um meinen Geisteszustand? Du meine Güte!« Er kicherte, machte dann aber ein betroffenes Gesicht. »Mein armes Mädchen, hast du wirklich geglaubt, ich würde den Verstand verlieren? Na ja, ich gebe zu, ich muß einen exzentrischen Eindruck gemacht haben. Und wenn dieses Buch erscheint, werden viele Leute das noch für eine Untertreibung halten. Falls es jemals dazu kommt. Warum wage ich es nicht einfach? Es ist nur der Grundgedanke, den ich nicht zu fassen bekomme. Ich habe mein Selbstvertrauen verloren – ich schwöre, es ist keine Faulheit.« Seine Stimme klang ein wenig demütig, fast flehend. »Das war es nie. Ich hoffe, du glaubst mir das, mein Kind. Es ... Es ging einfach nicht.«

»Natürlich glaube ich dir das«, antwortete ich. »Und ich glaube auch, daß du jetzt bald anfangen wirst.«

»Das hoffe ich.« Er lachte kurz, ein seltsames, nervöses Lachen. »Denn wenn ich mir nicht bald einen Ruck gebe, kann der ganze Impetus verlorengehen. Und dann werde ich wirklich überlegen, ob ich nicht lange und tief in den Wahnsinn abtauchen soll. Manchmal tut sich der Abgrund ziemlich einladend vor einem auf. Na bitte – hör lieber nicht auf das, was ich sage.«

»Natürlich nicht«, versicherte ich ihm. »Hör mal, Vater, warum kann ich nicht einfach hier sitzen wie Mutter? Ich werde auch beten wie sie. Das kann ich ganz gut. Und du setzt dich an deinen Schreibtisch und fängst noch heute abend an.«

»Nein, nein, das kann ich noch nicht«, wehrte er erschrokken ab. »Ich weiß, du meinst es gut, meine Liebe, aber du machst mich nervös. Jetzt geh schlafen. Ich werde selbst auch ins Bett gehen.«

Er hob die amerikanischen Zeitungen an, ging vor dem Regal, in dem seine alten Kriminalromane stehen, in die Knie und fischte anscheinend ein beliebiges Buch heraus. Dann schaltete er die Lampe aus. Gerade als wir das Zimmer verließen, begann Mutters kleine Uhr neun zu schlagen. Selbst nachdem Vater die Tür verschlossen hatte und wir uns die pechschwarze Treppe hinunter tasteten, konnte ich noch die leisen, klingelnden Schläge hören.

»Ich muß daran denken, Streichhölzer mitzunehmen«, sagte Vater, »jetzt, wo Stephen nicht mehr da ist und mir keine Lampe mehr vor die Tür stellt.«

Ich antwortete, ich würde mich in Zukunft darum kümmern. Im Torweg gab es ebenfalls kein Licht – auch darum hatte Stephen sich sonst gekümmert. Ich stoße ständig auf Aufgaben, die Stephen übernommen hatte, ohne daß ich es je bemerkt hätte.

»Komm, ich koche dir noch einen Kakao, Vater«, schlug ich vor, als wir in die Küche traten, doch er wollte keinen. »Ein Plätzchen vielleicht – und such mir eine Kerze, mit der ich mindestens drei Stunden lang lesen kann.« Ich gab ihm einen ganzen Teller voller Plätzchen und eine neue Kerze. »Ich staune immer wieder darüber, wie gut unser Haushalt plötzlich ausgestattet ist«, sagte er auf dem Weg nach oben.

Thomas saß am Küchentisch und war in seine Hausaufgaben vertieft. Ich hörte Vater zum Windsor Castle weitergehen und flüsterte dann: »Komm mit nach draußen, ich muß mit dir reden. Und nimm eine Laterne mit, damit wir bis zur Zufahrt laufen können. Ich möchte nicht, daß Vater unsere Stimmen womöglich durch ein offenes Fenster hört.«

Wir spazierten bis zum Zauntritt, setzten uns darauf und balancierten die Laterne zwischen uns.

Dann erzählte ich Thomas alles – bis auf den Grund, aus dem ich mich wirklich in Vaters Höhle gewagt hatte. Ich behauptete, ich sei einem plötzlichen Impuls gefolgt.

»Na, wie findest du das?« fragte ich schließlich.

»Grauenvoll«, antwortete Thomas. »Ich fürchte, er verliert wirklich den Verstand.«

Ich war verblüfft. »Dann habe ich ihn zu schlecht dargestellt, weil ich es so schnell erzählt habe. Er kam mir nur ganz am Schluß etwas sonderbar vor. Und vielleicht ein bißchen, als er mit sich selbst geredet hat – über Mammuts und Wale.«

»Aber diese Launenhaftigkeit – in einem Moment ist er fuchsteufelswild und im nächsten der liebste Mensch der Welt. Und wenn man all die Dinge zusammenzählt, für die er sich in letzter Zeit interessiert – ich brauche nur daran zu denken, wie er dieses Fischskelett mitgenommen hat ...« Er fing an zu lachen.

»Lach nicht, Thomas«, schimpfte ich. »Denn dann bist du auch nicht besser als die Menschen im achtzehnten Jahrhundert, die über die Leute in der Irrenanstalt gelacht haben.«

»Wahrscheinlich hätte ich auch über sie gelacht. Manche Dinge sind halt furchtbar und komisch zugleich. Aber ich frage mich« – plötzlich wurde er ganz ernst –, »ob wir nicht schon genau wie Harrys Vater sind, der über *Jakobs Kampf* spottet. Vielleicht hat er ja wirklich schon etwas in petto. Obwohl mir all diese Listen nicht gefallen, die er da zusammenträgt. Das ist, wie wenn man in der Schule zuviel mitschreibt – man denkt, man hätte etwas erreicht, hat es aber gar nicht.«

»Du meinst, er fängt vielleicht nie mit dem eigentlichen Buch an?« Ich schwieg für eine Minute und starrte in die Laterne, sah aber immer nur Vaters Gesicht vor mir, als er so demütig und nervös wirkte. »Oh, Thomas, wenn er nicht damit anfängt, wird er wirklich den Verstand verlieren. Er tat zwar so, als meinte er das mit dem Abtauchen in den Wahnsinn nicht ernst, aber ich hatte doch den Eindruck. Vielleicht ist er ein Grenzfall. Wahnsinn und Genialität liegen doch sehr nah beieinander, oder nicht? Wenn wir ihn nur auf die richtige Seite schubsen könnten!«

»Na, dein Vorstoß heute abend hat zumindest nicht viel gebracht«, stellte Thomas fest. »Du hast ihn nur mit einem Krimi ins Bett getrieben. Wie auch immer, ich gehe jetzt ins Haus. Ich muß mich um meine Algebra kümmern, ob Vater nun übergeschnappt ist oder nicht.«

»Du kannst ihn als x ansehen – die unbekannte Größe«, schlug ich vor. »Ich glaube, ich bleibe noch ein bißchen hier sitzen. Schaffst du es ohne die Laterne?«

Er sagte ja – die Sterne leuchteten ziemlich hell. »Doch es wird dir nicht guttun, hier zu sitzen und zu grübeln«, fügte er hinzu.

Aber ich hatte nicht vor zu grübeln. Ich hatte beschlossen, meinen Tagebucheintrag über das Gespräch nachzulesen, das ich mit Simon über Psychoanalyse geführt hatte, obwohl ich mir nicht allzuviel davon versprach. Und Thomas sollte nicht mitbekommen, wo ich mein Tagebuch versteckt hatte. Ich wartete, bis er hoffentlich wieder im Haus war, spazierte dann quer über die Wiese und kletterte den Hügel hinauf. Eine kleine Wolke aus weißen Motten begleitete mich und schwirrte um die Laterne herum.

Es war ein seltsames Gefühl, aus der warmen, windigen Nacht in den kühlen, stillen Turm zu treten. Während ich innen die Leiter hinunterkletterte, dachte ich daran, wie ich in der Johannisnacht mit Simon hergekommen war. Daran muß ich jedesmal denken, wenn ich den Turm aufsuche. Dann nahm ich mich zusammen. Dies könnte deine letzte Chance sein, Vater vor der Gummizelle zu bewahren, ermahnte ich mich selbst. Und dann kehrte sogar eine schwache Hoffnung auf mein eigenes Glück wieder: Wenn ich Vater dazu bringen könnte, mit einem wichtigen Buch anzufangen, ließe sich Rose vielleicht überreden, ihre Hochzeit wenigstens zu verschieben. Und dann wäre alles Weitere wieder offen.

Ich kletterte die bröckelige Treppe hinauf und holte meine Brotdose herunter. Die benutze ich schon seit einiger Zeit, weil in die Aktentasche immer wieder Ameisen gekrabbelt sind. Dann legte ich meine drei Tagebücher nebeneinander auf das Bettgestell, setzte mich davor und blätterte sie durch. Beim Licht der Laterne konnte ich recht gut lesen. Schon bald fand ich den Eintrag über den Ersten Mai und den Teil über Psychoanalyse.

Zuerst kam der Abschnitt, in dem Simon meinte, Vater habe bestimmt nicht wegen seines Gefängnisaufenthaltes zu schreiben aufgehört, sondern die Ursache liege vermutlich viel weiter zurück. Aber das Gefängnis könne sie wieder an die Oberfläche gebracht haben. Und ein Psychoanalytiker würde Vater über seinen Aufenthalt dort befragen, ihn sozusagen gedanklich ins Gefängnis zurückversetzen. Dann folgte der Teil darüber, daß man das Problem durch ein erneutes Einsperren lösen könne. Aber Simon meinte, das sei ohne Vaters Einverständnis nicht zu realisieren, wenn er aber einverstanden wäre, würde er sich natürlich nicht wirklich eingesperrt fühlen.

Das schien mir nicht besonders weiterzuhelfen. Ich las noch eine weitere Seite, für den Fall, daß ich etwas übersehen hatte. Dabei stieß ich auf meine Beschreibung von Simons Gesicht, als er mit geschlossenen Augen im Gras lag. Das gab mir einen Stich, und ich schien Glück und Schmerz gleichzeitig zu verspüren. Ich klappte das Buch zu und starrte in den dunklen Schacht des Turmes hinauf.

Doch dann... Plötzlich hatte ich den ganzen Plan im Kopf, fast bis ins letzte Detail. Sicher hatte ich zu dem Zeitpunkt noch nicht vor, ihn wirklich in die Tat umzusetzen. Ich weiß noch, daß ich dachte, wie Thomas darüber lachen würde. Ich meinte ihn auch immer noch nicht ernst, als ich meine Bücher wegpackte und aus dem Turm zu klettern begann. Ich mußte die Leiter sehr langsam hinaufsteigen, weil ich eine Hand für die Laterne brauchte. Ich hatte es schon halb geschafft, als etwas Eigenartiges passierte. Die Kirchenglokke von Godsend hatte begonnen, zehn zu schlagen, doch plötzlich hörte ich in Gedanken die klingelnden Schläge von Mutters kleiner Reiseuhr genauso deutlich wie das Glockenläuten in der Ferne. Und dann sah ich ihr Gesicht vor mir – nicht ihr Foto, das ich sonst immer im Kopf habe, wenn ich an sie denke, sondern ihr wirkliches Gesicht. Ich sah ihr hellbraunes Haar und ihre sommersprossige Haut. (Ich hatte ganz vergessen, daß sie Sommersprossen hatte.) Und gleichzeitig hörte ich ihre Stimme in meinem Kopf – nach all den Jahren, in denen ich sie nicht hatte hören können. Eine leise, klare, nüchterne Stimme. Sie sagte: »Weißt du, meine Liebe, ich glaube, dein Plan könnte ganz gut funktionieren.« Und ich hörte mich selbst antworten: »Aber Mutter – dürfen wir das denn? Das ist doch verrückt...« »Na, dein Vater ist ja auch ein ziemlich verrückter Mann«, entgegnete Mutters Stimme.

In diesem Moment schlug der Wind die Tür über mir zu. Ich erschrak so, daß ich fast von der Leiter fiel. Doch ich fand mein Gleichgewicht wieder und versuchte, Mutters Stimme noch einmal zu hören und ihr Fragen zu stellen. Doch ich vernahm nur den letzten Schlag der Kirchenglocke. Dennoch war mein Entschluß gefaßt.

Ich eilte zur Burg zurück und überredete Thomas, noch einmal mit mir nach draußen zu kommen. Zu meiner Überraschung fand er meinen Plan gar nicht so absurd wie ich selbst. Er zeigte sich sogar ganz begeistert und fing sofort an, die Einzelheiten zu besprechen.

»Du gibst mir das Haushaltsgeld, und morgen kaufe ich alles, was wir brauchen«, verkündete er. »Und dann machen wir es gleich am nächsten Tag. Wir müssen schnell handeln, denn nächste Woche kommt Topaz vielleicht nach Hause.«

Von der merkwürdigen Erfahrung, daß Mutter mich beraten hatte, erzählte ich ihm lieber nichts. Das hätte ich vielleicht getan, wenn er mit dem Plan nicht einverstanden gewesen wäre, aber dem war ja nicht so. Glaube ich wirklich, daß ich Kontakt mit Mutter hatte? Oder habe ich mir diese Art der Beratung unbewußt selbst ausgesucht? Ich weiß es nicht. Ich weiß nur, daß es passiert ist.

Vater fuhr am nächsten Morgen nach Scoatney, also lief ich nicht Gefahr, daß er meine Vorbereitungen bemerkte. Als Thomas nach Hause kam, hatte ich mich bereits um alles gekümmert, außer um die paar Sachen, die ich nicht allein tragen konnte. Er half mir dabei, und dann feilten wir die letzten Details unseres Plans aus. »Wir müssen es sofort nach dem Frühstück tun«, sagte Thomas. »Sonst verschwindet er wieder in Richtung Scoatney.«

Als ich am Donnerstag morgen aufwachte, dachte ich: Ich kann es nicht. Es ist zu gefährlich – es könnte etwas Schreckliches passieren. Doch dann fiel mir ein, daß Vater gesagt hatte, wenn er nicht bald anfinge, gehe der Impetus vielleicht verloren. Während ich mich anzog, überlegte ich immer wieder, ob unser Plan der richtige Weg sei. Ich versuchte noch einmal, Mutter um Rat zu fragen. Es klappte nicht. Ich betete zu Gott. Auch das brachte nichts. Ich betete zu »irgend jemandem, der mir zuhört« – zur Morgensonne, zur Natur in Form eines Weizenfeldes.

Schließlich wollte ich eine Münze werfen. Und genau in diesem Moment stürmte Thomas ins Zimmer und berichtete, Vater würde nicht frühstücken, sondern sofort nach Scoatney fahren. Und da wußte ich, daß ich unser Vorhaben unbedingt durchführen wollte, daß ich gar nicht anders konnte.

Durch das offene Fenster hörten wir, wie er die Reifen seines Fahrrads aufpumpte.

»Es ist zu spät. Für heute können wir's vergessen«, bedauerte Thomas.

»Noch nicht ganz«, entgegnete ich. »Schleich dich aus dem Haus, ohne daß er dich sieht, am besten über den Wehrgang und durch das Pförtnerhaus. Dann rennst du den Hügel hinauf und versteckst dich hinter dem Turm. Und halte dich dort bereit. Los, schnell!«

Er rannte los, und ich eilte in den Hof hinunter. Dort gab ich mich sehr besorgt, daß Vater ohne Frühstück nach Scoatney fahren wollte. »Oh, ich werde dort schon etwas bekommen«, antwortete er nichtsahnend. Dann fing ich an, über sein Fahrrad zu reden. Ich bot ihm an, es zu putzen, und wies ihn darauf hin, daß es neue Reifen brauche. »Laß mich das hintere Rad noch ein bißchen mehr aufpumpen«, schlug ich ihm vor und pumpte so lange, bis ich glaubte, Thomas müsse auf dem Hügel angekommen sein. Als ich Vater schließlich das Fahrrad überließ, bemerkte ich beiläufig: »Oh, hast du vielleicht noch eine Minute Zeit, um dir Belmotte Tower anzuschauen? Du könntest mal jemandem in Scoatney berichten, wie es darin aussieht.«

»Oje, hat das letzte Unwetter große Schäden angerichtet?« fragte Vater.

»Du wirst sicher einige Veränderungen feststellen«, antwortete ich wahrheitsgetreu.

Wir überquerten die Brücke und begannen, den Hügel hinaufzuklettern.

»So einen blauen Himmel sieht man in England nicht oft«, bemerkte Vater. »Ob Simons Makler bevollmächtigt ist, Reparaturen am Turm durchführen zu lassen?«

Er plauderte fröhlich und ungezwungen weiter. All meine Zweifel kehrten zurück, doch ich wußte, daß die Entscheidung gefallen war.

»Ich sollte wirklich mehr Zeit hier verbringen«, sagte er, als er hinter mir die Treppe vor dem Turm hinaufstieg. Ich öffnete die schwere Eichentür und ließ ihn vorbei. Er kletterte drinnen die Leiter hinunter und blieb blinzelnd stehen.

»Ich kann noch nicht viel erkennen, nach dem Sonnenschein draußen«, rief er zu mir herauf und blickte sich um. »Nanu, habt ihr hier gewohnt?«

»Nein, aber einer von uns wird für eine Weile hier wohnen«, antwortete ich und fügte dann hinzu: »Geh ein Stück die Treppe hinauf, okay?«

»Die Stufen sind noch bröckliger geworden, nicht wahr?« Er ging durch den Türbogen und stieg die Treppe hinauf.

Thomas war bereits hinter dem Turm hervorgekrochen. Ich machte ihm Handzeichen, und er stand blitzschnell neben mir. Gemeinsam zogen wir die Leiter herauf und warfen sie außen hinunter.

»Komm und zeig mir, was du meinst, Cassandra«, rief Vater.

»Antworte erst, wenn er zurückkommt«, flüsterte Thomas.

Vater rief noch einmal nach mir, und ich antwortete wieder nicht. Nach ein paar Sekunden kam er durch den Türbogen zurück.

»Hast du mich nicht rufen hören?« fragte er und schaute zu uns herauf. »Oh, hallo Thomas, warum bist du nicht in der Schule?«

Wir schauten zu ihm hinunter. So ohne Leiter schien er viel weiter von uns weg zu sein. Die runden Steinmauern umschlossen ihn wie ein Kerker. Die Perspektive war derart verkürzt, daß er nur aus Kopf, Schultern und Füßen zu bestehen schien.

»Was ist los? Warum antwortet ihr nicht?« brüllte er.

Ich zermarterte mir das Gehirn, wie ich ihm am schonungsvollsten beibringen konnte, was wir vorhatten. Schließlich sagte ich: »Würdest du dich mal umsehen, Vater? Es ist eine Art Überraschung.«

Wir hatten die Matratze aus dem Himmelbett mit Decken und Kissen auf das alte Eisenbett gelegt. Das einladendste Schreibpapier war auf dem grob gehauenen Tisch ausgebreitet, mit Steinen als Briefbeschwerern. Und wir hatten ihm den Sessel aus der Küche hingestellt.

»Waschutensilien und Trinkwasser sind im Waschraum«, rief ich hinunter. Meine Schüssel und mein Krug aus Emaille hatten sich mal wieder als äußerst nützlich erwiesen. »Wir glauben, daß du genug Licht zum Arbeiten hast, denn wir haben das Efeu von den unteren Schießscharten entfernt. Und abends bekommst du natürlich eine Lampe. Wir schikken dir leckeres Essen in einem Korb hinunter – wir haben extra eine Thermoskanne gekauft ...« Ich konnte nicht weitersprechen, denn sein Gesichtsausdruck war einfach zuviel für mich. Er hatte gerade erst begriffen, daß die Leiter verschwunden war.

»Großer Gott ...«, begann er. Dann setzte er sich auf das Bettgestell und brach in schallendes Gelächter aus. Er lachte und lachte, bis ich fürchtete, er würde ersticken.

»O Thomas!« flüsterte ich. »Haben wir ihn über die falsche Seite der Grenze gestoßen?«

Vater wischte sich über die Augen. »Meine lieben Kinder!« sagte er schließlich. »Cassandra, wie alt bist du – siebzehn? Achtzehn? Oder eher acht? Bring sofort die Leiter zurück.«

»Sag du etwas, Thomas«, wisperte ich.

Er räusperte sich und sagte ganz langsam und laut: »Wir finden, daß du anfangen solltest zu arbeiten, Vater – zu deinem eigenen Besten. Und wir glauben, wenn du hier eingeschlossen bist, kannst du dich besser konzentrieren – und es wird dir auch sonst guttun. Ich versichere dir, daß wir lange darüber nachgedacht haben und mit der Psychoanalyse übereinstimmen...«

»Bringt sofort die Leiter zurück!« brüllte Vater. Thomas' gewählte Worte hatten ihn offensichtlich wütend gemacht.

»Es lohnt nicht, daß du dich aufregst«, sagte Thomas ruhig. »Wir lassen dich jetzt erst mal allein, damit du dich an die neue Situation gewöhnen kannst. Du kannst uns heute mittag sagen, ob du irgendwelche Unterlagen oder Bücher für deine Arbeit brauchst.«

»Wagt es ja nicht, wegzugehen!« Vaters Stimme überschlug sich so sehr, daß ich Mitleid mit ihm bekam und schnell sagte:

»Bitte verausgabe dich nicht so mit Hilferufen, denn es wird dich doch außer uns niemand hören. Oh, Vater, es soll ein Experiment sein – versuche es doch wenigstens einmal.«

»Ihr seid wohl vollkommen übergeschnappt! Ihr...«, begann er wütend.

Thomas flüsterte mir zu: »Ich warne dich. Das kann nur in einen heftigen Streit ausarten. Laß mich lieber die Tür zumachen.«

Für Vater war es bereits ein Streit. Ich trat zurück, und Thomas schloß die Tür.

»Mittagessen um eins, Vater«, rief ich ihm aufmunternd zu.

Wir verriegelten die Tür. Vater konnte sie zwar auf keinen Fall von dort unten erreichen, aber wir setzten auf die psychologische Wirkung. Als wir den Hügel hinunterkletterten, klang Vaters Rufen schon viel leiser, und an der Brücke konnten wir ihn überhaupt nicht mehr hören.

»Ob er ohnmächtig geworden ist?« fragte ich.

Thomas ging ein Stück zurück. »Nein, ich höre ihn noch. Aber der Turm dämpft die Geräusche so stark.«

Ich blickte mich noch einmal um. »Oh, Thomas, ist es nicht wahnsinnig, was wir getan haben?«

»Überhaupt nicht«, entgegnete er fröhlich. »Vielleicht hilft ihm ja schon die veränderte Atmosphäre.«

»Aber ihn einzuschließen – in einem ehemaligen Kerker! Seinen eigenen Vater einzusperren!«

»Ja, das genau war doch die Idee, oder? Ich setze allerdings nicht so große Hoffnungen auf den Psychokram wie du. Ich finde es fast wichtiger, daß er weiß, er kommt erst wieder raus, wenn er etwas geschrieben hat.«

»Unsinn«, sagte ich. »Wenn sich das Problem nicht auf psychologische Weise – also von innen heraus – löst, wird es sich überhaupt nicht lösen. Du kannst doch nicht seine Phantasie einsperren.«

»Warum nicht?« entgegnete Thomas. »Seine Phantasie ist seit Jahren frei wie ein Vogel, und es ist nichts dabei herausgekommen. Da können wir es ebensogut einmal mit dem Einsperren versuchen.«

Wir gingen ins Haus und frühstückten. Ich fand es natürlich furchtbar, daß Vater sein Abenteuer mit einem leeren Magen beginnen mußte, aber wir würden das bald wiedergutmachen. Danach schrieb ich an Thomas' Schule, daß er für ein paar Tage unpäßlich sei, und ging nach oben, um die Betten zu machen. Thomas übernahm freundlicherweise das Staubputzen.

»Nanu!« rief er plötzlich. »Sieh mal!«

Er hatte auf Vaters Kommode den Schlüssel zum Pförtnerzimmer entdeckt.

»Laß uns hinübergehen und diese Listen anschauen, von denen du mir erzählt hast«, schlug er vor.

Während wir die Treppe im Pförtnerhaus hinaufstiegen, überkamen mich Zweifel. »Oh, Thomas, ist das nicht so, als würden wir ihn ausspionieren?«

»Ja, sicher«, antwortete er und schloß die Tür auf.

Plötzlich hatte ich nicht nur ein schlechtes Gewissen, sondern auch noch Angst. Es kam mir vor, als hielte sich Vaters Geist noch im Zimmer auf und wäre wütend auf uns, weil wir einfach dort eindrangen. Die Sonne schien durch die Südfenster herein, die Comics hingen noch immer an den Bücherregalen, und Mutters kleine Uhr tickte auf dem Schreibtisch. Nur die Listen waren verschwunden – und die Schreibtischschubladen verschlossen.

Ich war ganz froh, daß wir nichts finden konnten. Es machte mir mehr zu schaffen, in seinem Zimmer herumzuschnüffeln, als ihn im Turm einzusperren.

Thomas blieb noch da und las die Comics, während ich mich um Vaters Mittagessen kümmerte. Um ein Uhr brachten wir es ihm in einem Korb: Suppe in der Thermoskanne, Hühnchensalat, Erdbeeren mit Sahne und eine Zigarre für neun Pence.

»Ich frage mich, ob wir ihm nicht lieber Wasser und Brot vorsetzen sollten, als ihn mit so einem üppigen Essen zu verwöhnen. Dann käme er sich mehr wie im Gefängnis vor,« sagte Thomas, während wir zum Turm hinaufstiegen. Oben war alles ruhig. Wir schlossen die Tür auf und blickten in das Verlies hinunter. Vater lag auf dem Bett und schaute zu uns herauf.

»Hallo«, begrüßte er uns freundlich.

Ich war überrascht – vor allem, weil er uns auch noch anlächelte. Natürlich lächelte ich zurück und sagte, er sei hoffentlich hungrig.

Thomas begann, den Korb an einem Stück Wäscheleine hinunterzulassen.

»Es ist nur ein leichtes Mittagessen, damit du nicht müde wirst«, erklärte ich. »Heute abend gibt es dann mehr – und Wein dazu.« Ich bemerkte, daß er sich ein Glas Wasser geholt hatte. Er schien es sich ein bißchen gemütlich gemacht zu haben.

Er dankte Thomas höflich für den Korb und stellte alles auf den Tisch. Dann lächelte er uns an.

»Ausgezeichnet«, bemerkte er mit überaus liebenswürdiger Stimme. »Jetzt hört mal zu, ihr Komiker. Ich habe diesen langen, ruhigen Morgen dazu genutzt, um ein wenig nachzudenken. Ich fand es wirklich schön, hier zu liegen und in den Himmel zu schauen. Ich meine es absolut ehrlich, wenn ich sage, daß mich euer Versuch, mir zu helfen, wirklich rührt. Und ich bin mir gar nicht mal so sicher, daß ihr damit gescheitert seid. Ich fand das alles wirklich sehr anregend und hatte ein oder zwei gute Ideen. Also war es ein Erfolg – versteht ihr? Aber der Reiz des Neuen ist jetzt verflogen. Wenn ihr mich noch länger hier festhaltet, werdet ihr euer gutes Werk damit wieder zunichte machen. Ich werde mich jetzt über dieses wunderbare Mittagessen hermachen, und dann bringt ihr die Leiter zurück. Verstanden?« Bei dem »Verstanden?« zitterte seine Stimme. »Und ich verspreche euch, ich werde euch nicht bestrafen.«

Ich blickte Thomas an, um zu sehen, wie er reagieren würde. Doch er antwortete nur unbeeindruckt: »Möchtest du irgendwelche Bücher oder Unterlagen haben, Vater?«

»Nein!« brüllte Vater. All seine Gutmütigkeit schien sich unvermittelt in Luft aufgelöst zu haben. »Ich will nur hier raus!«

Thomas knallte die Tür zu.

»Abendessen um sieben!« rief ich. Ich bezweifle allerdings, daß er mich hörte, denn er schimpfte lauter als beim ersten Mal. Ich hoffte, es würde ihm nicht den Appetit verderben. Ich verbrachte den frühen Nachmittag damit, die Comics zu lesen. Zuerst findet man sie dumm, aber dann kommt man doch nicht davon los. Danach bereitete ich Vaters Abendessen zu. Es sollte ein richtig tolles Essen werden, nicht nur eine bessere Tee-Mahlzeit: Melone, kalter Lachs (wir legten ihn in den Brunnen, damit er richtig kalt wurde), Pfirsiche aus der Dose, Käse, Plätzchen, eine Flasche Weißwein (drei Shilling), Kaffee und noch eine Zigarre für neun Pence. Und ungefähr einen Eierbecher voller Portwein, den ich noch in meiner Medizinflasche hatte.

Als die Kirchenglocke in Godsend sieben schlug, trugen wir alles auf zwei Tabletts hinaus. Es war ein herrlicher, friedlicher Abend. Schon bald nachdem wir die Brücke überquert hatten, konnten wir Vater schreien hören.

»Du hast dich hoffentlich nicht verausgabt, indem du den ganzen Nachmittag so geschrien hast?« fragte ich, nachdem Thomas die Tür geöffnet hatte.

»Doch, fast«, antwortete Vater. Seine Stimme klang sehr heiser. »Früher oder später wird irgend jemand durch die Felder kommen.«

»Das glaube ich kaum«, entgegnete Thomas. »Das Heu ist eingefahren, und Mr. Stebbins wird seinen Weizen erst in ein paar Wochen mähen. Außerdem reicht deine Stimme sowieso nicht über den Hügel hinaus. Wenn du das Geschirr in den

Korb stellst, zieh ich ihn hoch und lasse dir dein Abendessen hinunter.«

Ich rechnete damit, daß Vater toben würde, doch er antwortete nicht einmal. Statt dessen befolgte er sofort Thomas' Anweisung. Seine Bewegungen wirkten unbeholfen und fahrig. Er hatte den Mantel ausgezogen und seinen Kragen aufgeknöpft und sah ziemlich mitleiderregend aus – als warte er auf seine Hinrichtung.

»Wir müssen ihm für heute nacht einen Schlafanzug und einen Morgenmantel bringen«, flüsterte ich Thomas zu.

Vater hörte mich und hob den Kopf. »Wenn ihr mich die ganze Nacht hierlaßt, werde ich verrückt – das meine ich ernst, Cassandra. Dieses Eingesperrtsein – ich hatte ganz vergessen, wie schrecklich das sein kann. Wißt ihr denn nicht, welchen Schaden es einem Menschen zufügen kann – in engen Räumen eingeschlossen zu sein? Habt ihr noch nie etwas von Klaustrophobie gehört?«

»Du hast genügend Platz nach oben hin«, antwortete ich so streng ich konnte. »Und wenn du dich im Pförtnerhaus einschließt, leidest du nie an Klaustrophobie.«

»Aber es ist etwas anderes, wenn man von jemand anderem eingesperrt wird.« Seine Stimme überschlug sich. »Oh, ihr verfluchten, kleinen Dummköpfe – laßt mich raus! Laßt mich raus!«

Ich fühlte mich schrecklich, doch Thomas wirkte ziemlich gelassen. Er zog den Korb hoch, den Vater gefüllt hatte, nahm das Geschirr heraus und stellte das Abendessen hinein. Ich glaube, er merkte, daß ich schwach wurde, denn er flüsterte mir zu: »Wir müssen das jetzt durchziehen. Überlaß es nur mir.« Dann ließ er den Korb hinunter und rief streng:

»Wir lassen dich raus, sobald du etwas geschrieben hast – sagen wir fünfzig Seiten.«

»Selbst als ich noch schreiben konnte, brauchte ich mindestens drei Monate für fünfzig Seiten«, entgegnete Vater mit heiserer Stimme. Dann ließ er sich in den Sessel fallen und legte den Kopf in die Hände.

»Pack bitte dein Abendessen aus, ja?« bat Thomas ihn. »Am besten nimmst du die Kaffeekanne zuerst heraus.«

Vater blickte auf, und sein Gesicht war plötzlich dunkelrot vor Zorn. Dann stürzte er auf den Korb mit dem Essen zu, und im nächsten Moment flog ein Teller an meinem Kopf vorbei. Kurz bevor wir die Tür schließen konnten, sauste eine Gabel hindurch. Dann hörten wir, wie Geschirr an der Innenseite der Tür zerbrach.

Ich setzte mich auf die Treppe und brach in Tränen aus. Vater krächzte: »Um Himmels willen, Cassandra, bist du verletzt?« Ich hielt das Gesicht dicht vor den Schlitz unten an der Tür und antwortete: »Nein, es geht mir gut. Aber wirf doch bitte nicht die Teller durch die Gegend, bevor du sie leer gegessen hast. Willst du es nicht einfach mal mit dem Schreiben versuchen, Vater? Schreib irgend etwas – schreib von mir aus ›Die Katze saß auf der Matratze‹. Irgend etwas – Hauptsache, du schreibst!«

Dann weinte ich weiter. Thomas zog mich auf die Füße und führte mich die Treppe hinunter.

»Wir hätten es nicht tun dürfen«, schluchzte ich, während wir den Hügel hinabstiegen. »Ich werde ihn nachher rauslassen, auch wenn er uns dann umbringt.«

»Nein, das wirst du nicht – denk an unseren Eid.« Wir hatten uns geschworen, erst aufzugeben, wenn wir beide damit einverstanden waren. »So schnell gebe ich nicht auf. Wir werden erst mal abwarten, wie es ihm nach dem Abendessen geht.«

Sobald es zu dämmern anfing, holte Thomas Schlafanzug und Morgenmantel und zündete eine Laterne an. Als wir uns dem Turm näherten, hörten wir keinen Mucks.

»Oh, Thomas – und wenn er sich den Kopf an der Wand gestoßen hat?« flüsterte ich. Doch dann wehte ein schwacher, beruhigender Geruch von Zigarrenqualm zu uns herüber.

Als wir die Tür öffneten, saß Vater mit dem Rücken zu uns am Schreibtisch. Er wandte sich zu uns hoch, die Zigarre in der einen Hand, den Bleistift in der anderen.

»Eure brillante Idee hat funktioniert!« schrie er heiser, aber fröhlich. »Ein Wunder ist geschehen! Ich habe angefangen!«

»Oh, das ist ja wundervoll!« stieß ich hervor.

Thomas bemerkte mit ungerührter, ruhiger Stimme: »Großartig, Vater. Dürfen wir vielleicht sehen, was du geschrieben hast?«

»Natürlich nicht – ihr würdest ja doch kein Wort davon verstehen. Aber ich versichere euch, ich habe den ersten Schritt getan.«

»Das ist ein Trick«, flüsterte Thomas mir zu.

»Wie viele Seiten hast du denn geschrieben, Vater?« rief ich hinunter.

»Nicht viele – in der letzten Stunde hatte ich hier unten nicht mehr viel Licht...«

»Mit der Laterne wird es besser gehen«, sagte Thomas und ließ sie langsam hinunter.

Vater nahm sie entgegen und sagte dann mit ernster Stimme: »Thomas, ich gebe dir mein Wort, daß ich mit der Arbeit begonnen habe. Hier – sieh selbst.« Er hielt ein Blatt Papier neben die Laterne und zog es dann blitzschnell wieder weg.

»Cassandra, du schreibst doch selbst, da wirst du doch sicher verstehen, daß der erste Entwurf nicht immer ... na ja, überzeugend ist. Verdammt, ich hab doch erst nach dem Abendessen angefangen! Ein exzellentes Abendessen übrigens, vielen Dank. Jetzt beeilt euch mit der Leiter – ich möchte ins Pförtnerhaus zurück und die ganze Nacht arbeiten.«

»Aber dies hier ist der ideale Ort, um die ganze Nacht zu arbeiten«, entgegnete Thomas. »Ins Pförtnerhaus umzuziehen wird dich nur aus dem Konzept bringen. Hier sind dein Schlafanzug und dein Morgenmantel. Ich komme morgen früh wieder. Gute Nacht, Vater.« Er warf die Sachen hinunter, schloß die Tür und packte mich beim Ellbogen. »Komm, Cassandra.«

Ich folgte ihm ohne Widerrede. Ich glaubte zwar nicht, daß Vater bluffte, sondern daß unsere Therapie tatsächlich angeschlagen hatte. Aber ich fand, daß sie noch mehr Zeit brauchte, um langfristiger zu wirken. Und da Vater sich jetzt unter Kontrolle zu haben schien, war ich einverstanden, ihn über Nacht dort zu lassen.

»Aber wir müssen Wache halten«, schlug ich vor, »falls er sein Bettzeug ansteckt oder so etwas.«

Wir teilten die Nacht in Schichten auf. Ich schlief – nicht besonders gut – bis zwei Uhr und löste danach Thomas ab. Einmal pro Stunde ging ich den Hügel hinauf, doch ich hörte nichts weiter als ein leises Schnarchen um fünf Uhr herum.

Ich weckte Thomas heute morgen um sieben und wollte mit ihm zum Hügel hinauf. Doch er machte sich allein davon, als ich gerade Windsor Castle besuchte. Ich traf ihn, als er über die Brücke zurückkam. Er berichtete, alles sei in Ordnung, und Vater habe sich sehr über den Eimer mit heißem Wasser gefreut, den er ihm gebracht habe. »Und allmählich glaube ich, daß er tatsächlich arbeitet. Zumindest saß er am Schreibtisch, als ich die Tür öffnete. Er ist ruhiger und sehr viel hilfsbereiter – er hatte schon alles in den Korb gepackt und für mich bereitgestellt. Und er hätte jetzt gern sein Frühstück.«

Jedesmal, wenn wir ihm heute sein Essen brachten, schrieb er gerade wie verrückt. Er will zwar immer noch freigelassen werden, verschwendet aber nicht mehr viele Worte darauf. Und als wir ihm heute abend die Laterne hinunterließen, rief er: »Na endlich, ich habe schon darauf gewartet.« Einen Bluff würde er doch sicher nicht so lange durchhalten, oder? Ich wollte ihn schon freilassen, aber Thomas meinte, er müsse uns zuerst etwas von seiner Arbeit zeigen.

Jetzt ist es fast vier Uhr morgens. Ich habe Thomas nicht um zwei geweckt, weil ich diesen Eintrag unbedingt zu Ende bringen wollte. Der Ärmste schläft tief und fest – er liegt hier auf dem Sofa. Er meinte, wir bräuchten heute nacht keine Wache mehr zu halten, doch ich bestand darauf. Abgesehen davon, daß Vater etwas zustoßen könnte, fällt das Barometer – können wir eisern bleiben, wenn es anfängt, heftig zu regnen?

Thomas ist viel unerbittlicher als ich. Er hat Vater zusammen mit der Laterne einen Regenschirm hinuntergelassen.

Ich habe jede Stunde einmal durch eines der Südfenster geblickt – wir haben das Pförtnerhaus vor allem deshalb als Nachtquartier gewählt, weil man durch das eine Fenster Belmotte Tower und durch das gegenüberliegende unsere Zufahrt beobachten kann. Aber wer würde schon mitten in der Nacht unsere Zufahrt entlangkommen? Niemand. Trotzdem komme ich mir vor wie ein echter Wachtposten.

Sicher hat hier vor sechshundert Jahren auch schon jemand Wache gehalten ...

Gerade habe ich noch einmal zum Turm hinübergeblickt. Er liegt jetzt ganz im Mondlicht. Ich hatte plötzlich das merkwürdige Gefühl, daß er aus mehr als nur aus leblosen Steinen besteht. Weiß er vielleicht, daß er für die Lebenden wieder eine Rolle spielt? Daß sein Kerker wieder einen schlafenden Gefangenen beherbergt?

Vier Uhr. Mutters kleine Uhr scheint auch ein lebendiges Wesen zu sein – ein dicker, geschäftiger Zwerg, der nur ein paar Zentimeter von meiner Hand entfernt hockt.

Wie fest Thomas schläft! Wenn man schlafende Leute beobachtet, fühlt man sich ganz weit von ihnen entfernt.

Heloïse jagt im Traum Kaninchen – sie winselt ab und zu und zuckt mit den Pfoten. Ab hat uns bis Mitternacht mit seiner Anwesenheit beehrt, aber jetzt schleicht er wieder durch die Nacht. Ob wir Vater morgen lieber freilassen, auch wenn er uns seine Arbeit noch immer nicht zeigen will? Als er gestern abend die Laterne entgegennahm, machte er so ein seltsames Gesicht – fast wie ein Heiliger, der Visionen hatte.

Vielleicht wirkte das aber auch nur so, weil er unrasiert ist.

Soll ich Thomas jetzt wecken? Ich bin mit dem Eintrag fertig und fühle mich kein bißchen müde. Ich werde die Lampe ausschalten und im Mondschein sitzen ...

Ich erkenne trotzdem genug, um schreiben zu können. Mir fällt gerade ein, daß ich an dem Tag, als ich mein Tagebuch begann, auch abends im Mondschein schrieb. Wieviel doch seitdem passiert ist!

Ich werde jetzt an Simon denken. Jetzt? Als ob ich nicht

die ganze Zeit an ihn dächte! Trotz meiner Sorgen wegen Vater sagte eine Stimme in meinem Kopf immer wieder: »Aber eigentlich zählt für dich nichts außer Simon.« Oh, wenn Rose doch nur ihre Verlobung auflösen würde! Sicher würde er sich dann eines Tages mir zuwenden...

Ich sehe ein Auto auf der Straße nach Godsend! Es ist ein seltsames Gefühl, die Scheinwerfer zu beobachten und sich zu fragen, wer dort durch die Nacht fährt.

Lieber Himmel – das Auto ist in unsere Zufahrt eingebogen! Oje, was soll ich nur tun? Bleib ganz ruhig. Es ist nur falsch abgebogen. Es wird sicher gleich zurücksetzen oder spätestens vor der Burg wenden. Aber diejenigen, die bis zur Burg fahren, halten meistens an und bestaunen sie. Und falls Vater den Wagen hört – trägt seine Stimme dann bis dort? Vielleicht, in dieser stillen Nachtluft. O nein, dreh um, dreh um!

Es kommt immer näher. Ich komme mir vor wie jemand, der sein Tagebuch bis zur letzten Sekunde vor der Katastrophe weiterführt...

Die Katastrophe ist da. Simon und Topaz steigen aus dem Wagen.

XVI

Wir stürmten in die Küche, als Topaz gerade ein Streichholz für die Lampe anzündete. Ich hörte Simons Stimme, noch bevor ich sein Gesicht sehen konnte.

»Ist Rose hier?«

»Rose?« Anscheinend klang ich sehr verwundert.

»O mein Gott!« rief Simon aus.

Inzwischen brannte die Lampe, und ich konnte sein bestürztes Gesicht erkennen.

»Sie ist verschwunden«, erklärte Topaz. »Keine Angst – sie hatte keinen Unfall oder so etwas. Sie hat Simon eine Nachricht hinterlassen. Aber . . .« Sie blickte ihn kurz an und fuhr dann fort:

»Es war keine richtige Erklärung. Anscheinend ist sie heute morgen aufgebrochen. Simon war nicht zu Hause, weil er seine Mutter zu ein paar Freunden gebracht hat. Rose wollte nicht mitfahren. Er blieb dort zum Abendessen und kehrte daher erst spät in die Wohnung zurück. Ich habe den ganzen Tag für Macmorris Modell gesessen und bin danach mit ihm im Theater gewesen. Ich kam erst zurück, als Simon Roses Nachricht las. Wir dachten, sie wollte vielleicht zu dir, und sind deshalb gleich hergefahren.«

»Auf jeden Fall ist ihr nichts passiert«, versicherte ich Simon. »Ich habe ein Telegramm von ihr bekommen. Allerdings stand darin nur, daß sie mir später schreiben würde und ich sie bitte verstehen möge.« Erst jetzt begriff ich, daß sich das mit dem Verstehen überhaupt nicht auf unseren Streit, sondern auf ihr Weglaufen bezog.

»Wo wurde das Telegramm aufgegeben?« fragte Topaz.

»Ich habe nicht darauf geachtet. Ich hole es und sehe nach.«

Es lag in meinem Schlafzimmer. Während ich zur Vordertreppe rannte, hörte ich Topaz sagen: »Und Mortmain verschläft mal wieder alles!« Ich fürchtete schon, sie würde nach oben gehen und ihn aufwecken wollen, bevor ich zurückkam, aber das tat sie zum Glück nicht.

Ich legte das Telegramm unter die Lampe.

»Es stammt aus dem kleinen Seebad, wo wir gepicknickt haben!« rief ich.

»Warum ist sie wohl dort hingefahren?« fragte Thomas. »Und warum war sie nicht so schlau und hat es in ihrer Nachricht erklärt?«

»Das hat sie ja«, antwortete Simon. »Danke, daß du versucht hast, meine Gefühle zu schonen, Topaz, aber es hat wirklich keinen Zweck.« Er holte den Zettel aus der Tasche und legte ihn neben das Telegramm. »Ihr könnt ebensogut erfahren, was sie geschrieben hat.«

Sie hatte die Nachricht nur schnell mit einem Bleistift hingekritzelt:

Lieber Simon,

du sollst wissen, daß ich am Anfang nicht gelogen habe. Ich dachte wirklich, daß ich dich liebe. Jetzt kann ich dich nur noch um Verzeihung bitten.

Rose

»Soviel dazu«, sagte Thomas und warf mir einen verstohlenen Blick zu, der »Siehste!« bedeuten sollte.

»Aber das ist doch nicht endgültig«, beteuerte Topaz. »Ich versuche Simon schon die ganze Zeit zu erklären, daß sie nur aufgeregt ist wegen der Hochzeit. In ein bis zwei Tagen wird sie wieder anders darüber denken. Sie ist offensichtlich dort hingefahren, um über alles nachzudenken.«

Simon blickte auf die Uhr. »Bist du zu müde, um sofort loszufahren?« fragte er Topaz.

»Du meinst, du willst ihr nachfahren? O Simon, hältst du das für klug? Wenn sie ein bißchen allein sein möchte...«

»Ich werde sie nicht belästigen. Ich werde ihr nicht einmal gegenübertreten, wenn sie es nicht möchte. Du kannst zuerst mit ihr reden. Aber ich muß mehr wissen, als ich jetzt weiß.«

»Dann komme ich natürlich mit. Laß mich nur kurz mit Mortmain sprechen...«

Sie ging auf die Küchentreppe zu, doch ich stellte mich ihr in den Weg.

»Du brauchst nicht nach oben zu gehen«, sagte ich.

»Was, ist er schon wieder in London?«

»Nein...« Ich blickte hilfesuchend zu Thomas hinüber. »Weißt du, Topaz...«

»Was ist los? Was habt ihr vor mir zu verbergen?« Sie war so beunruhigt, daß sie ganz vergaß, mit ihrer Altstimme zu sprechen.

»Es geht ihm hervorragend, er ist nur nicht oben«, erklärte ich hastig. »Wir haben gute Neuigkeiten – ehrlich, Topaz. Du wirst dich schrecklich freuen.«

Dann löste Thomas mich ab und sagte ruhig: »Vater wohnt seit zwei Tagen im Belmotte Tower. Wir haben ihn dort eingesperrt, um ihn zum Arbeiten zu bringen. Und wenn er uns die Wahrheit sagt, dann hat es tatsächlich geklappt.«

Ich fand, daß er es wunderbar klar ausgedrückt hatte, doch Topaz stellte tausend Fragen, bis sie alles begriffen hatte. Danach war sie außer sich vor Wut.

»Ihr habt ihn umgebracht!« schrie sie.

»Also gestern abend war er noch springlebendig«, entgegnete ich. »Nicht wahr, Thomas?«

»Na ja, gesprungen ist er nicht gerade«, stellte Thomas richtig. »Aber er hat sich ganz gut eingewöhnt. Wenn du klug bist, läßt du ihn noch für ein paar Tage dort, Topaz.«

Doch sie stand schon vor dem Küchenschrank, wo der Schlüssel zum Turm normalerweise hängt. »Wo ist er? Gebt mir sofort den Schüssel! Wenn ich ihn nicht in zwei Minuten habe, schlage ich die Tür mit der Axt ein!«

Das hätte ihr sicher viel Spaß bereitet! Ich merkte aber, daß sie nicht mehr ernsthaft besorgt war, weil ihre Grabesstimme so aufgesetzt klang.

»Wir müssen ihn freilassen«, sagte ich zu Thomas. »Das hatte ich morgen sowieso vor.«

»Ich bin dagegen«, widersprach Thomas. »Das wird unser ganzes Experiment ruinieren.« Aber er ging trotzdem, um die Laterne zu holen.

Der Mond war nicht mehr zu sehen, doch die Sterne strahlten noch immer hell, als wir auf den Hof traten.

»Wartet, ich hole meine Taschenlampe aus dem Auto!« rief Simon.

»Ich muß um Entschuldigung bitten«, sagte ich zu ihm, als wir den anderen über die Brücke nach Belmotte folgten. »Wir haben kein Recht, dich in unsere Familienangelegenheiten hineinzuziehen, wo du doch genug eigene Sorgen hast.«

»Sorgen oder nicht, das hier möchte ich mir nicht entgehen lassen«, antwortete er.

Wir stiegen den Hügel hinauf. Im Turm war alles ruhig.

»Jetzt schrei bloß nicht los, daß du ihn retten kommst«, warnte ich Topaz. »Du weißt doch, wie das ist, wenn man unverhofft geweckt wird.«

»Wenn er überhaupt wieder aufwacht!«

Ich hätte sie ohrfeigen können – einerseits, weil sie so ein Theater veranstaltete, und andererseits, weil ich selbst nervös war. Natürlich glaubte ich nicht, daß Vater tot sein könnte, aber ich fürchtete, daß wir ihn aus dem Gleichgewicht gebracht hatten – schließlich hatte man es schon vorher nicht gerade stabil nennen können.

Noch immer kein Laut, als wir den Fuß der Treppe erreichten.

»Gib mir den Schlüssel«, flüsterte Topaz Thomas zu. »Ich möchte der Wahrheit allein ins Gesicht sehen.«

»Wenn du nicht aufpaßt, siehst du der Wahrheit fünf Meter tiefer und mit dem Kopf nach unten ins Gesicht«, antwortete er. »Laß Cassandra und mich die Tür öffnen und die Leiter befestigen, und dann kannst du als rettender Engel hinabsteigen.«

Die Idee mit dem rettenden Engel gefiel ihr. »Na gut, aber ich möchte die Erste sein, die er sieht.«

»Sei so leise wie möglich«, flüsterte ich Thomas zu, während wir die Leiter holten. »Ich möchte ihn mir kurz anschauen, bevor er aufwacht. Ich habe mir Simons Taschenlampe ausgeliehen.«

Wir öffneten die Tür fast lautlos. Dann leuchtete ich mit der Taschenlampe in die Dunkelheit. Vater lag auf dem Bett – so still, daß ich zuerst einen Schreck bekam. Dann hörte ich erleichtert ein leises Schnarchen. Das Zimmer dort unten machte wirklich einen sonderbaren Eindruck. Im Licht der Taschenlampe sah das hohe, von der Sonne vertrocknete Unkraut weiß und verknöchert aus. Die Beine des Eisenbetts standen schräg zur Seite ab. Daneben lag der geöffnete Regenschirm. Das freute mich, denn sein Verstand arbeitete scheinbar normal, wenn er zu solcher Voraussicht fähig war. Meine Stimmung hob sich noch mehr, als ich mit der Taschenlampe auf den Tisch leuchtete. Neben dem hohen Stapel unbenutzten Papiers lagen vier kleinere, die sorgfältig mit Steinen beschwert waren.

Thomas und ich ließen vorsichtig die Leiter hinunter. Topaz stand hinter uns und konnte es gar nicht abwarten hinabzusteigen. Natürlich mußte sie rückwärts hinunterklettern, was nicht besonders engelhaft aussah, aber das glich sie wieder aus, als sie unten ankam. Sie hielt die Laterne so hoch sie konnte und schrie: »Mortmain, ich bin gekommen, um dich zu retten! Topaz ist da, Mortmain! Du bist in Sicherheit!« Vater fuhr erschrocken hoch und keuchte: »Großer Gott! Was ist passiert?« Dann stürzte sie sich auf ihn, und das Bett brach ein, so daß Kopf- und Fußende fast über ihnen zusammenschlugen.

Thomas und ich brüllten vor Lachen, zogen die Köpfe ein und huschten die Außentreppe hinunter. Von unten hörten wir einen ordentlichen Radau – Vater schaffte es, gleichzeitig zu fluchen, zu gähnen und zu lachen, während Topaz in den tiefsten Baßtönen gurrte.

»Solltet ihr die zwei nicht besser für eine Weile allein lassen?« schlug Simon vor.

»Ja, damit Topaz ihr theatralisches Gehabe ablegen kann«, sagte ich zu Thomas.

Wir warteten auf dem Hof, bis wir die Laterne den Hügel herunterkommen sahen. Simon beschloß taktvoll, sich nicht sehen zu lassen, und setzte sich in seinen Wagen.

»Sollen wir auch verschwinden?« fragte Thomas.

»Nein, wir bringen es besser hinter uns.«

Als die beiden die Brücke überquerten, rannten wir auf sie zu. Topaz klammerte sich an Vaters Arm, und ich hörte sie sagen: »Stütz dich auf mich, Mortmain, stütz dich ruhig auf mich.« Sie sah aus wie der kleine Lord am Arm seines Großvaters.

»Alles in Ordnung, Vater?« rief ich ihm fröhlich entgegen.

»Meine lieben, kleinen Gefängnisaufseher«, sagte er erschöpft. »Ja, ich glaube, ich werde es überleben, wenn Topaz aufhört, mich wie einen Säugling zu behandeln.«

Er ging in die Küche, und Topaz blieb ein Stück zurück, nahm meinen Arm und verwandelte sich mal wieder blitzschnell in die nüchterne, praktisch denkende Topaz zurück.

»Lauft zurück und seht nach, was er geschrieben hat«, flüsterte sie.

Wir rannten den Hügel hinauf. Zum Glück hatte ich noch Simons Taschenlampe.

»Was für ein spannender Moment«, stellte ich fest, als wir vor dem groben Tisch im Turm standen. »Vielleicht werde ich ihn eines Tages in Vaters Biographie beschreiben.«

Thomas nahm den Stein von dem ersten Papierstapel. »Sieh mal, das ist der Anfang«, sagte er, als er mit der Taschenlampe das oberste Blatt mit der Aufschrift »Teil A« beleuchtete. Er legte es zur Seite und stieß einen leisen Schrei aus.

Das Blatt darunter war von oben bis unten mit großen Blockbuchstaben bedeckt. Sie wirkten sehr ungelenk, wie von einem Kind, das gerade schreiben lernt. Wir beleuchteten eine Reihe nach der anderen und lasen: DIE KATZE SASS AUF DER MATRATZE. DIE KATZE SASS AUF DER MATRATZE. DIE KATZE SASS AUF DER MATRATZE... und immer so weiter, bis zum Ende der Seite.

»Oh, Thomas!« stöhnte ich. »Wir haben ihn in den Wahnsinn getrieben!«

»Ach, Unsinn. Du hast doch gehört, wie vernünftig er vorhin geredet hat...«

»Na ja, vielleicht erholt er sich ja gerade, aber... Verstehst du nicht, was er getan hat?« Plötzlich fiel es mir wie Schuppen von den Augen. »Weißt du nicht mehr, was ich ihm unter der Tür her zugerufen habe, als ich so durcheinander war? ›Schreib, was du willst, solange du nur irgend etwas schreibst‹, hab ich zu ihm gesagt. ›Schreib Die Katze saß auf der Matratze.‹ Und er hat es tatsächlich geschrieben!«

Thomas blätterte weitere Seiten um. Wir lasen: DIE KATZE BISS DIE FETTE RATTE und so weiter, wieder in Blockbuchstaben. »Wahrscheinlich ist er einfach senil geworden«, seufzte ich. »Wir haben seine zweite Kindheit zu früh herbeigeführt.«

»Sieh mal, hier wird's besser«, behauptete Thomas. »Da wird er anscheinend wieder erwachsen.« Schließlich erkannten wir Vaters normale Handschrift – sauber und ordentlich wie eh und je. »Aber was um alles in der Welt... Lieber Himmel, er hat sich Rätsel ausgedacht!«

Ich entdeckte ein einfaches Akrostichon, ein Bilderrätsel, ein paar Verse, in denen Tiernamen versteckt waren – alle

Arten von Kinderrätseln, die in unserer alten, gebundenen Ausgabe von *Kleine Leute* zu finden sind. Danach folgte eine Seite mit Scherzfragen. Auf die allerletzte Seite hatte Vater geschrieben:

Recherchieren:
Alte Kalligraphiebücher
Stickmustertücher
Das Handbuch des Wissens für Kinder
Puzzles
Spielzeug im Londoner Museum

»Das klingt doch ganz vernünftig«, stellte Thomas fest. »Ich bin sicher, das hat etwas zu bedeuten.«

Ich glaubte ihm nicht. Meine anfängliche Angst, Vater könnte verrückt geworden sein, hatte ich zwar überwunden. Doch ich hielt all diesen kindischen Unsinn für einen Zeitvertreib – so wie das Spiel, das er sich für die *Encyclopaedia* ausgedacht hatte.

Thomas hatte den Stein von Teil B heruntergenommen. »Das hier ist kein Kinderkram mehr«, stellte er nach ein paar Sekunden fest. »Allerdings werde ich daraus auch nicht schlau.«

Auf dem Blatt standen jede Menge numerierte Sätze, alle ein bis zwei Zeilen lang. Zuerst hielt ich sie für Verse, denn sie bestanden aus wunderschönen Wortverbindungen. Und obwohl sie mir mysteriös erschienen, war ich mir sicher, daß sie etwas zu bedeuten hatten. Doch dann verflog meine neu gewonnene Hoffnung.

»Das ist der Schlüssel eines Kreuzworträtsels«, erklärte ich verächtlich. »Er hat sich einfach damit die Zeit vertrieben. Ich habe keine Lust weiterzulesen.« Gerade war mir eingefallen, daß ich Simon vor seiner Abfahrt vielleicht nicht mehr sah, wenn ich nicht zur Burg zurückeilte.

»He, komm mit der Taschenlampe zurück«, rief Thomas, als ich die Leiter hinaufzusteigen begann. »Ich gehe nicht, bevor ich nicht alles gelesen habe, was er geschrieben hat.« Ich kletterte einfach weiter, deshalb nahm er mir die Taschenlampe im letzten Moment aus der Hand. Als ich oben angekommen war, brüllte er mir nach: »Du solltest dir Teil C anschauen – er besteht komplett aus Diagrammen, die die Entfernungen zwischen bestimmten Orten anzeigen. Und er hat einen Vogel gezeichnet, aus dessen Schnabel Wörter kommen!«

»Das ist eine Brieftaube«, antwortete ich spöttisch. »Du findest sicher auch bald die Reisetasche und den Teller mit dem Weidenmuster.«

Thomas rief zurück, ich sei schon genau wie Harrys Vater, der über *Jakobs Kampf* spotte. »Ich bin überzeugt, daß etwas dahinter steckt.«

Ich glaubte ihm noch immer nicht. Und in diesem Moment war es mir eigentlich auch egal. Ich dachte nur noch an Simon.

Topaz kam gerade die Treppe heruntergerannt, als ich die Küche betrat. »Wir können reden – Mortmain sitzt in der Badewanne«, sagte sie. »Ist es nicht wundervoll, daß er wieder zu schreiben begonnen hat?«

Ich haßte es so, sie enttäuschen zu müssen, daß ich sagte, Thomas habe vielleicht recht und ich läge falsch. Doch in dem Moment, als ich das Kreuzworträtsel erwähnte, verflog ihre Begeisterung.

»Anscheinend glaubt er aber, daß er wirklich gearbeitet hat«, entgegnete sie besorgt. »Sicher ist er ein wenig verwirrt

– nach all der Aufregung. Eigentlich müßte ich mit dir ein paar Takte reden, meine Liebe. Aber dazu ist jetzt keine Zeit. Wir müssen uns um Simon kümmern. Cassandra, würdest du bitte an meiner Stelle mitfahren? Dann kann ich bei Mortmain bleiben. Er soll nichts von Rose erfahren, bis er sich wieder ein wenig erholt hat. Er weiß nicht einmal, daß Simon hier ist.«

Mein Herz machte einen Satz. »Ja, natürlich fahre ich mit.«

»Und versuche um Himmels willen, Rose zur Vernunft zu bringen. Ich habe Simon schon gesagt, daß ich es besser fände, wenn du mitführest. Er hält das für eine gute Idee, weil sie sich von dir vielleicht eher beeinflussen läßt. Er wartet in seinem Wagen.«

Ich rannte nach oben und machte mich schnell fertig. Ich kam mir schrecklich gemein vor, denn obwohl ich nicht glaubte, daß Vater zu schreiben begonnen hatte, und obwohl ich Simons unglückliches Gesicht gesehen hatte, wollte mir das Herz zerspringen vor Glück. Rose hatte ihn aufgegeben, und ich würde mit ihm in den Sonnenaufgang fahren.

Als ich zum Wagen hinauseilte, war es noch dunkel, doch der Himmel wirkte verschwommen und trüb, und die Sterne verblaßten allmählich. Auf der Zugbrücke konnte ich Heloïse im Pförtnerzimmer jaulen hören. Wir hatten sie dortgelassen. Sie saß auf Vaters Schreibtisch und hatte ihr langes Gesicht gegen die dunkle Fensterscheibe gepreßt. Da fiel mir ein, daß mein Tagebuch noch auf dem Schreibtisch lag. Zum Glück kam mir Topaz mit ein paar Sandwiches nachgeeilt. Sie versprach, das Buch wegzuräumen, ohne zu versuchen, meine Schnellschrift zu lesen.

»Bestell Vater liebe Grüße von mir, und sag ihm, wir haben

es nur gut gemeint«, rief ich. Ich war so glücklich, daß ich zu allen Menschen auf der Welt lieb sein wollte. Dann fuhren wir ab – an der Scheune vorbei, wo ich damals Simons und Neils Gespräch mit angehört hatte, an der Kreuzung, wo wir am Ersten Mai Gedichte rezitierten, an der Dorfwiese, wo wir stehengeblieben waren und Gerüche und Geräusche aufgezählt hatten. Als wir unter der Kastanie vor dem Wirtshaus entlangfuhren, spürte ich einen Stich – würde er sich an Roses Haar vor den Blättern erinnern? Oh, dafür werde ich ihm einen großartigen Ersatz bieten, dachte ich. Ich weiß, daß ich es kann – jetzt, wo ich es darf.

Zuerst redeten wir ein bißchen über Vater. Simon wollte nicht glauben, daß Thomas und ich wirklich nur unsinniges Zeug gefunden hatten. Er meinte, er müsse es sich selbst ansehen.

»Obwohl ich zugeben muß, daß es höchst eigenartig klingt«, fügte er hinzu. Danach schwieg er. Erst ein paar Kilometer hinter Godsend fragte er mich:

»Wußtest du von Roses Gefühlen mir gegenüber?«

Ich dachte so lange über eine Antwort nach, daß er schließlich fortfuhr:

»Vergiß es. Es war nicht fair, dich danach zu fragen.«

»Simon ...«, begann ich.

Er unterbrach mich. »Ich glaube, ich möchte lieber nicht darüber sprechen. Nicht, solange ich mir nicht sicher bin, daß sie es ernst meint.«

Dann fragte er, ob mir warm genug sei, oder ob er lieber das Verdeck schließen solle. Als er und Topaz in London losgefahren waren, hatte sie es offen haben wollen, weil es so heiß gewesen war. Ich wollte ebenfalls mit offenem Verdeck fahren. Die Luft war zwar frisch und kühl, jedoch nicht richtig kalt.

Es war ein seltsames Gefühl, durch die schlafenden Dörfer zu fahren. In jedem Dorf kamen mir der Motor lauter und die Scheinwerfer greller vor. Mir fiel auf, daß Simon jedesmal das Tempo verringerte. Die meisten Männer in seiner Situation wären sicher wild drauflosgefahren. In einer Hütte brannte hinter den Rautenscheiben eines Fensters im oberen Stock eine Kerze, und vor der Tür stand ein Auto.

»Vielleicht ist ein Arzt dort«, mutmaßte ich.

»Vielleicht stirbt jemand, oder ein Baby wird geboren«, fügte Simon hinzu.

Allmählich lichtete sich der Himmel, bis er schließlich aussah wie entfernter Rauch. Alles schien farblos – die Häuser wirkten wie Kreidezeichnungen auf grauem Papier. Als ich das zu Simon sagte, antwortete er, dieses seltsame Licht vor Tagesanbruch müsse wie das Licht der Vorhölle sein.

Kurze Zeit später hielt er an, um auf eine Straßenkarte zu schauen. Um uns herum, hinter den ungesicherten Straßengräben, lagen neblige Rieselfelder, auf denen vereinzelt gekappte Weiden standen. Irgendwo in der Ferne krähte ein Hahn.

»Schade, daß wir keinen schönen Sonnenaufgang sehen können«, bedauerte Simon.

Doch kein Sonnenaufgang konnte schöner sein als dieser dichte, graue Nebel, der sich ganz allmählich in einen goldenen Dunst verwandelte.

»Ein toller Anblick«, stellte Simon fest, während er diese Veränderung beobachtete. »Und man kann überhaupt keine Sonne sehen.«

Ich sagte zu mir selbst, daß dies symbolisch sei – daß er nicht sehen könne, wie glücklich ich ihn eines Tages machen würde.

»Wie wär's mit einem Sandwich?« fragte ich.

Ich glaube, er nahm nur eins, damit ich nicht allein essen mußte. Aber während wir aßen, unterhielt er sich ganz ungezwungen mit mir – über die Schwierigkeit, die richtigen Worte zu finden, wenn man den leuchtenden Nebel beschreiben wollte, und darüber, warum man den Wunsch verspürt, etwas Schönes beschreiben zu wollen.

»Vielleicht, weil man es besitzen möchte«, schlug ich vor.

»Oder davon besessen sein möchte – vielleicht ist das sogar das gleiche. Man möchte mit der Schönheit, die man sucht, eins sein.«

Der Nebel wurde immer heller. Ich hätte ihn noch ewig betrachten können, doch Simon versteckte das Sandwichpapier ordentlich im Graben, und wir fuhren weiter.

Bald konnten wir die Seeluft riechen. Die Sonne konnte den dichten Nebel über den Salzsümpfen nicht durchdringen, und dennoch war er unglaublich weiß. Es kam mir vor, als würden wir durch einen Tunnel in den Wolken fahren.

»Bist du sicher, daß wir hier gepicknickt haben?« fragte Simon, als wir die Hauptstraße entlangfuhren. »Es sieht alles so anders aus.«

Ich antwortete, das läge an der Urlaubsatmosphäre. Im Mai hatte das Dorf wie irgendein Dorf im Landesinneren gewirkt, doch jetzt lagen Eimer und Schaufeln der Kinder und Netze zum Garnelenfischen vor den Türen, und Badeanzüge hingen über den Fensterbänken. Plötzlich stellte ich mir vor, ich wäre ein Kind, das in einem dieser fremden Zimmer aufwacht und sich auf einen Tag am Strand freut – obwohl ich in diesem Moment mit niemandem auf der Welt hätte tauschen wollen.

Die Hauptstraße war wie ausgestorben. Nur die Eingangstür eines Hotels stand offen, und eine Putzfrau schrubbte das Foyer. Sie ließ uns einen Blick in das Hotelregister werfen.

Rose war nicht eingetragen.

»Am besten warten wir, bis die Leute aufgestanden sind, und versuchen es dann in jedem Haus«, schlug ich vor.

»Vielleicht ist sie im ›Swan‹«, sagte die Putzfrau. »Es ist kein richtiges Hotel, aber ein oder zwei Gäste nehmen sie meistens auf.«

Ich erinnerte mich, daß ich es an unserem Picknicktag gesehen hatte. Es war ein winziges Wirtshaus direkt am Meer, ungefähr anderthalb Kilometer entfernt. Allerdings konnte ich mir nicht vorstellen, daß Rose je dort übernachten würde.

»Wir können es zumindest versuchen, bis die Leute im Dorf aufstehen«, sagte Simon.

Wir fuhren die einsame Küstenstraße entlang. Über dem Meer lag kein Nebel. Es hatte eine schimmernde, blaßgoldene Farbe und war so ruhig, daß die Wellen nur gerade eben das Ufer erreichten und einen spitzenbesetzten Teppich darauf zurückließen.

»Sieh mal! Dort hatten wir unser Barbecue!« rief ich. Simon nickte nur, und ich wünschte, ich hätte den Mund gehalten. Dies war kein geeigneter Augenblick, um ihn an einen schönen, fröhlichen Tag zu erinnern.

Wir erkannten »The Swan« schon von weitem, denn es war das einzige Gebäude vor uns: ein uraltes Wirtshaus, fast wie »The Keys« in Godsend, nur noch älter und schlichter. Die Fenster glänzten und warfen die Strahlen der Morgensonne zurück.

Simon hielt genau vor der Tür.

»Es ist schon jemand auf«, stellte er fest und blickte nach oben.

Ein Giebelfenster stand offen – es sah genauso aus wie das Giebelfenster im »The Keys«, sogar Krug und Waschschüssel standen dort. Eine Mädchenstimme schallte zu uns herunter, die *Early One Morning* sang.

»Das ist Rose«, flüsterte ich.

Simon blickte mich erstaunt an. »Bist du sicher?«

»Absolut.«

»Ich wußte gar nicht, daß sie so gut singen kann.«

Er saß da und lauschte. Seine Augen leuchteten plötzlich. Nach ein paar Sekunden hörte Rose auf zu singen und summte die Melodie nur noch. Ich hörte, wie sie im Zimmer herumlief und wie sie eine Schublade öffnete und wieder schloß.

»Sie könnte doch nicht so singen, wenn sie nicht glücklich wäre, oder?« fragte Simon.

Ich zwang mich zu antworten: »Vielleicht ist ja alles in Ordnung – vielleicht waren es wirklich nur ihre Nerven, wie Topaz meinte. Soll ich sie rufen?«

Bevor er antworten konnte, hörten wir ein Klopfen an Roses Zimmertür. Dann sagte eine Männerstimme: »Guten Morgen! Bist du fertig, damit wir schwimmen gehen können?«

Ich merkte, wie Simon erschrak. Dann ließ er den Wagen wieder an und raste los.

»Aber was hat das zu bedeuten?« rief ich. »Das war Neil!«

Simon nickte. »Sei bitte für eine Weile still.«

Nach ein paar Minuten hielt er an und zündete sich eine Zigarette an.

»Es ist schon in Ordnung – mach nicht so ein gequältes Gesicht«, sagte er. »Ich habe plötzlich das Gefühl, als hätte ich es schon immer gewußt.«

»Aber Simon, sie hassen sich doch gegenseitig!«

»Sieht ganz so aus, was?« erwiderte er sarkastisch.

Wir fuhren weiter, bis wir eine andere Straße für den Rückweg gefunden hatten, damit wir nicht noch einmal an dem Wirtshaus vorbei mußten. Simon sprach nicht viel. Aber er erzählte mir, er habe gewußt, daß Neil sich anfangs für Rose interessiert hatte. »Dann fand er plötzlich, sie sei affektiert und geldgierig – zumindest sagte er das. Ich redete mir ein, er sei nur gekränkt, weil sie mich ihm vorzog. Genauso wie ich mir vormachte, daß sie wirklich etwas für mich empfand. Eigentlich glaubte ich das nur anfangs. Ich habe schon seit ein paar Wochen meine Zweifel, doch ich hoffte, es würde alles gut, wenn wir erst einmal verheiratet wären. Ich wäre nie auf den Gedanken gekommen, daß sie sich in Neil verliebt haben könnte, oder Neil sich in sie. Sie hätten es mir sagen müssen. Das ist einfach nicht Neils Art.«

»Ich hätte es auch nicht für Roses Art gehalten«, fügte ich betrübt hinzu.

Wir fuhren durch den strahlenden Morgen nach Hause. Alle Dörfer wachten auf, und eine Menge Hunde bellten fröhlich. Über den Rieselfeldern, hinter denen wir den verhangenen Sonnenaufgang betrachtet hatten, lagen noch immer ein paar dünne Nebelschleier. Während wir daran vorüber fuhren, fiel mir ein, daß ich mir auf dem Hinweg vorgenommen hatte, Simon glücklich zu machen. Doch inzwischen kam ich mir vor wie ein neuer Mensch. Denn mir war klargeworden, daß ich mir selbst etwas vorgemacht hatte und daß ich ihm nie soviel bedeuten würde wie Rose. Ich glaube, ich erkannte es schon langsam, als er ihrem Gesang lauschte und ich ihn dabei ansah. Und ich begriff es immer mehr, während er über die ganze unselige Angelegenheit sprach – nicht zornig oder verbittert, sondern ruhig und ohne ein böses Wort über Rose. Aber am meisten erkannte ich es, weil ich mich selbst verändert hatte. Vielleicht lernt man mehr, wenn man jemanden, den man liebt, leiden sieht als wenn man selbst leidet.

Schon lange bevor wir die Burg erreichten, hätte ich ihm Rose aus ganzem Herzen und sowohl für mein eigenes Wohl als auch für seines zurückgegeben, wenn es mir möglich gewesen wäre.

Nun ist es Oktober.

Ich sitze oben auf dem Hügel, in der Nähe des Steinkreises. Noch immer liegen ein paar verkohlte Holzreste vom Johannisfeuer darin.

Es ist ein herrlicher Nachmittag, golden und windstill – allerdings auch recht kühl. Aber ich trage Tante Millicents enge Seehundjacke, die mich wunderbar warm hält, und sitze auf Vaters alter Reisedecke. Er benutzt inzwischen den riesigen Bärenmantel. Auf die eine oder andere Weise haben Tante Millicents Pelze schließlich alle ihren Zweck erfüllt.

Die Weizenfelder bestehen nur noch aus hellbraunen Stoppeln. Die einzige leuchtende Farbe weit und breit stammt von dem Spindelbaum unten in unserer Zufahrt. Drüben in Richtung Four Stones pflügt Mr. Stebbins mit seinen Pferden. Bald werden wir von einem Meer aus Schlamm umgeben sein, wie Rose es immer genannt hat.

Heute morgen habe ich einen Brief von ihr erhalten.

Sie ist mit Neil quer durch Amerika gefahren und wohnt

jetzt mit ihm in der kalifornischen Wüste, die sich sehr von meiner Vorstellung von einer Wüste zu unterscheiden scheint. Rose sagt, es gibt dort keine Kamele, und sie haben auf der Ranch drei Badezimmer. Sie ist sehr glücklich – außer über ihre Aussteuer, mit der sie nun nicht mehr viel anfangen kann. Sie braucht nur Freizeithosen und Shorts, schreibt sie, und die waren zufällig nicht dabei. Aber Neil will mit ihr ein paar Tage nach Beverly Hills fahren, damit sie dort in ihren Abendkleidern tanzen kann.

Ich wünschte, ich wäre ihr nicht mehr so böse, denn schließlich habe ich ihr offiziell verziehen.

Außerdem sind sie und Neil nicht wirklich durchgebrannt, ohne Simon alles zu erklären. Neil hatte Simon einen Brief geschrieben und ihn zu Roses Nachricht auf den Tisch in der Diele gelegt, doch er geriet unter die Post, die am Nachmittag kam. Und Simon hatte keine anderen Briefe mehr öffnen wollen, nachdem er Roses Nachricht gelesen hatte.

Ich war nur noch einmal mit ihr allein, bevor sie nach Amerika abreiste – an dem furchtbaren Tag, als wir uns alle in der Londoner Wohnung trafen und alles geklärt werden mußte. Zuerst sprach Mrs. Cotton mit Rose und Neil und verzieh ihnen, dann redete Simon mit jedem von ihnen allein und verzieh ihnen ebenfalls. Dann fragte Mrs. Cotton Vater, ob er sich mit Rose allein unterhalten wolle, doch er sagte nur: »Lieber Himmel, nein! Ich verstehe überhaupt nicht, warum Simon diesen ganzen Horror mitmacht.« Mrs. Cotton antwortete: »Aber man muß sich doch zivilisiert miteinander unterhalten können.« Daraufhin schnaubte Vater so wütend, daß Topaz beschwichtigend seinen Arm festhielt. Danach gingen wir zu einem mehr als gezwungenen Mittagessen mit Champagner über.

Stephen kam in einem sehr schick geschnittenen Anzug und sah darin wirklich umwerfend aus.

Als Rose ihm die Hand gab, sagte sie: »Ich werde dir ewig dankbar sein.«

Ich verstand nicht, was sie damit meinte, bis ich ihr später beim Packen half und allein mit ihr sprechen konnte. Sie erzählte mir, daß Stephen Neil in seinem Hotel besucht und ihm geradeheraus gesagt habe, daß sie Simon nicht liebe. Als ich ihm vorher das Gegenteil geschrieben hatte, hatte er mir anscheinend geglaubt, und außerdem hatte er sie während ihres Aufenthalts in London kaum sehen wollen. Doch nachdem er mit Stephen gesprochen hatte, machte er sich sofort auf den Weg zur Wohnung und fragte sie selbst.

»Und weißt du, was passiert ist?« sagte sie. »Erinnerst du dich noch daran, als ich nach meinem Scharlachfieber nach Hause kam? Wie wir uns stundenlang umarmten, ohne ein Wort zu sagen? Genauso war es auch, nur umarmten wir uns noch hundertmal länger. Ich dachte, wir würden uns nie wieder loslassen. Ich hätte ihn sofort geheiratet, auch wenn er keinen Penny besessen hätte. Und ich hätte es auch schon vor Wochen getan, wenn er mir nur eine Chance gegeben hätte. Ich wußte ja nicht, daß er etwas für mich empfindet.«

»Aber woher wußte Stephen es?« fragte ich.

»Na ja, er hatte einen kleinen Hinweis darauf«, antwortete sie und begann verschmitzt zu kichern. »Erinnerst du dich an den Abend, als sie mich für einen Bären hielten und ich Neil eine Ohrfeige verpaßte? Nachdem er mich über das Gleis auf das Feld hinter dem Bahnhof getragen hatte, setzte er mich ab und sagte: ›Das ist für die Ohrfeige.‹ Und dann küßte er mich. Und Stephen sah es.«

Das hatte sie also in petto gehabt, als wir uns an jenem Abend im Bett unterhielten! Ich hatte gewußt, daß sie etwas vor mir verheimlichte – doch dann hatte ich überhaupt nicht mehr daran gedacht.

»Aber nur weil er sah, wie Neil dich einmal küßte...«, fing ich an.

»Es war mehr als einmal, sogar ziemlich oft. Und ich fand es wunderschön. Aber ich wollte ihn für das bestrafen, was er vor der Scheune über mich gesagt hatte – und dafür, mich einfach so zu küssen. Obwohl es mir gefallen hatte. Außerdem war er nicht der Reiche von beiden. Doch das wäre mir egal gewesen – ehrlich, Cassandra –, wenn er mir nur gezeigt hätte, daß er sich etwas aus mir macht. Aber das hat er nie getan. Er hat mich nie wieder so freundlich behandelt, immer nur abweisend und schroff, weil er dachte, daß ich hinter Simon her sei. Und das stimmte ja auch. Und als Simon mich küßte, fand ich das auch schön – man kann einfach nicht nach Küssen urteilen –, deshalb war ich ganz verwirrt. Aber nicht lange.«

Oh, nun wurde mir einiges klar! Wie sie versucht hatte, Neil zu hassen, und sich in ihren Haß hineingesteigert hatte. Ihre Abneigung Neil gegenüber war mir immer ein wenig übertrieben vorgekommen. Und mir fiel wieder ein, wie schnell sie Simon gebeten hatte, er möge Neil in die Wohnung einladen, als ich dort war. Wie sie ihn zum Tanzen aufgefordert hatte, und wie betrübt sie gewirkt hatte, als sie in den vornehmen Flur zurückkehrten. Und Neil war am Abend der Verlobung vor allem aus Eifersucht so wütend gewesen! Als sie an jenem Morgen die Wohnung verließen, wollten sie sofort heiraten. »In Amerika kann man das, meinte Neil, aber wir stellten bald fest, daß das in England nicht geht. Also fuhren wir in dieses Wirtshaus am Strand und wollten dort bleiben, bis wir heiraten konnten. Wir suchten diesen Ort aus, weil Neil meinte, bei unserem Picknick habe er mich zum letzten Mal natürlich erlebt. Und, Darling, eigentlich muß ich dir für alles danken, denn ich bin sicher, daß Stephen nur deinetwegen Neil im Hotel besucht hat. Er hat zu Neil gesagt, du seist die Richtige für Simon. Sicher hat er geahnt, daß du Simon liebst, und wollte dir auf diese Weise helfen.«

Oh, mein geliebter Stephen, wie kann ich mich für solche Selbstlosigkeit jemals revanchieren? Aber das Glück, zu dem du mir verhelfen wolltest, wird mir nie zuteil werden.

»Und jetzt wird alles gut«, plauderte Rose fröhlich weiter. »Sobald Simon über die Sache mit mir hinweggekommen ist, kannst du ihn dir angeln.«

»Ich bin wirklich davon ausgegangen, du würdest nicht mehr davon sprechen, sich Männer zu ›angeln‹«, entgegnete ich kühl.

Sie lief rot an. »So meinte ich das doch nicht – und das weißt du auch. Ich hoffe, daß er sich wirklich in dich verliebt. Er hat dich jetzt schon so gern. Das hat er heute erst gesagt.«

Mir kam ein furchtbarer Gedanke. »Rose – oh, Rose!« rief ich. »Du hast ihm doch nicht etwa verraten, daß ich ihn liebe?«

Sie verneinte es mit einem Schwur.

Aber ich fürchte, sie hat es doch getan, denn seitdem ist er so nett zu mir. Das war er natürlich immer schon, aber jetzt scheint er mich bewußt nett zu behandeln. Oder bilde ich mir das nur ein? Ich weiß nur, daß ich es so noch weniger ertrage, ihn zu sehen. Aber es fällt mir schwer, mich von ihm fernzuhalten, denn er kommt fast jeden Tag her, um sich mit Vater zu unterhalten. Sie sind gerade zusammen im Pförtnerhaus.

Anscheinend habe ich Vater unrecht getan. Anscheinend ist es äußerst geistreich, ein Buch anzufangen, indem man neunzehnmal hintereinander DIE KATZE SASS AUF DER MATRATZE schreibt.

Jetzt hör schon auf, Cassandra Mortmain. Du bist ja nur beleidigt, weil Thomas gleich gesagt hat, daß Vaters Aufzeichnungen aus dem Turm kein Unsinn seien. Du versuchst nur, deine eigene Dummheit zu rechtfertigen. Und man muß es tatsächlich Dummheit nennen, denn schließlich hatte Vater dir selbst gesagt, daß all seine merkwürdigen Einfälle etwas zu bedeuten hätten. Außerdem stimmt es nicht, daß das Buch mit neunzehn Katzen auf Matratzen beginnt. In der überarbeiteten Fassung sind es nur noch sieben. Und es gibt eine vollkommen logische Erklärung dafür. Das behauptet zumindest der helle Kopf Thomas. Angeblich sollen die Sätze die Sicht eines Kindes wiedergeben, das Lesen und Schreiben lernt.

Bin ich vielleicht ungewöhnlich begriffsstutzig? Bin ich altmodisch? Bin ich wie Harrys Vater, der über *Jakobs Kampf* spottet? Ich verstehe durchaus, daß Vaters Rätsel und Puzzles sehr geschickt gemacht sind und die Sprache, in der er sie abfaßt, wunderschöne Bilder heraufbeschwört. Aber warum sollen sie mehr als Rätsel und Puzzles sein?

Nachdem Vater die ersten vier Teile komplett überarbeitet hatte, mußten Thomas und ich als Versuchskaninchen herhalten. Er hat sie um einiges erweitert, seit wir sie vor zwei Monaten im Turm lasen. Ich habe mir wirklich Mühe gegeben. Die Kinderrätsel habe ich ziemlich schnell herausbekommen. Auch das Kreuzworträtsel habe ich gelöst. Allerdings kann ich nicht behaupten, daß es mir Spaß gemacht hätte, denn die Hinweise haben alle mit Alpträumen und Horror zu tun. Die Brieftaube behandelte ich mit dem größten Respekt (sie ist die Heldin eines Comics mit dem Titel *Die Taubenreise*). Ich kämpfte mich sogar fast durch den ganzen Teil D. Er enthält eine Art Rätsel, das Vater neu erfunden hat – es besteht zum Teil aus Wörtern und zum Teil aus Mustern, und die Hinweise führen einen immer weiter zurück in die Vergangenheit. Doch ich konnte nichts damit anfangen. Thomas schon. Allerdings gab er zu, daß er sein Gefühl nicht in Worte fassen könne.

»Wenn du das könntest, würde ich sofort hinausgehen und mich ertränken«, sagte Vater dazu. Dann brüllte er vor Lachen, weil Topaz meinte, Teil A habe einen »Beigeschmack von Ewigkeit«.

Ich sehe eher einen Beigeschmack von Irrsinn darin. NEIN. Ich spotte schon wieder.

Offensichtlich bin ich etwas beschränkt. Wenn Simon sagt, Vaters Enigmatismus sei wundervoll, dann ist er das auch. (Simon hat sich diesen Ausdruck dafür ausgedacht, und ich finde ihn sehr treffend.) Außerdem haben englische und amerikanische Verlage Vater einen Vorschuß gezahlt, obwohl das Buch vielleicht erst in ein paar Jahren fertig wird. Und die ersten vier Teile werden bald in einer amerikanischen Zeitschrift abgedruckt. Habe ich also einen Grund zu spotten?

Wenn Vater mir nur ein paar Fragen beantworten würde! Wenn Thomas mich nur an seinen klugen Ideen teilhaben lassen würde! Nachdem er mir erklärt hatte, daß es in Teil A um ein Kind gehe, das Lesen und Schreiben lernt, entschied er, er könne mir nicht mehr verraten. Topaz dagegen ist nur zu bereit, ihre Ansichten kundzutun, doch ich finde sie nicht besonders hilfreich. Ihre letzten Beiträge lauteten »kosmische Bedeutung« und »sphärische Tiefgründigkeit«.

Der einzige, der mir bestimmt helfen könnte, ist Simon. Aber ich möchte ihn nicht um ein vertrauliches Gespräch bitten, weil er sonst denken könnte, ich würde ihm nachlaufen. Ich versuche stets, ihn nicht allein zu treffen. Manchmal verstecke ich mich, bis ich weiß, daß er nach Scoatney zurückgekehrt ist.

Soll ich mir heute erlauben, ihn zu sehen? Soll ich den Hügel hinunter laufen, wenn er aus dem Pförtnerhaus kommt, und ihm sagen, daß ich mit ihm über Vaters Arbeit sprechen möchte? Das möchte ich wirklich, doch vor allem möchte ich bei ihm sein. Wenn ich nur sicher wüßte, daß Rose ihm nichts von meinen Gefühlen erzählt hat!

Ich warte bis morgen. Ich verspreche mir selbst, daß ich morgen . . .

Ich kann es nicht mehr selbst entscheiden. Ich habe hinuntergeblickt und ihn im Hof stehen sehen. Er hat mir zugewinkt – jetzt hat er die Brücke überquert –, und nun kommt er zu mir herauf! Oh, ich darf nicht befangen auf ihn wirken! Vielleicht hilft es, wenn ich mich ganz fest auf Vater konzentriere . . .

Wieviel man doch in einer Stunde erfahren kann!

Am liebsten möchte ich nur über das schreiben, was geschah, kurz bevor er ging. Aber wenn ich damit anfange, vergesse ich vielleicht ein paar der früheren Einzelheiten. Und jedes Wort aus seinem Mund ist für mich wertvoll.

Wir saßen nebeneinander auf der Decke. Er war hergekommen, um sich zu verabschieden. In ein paar Tagen reist er nach Amerika – einerseits, weil Mrs. Cotton den Winter in New York verbringen möchte, und andererseits, um dort zu sein, wenn Vaters Arbeit in der Zeitschrift erscheint. Er möchte ein paar Aufsätze darüber schreiben.

»Dein Vater meint, ich sei wie ein aufgeweckter Terrier, der eine Ratte schüttelt«, erzählte er. »Aber ich habe den Eindruck, er läßt sich ganz gern schütteln. Und es ist wichtig, daß er vor den Füßen der richtigen Leute landet.«

Ich erwiderte: »Simon, könntest du mir nicht als Abschiedsgeschenk ein paar Hinweise geben, worauf er überhaupt hinaus will?«

Zu meiner Überraschung antwortete er, das habe er sowieso vorgehabt. »Weißt du, wenn ich weg bin, bist du die einzige Person in seiner Nähe, die es richtig verstehen kann. Thomas ist zwar ein cleverer Bursche, aber sein Interesse scheint mir eher beiläufig zu sein – vielleicht ist es das Interesse eines Kindes. Auf jeden Fall bin ich überzeugt, daß deinem Vater dein Verständnis wichtig ist.«

Ich war erstaunt und fühlte mich geschmeichelt. »Ich möchte es ja verstehen. Aber wenn er es mir doch nicht erklären will? Warum erklärt er es mir nicht, Simon?«

»Weil der Sinn eines Rätsels darin besteht, es selbst zu lösen.«

»Aber man muß wenigstens ein paar Regeln kennen dürfen, um es lösen zu können.«

Er meinte, in diesem Punkt stimme er mir zu, und deshalb habe er Vater auch überredet, mit mir darüber sprechen zu dürfen. »Möchtest du mir Fragen stellen?«

»Sicher. Die erste lautet: Warum muß sein Werk überhaupt ein Rätsel sein?«

Simon lachte. »Da hast du gleich mit einer ganz kniffligen

Frage angefangen. Man kann nie sagen, warum jemand etwas so erschafft, wie er es erschafft. Und dein Vater hatte einen sehr erhabenen Vorgänger. Gott hat das Universum auch als Rätsel erschaffen.«

»Und es hat die Leute sehr verwirrt. Ich verstehe nicht, warum Vater ausgerechnet Gott nacheifern muß.«

Simon antwortete, daß das wohl jeder schöpferische Künstler versuche und daß es vielleicht jedem Menschen möglich sei, etwas zu erschaffen. »Ich glaube, dein Vater möchte unter anderem diesen Schöpfergeist anregen, indem er diejenigen, die sich mit seiner Arbeit befassen, an ihrer eigentlichen Erschaffung teilhaben läßt. Erschaffung bedeutet für ihn natürlich Entdeckung. Denn erschaffen ist ja bereits alles – von Gott, wenn du so willst. Alles ist bereits vorhanden und muß nur noch entdeckt werden.«

Anscheinend machte ich ein sehr verwirrtes Gesicht, denn er brach ab und sagte dann: »Ich habe es noch nicht klar genug ausgedrückt – warte eine Minute . . .«

Er dachte mit geschlossenen Augen nach, wie er es am Ersten Mai getan hatte. Diesmal traute ich mich nur, einen flüchtigen Blick auf sein Gesicht zu werfen. Ich versuchte, meine tiefsten Gefühle zurückzuhalten – ich hatte noch nicht einmal die Nachricht, daß er fortgehen würde, richtig aufgenommen. Dazu würde ich danach noch genug Zeit haben.

Schließlich sagte er: »Ich glaube, dein Vater ist der Meinung, daß das Interesse der Menschen an Rätseln und Puzzles, das oft schon in frühester Kindheit auftaucht, mehr als nur der Wunsch nach Spaß und Zeitvertreib ist. Daß man es von der ewigen Suche des Menschen nach seinen Ursprüngen herleiten kann. Und wie keine andere geistige Aufgabe erfordert es die Fähigkeit eines schrittweisen, kummulierenden Suchens. Dein Vater möchte seine Ideen durch diese Fähigkeit übermitteln.«

Ich bat ihn, das Ganze noch einmal langsam zu wiederholen. Und plötzlich verstand ich es – ich verstand es voll und ganz! »Aber wie funktioniert das?« fragte ich aufgeregt.

Er meinte, ich solle an ein Kreuzworträtsel denken – an die unzähligen Bilder, die einem durch den Kopf gehen, während man eines löst. »In den Rätseln deines Vaters führt die Gesamtheit aller Bilder zu der Bedeutung, die er vermitteln möchte. Und die Gesamtheit aller Teile des Buches, aller Rätsel, Fragen, Muster und schrittweisen Lösungen – ich glaube, er baut sogar einen Krimiteil ein – wird zu seiner Vorstellung von ›Schöpfung durch Suche‹ führen.«

»Und was haben die Katzen auf Matratzen damit zu tun?« fragte ich ein wenig spöttisch.

Simon antwortete, sie sollten vermutlich eine bestimmte Stimmung herbeiführen. »Stell dir vor, du wärst ein Kind, das die ersten verschlüsselten Symbole seines Lebens vor sich sieht – nämlich die Buchstaben des Alphabets. Erinnere dich an die Buchstaben, bevor du sie verstanden hast, und daran, wie sie sich allmählich zu Wörtern zusammenfügten und die Wörter dann Bilder in deinem Kopf hervorriefen ... Warum machst du so ein bekümmertes Gesicht? Verwirre ich dich damit?«

»Durchaus nicht«, entgegnete ich. »Ich begreife alles, was du sagst. Aber ... Oh, Simon, ich sträube mich irgendwie dagegen. Warum macht Vater alles so kompliziert? Warum kann er nicht klipp und klar sagen, was er meint?«

»Weil man das nicht immer kann. Beschreibe mal klipp und klar, was Schönheit ist – dann wirst du verstehen, was ich meine.« Er fügte hinzu, daß die Kunst nur wenig aussagen könne – daß sie eher versuche, Reaktionen zu provozieren. Und daß alle Kunst ohne Neuerungen und Experimente – wie sie Vater erschafft – stillstehen würde. »Deshalb sollte man sich nicht gegen sie wehren. Obwohl man vermutlich instinktiv so reagiert, aus der unbewußten Angst vor dem Neuen und Unverständlichen heraus.«

Dann sprach er von einigen großen Innovationen, denen die Menschen zunächst ablehnend gegenübergestanden hatten – Beethovens letzte Quartette, eine Menge moderner Musik und die Werke vieler großer Maler, die heute fast jedermann bewundert. Simon meint, in der Literatur gebe es nicht so viele Innovationen wie in den anderen Künsten, daher müsse Vater um so mehr ermutigt werden.

»Ich werde ihn ermutigen, so gut ich kann«, versicherte ich. »Obwohl ich noch immer meine Zweifel habe. Aber ich werde versuchen, sie zu verbergen.«

»Das wird nicht klappen«, entgegnete Simon. »Diese Zweifel werden deine Wahrnehmungskraft beeinträchtigen. Lieber Himmel, wie soll ich dich nur auf seine Seite ziehen? Sieh mal – kannst du in deinem Tagebuch immer alles so ausdrücken, wie du es möchtest? Findest du immer die passenden Worte? Greifst du nicht ständig nach Metaphern? Der erste Mensch, der Metaphern benutzte, war ein unglaublicher Neuerer – und jetzt verwenden wir sie fast ohne es zu merken. In diesem Sinne kann man das ganze Werk deines Vaters als die Fortführung einer Metapher ansehen.«

Als er das sagte, fiel mir plötzlich ein, welche Schwierigkeiten es mir bereitet hatte, meine Gefühle am Tag vor der Johannisnacht in Worte zu fassen. Und daß ich den Tag mit einer Allee und einer Kathedrale verglichen hatte. Die Bilder, die mir damals durch den Kopf gingen, sind für mich seitdem fest mit jenem Tag und mit Simon verknüpft. Dennoch könnte ich nicht erklären, wie Bilder und Wirklichkeit ineinander verschmelzen und sich gegenseitig bereichern und verschönern. Versuchte Vater etwa, solche unbeschreiblichen Dinge auszudrücken...?

»Irgend etwas ist dir jetzt eingefallen, nicht wahr?« fragte Simon. »Kannst du dafür Worte finden?«

»Sicher nicht unbedingt die passenden...« Ich versuchte, ganz unbekümmert zu klingen. Beim Gedanken an die Johannisnacht war mir wieder bewußt geworden, wie sehr ich ihn liebte. »Aber ich glaube, ich kann meine Vorbehalte jetzt ablegen. Ich stehe auf seiner Seite.«

Danach unterhielten wir uns darüber, was Vater wohl veranlaßt hatte, wieder zu schreiben. Vermutlich werden wir nie herausfinden, ob ihm sein Aufenthalt im Turm irgendwie genutzt hat.

Simon hielt es eher für wahrscheinlich, daß mehrere Faktoren zusammengewirkt hatten. »Unsere Ankunft hier – Mutter kann ja sehr anregend sein. Und seine Besuche in Scoatney. Ich habe die Bibliothek extra mit Büchern aufgefüllt, von denen ich dachte, daß sie ihn interessieren. Außerdem glaube ich schon, daß ihn sein Aufenthalt im Turm auf gewisse Weise emotional befreit hat. Und er rechnet es dir hoch an, daß du ihm geraten hast, er solle ›Die Katze saß auf der Matratze‹ schreiben. Das war der Auslöser, der ihn überhaupt auf die Idee mit dem Kind brachte, das lesen lernt.«

Ich selbst glaube ja, daß ihm seine Wutausbrüche am meisten geholfen haben. Ich bin zu dem Schluß gekommen, daß ihm der Vorfall mit dem Kuchenmesser eine zu harte Lektion erteilt und ihn irgendwie geistig gehemmt hatte. Simon hielt das für eine überzeugende Theorie.

»Wie ist denn in letzter Zeit seine Stimmung?« erkundigte er sich.

»Meistens ist er freundlicher, als ich ihn je erlebt habe. Aber manchmal benimmt er sich ganz abscheulich. Und Topaz findet es wunderbar.«

»Die gute Topaz!« antwortete Simon lächelnd. »Sie ist die perfekte Ehefrau für ihn, jetzt, wo er wieder arbeitet. Und das weiß er auch. Aber dein Leben in der Burg wird in diesem Winter kaum lustig sein, oder? In der Wohnung ist immer ein Dienstmädchen – falls du dort ab und zu wohnen möchtest. Bist du sicher, daß du nicht aufs College gehen willst?«

»Ja. Ich möchte nur schreiben. Und das kann mir keine Schule beibringen – außer der Schule des Lebens.«

Er lachte und sagte, er fände mich wirklich amüsant – manchmal so reif für mein Alter und manchmal so jung.

»Ich würde gern Maschineschreiben und richtige Stenographie lernen«, erklärte ich. »Dann könnte ich für einen Autor als Sekretärin arbeiten, solange ich selbst noch keine Autorin sein kann.«

Er antwortete, Topaz würde das für mich arrangieren. Ich weiß, daß er ihr Geld für uns alle daläßt. Er hat sie überredet, es anzunehmen, um Vater vor Geldsorgen zu bewahren. Oh, er ist wirklich ein äußerst gnädiger und großzügiger »Gönner«!

»Und wenn du irgend etwas brauchst, schreib es mir«, fügte er hinzu. »Außerdem komme ich bald zurück.«

»Da bin ich mir nicht so sicher.«

Er warf mir einen schnellen Blick zu und fragte, was ich damit meinte. Ich wünschte, ich hätte es nicht gesagt. Seit Wochen fürchtete ich nun schon, daß Rose seine Gefühle vielleicht so sehr verletzt hat, daß er nicht mehr in England leben möchte.

»Ich dachte nur, daß du vielleicht in Amerika bleiben willst«, erklärte ich.

Er gab so lange keine Antwort, daß ich mir schon vorstellte, daß er für immer verschwand und die Fox-Cottons sich in Scoatney niederließen, wie sie es sich so sehr wünschten. Vielleicht sehe ich ihn nie wieder, dachte ich, und plötzlich war mir so kalt, daß ich zitterte. Simon bemerkte es und legte die Decke um uns beide. Dann antwortete er:

»Natürlich komme ich zurück. Ich könnte Scoatney niemals im Stich lassen.«

Ich sagte, ich wüßte, daß er es von ganzem Herzen liebe.

»Von ganzem Herzen – und mit schwerem Herzen. Es ist, als würde man eine wunderschöne, sterbende Frau lieben. Ich weiß genau, daß der Geist eines solchen Hauses nicht mehr lange überleben wird.«

Dann sprachen wir über den Herbst. Er hoffte, rechtzeitig in New England anzukommen, um noch ein wenig davon zu erleben.

»Ist er schöner als der Herbst hier?« fragte ich.

»Nein. Aber nicht so traurig. In England sind so viele schöne Dinge traurig.« Simon blickte über die Felder hinweg und fügte dann schnell hinzu: »Aber heute nachmittag bin ich nicht traurig. Das bin ich nie, wenn ich mit dir zusammen bin. Weißt du, daß wir uns jetzt zum dritten Mal auf Belmotte unterhalten?«

Das wußte ich nur zu gut. »Ja, das mag stimmen«, erwiderte ich und versuchte, gelassen zu klingen. Wahrscheinlich gelang mir das nicht, denn plötzlich legte er den Arm um mich. Der ruhige Nachmittag kam mir noch ruhiger vor, und das späte Sonnenlicht wirkte besonders friedlich. Solange ich lebe, werde ich mich an diesen stillen Augenblick erinnern.

Schließlich sagte Simon: »Ich wünschte, ich könnte dich mit nach Amerika nehmen. Würdest du mitkommen?«

Einen Moment lang dachte ich, daß er es nicht ernst meinte, doch er wiederholte seine Frage: »Würdest du – Cassandra?«

Etwas an der Art, wie er meinen Namen aussprach, gab mir das Gefühl, daß er, wenn ich ja sagte, mich fragen würde, ob ich ihn heiraten wolle. Doch ich konnte es nicht – obwohl mir bis jetzt noch nicht ganz klar ist, warum nicht.

Ich erwiderte so normal wie möglich: »Wenn ich schon ausgebildet wäre, könnte ich dich als deine Sekretärin begleiten. Aber ich glaube, ich möchte Vater dieses Jahr nicht allzu lang allein lassen.«

Ich hoffte, wenn ich es so ausdrückte, würde er nicht merken, daß ich seine Gedanken gelesen hatte. Anscheinend merkte er es aber doch, denn er antwortete ganz leise: »Wie klug und vernünftig du bist.«

Dann sprachen wir ganz ungezwungen von einem Wagen, den er Vater leiht, und darüber, daß wir nur ja alle nach Scoatney fahren sollen, wenn wir Lust dazu haben. Ich selbst redete nicht viel, weil ich darüber nachdachte, ob ich nicht einen schrecklichen Fehler begangen hatte.

Dann stand er auf, wickelte die Decke fest um mich und sagte, ich solle die Hand herausstrecken. »Diesmal keine kleine grüne Hand«, stellte er fest, als er sie nahm.

»Simon, ich würde mir liebend gern Amerika ansehen, wenn die Umstände – na ja, glücklicher wären«, sagte ich.

Er drehte meine Hand um und gab mir einen Kuß auf die Handfläche. Dann antwortete er: »Wir werden über die Umstände sprechen, wenn ich wiederkomme.«

Dann eilte er den Hügel hinunter. Während er mit dem

Wagen die Zufahrt entlangfuhr, kam plötzlich ein Wind auf und wehte braunes Laub von den Hecken und Bäumen, so daß es ihm in einer Wolke zu folgen schien.

Ich habe keinen Fehler begangen. Ich bin ganz sicher, daß er mich nur aus einem Impuls heraus beinahe gefragt hätte, ob ich ihn heiraten will – so wie er mich in der Johannisnacht geküßt hatte, weil er mich sehr mochte und sich zugleich nach Rose sehnte. Es gehört zu einer Art Spiel, sich das Zweitbeste zu nehmen, wenn man das Beste nicht bekommen kann. Und wir haben es alle gespielt: Rose mit Simon, Simon mit mir, ich mit Stephen, und Stephen vermutlich mit dieser abscheulichen Leda Fox-Cotton. Es ist kein besonders gutes Spiel, denn diejenigen, die man dazu benutzt, werden dabei fast immer verletzt. Vielleicht wurde selbst Leda verletzt, obwohl ich nicht behaupten kann, daß ich großes Mitleid mit ihr empfinden würde.

Aber warum muß Simon Rose immer noch lieben? Wo sie so wenig mit ihm gemeinsam hat – und ich so viel? Ein Teil von mir brennt darauf, ihm nach Scoatney nachzulaufen und »Ja, ja, ja!« zu rufen. Als ich vor ein paar Stunden schrieb, ich würde ihm nie etwas bedeuten, wäre mir diese Chance noch als der Himmel auf Erden erschienen. Und ich könnte ihm doch sicher eine Art von . . . Zufriedenheit geben?

Das ist nicht genug. Nicht für den, der gibt.

Das Tageslicht schwindet. Ich kann kaum erkennen, was ich schreibe, und meine Finger frieren. In meinem wunderschönen Buch aus blauem Leder ist nur noch eine Seite übrig, aber mehr werde ich auch nicht brauchen. Ich werde dieses Tagebuch nicht weiterführen, denn ich mag nicht mehr über mich selbst schreiben. Heute habe ich nur noch aus Pflichtgefühl angefangen – ich wollte Roses Geschichte ordentlich zu Ende bringen. Meine eigene scheine ich ebenfalls zu Ende gebracht zu haben, obwohl ich damit eigentlich gar nicht gerechnet hatte ... Was für eine unsinnige, selbstmitleidige Bemerkung – wo es Simon noch gibt und wir ein Auto und eine Wohnung in London zur Verfügung haben! Stephen hat jetzt auch eine Wohnung in London, aber nur eine kleine. Er ist so überzeugend mit den Ziegen herumgewandert, daß er in seinem nächsten Film einen Text sprechen darf. Wenn ich im Appartement der Cottons wohnte, könnte ich manchmal mit ihm ausgehen und sehr nett zu ihm sein, aber natürlich nur auf schwesterliche Art. Wenn ich so darüber nachdenke, kann der Winter recht aufregend werden, vor allem, weil Vater so wunderbar gutgelaunt oder auch mal erfrischend hitzig ist. Und ich kann noch über tausend andere Leute schreiben, die alle nicht ich sind ...

Es nutzt überhaupt nichts, so zu tun, als weinte ich nicht, denn genau das tue ich ... Pause, um die Tränen wegzuwischen ... So, jetzt ist es besser.

Vielleicht wäre es furchtbar langweilig, verheiratet und versorgt zu sein. Lügnerin! Es wäre himmlisch.

Noch eine halbe leere Seite. Soll ich sie mit »Ich liebe dich, ich liebe dich« vollschreiben – wie Vater mit seinen Katzen auf den Matratzen? Nein. Selbst ein gebrochenes Herz rechtfertigt keine Verschwendung von gutem Papier.

Unten in der Küche brennt Licht. Heute abend werde ich vor dem Herd baden und dabei Simons Grammophon laufen lassen. Topaz spielt gerade Platten darauf – allerdings viel zu laut, weil sie Vater damit rechtzeitig zum Tee in die Wirklichkeit zurückholen will. Aber aus dieser Entfernung klingt es schön. Sie spielt das *Wiegenlied* aus Strawinskis *Feuervogel*. Es scheint zu fragen: »Was soll ich tun? Wohin soll ich gehen?«

Du wirst hineingehen zum Tee, mein Mädchen – und so einen guten Tee konntest du letztes Jahr um diese Zeit nicht genießen.

Nebel kriecht über die Felder. Warum ist der Nebel im Sommer romantisch und im Herbst einfach nur traurig? Nebel in der Johannisnacht; Nebel, als wir ins Morgengrauen fuhren.

Er hat gesagt, er kommt zurück.

Jetzt ist nur noch am Rand Platz. Ich liebe dich, ich liebe dich, ich liebe dich.

Zur Autorin

Dorothy Gladys »Dodie« Smith wurde 1896 in Lancashire, England geboren. Sie gehörte zu den erfolgreichsten Dramatikerinnen ihrer Generation. Ihr erster Roman *I Capture the Castle* (Little, Brown, 1948) markiert ihren Wechsel von der Dramatikerin zur Romanautorin und wurde sofort ein Erfolg. 1954 wurde er als Theaterstück aufgeführt. Inspiriert von Dodies eigenem Dalmatiner namens Pongo, diente The *Hundred and One Dalmatians* (Heinemann, 1956) als Grundlage für zwei Disney-Filme. Die Fortsetzung *The Starlight Barking* (Heinemann, 1967; Simon & Schuster, 1968) wurde 1997 von A Wyatt Book for St. Martin's Press nachgedruckt. Dodie Smith starb im Jahr 1990.